論集 中世・近世説話と説話集

神戸説話研究会 編

和泉書院

緒　言

本書は、当研究会構成員各位の、中世・近世の説話に関する最新の研究成果を集成したものである。当研究会は、参加資格などは一切問題にせず、出欠も入退会も全く自由な、自発的な集まりであって、すでに三十年を超える歴史をもつ。会としての研究対象も合議で定め、すでに『続古事談』『春日権現験記絵』『観音冥応集』等について、その研究成果を世に問うてきた。

本書に収めた論文の研究対象が中世・近世を幅広くカバーするものになっているのも、そうした歴史をおのずから反映するものであるが、今回はまた新たなる研究対象への挑戦を志して、各自の足元を固めるべく執筆されたものである。

老齢の筆者（池上）は旧稿でお許しをいただくが、これもその執筆時の姿勢は凛と前を向いていたつもりでいる。

本書が中世・近世の説話研究に、一歩を進める機縁となれば幸いに思う。

二〇一四年七月二十日

神戸説話研究会
池上洵一

目次

王朝文学の異端者
――『今昔物語集』の世俗説話――

池上洵一

一　世俗説話の諸相

1　幅広さの正体

『今昔物語集』の世界は広い。芥川龍之介が「最も三面記事に近い部」とよんだ本朝部の世俗説話は、とりわけ対象の幅が広く、各話の主人公だけを眺めてみても、上は天皇・貴族から下は乞食・盗賊の類まで、およそ登場しない階層はないといっても過言ではない。しかし、これまでさんざん言い古されてきた感のあるこの幅広さの正体を、ここで改めて問いなおすとすれば、あれも描いたこれも説いたと並べたてるよりも、反対に、それにもかかわらず『今昔』が捕捉できなかったものがあったとすれば、それはいったい何であったのかと問うてみる方が効果的であるだろう。

たとえば、『今昔』には『江談抄』や『古事談』にはごく普通に見られる政界消息的な話が一つもないし、歌論書の類には必備だったとも思える歌壇消息的な話も見当たらない。また王朝文学の精華ともいうべき詩歌に関する話は、巻廿四の後半に一応まとまった数があるものの、その取材源はごく限られている。すなわち漢詩文説話はほとんどすべてが『江談抄』に取材したものであり、和歌説話は『宇治拾遺物語』や『古本説話集』との共同母胎的な散逸説話集に取材したらしい話を中核に据えて、『後拾遺集』などごく少数の歌書によって補充したものに過ぎないのである。

この事実は、『今昔』の撰者がこの種の資料に、さらにいえばこの種の教養に、いかに疎遠な存在であったかを如実に物語っている。いうまでもなく漢詩文や和歌についての教養は、王朝貴族社会を生きる人間にとっては不可欠なものであり、専門の漢詩人や歌人ならずとも、日常的な次元で要求される程度の教養は、ものを書くほどの人間にとっては必備の条件であった。それなのに、これほどまでに大規模で網羅的な説話の集成を目指しながら、撰者はこのように限られた資料しか入手できなかったのである。このことは、彼がようやく入手できた詩歌説話の内部においてさえ、資料の曲解や誤読が目立つという事実とも合わせて、彼が普通に考えられる王朝貴族の文化圏からいかに遠かったか、従来の文学作品の作者たちといかに異質な存在であったかを思い知らせてくれる。

しかし、だから『今昔』の撰者は非貴族的なのであり、それゆえに下層の人々の話にも接触することができたのだと短絡してしまってはならない。なるほど世俗説話には庶民層の話が少なくないけれども、撰者は決してそれらの人々から直接に話を聞いたわけではなかった。話に登場している庶民はなんらかのかたちで貴族ないしその従者層と関係を持っている場合が多いし、話の発想の仕方も庶民自身のものであるよりも、より上層の側からのもの、たとえば従者層の経験談や従者層の者が聞き込んできた話を、彼らの主人層の者たちが楽しむという過程を経て練り上げられてきたもの、と思われる話が少なくないのである。撰者自身がその主人層の一員であったという意味ではない。彼はそういう階層の中で形成された説話資料を介してしか庶民の話には対面できなかったらしいということなのである。こういう点からみれば、彼は明らかに貴族社会の方により親近な関係にあった。ところが、それにもかかわらず彼自身は貴族文化層の住人とは言いかねる側面が強い。『今昔』の世俗説話はこの背反する二つの条件の間に位置しているといえよう。

2 「誰が」と「如何に」

ところで、およそ説話が説話として成り立つためには、「誰が」と「如何に」いう二つの要件が必要であるが、この二つはいつも同等の重みを持つとは限らない。「誰が」が有名人であれば「如何に」の比重は軽くなるし、「如何に」が稀有、珍奇な事件であれば「誰が」はさほど問題にならない。そして『今昔』に見られない政界消息や歌壇消息の類は、一般的に言って、この「誰が」の比重の大きな話であった。この種の話では有名人や有力者の一句の発言やちょっとした行為が人々の重大な関心の対象となる。話としての構造はごく単純で、どの時、どの場面で誰がどう発言した、というようなごく短小な話であっても、自分が政界の一端につながっているつもりだったり、歌詠みと自認していたりする人にとっては、政界の裏面や人間関係のあやを暗示する話、あるいは芸道の機微を伝える話として見逃しがたい価値を持つ。

しかし、この種の話が意味を持つのは、そのように話の享受者も話の世界と同質の世界に住むか同質の教養を備えている場合に限られるのであって、そうでない人間にとっては、概して単純、短小なこの種の話はなんの感興も呼ぶものではない。つまりこの種の話を享受するためには、その道のわけ知りであることが必要条件だったのである。『今昔』にこの種の話が欠けているのは、読者を考えてというよりも、撰者自身がもともとその道のわけ知りではなかったことを示すものであり、同時にあえてわけ知りたちの仲間に加わろうとしてもいないことの表れであろう。

政界消息を例にとるなら、この種の話が採録される可能性が最も大きかった巻は、皇室関係の話を集める予定だったらしい巻廿一と藤原氏関係の話を集めている巻廿二である。ところが、巻廿一は現存するどの伝本にもない欠巻であって、当初から未完成のままに終わったと推定されているし、巻廿二はわずか八話で中断して、極端に分量の少ない巻になっている。これは何を物語っているのだろうか。

ともかくも巻として成立している巻廿二に注目してみよう。第1話は大織冠（鎌足）の話で、これは蘇我入鹿の誅殺という具体的な内容を持つが、続く第2話から第6話までは、不比等・房前・内麿・冬嗣・基経と藤原氏歴代の中心的人物を主人公としながら、系譜的な説明が中心で、ほとんど話としての体をなしていない。これに比べて第7・8話は、物語的といえるほどに詳細で起伏に富んだ事件を伝えている。先の言い方に従えば、この二話は、「誰が」もさることながら、「如何に」の比重の大きな話である。つまり鎌足以来の藤原氏の主流を説話でたどろうとした撰者は、「誰が」の比重の極端に大きい政界消息的な話を避けようとすれば、第2話から第6話まではほとんど語るべきものを持たなかったということになる。第7・8話は撰者が好んで採録した「如何に」の要素の強い話であるが、この二話の主人公高藤・国経は藤原北家でも傍流の人であって、第6話までの人々とは異質である。

この巻で撰者が予定していた構想と実際に入手できた話との間には明らかにずれがあった。「如何に」の話で藤原氏列伝を綴ることは意外に難問だった。この巻が八話を集めただけで中断された理由はそこにあり、巻廿一の皇室列伝が成らなかった理由もおそらく同様だったと思われる。こういう最上層の人々を主人公とする話は、現存する各種の説話資料から見ても、たしかに「誰が」に比重が片寄りがちで、「如何に」で各人の伝記を連ねることは至難のわざである。なお、これらの巻に予定された内容と類似の内容を持つかに見える『大鏡』には当時の政界の裏面を覗くようなわけ知りの面白さがあるといえる。

『今昔』は、それよりもはるかに素人的に話を享受しようとする。素人的な「如何に」の興味は、特定の階層や文化圏に左右されることの少ない、いわば汎人間的なものである。『今昔』の世俗説話が現代人にわかりやすく、外国人にとっても理解しやすく感じられている理由の一つは、間違いなくこの点にあるはずである。

3 洗練とは

さて、このような『今昔』の素人的な性格は、政界や歌壇など特定の問題についてだけでなく、もっと一般的に、いわば文化的に洗練された感受性の欠如としてとらえることも可能である。

たとえば、一見そういう問題とは無関係のように思える巻廿八の滑稽譚について考えてみても、『宇治拾遺物語』の笑い話などと比較すると、『今昔』はどの話も鈍で重い感じがする。その理由は、概して『今昔』の笑い話が登場人物の発する一言の妙味を味わうような、つまり言葉による落ちを楽しむような軽妙洒脱な構成とは無縁で、こってりとした筋本意の構成を持っていることにありそうだ。

本来は落ちを楽しむ話だったと思われる話でも、『今昔』は解説過多、饒舌に過ぎて、落ちの妙味が見失われている場合がある。『宇治拾遺』で有名な第12話「児のかい餅するに空寝したる事」の末尾、

いま一度起こせかしと思ひ寝に聞けば、ひしひしとただ食ひに食ふ音のしければ、術なくて、無期の後に、えいといらへたれば、僧たち笑ふこと限りなし。

のように、「えい」という返事が話の終わった後まで余韻となって残るような構成の話や、あるいは他の二、三の話の末尾に見られる、人々の「一度にはと笑ひける」声の中を主人公が退場して、その笑いの空間だけが後に残るような構成の話は、『今昔』では皆無に近い。極言すれば、しゃれた話が少ないのである。

このように主人公の最後の一言に話の生命が託されている型の話は、資料の上では『宇治拾遺』よりも後の時代の作品に多く、やがて『醒睡笑』などを経て近世の軽口へとつながる系譜を形作っている。後世に落語の祖と仰がれたのが『今昔』ではなく『宇治拾遺』であったことには、それなりの理由があったといえよう。『今昔』の時代には、まだこの種の話があまり発達していなかったと考えられもするが、なかったとはいえそうにないから、やはり基本的にはそういう話に対する撰者の感受性の鈍さに原因するところが大きかったのではないかと思われる。

二　新しい人間像の発見

1　武士を見る目

この問題が最も明白に表面化するのは、この時代の新興勢力であると同時に既成の王朝貴族文化に対立する勢力でもあった武士の活躍を描いた話においてである。『今昔』では巻廿五のすべてが武士譚に当てられていて、世俗説話に関係する巻々の中でも特に描写が躍動的で、対象の本質にまで触れた優れた話が多い巻として知られている。一方『宇治拾遺』は武士譚そのものが非常に少ないだけでなく、たまたま採録されている話も、ともすれば彼らの武威を一種の個人的な特技、超人的な能力としてのみ語ろうとする。例えば、源頼信が東国で叛乱を起こした平忠常を降伏させる第128話や、藤原保昌が怪盗袴垂を無言のうちに圧倒する第28話は、『今昔』でも巻廿五の第9話と第7話として有名な話であるが、これらの話は『宇治拾遺』にあってこそ珍しく正面から武士を描いた話といえるけれども、『今昔』巻廿五の中に置いてみると、他の話とはどこか毛色の違った話に見えてくる。その理由は、これらの話がいかにも武士の武士らしい側面を描いているように見えながら、話の構成とかそれをもたらした発想などについて見ると、実は王朝貴族たちの技芸譚と大差のないもので、いわば古い革袋に新しい酒を入れた話である点にあるのではないかと思われる。

ここでは頼信が忠常を降伏させる話について考えてみよう。この話の眼目は、初めて東国に赴任したはずの頼信が、東国武士も知らずにいた東国の湖（入江）にある浅瀬を予知しており、それによって敵味方ともに不可能と信じていた渡湖に成功したという点にある。これはたしかに頼信の武士としての優れた資質を語る話ではある。が、人々を驚かせた彼のこの知識は、彼が家伝として聞き伝えていたものであったと語られている。つまり彼の威力は家伝の威力でもあったわけだ。もちろんその家伝は、武士の家として彼の先祖たちが努力を重ねてきた情報収集活動の賜物であったろう。しかし、このように家伝の威力を尊重し、それを伝える者として、その道の家の者の恐ろしさを語るという話の型自体は、王朝の各種技芸譚でも決して珍しくなかったものである。家伝を尊重し、家柄を重んじる点は武士の世界でも同様であったろうが、いずれにせよこの話は題材だけを見るといかにも武士らしい合戦の一コマを描いているように見えながら、それを捉える目は王朝貴族文化を捉えてきた目と本質的には変わることを必要としていない。つまり『宇治拾遺』にも採録されている武士の話というのは、そういう既成の文化を捉えてきた目が視界に捕捉できたものに限られているのである。

2　技芸と集団行動

この傾向は、さらに後の『古今著聞集』になると、かえって顕著になり、そこには、百戦錬磨であるはずの源義家が、書斎の学者大江匡房に教わった兵法によって、実戦での危機を逃れた話（巻九・337話）まで現れてくる。これこそ貴族的発想の産物であり、こういう貴族的賢者の生兵法が実戦でいかに無効なものかは、保元の乱における頼長、平治の乱における信頼の賢しらが、どちらも味方に無残な敗北をもたらしたことによって、当時すでに実証済みであった。ところが一方ではまた、優れた武士を一種の名人、技芸の達人としての側面からのみ捉える傾向も著しくなり、敵が碁盤を立て並べて蹴躓かせようと待ち構えているところに飛び込んだ義家が、分厚い碁盤を斬りながら六寸ほどの通路を開いて突進したというような話（巻九・339話）も現れる。武士が武芸の専門家であり、その術に優れていなければならないのはいうまでもないが、それにしても『著聞集』にとっての武芸は、貴族社会での技法と同一次元での、一専門分野に過ぎなかったから、武士たちの弓馬の術も貴族が集まって行なう宮廷行事としての小弓や競馬と別のものではありえず、それらの話とまったく同類に扱われて分類されている。ここでもまた狭い既成文化の枠の内側からしか捉えられていないわけである。

ところが、『今昔』では、武士譚を集める巻廿五は、詩歌をも含めた一切の貴族的技芸譚を集める巻廿四と一対になるように配置されている。つまり武士譚は貴族的な技芸譚の総体と対峙するものとして捉えられているのである。撰者は既成の文化伝統や権威を尊重しながらも相対化して見ていると言わねばなるまい。『今昔』巻廿五では『宇治拾遺』と共通する話でさえ、やや毛色の変わった印象を与えられるように、この巻を代表する傑作として衆目の一致する第5話の平維茂が藤原諸任を討つ話や、第12話の源頼信・頼義父子が馬盗人を射殺する話などは、既成の名人芸的な発想から脱して真正面から彼らの行動を追って成功している。およそ貴族とは生活の基盤が異なっている武士の生態を実態に即して捉えていくためには、捉える側の人間の目が既成の枠の外に出たものでなくてはならなかった。貴族文化のある面を捉えそこなった撰者の鈍な目が、洗練とは縁遠い感受性が、それを可能にしたのである。

馬盗人の話の末尾には、「恠キ者共ノ心バヘ也カシ」と、その話で描いてきた頼信や頼義の行動が撰者自身の理解を超えたものであることを告白しているような評語が見られる。しかし、たとえそうであっても、そこで彼が克明に追い続けた頼信・頼義の行動の描写は、ともすれば既成文化を捉える話の型にはめ込んだり、武士たちの活躍をいとも簡単に、「頼光もただびとにあらねば」とか、「義家はほとんど神に通じたる人なりけり」などと、超人として片づけてしまう『著聞集』などに比べて、その描写自体によって、彼の方が格段に優れた、新興勢力の理解者であったことを物語っている。

実は先に例にあげた頼信が忠常を降伏させる話においても、『今昔』の話には、『宇治拾遺』の話には見られない、頼信麾下の東国武士たちのいかにも武士団らしい集団行動の描写がかなり詳しく書き込まれている。原話になかった描写を『今昔』が書き加えたのか、原話にあった描写を『宇治拾遺』が削除したのか、どちらとも断定はできない。だが、いずれにせよ、この話を話として成り立たせている眼目が頼信の家伝の知識にあったことは確かであり、その主題を鮮明にするためには、家伝の披露に先立つ集団行動をこまごまと書き込む『今昔』よりも、不純物の少ない『宇治拾遺』の方が優れた構成を保っている。

このように、個々の話が本来的に備えていた主題や、それを効果的に生かすための話の構成などに対する審美眼は、一般的に『宇治拾遺』の方がはるかに上で、その撰者の並々ならぬ資質が認められるのだが、『今昔』はここでも鈍に、頼信たちの行動を、時間的に順を追って逐一詳しく描写しようと努めているのである。もちろんその描写は話の主題にはなんら貢献していないけれども、その描写の部分に限っていえば、『宇治拾遺』の話からは感じられない張りつめた臨場感がある。この話の本来的な主題からははずれた、鈍なるがゆえの産物ともいえるが、それがこういう描写となって現れているところにも、このような集団行動こそが貴族と武士とを峻別するものであったことを思えば、彼がより適切な原話に接した場合の成功はすでに約束されていたといえよう。似たようなことは盗賊譚などの悪行譚についてもいえるはずである。

してみると、彼の鈍は単なる鈍ではなく、この時代の鋭の限界をも抜く、大きな可能性を秘めた鈍であったといわねばなるまい。

3　文学としての復権

これまで述べてきたように、『今昔』の世俗説話の世界はたしかに幅が広いが、なお捕捉できなかった世界も狭いとはいえず、それは主として撰者の側の知識・教養の欠如や、王朝貴族文化の中で洗練されてきたはずの感受性の欠如などに原因するものであった。彼はこれまでの王朝文学作品の作者たちとはまったく異質な人間であり、そこからくる既成文化への鈍感さが、彼自身はその文化を尊重し崇拝しているつもりだったとしても、しばしば『今昔』の話を泥臭く素人じみた感じのものにしていることを否めない。しかし、別の視点から見れば、彼をそうさせたものが、実はこれまでの文学作品が捕捉できなかったもの、ある場合には後代の文学作品でさえ十分には捕捉できなかったものを、彼に捉えさせた原因となったのである。『今昔』の世俗説話とは、この二つの方向性が同一説話の中にさえ併存し、お互いにせめぎ合っている混沌の世界であった。

このような撰者も、貴族社会の外で起こった出来事を伝える話を、その外なる社会から直接耳にできるような地点にいたわけではなかったらしい。先に述べたように、彼がそういう話と対面したのは、貴族社会の内部で形成されていた説話資料を介してのことだったと想像される。そうであるとすれば、貴族社会の内部にこんなにも幅広い資料を提供するだけの蓄積があったことの意味が改めて問いなおされなくてはならないし、撰者のような人間をその周辺に育てていたことの意味も考えなおされなくてはなるまい。『今昔』の撰者もたしかに平安朝の文化が生んだ人間の一人である。『今昔』の世俗説話は、平安朝の文化に対するイメージの改変をさえ、われわれに要求している。

このような『今昔』は、成立して後、長い間、流布することもなく眠り続けた、いわば幻の古典であった。この作品が世に知られるようになったのは中世も後半、近世に近くなってからのことであったらしいが、文学作品として積極的な価値を認めたのは芥川龍之介が最初だったといっても過言ではない。『今昔』が中世に流布しなかったのは、成立と同時に伝本（鈴鹿本）が死蔵されてしまったというような、偶然の結果だったかもしれないが、たとえ世に知られていたとしても、多かれ少なかれ王朝文化の血統上に立っていた中世の知識人たちにとっては、自分たちの文化伝統とはひどく異質な、容易には受け入れがたい異端の作品と感じられたのではなかろうか。

『今昔』の、なかでも世俗説話の、文学としての復権、というよりも初めての価値の付与が、いろいろな意味で王朝貴族文化の血を引く伝統文化から断絶してしまった近代の、その中でも飛び切りの知識人であった芥川龍之介の出現を待って初めて可能であったことも、以上のようなこの作品の性格からすれば、むしろ当然だったように思えてくるのである。

〈参考文献〉

（1）今野達「今昔物語集の作者を廻って」（国語と国文学・昭和三十二年二月号）
（2）益田勝実『説話と説話文学』三一書房　昭和三十五年
（3）神田秀夫・国東文麿編『日本の説話2・古代』東京美術　昭和四十八年
（4）池上洵一『今昔物語集の世界—中世のあけぼの—』筑摩書房　昭和五十八年

（初出は、国東文麿他編『図説日本の古典「今昔物語」』集英社・一九八九年）

〔講義ノート〕

「鬼の悲しみ」以後――『酒呑童子』から『しんとく丸』へ――

池上洵一

はじめに

　私はかつて「鬼の悲しみ」すなわち鬼になった人たちの孤独や悲しみについて考察したことがある(1)。今期の講義はそれについていささか付言するところから始めてみたい。

　酒呑童子や茨木童子がなったという鬼とは、一体どういうものだったのだろうか。私はこの鬼にいわゆるモノノケとしての鬼を感じることができない。彼等はもっともっと人間臭い存在である。たとえば『今昔物語集』巻廿七の霊鬼説話に出没する鬼とか精とか霊とかいう類の暗黒世界の魔物とは違って、人間と隣り合って生きる、もっといえば人間と同じ思考回路を持って人間と同じ時空を生きている、人間に限りなく近い、孤独な存在としか思えないのである。

　人間の女たちをさらってきて山中に立て籠もる酒呑童子の住処は、いわば山賊のそれに等しい。そして童子の言動にはどことなく孤独で寂しい影がある。「鬼の悲しみ」において私は御伽草子の『酒呑童子』に注目したのだが、視線を謡曲『大江山』に変えても事情は変わらない。山伏たちが話を合わせ、酌までしてくれるうれしさに、童子は自分の出自を語って聞かせ、その果てには、

　　飲む酒は数そひぬ。面も色づくか。赤きは酒の

料ぞ。鬼とな思しそよ。恐れ給はでわれに馴れなれ給はば、興がる友と思しめせ。われもそなたの御姿、うち見には、うち見には、恐ろしげなれど、馴れてつぼいは山伏。

と言い残して夜の臥処に入り、酔いつぶれてしまうのである。

「鬼の悲しみ」においても論じたように、私はこの場面にむしろ童子の寂しさや人恋しさの情を強く感じるのだが、この点は近世（天和元年（一六八一）頃成立か）の『前太平記』巻二十・酒顚童子退治事[2]になってもまだ継承されていて、そこでは次のように語られている。

吾天性異相なるに恐れてや、自ら人の交はり無し。我好で酒を飲と云へども、早晩も易らぬ彼等計にて異なる興なし。不レ図に斯逢進する事も可レ然宿縁ならめ。今夜は共に酒汲で互に憂を可レ晴也。

むろん童子は恐るべき鬼ではあるのだが、『伊吹童子』に語られる伊吹童子（酒呑童子の前半生とされる）がそうだったように、人間が生きながらにして変身して成った鬼である。人間世界からはじき出された者としての孤愁が漂うのはそのためだろう。彼の部下である茨木童子も、近世の地誌『摂陽群談』[3]によれば、摂津国川辺郡東富松村（現兵庫県尼崎市内）の農民の子として生まれながら、異常出生児として茨木の新庄の橋（現大阪府茨木市内）に棄てられ、それを拾って育てたのが酒呑童子であったという。大江山の鬼たちは首領も部下たちも、人間世界に生まれながらそこでは受入れを拒否され、はじき出された者たちの集団であったらしいのである。

この孤愁が室町物語草子や謡曲の『鉄輪』の女をはじめとする女の鬼たちの周辺にはさらに色濃く漂っていること、これもすでに論じたことがある。[4]『閑居友』巻下・3話「恨みふかき女、生きながら鬼になる事」における女の鬼の述懐は、著者の慶政が思わず「けうときものから、さすが又あはれ也」と感懐を漏らさざるをえないほど、単なるモノノケとは違う人間としての悲しみが込められていた。女の鬼の悲しみは男の鬼よりも一層深かったとさえいえるのである。

1.「鬼」と呼ばれた人たち

ところで、山中に住む鬼は酒呑童子たちばかりではなかった。御伽草子『酒呑童子』では、山伏に化けた頼光が、

> われらが行のならひにて、役の行者と申せし人、道なき山を踏み分けて、五鬼・前鬼・悪鬼とて鬼神の有しに行あふて、呪文を授け餌食を与へ、今に絶えせぬ年々に、餌食を与へあはれむなり。此客僧も流れを汲む、本国は出羽の羽黒の者なりしが、大峰山に年ごもりやう〳〵春にもなりければ、都一見そのためにゆふべ夜をこめ立ち出るが、せんのだうより踏み迷ひ、道あるやうに心得て是まで来りて候なり。童子の御目にかゝる事、ひとへに役の行者の御引合せ、何よりもってうれしう候。

と名乗っている。

ここに出てくる五鬼（後鬼）・前鬼とは大峰の山中にあって、物資を運搬するボッカ的な仕事に従事して、修験者たちを支援した人たちをいう。これらの鬼の像は役行者像とよく組になって行者の両脇に小さくうずくまるように造形されている。和歌森太郎『修験道史研究』(5)では、

> 前鬼・後鬼は山中にこもって世の人の不安、不幸をもたらすもとだと信じられた鬼であり、これを山伏が調伏することに修験道の本領が考えられてきたからこそ、役行者の両脇にうずくまるようにして従う、二つの鬼をあしらったのである。そして吉野の山中には、この鬼の子孫だということを憚りもせずに伝承する家さえ、近代まであった。

と説かれているが、最後の一文のすわりが悪いのは、この論述には無理があるからだ。

たしかに吉野の山中にはこれらの鬼の子孫と称する村がある。けれども、いわば四天王の足の下に踏みつけられた天邪鬼のように一方的に打倒されたものの子孫であると自ら「憚りもせずに」称する人があるだろうか。これにはもう少し深い意味が込められているはずである。

五来重編注『木葉衣・鈴懸衣・踏雲録事―修験道史料1―』[6]は修験道の代表的入門書を集めて有意義だが、それに収められた『踏雲録事』の「小角徒弟」条の冒頭に、

　小角君の徒に、義覚、義玄、義真、寿元、芳元と云う五人あり。これを五代山伏と云う［義覚、義玄を、前鬼、後鬼と云う説は非なり。彼は役使の鬼神、これは嗣法の行者にして、類殊なり。混じ誤るべからず］。

とある。前鬼、後鬼は「役使の鬼神」、すなわち山伏に奉仕する存在だという。五来氏はこれに詳注を附しておられるが、長いので要約していわせてもらえば、「この鬼は山の神の化身である。山神を役の行者が使役したことは、葛城山の一言主神を呪縛した話や、鬼神を使役して葛城山から金峰山まで椅を架けさせた話にあらわれている。山神は護法善神として仏法を守護すると考えられていた。空海の高野山開山にあたっての高野明神・丹生明神がその例である。もう一つは山中で山伏をサポートする山人が現実に存在した。それを山神たる善鬼としてイメージしていたのではないか。大峰山の入峰修行は山人村の人たちのサポートを前提として成り立った。上北山村前鬼、天川村洞川（後鬼）はその代表的な集落であった」ということである。

　この鬼あるいは鬼と呼ばれた人たちとあの童子たちとはまったく無縁の存在なのだろうか。酒呑童子に逢えたことを偽山伏の頼光が「ひとへに役の行者の御引合せ」と言っているのは、役行者が山伏たちの開祖あるいは守護神という以上に、行者と鬼とをつなぐ糸を意識した物言いだったはずである。

　ところで、鬼の子孫と称する村はほかにもあった。この方面での古典的な研究ともいうべき柳田国男「鬼の子孫」[7]において指摘されているように、京都八瀬の人たちは鬼の子孫と自称していた。近世になってもこの村の人たちは月形を剃らず長髪で過ごし、比叡山の（後には併せて皇室の）駕輿丁を役としていたが、広い意味での修行者のサポート役であったといえよう。そしてその役についている限りは年老いても「童子」と呼ばれていたのである。前述の大峰でも前鬼の人たち

は妙童鬼、後鬼の人たちは善童鬼とも呼ばれていたのだが、童子あるいは童はただ少年を意味するだけの言葉ではなく、従者（雑役者）をも意味する言葉であった。このことは中世の寺院で雑用に従事した人たちが堂童子と呼ばれたことや、貴族に仕えた牛飼童や小舎人童が、ふつうは「少年」と訳されているけれども、現実には少年とは限らなかったことを思い浮かばせるであろう。

この人たちがふつうの俗人とは違う長髪であったことは、いろいろなことを考えさせられる。まず思い浮かぶのは神官の髪。神官はすべて総髪であった。これは神降ろし、魂呼びなど神との交流には長髪であることが必要と考えられていたからである。いわゆる丑の刻参りには乱髪にしたのも、これと通じるところがあったに違いない。

とすれば、山伏を支援する鬼といわれた人たちも単なるサポーターではなく、なにか仏教以前の民俗信仰にかかわるところの多い存在であり、役行者自身も単純に仏教というより古代民俗信仰の側により多く属した人であったことが物語るように、山伏たちもまた同様の世界を生きていたことと深くつながっている問題のように思われる。出羽の羽黒山の山伏には近世まで阿闍梨式という山伏の故実を問答する儀式が残っていたが、それが終わった後の宴会には必ず鬼の扮装をした者が出て山伏らに饗応したという[8]。鬼は何らかの神性を帯びた存在として、従者的でありつつも修験とは切っても切り離せない関係で結ばれていたのである。

別の見方をすれば、それは古い民俗信仰とその神の落魄の姿であったといえようか。彼らは山間僻地の住人であっただけに平地民との交渉も少なく、神聖なる鬼であると同時に、一方では新来の宗教への屈伏者ないし奉仕者として、ひっそりとその役割を果たし続けていたのである。そうした鬼＝侍者＝童子の持つ神性ないし霊性への畏怖が、山中の酒呑童子を想像させた理由の一つであっただろう。

捨て童子たちの背後には、個としての鬼、個としての宿命をいう以前の、一村一族の宿命として鬼としての生活を送る人たちのかすかな投影も見て取れるのではないか。偽山伏の頼光が酒呑童子との邂逅を「役の行者の御引合せ」と言ったのは、たとえお世辞であったにせよ、捨て童子酒呑を山の鬼たちに重ね合わせて見ているからであり、後鬼や前鬼の人たちはいわば一村あげての捨て童子であったといえるのである。

以上、私はあまりにも民俗学的な問題にこだわりすぎ、小さな徴証の意味を大きく考えすぎてきたかもしれない。もともと自分の研究方法からは遠い世界のことを追いかけようとしたので、かえってぎこちなく要領を得なくなったかとも反省している。

ここで最初の「鬼の悲しみ」の問題に話を戻すならば、私は鬼の孤独や悲しみに寄せる思いが、これらの話ないし作品を成り立たせているとまで主張しているわけではない。『酒呑童子』でいうなら、童子はたしかに退治されてしかるべき凶悪なる者として造形されているし、この話ないし作品が中世から近世にかけて大いにもてはやされた理由も、市古貞次『中世小説の研究』(9)にも説かれているように、悪者に捕らわれた高貴の女性を英雄が幾多の困難や危難を冒して奪還するという話の型によってであったに違いない。室町物語草子も謡曲も、鬼とそうでない人間との関係でいえば、所詮は鬼ではない人間の側の文学でしかなかったからである。

しかし、そうでありながら、憎んでもなお余りあるはずの童子や鬼に、なぜか憎み切れないさびしさや人なつっこさを感じさせるような叙述が見られるのも事実である。なぜだろうか。馬場あき子『鬼の研究』(10)は、それを誅殺された反体制的強者に対する一抹の哀悼の心の現れとして捉えている。だが私は、前稿ではそれを「誰でもなりかねない」という思いの側面から捉えなおしてみたわけである。

思えば謡曲（能）の作者たちも、その根源を尋ねてみれば、前述の八瀬の人たちと同じように、有力な寺社に奉仕する芸能者集団として存在していた。大和四座なら興福寺や春日大社など、近江猿楽なら延暦寺や日吉大社などに従属するものとしてあった。鎌倉から南北朝期にかけて、この種の芸能の中心だったのはむしろ田楽だが、応安七年（一三七四）将軍義満が観阿弥の能を観るという画期的な出来事があり、その芸に魅せられた義満が観阿弥・世阿弥父子を保護するに及んで、能はいわば第一芸術としての地歩を固めることができたのである。

やがて能は武家の式楽として尊重されるようになり、能役者の地位も大幅に向上したが、そうなる前の彼等は、あえていえば下級の地位にある芸能者集団であった。そのかつての地位の低さが、作中の描写にストレートに反映しているというわけではないが、彼等が扱った題材にいわゆる上層階級の人間では考えられないような幅の広さをもたらしていることを否定できない。

たとえば、観阿弥作（現在のそれは世阿弥の改修の手が加わっているといわれる）の『自然居士』は、東山雲居寺の喝食である自然居士がシテである。喝食とは禅寺に仕えていた有髪の侍童である。それに居士というのは出家しないで仏門に帰依した者のこと、有名な維摩居士もその例といえる。その居士が雲居寺修理の寄進を集めるために説法していると、そこに自分の身は人買いに売り、それで得られた衣を両親供養のために寄進したいという娘が現れる。事情を知った居士は人買いとわたり合い、人買いの前で芸を尽くして見せ、ついに娘を取り戻すという筋だが、このことからも見て取れるように、この居士は深遠な説法というよりはむしろ話術にすぐれ、同時にいろいろな芸もして見せる、いわゆる勧進聖的な存在で、ある意味では寺社に隷属して勧進興行などを行なっていた猿楽者たちとも共通する位置にいた人物である。観阿弥の作品は、特にこういう一般庶民に近い世界に取材し、わかりやすい劇的構成を持つものが多いといわれている(11)。

一般に、能が『源氏物語』など王朝の古典と幅広い関係を持つことは周知のことだが、その一方で、古典的あるいは貴族的な社会とは対極的な世界の題材、そういう世界で伝えられてきた伝承などとの接点を持ち続けていた。そしてさらに、古典的な世界に関係しながらも独特の発想が見られる作品もある。たとえば『蟬丸』（別名『逆髪』）。粗筋をいえば、延喜帝（醍醐天皇）の第四皇子蟬丸の宮は盲目のため逢坂山に捨てられる。勅使清貫は宮の髪を剃り、蓑笠と杖を与えて去る。寂しさに琵琶を抱いて泣く蟬丸。そこに髪が逆さに生い上るため都を出てさまよい歩く第三皇女（蟬丸の姉）逆髪の宮がやって来る。二人は不幸を歎き合い、また別れて行く。

蟬丸の出自はもともと伝説的で、皇子説もたしかにあったのだが、ここではその蟬丸が琵琶の名手であったとか、博雅三位に秘曲を教えたとか、『今昔物語集』などにもあって著名な説話の方に行くのではなくて、それは簡単に押さえて、人間社会からはじき出された者の悲しみを中心に据えている。しかも原因は生来の身体的問題であって、彼等自身の責任ではない。それをこの二人は宿命すなわち前世での所業の報いとして受け止め歎くのである。救いのない悲痛な劇として印象に残る。

ここからあの鬼たちの世界へはほんの一歩である。あの鬼たちが鬼として捨てられたのも、いわば宿命であって彼等自身の責任ではなかった。嫉妬に狂って鬼となった『鉄輪』や『閑居友』の鬼女も、原因は定めなき男女の仲にあって、つねに受動的な位置にある女性の宿命そのもの、あえていえば相手の男の責任であったともいえるのだ。そういうはみ出し者あるいは余計者としてのありようを宿命として背負って生きる人びとと、かつては卑賤な芸人として生きた猿楽者たちとは、ある意味で共通するところがあったが、同時に、それぞれに我が身の不幸や不如意を歎く享受者にとっても、その苦しみや悲しみは縁遠い世界とはいえなかったはずなのである。

先にも触れたように、能はやがていわゆる第一芸術として洗練され芸術性を高めていくのだが、いま差し当たっての私の関心はその高まっていく過程にはない。これから追いかけてみたいのは、そういうはじき出された人たちが宿命の中で生への執念を燃やし続ける姿を、むしろそのはじき出された人たちの側からうたいあげるような作品、具体的にいえば中世末期から近世初期にかけて盛行した説経節の世界である。それはまさに最底辺の人々の文学であった。

2.『かるかや』 ―心強き人―

説経節は説経浄瑠璃あるいは単に説経ともいわれるが、僧侶がする説経と直接の関係はない。元来はさすらいの大道芸人がササラの伴奏で語る語り物の一種であった。それをなぜ説経というのか。後述するように語るものの内容が大なり小なり宗教に関係していたからで、経典には関係ないから、理屈をいえば「説教」の字を宛てるべきだろうが、なぜか当時から「説経」の字が用いられていたようである。一方、浄瑠璃というのはなぜか。この芸能は遅くとも安土桃山時代、恐らくは室町後期から盛んだったが、江戸時代になると都市の発展とともにさまざまな芸能が劇場で上演されるようになり、この説経もそれに加わったが、一足早く劇場に進出していた浄瑠璃を真似て伴奏に三味線を用い、あやつり人形を用いて演出して、元禄頃には相当盛んだったが、やがて浄瑠璃との競争に敗れて消えて行ったといわれる[12]。題材の中世的な古さと、新しい時代に対応できなかったジャンルの構造的古さに原因があったのだろうが、このように浄瑠璃に似た演出法をとったために「説経浄瑠璃」と呼ばれたのである。つまりは江戸時代になってからの呼称であるから、ここではより古い「説経節」を用いて話を進めることにしよう。

説経節の作品としては『かるかや(苅萱)』、『さんせう大夫(山荘大夫・山椒太夫)』、『しんとく丸(信徳丸・俊徳丸)』、『をぐり(小栗判官)』が四大作品といわれるが、これらの作品は私の親以上の年配の人にとっては、親しみ深いものばかりであったと思う。というのは、後に改作されて浄瑠璃にとり入れられたりしたこともあるが、それだけではなく、それこそ大道芸人や庶民の伝承の中に永く生き延びて、ふだん劇場などに通うことのない人たちにまで、というよりも、むしろそういう人たちの心の中でこそ、永く生き続けていたからである。

『さんせう大夫』は森鷗外の小説『山椒大夫』として再生され、筋は小説も大体同じであるから一番よく知られているだろう。高野山に行ったことのある人は、バスを降りて奥の院の方に行く道の右側に苅萱堂というお堂があったのを覚えているだろうか。そこでは『かるかや』の話を絵物語にした安価な絵本などを並べて売っていたものだが、今でもそうだろうか。

あるいはまた、近鉄電車の大阪線で鶴橋から八尾の方に行く時、布施駅で奈良線と別れてすぐ俊徳道という駅がある。各駅停車の電車しか停まらない駅だが、近畿大学の近くだから知っている人も多いだろう。これは『しんとく丸』の主人公が天王寺に行くのに通った道という伝承に基づく駅名である。少し遠くなるが熊野本宮の奥に湯の峰という古い温泉場がある。そこには立ち並ぶ旅館や民宿とは別に壺湯（別名おぐりの湯）という小さな入浴小屋が川の中にぽつんとあって東光寺という寺が管理しているが、『をぐり』で毒を盛られてミイラ状態になった判官が入ってなおったという湯だと言い伝えている。

〔余談〕

壺湯は定員二名が限度の狭い、しかし斜め壺状に深い湯船で、私は熊野古道踏破の途中、日本史学の戸田芳実さんと一緒に、よくぞ男に生まれけると苦笑しながら入湯したことがある。小屋の壁には曲がった材木の板が順不同に打ち付けてあるだけだったから、小屋の内側から道行く人たちがよく見えたし、その逆もまた真なりだったからである。

ともあれ、このように説経節の世界は今もたしかに生き続けている。そうはいっても多くの学生諸君には縁遠い存在になっていることは確かだろうし、説経節に語られるおどろおどろしい話の世界も、現代人の感覚からはほど遠いものかもしれない。私にとってさえそうなのだから、まして諸君にはそうだろうと理解できる。

だが、生きた伝承に触れたという意味では私が最後の世代かもしれない。私がまだ幼かったころ、高野山や四国八十八所（それを簡略化した小豆島八十八所もあった）にお参りした近所の年寄りたちがお土産と称して私にくれたけばけばしい『苅萱』の絵本とか、おどろおどろしい地獄絵の刷り物は、私を喜ばせるどころか迷惑がらせ、嫌悪感と恐怖でさいなませるものでしかなかったが、その人たちの世代までは、つまり歴史的尺度でいえば現代からさほど遠くない過去まで、これらの物語の世界は日本人の心の中に一種の常識としてかなり幅広く生きていたのである。私自身が好きか嫌いかの問題ではない。そういうものが日本人の精神世界に近代まで生き続けていたという事実は無視できないと思うのである。

いわゆるインテリの世界に閉じ籠もってしかものを見ない人にとっては、これらはすべて過ぎ去った昔のこと、存在しないに等しいものでしかないだろう。しかし、そういう人には明日にでも生駒の石切とか宝塚の清荒神とか、いわゆる庶民信仰の寺社に行って、信心はしないでよいから、参詣人の言動や土産物屋から易者、占いその他もろもろの商人や芸人の言動をゆっくりと観察してみてほしい。日本の文化を論じるのならあの人たちをも包み込めるような視座を持たなければ、ただ仲間うちの話、コップの中の嵐ぐらいの意味しか持ちえないのではないだろうか。そういう意気込みで、ある種の覚悟とともに、これから作品の世界に入って行こうと思う。

およそ現在神や仏として祀られているものが神や仏となったについては、かつて人間として経験した深い苦悩があったとして、その苦悩を詳しく語ろうとするのが中世の本地物といわれる物語草子や『神道集』に収められた話の通例である[13]。説経節の『かるかや』は、信濃の善光寺の親子地蔵の本地を語る形式をとる。それが説経といわれる所以でもあるのだが、その親子の苦悩にこそこの物語の主題があるのである。

九州で六か国を知行していた重氏殿は、咲いた桜がまだ散らないのに蕾が落ちて盃に入ったのを見て世の無常を悟り、妻子をすてて出奔する。その子は三歳の女の子、妻は懐妊して七か月になっていた。重氏は上京して黒谷の法然上人を訪ね、しぶる上人に妻子には絶対に会わないと神かけて誓って出家し、苅萱道心となる。九州では男の子が生れるが、十三年たったある日、道心は妻子が訪ねてくる夢を見、黒谷を出て高野山に登る。

夢は正夢だった。十三歳になった男の子（石童丸）が母とともに上京してくる。九州に残ることになった姉は泣く泣く自分の縫った衣を弟に託した。黒谷から高野山へと後を追うが、高野山は女人禁制のため母は麓の学文路（かむろ）にとどめられ、石童丸だけが山に登る。六日目、奥の院の橋で父に出会うが二人ともそうとは知らない。父の消息を尋ねる石童丸の言葉を聞いて道心は胸を打れるが、その人は去年死んだと答え、別人の墓をそれと教える。石童丸は墓にすがって泣き、姉の託した衣をせめて受け取ってくれと道心にわたす。石童丸が泣く泣く山を降りると、母は麓で病気となり亡くなっていた。母にすがって泣いた石童丸は、せめて後を弔ってもらおうとまた山に登り、道心に頼む。道心は妻の死を知り、悲嘆の思いを我慢して弔ってやり、遺骨は山に納めてやるから遺髪を持って国に帰れとさとす。

石童丸が九州に帰ってみると今度は姉が病気で亡くなっていた。天涯孤独となった彼はまた高野山へと引き返す。わけを聞いた道心は石童丸を出家させ、自分の弟子とする。しかしやがて実の父子とわかる日が来ることを心配した道心は石童丸を残して信州善光寺へと去る。それから五十年、道心は八十三歳、石童丸（道念坊）は六十三歳で、同日同時刻に往生を遂げたという。

すでに気づいたと思うが、ここにはすれ違いの悲劇が繰り返して演じられ、そのたびに石童丸の境遇は救いのないものへと転落していく。そして、その可哀相な石童丸の姿に、

あらいたはしや石童丸は、こぼるる涙のひまよりも、口説きごとこそ哀れなり。

とか、

あらいたはしや石童丸は、母の剃り髪首に掛け、筑紫を指いて御下りあるが、

とか、説経節の決まり文句である「あらいたはしや」が繰り返し繰り返しおっかぶされていくのである。荒木繁氏の調査によれば、この作品にはこの言葉が二十

七回も用いられているという。(14) こうして石童丸のいたわしさが否応なく印象づけられるのである。

こういえば如何にも拙劣で読むに堪えないような気がするかもしれないが、実際に読んでみるとそうではない。むしろこの決まり文句の繰り返しがリズムを呼んで、心地よくさえ感じられる。散文ではなく語り、それも平曲のように手の込んだものではなく、むしろ単調なメロディーであったろうから、余計にこれがリズムとして響いてくるのである。

ところで、この悲劇の源になったのは苅萱道心の出家であるが、出家は後に残される人間にとっては悲劇であり、出家する本人にとっては恩愛の情との戦いである。さればこそ発心出家譚は古来繰り返し物語や説話として語られてきた。しかし、特にこの作品で悲劇を深めているのは、父が妻子との再会を必死に避けようとし、再会後も決して自分が父であるとは明かさずにいることである。むろん出家したからには恩愛の情は断たねばならない。しかしこの父の拒絶は、出家者としての自制であるよりも、神かけて法然上人に誓った、その誓い（約束）を守り通すことに目的があるように感じられる。

むろん彼は心で泣き、歎き、わびる。それはそれでよく描かれているのだが、その反面、彼の信仰の深まりの方はほとんど描かれることはない。いわば彼もまたどうにもならない宿命を背負い込んで、ただただ心強く生きている感じなのである。つまり宗教あるいは信仰と世俗的恩愛の情との軋轢というよりも、なにか宿命を背負ってしまった人が、これでもかこれでもかと受ける苦悩と悲しみの物語という方が当たっているような感じさえする。

その理由の一端は、この誓いを断固として守る父の心強さにあるのだが、説経節に登場する主人公やヒロインたちは、みな同様に非常に一本気で心の強い人たちである。後に述べる『しんとく丸』でも明らかになるはずだが、実はそれこそが説経節を生み、育て、支えてきた人たちの立場と密接に関係しているのではないかと思う。

まず、説経節で語られる信仰は、決して理づめなものではない。これは説経節に関係した人びとが決して理から入った宗教人ではなかったことを物語る。この作品の場合はおそらく高野聖や善光寺聖の伝承が入っているのであろうが、彼らは苅萱道心の信仰それ自体を突っ込んで問うよりも、そこから生れた石童丸の悲劇の方を熱心に語っている。つまり、たとえば『発心集』における鴨長明のように、伝承者自身の生き方にはね返ってくるような問い方をするのではなく、むしろ信仰の問題は自明の前提として問い直すことをせず、世俗的な悲劇を印象づけようとしているのである。これは語り手が宗教人そのものであるよりも宗教によって糧を得る人たちであったことと無縁ではあるまい。

次に、この作品だけでなく『しんとく丸』や『さんせう大夫』でもそうなのだが、主人公はかなりの地位の人である。ところがいったん物語が始まると、ひどく惨めな境遇となる。苅萱道心も僧としては最下級の聖でしかない。このことは『しんとく丸』で詳しく考えるつもりだが、こういう底辺での苦しみの描写こそ説経節の独擅場であって、現世ではまったく恵まれない者こそが来世では夫婦・親子仲良く幸せに暮らせるようになるのだという真理というか願望が込められているように感じられる。これも語り手自身が底辺を生きる人たちであったことと無縁ではないはずである。

そして、こういう作品が受けたということは、享受者の中に主人公の悲劇に自己投影して涙する人がかなりの程度あったということだろう。それは同情の涙であるだけでなく、自分もまたどうにもならない不如意や悲劇を抱えていると自覚している人たちの涙であったはずである。バサラが流行し豪華な立花や茶の湯が流行した時代でも、路傍で一服一銭の茶を商う人たちまでが浮かれ解放されて暮らしていたわけではあるまい。

戦後まもなく、私がまだ少年だった頃に「星の流れに」とか「岸壁の母」とかいう流行歌が一世を風靡した。この場合はメロディーよりも歌詞が問題だと思うので、機会があれば歌詞を検索してみて欲しいのだが、戦後の日本にはこれらの歌詞が描く世界を、自分とまったく同一ではないにしても、わが身につまされるものとして受け止める人間が多かったからである。そういう悲劇を「すれ違い」で描く説経節は、それがまた現代につながる日本人好みの悲劇の構造の始発点としても注目されるのだが、彼らは、そしてまたわれわれ現代人の多くも、なぜそれを好むのか。これも第三者的に構えて冷笑してすませるのではなく、一度は根本的に立ち向かってみなくてはならない問題だと考えている。

さらにまた、底辺の人間の悲劇を描くこれらの作品が、その実つねに、もと相当の地位にあった人の没落した姿としてしか描かないのも問題だろう。これはリアリズムの不徹底などという問題ではなく、そういう特別の人間もしくは神仏の申し子でなければ物語の主人公にはなりえない、というよりも、そういう人間を描いてこそはじめて物語になりうるというような精神の機構が中世にはあったことを物語っている。短い説話や軍記などの実録はともかくとして、語るに値するのは常にそういう特別な人間についての物語であった。だから室町物語草子の庶民的主人公は神仏の申し子であったり神仏の特別の加護を受けた人間であったりする。老父は実は堀河中納言の子、老母は伏見の少将の子で、自身は住吉明神の申し子であった『一寸法師』、仁明天皇の皇子で信濃国に流された二位の中将の子で、善光寺如来の申し子とわかる『物くさ太郎』、鹿島明神に祈って生れた姉妹が二位中将の北の方、帝の女御となり、ついには自身も大納言となる『文正草子』等々、その例には事欠くまい。近世になると文楽浄瑠璃の世話物の主人公たちのように、文字どおりふつうの、ただの人間が主人公として語られるようになるのだが、実はその点にこそ一種の人間解放とでもいうべき近世の明るさがあったのである。それにくらべると説経節は中世の影にまだすっぽりと覆われた文学である。

3. 『しんとく丸』—絶望の中での主体性—

説経節の『しんとく丸』は、謡曲では『弱法師』として知られる物語だが、ここでは説経節で内容を追ってみよう。

河内国高安郡すなわち生駒山麓に住む信吉（のぶよし）長者夫妻は、京都清水寺の観音に子宝に恵まれたいと祈る。すると霊夢があり、夫婦とも前生に殺生の罪を重ねた報いで子がないのだが、もし夫婦どちらかの命が子が七歳になった時なくなるとしても子が欲しいかと告げられ、命と引き換えに男の子（しんとく丸）を得る。しんとく丸は幼いころから利発で、やがて天王寺の聖霊会の日、蓮池の石舞台で稚児として舞うが、それを和泉国蔭山長者の娘乙姫が見そめて恋文を送り、ついには双方の両親ともにゆるし合う仲となる。

しかし、しんとく丸の母は十三歳の彼を残して死に、長者は再婚する。継母には男児が生れる。彼女はしんとく丸を憎み、実に百三十五本の釘を打って呪う。そのため彼は癩病（ハンセン病）となって失明する。継母は彼を棄てるよう父に要求、ついに天王寺に棄てられるのである。

一人悲しむしんとく丸に観音の告げがあり、人の呪いによる病であるから乞食して命を継ぐように諭す。町の人は彼に「弱法師」とあだ名をつける。さらに熊野の湯に入れば病がなおると告げがあり、熊野を目指すが、途中、そうとは知らず乙姫の屋敷で物乞いして女房らに嘲笑される。恥辱にさいなまれたしんとく丸は生きても甲斐なしと引き返し、天王寺の引声堂の縁の下で餓死しようとする。

話を聞いた乙姫は、夫婦の約束をしたからにはと彼の後を追って熊野に向かうが、藤白坂（和歌山県海南市）で引き返し、尋ね尋ねて天王寺に行き、ついに再会する。乙姫は献身的に彼を世話し、彼を背負って都に上り清水に祈る。また霊告があって快癒し目も見えるようになる。

一方、信吉長者は、人を呪わば穴二つのはずが、継母ではなく長者の方に祟りがあって盲目となり、一家は落ちぶれて丹波にさすらう。蔭山長者はしんとく丸を聟に迎え、しんとく丸は乞食の頃に世話になった人々に報恩のため、阿倍野が原で七日間の施行をおこなう。そこに父と継母とその子が乞食に来る。それと気づいたしんとく丸は父の目を癒し、継母とその子はその場で首を斬って捨てる。

以上が大体の粗筋だが、この作品は説経節の特徴を典型的にまた集中的に備えている。そのすべてを詳細に論じるには到底時間が足りないので、主な問題点だけをざっと展望しておきたい。

この作品では天王寺が重要な舞台となっている。天王寺は平安後期以来、その西門を極楽の東門とする信仰が定着していた。これは平安浄土教（浄土宗ではない）における日想観に関係する。すなわち浄土に往生するためには念仏とともに浄土を観想しなければならない。その観法は『観無量寿経』に説かれているが、十六の観法のうち、その第一が日想観である（第二は水想、第三は地想、第四は宝樹想という具合に、極楽浄土の環境からはじめて次第に仏そのものへの想に近づいていく）。それは日没寸前の西方の太陽を凝視し、いつでもそのイメージが心の中に再現できるようにすることである。

天王寺は当時、その西門のすぐ下が海であった。つまり上町台地の麓までが海であって、いまの大阪の繁華街は大半が海底にあったわけだ。天王寺の西門はまさに海に沈む夕日を望む日想観の場所であり、それだけ極楽に近い場所でもあった。『栄花物語』殿上の花見には上東門院彰子が天王寺の西門で日想観にふける場面があり、『今昔物語集』巻十一第21話には、その西門に聖徳太子がみずから「釈迦如来転法輪所、当極楽土東門中心」と書いた。だから皆この西門で念仏を唱える。「于今不断シテ、不参ヌ人無シ」と語られている。平安末に捨身（入水）往生が流行した時には、天王寺の沖に入水する者が少なくなかったことが往生伝や『発心集』などに見える。

天王寺の西門はこの世と浄土、悩みと救済との接点である。しんとく丸が籠もった引声堂はその門の西側にあった。西門の外、海寄りには鳥居（現在の石鳥居）があったが、その門と鳥居との間には北に短声堂、南に引声堂（念仏堂）があり、両堂は念仏道場として知られ、毎年彼岸の中日には融通念仏が行なわれて、平野の大念仏寺の上人が導師となるのが定例となっていた。[15] 引声堂はまさにあの世との接点に位置していたのである。

天王寺の信仰は太子信仰に支えられており、浄土教はそれと融合するかたちをとっていた。それが境内の状況であったとすれば、その外側の引声堂（念仏堂）はそういう正統の伝統的聖域からはみ出た、より庶民的な念仏専修ゾーンにあったともいえる。接点としての位置は死と再生の場であったことをも意味しており、そこでしんとく丸が乙姫に助けられ救済されるについては、それだけの宗教的必然性があったといえるのである。

では、しんとく丸はなぜ天王寺に捨てられたのか。どこにという前に、なぜ捨てられたのかを考えておく必要があるだろう。むろん継母が父の長者に強要したからであるが、なぜ長者はしぶしぶながらそれに従ったのか。しんとく丸が癩病だったからである。この病気の人は所属集団から排除されるのが中世の掟であった。財力からいえばしんとく丸を隔離して養うこともできたであろう長者も従わざるをえない社会的慣習であった。

では、排除された病者はどこへ行くのか。動けるうちは乞食をするしかないが、その乞食ですらどこででもできたわけではなかった。その行き先は多く天王寺であり熊野であった。救済を祈って効験ありとされた場所は同時に病者が乞食をして生きて行ける場所でもあった。なぜならそういう場所には参詣人が多く、一般人にとっても施しをするのは功徳とされていたからである。

そういう場所に流れてくる人たちは病者とは限らず、理由はさまざまだったが、みな所属集団から押し出されて流浪する絶望的な人たちであった。説経節の語り手もその一人だったとみてよいだろう。そして彼等は、その絶望の中にも救済を信じていた。それを信じることが唯一の生き甲斐、命をつなぎ止める綱であったといえようか。

この二か所の聖地は説経節の作品の中でも救済、再生の場として大きな役割を与えられていた。たとえば『さんせう大夫』では、厨子王は丹後のさんせう大夫の家から脱走して国分寺に逃げ込み、皮籠の中に隠れて助かるが、腰が立たなくなる。国分寺の僧は彼を京まで送ってやり、京からは車に乗せて人々が交替で引いて天王寺に送ってやっている。その天王寺で腰が立つようになり、さらには大臣の梅津院に見そめられて養子となって復讐するのである。『をぐり』では、毒酒を飲まされてミイラ同然になった小栗判官が、車に乗せられて東国からはるばると人々に引き継がれつつ熊野に到り、湯の峰の湯に浸かってなおって復讐する。

しんとく丸が熊野をめざしたのにも理由はあったというべきだろう。ところが、その熊野詣は観音の告げによるもので、いかにも予定調和的にハッピーエンドを迎えるかと思われたのに、しんとく丸は途中で乙姫の屋敷で物乞いし辱められることによって、死んだ方がましだと観音の告げ＝熊野詣そのものを止めてしまう。これがこの作品の眼目ともいえる要注意点であろう。

すべては神仏の意のままに、観音の引く糸によって操られていたかに見えた人物が、ここでその告げを裏切る。人間が自ら主体的に動きはじめるのである。むろんこれはやがて来るべき観音の救済に向けて、観音がさらなる試練を与えたということもできる。しかし、たとえそうであっても、ここでの彼は人形ではない。業苦にはまり込んだ人間の叫び、観音の告げに従ってもなお余計に苦しみを嘗めさせられるばかりという、絶望のどん底にある生身の人間の叫びが描かれている。

観音を信じないわけではない。といって観音を信じてなすがままというのでもない。信じながら、その信心と矛盾しないかたちで、たとえ信じていてもどうにもならない生身の人間の苦しみがあるのだということが発見され、ここで描かれはじめる。いわば霊験譚における主人公が、霊験譚の枠を打ち壊すかたちとしてではなく、あくまでもその枠内にとどまりながらも、たしかに生きた人間の姿で描かれてきているのである。

そういうしんとく丸を助けるのは乙姫の献身的な愛である。しかしまた、彼女の行動には愛などというありきたりの言葉では表し切れないものがある。前述のようにこの病者は集団から排除されるのが掟であり、父長者といえどもどうにもならなかった。ところが乙姫はその病者であるしんとく丸に抱きつき、助け起こし、肩にかけて清水に詣でる。文字通りの献身である。

この乙姫の人間像に、いわゆる愛を認める以上に、人と神仏とをつなぐもの、仲介者としての意義に注目して、当時でいう「歩き巫女」の姿の投影を見ようとする説もある。(16)世は下剋上の時代、前代までのように神仏と人間とが直結しにくくなり、信心と不信心とが錯綜する中で、一方では神仏と人とが断絶していく時代にあって、両者のつながりを回復しようとする、あるいは新たなる回路を見つけようとする営みであったかもしれない。つまり、しんとく丸の絶望や人間としての叫びのはけ口ははけ口として確保しながら、それをそのまま信仰につなごうとする試みがここにはあったというべきかもしれないのである。

また、乙姫と同様の女性の献身的な救済行為は、説経節の諸作品に共通して見られる。『さんせう大夫』における安寿、『をぐり』における照手姫など。この女性たちの人間像には何が託されているのか、これも今後考えを深めて行きたい課題の一つである。

なお、しんとく丸の不幸が継母の呪いと、それを簡単に聞き入れた観音によってもたらされているのは、いささか奇異に感じる人があるかもしれないが、実はこれにはさらに深い原因があるのであって、そもそも信吉長者夫妻には前世からの因縁で不幸の種があり、その因果の糸がしんとく丸にまでつながっていたと解するべきだろう。彼の身の上にはそういう宿世の因業がのしかかっていたのであり、継母の呪いはそれを顕現させる引き金に過ぎなかったということなのだろう。それがこの種の作品を支配している論理なのである。

最後に、この作品の中でも乞食のしんとく丸が弱法師とあだ名されたことが出てくるが、その弱法師を主人公とするのが謡曲『弱法師』である。やはり舞台は天王寺。高安の里の左衛門尉通俊が讒言によってわが子を追い出したことを後悔して西門の石鳥居で七日間の施行を行なう。そこに盲目の弱法師なる乞食が現れるが、わが子俊徳丸と知って驚き、手を引いて帰るという筋立て。舞台芸術としての必然性もあって筋立てはかなり簡略化されているが、時代的には説経節に先行するはずであり、これはこれで古くからあった伝承を踏まえているのだろう。

何年か前に大阪府の高校教諭になった卒業生がいたが、赴任当初この曲のことを知らなくて恥ずかしい思いをしたと聞かされた。今期は詳論する時間を失ったけれども、有名な作品でもあり地元に密着した作品でもあるから、各自自分の目で読んで心にとめておいてほしい。今期とりあげた物語草子や説経節がこの時代の文学のすべてであったというつもりは毛頭ないけれども、こういう作品の世界を踏まえることによって、この時代の文学を見る目を作り視野をひろげるとともに、最初に言ったように日本の文化そのものを見なおす契機となればと思い、あまり得意でもない分野であるにもかかわらず紹介に努めてみた次第である。

〈注〉

（1） 拙稿「鬼の悲しみ—中世人の「人間」理解—」（「国語通信」266号、筑摩書房、昭和59年）。〔池上洵一著作集第二巻『説話と記録の研究』に再録〕。但し、右は後年に機会を得て、要約したものを活字化したものであり、本講義実施の時点では、活字としてはまだ未発表であった。

（2） 博文館編輯局編纂『校訂前太平記』（博文館、明治31年）。その後、叢書江戸文庫の一部として板垣修一校訂『前太平記』上・下（国書刊行会、平成元年）が刊行され、閲読は至便となった。

（3） 日本歴史地理学会校訂「大日本地誌叢書」（大正5年）所収。その後、歴史図書社、雄山閣から再刊されている。

（4） 前注（1）に同じ。

（5） 和歌森太郎『修験道史研究』（平凡社〈東洋文庫〉、昭和47年）。

（6） 五来重編注『木葉衣・踏雲録事他—修験道史料1』（平凡社〈東洋文庫〉、昭和50年）。

（7） 『定本柳田国男集・第九巻』（筑摩書房、昭和37年）所収。

（8） 『出羽三山史』（出羽三山神社、昭和29年）。

（9） 市古貞次『中世小説の研究』（東京大学出版会、昭和30年）。

（10） 馬場あき子『鬼の研究』（三一書房、昭和53年）。その後、ちくま文庫その他に再録。

（11） 金井清光『能の研究』（桜楓社、昭和47年）など。

（12） 荒木繁『説経節』（平凡社〈東洋文庫〉昭和54年）など。

（13） 貴志正造『神道集』（平凡社〈東洋文庫〉昭和47年）など。
（14） 前掲（12）参照。
（15） 岩崎武夫『続さんせう太夫考』（平凡社、昭和53年）。
（16） 岩崎武夫『さんせう太夫考—中世の説経語り—』（平凡社、昭和48年）。

〔付記〕 本講は国文学史を兼ねた概論的かつ入門的性格の濃い講義であったから、参考文献はなるべく学生が各自の手元に置けるよう、当時は入手が比較的容易だった出版物を多く紹介している。

内容的には、これよりも早い時期の講義「鬼の悲しみ」を引き継ぐと同時に、これも先年の講義「中世初期文化人の群像」（池上洵一著作集第四巻『説話とその周辺』所収）の末尾で、その文学史的意義に一言論及しただけで終わった説経節（説経浄瑠璃）について、説明を強化する意味合いも持たせていた。

〔コラム〕

陶然、そして呆然――タイで考えたこと――

池上洵一

名称からしてすでに自国中心的な「国文学」的発想が、アジア的世界の中でいかに機能し、いかなる意義を持ちえるのか。私にとっては格別あたらしい課題ではない。それどころか、「国文学」的世界に身を置いた最初から、私ほどすんなりと、必然的に、アジアやヨーロッパ的世界との関わりを意識し、考え続けてきた人間は少なかろうと自負している。

私が論文を書くことが多い『今昔物語集』に天竺・震旦部があるからではない。もともと古典・近代の別なく文学が好きだったから文学部に進学したのだったし、学生時代には次々とよき友人や先輩に恵まれたおかげで、外国文学を読めとさんざん教えられ、場合によってはほとんど強要されて、私の若かりし頃の文学青年たちには常識的かつ古典的だったフランスやロシアの長編小説の数々はもちろん、魯迅や郁達夫よりもっと後の中国新文学とか、スタインベックやヘンリー・ミラーより後のアメリカ現代文学とかにも親しんだから、天竺・震旦部ごときは驚くに値しなかった。なんの抵抗もなく向き合うことができたのである。この順序だけははっきりさせておきたい。

ところで、「国文学」的世界では最近「和漢比較」なる語をよく耳にする。語義から推して、そこで比較の対象となるのは主として中国の古典なのだろう。中国文化の圧倒的な影響下にあったわが国の古代文化史を思えば、当然に踏むべき研究の階梯であり、それはそれで大いに意味のあることである。

だが、説話を相手にものを考えていると、「和漢」では範囲が狭すぎるし、漢籍や漢訳仏典との比較だけではらちがあかない。自分のことを振り返ってみても、研究対象は敦煌から西域へ、中央アジアからインドへと、どんどん広がっていかざるをえなかったし、文字で書かれた文献の類だけでなく、壁画や彫刻の類まで取り込んで考えざるをえなかった。言語や文字による表現にとどまらず、あらゆる芸術文化の総合的な研究を目指したのだといえば聞こえがよかろうが、実際のところは、自分にはサンスクリットが読めないという冷厳たる現実があり、言語の不如意による限界を絵画や彫刻の図柄の分析でなんとか突破しようとあがいた、はかない試みに過ぎなかっただろう。

もう遥かの昔になってしまったが、非常勤講師として出講していた大阪大学でインドの留学生と出会い、神戸大学の私の研究室にも訪ねてきてくれていたことがあった。いまはインドのネルー大学教授として日印両国の学術交流に尽力してくださっているアニタ・カンナさんのことである。彼女はなんと『今昔』天竺部の研究を志していたのであった。私にとって大きな障壁だったサンスクリットの読解は彼女には何でもないことだった。一方、私にはさして問題にならない漢訳仏典の読解が、彼女には巨大な障壁となって立ちふさがっていた。漢訳仏典抜きで天竺部の説話をつかまえるのは難しい。狂言の「棒しばり」にも似て、それぞれに大きなネックがあり、しかもお互いにそれを補塡し合える者同士で議論する機会を持てたのは、ありがたい体験だった。

そんなある日のこと、何がきっかけだったのか忘れてしまったが、私は次のような話を紹介した。むかし、半白髪の男がいて、二人の妻のもとに通っていた。妻の一人は男より年上、もう一人は年下だった。年上の妻は白髪の自分に似せようと、男が来るたびに黒髪を抜いた。一方、髪の黒い年下の妻はせっせと男の白髪を抜いたから、結果として男の頭には一本の毛もなくなってしまった。すると男は両方の妻から嫌われて追い出されてしまったと。これは『三国伝記』にある話（巻一第二五話）だが、同類の話が『経律異相』にあり、十巻本『譬喩経』（現存しない）を経由しているらしいから、もともとは西域経由で伝来した話とおぼしい。

ところが、聞くなりカンナさんは笑い出して、その話ならインドでは子供でも知っていますよという。驚いてわけを尋ねると、民間伝承として幼いころに親か兄姉から聞かされる。それに、その話はサンスクリットの説話集『カターー・サリット・サーガラ』にも記載されているというのである。学識のある人との会話にはこういう注が付くところに妙味がある。その作品なら私もすでに目を通していたはずだが、悲しいかな邦訳本（岩本裕訳・岩波文庫・全四冊）は抄訳である。私が見落としていたわけでもなさそうだった。民間伝承としていまも生きていることは、後にラーマーヌジャン『インドの民話』（中島健訳・青土社）でも知ることができたが、驚いたのはこれと同じ話を『イソップ寓話集』（山本光雄訳・岩波文庫）の中に見つけた時である。さてはと思ってキリシタン関係の文献に当たってみると、果たして古活字本『伊曾保物語』にも同じ話があった。なんとこの話は東廻り（仏教）と西廻り（キリスト教）と両方の経路で日本に到達していたのである。思わずうなってしまった。

だが、本当は、これしきのことで驚いていては困る。太宰治の小説『走れメロス』を例にとろうか。この作品の末尾には太宰自身が「古伝説とシルレルの詩から」と注しているから、近代文学研究の手法としては、まずシラーの詩「約束（Die Bürgschaft）」が典拠であることを確認し、その詩の材料になったのは古代ローマのヒュギーヌスの『ギリシャ神話集』（正式な名称は不明。松田浩・青山照男訳・講談社学術文庫本の仮称に従う）の第二五七「刎頸の交わりを結んだ者たち」の中に見られる話であること、とくに主人公の名前メロスや友人の名前セリヌンティウスは後者のそれ（モエロスとセリーヌンティオス）を利用していることなどを指摘したところで一段落となるのが普通ではないだろうか。

ところが、太宰自身は知らなかっただろうが、これも日本には東廻りと西廻りの両方から届いていた話で、この話の遠いふるさとは実はアジアにあった可能性がある。

これと同型の話は、南方仏教では『ジャータカ』第五三七「スタソーマ王前生物語」として知られ、インドではアジャンター石窟、西域ではキジル千仏洞その他に壁画が残っている。漢訳仏典では『賢愚経』、『大智度論』その他に、日本では『三宝絵』上巻第2話となり、『三国伝記』巻二第7話にも見られるが、『曾我物語』巻七には「斑足王の事」として独立した章段を与えられている。

話の要点をいえば、獅子の子として生まれ、鬼神の王となった斑足王は、人間界の千王を山神への生贄にしようと誓い、空を飛んで王たちを捕え、千人目に普明王を捕える。ところが、捕らわれた普明王があまりにも嘆くのでわけを尋ねると、乞食の沙門に後日布施すると告げた約束を破ることになるからだという。

そこで約束を実行したら必ず戻ることを条件に一時帰国を許された普明王は盛大に布施を行い、引き留める臣下や国民を振り払って、今度は斑足王との約束を守って殺されるために戻っていく。一部始終を空から見ていた斑足王は心を打たれ、普明王のみならず、それまでに捕えていた王たちを一人残らず釈放したという。

『ジャータカ』だけでなく『パンチャタントラ』や『ヒトーパデーシャ』などに見られるインドの古代伝承がペルシャやアラビアを経てヨーロッパ世界につながっているケースが他にもいくつか見られることは、私も別の機会にすでに指摘したことがある。こうした事実を踏まえて、両方を見通したような視点からする研究が盛んになってほしいものである。

ところで、ここでいう『ジャータカ』とは、南伝仏教の聖典用語であるパーリで伝えられたジャータカ（釈尊の前世物語）の集成の謂だが、パーリも読めない私は、これも邦訳の『南伝大蔵経』や『ジャータカ全集』などにすがりながら、遥かなる東南アジアの仏教に思いを馳せるほかなかった。

厄介な持病を抱えた私には長時間の乗機は無理で、なかなか出かける元気もなかったのだが、今生の思い出にせめて一度だけは、というほど大げさな気持でもなかったけれど、先年ようやく思い立って、そんな国の一つタイに行ってみた。短時日にする駆け足の一見の旅にすぎなかったが、私とはよほど波長が合うらしく、村で一番大きな建物は決まって寺院、一番近代的な建物は決まって学校という農村風景や、都市部には決まって見られるアジア的喧噪、それらすべてを含めて、なにもかもが実に快適だった。とくにナコーンパトムの大塔に詣でた時の感覚は陶然という他なく、ふと我にかえってはまた呆然と立ちつくした。

陶然の方は、美しい仏塔、咲き薫る熱帯の花々、小鳥のさえずり、黄衣の僧たち、そんなものが渾然一体となってかもしだす雰囲気が、極楽もかくやと思えたといえば、わかってもらえるかと思うが、呆然とはこういうことだ。もしこれが極楽だとすれば、日本の源信や千観、法然や親鸞がイメージした極楽とは一体何だったのか。さらには漢訳仏典のいう極楽、中国の曇鸞や善導の考えた極楽とは何だったのだろう。思えば、私たちは小さなコップの縁にこびりついた垢のようなものの分析に血道をあげてきたのではないか。それがどこまで自覚できていただろうか、というような思いなのである。

自分たちがしてきたことを矮小化するつもりはさらにない。たとえ小さくとも私たちにとってはかけがえのないコップである。その分析は世界中の誰よりも綿密かつ精密でなければならない。あえていえば、コップの外の人たちには全部をわかってもらえなくてもよいとさえ思う。あるいはまた、国際性の名のもとに主体性を放棄するなどとんでもないことだとも思う。けれども、その一方で、自分たちの位置をもっと相対化し、きっちりと自覚しながらことを進める必要はある。最初の話題に戻っていえば、「和漢比較」をも相対化する視座が必要なのである。

きびしい自己管理を課する南伝のテラワダ仏教に、私は一種の爽快さと明快さをイメージする。北伝の仏教は自分に近いから細かい部分が見え過ぎているからだろう。ただし爽快さや明快さは時にごまかしのきかない距離を意識させ、思わずひるみ、立ちすくんでしまうことがある。

『ジャータカ』全五四七話の末尾に位置して圧倒的な重みを持ち、ミャンマーやタイの寺院の壁画にもしばしば描かれる「ヴェッサンタラ・ジャータカ」(布施太子前生物語)は、すべての執着を断尽した王子の物語で、国家の財宝をことごとく人に施して国を追われ、さらには乞われるままに自分が乗っている車を与え、二人の子供も人に施し、妃をも人に与えて、ありとあらゆる愛執をのり越えて物語が進んでいくのだが、南伝では圧倒的に支持されるこの話が、北伝では伝来の過程で次第に衰微し、日本では『三宝絵』『宝物集』『私聚百因縁集』などにちらりと断片を見せただけで衰滅していく。なんとなく理由はわかる気がする。

これとは対照的に、北伝の過程で成長した話の代表といえば、法隆寺の「玉虫厨子」の須弥座の側面に描かれていて知られる「捨身飼虎」、すなわち飢えた母子の虎の前に身を投げて、わが身を食わせた薩埵王子の物語といえようか。これは西域や敦煌の壁画にも多く見られる。

理屈をいえば長くなりそうなので、ここでは特定の話の伝搬と消長にのみ焦点を絞って紹介してみたのだが、こうした事実に込められた意味は慎重に解きほぐしていく必要があるし、その探求が文献資料の博捜とか特定語句の用例の分布の追跡とか、既成の研究方法の応用だけでは片づけられそうにないこともまた明らかだろう。

ところで、タイには私を陶然させたものがもう一つあった。行く先々で見かけたピー(精霊)の小祠である。それらは屋敷神とか道祖神あるいは路傍の石の地蔵を連想させ、それらに対して感じた不思議な親近感と心の解放感は、ふだんはあまり自覚しないでいるけれど、自分はどうやら多神教の信奉者らしいと思い知らせてくれた。

スリランカではディユー、ミャンマーではナッと呼ばれる神々、中国では道教の神々、日本では神道の神々からさまざまの土俗神に至るまで、神と仏の共存は仏教国のすべてに共通する。そして仏教自体も実は偉大な多神教であったことだ。多神教のもつ寛容さと共存の精神が切実に大切なものに思える昨今、この事実は一層強く私の心をとらえる。

そういうわけで、私はこれからも必然的にアジアを貫くこの基盤の上でものを考えようと思う。そして、いつかはこの多神教的アジアをも相対化して考えていきたい。追求は限りなく精密でありたいが、方法は場合によっては民族学や民俗学と重なり合い、宗教学や芸術史学とも交錯するだろうが、それらの方法や手法を既製品的に利用することは決してないだろう。「国文学」であろうと「日本文学」であろうと、その研究が方法によって振り回されることなど、少なくとも私自身にはあるはずがないと考えているのである。

（初出は「国文論叢」（神戸大学）32号・二〇〇二年八月。語句に若干の増補と改訂を加えた）

長徳元年の「石清水遷座縁起」について

生井真理子

はじめに

石清水八幡宮にとって代表的な縁起といえば、奥書に貞観五年の日付と石清水八幡宮創建者行教の名がある『石清水八幡宮護国寺略記』（以下、護国寺略記）、及び長徳元年の日付と権寺主大法師の奥付がある『宮寺建立縁起』（以下、遷座縁起）である。両書は構成にしても、内容にしても非常に似ていながら、細かい部分では意外に相違点が少なくない。「行教が自ら書いた縁起」、それは石清水八幡宮寺にとって非常に重要なものであるはずなのだが、それがあるにもかかわらず、「長徳元年」に新たになぜ縁起が書かれたのか。おそらく、それは護国寺略記にはない情報を含めて書き改める必要があったからである。その理由の一つが「大安寺先行移座説対策」であったと考えられ、本稿ではこの点を中心に遷座縁起について考察を試みたいと思う。

一　石清水返牒と長徳の遷座縁起

長徳の「遷座縁起」の原本は残っていない。その写本としては『宮寺縁事抄』第三と第十三に引かれているのが早い例であろう。その奥書にはそれぞれ、

「天永四年五月三日写之」（宮寺縁事抄第三）（【　】は小文字を表す。以下同じ）

「天永四年五月三日写之【権寺本也】」（宮寺縁事抄第十三）

とあり、天永四年（一一一三）五月に書写したという。これより先の四月、延暦寺と興福寺の抗争が激化し、興福寺を始めとする南都七大寺の僧たちは各寺の鎮守神を押し立てて都に向かおうとしていた。この時、興福寺の大衆は石清水八幡宮護国寺に、大安寺本宮の神輿に石清水の神宝とともに石清水神民が随行するよう牒を送った。

牒。当寺大衆。為蒙天裁。以来廿二日参洛。惣依為南京之訴。七大諸寺。各奉舁鎮守神輿。可被供奉也。其中大安寺本宮与石清水宮寺者。雖其処異。同是大菩薩霊応之地也。其故者行教和尚写御影於三衣。先奉崇大安寺中。後奉遷石清水上。崇其神化。同行教和尚之門流。思其玄宗。共法相大乗之学徒。是以本宮愁者。宮寺愁也。而今本宮神輿。令入洛給之日。宮寺衙豈虚然者哉。是乞衙察状。早欲神民等相具神宝。被令供奉之状如件。以牒。

（『朝野群載』巻十六・仏事上　所収）

つまり、〈行教は宇佐からまず大安寺へ八幡大菩薩を移座し、その後石清水に遷した。行教は大安寺出身で、石清水の行教門流は同じ「法相大乗之学徒」なのだから、大安寺八幡宮は石清水の本宮に当たる。よって本宮本寺の訴訟に末宮末寺たる石清水宮寺は従うべし〉というものであった。

大安寺からではなく、興福寺大衆がなぜ石清水にこのような牒状を送ってきたかといえば、強訴の主導者が興福寺僧侶集団だったというだけではない。寛仁元年（一〇一七）三月一日に大安寺は焼亡、『七大寺巡礼私記』によれば、「西塔并講堂、食堂、宝蔵、鐘楼等凡廿余院払地焼亡」という甚大な被害を蒙った。『大安寺別当次第』や『僧綱補任』等によれば、時の大安寺別当は東大寺出身の安奝であり、翌二年、東大寺別当大僧都深覚が大安寺の再建を申請、十二月には参議藤原定頼が造大安寺長官となって、再建が始まる。長元二年（一〇二九）大安寺別当となった鴻助（東大寺威儀師）は、長元八年に金堂造立賞として法橋に叙せられる。長暦三年（一〇三九）に、後に興福寺別当となる円縁已講が大安寺別当となるが、長久二年（一〇四一）九月十三日に大安寺は再び焼亡。その後、大安寺別当は公範・頼尊と興福寺僧の兼任が続き、興福寺権別当隆禅が寛治元年（一〇八七）に大安寺別当を兼任する。再建は続けられ、寛治四年（一〇九〇）までに金堂・東西楽門・九間倉一宇・東大門・西大門・西面築垣・客坊・八幡宮礼殿・鎮守宝蔵十四所の修造が終わり、その後、北面築垣・東西築垣・西大門・二十間僧房・同三面築垣を新造。[1] そして嘉保元年（一〇九四）に「講堂・南大門等」の造営を始め、康和元年（一〇九九）に修理賞として法印に叙せられている。康和三年（一一〇一）に大安寺別当になった永縁は天永三年（一一一二）五月に興福寺権別当も兼任、大安寺の鐘楼・経蔵を造立して永久四年（一一一六）に法印に叙された。それでも、保延六年（一一四〇）以後に書かれた『七大寺巡礼私記』には、当時の大安寺の様子を寛仁元年の「炎亡之後所被造之寺院者数之内十分之一也」と記すほど、盛時には遠く及ばないほどの規模となっていた。すなわち興福寺大衆牒が送られてきた天永三年四月の頃の大安寺は約七十年の間、興福寺の差配下にあり、衰退と再興の途上にあったのである。

興福寺大衆が石清水宮寺を大安寺の末宮と決めつける論拠の一つは、「其故者行教和尚写御影於三衣。先奉崇大安寺中。後奉遷石清水上」という大安寺先行移座説である。天永四年より七年前の嘉承元年（一一〇六）に南都巡礼をした記録『七大寺日記』には、大安寺古老の口伝として、

件行教和尚跡辺ニ有石井、是云石清水ト、于今井有之、今ノ八幡石清水之根本也

という伝承が書きとどめられている。金堂の東側に礎石だけが残る東室僧坊の跡に井戸があり、それを「石清水」と言い、石清水八幡宮寺の「根本」だという。しかし、古老の口伝は「写御影於三衣」ということには触れない。大安寺先行説系で行教の法衣の袖の上に御影が顕現したことを伝えるのは、『大安寺塔中院建立縁起』（以下、塔中院縁起）と『今昔物語集』巻十二第10話（以下『今昔』）である。塔中院縁起では、大同二年（八〇七）、入唐帰朝の際に宇佐で大菩薩の託宣を得た行教は「御正体」の示現を望み、袖の上に「尺迦三尊」が「顕現」して、それを頭

に戴いて大菩薩と会話を交わしながら大安寺の僧房＝「石清水房」へ到着、天皇に申請して宝殿・堂楼が建立され、後に石清水へ遷座したという(2)。『今昔』はただ「金色ノ三尊ノ御姿」とし、行教の僧房は南塔院だったとする。

この興福寺大衆牒に対する石清水の返牒は次のようなものであった。

石清水八幡宮護国寺牒　興福寺

来牒一紙【載欲大安寺本宮神輿令入洛給御共令供奉神民神宝状等状】

牒。今月　日牒。同十七日到来。就牒状考旧貫。天安二年玄冬之頃。水尾天皇有　勅。而被差定行侶於宇佐宮之処。大僧都真雅。以行教和尚。挙奏公家。随則蒙勅命。参向於彼宮。一夏九旬之勤修昼夜定時之廻向。殊応神慮。立垂明鑑。同七年七月十五日(衍字カ)示現曰。吾深感応汝之修善。不敢忍忘。移座近都。鎮護国家。汝可祈請者。因茲勤(勒カ)上件子細。経奏聞之日。陛下施随喜之恩詔。降鴻慈之綸言。宣勅木工寮。造立六宇御殿。同二年行教和尚。奉安置三所御体於当山之山之後。和尚為仏教鎮守。移奉崇大安寺。次薬師寺別当栄照大法師。同以奉勧請寺家焉。乍存彼証跡。何被称本宮哉。(若イ)為依建立人定本末者。以延暦寺。可為大安寺之末寺。彼伝教大師。為大安寺大僧都行表之弟子故也。兼又宮寺本自不属何宗。是以所住学徒。受学法文天台法相二宗。然則当和尚之遠忌。逐本業之輩。所立義科。二宗交雑。抑当宮者鎮護百王之霊社。弥陀三尊之垂応也。託宣無敬。神慮有恐。今此寺依他社之訴訟。輙動公家奉備之神宝哉。仍勒事状以牒。

（傍線筆者、以下同じ）

天永四年四月十八日

石清水宮寺は、まず、天安二年冬、真雅大僧都の推挙によって勅命を請けて行教は宇佐へ赴いたのだと述べる。行教の読経に感応した大菩薩は国家鎮護のために都の近くへ遷ろうという神託を下す。この神託にしたがって、行教は宇佐から石清水へ大菩薩を遷し、ついで大安寺にも鎮守として祀った。その後薬師寺には別当永照が勧請したことをよく知っていながら、なにゆえに大安寺が本宮を称するのか、と強く批判する。「乍存彼証跡。何被称本宮哉」という表現は、これまでにすでに論争があったことを示唆するだろう。そして、「抑当宮者鎮護百王之霊社。弥陀三尊之垂応也」とは、塔中院縁起の釈迦三尊顕現説を意識しての反論だと思われる。

天永四年より三年後の永久四年（一一一六）に成立した『朝野群載』巻十六（仏事上）には、この興福寺大衆牒・石清水宮寺返牒とともに、護国寺略記が掲載される。護国寺略記の始まりの部分は、次のようである。

石清水八幡宮護国寺略記

三所大菩薩移坐男山峯即奉安置御体縁記

右行教【俗姓紀氏】専為業修行。久送多年矣。而間恒時欲奉拝大菩薩也。爰以去貞観元年参拝筑紫豊前国宇佐宮。四月十五日参着彼宮。一夏之間。祗候宝前。（以下略）

略記の説くところは、行教の個人的な長年の希望で宇佐参拝が行われたとする。行教の宝前読経に感応した大菩薩は行教と共に上洛し、山崎で男山への鎮座を指示する。大菩薩は天皇・皇后・臣家に、男山から紫雲が立ち上って王城を覆うという夢を見せて鎮護国家の意思を示し、行教の八幡宮建立の申請でその夢の意味がわかるという構図になっている。しかしながら、ここには、〈真雅が推挙して行教が宇佐参詣の勅命を受けた〉ということについては記されていない。

これに対し、長徳の遷座縁起の始まりの部分には、

石清水八幡宮遷座縁起（宮寺縁事抄第十三）

石清水八幡宮護国寺

勘進宮寺建立縁起幷道俗司次第事（傍注【僧俗司次第有別紙】）

右略案旧記、天安二年【戊寅】玄冬之比、水尾天皇有勅(主イ)、而被擢求可差豊前国宇佐宮使修練加行之僧、爾時大僧都真雅、以大安寺伝燈大法師位行教奏聞、聖王随喜、件大法師為祈勅使、被奉彼宮者、【天安二年十一月七

日水尾天皇即位、治天下十八年也】、称清和天皇、後（復イ）号粟田院也、依同三年三月五日宣旨、行教大法師発向宇佐宮、【而間太政大臣於弥勒寺、奉為三所権現法楽荘厳、并書写一切経】、（以）伝燈大法師位安宗、伝燈大法師位延遠、為別当、令預掌写経之事、【以天安三年四月十五日、以安宗為大別当、以延遠為少別当、貞観五年八月一日注進解状云、始従天安三年四月一日迄于貞観四年十二月卅日、奉写一切経】、行教大法師位、貞観元年四月十五日参大菩薩宝前、一夏不断読誦経典（以下略）

とある。天安二年玄冬に大僧都真雅の推挙によって、宇佐への「祈勅使」に行教が選ばれ、宇佐へ赴くという下りは石清水返牒と同様で、以後、天皇の命で宝前読経する行教に感応した大菩薩が鎮護国家のために都近くに移ろうと託宣し、「王城を紫雲が覆う夢」へと続くのは、大菩薩と天皇の関係が行教を介して護国寺略記よりも密接であり、自然な展開でもある。それだけに天皇の意を負う行教が、奈良の大安寺へ先に勝手に大菩薩を祀るはずもなく、大安寺本宮説を否定しようとする石清水宮寺の返牒に、その根拠として、「行教の書いた縁起」ではなく、長徳の遷座縁起の一節が略述利用されたと見てよいだろう。

貞観二年【庚辰】造立宝殿、随則安置御像、霊験弥施、感応自洽

と、宝殿の建立完了が「貞観二年」だと説くのも長徳の遷座縁起だけである。

二　伝承と縁起の攻防戦

長徳の遷座縁起が大安寺先行説対策に有効な部分はもう一箇所ある。護国寺略記と遷座縁起の構成は大まかに分けて次のようになる。

① 行教が宇佐へ参拝することになった理由。

② 宇佐八幡宮で大菩薩の神託を受けて男山へ鎮座する過程。

③　男山に宝殿建立を許可した天皇側の理由。
④　勅命により宇佐で大規模な読経の法会を行い、石清水社に十五人の祈願僧を宛てる。
⑤　一切経書写の願と行教の遺戒。

この④と⑤の間に、長徳の遷座縁起は、護国寺略記にはない次の一節を置く。

抑石清水素山寺之名也、権現移座男山以降、更以東面之堂、改為南面之堂、護国寺是也【号薬師堂】、（以下略）

すなわち、「石清水」とは、宇佐から八幡大菩薩を移座する以前から男山にあった山寺の名前であるという。もとは東面であったのを南面に改め、今の護国寺となった。薬師堂と呼ばれるのがそれである、と。『八幡宮寺宝殿幷末社等建立記』（明応十年（一五〇一））には、長徳の遷座縁起のこの部分を引いて、「貞観四年十二月廿三日、太政官符云、応改石清水号護国寺云々」と書き添えている。『宮寺縁事抄』第一末に記される末社の一つに「石清水明神」があり、それが現在、護国寺跡のすぐそばにある井戸を祀った石清水神社にあたると思われる。また、宝塔院（東宝塔院）についても、成清（当時、権別当法印）が承安元年（一一七一）に「大菩薩移座当山之以往塔婆也、不知建立願主」と解状に記しており、すでに古い塔と堂のあった地に八幡宮が建立されたと、石清水側では伝えていたようである。(3)

ここで、「抑石清水素山寺之名也」と語り出すのは、④の「石清水社」という語句に引かれて、八幡宮だけでなく、護国寺についても触れようとしたからかも知れない。が、「そもそも」という言葉を使って「石清水」の原点を語るのは、名前の由来へのこだわりを感じさせる。「石清水」という名が問題になっていたからこそ、言及する必要があったのではないか。〈八幡宮ができる以前から石清水寺は存在した。だから石清水八幡宮寺というのだ〉と。それは、「石清水井」を「今ノ八幡石清水ノ根本」とする大安寺の古老の口伝を暗に否定する役割を果たす。また、塔中院縁起によると塔中院の法名は護国寺だという。

五間四面御堂一宇【瓦葺】

安置丈六釈迦三尊像并八尺六観音像四天王像

とあるように、塔中院御堂の本尊は釈迦三尊で、行教の法衣の上に顕現した釈迦三尊に合わせて建てたことになる。だが、男山の護国寺は薬師堂。塔中院縁起が主張するように、塔中院と八幡宮の複製を男山に建てたわけではなく、これもまた、大安寺先行説の否定に繋がるだろう。

無論、遷座縁起は行教の衣の上の三尊顕現については何も述べてはいないので、大安寺の「石清水井」に関わる古老の口伝にのみ対抗したと見ることもできよう。ただ、護国寺略記と長徳の遷座縁起とを比較すると、宝殿に安置されたご神体を、護国寺略記は、

以寮権橘良基。令造立六宇宝殿【三宇正殿。三宇礼殿】。已了。奉安置三所御体了。其間霊験自施。威徳非一。

と「御体」と表現する。これに対し、長徳の遷座縁起は、

造立御殿六宇、〈三宇正殿、三宇出居殿〉、可奉安置御像於宝殿者、

貞観二年【庚辰】造立宝殿、随則安置御像、霊験弥施、感応自洽、

と、「御像」と表現している。大安寺の塔中院には、

三間二重高楼一宇〈瓦葺〉、在龕、四面各七間

上絵安置八幡大菩薩御暎像、下絵奉積一切経律論、居卅口碩学毎日転読

と、塔中院縁起に記すように高楼の上階に大菩薩の御影の絵像があった。長徳の遷座縁起の作者が塔中院縁起を読んでいるかどうかはともかく、行教の法衣に顕現した釈迦三尊を写した絵像の存在は風聞に値する。これを意識しているとすれば、袖の上の「釈迦三尊像」にまでは踏み込まないにしても、やはり男山には行教ゆかりの霊験あらたかな大菩薩像があるのだというアピールを思わせる。

天永四年当時の石清水別当は三十歳の光清（一〇八四～一一三七）である。「石清水八幡宮護国寺牒」とあるように興福寺大衆へ返事を出したのは別当光清を中心とする僧たちであった。光清の父は石清水別当頼清（一〇三九～一一〇二）である。中前正志氏の指摘によるものだが、『諸神記』には、

> 寛治八年江記云、石清水別当頼清云、行教和尚、籠於宇佐宮、一夏九旬之間、昼読大乗経、夜誦真言、増法楽、有託宣、我向王城近所、欲奉鎮護国家云々、御体事、夜三衣筥中七帖衣上、非字画現阿弥陀三尊、行教和尚敬奉図之、今所懸於内殿之像是也、人不奉見云々、外殿所奉安之木像者、敦実親王所奉造云々、委細見本記

とある。中前氏が説くように、寛治八年（一〇九四）に石清水別当頼清が大江匡房（一〇四一～一一一一）に、石清水八幡宮の御神体について語った事の抄出記事と見てよいだろう。(4) 頼清によれば、夜に行教の三衣筥の中の七帖の袈裟の上に阿弥陀三尊が顕現し、行教がそれを図して石清水内殿の御神体としたという。

大江匡房は寛治元年六月二十五日に左大弁として石清水の弁俗別当の担当となる（石清水八幡宮寺略補任）。参議左大弁である間中、弁俗別当であったならば、寛治八年六月に中納言に昇進するまでということになる。匡房と頼清との間で阿弥陀三尊顕現の話になった契機・経緯は不明だが、寛治八年には、宇佐八幡宮は遷宮の準備が始まっており、大安寺の講堂・南大門などの造営が始まっている。(5)『七大寺巡礼私記』に言う寛仁元年（一〇一七）の「西塔幷講堂、食堂、宝蔵、鐘楼等凡廿余院払地焼亡」という状況や、金堂・講堂・南大門等の再建から見ると、「寺南園御塔町廿四院内在南大門南面西脇」という、南大門に道を隔てて隣接する位置にあった塔中院などは火災から無事だったとは思えない。寛治四年までに鎮守八幡宮礼殿と宝蔵などはすでに修造されていたが、その中で塔中院の再建もしくは修造や鎮守八幡宮の祭祀・支配権等をめぐって、〈行教建立・釈迦三尊顕現の御正体の経緯〉を記す塔中院縁起が「証拠」として主張され、話題となっていた可能性も考えられる。そんな中で、石清水別当頼清が語ったのが、塔中院縁起に類似する「阿弥陀三尊顕現」の話であり、光清たちが返牒に「抑当宮者鎮護百王之霊社。

弥陀三尊之垂応也」と述べる根拠の一つとなっていたに違いない。

ただし、石清水内部の伝承が統一されていたわけではない。興福寺牒を受け取った天永四年当時、石清水の在庁俗別当だった四十八歳の紀兼孝（一〇六六～一一四五）は、[6]

俗別当兼孝語云、建立大師行数和尚、南京大安寺法師也、大納言紀古佐美之末孫也、行教為　勅使参宇佐宮、奉摸大菩薩御正体於衣袖、帰洛奉祝男山、先御奈良云々、御影阿弥陀三尊云々、貞観元年奉移石清水、（以下略）

というように、光清たちとは異なる説を持っていた（石清水別当幸清撰『諸縁起』（＝『宇佐石清水宮以下縁起』）卌番所載。承元四年（一二一〇））。[7] 出典が未詳なため、いつの時期に記録されたものか明らかでないが、「勅使」とする点では長徳の遷座縁起と同じである。しかし、先に奈良へ行ったという点では大安寺側の主張と共通し、「衣袖」に顕現した御正体という表現は塔中院縁起と共通、御正体が阿弥陀三尊だったというのは頼清の説と同じである。そして、「勅使」である以上、「奈良」、つまり大安寺は宇佐から都への経由地点として捉えていると見られる。

行教が大安寺出身だったとはいえ、石清水祀官系図などによれば、光清自身は天台座主僧正任覚を師主として出家、父頼清の師主も比叡山横河の頼源僧都である。比叡山と興福寺との抗争の間に挟まれ、これから上洛しようとする勢いを背景に、石清水を大安寺、実質的には興福寺の末寺末宮と位置づけようとする興福寺大衆の動きは、石清水にとって危険きわまりない事態と言える。石清水の独立性を保ちながら、大安寺問題の決着をつけるのに、長徳の遷座縁起が急遽、捏造された可能性も疑えないわけではない。が、石清水と大安寺の伝承・縁起の攻防戦が、もはや釈迦か阿弥陀かの問題にまで発展している状況で、阿弥陀三尊顕現を説かない長徳の遷座縁起が光清達によって作成されたとは考えにくい。

ことに、この遷座縁起には、

勧進　宮寺建立縁起幷道俗司次第事（傍注【僧俗司次第有別紙】）

という副題がついている。石清水関連の縁起類を集めた『諸縁起』（七・八）にも護国寺略記と長徳の遷座縁起が並ぶが、こちらでも、やはり同様の副題がついている。『諸縁起』（七〜十）は本来一連のものに別番号を付していて、大治三年（一一二八）、石清水の創建年代を確定するために二つの縁起を併記、「行教自身が書いた」護国寺略記の貞観元年説の方を取った「注進」である。月日が書かれていないので特定はできないが、大治三年といえば、前年、石清水放生会の時に神輿に乗せるご神体として用いられる璽の筥が破損していることが朝廷に報告され、どうすべきか、協議していた年であり、白河院は十月二十二日に石清水で一切経の供養を行い、経蔵を建ててもいる(8)。また、石清水の御殿樋の修理日時も四月十一日に勘申されている(9)。いずれの場合も創建年代に関心は示しても、僧官俗官の司次第、つまり別当や三綱、俗別当や神主のことなどは必要もないはずだが、副題としてそのまま記されている。「僧俗司次第は別紙に有り」という傍注は、『宮寺縁事抄』第十三のみにしかないが、もともとは「僧俗司次第」もセットで存在し、縁起だけが抄出されているために副題が残ってしまったと考えられる。

この「勧進」がいつ、誰が、何のために、何処に提出したものは明らかでない。ただ、「僧俗司次第」が必要だという点からすると、背後に石清水の人事問題があったであろう。したがって、「天永四年五月十一日」の写本は、興福寺大衆牒到来の騒ぎでにわかにクローズアップされた遷座縁起に関心を持った人物が写したものであろうということになる。だが、それでも問題が残る。長徳の遷座縁起の「作者」が「二人」いるのである。

三　神湛と平寿

『宮寺縁事抄』第三・第十三所載、天永の写本の遷座縁起の最後の部分を引用すると、

建立縁起大概如此矣、察古覚今、是依大師法眼之恩、温故知新、豈莫上代流記之帳哉、仍模髣髴之旧記、製灼

然之縁起、于時長徳元年【乙未】仲春之比、権寺主大法師平寿

である。ここでは、長徳元年二月に権寺主平寿がこの縁起を書いたかのように見える。ところが、『諸縁起』(八)に引く長徳の遷座縁起の最後尾は、

建立縁起大概如此矣、察古覚今、是依大師法眼之恩、温故知新、豈莫上代流記之帳哉、仍模髣髴之旧記、製灼然之縁起、于時長徳元年【巳未】仲春之比、権寺主大法師神湛記之、宮寺縁起

と、平寿ではなく神湛となっている。『諸縁起』(九)の大治三年の注進は、「【巳未】は【乙未】の誤写か)

大菩薩移坐石清水男山年代事

官符上座神湛略記云、貞観元年九月十九日、下奉　勅宣旨、差使木工権允橘良基、造立御殿六宇【三宇正殿、三宇出居殿】、可奉安置御像於宝殿云々、貞観二年【庚辰】之旧記、宝殿随則安置御像、霊験弥施、感応自治云々(以下略)

と、長徳の遷座縁起を「官符上座神湛略記」と呼び、神湛が書いたと認識している。

院勝本『石清水八幡宮寺略補任』(以下『略補任』)から神湛の経歴を見ると、天暦二年(九四八)に堂達から日代に昇進、天禄元年(九七〇)から天禄三年(九七二)まで寺任権寺主を勤め、永祚元年(九八九)より上座となって、長徳元年(九九五)の時点では官符上座の地位にあった。[10] 滅したのは長徳四年(九九八)である。よって、「権寺主大法師」が作者ならば、神湛が縁起の作者ではありえない。不審なのは、最後の部分は平寿の場合のように署名だけで十分のはずなのに、「神湛記之、宮寺縁起」と繰り返すのは少々くどい感がすることである。これは、

製灼然之縁起、于時長徳元年【巳未】仲春之比、権寺主大法師□□
神湛記之、宮寺縁起

と、本来あったものが、写しのために□□の部分が空白とされ、奥書に神湛が宮寺縁起を記したという覚え書きが

書き足されたが、それを再び写す段階で詰めて書かれてしまったのではあるまいか。とすれば、平寿との関係はどうなるのであろうか。

これには二つの解釈がありうるだろう。一つは、縁起の作者が平寿であり、神湛が記載者である場合。たとえば、「縁起と司次第の勘進」のため提出するのに神湛が関与したことから、神湛が縁起を記したと伝えられて、後人によって加筆されるケースである。もう一つは、平寿が権寺主時代に縁起を書写したが、後に「神湛が縁起作者である」と、後人によって補筆された場合である。

まず、平寿が縁起作者の場合、問題となるのは院勝本『略補任』には、長徳元年の権寺主の項に平寿の名がないことである。否、正しくは、長徳元年から長保元年までの間、平寿の名前は『略補任』から消え、長保二年になって突然、平寿は権寺主の項に現れるのである。『略補任』の作成過程に起因するのか、こういう事例は『略補任』にはかなり見られることだが、平寿の場合は単純ではない。わかりにくいので、院勝本と小寺家本の『略補任』に基づいて、次頁に簡略な表を作成した。

まず、正暦五年には清寿・康功・平寿の三人が権都維那だった。長徳元年、都維那の観鏡が入滅したことで、四月か五月に康功が都維那となる。また、清寿は寺主仁清が五月三日に滅したため、寺主へ昇進する。残るは平寿なのだが、長徳元年の権都維那の項には惟久と安能の「二人並任」だとある。つまり、権都維那はこの二人だけであって、平寿の行き先が不明なのである。一方、権寺主は貞親・清達・尋慶の三人で、このメンバーは長保元年まで変化がない。長保二年（一〇〇〇）になって、平寿が加わってから「四人並任」となり、八月五日に尋慶は官符権別当、貞親は修理別当に昇進、平寿は九月十七日に官符権寺主となる。残るのは清達で彼は寺任権寺主のままであるはずだが、彼の名は次の年から『略補任』にはまったく現れなくなる。しかも、二年前の長徳四年（九九八）、修理別当の真縁が七月に入滅した記事に続けて、「与少別当清達有座論遂不着座」という注がある。とすると、清

（＊は『略補任』には書かれていないが、実際にはその任にある人物を示す。）

年代 上座	検校 権上座	別当 寺主	権別当 権寺主	修理別当 都維那	俗別当 権都維那
正暦五（九九四）	**光誉**	**聖情** 6／11辞退 **暦雅** 7／7宣旨	**怡肇** 6（9）／11官符、暦雅別当転任替 ＊**朝鑒**（官符）		
神湛	**与生**	**仁清**	**貞親・清達・尋慶**	**観鏡**	**清寿・康功・平寿**
長徳元（九九五）	**光誉**3／9滅 **聖情**10／7官符 同日行幸叙法眼	**暦雅**8／22滅 **朝鑒**10／7官符 10／21行幸叙法橋	**康年**（従寺任修理別当） 11／1官符 ＊**怡肇**（官符）		**紀安遠**
神湛	**与生**	**清寿** 五月日寺解 仁清死闕（5／3死）	**貞親・清達・尋慶**	**康功** 四月寺任 或4／5官符 五月日寺解 観鏡死替	**惟久** 寺任 **安能** 寺任 已上二人並任

達はすでに少別当に昇進していることになる。石清水八幡宮寺の『所司系図』（石清水八幡宮所蔵「桐五―十六　八幡宮寺紀氏系図」に所載）には、清達の職歴に「寺任権寺主三綱、寺任少別当」とあり、また、

朝鑒別当之時、官符三綱之下可着座定、仍不交衆云々、又辞退所職、即不勤仕七月七日御節

と注す。朝鑒が別当の時とは長徳元年の十月七日から長徳四年の正月二十一日までの間である。真縁は長徳二年の

十一月三日に修理別当の官符を得ているので、七月七日の御節の奉仕をしなかったとすれば、「官符修理別当と寺任少別当はどちらが上位に着座するか」という争いは長徳三年七月までの出来事となる。少別当は本来別当の次に位置し、権別当職ができてからその下に位置したが、村上天皇の代に石清水大修理のために臨時的な設置から始まった「造石清水八幡宮別当」＝修理別当との上下関係は明確ではなかった。だが、官符と寺任が並列するようになると、当然官符の方が格上として優先される。朝鑒はここで官符三綱の下に寺任少別当を置くという順位の整理をすることで、この着座争いに決着をつけたらしい。しかし、そのことは修理別当と対等に扱われていた寺任少別当の地位が官符三綱最下位の官符都維那よりも下になるという屈辱的な転落を意味した。

清達は所司系図によれば、「宮寺領阿波国」の「萱島庄主」であった海諸人の子孫で、上座延栄の孫に当たる。

海諸人――海諸成――延栄（上座）――貞坤（官符寺主）――┬怡肇（官符権別当）
├観鏡（官符都維那）
└清達（寺任少別当）

兄の怡肇は正暦五年に寺任少別当から官符権別当になっている（院勝本では六月十一日だが、小寺家本では九月十一日となっていて、この方が矛盾がない）が、これは、聖情が別当を辞職して、暦雅が別当となったため、怡肇が少別当から昇進したのである。当時少別当が何人いたかはわからないが、ポストが一つ空いたことになる。兄の観鏡もこの頃死去したようである。そこで清達が寺任権寺主から少別当に昇進したと考えられるが、かなりの超越昇進といえる。それは暦雅が別当になったことと関係があろう。延栄はどういう関係からか、天暦八年（九五四）に貞芳に上座の地位を譲ってから没し、貞芳は上座の官符を得ている。貞芳は大中臣吉時の子で、暦雅は貞芳の子であるので、あるいは暦雅と海氏の怡肇・清達は姻戚関係で繋がっていたのかも知れない。永延二年（九八八）の行幸の折、暦雅は「御祈師」であることで官符権上座から一気に官符権別当に昇進する。幼い一条天皇の背後には、八幡信仰が篤く石清水に度々御幸もあった円融院や、外戚たる摂政藤原兼家、母后詮子らがおり、暦雅はいずれかの権勢と「御祈師」として結びついていたと思われる。聖情が別当職を辞退した後、上﨟の朝鑒を超えて暦雅が即時に別当となっていることから推測して、聖情の突然の辞職はあるいは追い込まれての可能性すらある。

暦雅グループが上層部を占めそうな勢い、というところで、翌長徳元年八月に暦雅は滅してしまう。ここで朝鑒が十月に別当になり、寺任修理別当の康年が官符権別当となり、権別当は怡肇と康年の二人になった。聖情は検校となり、石清水祀官系図によれば、聖情の養子定清は十月に寺任権上座から寺任少別当になっている。こういった状況から考えると、勢力関係が暗転しただけに、清達が屈辱の思いで職を辞した理由も見えてくる。とすると、『略補任』の権寺主項の記事はどうも混乱があるらしい。清達が寺任少別当になった時期は、怡肇が権別当に昇進した正暦五年九月から長徳三年の七月以前ということになるが、それならば、平寿が長徳元年二月までに寺任権寺主に昇進している可能性もあるといえよう。この場合、「是依大師法眼之恩、温故知新、豈莫上代流記之帳哉」の「法眼」に着目するなら、石清水で初の法眼は光誉であり、法眼は検校光誉を指すことになる。光誉は極楽寺の別当でもあった。極楽寺は初代別当安宗が建立したものであるから、安宗以来の古い文書もあったはずで、いわば資料提供の役割が「恩」に当たるのであろうか。

一方、縁起の作者が神湛あるいは別人物と見る場合、縁起の最終部分の、

建立縁起大概如此矣、察古覚今、是依大師法眼之恩、温故知新、豈莫上代流記之帳哉、仍模髣髴之旧記、製灼然之縁起、于時長徳元年巳未仲春之比、権寺主大法師

という下りは、平寿による追記のような解説と理解することになろう。すなわち、長徳元年に書かれた縁起を見せてもらい、〈建立縁起は大体このようなことである、石清水の歴史を知ることが出来たのは大師法眼のおかげである。どうして上代流記がないことがあろうか、よって長徳元年に旧記に倣って縁起を作ったのだ〉と説明するので

ある。平寿は最終的に上座にまで昇進するが、官符権寺主時代は長保二年（一〇〇〇）から寛弘二年（一〇〇五）八月二十三日に官符権上座になるまでである。この場合、長徳元年十月の行幸の賞で聖情が法眼となっているから「大師法眼」は聖情を指すことになる。平寿が官符権寺主の時期、聖情は検校として健在であり、石清水において法眼は聖情一人しかいない。平寿は聖情の弟子であるので（『略補任』寛弘四年、上座の項に「師主聖情」とある）、「大師法眼」という呼び方にも無理がない。

今のところ、いずれが史実により近いか、もっと別な成立事情があったのか、決め手に欠くが、天永の写本を見る限り、平寿を作者と考えるのが自然ではある。それにしても、長徳の遷座縁起の内容の特徴から見て、平寿や神湛の名前が後に残ることは、彼らが光誉や聖情と近しい位置にあったことと関連するであろう。というのも、初代別当安宗の事蹟が長徳の遷座縁起では、護国寺略記よりもかなり強調されているからである。

四　安宗と光誉

遷座縁起の最初の部分に再び戻ることにする。そこには、

> 右略案旧記、天安二年【戊寅】玄冬之比、水尾天皇有勅（主イ）、而被擢求可差豊前国宇佐宮使修練加行之僧、爾時大僧都真雅、以大安寺伝燈大法師位行教奏聞、聖王随喜（復イ）、件大法師為祈勅使、被奉彼宮者、【天安二年十一月七日水尾天皇即位、治天下十八年也】、称清和天皇、後号粟田院也、依同三年三月五日宣旨、行教大法師発向宇佐宮、【而間、太政大臣於弥勒寺、奉為三所権現法楽荘厳、并書写一切経】、（以）伝燈大法師位安宗、伝燈大法師位延遠、為別当、令預掌写経之事、【以天安三年四月十五日、以安宗為大別当、以延遠為少別当、貞観五年八月一日注進解状云、始従天安三年四月一日迄于貞観四年十二月卅日、奉写一切経】、行教大法師位、貞観元年四月十五日参大菩薩宝前、一夏不断読誦経典（以下略）

と、傍線部に、行教が勅使として天安三年三月に宇佐へ向かった時、太政大臣が宇佐の弥勒寺において大菩薩に法楽を捧げると共に一切経の書写を始めたことが記される。太政大臣は藤原良房、清和天皇の外祖父である。写経の大別当として安宗、少別当には延遠が選ばれ、貞観五年八月一日の注進状によると、写経期間は天安三月四月一日から貞観四年十二月三十日までである。このことは護国寺略記には触れられていない。そして、遷座縁起の最終部分には、

一切経御願、是為荘厳権現、鎮護国家之也、因茲、行教遺誡云、為　勅使検校繕写一切経一部之事、即以弟子安宗（為カ）・写経所別当也、諸弟子宜承知之、吾若有非常者、以安宗必可遂大願、又宮寺修治之事、為首安宗者也、近廻一門、遠伝万代、奉仕宝宮、祈禱朝廷者、建立縁起大概如此矣、（以下略）

と、再び一切経書写の「御願」に触れ、「行教遺誡」は、写経所別当に弟子安宗を以て任じるので諸弟子はそれを承知すべし、もし自分が死んだら、一切経書写の大願と宮寺の管理経営は安宗が遂行して朝廷のために祈れとあることを記している。行教が安宗を後継者と指名することを示す部分で終わるのは、以下のように護国寺略記も同じである。

抑於奉為大菩薩成等正覚、兼為鎮護国家。深致忠誠之由、欲書写一切経大願。因茲以弟子法師安宗。宛写経所別当已。諸弟子等宜承知之。吾若非常者。以安宗。必可令遂仕件大願。又修治宮寺之事。安宗為首。近廻一門之中。遠伝万代之外。奉仕大菩薩。将奉祈朝廷。但以御願神事。仍為末代。略録縁起如件。

貞観五年正月十一日

建立座主大安寺伝燈大法師位行教

ただ、護国寺略記では「一切経の大願」は行教自身によるものとしか読めない。長徳の遷座縁起では最初に太政大臣の望みとして記されるだけに、「一切経御願」と敬語を用いる。それに対し、太政大臣も藤原良房の名も出て

こない護国寺略記では、安宗を写経所別当に任じたのは行教自身になり、「諸弟子等宜しく承知すべし」の言葉も、後で混乱が起きないよう釘を刺した形となっている。護国寺略記と比較して、長徳の遷座縁起では安宗がより大きく華やいで見えることはまちがいない。安宗は良房から一切経書写の別当に選ばれて、勅使となった行教とともに鎮西に下り、一切経書写に励む。その間に行教は八幡の神託を受けて、貞観二年、都の玄関口である山崎付近の男山に八幡宮を建立、安宗は四年間をかけて貞観四年末には無事大役を終え、行教の遺志により、石清水八幡宮護国寺を引き継いでいくことが暗示される。遷座縁起の「豈莫上代流記之帳哉、仍模髣髴之旧記、製灼然之縁起」という部分、すなわち旧記に模して作成したという「旧記」が、構成の面でも語句レベルでも非常に近い護国寺略記を示すなら、「行教が略記を書いた」のは「貞観五年一月十一日」であることは承知の上であろう。行教の没年はわからないが、忌日は一月十八日である。『略補任』や系図では安宗が初代別当の官符を与えられたのは貞観五年十二月二十日である。行教の名はこれ以降出てくることはない。長徳の遷座縁起から見えてくる安宗の位置は高い。

では、史実としての信憑性はどうだろうか。『日本三代実録』（以下『三代実録』）では天安三年三月一日に宇佐八幡宮に和気朝臣巨範が即位報告の勅使として出発している。遷座縁起では「同三年三月五日宣旨、行教大法師発向宇佐宮」とあって、時期的に大きな矛盾はない。一切経書写に関しては、『三代実録』貞観十七年三月二十八日条に、故太政大臣良房が故行教に命じて豊前国で一切経書写を行わせ、ようやく終えたので、安宗に太宰府司とともに弥勒寺に安置させたとある。次に、これは護国寺略記とも共通する点だが、縁起において宝殿建立を担当した「木工寮橘権允橘良基」については、『三代実録』仁和三年六月八日条にある橘良基卒伝に、

　清和天皇登祚、貞観元年用為木工少允、数月遷為式部少丞、尋転大丞。

とある。橘良基は貞観元年に木工寮の役人となり、「数月」で式部省に転じている。短期間の在任ながら仕事内容でたまたま名前が残ったといえ、これも縁起の情報の信憑性にプラスの要素となる。最後に、護国寺略記では八幡

宮宝殿を建立した時期が貞観元年と読めるようなあいまいな表現なのに対し、長徳の遷座縁起は「貞観二年【庚辰】造立宝殿、随則安置御像」と明確に打ち出すことである。『三代実録』貞観十八年八月十三日条には、

石清水八幡護国寺申牒。故伝灯大法師位行教。去貞観二年奉為国家。祈請菩薩。奉移此間。望請准宇佐宮。永置神主。即以従八位上紀朝臣御豊為之。勅従之。

とあり、護国寺から宝殿が貞観二年に建立されたことを示す牒を提出されている。

以上からすると、長徳の遷座縁起はかなり正確な歴史を伝えているように見える。一切経に触れた「貞観五年八月一日注進解状」の存在も信憑性をより高めている。しかし、問題はある。「行教遺戒」との齟齬である。長徳の「遷座縁起」の引く解状によれば、四月一日から写経は始まり、四月十五日に安宗は大別当に就任したという。では、行教の遺戒はいつ書かれたのか。「諸弟子宜しく承知すべし」と言うからには、弟子たちに周知させようとすれば、それより間もなくでなければならない。だが、この時期には行教は宇佐に籠もっていて、大菩薩の神託は七月十五日である。同時に、安宗を「宮寺の修治の首」とせよと言うのだから、貞観二年の宝殿が完成後ということになろうか。さらに、護国寺略記の最後の部分こそ、「吾若有非常者」と「吾」という言葉を使うだけに、遺戒にふさわしいわけだが、貞観五年一月十一日といえば、もう写経は終了しているはずである。護国寺略記の流れから言えば、貞観五年一月に一切経書写の大願成就が果たせそうにない状況に陥った行教が、安宗を写経所別当に定めて、石清水八幡宮と護国寺の経営をも安宗を後継者に指名し、行教一門に知らしめたと理解するのが順当であろう。ならば、貞観五年一月の段階では、一切経書写はまだ中途であったといえよう。

しかも、『三代実録』によれば、完成した一切経を弥勒寺に安置するのは貞観十七年、足かけ十三年もの空白の説明がつかない。西田長男氏はこの矛盾を『三代実録』の衍文と見た(11)。貞観十七年三月廿八日の一切経安置の記事の次に、「貞観五年三月十五日」の記事が重複して紛れ込んでいることから、一切経安置も本来貞観五年三月二十

八日の記事ではなかったかと推測するのである。ただ、貞観五年の記事は「五年三月十五日」と始まっており、西田氏の推測には少し無理がある。むしろ、重複したのは、一切経書写の理由が貞観五年三月十五日条に説く、旱魃や疫疾の流行で安居の僧に「講説経王」するよう諸国に命じたことと関係があったからではないだろうか。折しも、貞観四年の冬から咳逆病の大流行で多くの死者を出している（『三代実録』貞観五年正月二十七日条）。もちろん、これは一つの憶測に過ぎないが、時間的にはこちらの方が合うだろう。一切経書写に安宗が関わったことは、故行教の代理として弥勒寺に安置していることから確実と思われる。だが、長徳の遷座縁起の記載には意識的な資料や表現上の操作の可能性を考慮に入れる必要があるだろう。

『略補任』や系図等によると、貞観五年十二月に護国寺の初代別当となった安宗は、晩年男山の麓に極楽寺を建立する。極楽寺は安宗の甥である会俗に受け継がれ、浄岡氏である会俗の子孫に順次相続されてゆくことになる。光誉は会俗の孫であり、極楽寺別当であった。長徳元年三月九日に滅した光誉から極楽寺を受け継いだのは甥の定清である。そして定清は、紀氏である聖情の養子でもあった。

④会俗
- **⑧清鑒**
  - **⑫5光誉**
  - ○ ― **⑱定清（聖情養子）** ―― **兼清（養子・紀氏）** ―― **頼清** ―― **光清**
- 幡祐（少別当）
  - ⑩観康
    - 清忠（権別当）（以下略）
    - 仁清（官符寺主）―― ⑰尋慶（以下略）
  - 平琬（官符寺主）

（ゴシック体は極楽寺別当）

正暦から長徳に改元されたのは二月二十二日。もし、遷座縁起の「長徳元年」という表記が作成された時点のものであるなら、遷座縁起の成立は二月二十二日以降ということになる。いずれにしても、長徳の遷座縁起が書かれたのは光誉が亡くなる少し前なのである。初代別当であり、かつ極楽寺の創健者である安宗の輝かしい実績をより強調する、長徳の遷座縁起の姿勢から見て、やはり光誉を中心とする面々が縁起作成に関わったと想定するのが自然であろう。

長徳の遷座縁起が書かれることになった直接の契機・経緯は明らかではない。ただ、大安寺の塔中院縁起の奥書は応和二年（九六二）五月十一日、長徳元年（九九五）より三十三年前である。応和二年には石清水八幡宮の初の大修理が、村上天皇自ら関わる形で始まっている。この時の別当は観康、光誉は権別当、聖情はこの年の十二月十日に少別当となった。神湛はまだ目代であった。石清水宮寺の大修理の話題や社格の上昇とともに、大安寺古老の石清水井の口伝や塔中院縁起の内容が取り沙汰されるようになっていったとすれば、光誉や聖情もまた、いずれ大安寺対策に取り組まねばならない位置にいたわけである。

そして、長徳元年二月には、別当暦雅がまだ健在であった。既述したように、暦雅や怡肇は、光誉や聖情たちにとって対抗勢力である。暦雅の父貞芳は、別当清照の養子だが、清照が別当である間に、目代から寺任権都維那、そして一気に官符上座に転じている。清照の次に別当になった観康が滅して後、上座の貞芳は、官符権別当定杲や寺任権別当光誉を超えて別当に任じられた。ところが、貞元二年（九七七）に貞芳は、観康の弟である平綩に殺害され、結果的に光誉が別当に昇格した経緯がある（石清水祀官系図、略補任）。行事五師であった暦雅は天元元年（九七八）に官符都維那、永観二年（九八四）に官符権上座（初例）、永延元年（九八七）に行幸で権別当の宣下を受け、ついには聖情に替わって別当の座を得たのが正暦五年（九九四）。すべて官符で寺任が一つもない職歴は、明らかに暦雅は政界と繋がり、清照・貞芳に続く三代目として、意識的に引き上げられていたことを思わせる。方や、清鑒とその子光誉は、三綱の経験もなしに寺任少別当から職歴が始まる。石清水きっての名流、安宗系の嫡流として石清水内部では特別扱いされていたが、光誉の代になって、安宗流の栄光に陰りが出てきたといえよう。

さらに、前年の正暦五年から赤斑瘡が鎮西から始まって大流行し、多くの死者を出して、後に『栄花物語』『大鏡』なども話題にするほどの猛威を奮った。御霊会・仁王会・読経などさまざまな努力がなされたが、『小記目

録』長徳元年一月二十六日条には、

石清水宮司夢想事、天下疫気未止、有行幸此宮、疫癘可平者、有御卜

とあり、一条天皇の行幸があれば疫病の流行も止むであろうとの夢想を得た、という「石清水宮司」の報告があったという。関白道隆も二月五日には病で辞職を上表しており、世の中は騒然としていた。四月以降、道隆の他、関白道兼、左大臣重信、大納言済時・朝光・道頼、中納言保光・伊陟等の公卿が没し、藤原道長の急速な台頭と伊周との対立が起きることは、政治史上著名である。行幸を促す「石清水宮司」が「御祈師」でもあった別当暦雅であるなら、安宗流勢力の陰りはさらに濃くなるだろう。疫病によるものかどうかは不明ながら、光誉も三月九日で没するわけだが、二月の時点で、光誉が死の近いのを自覚していたかどうかはわからない。それでも、定清はまだ正暦四年十二月に寺任権上座になったばかりの若さ。極楽寺を背負う光誉やそれを受け継ぐ定清、その養父聖情たちは、大安寺の問題とともに、安宗流の名誉をかけて、石清水の創建時代に向き合う必要に迫られていたと言わねばならない。

さて、本稿では遷座縁起が長徳元年の成立と見てよいこと、安宗流の嫡流光誉たちが作成に関与したと見られること、大安寺側の主張を強く意識していることなどを述べてきた。大安寺側の塔中院縁起や古老の口伝が、石清水側の長徳の遷座縁起や、頼清の語る阿弥陀三尊顕現説話を引き出してくるのだとすれば、縁起を生み出す応和から長徳という時代の背景、さらには宇佐と石清水を掌握する元命の登場という時代状況の変転も考察の対象とする必要があるだろう。その点に関してはまた改めて論じたいと思う。

※引用のテキストには、「朝野群載」「日本三代実録」は新訂増補国史大系、「宮寺縁事抄」は神道体系『石清水』、「石清水八幡宮寺略補任」「所司系図」は石清水八幡宮所蔵、「諸縁起」「宮寺遷座極楽寺縁起」は『石清水八幡宮史料叢

書二　縁起・託宣・告文』、「八幡宮寺宝殿幷末社等建立記」は『石清水八幡宮史料叢書五　造営・遷宮・回禄』、「七大寺日記」「七大寺巡礼私記」は『校刊美術史料全集　寺院編上巻』、「大安寺別当次第」（東寺観智院所蔵本）は『大安寺史・史料』所載の各本を用いた。引用にあたってはできる限り新字体に改めた。

〈注〉

（1）官宣旨案、寛治八年五月二十九日、京都御所東山御文庫記録乙五十三、『大安寺史・史料』（大安寺、一九八四年）所収。

（2）大安寺八幡宮と石清水八幡宮の遷座の順に関する論争については、拙稿「大安寺塔中院縁起と石清水」（『佛教文学』第三十九号所収、二〇一四年4月）参照。

（3）『宮寺旧記』「東宝塔院事」（『石清水八幡宮史一』所載）。『宮寺縁事抄』第一末、「寺主」の項にも、「貞観遷座以往、山内有堂、薬師堂、今護国寺是也、有塔、宝塔、三昧院是也、有社、斗我尾是也、則護国寺有一人僧、誘行教、未及返答去欽（失）了、不知不行方」とある。

（4）中前正志氏「八幡本地衣上影現説話展開の諸相―『江記』新出逸文と嵯峨法輪寺縁起から―」（『女子大國文』第百三十九号、京都女子大学、二〇〇六年6月）。

（5）大安寺に関しては注（1）に同じ。造営の費用捻出のため、寺領に国司の入勘・臨時雑役の停止を認める官宣旨が出ている。閏三月二十三日、宇佐遷宮の日時定めがあり、四月二十六日、宇佐遷宮の延引が陣定で決められた（中右記）。

（6）俗別当紀兼孝の没年は『石清水八幡宮寺略補任』『八幡宮寺紀氏系図（桐五―十六）』には明記されない。しかし、久安二年（一一四六）には兼孝の子、兼安が俗別当に補されている。俗別当・神主は前任者が死去の後、補任されるのが当時の通例であった。また、系図の兼安の項に「久安元年十一月九日行幸服気無賞権俗別当補任記如此」とあることから、前年の久安元年（一一四五）十一月には兼安は喪に服していたと考えられ、この年に兼孝は没したと見るのが穏当であろう。なお、拙稿「大安寺塔中院縁起と石清水」（『佛教文学』第三十九号所収）において、紀兼孝の没年を「一一四四年」と記載ミスをしている。ここにお詫びと訂正をいたします。

(7)『諸縁起』と『宇佐石清水宮以下縁起』が同じものであり、序文に承元四年のの日付があることは、拙稿「幸清撰『宇佐石清水宮以下縁起』について―幸清撰・口不足本『諸縁起』を補うもの―」（『同志社国文学』66号、二〇〇七年3月）参照。

(8) 石清水八幡宮記録「當宮壐御筥事」（『石清水八幡宮史　史料第一輯』「壐筥壐剣編」所収）、『百練抄』大治三年十月四日条、『中右記』目録・大治三年十月四・五・九日条等。

一切経経蔵については『百錬抄』大治三年十月廿二日条・『宝殿幷末社等建立記』参照。

(9)『八幡宮造営日時勘文等』「択申可改替石清水宮　御樋殿日時」（『石清水八幡宮史料叢書五　造営・遷宮・回禄』所載）。

(10) 院勝本『石清水八幡宮寺略補任』については、拙稿「院勝本『石清水八幡宮寺略補任』について―付「所司系図院清流」翻刻―」（『同志社国文学』74号、二〇一一年3月）参照。

(11) 西田長男氏「石清水八幡宮の創立」（『日本神道史研究　第八巻　神社編上』所収、講談社、一九七八年。現代神道研究集成編集委員会編『現代神道研究集成　第六巻　神社研究編』神社新報社、二〇〇〇年、にも所収されている）。

なお、特に引用はしなかったが、石清水創立に関わる先行論文として、村田正志氏「石清水八幡宮に関する二縁起の流伝」（『坂本太郎博士頌寿記念　日本史学論集　上巻』所収、吉川弘文館、一九八三年）、小倉暎一氏「石清水八幡宮創祀の背景」（『日本宗教の歴史と民俗』所収、隆文館、一九七六年）、吉原浩人氏「石清水八幡の縁起」（『国文学解釈と鑑賞』52―9、一九八七年）、八馬朱代氏「九～十世紀における石清水八幡宮の発展過程について：二つの創立縁起の比較から」（『史叢』67、日本大学史学会、二〇〇二年9月）、谷戸美穂子氏「八幡宮遷座の縁起と建立祖師行教：『石清水八幡宮護国寺略記』をめぐって」（『武蔵大学大学院人文科学研究科論集』1、二〇〇一年）、吉江崇氏「石清水八幡宮寺創祀の周辺」（『日本歴史』七五三号、吉川弘文館、二〇一一年2月）等がある。

※末筆ながら、貴重な文献の閲覧を快く許可してくださった石清水八幡宮の田中恆清宮司、ならびに、石清水八幡宮の故田中君於研究員・西中道禰宜には、この場を借りて心より御礼申し上げます。

道長伊周同車説話とその周辺
――藤原忠実の言談を読解する――

田　中　宗　博

はじめに

保延三年（一一三七）十二月七日、前摂政関白で齢六十歳の藤原忠実は、以下のような話をした（『中外抄』上一四）[1]。

保延三年十二月七日、祗候大殿。御物語之次、被仰云、御堂与帥内大臣同車にて令向一条摂政許〈一条摂政ハ御堂のをやこにして御するなり〉之間、逸物之牛の辻のかいたをりなとあかきなとしていみしかりけれは、御堂被仰云、此牛こそ尤逸物なれ。何所ニ候しそと被仰けれハ、此牛ハ祇園ニ誦経したりけるを求得たる也と被答けれハ、かゝる事不承しとて御指貫の左右をとりて不着沓して躍下御テ、人の門の唐居敷に立御たりけれハ、にかりてこそ被坐けれ。然者吾ハ人の旧牛馬なとは一切不取也。

聞き手は中原師元。保安二年（一一二一）以来大外記の任を勤めると共に、摂関家家司として忠実に近侍、時に齢二十九歳であった。『中外抄』は、この師元の筆録によるもので、採話期間は保延三年（一一三七）正月から仁平四年（一一五四）十一月までの長きに及ぶ。その中では初期の記録となるが、同日の記事は右の一条のみで、他に何が話されたかはわからない。「物語之次」とある以上、この話を引き出す契機となる話があったはずだが、師元は記録の要を認めなかったようだ。また、『中右記』等の周辺史料を参照しても、十二月七日前後に、この種の話題を誘発する出来事があったかどうかは確認出来ない(2)。

周知のように、ここに記された御堂藤原道長と帥内大臣藤原伊周との逸話は、『古事談』『十訓抄』『古今著聞集』『東斎随筆』等に継承されている(3)。その源泉・初出形態が『中外抄』となるわけだが、これを仮に伊周の没年である寛弘七年（一〇一〇）から数えても、実に百二十七年後の記録ということになる。その間、本話はおそらく摂関家周辺で、ひそやかに口語られてきたのだろうだ。それが、たまたま「物語之次」に、道長を曾々祖父と仰ぐ忠実の口端に上り、師元によって採録の価値ありと判断され、書記言語と出会うこととなった。これ以降、史上明暗を分けた道長と伊周の人物像を語る恰好の話柄として、本話は書承を繰り返し、個々の説話集内部に位置付けられていく。しかし、後代説話集における受容や意味付けが如何なるものであるにせよ、本話を『中外抄』のテキストとして理解するためには、話者忠実と筆録者師元の意識に即した考察が必須となることは間違いない。

考えるべき問題は幾つもある。そもそも忠実は、いかなる意識から道長の説話を開陳する気になったのか。そして聞き手の師元は、それをどう理解して記録に留める価値ありと判断したのか。概して我々後代の読者は、この話から道長と伊周の敬神の念の厚薄の差、ひいては人物としての度量の差までを読み取りがちである。加えてテキスト外情報として、中関白家の没落と御堂流の栄華という歴史的事実を知るが故に、道長と伊周の対照性を、両家の盛衰を予知・説明するものと了解する傾向がある。そのような説話理解は、早く『古事談』編者顕兼のものでもあったようだが、言談の現場ではどうだったろう。

話者忠実の置かれた歴史的環境において、道長―頼通―師実―師通そして自分へと、直系で続く摂関家本流の地位は、疑念を容れる余地のない所与の条件であった。しかも、保延三年時点で嫡子忠通は関白の地位にあり、年の離れた弟頼長も既に内大臣となり、両者の破局はまだ十年以上もさきのことである(4)。このような状況下、まずは満ち足りた老境にあった摂関家家父長忠実が、三十歳ほど年少で他氏出自の家司師元に、曾々祖父の代に遡る他家との葛藤・角逐の記憶を、それ自体を主題として語るだろうか。

もとより『中外抄』や『富家語』は、多分に偶発的要素をはらむ忠実の言談を、順不同で折々に記録したものである。中には、嗽や手水・食事といった日常の些事を契機とする話もあれば、家司師元の職務や廷臣として処理すべき問題に即応した話題もある。[6] そのようなテキストの性格を考慮すると、ここでも牛馬の使用をめぐる〈規範〉の根拠として、道長伊周同車説話が語られたように思える。その際、道長と対比的に伊周を貶め、中関白家の没落を必然とするような心意が、忠実の胸裏にあり得ただろうか。もとより、本話を書承する後代の説話集については、話は別となる。『中外抄』を初出とする説話をテキストベースで受容し、自己の説話集内に採り込む際、編者達はしかるべき巻編成・説話配列の下、必要とされる主題に即して意味を付与しようとする。結果として、ほぼ同文で説話が書承されても、その含意が大きく変わることは、不思議でも何でもない。ただ、その間の説話伝承と変容の問題については、『古事談』以下の諸書に即した丁寧な考察が要請されるので、本稿では自制し後考を期することとしたい。

本稿では、後代の説話集から得られる知見をひとまず捨象し、忠実と師元の間に生成した説話口承の場において、道長伊周同車説話がどういう意味を持ち、どういう意味を持たなかったのかを考察する。具体的には、『中外抄』『富家語』に載る道長の記事を通覧し、忠実の父祖への思いの理解に努めると共に、「我等一家」の範囲についても分析する。また、当該説話の読解上大きな意味を持つ「誦経」と「祇園」について、『小右記』の記事に拠りつつ、道長の生きた時代における意味を押さえる。その上で、忠実が祇園神をどのように観念していたかについて、忠実の日記『殿暦』を用いて検証し、当該説話を語った際の話者の意識を明らかにすることを試みる。

論は、自ずと各話論的かつ注釈的なものとなるだろうが、その結果を踏まえてこそ、『古事談』以降の中世説話集の受容について、正しい理解と評価が下せるようになると考える。以下、煩雑を畏れず考察を進めていきたい。

一 「吾ハ人の旧牛馬などとは一切不取也」について

本話の考察を始めるにあたって、まず問題となるのが「然者吾ハ人の旧牛馬などとは一切不取也」という末尾の一文である。これは、話者忠実が実生活上の一指針を語ったものと理解されるが、その前の説話を独立したものとして読む立場からは、話を矮小化する話末評語、蛇足の類のようにも受け取れよう。事実『古事談』以降の説話集は、すべてこの一文を欠く。しかし、話者忠実の意識からすると、末文に示される指針の根拠・理由として、道長伊周同車説話が引き出されたのであり、その逆ではなかったようだ。筆録者師元の側からみても、末尾の具体的な教示がなければ、本条を記録に留める要はなかったように思える。

ことは、忠実の言談が自ずと孕む〈規範性〉とも関わる。摂関家嫡流に生まれ人臣最高位を極めた忠実の言葉は、当代宮廷社会の耆宿の金言として、記録に値するものと考えられた。だからこそ師元は（『富家語』の筆録者高階仲行も）、忠実に近侍しつつその片言隻句に注意を払い、〈規範〉となる発言を筆録しようと努めたのである。この末尾の一文についても、師元が筆録に値する〈規範性〉を感じたことは疑えない。ただし、師元クラスの官人層が、自らの乗用とする牛馬について、この種の〈規範〉を遵守し得たかは大いに疑問がある。実際、師元や仲行のように上層貴族の家司を務める人物は、主家筋から牛馬を賜る機会もあったはずで、「旧牛馬」が問題になったとは思い難い。平安期の古記録類や仮名日記・歴史物語等をみても、牛馬の譲渡や貸借には日常的かつ普遍的なものがあり、そもそも「旧牛馬」を擯斥する心意が、一般に共有され得るものであったかは疑問である。これはやはり、忠実のように牛馬を選り好みできる、ごく限られた立場の人物にのみ遵守可能な〈規範〉であったとみるべきだろう。

そう考えると、「吾ハ人の旧牛馬なとは一切不取也」という物言いの、断定の強さも自ずと了解される。すなわち、他家の者はいざ知らず私は、旧き牛馬を一切使用に宛てない――というのだが、このような生活上の指針は、師元や仲行クラスの家司層はもとより、当代人士の多くにとっても、潔癖主義に流れたやや神経質なものと受け取られた可能性がある。だが、そうであるならばより一層、忠実はここに説得力のある根拠を示す必要があったはずだ。道長伊周同車説話は、そのための確実な根拠として援用され、ここに掲げられたのではないか。

二　規範と故事――道長と手水をめぐって――

総じて『中外抄』『富家語』が、忠実の言談内容を〈規範〉として掲げる場合、その形態には三つのタイプがあった。第一は、規範のみが単独で掲げられ、なぜそうすべきなのか根拠が一切示されないもの。例えば、「又仰云、大臣、納言着座之時、其畳別事不可然事也。用半帖之時ハ大臣両面也」（中外抄・上二五）とか、「仰云、四方拝時当歳下食ハ前夜著浄衣付寝殿後朝拝之。又晦日為下食ハ朔日湯殿」（富家語・二〇〇）の類である。第二は、守るべき規範が単独で示されるのではなく、その根拠あるいは理由が併せ語られるもの。例えば、「仰云、騎馬日ハ最上剣平緒水晶柄剣等不用事也。遠所行幸ニハ蒔絵螺鈿剣ヲ用也。是木地損故也」（富家語・三二）とか、「仰云、内弁召舎人ニハ、口伝云、密々ニ前ナル取塩テ含之。是音出サム故也」（富家語・一四三）の類である。[7] この二類のものは比較的短章で、構造も単純なものが多い。どちらも、忠実の直話であることが、権威と正当性を保証するわけだが、加えて後者の場合は根拠・理由が示されることで、より〈規範〉としての客観性・説得力が増すものとなっている。

しかし、廷臣としての生活を送る上で必要とされる、これら有職故実的な〈規範〉のすべてに、聞き手を納得させ得る根拠や、合理的な理由が伴っていたわけではない。むしろ、何らかの先例があって、それが尊重され継承されることで慣例化し、〈規範〉と仰がれることの方が一般的であったとも言える。この種の〈規範〉を、具体的な先例と共に示すものが、第三のタイプということになる。一例を挙げると、康治元年（一一四二）京都郊外仁和寺における忠実の言談は、以下のようなものであった（中外抄・上五〇）。

康治元年十一月十日。此間依理趣三昧事御坐仁和寺。仰云、北向にて手を洗は福の付也。御堂慮外ニ他方ニ向テ令洗御ける時も、思食出テハ所のぬるゝも不知食ス、無左右令向給けりと宇治殿ハ令語給ひきとそ故四条宮ハ仰事ありし。

この条については「他所に来て手水の勝手が違ったことから思い浮かべた話題であろうか[8]」との指摘もあるように、おそらく忠実は実際に北を向いて手水を使いながら、身辺に近仕する師元に向かって語ったのだろう。

手水を使う際に北に向かえば福が付くとの説は、応保元年（一一六一）の言談を記す『富家語』一五一にもあり、忠実最晩年に及ぶ実生活上の〈規範〉であったようだ。しかし、こちらでも由来や根拠が教示されることはなく、その代わりにやはり御堂の故事が先例として掲げられている。

仰云、故四条宮仰云、宇治殿仰云、故御堂ハ他方ニテ有御手水トモ思出テ俄ニ北ニ向テ御手ハ洗給ケリ。是北向テ洗手ハ福粧也。御堂被仰ケルハ、吾若カリシヲリ貧カリシカワヒシカリシカハ、カク好福也トソ被仰シ。然者御堂ハ軽々ニオハシマシケルニヤ。宇治殿ハサモオハシマサヽリケル。此事共語仰テイミシケニ思食タリ。

「御堂被仰ケルハ」以下の部分は『中外抄』に対応記事をみないが、忠実は明らかに年を隔てて同趣の話をしたとみてよい。しかも両者ともに、道長の息頼通が語ったことを、それを聞いた頼通の娘四条宮（寛子）が語ったと明記されている。師元の記録と仲行の記録との間には、二十年弱の歳月が経っているのだが、この情報が語り落とされることはなかった。一般に、この種の伝承の経路を示す文言は、話の内容の信憑性を保証する機能を負うが、本条もその例外ではない。

史実と照合すると、承暦二年（一〇七八）生まれの忠実は、承保元年（一〇七四）に没した頼通の直話を聞くことは出来なかったが、大治二年（一一二七）に九十二歳の高齢で没した寛子の話を聞く機会は十分にあった。「摂関家の盛時を経験し、宇治殿頼通の言動も親しく見聞した彼女の見解は、九条流の有職故実に関する生きた情報として、忠実にとって大きな指針となった」[9]との指摘もあるように、四条宮寛子は『中外抄』に六度、『富家語』に三度名前が挙がり、それぞれ故実伝承上重要な役割を果たしたことが窺える。とりわけ「故四条宮ハ雖女人奉遇宇治殿上東門院無止人也」（中外抄・上七七）といった記述をみると、頼通や彰子と直に接した経験を持つ寛子からの伝承が、いかに重んじられたかが了解されよう。[10]

右の両条の場合、そんな四条宮寛子の語った内容が、他ならぬ御堂関白道長の日常のひとこまを伝えるものであったことが、より一層大きな意味を持つ。道長が法成寺阿弥陀堂で往生を願いつつ生を終えたのが、後一条朝の万寿四年（一〇二七）。その後、永承七年（一〇五二）の入末法の年を過ぎ、摂関家と対立的な志向を持つ後三条・白河の二代の即位を経た後、白河朝の承暦二年（一〇七八）に生を享けたのが忠実であった。忠実の生涯は、政治の実権と天下の富の集約をはかる院政政権のもと、退潮期にあった摂関家の権勢を何とか維持しようとする苦闘に費やされたと言ってよい。そんな忠実にとって、摂関体制の最盛期を現出させ、文化の華開く一条朝を領導した曾々祖父道長の事績が、従うべき先例としての価値を有する、十分な故実と意識されたことは疑えない。

なお、忠実の言談中に「御堂」の語がみられる事例は、『中外抄』に二十一例、『富家語』に十一例が数えられる。[11]内容は、廷臣としての務めに関わるものや随身関係、触穢・宿曜等の禁忌関連、さらには服飾・乗車故実等々といった具合に多彩なものがあるが、道長の言動が仰ぐべき先例として遇されていることは動かない。中には、「御燈祓」について「御堂ハ犬死穢時令勤御了」を根拠に、略儀の「由祓」で済ませた息頼長に対して「無身障テ行由祓無謂事也」と叱責する条もある[12]（中外抄・上六六）。また、忠実が直接差配する興福寺の堂供養に際して、庭が狭いので見物の輩のために築垣を壊そうと思うと述べる条（中外抄・上五九）では、「是、非無先例」として道長の法成寺供養時の故事を提示、「今度可准彼例」と全面的に準拠することを宣言してもいる。この例などは、築垣を一時的に破却するという緊急避難的措置に対し、予め想定される反論を、道長の故事を先例とすることで封じ込めようとする気配も感じられなくはない。

道長の故事の掲出が、いかに効力を発揮したかは推して知るべしだが、これら諸例を勘案すると、「吾ハ人の旧牛馬なとは一切不取也」という、やや特異な〈規範〉を示す際に、道長の故事が持ち出された心意にも得心がいく。発話の契機が何であったにせよ、忠実が師元に伝えたかったのは、やはり末尾の一文の方であり、前段の説話はその正当性を保証する、確実な論拠として援用されたのであった。

三　忠実の「我等一家」と道長手水説話

摂関家にとって困難な時代を生きた忠実は、父祖の言動を故実として伝承することにより、他氏・他家と差異化される「我等一家」(中外抄・上二)のアイデンティティを保とうと努めた。『中外抄』『富家語』に記録された言談に限定しても、九条流の祖師輔に説き及ぶものが十三条(中外抄7・富家語6)、大入道殿兼家が六条(中外抄のみ)、そして前記道長の三十二条があって、宇治殿頼通に至ると四十七条(中外抄29・富家語18)を数えるに至る。[13] この曾祖父頼通までが忠実生誕以前に没しており、その言動については、例えば四条宮寛子のような人物を介して、間接的に伝承されたこととなる。付言すると、祖父である師実については、直接言葉を聞き薫陶を仰いだだけあって、八十九条(中外抄44・富家語45)の多数に及び、早世した実父師通の十二条(中外抄6・富家語6)を凌駕している。[14] なお、師輔の父忠平については『富家語』に三例を数えるのみだが、「貞信公之流ハ款冬衣不出」(富家語・一六七)などと規範が示される例もあり、九条流を一代遡る貞信公流が意識されたことも窺える。[15]

このように、忠実の「我等一家」への意識には顕著なものが看取されるが、そのことは必ずしも、自らの父祖を欠点のない聖人君子として理想化し、他氏・他家の人々と峻別するといった心意に結び付くものではなかった。例えば九条殿師輔については、ほぼ性的醜聞と言ってよい、醍醐天皇皇女康子内親王との密通の一件が語られてもいる（中外抄・下二九）。しかも、そこには異母兄実頼の際どい当てこすりに「面ヲあかめておはしましけり」などとあり、さらに「九条殿ハ閑のおほきにおハしましけれハ…天下童談ありけり」といった文言までみえる。『大鏡』「公季」に類話のある伝承であり、内親王の臣下への降嫁の先鞭を付けたのが師輔だという史的意義はあるにせよ、「露骨に師輔を揶揄[16]」するものと読まれても無理はあるまい。

そこまで極端ではないが、道長の手水の故実を語る前掲『富家語』一五一条にも「御堂ハ軽々ニオハシマシケルニヤ」との評語があった。この「軽々」との人物評は、『中外抄』上五〇条の方で語られる「うっかり他の方向を向いて手を洗った際は、そこらが濡れるのも構わず躊躇なく向き直った」との伝えと併せ考えると、理解が容易になるだろう。しかも、この粗忽とも言える振る舞いについて、道長は「若かった頃、貧乏がつらかったので、こんなに福を好むようになったのだ」と言い訳めいた説明をしている。もとより、兼家正妻時姫腹に生まれた御曹司道長のことゆえ、ここで言う「貧」を誇大視する要はない。だが、父兼家が実兄兼通の妨害を経て幼帝一条の摂政の地位を得たのは、寛和二年（九八六）五十八歳の時のことであり、道長は既に二十一歳に達していた。さらに道長の上には、同母兄として十三歳年長の道隆と五歳年長の道兼が健在で、とても前途が明るいと言える状況にはなかった。

道長自らが語ったという「若カリシヲリ貧カリシカワヒシカリシカハ」は、そのような時期の不遇意識を伝える言葉と理解される。おそらく、若き日の道長は「福」を求め、実際に北向きに手を洗うことを、規範として自らに課していたのだろう。それが、やがて功成り名遂げて、それ程「福」を追求する要がなくなっても、習い性となったことは留め難く、時に「所のぬるゝも不知食ス」大慌てで方角を正したというわけである。このような振る舞いは、道長を廟堂最高位の貴紳と仰ぐ第三者の目にはもちろん、実子頼通の目にも、ややもすると威儀に欠ける軽忽なものと映っただろう。付言すると、頼通は正暦三年（九九二）生まれで、父道長が急逝した兄道兼の跡を襲って内覧の宣旨を得、廟堂に覇を唱えた長徳元年（九九五）には、未だ四歳の齢を数えるに過ぎなかった。父の不遇や苦労を聞き知っていたとしても、幼児よりお坊ちゃん育ちの頼通にとっては、押しも押されもせぬ廷臣第一位を占める父が、さらなる福を求めて率爾に振る舞う様は、違和感の残る見苦しいものと見えたかも知れない。

『富家語』末尾の「然者御堂ハ軽々ニオハシマシケルニヤ。宇治殿ハサモオハシマサ、リケル。此事共語仰テイミシケニ思食ケリ」は、その間の機微を伝えるものとして読める。ただ、道長を「軽々」と感じたのは誰か、頼通か寛子か或いは忠実か、論断するのは難しいし、筆録者仲行である可能性もなくはない。また「此事共語仰テイミシケニ思食ケリ」についても、おそらくは言談の場における忠実の様子を伝えるものであろうが、寛子あるいは頼通に係る可能性もゼロとは言えない。この種の解釈の揺れ、文旨の捉え難さは、本条が――頼通の語りを伝える寛子の語りを忠実が語っているという、ややこしい入れ子構造を持つことに由来する。結果、どの部分が語りの引用で、どの部分が地の文であるかが不明瞭となり、幾つかある選択肢の中から解釈を下すほか途はないのだが、極言すると、ここではあまり拘らなくて良いようにも思える。

何故なら、ここで語られる道長の振る舞いは、頼通にとっても寛子にとっても、もちろん忠実や仲行にとっても、多少とも「軽々」の感を与えたと思えるからである。先にもふれたように道長は、摂関家当主として廟堂の最高位を占めることが、予め約束されるような地位に生まれ付いたわけではない。実際、兄道隆・道兼の早世や、甥伊周・隆家兄弟の不祥事による失脚といった経緯がなければ、いかに姉東三条院詮子の好意ある贔屓があったとしても、「この世をば我が世とぞ思ふ望月の…」の栄華を実現できなかっただろう。[17] 結果論で言えば、道長は生涯様々な局面で運命に祝福されていたわけだが、先の見えない人生をリアルタイムに生きる本人にとって、そんな予定調和的なことは言っておられず、運命は自ら切り拓くほかなかった。ために道長が、いかなる努力を払ったかは、『栄花物語』『大鏡』等が深い関心を寄せて語るところであるが、そのささやかな一つが、北面して手水を使うという日常の慣行だったのである。

そもそも北に向いて手を洗うことが、どう福と結び付くのかは未詳だし、道長が何を根拠に自らに課したたかも分からない。それでも、頼通～寛子～忠実と伝わった話を信じる限り、若き日に始められた慣行は、後年頼通の前においても道長を拘束するものとして生きていた。少なくとも道長本人にとって、手水の方角は忽諸し難い切実な意味を持つ〈規範〉であったわけだが、そのことを、摂関家道長流の栄華の継承を所与の条件とする生を生きた頼通や寛子・忠実が、すぐさま共感的に理解出来たかは疑問である。所の濡れるのも構わず向き直る行為に、「軽々」との印象を受けてもおかしくないし、まして天下の富を集約する御堂関白ともあろう人が「福が付くというからね」と言い訳するに及んでは、見苦しいとさえ感じたかも知れない。

実際『富家語』は、「軽々」たる道長と対比させて「宇治殿ハサモオハシマサ、リケル」と続けている。これは、頼通を道長より高く評価するものとも読めるが、そもそも頼通が「軽々」の誇りを受けずに済んだのは、若き頃の道長のように、ことさらに「福」求める要がなかったからであり、そんな理屈は、道長直系の子孫たる寛子や忠実には、言わずとも了解・共有されていたはずだ。要するに――我等の先祖で一家を成した先代道長は、自らの運命を切り拓くため「軽々」な振る舞いに及ぶこともあったが、安定した地歩を獲得した二代目頼通になると、もはやそんな必要はなく、廷臣として重きを成し得たということである。それは、どちらが正しい誤っているの問題ではなく、ある時代状況下における「我等一家」の実相を、象徴的に伝えるものであった。

道長の手水をめぐる日常の些事が、長寿の寛子を介して院政期に生きた忠実にまで伝えられたのは、右のような父祖への意識、「我等一家」への思いが関与していたとみるべきだろう。それは、御堂関白道長の事績を敬慕する余り、ひたすらなる聖人君子化を図ろうとする心意とも異なるし、ましてや道長の貪欲さや権勢欲を、軽々しい振る舞いとして弾指する意識とも異なる。この点において道長手水説話は、まさに摂関家内部の伝承に相応しい内容と、語り口を備えたものであったと言えよう。

四　道長伊周同車説話の「一条摂政」をめぐって

ここで、道長伊周同車説話に戻ろう。道長手水説話に長文を費やしたのは、両話にみる道長の振る舞いに通じ合うものがあり、その類似を押さえることが解釈に関わると感じたからでもある。伊周の返答を聞くやいなや、沓も履かず牛車から躍り下り、人家の門の唐居敷に立つという行いは、辺りが濡れるのも構わず手水の方角を正すことと、根が通じているのではないか。そして、それは他者の目には、ややもすると「軽々」な振る舞いと映じたのではなかったか。以下、『中外抄』のテキストに即して考えてみよう。

まず本話の解釈上、既に解決済の問題について触れておきたい。そもそも話の発端は、道長が甥の伊周の牛車に同乗して「一条摂政」の許へ向かったことにあった。「一条摂政」とは藤原伊尹（九二四〜九七二）を指すが、その没年の天禄三年当時道長は僅か七歳で、伊周に至っては誕生の二年前になる。割注形式で付記される「一条摂政ハ御堂のをやこにして御するなり」についても、道長が父兼家の同母兄に当たる伊尹と、猶子あるいは養子関係を結んだ事実はない。よって本話は、このままでは史実離れの甚だしい虚伝ともなるが、『古事談』以下の諸説話集も『古今著聞集』以外はすべて「一条摂政」を継承、これを疑問視した形跡はない。この問題について、『中外抄』の最初の注釈書である岩波新日本古典文学大系は、脚注に以下のように記している。

本条は史実ではあり得ない。「一条左大臣」（源雅信。道長の室倫子の父）であるとすれば、伊周とも矛盾しない。〈中略〉ともに「一条」を称した摂政（伊尹）と左大臣（雅信）との取り違えで（師元の聞き違いか）、本来道長が岳父（倫子の父）雅信のもとに赴く途中の事件か。

これで疑問は氷解するわけで、岩波新大系『古事談 続古事談』も同じ見解を採っている[18]。

ただ、見過ごされがちだが、実は『中外抄』にはもう一箇所、伊尹と雅信を取り違えたと思しき条がある[19]。現存する『中外抄』中もっとも早い時期の記録である「保延三年正月五日条」（上一）が、それである。この時忠実は「叙位間事」を語り、「其次」に「宣命使ハタヒコトニ有揖、大略朝賀之ヲソリ了様ナル事也」と、宣命使の作法に関わる故実を語った。それに続けて、情報の出処を以下のように示す。

御堂ハ件事ヲ一条摂政ニ令習給。其後我等一家不沙汰、但有指南ハ今始令勤尤安事也。其中ニ不審事有リ、昇階有音、此事無術云々。

この例についても、伊尹と道長の関係が問題となるが、岩波新大系脚注は「伊尹の薨時、道長はまだ七歳であった。「一条左大臣」（源雅信。道長の室倫子の父）と混乱があるか。上14にも同様の例がみえる」と指摘する。

さらに「一条摂政」については、久安六年（一一五〇）七月の記録と推定される『中外抄』下二二にも名が挙がる。こちらの条は、前三分の二ほどが藤原行成が冥官の召しを免れたという話で、残り三分の一が、「小野宮殿（実頼）」が没した時に京中諸人が愁嘆したという話となっている。その末尾に「見一条摂政記」とあり、これが事実なら伊尹の日記[20]に同話があるということになるが、同書は散逸して伝わらず、委細を知ることは出来ない。

一方、応保元年（一一六一）の言談を記す『富家語』一二六にも、これと同趣の伝承が、次のように書き留められている。

凡小野宮ハイミシク御坐シケル人ニコソ御メレ。令薨給時、京中諸人門前ニ来集テ歎合テ挙哀スト一条殿〈雅信公〉左大臣記ニ被書タル。

今度は『中外抄』内部の問題ではなく、『中外抄』と『富家語』の間で、一条摂政（伊尹）か一条左大臣（雅信）かが揺れている。因みに、小野宮実頼が没した天禄元年（九七〇）当時、一条摂政伊尹は四十七歳、一条左大臣雅信は五十一歳で共に存命中で、右の逸話がどちらの日記に書かれても、そのこと自体に歴史的な矛盾は生じない。ただ『中外抄』上一や上一六については、天禄三年（九七二）に四十九歳で死んだ「一条摂政」ではあり得ず、正暦四年（九九三）に七十四歳で死んだ「一条左大臣」なら問題がないことからすると、やはり『中外抄』下二二においても、師元が取り違えをしたと考えてよいだろう。

おそらく忠実は、もともと源雅信のことを念頭におき「一条殿」くらいの呼称を選択、それで紛れるなどとは思わなかったのだろう。ところが、師元は「一条殿」イコール伊尹と思い込み、「一条摂政」の語を選択して記録に留めた。その結果、本来忠実の言談には言及されなかった伊尹が、『中外抄』上一・上一六に加えて、下二二にも登場することとなったというのが真相に近いだろう。

付言すると、師元の側に誤解が生じた要因として、忠実の言うところの「我等一家」への理解のズレがあったかも知れない。すなわち、右掲『中外抄』上一に記録された言談において、忠実は――道長が源雅信に学んだことを根拠に「我等一家不沙汰」との断案を下すのだが、師元は「我等一家」から類推して、藤氏の家説に根拠があると考えたのではないか。そのため、忠実の語ったであろう「一条殿」が、他氏（宇多源氏）の雅信を指すとは思い及ばず、藤原伊尹すなわち「一条摂政」のこととした。しかし、これはやはり師元の早合点であり、道長当代の意識がどうであったかは措くとして、後代の忠実の意識を忖度すると、藤原伊尹の説ではなく源雅信の説が「我等一家」の説の根拠となっても、何も問題はなかったに違いない。

ここで、忠実が「一条摂政」に言及している事例を検索すると、あと一例『富家語』一〇五条が挙げられる。平治元年（一一五九）の記録とされ、総じて簡潔な短章の多い『富家語』の中ではやや長文の条だが、冒頭「仰云、世尊寺ハ一条摂政家也〈九条殿一男〉。件人見目イミシク御坐シケリ」と始まる。この世尊寺とは――「平安京北辺に接する桃園の地は、もと禁園であったが、後にいくつかの皇族及び源・藤氏の邸第・別荘が営まれた。そのうち長徳元年（九九五）に藤原行成によって世尊寺という寺になる邸第」を指す。以降「世尊寺」は、伊尹の孫である行成を祖とする家の名となり、さらには和様書道の流派の一ともなることは、よく知られている通りである。世尊寺の家名を称したのは、第八代の行能（一一七九～一二五五）からのようだが、もともと権大納言を極官とした行成を祖と仰ぎ、行成の孫伊房（一〇三〇～一〇九六）以降は公卿を出すこともままならなくなる家系とあっては、忠実にとっての「我等一家」でなかったことは自明と言えよう。一条摂政伊尹は、かかる「世尊寺」という家名と共に、忠実の記憶に留められる存在であった。[21]

一方、「一条左大臣」の方はどうかというと、前掲『富家語』一二六のほか、『中外抄』上六一に「雅信大臣」の名が挙がる。こちらの条で忠実は、かつて故殿＝祖父師実の供をして洛外法輪寺へ参詣した際、次のように聞いたと語っている。

故殿仰云、あれハ鷹司殿の御葬所なり。抑墓所にハ御骨を置所也。所放也。葬所ハ烏呼事也。又骨をハ先祖ノ骨置所ニ置ケハ子孫ノ繁昌也。鷹司殿の骨をハ雅信大臣ノ骨ノ所ニ置後繁昌云々。

文意に明瞭を欠き理解の及ばない箇所もあるが、要するに「鷹司殿」の骨を、父の「雅信大臣」と同じ所に安置して以来、その子孫は繁昌したというのであろう。この「鷹司殿」とは道長室源倫子のことであり、忠実にとって曾々祖母に当たる。しかも、女性である倫子の子孫が繁昌したというのであるから、それはそのまま忠実に直結する摂関家嫡流の繁栄を意味する。本条において、源雅信はその起点に見定められているわけで、これを傍証として考えると、一条摂政伊尹と一条左大臣雅信のどちらが、忠実にとって「我等一家」に繋がる存在と考えられたかは明らかである。以上、道長伊周同車説話に、時代の合わない一条摂政伊尹が登場したのは、もっぱら筆録者中原師元の誤認に起因するものと断定してよいだろう。

五 「祇園」と「誦経」――『小右記』の記事を参考に――

次に、伊周の語った「此牛ハ祇園ニ誦経したりけるを求得たる也」について、おさえておきたい。岩波新大系脚注は「誦経料として奉納したのを」とのみ簡潔に記す。また、新大系『古事談』の方には「祇園へ人が誦経料として納めた牛」との脚注があり、共に妥当な解と思われる。そもそも、明治の神仏分離政策を経た現今の八坂神社とは異なり、僧が奉祀する祇園感神院は神仏習合の霊地であった。故に、祇園で諷誦を修したり誦経を行い祈願をこめる習俗は、ごく一般的なものであり、これを道長存生時に限っても、即座に『小右記』から十二例ほどを拾うことが出来る。[22]

その中には、長和元年（一〇一二）五月十九日、前年に亡くなった一条天皇の為に皇太后宮（上東門院彰子）が枇杷殿で行った法華御八講の結願の日に、たまたま「今日物忌」であった記主藤原実資が「依非殊重欲参御八講」と思い、その障りを避けるため慎重に「早旦修諷誦三箇寺〈清水・祇園・廣隆寺等〉」したという例も見られる。「誦経」が明記される例としては、治安三年（一〇二三）九月二十六日条に「依厄日誦経祇園」とあり、同年十二月四日条には「誦経祇園、依可慎之由也」とある。また、万寿元年（一〇二四）五月二十七日条の「読経祇園、依物忌」も「誦経」と同義に理解されるし、同年十月十六日条の「誦経五个寺〈廣隆寺・東寺・清水寺・祇園・北野〉」は「依八卦厄日幷除目」が故であったという。これらの例からすると、実資は物忌・厄日または除目に際して、三箇寺あるいは五箇寺に諷誦・誦経をさせることがあったようだ。

さらに、万寿二年（一〇二五）八月十九日・二十日条には以下の記事がある。

　十九日、戊辰、宰相来云少将所悩未減、晩頭問遣、報云、熱気猶盛、以乗用牛誦経〈祇園〉者、（以下略）

　廿日、己巳、甲（ママ）朝宰相来云、昨日資房不覚煩、仍以牛誦経祇園、其後頗宜、今日罷向可見者、資房熱散漸得尋

常由宰相相示送之、

十九日条の「宰相」とは、実資の養子で当時参議であった資平を指す。「『小右記』に頻出、実資の情報入手、連絡など、手足となって役割を果たす」と評される人物である。[23]その資平が言うには、「少将」すなわち資平の子で実資の孫に当たる資房（当時十九歳）が「所悩」あって熱発したため、自らの「乗用牛」を祇園に送って「誦経」させたとのことであった。翌二十日早朝（「甲」は「早」の誤か）、実資の許に参上した資平は、息資房が快方に向かったことを語り、その後熱も散り尋常に復したことを伝えてきたという。

これら『小右記』の記事から窺えることは、第一に厄日・物忌等「可慎之由」のある際に祇園誦経が行われたこと、第二に子息の急病平癒を祈るような重大な局面において「乗用牛」を誦経料とする場合があったことの二点である。もし、これらの事例が示すように道長の生きた時代、祇園誦経がもっぱら祓除を期す修法であったとすると、その賽物とされた牛に「厄」や「物忌」等の不祥なイメージが感染することは避け難かっただろう。ならば、道長が伊周の牛を峻拒したのも、直覚的に不祥との接触を遮断するためであったとも解し得る。それは、若き日の道長が「福」を求め、神経質に手水の方角を正す振る舞いと、明らかに共通する体のものであった。

六　忠実にとっての「祇園」（1）――敬仰の対象として――

次に、語り手忠実と祇園との関わりについて、検討しておこう。忠実の日記『殿暦』を検索すると、「祇園」の語がみえる条は、承徳二年（一〇九八）十月二十日を初例に、永久五年（一一一七）十月十五日に至る総計七十三日分を数える。[24]その中には、「祇園女御」に言及する三例が含まれるが、これは直接祇園と関わらないので除外する。以下、六月中旬の祇園御霊会について、年毎に摘記される事例も散見するが、目を惹くのは、祇園の諸司や神民が入京し、何らかの訴えに及んだという記事である。[25]忠実の生きた時代、祇園は天台宗山門派の配下にあり、時に延暦寺大衆や日吉社神民と一体となって主張を通そうと動くことがあった。その際、神輿を持ち出して宗教的威嚇を加えたり、衆を恃んで実力行使に出る場合があったことは周知の通りである。

中でも、長治二年（一一〇五）十月三十日、八幡別当光清の宥免を請う石清水神人と、日吉神人・祇園神人・叡山大衆とが闘乱に及んだ際、忠実は現場近くの高陽院から北政所や若君（忠通）・姫君（泰子）を他所に避難させている。思えば、これより六年前の承徳三年（一〇九九）、実父師通を三十八歳の壮齢で亡くした忠実は、父の死を叡山大衆の強訴を武力で斥けたことの報いとする言説を、既に耳にしていたはずである。[26] そのことは、頻発する寺社勢力の強訴を眼前に、忠実の心に暗い影を投げかけたことは疑えない。まして、康和三年（一一〇一）父に次いで祖父師実を亡くした忠実は、もはや庇護者を求めようのない摂関家当主として、主体的に事に当たらねばならなかった。剛毅で果断な父に学べば、仮借なき神罰・仏罰が下るというのなら、残された道は崇仏・敬神の誠を示しつつ、難儀な問題処理に苦しむほかはない。元来、忠実には「物忌其他の禁忌に多少過敏の性」があったと評されるが、[27] 祇園への崇敬あるいは敬避の念については、右のような事情を考慮する必要があるだろう。

祇園との関わりを今少し具体的に追うと、例年六月中旬に行われる御霊会に、忠実は神馬を立てていたようで、「余午剋許神馬如常」（嘉承二年六月十五日）「立神馬如常〈祇園臨時祭〉」（天仁二年六月十五日条）などとある。これは父の『後二条師通記』にも「祇薗神馬如常」（康和元年六月十五日）とあり、摂関家の通例を継承したものであったようだ。また、「今日祇園御霊会也、其後服魚」（天永二年六月十四日）とか「今日精進依祇園御会也」（永久二年六月十五日条）とあるように、神事に関わる禁忌にも十分な配慮をみせている。これら諸例からも、忠実の祇園神尊重の程は窺えよう。

さらに、注目すべきは康和五年（一一〇三）十二月九日条である。この日、忠実の嫡子「威徳（童名）」は童殿上を遂げるが、その名字については、大江匡房の勘進を承け「忠通」あるいは「兼実」が候補となった。結果、忠通が選ばれたのだが、その際父忠実は「可行誦経之由」を命じ、「八幡・賀茂上下・春日・大原野・吉田・平野・祇園」の諸社と、東三条第の屋敷神「角振・隼」、それに「興福寺・極楽寺・法性寺・法興院・法成寺・平等院〈氏寺等〉、延暦寺・清水寺・広隆寺・六角堂」の諸寺への差配を指示したという。この場合、多数の寺社中の一ではあるが、忠実が「祇園」に「誦経」を命じた確実な例となる。当時二十五歳の青年忠実にとって、齢七歳の長男忠通の童殿上と命名は、「我等一家」の未来に関わる慶事であったはずだが、その際祇園の加護を仰ぐことも忘れることはなかった。

なお、これに先立つ康和三年（一一〇一）六月十五日条には「今暁威徳幷姫君参祇園社」とある。五歳の忠通と七歳の勲子（後の高陽院泰子）が、自らの意志で祇園参詣を企てるとは考え難く、これも忠実の差配であっただろう。さらに後年、永久元年（一一一三）二月五日条には「中納言猶不例、〈疱瘡多出、〉朝程聊六借気也、仍以勝豪阿闍梨令奉鏡於祇園、令立願書」といった記事がある。当時十七歳で正二位権中納兼右近衛中将だった忠通が疱瘡を病んだため、忠実は僧勝豪を祇園に派遣し鏡を奉納、あわせて願書を奉ったというのだ。さらに翌六日条には「新鏡一面奉祇園」「昨日願内佛三躰初之、不空羂索、各等身、祭等少々初行之」とあり、祇園への新たな鏡の奉納や造仏に及んでいる。その功あってか、続く七日条には「今朝中将温気散、頗有減気」とあり、忠通の病は事なきを得たようだ。息忠通の童殿上・命名時に、「誦経」を命じて仰いだ祇園の加護は、空しくなかったと言うべきであろう。

七　忠実にとっての「祇園」（2）——畏怖の対象として——

以上、忠実の浩瀚な日記『殿暦』から祇園関係記事抽出し瞥見を試みた。他の大寺・霊社との比較は措くとして、祇園への敬神の念の厚さについては、おおよそのものが把握できたと考える。そこで今度は、『殿暦』の遺らない後年の忠実の意識を、他ならぬ『中外抄』の記事にみておこう。以下に引くのは、久安三年（一一四七）忠実六十歳の時の言談を記録した『中外抄』上六九である。

又仰云、祇園天神ハ何皇ノ後身哉。予申云、神農氏之霊歟。件帝ハ牛頭也。但故忠尋僧正説ニハ王子晋之霊云々。仰云、神農氏也、神農氏ハ薬師仏同体也。

この条は、忠実と師元の問答を介して、祇園神の本体を探るといった体の言説となっている。

まず忠実の下問を承けた師元は、中国古代の三皇五帝の一人「神農」説を掲げ、根拠不明ではあるが「件帝ハ牛頭也」と説くことで、祇園神として広く知られた「牛頭天王」に付会しようとする。(28) 続けて師元は、九年前に没した天台座主忠尋の説を引き、「周の霊王の太子」で「嵩山に登って登仙した」(29)という「王子晋」であるという異説を付加する。この両説について、忠実は神農説をとる立場を表明、さらに神農＝薬師同体説を付加し話題を閉じたようだ。結局、忠実の理解は、祇園神の本地を薬師如来に求める、穏当な本地垂迹の説に通じるものと理解してよいだろう。

本条は『中外抄』の問答形式を示す恰好の事例であるが、同時に祇園神の本体をめぐる言説が当代人士の間で、未だ共通理解に至っていない状況を伝える資料でもある。忠実の生きた時代、祇園では六月の暑い盛りに御霊会が催され、都市型災厄である疫病流行の圧伏が祈られた。その祈念の対象は、時に牛頭がイメージされる異形の神で、記紀神話以来の正統な神話体系に収まりきらない存在であった。だが、だからこそ、信賞必罰のあらたかな外来神として、ことさらなる効験が意識されたとも言える。その起源を、古代中国の伝説的存在の「後霊」に求める言説は、まさに祇園神の本質に関わるものであったが、忠実はそれを衆病救済の仏格＝薬師如来に繫ぐことで、正統な本地垂迹説への回収をはかっている。だが、そんな忠実もまた、祇園に祀られる神の非正統性、一種の禍々しさは十分了解していたようだ。

次に掲げるのは『中外抄』上七〇全文であるが、おそらく前条と同日の連続した言談を伝えるものとみて良いだろう。[30]

又仰云、蛇毒気神ハ何神哉。申云、不知子細候。但後三条院御時、御体焼失之時付貞例奏被勘御形縁了。其後奉造了。仰云、件御体造ける仏師ハ面ニ覆面してそ奉造ける。其後目闇ナリテ無程死去了云々。

「蛇毒気神」は、現在もなお八坂神社境内に摂社を構えて祀られる祇園眷属神の一であるが、その名が暗示する禍々しさが転じて効験となるような、一種の〈実者神〉であったらしい。この神について、忠実は「何神哉」と下問するが、師元にも格別の案はなかったようだ。代わりに、七十年以上昔の後三条朝延久年間における、神像修造の故事[31]を開陳する。当時、師元はもちろん忠実もまだ生まれていなかったが、この件については聞き及ぶところがあったようで、神像に接した仏師は、霊威を畏れて覆面をしたにも関わらず、後日失明した上に程なく死去したと語り加えている。

この仏師をめぐる一件は、不条理で理不尽なものに思える。そもそも焼失した神像を修造するのは、その神への信仰を未来に繋ぐための営為であろう。仏師は、自己の本分としてそれを助成し、しかも神の霊威の激しさを前提に、その侵害を防ぐ手立て（＝覆面）もとっていたという。神の側から感謝や報恩まではなくとも、少なくとも命を奪われるまでの落ち度があったとは思えない。しかし、事実として蛇毒気神の霊威のはたらきは、人間の意志の善悪や敬神の念の有無とは関係なく、神と至近に接した仏師の命を奪っている。どうやら蛇毒気神は、何をどうすれば加護や恩寵が得られるのか、何を間違えば神罰が下るのか、容易にはかり知ることは出来ない類の神と考えられたようだ。このような神の姿からは、祭祀体系が整えられ神と人間の間に契約が結ばれる以前の、原初の神に近いものが感じられる。

もとより蛇毒気神は、祇園を代表する主神ではない。だが、「当時京中を騒がせていた、祇園祭の闘乱に原因する山門衆徒の蜂起」を「発話の契機[32]」とする一連の言談の中で、忠実がこの神について想起し語ったことの意味は大きい。たとえ眷属神に留まるとしても、忠実の意識の中に想起された祇園の神が、かくも畏き霊威に満ちた存在であったことは、道長伊周同車説話の読解にも大きく関わるはずだ。「祇園」に「誦経」の対価としてもたらされた「逸物」の牛に、道長が際やかな反応を示したことも、このような事実に即して再考する必要があるだろう。

まとめと展望

最後に、今一度本文に戻ると、伊周は牛の出処について「祇園ニ誦経したりけるを求得たる也」と答えている。これだけでは、牛の入手が正当な対価交換に拠るものか、中関白家の威勢を借りた理不尽な収奪であったかは決められない。だが、たとえ祇園神人が納得する等価交換の結果であっても、蛇毒気神のような神がそれをどうみるかは、人知で窺い知ることが出来ないのである。それを前提に考えると、移動中の牛車から沓も着けずに躍り降りるという、おおよそ摂関家貴公子にあるまじき倉卒な振る舞いも、人間の予測し難い神の咎め・祟りを避けるための緊急避難的行為として、了解可能となるだろう。

道長のとった際やかな行動は、ややもすると、配慮に欠ける無神経な甥伊周への、当てつけがましい行為のようにも感じられる。ましてや『大鏡』の記す道隆邸における道長と伊周の競射説話等、両人を対比させた上で道長の剛胆さを賛美する話柄を知る向きには、なおさらであろう。だが、その種の説話は、賛美する内容であれ批判するものであれ、道長の栄華を外側からとらえる眼差しに支えられたものであることは言うまでもない。それに対し『中外抄』の一条は、まさに道長直系の摂関家嫡流に語り伝えられた伝承で、語り手は曾々孫の忠実であった。これ以上内側の伝承はないとも言えようが、そのような摂関家内部からの眼差しに、とうの昔に歴史の表から姿を消した中関白家そして伊周を、ことさら対比的に貶めようとする志向があり得ただろうか。少なくとも『中外抄』

『富家語』に拠る限り、忠実は中関白家との角逐に及ぶような話はまったくしていない。伊周が言及されるのもこの一条のみであるし、道隆や定子・隆家に至っては、まったくふれるところがない。

もちろん、記録されないことを論じるのには限界があり、忠実も時に「我等一家」の権勢獲得に至る歴史を、道長の事績に即して語ったかも知れない。しかし、これを聞き手の師元や仲行について言うと、その種の話題は学ぶべき〈規範〉と結合しなければ、筆録されるに至らなかったのではないか。あるいは「物語之次」と省筆される「物語」の中に、その類の説話が語られたのかも知れないが、委細は知ることが叶わない[33]。これが、例えば『古事談』編者源顕兼のような人物が聞き手であったなら、事態は変わっていたはずだ。実際、『古事談』は本話を『中外抄』から書承するに当たって、末尾の一文を消去することで、「忠実からすれば家訓にも等しい重要な話題」を『大鏡』に類する道長・伊周の対立譚として一般化してとらえようと[34]」している。

『古事談』編者顕兼によって、言談の場の個別性から切り離された説話については、もはや話中の道長や伊周を、後代の忠実がどう意識したかは問題でなくなる。時間的にも、忠実の生きた院政期に及ぶ拡がりは消去され、道長伊周存命時――すなわち中関白家と御堂流との盛衰が未定の時点に完結したものとなる。こうして完全に忠実の手を離れ、道長の流れを汲む摂関家内部の伝承ではなくなった説話は、他者の享受に向けて開かれていった。『十訓抄』は『古事談』を書承するし、『古今著聞集』は本文に小異があり出処が不明だが、少なくとも『中外抄』をみた形跡はない。室町期に及んで、遙かに道長の系譜を引く一条兼良が『東斎随筆』に採話をはかった際も、利用されたのは『十訓抄』で、摂関家内部の伝承が省みられることはなかった。

以下、これら後代説話集における説話受容と、説話テキストの変容の過程を、個々の説話集内部の問題と共に、丁寧に跡づける作業が望まれるが、それは次の課題としたい。本稿はその前段階として、『中外抄』の一条の解釈から忠実の意識の解明に及ぶ考察を、煩を厭わず試みたものである。

〈注〉

（1）『中外抄』『富家語』の本文は、後藤昭雄・池上洵一・山根對助校注『江談抄 中外抄 富家語』（岩波書店新日本古典文学大系32／一九九七年）所載の「原文」を用いた。ただし小字表記の仮名については、文字の大きさを区別せずに揃えた。また、割注形式で表記された箇所についても、文字の大きさを区別せず〈 〉で示した。

（2）池上洵一「『中外抄』『富家語』の発話と連関の契機」（池上洵一著作集第四巻『説話とその周辺』所収／和泉書院二〇〇八年）参照

（3）『古事談』巻第二「臣節」第五話（一〇四）、『十訓抄』第一「可施人恵事」一ノ三十七、『古今著聞集』巻第二十「魚虫禽獣第三十」六七九、『東斎随筆』「鳥獣類三」23。

（4）頼長を鍾愛する忠実が、東三条邸に赴いて渡庄券文・朱器台盤等を押収し、頼長にこれを与えて氏長者に補したのは久安六年（一一五〇）九月のこと。

（5）『中外抄』中に散見する、忠実の「満ち足りた老境」を窺わせる言談については、ずっと以前に拙稿「『中外抄』試論」（神戸大学『国文論叢』第16号／一九八九年）でふれたことがある。田村憲治『言談と説話の研究』（清文堂／一九九五年）にも、『中外抄』上二九について「長寿を得て道長や頼通に比肩しうる人生を送ったという、摂関家の者としての満足感に包まれた忠実の気持ちが表れている」との指摘がある。同書一〇頁。

（6）注（1）前掲岩波新大系所載の池上洵一「『中外抄』『富家語』解説」参照。また、拙稿「『中外抄』『富家語』の世界」（勉誠社説話の講座4『説話集の世界Ⅰ古代』一九九二年所収）でも論じた。

（7）ここでふれた「三つのタイプ」については、注（6）の拙稿で論じた。

（8）注（2）前掲の池上洵一「『中外抄』『富家語』の発話と連関の契機」より引用。

（9）注（1）前掲岩波新大系所載の池上洵一「『中外抄』『富家語』人名索引」より引用。寛子の重要性については、同書所載「解説」（六一一～六一二頁）にも指摘がある。

（10）注（9）前掲の「解説」には、「忠実にとっての彼女（寛子）の記憶は、たとえ断片的なそれであっても、自分が経験できなかった王朝盛時を直接体験した者の証言として、尊重するに値したのである」と端的に指摘されている。

（11）注（1）前掲岩波新大系所載「『中外抄』『富家語』人名索引」に依る。

(12)『中外抄』上六六のほかに『富家語』四にも同趣の記事があり、忠実は何度もこの話題にふれている。
(13)注（1）前掲岩波新大系所載「『中外抄』『富家語』人名索引」に依る。
(14)注（1）前掲岩波新大系所載「『中外抄』『富家語』解説」に、「忠実が祖父より先に没した父の所説をより尊重したとも考え難いだろう。幼時から祖父師実にかわいがられ、物詣等にもしばしば同行した忠実にとっては、むしろ師実の所説こそが、親しく教命を授けられた機会も多く、内容も豊富で、尊重し保持すべき家伝であったに違いない」とある。
(15)忠平をさらに一代遡る基経については『中外抄』上二八に、『古事談』に引かれたことでもよく知られる、陽成天皇廃位時に光孝天皇擁立に功があったことを伝える説話が載る。基経に言及されるのは、この一条のみ。
(16)川端善明・荒木浩校注『古事談 続古事談』（岩波書店新日本古典文学大系41／二〇〇五年）脚注より引用。この脚注は、『中外抄』下二九を引く『続古事談』巻第二―四話に関するもの。同書六五一～六五二頁参照。
(17)道長が自らの栄華を望月に喩える歌を詠んだという話については、『続古事談注解』（神戸説話研究会編、和泉書院／一九九四年）の巻第一「王道后宮」第二五話の【余説】に私見をのべたことがある。
(18)注（16）前掲『古事談 続古事談』巻第二「臣節」第五話（一〇四）脚注参照。
(19)『古事談』以下の説話集の注釈書の中には、原拠となった『中外抄』における伊尹―雅信の混乱についてふれないものも多いが、浅見和彦・伊東玉美・内田澪子・蔦尾和宏・松本麻子編著『古事談抄全釈』（笠間書院／二〇一〇年）第五話の【余説】（内田澪子）はこの問題について遺漏なく整理・指摘している。
(20)伊尹の日記については、注（16）前掲『古事談 続古事談』巻第二「臣節」第四一話（一四〇）脚注に指摘がある。
(21)松本昭彦「桃園第の大饗と祖霊信仰―『宇治拾遺物語』第八十四話の背景」（説話と説話文学の会編『説話論集』第十一集、清文堂／二〇〇二年）より引用。
(22)『小右記』の用例検索に当たっては、東京大学史料編纂所データベース検索の「古記録フルテキストデータベース」を利用した。この「十二例」という数値は「祇園＋誦経」の検索結果であり、「祇園＋諷誦」の検索結果は含まない。なお、『小右記』本文の引用についても、データベース検索結果から閲覧できる「『大日本古記録』刊本のイメージ」を使用した。

（23）注（16）前掲『古事談 続古事談』所載「人名一覧」の「資平」より引用。

（24）『殿暦』の用例検索に当たっては、東京大学史料編纂所データベース検索の「古記録フルテキストデータベース」を利用した。本文の引用についても、データベース検索結果から閲覧できる「『大日本古記録』刊本のイメージ」を使用した。

（25）『殿暦』康和四年六月十三日・同年十月二十九日・長治元年五月二十六日・長治二年一月一日～二日・同年二月十九日～二十日・同年十月三十日・嘉祥元年六月十五日・天仁二年五月四日・同年五月九日・天永三年三月十三日・永久元年閏三月二十九日・同年八月二日・同年九月三十日の諸条を参照。

（26）注（1）前掲岩波新大系所載「『中外抄』『富家語』解説」に、「父師通の早世は忠実に様々な形で精神的後遺症を残した」以下、「師通の急死」に関する説明がある。また注（5）前掲拙稿「『中外抄』試論」において、この件について論じたことがある。

（27）村山修一「藤原忠実について」（『京都女子大学紀要』6／一九五二年）より引用。また注（1）前掲岩波新大系所載「『中外抄』『富家語』解説」に、「『中外抄』『富家語』を通して見る忠実の周辺には、泰山府君や閻魔天から天狗や狐の類に至るまで多種多様の信仰、縁起かつぎの類が渦巻いていた」以下、「父の命を神の祟りに奪われた忠実の心の傷の深さ」に関して言及がある。

（28）因みに、神農の子孫と説明される「蚩尤」については、牛頭であるとする伝があることが知られている。

（29）注（1）前掲岩波新大系脚注より引用。

（30）注（1）前掲岩波新大系脚注参照。

（31）注（1）前掲岩波新大系脚注に、「小朝熊社神鏡沙汰文によれば延久三年（一〇七一）から五年にかけて、蛇毒気神像を造ることの是非、その形像の如何が大きな問題になったことがわかる」以下の指摘がなされている。

（32）注（1）前掲岩波新大系『中外抄』上六七脚注より引用。

（33）田村憲治『言談と説話の研究』（清文堂／一九九五年）に「保延年間の言談において注意されるのは、「御物語之次」に忠実が語ったと記されている話が二つあり、それがいずれも説話としてまとまった、過去の人物の逸話であることである」との指摘がある。道長伊周同車説話は、その一つということになるが、省略された「御物語」の中にも

「説話としてまとまった、過去の人物の逸話」があった可能性も棄てきれないと考える。

（34）　小峯和明「『江談抄』の語りと筆録―言談の文芸」（『院政期文学論』笠間書院／二〇〇六年）より引用。初出は『伝承文学研究』第二十七号（一九八二年）。

『古事談』「実方左遷説話」考
――背景の中関白家・伊周――

松本昭彦

はじめに

平安時代中期の官人であり歌人である藤原実方については、和歌関係だけでなく、説話の類も多く残されている。(1)有名な歌人であるから、和歌や歌語に絡んでの説話ももちろん多いが、一方で、実方が陸奥守になり、(2)さらに実際に現地に赴任したことについては、除目当時（長徳元年＝九九五年一月）実方は従四位上（赴任に際して正四位下に昇進）であったため(3)特に注目されたのか、その任官・赴任に関連した説話がいくつか残っている。本稿では、その中で、『古事談』巻二「臣節」・第32話として収載される次の説話について考察したい。

一条院の御時、実方、行成と殿上において口論する間、実方、行成の冠を取りて、小庭に投げ棄てて退散す、と云々。行成繆ふ気無くして、静かに主殿司を喚びて、冠を取り寄せて、砂を攊ひて之れを着して云はく、「左道にいまする公達かな」と云々。主上小蔀自り御覧じて、「行成は召し仕ひつべき者なりけり」とて、蔵人頭に補せらる〈時に備前介、前兵衛佐なり〉。実方をば「歌枕見てまゐれ」とて、陸奥守に任ぜらる、と云々。任国において逝去す、と云々。

行成、職事に補し、弁官に任じ、多く以て失礼す。漸く尋ね知りて後、傍倫に勝れり。これ文書に携はるが致す所なり。

この説話は、行成の側を主人公として、その異例の昇進の理由を説く説話でもあるが、実方の側からすると、先述の異例の任官・赴任の理由を説明するものともなっている。つまり、行成との殿上での喧嘩の様子を一条天皇が垣間見て、実方を左遷した、という説話である。

さて、この説話については、これまでにも多くの研究論文、特に実方の陸奥守任官・赴任の実際の理由を解明しようとする論文の中で取りあげられ、原因とされる喧嘩はその史実性を否定されている。(4) 根拠としては、

・赴任に際して宮中で饗応にあずかり、「正四位下」に昇進した。
・その際、一条天皇から「別有仰詞」り、禄を賜った。
・これらの事を喧嘩相手のはずの藤原行成が、冷静に日記（『権記』長徳元年（九九五）九月二十六日条）に記している。
・実方の任陸奥守と行成の任蔵人頭は八ヶ月の時間差があり、同じ事件による人事ではありえない。
・赴任前後には、源頼光（藤原道長家司）（拾遺集・192番歌）・藤原公任（拾遺集・210番歌）・藤原隆家（新千載集・171番歌）など、各派の著名人との和歌の贈答がある。

等が挙げられている。その上で、先行研究では、ではなぜ実方は実際に陸奥守に任官し、赴任したのかが問われた。「中央での栄達や小一条家の経済的支援のため自ら願った」という説と、「政治力（武力）を期待されて」という説に大きく分かれるが、現在では前者の説が有力のようである。本稿も、注（4）の淵原智幸氏の

実方は当初、済時の後継者と目され公卿の昇進コースに乗っていたため、受領としては分不相応にも見えるほどに昇進してしまったが、結局は後継者の地位を通任に譲り、家の経済的基盤となるべく受領へと転身する

ことになった（させられた）のだと思われる。

という説に従っておく。

これに対し本稿では、実際の赴任理由ではなく、先掲の『古事談』所収話のような左遷説話が、史実でないにもかかわらず、なぜ成立し享受されていったのか、その背景、つまり伝承上のリアリティ、あるいは伝承の価値を保証したものについて考えてみたい。このテーマに関連しては、既に注（4）に挙げた仁尾氏が、

・一体に実方は業平の流れを汲むものとの認識が説話の世界にはあったようである

・このように実方は業平の系譜上の人物として理解されていた。業平が「身をえうなき物に思ひなして」東下りしたから、実方も陸奥に左遷されたとの説が成立したのではなかろうか。

と、実方と業平との伝承上の類同性が背景にあるとされている。[5] これは、特に実方が「歌枕見て参れ」と命ぜられたことや、実方と陸奥国の歌語・歌枕に関わる説話が他にいくつか残っていることとも関連し、いわば「歌人」実方の左遷説話の成立背景を考察されたものである。

一方本稿では、「歌人」より「官人」としての実方の側面に注目し、本話の本体（行成の頭弁昇任後の事を記した部分以外）にある、行成との喧嘩の様子に注目することによって、業平との類同性とは別の背景について指摘してみたい。そのことは、新日本古典文学大系『古事談』の本話の脚注には「事実としては小一条流の力の伸びることが政治的に抑えられたのであろう」とあるが、その事実がなぜ本話のような形に象徴化されて語られているのかについても考えることになる。[6]

一　説話の政治性

さて、先掲『古事談』所収の実方左遷説話であるが、そこに語られる「殿上の間における行成との喧嘩が原因で

左遷」というのが事実でないのは確認されたこととして、それ以上に注目したいのは、説話成立当時の人々には、そのような「左遷」は、事実〈らしく〉さえなかったと言えることである。つまり、殿上での「口論」や喧嘩が「左遷」に結びつくことは、当時の貴族官人にとって、通常ありえないと感じられることだったはずなのである。[7]

例えば、同じ『古事談』の巻一「王道」・第45話で語られる事件では、後朱雀天皇の寛徳二年（一〇四五）「殿上の淵酔」の際、頭中将藤原俊家が藤原経輔を笏で打ったが、俊家は「除籍」とされている。この事件の記事は『日本紀略』・『百錬抄』・『扶桑略記』等にもあり、実際の行為者等の経緯は諸書間で多少異なるが、いずれも俊家に対する処罰は除籍であった。このように、内裏「殿上の間」などの公式の場での喧嘩・闘争に対しては、「殿上人」という身分（権利）を一時停止する「除籍」が最も普通であったのである。時代を追っていくつか説話成立・伝承期の闘乱等による除籍の例を示せば、次のようになる。[8]

①寛弘三年（一〇〇六）五月（『日本紀略』による）

（十一日）右少弁藤原広業、内裏において、蔵人式部丞藤原定佐のために、面を打ち損じ了んぬ。

（十二日）定佐の籍を除く。

②長元六年（一〇三三）十二月（『扶桑略記』による）

蔵人式部少丞藤原経衡、殿上の前に、指したる由緒なく左近少将藤原資房を引き落す。仍つて経衡籍を削られ了んぬ。

③長久元年（一〇四〇）十一月（『春記』による）

（十七日）今夜右少弁資仲云く、南殿に御しますの間、殿上人等、御殿の西方において、遊興の程、左衛門佐定長と蔵人典薬助信房と、聊さか少論有り。定長、信房の冠を執りて之を踏み破りて遁げ去り了んぬ。信房巾を脱ぎて東西奔走す、希有の事なりと云々。

（十八日）…（資房）奏して云く、禁中の乱行刀剣を用ふべからず。只口論を以て事を為すの所、何んぞ況んや冠を執る事においてをや。就中、南殿出御の間、尤も非常なり。勘当猶ほ軽し、（式奉・定長・恒定の）三人共に除籍せらるべきかてへり。予之を奏す。仰せて云く、早く除籍せしむべしてへり。

④保安元年（一一二〇）七月二十一日（『中右記』による）

侍従宗成（藤原）、内の御物忌に籠り、只今退出して云く、少将実衡（藤原）と兵部大輔資信（藤原）と、（殿上）小板敷において闘乱の事有り。互いに扇を以て打ち合ふてへり。実衡は年少の者、資信は四十に余る人なり。資信の所為至愚と謂ふべきか。件の闘乱、内より院に申さると云々。後に聞く、実衡朝臣除籍、資信恐懼と云々。

⑤嘉応二年（一一七〇）七月二十二日（『玉葉』による）

今日院中において、中務大輔経家と周防守信章と口論有り。事非常に及ぶ。信章、経家の烏帽子を取ると云々。両人共に除籍す。

⑥文治元年（一一八五）十一月二十五日（『玉葉』による）

伝へ聞く、御前の試の夜、少将雅行と侍従定家と、闘諍の事有り。雅行、定家を嘲哢するの間、頗る濫吹に及ぶ。仍つて定家忿怒に堪えず、脂燭を以て雅行を打ち了んぬ（或云く、面を打つと云々）。此の事に依りて定家除籍し畢んぬと云々。

闘争の質がもっと暴力的であったり、身分が低かったりした場合は、もう少し重い罰もありえたようだが、実方ほどの身分の者の喧嘩であれば、まずまず「除籍」がむしろ重い方であっただろうと思われるのである。

一方、「左遷」ということになると、かなりの重罪が想定される。院政期に権門寺社の要求によるものが始まる以前は、「謀反」への関与もしくは連坐といったレベルが、左遷（配流）に相当すると思われる。例えば、承和の変（承和九年＝八四二）や菅原道真左遷（延喜元年＝九〇一）、安和の変（安和二年＝九六九）等に連坐して、実方レベルの官人が諸国（権）守・介等に左遷あるいは配流されている。説話本体の喧嘩による陸奥守「左遷」は、説話成立当時の貴族官人の常識からすると考えられない程の重罰[9]ということになろう。よって、この程度の喧嘩をたとえ殿上の間が舞台であっても「左遷」に結びつける説話は、何か別の背景がないと、リアリティーを持ち得ない、つまり成立・伝承しない説話ではなかったか、と推定されるのである[10]。

ところで、この説話には、平安期の殿上貴族官人がいわば「体感」できるような、政治性を帯びた道具立てがいくつか出てくる。まず、そもそも「殿上の間」という舞台が、「公卿・殿上人の日常祗候する場所」であり、「公卿を召して重要政務を議定させる殿上定も行われた」「公的な性格を持った」（『平安時代史事典』）空間なのであった。また、行成と実方の口論を一条天皇が覗く「小蔀」であるが、これについては、保立道久氏[11]が

> 殿上人たちが、「倚子の方向に天皇の存在を感じていた」という場合、いうまでもなく、それは殿上間の内部のみの問題ではない。…問題は、上戸に天皇が殿上間を覗く窓―「小蔀」が設けられていたことである。この窓から天皇が殿上間を覗いた例としてもっとも有名なのは、一条天皇の時、藤原実方と藤原行成が殿上間で口論し、実方が行成の冠を取って小庭に投げ捨てるのを一条天皇が目撃したという話であろう。…このような小蔀の役割は、鎌倉時代に入ると、儀式書にもはっきりと書かれるようになる。順徳天皇の執筆した『禁秘抄』（上）には、「殿上、六間、上戸有小蔀、主上御覧殿上所也、御物忌時、下之」、つまり、上戸には小蔀があり、それは「主上が殿上を御覧ずるところ」であるというのである。…殿上間の東側には、天皇の公的な「見る行為」を象徴する「倚子」と、内々の随時の「見る行為」の道具である小蔀が集中し、両々あいまって天皇の視線が濃厚に感じられる空間になっていたのである。

とされ、貴族官人がいわば身体感覚で「公」に触れる装置であったことが指摘されている。[12]

さらに、実方は口論の末、行成の「冠」を「投げ棄て」るわけだが、これも非常に象徴的である。そもそも、官人としての男子の出発は「初冠り」であるし、中級貴族の認定としての五位昇進は「冠を賜はる」ことであり、官人としての職を致仕することは「挂冠」、官職を中途で棄てるのは「投冠」であった。[13]冠が貴族官人の資格（身分）を象徴する標識であったことに注目すべきであろう。

このように見ると、この説話の本体部分は、「殿上の間」という空間の政治性がクローズアップされており、実方についても、「歌人」としてより以上に、「官人」としての側面に焦点を当てて読むべきであることがわかる。[14]

さらに、貴族官人はおろか一般成人男性にとって、冠や烏帽子を落として頭頂を露わにすることが非常な恥であったのは常識に属することだが、この説話での実方の行為は、単に行成に恥をかかせようとしたわけではないと思われる。例えば、除籍例③では前掲部分の後にその事件の起こりが記されているが、

左少弁経成云く、今夜滝口并びに蔵人所の衆闘乱の事有り。其の事昨夜滝口衆藤式奉、蔵人所の前を過ぐる間、彼の衆等のために嘲哢せらると云々。其の事に依り、今朝北陣において、式奉、所の衆恒定〈一臈の者なり〉に相ひ遇ひて、即ち恒定の冠を打ち落とし了んぬ。又其の報に依り、今夜、滝口の衆等着到を成さんがため蔵人所に向かひ、此の間、恒定、滝口の衆資高の烏帽子を執ると云々。

と、藤原式奉が蔵人所の衆たちに嘲弄されたことを発端に、式奉は報復に蔵人所の衆・恒定の冠を打ち落とし、そのまた返報に恒定は滝口の衆資高の烏帽子を取り、さらにその仕返しとして定長が蔵人信房の冠を取って踏みつぶしているのである。つまり、冠や烏帽子を取る行為が蔵人方と滝口方で三回繰り返され、最後には冠を取って頭頂を露出させるだけでなく、それをつぶしている。これほど冠に執着しているのは、単に恥をかかせようというだけ

ではなく、それが官人である相手の面目失墜に直結すると意識しているからであろう。[15]

さらにこの冠の意味は、冠や烏帽子を頭に留めておくための「本取」を切る話に、より明示的である。同じ『古事談』の巻二・第27話にある説話から見てみよう。

業平朝臣、二条后〈宮仕以前〉を盗みて、将て去る間、兄弟達〈昭宣公等〉、追ひ至りて奪ひ返す時、業平の本取を切る、と云々。仍りて髪を生す程、歌枕見ると称ひて、関東に発向す〈伊勢物語に見えたり〉。

有名な、業平と藤原高子の話であるが、ここで高子の兄弟である昭宣公・基経たちは、業平の本取を切っている。すると業平は「髪を生す程、歌枕見ると称ひて、関東に発向す」るのである（『無名抄』に同話）。「歌枕見る」云々は、実方の話と共通する所でもあり注目されるが、関東下向の第一理由はあくまで「髪を生す」間は都にいられないということであり、その言い訳としての「歌枕実見」なのである。本取が生える、つまり冠や烏帽子がかぶれるようになるまで東国に下ったとされることからすると、本取がなく冠がかぶれない間は、都で官人としての生活ができないというわけなのである。この話は『江家次第』巻十四・「后宮出車事」には「或云、在五中将為嫁件后出家相構、其後為生髪到陸奥国」とされ、基経たちに切られたわけではないが、同様に髪が生えるまでの時間を都で過ごすのを避け、陸奥国に下向したと説明される。

また、この『江家次第』所収話にも関わるが、「本取を切って出家する」という慣用的な表現は、本取を失うことが一般（成人）男性社会からの離脱（の決意）を意味することを表現していよう。それは、本取がないと冠（や烏帽子）を身に着けられないことから来ているわけなのである。

このように見てくると、実方が行成の冠を単に笏などで打ち落とすだけではなく、取って小庭に「投げ棄て」たことは、蔵人頭昇進へのライバルである行成の、貴族官人としての標識つまりは属性を投げ棄てる行為であり、一条帝殿上から、さらには官人社会から行成を追却したいという意志の象徴と取れよう。説話では、そのことによって、逆に自らが一条天皇の殿上から追放されるという皮肉になっているのだが。説話では二人の喧嘩の原因は全く書かれないが、注（14）に挙げた『古事談』巻二・第72話（『今鏡』巻十に同話）が実方の蔵人頭昇進への執着を表現することや、行成が、祖父伊尹と藤原朝成の蔵人頭昇進争いのために「おほかた、この御族の頭争ひに、敵をつきたまへば、これ（行成）もいかがおはすべからむ」（『大鏡』「伊尹伝」）[16]と言われていること、何より、説話中でこの喧嘩の結果、行成が蔵人頭に抜擢されたとなっていることなどからして、この喧嘩は、事実がどうだったかは別にして、二人の蔵人頭争いというモチーフが直接関わることは明らかであろう。

以上のことからして、この説話は実方と行成の貴族官人としての側面が主要テーマとなっている説話なのであり、突発的な喧嘩ではなく、二人の「政治闘争」が語られている説話と考えることができよう。

二　藤原伊周との重ね合わせ

さて、ではなぜ実方の陸奥守赴任を想像するのに、「殿上の間における行成との喧嘩が原因で左遷」という事件が構想されたのであろうか。あえて言えば、殿上での喧嘩など設定せず、「有名な歌人実方に、一条天皇が特別に（処罰の意味なく）『歌枕見て参れ』と命じた」とするだけでも、任官・赴任の理由は説明できるであろう。東北の歌枕についての考察の中で、菊池仁氏が「〈歌枕〉を国府と結びつけて納得してしまう文化的機構」「〈歌枕〉の説話的な展開の原動力の一端を、「陸奥守」というものに求めることは強ち不当な推測ではあるまい」[17]とされ、浅見和彦氏が「在地の歌枕が国府や国司と絡めて伝承されることは多く、それは支配行為、統治行為の一環ということができる」[18]とされたことからすると、処罰でない赴任であっても、あるいはむしろその方が、他書に見られる実方の陸奥国での歌枕・歌語関連説話とは整合する。『西宮記』臨時・六「殿上人の事」にも、いわゆる「殿上受領」について、「外国受領吏、殿上の寄を以て国中の威を得」とあって、殿上人の資格を持ったままの実方の方が、権威ある国守としての歌枕実見を想定しやすい。しかし、本話ではそうなっていない。あえて、行成との殿上の間での喧嘩が構想されているのである。(19)

結論から言うと、行成と実方の「政治闘争」を描く背景には、この年前後の実際の政争が重ねられていると考えられる。つまり、正月の除目で実方が陸奥守に任命され八月に赴任した長徳元年（九九五）の、四月には藤原道隆が病没し、次いで息・伊周の内覧は停止され、道兼、そして道長へと政権が移って行くことである。具体的には、その中関白家没落の過程で、翌長徳二年に、伊周（と隆家ら）が花山法皇狙撃・東三条院詮子呪詛等の罪で左遷されたことが重ねられていると考えられるのである。行成対実方の後景に、道長対伊周を想定してみたい。

ここで、もう一度説話の語る事件を振り返って見ると、蔵人頭昇進争いを前提に、行成と実方は「殿上の間」で初め「口論」をしていたが、そのうち憤った実方が行成の冠を取り捨て、それを垣間見した一条天皇により実方は左遷、「左道」と評しただけで沈着だった行成は頭へ抜擢された、というものであった。そしてこれは、道長と伊周の対決にことごとく類比するのである。道隆没後、道長と伊周が政権（摂政・関白の座）をめぐって対立し、結果として道長が政権を掌握し、伊周が大宰権帥に左遷されたのは大前提であるが、その過程では、まず道長と伊周の「仗座」での「口論」が貴族達の耳目を集める。

右大臣（道長）・内大臣（伊周）仗座に於いて口論す。宛かも闘乱の如し。上官及び陣官の人々随身等、壁の後ろに群れ立ち之を聴く。皆非常を差（嗟カ）くと云々。頭弁（源俊賢）の談説なり。

〔『小右記』長徳元年（九九五）七月二十四日条〕

仗座とは公卿会議が開かれる場で、殿上の間にも似た公的な場である。「口論」は会議の内容に関わるものであったかも知れないが、闘乱のごとき激しいものであった。上・中級貴族の「口論」の記事はそうそうあるわけではなく、十一世紀末までで管見に入ったものは、他には説話を含めて2例、『小右記』治安三年（一〇二三）八月二十五日条に「昨日院において能通朝臣と恒基朝臣と口論す。逓いに猛詞有りと云々」とあるものと、『江談抄』巻三・第27話の三善清行と紀長谷雄の「口論」（『今昔物語集』巻二十四・第25話に同話）くらいである。[20] 伊周と道長の口論は当時の貴族たちには印象深かったのではないだろうか。また、この口論は、源俊賢が目撃して語っているが、同様に俊賢が目撃した二人の対立の話、

女院（藤原詮子）石山に参らる。…内大臣（伊周）車に乗りて御共に候ふ。粟田口において車より下る。御車の轅に属きて帰洛の由を申す。此の間中宮大夫（道長）騎馬し御牛の角下に進み立つ。人々属目す。其の故有るに似たり。頭弁（源俊賢）の談説する所なり。〔『小右記』長徳元年（九九五）二月二十八日条〕

も、俊賢の目撃談から出発して『大鏡』や『古事談』巻二・第5話に説話化されている。「口論」の話も、現在は残っていないが、何らかの形で説話化していた可能性が高いであろう。本話にはこの二人の「口論」が反映されているのではないだろうか。

さて、その後次第に追いつめられていった伊周は、いくつかの事件を起こす。そして結局、弟隆家とともに花山法皇を狙撃した事件（『日本紀略』長徳二年一月十六日条等）、道長姉で一条天皇の母の藤原詮子を呪詛したこと（『小右記』長徳二年三月二十八日条等）、天皇しか行えない「太元帥法」を修したこと（『日本紀略』長徳二年四月一日条等）の三件により、伊周は長徳二年（九九六）四月二十四日に大宰権帥への左遷の処分を受けるのである。この中で特に注目したいのは、詮子への呪詛である。

院（東三条院詮子）御悩昨日極めて重し。院号・年爵等を停めらるるの由、昨夜奏聞せられ了んぬ。又云く、或る人呪詛すと云々。人々厭物を寝殿の板敷の下より掘り出だすと云々。

〔『小右記』長徳二年（九九六）三月二十八日条〕

この厭物を使っての呪詛が伊周によるものとされたわけだが、伊周による（とされる）呪詛は、左遷の直接の容疑事実以外にも記録されている。

右大臣（道長）を呪詛せし陰陽師法師、高二位法師（高階成忠）の家に在り。事の体、内府（伊周）の所為に似たり、てへり。〔『百錬抄』長徳元年（九九五）八月十日条〕

左府（道長第）に詣づ。昨、内より持て来たる厭符を示さる。是、帝皇の后（彰子）のため、若宮（敦成親王）のためになす所なりと云々。〔『権記』寛弘六年（一〇〇九）二月一日条〕

（呪詛に関わり）方理幷びに宣旨〈公行妻〉等の除名の事を行はる。幷びに大宰帥（伊周）朝参せしむべからざるの由、内大臣（公季）勅を奉じて大外記善言朝臣に仰せらる。〔『権記』寛弘六年（一〇〇九）二月二十日条〕

内大臣殿（伊周）、世の中危くおぼさるるままに、二位（高階成忠）を「たゆむなたゆむな」と責め宣へば、二位もえもいはぬ法どもを、我もし、又人しても行はせて…〔『栄花物語』巻四〕

道隆薨去後、道長（側）との政治闘争の中で、伊周（側）が呪詛や、天皇しか使えない「太元帥法」という強い修法などの手段で相手を倒し政権を獲得しようとしたことは当時の貴族たちに周知のことだった言えよう。

ところで、これら呪詛や本来使ってはいけない修法などを修することは、「左道」と表現される行為であった。

「左道」邪門旁道。多指非正統的巫蠱、方術等。〔『漢語大詞典』〕

「さたう／さだう」正しくない道。邪悪な術道。中国で右を尊ぶところから、左を不正としたもので、ことに儒教的倫理に照らして、それに反する学問などの体系に関していう。〔『角川古語大辞典』〕

この意味での日本での用例は、少し古い時代に偏るが、いくつか挙げてみる。

凡そ憎み悪む所有りて、厭魅を造り、及び符書・呪詛を造りて、以て人を殺さむとせらむは、各謀殺を以て論して二等減ぜよ〈謂く、前人を憎み嫌ふ所有りて厭魅を造る。厭ふ事方多し。能く詳悉すること罕れなり。

或いは人身を刻み作り、手を繋ぎ足を縛る。…魅は、或いは鬼神に仮託し、或いは妄りに左道を行なふの類なり。…〉

〔『養老律』「賊盗律第七」第17「厭魅条」〈 〉内は疏〕

左京の人従七位下漆部造君足、無位中臣宮処連東人ら密を告げて称さく、「左大臣正二位長屋王私かに左道を学びて国家を傾けむと欲」とまうす。

〔『続日本紀』天平元年（七二九）二月十日条〕

先に、山階寺の僧基真は心性常無く、好みて左道を学ぶ。詐りてその童子を呪縛して、人の陰事を教説す。至乃毘沙門天の像を作りて密かに数粒の珠子をその前に置き、称して仏舎利を現すと為す。…

〔『続日本紀』神護景雲二年（七六八）十二月四日条〕

十一世紀末以降の貴族日記などに見られる「左道」という言葉は、もう少し広く「間違っていてけしからぬさま、不都合であるさま」（『角川古語大辞典』）といった一般的意味で使われもするが、もともとは、「正統でない術道、方術等」を批判する表現であった。そして例えば、先掲の寛弘六年彰子・敦成親王の呪詛事件の際には、『政事要略』巻七十「糾弾雑事」によって、この「賊盗律」等に照らして、罪名が勘申されているのが確認できる。伊周（側）の厭魅を使っての呪詛及び太元帥法修法は、説話成立期にも「左道」な行為と表現できたであろう。

一方、実方左遷説話でも、実方は行成により「左道」と批評されていた。「不都合であるさま」の意味で取って表面上問題はないようだが、そうであろうか。あまり口頭語では使われなかったであろうこの言葉は、冷静沈着というよりむしろ（天皇の視線を意識しての）やや芝居がかった態度の行成の台詞として、例えば「まさなし」などと比べると、特別のニュアンスを籠めた言い方と考えられる。[21] 冠を投げ棄てることの象徴的意味（先述）を行成が読み取っての台詞と解した方がよいだろう。その「象徴性」は、伊周の行ったような呪詛というものに隣り合っているのではないだろうか。

さらに、『小右記』によれば、伊周の左遷をめぐっては一条天皇の積極的関与もあった。本来天皇は、愛する中宮定子の兄である伊周には好意的であったのだが、この件に関しては、伊周らの確捕・処罰に積極的な指示を出している。これは、『小右記』を主な出典とする『古事談』巻一・第51話でも同文的に描かれる所である。

（使者が伊周の所に赴き、左遷の宣命を伝える）勅語を仰す。而るに重病の由を申して、忽ちに配所に赴向き難き由を忠宗を差して申さしむ。許容なく、早く車に載りて赴くべきの由、重ねて仰せ事有り。

〔『小右記』長徳二年四月二十四日条〕

権師伊周、中宮（定子）御所に候し、使の催しに随はざるの由、再三允亮朝臣、忠宗を以て奏聞せしむ。既に許容なし。只早く追ひ下すべきの由を仰す。

〔同・同月二十五日条〕

権師（伊周）・出雲権守（隆家）共に中宮御所に候ひて出づべからずと云々。仍つて宣旨を降して、夜の大殿の戸を徹し破る。仍つて其の責めに堪えず、隆家出で来たると云々。権師伊周は逃げ隠る。〔同・五月一日条〕

母の詮子に対する呪詛などが衝撃を与えたのか、天皇は中宮御所の夜大殿の破却を命じるなど、非常に厳しい態度で臨んでいる。

以上のことから、伊周の左遷に至る過程と、実方の「左遷」説話は、

- 官職争いが原因
- 高度に公的（政治的）な場での「口論」
- 「左道」な行為
- 処罰についての一条天皇の積極的関与
- 結果としての左遷

といった点で共通するのである。

一方、実方の相手の行成は、実方の陸奥守赴任とほぼ同時期に蔵人頭に抜擢された事実から「頭争い」に真実味を持たせることができ、実の父親が早世した点では実方と似る一方、和歌が苦手で漢籍や有職の知識が豊富（『枕草子』や『大鏡』など）とされる点では実方と対照的であったために、実方が自滅する契機になるライバルとして登場させることは説話にとってふさわしかった。さらに行成は道長に重用され、後世には、道長の片腕として「四納言」の一人と称されるほどだったから[22]、実方叙述の背景に伊周を置いているのであれば、後景においては、伊周と対立した道長に見立てることにもなって、一石二鳥だったと言えよう。

このように見てくると、この説話は、伊周の道長との対立、その左遷に至る過程が、実方と行成の対立・喧嘩の後景に重ね合わせるようにして表現されている蓋然性が高いと言えるのではないだろうか。

三　小一条流と中関白家

次に考えたいのは、前節で見たような重ね合わせの傍証ということにもなるが、なぜその重ね合わせが伝承の上で機能したのか、この説話に伝承上のリアリティーや伝承する価値を与えることができたのか、その有効性の理由である。

ここで注意するのは、そもそもこの説話は、新大系の脚注が言われるように、「事実としては小一条流の力の伸びることが政治的に抑えられた」ことが発生の源にあると思われる点である。つまりこの説話では、実方個人とともに、小一条流という「家」が問題になると思われるのである。「家」の問題として考えると、小一条流と中関白家は、道長につながる九条流に対するあり方がとてもよく似ていることが見て取れる。以下、この点を見ていく。

道隆の中関白家と道長の御堂流がライバル関係にあり、道隆生前から対抗し、その薨後は対立の結果、伊周・隆家の左遷という自滅に至ったのは周知のことで、一部先述もしたが[23]、道長に至る九条流と、実方の小一条流の関係も、少し前の時代まではライバルと言ってよかった。そして道長自身も、少し後のことだが、三条天皇の后妃として小一条済時の娘（実方にとっては義理の姉妹）娍子と自らの娘・妍子とが皇后・中宮に並立される状況の中で、かつての一条天皇皇后定子と中宮彰子同様、そのライバル関係を意識せざるを得なかったのである。

まず、道長の父兼家と実方の養父済時の関係を見ていく。兼家は、兄・兼通との確執の中で右大将を剝奪されるが、その替わりには済時が右大将となっている。『日本紀略』貞元二年（九七七）十月十一日条によれば、太政大臣藤原兼通・左大臣頼忠・権大納言朝光・権中納言済時の四人による除目によって決定され、『愚管抄』巻三では、「コノトキナラデハ、イツカワレ大将ヲユルサレン、申テン」と、済時が自ら立候補したとする。済時は政治的に意志を持って兼家と対立する立場に立ったと言えるだろう。[24]『愚管抄』巻三にはまた、「済時ハ大入道（兼家）ノタメニハ、ハバカラヌ人ニコソ」ともある。

この他の説話にも、『江談抄』巻一・第28話には、

（摂関の賀茂詣でについて）上達部の騎馬の前駆は、大入道殿（兼家）の御時に始まるなり。小一条大将（済時）は内議を知らず、御出立の所に参会せらる。にはかに扈従すべき儀有りて馬を借らる。これ謀らるるなり。腹立すといへども、なまじひに供奉せらると云々。

という、兼家と済時の反目の話があり、同じく『江談抄』巻二・第7話には、娍子の東宮入内の際に「輦の宣旨」を希望した済時は、兼家に奏上を承諾されて喜び拝舞したが、結局当日になっても宣旨は発令されず、「空（しい）拝の大将」とのあだ名が付いたとの話がある。[25]

これらの史実や説話からして、兼家と済時は政治的立場から反目しあっていたという印象を当時の貴族たちが持っていたことがうかがえる。

また、その後済時が薨じて後のことだが、その娘・三条天皇女御だった娍子の皇后立后の日に、道長は、吉田祭

や、同じく三条天皇の中宮である娘・妍子の入内をぶつけるなど、嫌がらせのようなことをしている。

（娍子立后の宣命を）見了りて左相府（道長）に奉る。時剋多く移るも帰参せず。若し是申し通す人のなきか。…相府、立后の事、頻りに妨遏有るの故なり。万人怖畏を致す。按察中納言（隆家）、右衛門督（懐平）、修理大夫（通任）等参入す。自余の卿相中宮（妍子）〈東三条、左府同坐と云ふ〉に参る。…左相府召し有り。しかるに事を左右に寄せてしばらく参らずてへり。…今夜戌剋東三条中宮（妍子）内裏に入り給ふ。万人此の事に帰し、立后の事を忽緒す。…大床子・師子形、内より奉らる。而るに左府妨遏す。仍つて本宮に造らしむと云々。

〔『小右記』長和元年（一〇一二）四月二十七日条〕

まるでかつて、中関白道隆の娘で、自身の娘彰子の仮想ライバルだった一条天皇中宮（当時）の藤原定子が出産のため（敦康親王は長保元年十一月七日に出生）、平生昌邸に行啓する日、自らの宇治遊覧をぶつけて嫌がらせをしたのと瓜二つである。

藤宰相（懐平）示し送りて云く、今日中宮里第に出御すべし。而して上卿なし。…左府（道長）払暁人々を引率し、宇治の家に向かひ、今夜彼の家に渡るべしと云々。行啓の事を妨ぐるに似たり。上達部憚る所有りて参内せざるか。

〔『小右記』長保元年（九九九）八月九日条〕

娍子の立后への道長の意識を物語っていよう。それぞれ当主だった父がすでに亡くなっている点も、中関白家の定子と小一条家の娍子は似ている。

さらに、娍子立后のしばらく後、道長は病気になるが、これに関わってか、娍子の兄・為任が道長を呪詛したとの落書が見つかる。(26)

左府（道長第）に落書有りと云々。民部大輔為任、陰陽師五人を以て呪詛せしむるの由と云々。

〔『小右記』長和元年（一〇一二）六月十七日条〕

事実かどうか不明だが、これも定子の兄・伊周の呪詛と類似する。

またその頃、道長の病を喜ぶとされる五人の公卿が噂される。

（資平）云く、相府（道長）の病を喜悦する卿相五人、大納言道綱・予（実資）・中納言隆家・参議懐平・通任と云々。是両三の告ぐる所なり。…若し、立后の日勅命に応じて参入の後、此くの如き事有るか。

〔『小右記』同年六月二十日条〕

その五人は、道長異母兄の道綱以外は皆、娍子の立后に参入した人々で、硬骨漢で道長に批判的な実資とその兄懐平、そして皇后宮大夫で中関白家の生き残り隆家と、娍子のもう一人の兄で小一条家の後継者の通任である。そしてこれについては道長本人が、

宰相中将（源経房）云く「今夕相府（道長）云く『病に沈みし間悦ばれし人々五人の由、近日聞く所、太だ奇しき事なり。中宮大夫（道綱）・右大将（実資）然るべからざるか。更に信ぜられず。…』と。…按察（隆家）・右金吾（懐平）・匠作（通任）三人の事、信受せらるるに似たり」と云々。

〔同・七月二十一日条〕

と、隆家・懐平そして通任について本気にしているのである。[27] 懐平は三条天皇の側近であるといった事情によると思われ、ここでも中関白家の隆家（皇后宮大夫）と小一条家の通任（皇后の兄）が類同する。この頃、妍子と娍子をめぐって、道長と小一条家が対立していたという認識が、道長本人を含め、周囲の貴族たちにも広くあったこととともに、その関係がかつての中関白家のそれと類似していることがわかるのである。

またそれぞれの家の外孫親王について見ても、娍子所生の敦明親王は、長和五年（一〇一六）の後一条天皇即位に際し皇太子となるが、結局翌六年（一〇一七）、道長の圧迫を感じて（『大鏡』など）皇太子位を辞退し、小一条家の期待は摘まれる。同様に、中関白家も道隆薨後、定子所生の敦康親王は寛弘八年（一〇一一）五月、一条天皇の譲位の際に、天皇により皇太子にと希望されたが、道長の意を受けたかそれを忖度した行成の意見により実現せず、

さらに六年後、寛仁元年（一〇一七）八月、敦明親王の皇太子辞退の際にも、替わりの皇太子にとの彰子の考えに反し、道長は外戚（中関白家）が弱すぎるとして、自らの孫の敦良親王を皇太子に据えたとの話が残る。

（一条天皇）仰せて云く、「譲位すべきの由、一定已に成る。一の親王（敦康親王）の事如何がすべきや」と。即ち奏して云く、「…今左大臣（道長）は亦当今の重臣、外戚其の人なり。（道長は自分の）外孫第二皇子（敦成親王）を以て定めて応に儲の宮となさんと欲すべし。尤もしかるべきなり。今聖上嫡たるを以て儲となさんと欲すと雖も、丞相未だ必ずしも早く承引せざらん…」と。

〔『権記』寛弘八年（一〇一一）五月二十七日条〕

（道長）「…さても東宮には、三宮（敦良親王）こそは居させ給はめ」と申させ給ふ。大宮（彰子）「それはさる事に侍れど、式部卿宮（敦康親王）などのさておはせんこそよく侍らめ。それこそみかどにも据へ奉らまほしかりしか、故院（一条天皇）のせさせ給し事なれば、さてやみにき。この度はこの宮の居給はん、故院の御心の中におぼしけん本意もあり、宮の御爲もよくなむあるべき。…」と聞えさせ給へば、大殿「げにいとありがたくあはれにおぼさるる事なれど、故院も、こと事ならず、ただ御後見なきにより、おぼしたえにし事なり。賢うおはすれど、かやうの御有様はただ御後見がらなり。帥の中納言（藤原隆家）だに京になきこそ」など、猶あるまじき事におぼし定めつ。

〔『栄花物語』巻十三〕

九条流に対して、格差はあるものの敦明親王の即位によっては逆転可能な範囲のライバルだった小一条流と、御堂流に対して初めはむしろ優位にあった中関白家は、当主の同時期の早世（道隆は長徳元年四月十日薨、済時は同月二十三日薨）の後、道長の実権の前に家の外孫の即位が阻まれ、政権の可能性から排除されたとする理解においても、相似形をなすのである。

このような中で、「当初、済時の後継者と目され公卿の昇進コースに乗っていた」（先掲淵原氏）実方の陸奥守任官・赴任は、小一条流という「家」の衰退（政権への接近の挫折）の一齣としてとらえられ、中関白家衰退の決定打となった後継者伊周の左遷になぞらえられたのであろう。そして、道長の分身で、道長と同じ九条流に属する行成との対立を描くことで、伊周同様、その直接間接の圧迫による自滅の結果としての「左遷」ということを暗示しようとしているのではないだろうか。

「家」の衰退を象徴する実方の「左遷」を伊周のそれに類同させた本説話は、処罰の重さなど政治上の常識を超えて、当時の貴族たちにとっては事実以上に納得しやすく、多くの「裏」を読み取らせる興味深いものとなったのであろう。

おわりに　付、顕兼の意識

以上、『古事談』巻二・第32話として収載される実方の左遷説話について、事実らしくさえないはずの説話が成立し、伝承された理由を、説話単体として考えてみた。九条流・道長に対する小一条流と中関白家の立ち位置の類似を前提に、実方に伊周の「左遷」を重ね描いた、ということだったが、最後に、『古事談』編者の源顕兼は、この背景を意識していたのか、説話集の構成（配列）の面から考えてみたい。実方と伊周を重ねる方法と、それぞれを「家」の盛衰の中に置く意識の二つに分けて見て行く。

まず前者だが、ここで巻二・第29話から本話までの梗概を確認しておこう。第29話は、源俊賢が道隆に自らを自薦して蔵人頭になったこと(28)。第30話では、そのように道隆の世話で蔵人頭になった俊賢は、道長に内覧の宣旨が下った際、故道隆の息伊周を気の毒に思い、眠ったふりをした。第31話は、俊賢が頼通の触穢を防いだ話である。ついでに、『古事談』の中で本話に深い関係があると思われる第72話（注（14）に前掲）についても見ておこう。第69話は、兼家の後任の関白選びに絡んで、道隆は藤原有国を恨んだが、後に大宰大弐となった有国は、権帥に左遷されて来た伊周を厚遇した、との話。第70話は源雅信が俊賢の定文の文字を不審とし、俊賢が恥じた話。第71話が実方が陸奥の歌枕「あこやの松」を訪ねたが至らなかった話である。問題の第32話の前々話に伊周が道長に敗れた話題を置き、関連の深い第71・72話の前々話にも、伊周の大宰権帥左遷が直接関わる話が来ている。直接連接する位置ではないが、意識のつながりがあったのではないだろうか。

また、本話が「家」の盛衰を意識すると思われる点については、本話の本体部分の後にある、行成の出世の記事が興味深い。

行成、職事に補し、弁官に任じ、多く以て失礼す。漸く尋ね知りて後、傍倫に勝れり。これ文書に携はるが致す所なり。

この部分はそれまでとは明らかに「文脈から外れて」おり、「行成自らの或る満足の回想、余裕をもった謙遜の表現」であり、「未詳ながら一人称のそのような原拠」を持つ記述であろう（新大系『古事談』「解説」）。また『古事談抄』でも、左遷説話の部分とは別に、実方の「あこやの松」探訪譚、雀への転生の話を挟んで後に置かれている。しかし、『古事談』ではこれを連接させている。出典の段階での記事構成は不明だが、文脈からはずれているこの記事を連結あるいは連接させているのは、意識しての構成と考えていいだろう。

さて、今注目したいのは、この中の「文書」という表現である。単なる「行政文書」の意味で取ることもできるが、「文書」には、「家」の職掌に関わって伝来された専門書や故実文書、先祖の日記や部類記等を指す意味もある。

江の納言匡房の、加賀権守隆兼に別て、「九代相伝の文書誰に伝へん」と歎きし、これら、子のあやまりに非ずといへども、親に物を思はすれば、敵などと申さんもひが事ならじ物を。　（『宝物集』巻二）

典薬頭雅忠（丹波）が夢に、七八歳ばかりなる小童、寝殿にはしり遊びて云やう、「先祖康頼、ねんごろに祈し心ざしにこたへて、文書をまもりて、二三代あひはなれぬに、この程火事あらんずるに、つつしむべし」

と見て、二十日ばかりありて家やけにけり。されども文書一巻もやかずとぞ。〔『続古事談』第一二三話〕

（ある宇佐大宮司を）療治すべきよしの勘文をたてまつるべきよし、仰下されければ、（医師たちは）面々に、まかり出てしるしてまいらすべき由申けるに、貞説申けるは、「非重代の身にて、一巻の文書のたくはへなし。しりて侍程の事は、当座にて勘申べし」とて、則しるし申けり。〔『古今著聞集』第二九八話〕

この部分が行成の謙遜の言葉であったとすれば、元々は、家に伝来する文書群を意味するのではなかったか。自分が行政文書に熱心に携わったから出世したというのではなく、家に伝来する文書を受け継いだおかげで出世したのだと。そして、行成は確かに、祖父伊尹と父義孝が早くに亡くなったにも関わらず、父方の九条流の故実と、父早世後引き取られた母方の祖父源保光の故実を伝えて、『新撰年中行事』という故実書まで著しているのである。それに引き替え実方は、実父定時早世後の養父済時がその父師尹と岳父源延光の故実を伝えて発展させるのに十分な力を持っていた[29]にもかかわらず、和歌は第一人者だが「家」に伝わる「文書」群に支えられる故実を受け継ぐことはなかった。

説話の中では、ここの部分を行成の一人称の謙遜の言葉として読むことはできないが、地の文であっても、ここを「家」に伝来する「相伝の文書」という意味で読むことはできるのではないだろうか。そしてそれは、次の第33話につながるのである。

行成卿沈淪に堪へず、将に出家せむとす。俊賢、頭為る時、其の家に到りて制止して曰はく、「相伝の宝物有りや」と。…

結局、「相伝の宝物」の宝剣を売って祈禱をし、俊賢の推薦も得て蔵人頭になったのであった。そして、「正直」な行成が冥官の召しを免れた第34話をはさんで、先述の『江談抄』巻二・第7話と類話の第35話、実方養父済時の「空拝の大将」由来話に繋がる。この説話配列は顕兼によるものであろうから、顕兼は第32話の話性に「家」を意識していたことを示していよう。

『古事談』は、前節までで考えた本話の背景を、説話配列の第一の契機ではないが、ある程度意識してこの辺りの説話を構成していると言えるのではないだろうか。それは『古事談』の「方法」にもつながるものであろう。

以上、『古事談』に収載された実方左遷説話について、事実でないことがらが説話として成立し、伝承されて行く理由・背景を考察した。一話についてのみ考察したものだったが、本話で考えたような、「家」の盛衰の中での個人の立ち位置の類似ということは、背景にあって、説話の成立や、説話が同話・類話を派生させて行く一つの類型でもあろう。それはまた『古事談』など説話集の構成方法にも関わるものであった。今後、他の説話でも検討して行きたい。

〈注〉

（1） 岡嶌偉久子氏「実方説話について―実方後代資料の検討―」（甲南国文・33号・１９８６年３月）など参照。

（2） 官位相当制では、大国・陸奥国の守は、従五位上に相当する（養老令・官位令）。

（3） さらに、『中古三十六人歌仙伝』（群書類従・第五巻）に「藤原実方　…（正暦）四年正月七日叙従四位上。五年九月八日転左近中将。長徳元年正月十三日兼陸奥守」、また『本朝続文粋』巻六「奏状」（新訂増補国史大系・第二九巻下）所収の、藤原敦光の陸奥守申状に「一　京官人兼任陸奥守例　…藤原実方　長徳元年正月任同守。兼左近衛中将」とあるのを信ずれば、実方は左近衛中将を兼任したまま任官・赴任したことになる。但しこのことは、蔦尾和宏氏「運―実方と行成」（『『古事談』を読み解く』笠間書院・２００８年７月）によって疑問視されている。

（4） 岸上慎二氏「藤原実方について―平安の一貴族として―」（和歌文学研究・12号・１９６１年９月）、金沢規雄氏「藤原実方研究―陸奥守就任をめぐって―」（宮城教育大学国語国文・11号・１９８０年８月）、岡嶌偉久子氏「実方陸奥下り考」（甲南女子大学大学院論集・４号・１９８２年１月）、仁尾雅信氏「実方の説話―陸奥守左遷説話の発生原因憶測―」（『中古文学の形成と展開―王朝文学前後―』和泉書院・1995年4月）、淵原智幸氏「藤原実方の陸奥守補任―十世紀末の小一条家に関する一考察―」（『平安期東北支配の研究』塙書房・2013年2月）など。

（5）実方と業平の類同性については、他にも、岩下均氏「「中将」の旅―藤原実方の場合―」（目白学園女子短期大学研究紀要・33号・1986年12月）などにも指摘されている。

（6）本話は『古事談』以前には同類話が残っておらず、後の『十訓抄』も『古事談』を出典としている。よって『古事談』所収話の表現がどこまで遡れるかわからないが、一般的な『古事談』の書承態度からして、出典の段階でも、ほとんど同様の表現だったと考えられよう。ひとまず、『古事談』の個性とは直接結びつけず、この説話単体の問題として考察する。

（7）成立の時期は細かくは限定できないが、実方卒去の長徳四年（九九八）から『古事談』成立の十三世紀初めの中で、後述のように小一条院敦明親王の皇太子辞退（長和六年＝一〇一七）を視野に入れていると思われることから、早くともそれ以降であろう。

（8）史実としては、後一条天皇の長久九年（一〇三六）の「二宮大饗」の際。

（9）「左遷は官吏任命権の発動であって、そこに懲罰の意味がこめられていたとしても、いかなる意味でも刑罰ではありえない」が、「そのような処分が、制度的にはともかく現実的には、刑罰と同一の、あるいは類似のものであるという観念が存在し」、「左遷と流刑と」は「同じいもの、あるいは混同されるものであった」（斎川真氏「流刑・左遷・左降―続日本紀の事例を中心に―」（続日本紀研究・213号・1981年））。本説話の時期にも、後述の藤原伊周の左遷について、『小右記』では、御前の「除目」（任官儀式）により大宰権帥任命を決めたとしながら、「配流宣命」という言葉も同時に使っている。

（10）注（3）の蔦尾氏論文でも、前掲除籍例の②③④⑥の例を挙げ、「以上の諸例に照らせば、殿上の暴力ゆえに現任の中将を止められて陸奥へ下向という実方への処分は、その言説に接した廷臣たちには酷な処分と受け止められたに違いない」「貴族の常識から乖離した、行き過ぎた裁定」とされ、本稿も全く同感である。但し、蔦尾氏論文で、「行き過ぎた裁定に帰着したのは、小蔀を通して一条天皇が実方の暴力と行成の沈着の現場に立ち会ってしまったのが大きな要因だった。…天皇が目にするという一瞬の偶然、それは運に他ならない。運が両者のその後を一変させたのである」とされる点については、「二・三二話の…成立の背景を論じるものではな」く、「本話を起点に展開される、実方と行成に関わる臣節内の諸話を通じ、古事談がそこに何を描こうとしたか」「を考察するものである」蔦尾氏論文では有効な御指摘と思われるが、まず説話が成立して来た時点に視点を置いて背景を考えたい本稿とは、やや立場が異なる。天皇が実際に見たか否かがそれほどの結果の差異を生ずることが、当時の貴族の常識に照らして納得できるものであったかどうか。例えば、左衛門佐定長の例③は、後朱雀天皇は視野に納めてはいないようだが、出御中すぐ近くでの事件であり、少なくとも騒動の音は聞こえていたはずで、一条天皇が口論が聞こえたために小蔀を覗いた（と解される）本話に近いと言えよう。しかし、処罰は除籍であった。天皇の小蔀からの垣間見が実方の左遷に繋がっている点は、また別の視点から考えたい（後述）。

(11)　保立道久氏「内裏清涼殿と宮廷説話」（『物語の中世―神話・説話・民話の歴史学―』東京大学出版会・１９９８年11月）

(12)　保立氏は本話以外には説話の例は示されていないが、『古事談』においても、他に巻一・第64話では、後三条天皇が殿上の間の源隆俊を小蔀から覗き見て、その公事奉行の態度に感心し、意趣返しを諦めたとあり、巻六・第10話にも村上天皇が小蔀から殿上の小板敷の藤原朝成を見る姿が描かれる。他作品では、『大鏡』「時平伝」の醍醐天皇と藤原時平、『今昔物語集』巻二十八・第21話（『宇治拾遺物語』第124話に同話）の村上天皇と藤原兼通たち、など。

(13)　陶淵明「辛丑歳七月赴仮還江陵夜行塗口」詩（『文選』巻二十六所収）の「商歌するは吾が事に非ず、依依たるは耦耕に在り。冠を投じて旧墟に旋り、好爵に縈はれざらん」など。

(14)　因みに、『古事談』巻二・第72話で「実方中将、蔵人頭に補せざるを怨みて、雀に成りて殿上の小台盤に居り、と云々」とある「台盤」も、当時の殿上人にとってはなじみのある、政治的意味の体感できる小道具であった。

頭着き給はぬかぎりは、殿上の台盤には人もつかず。　〔『枕草子』第一〇八段〕

(15)　『古事談』においても、少し趣旨が異なるが、天皇が臣下の冠を取り上げる、又は打ち落とす、君臣関係の「しどけなさの極み」（田中宗博氏「惟成説話とその周辺―『古事談』巻第二「臣節」篇への一考察―」（『論集　説話と説話集』和泉書院・２００１年５月））の説話が、巻一・第18話や同・第54話に見られる。これも官人の「冠」の重要性が前提の話である。

(16) 但し、類話の『古事談』巻二・第2話では、伊尹と朝成は「参議」昇進を争ったとする。
(17) 菊池仁氏「院政期の〈歌枕〉幻想―東国の自然はどう認識されたか―」(『和歌文学の伝統』角川書店・1997年8月)
(18) 浅見和彦氏「「アコヤノ松」のことども」(成蹊国文・37号・2004年3月)
(19) この点でも、この説話は「歌人」実方とはかなり離れたところで成立したと言えるのではないだろうか。注(3)蔦尾氏論文は、『古事談』巻二・第71話、実方の陸奥国での歌枕探訪説話を、「七一話、七二話は三二話と響きあう一連の説話として読むべき」とされた上で、「本話(七一話=松本注)の実方は(他書所収の同話と違い=松本注)歌枕の「発見者」として描かれてはいないのである。これは古事談の本話に向けた関心が実方の歌枕探訪や歌枕そのものになかったことを窺わせよう」、「「アコヤノ松」についても、「歌枕ミテマヰレ」とはうらはらに、その歌枕が不在であった皮肉な顚末にこそ古事談は強く魅かれたと見るべきだろう」とされている。『古事談』内でこのような第71話と響きあうものとして語られる第32話の左遷説話も、実方の歌人という属性は積極的には評価されていないと見るべきであろう。左遷され、当然殿上に籍のない実方が歌枕を探訪するのであれば、その不在こそ整合性を持つのである。
(20) 他に、『小記目録』「乱行事」万寿三年(一〇二六)七月八日の項には「関白(頼通)と能信卿と口論の事」とあるが、『小右記』同日本文には、両者の罵辱の記事はあるが、「口論」とは表現されていない。
(21) 新大系底本の表記も、変体漢文を基調とする中にあって、「左道〈二〉イマスル公達哉」と、仮名を交えた直接話法を用いている(『古事談抄』も同様)。
(22) 拙稿「一条朝の四納言をめぐって」(『論集 説話と説話集』和泉書院・2001年5月)参照。因みに、道長と行成は亡くなったのも同年同日であった。
(23) 逆に、道長からの中関白家に対するいわば敵意も、
(後冷泉天皇不予に際し、隆家息の僧・行昭が病により祈禱の召しに応じられない旨、兄弟の経輔が言い送ったのに対し)関白(頼通)御前に参らる。大いに怒りて奏せられて云く、玉体不予、是国家年老い、命旦暮に在るなり。…行昭縦ひ不覚の人と雖も、兄弟経輔申す所太だ不覚なり。件の一族(中関白家)心底凶悪を稟く。故

入道相国（道長）申す所有り。…

のように、子の頼通が数十年も記憶しているような強いものがあった。

〔『春記』永承七年（一〇五二）七月十二日条〕

(24) 安西廸夫氏「『大鏡』の虚構―藤原済時の扱い―」（『王朝歴史物語の世界』思文閣出版・1991年6月）

(25) 『古事談』巻二・第35話に、娍子立后の際のこととして、類話がある。

(26) 老川幸代氏「『栄花物語』の時代背景―描かれなかった道長と小一条家の争い―」（国学院大学大学院文学研究科論集・32号・1995年3月）。逆に道長から為任へのいわば敵意は、寺内浩氏「伊予守藤原為任―三条天皇・藤原道長と受領―」（『受領制の研究』塙書房・2004年2月）に指摘がある。

(27) 娍子立后の当日の日記でも道長は、

此の（「日」脱）女御娍子を以て皇后となす。…参入の上達部実資・隆家・懐平・通任等四人と云々。

〔『御堂関白記』長和元年四月二十七日条裏書〕

と、立后儀式の方への参加者を気にしている。

(28) 一方、思惑がはずれた斉信は、後に蔵人頭になって、随身を「小庭」に召して仕う様子が大将のようだった。

(29) 高田信敬氏「心ある大将済時のこと―大鏡贅注―」（名古屋大学国語国文学・60号・1991年12月）

尚、引用した本文はそれぞれ次のものにより、漢文は私に訓み下した。また、〈　〉は小字割注を表し、句読点は私に変えたところがある。

古事談・江談抄・続日本紀・宝物集・続古事談は新日本古典文学大系（岩波書店）、日本紀略・扶桑略記・百錬抄は新訂増補国史大系（吉川弘文館）、小右記・御堂関白記は大日本古記録（岩波書店）、枕草子・栄花物語は新編日本古典文学全集（小学館）、西宮記・江家次第は神道大系（神道大系編纂会）、愚管抄・古今著聞集は日本古典文学大系（岩波書店）、春記・中右記は増補史料大成（臨川書店）、玉葉は国書刊行会本、権記は史料纂集（続群書類従完成会）及び増補史料大成（臨川書店）、養老律は日本思想大系（岩波書店）、文選は全釈漢文大系（集英社）。

女主、昌なり

――日本における則天武后像の展開――

森田貴之

はじめに

后(=王皇后)寵雖レ衰、然上未レ有レ意レ廃也。会昭儀(=武昭儀)生レ女。后憐而弄レ之。后出、昭儀潜扼二殺之一、覆レ之以レ被。上至。昭儀陽歓笑、発レ被観レ之、女已死矣。即驚啼、問二左右一。左右皆曰「皇后適来レ此」。上大怒曰「后殺二吾女一」。昭儀因泣数二其罪一。后無二以自明一。上由レ是有二廃立之志一。

これは、中国史上唯一の女帝として君臨することになる則天武后が、高宗の后となって権力を握るに至る過程での逸話で、まだ昭儀の地位にあった武后が、我が子を殺し、その嫌疑を敵対する王皇后へと被せたというものである(『資治通鑑』第一九九・永徽四年)(1)(2)。さらに、こうした経緯の後に皇后となった武后は、后位を廃された王皇后や蕭淑妃を残忍な方法で殺し、その姓も変えさせてしまったという(『資治通鑑』第二〇〇・永徽六年)(3)。

武后聞レ之、大怒、遣レ人杖二王氏及蕭氏一各一百、断二去手足一、捉二酒甕中一曰「令二二嫗骨酔一」。数日而死、又斬レ之。王氏初聞二宣敕一、再拝曰「願大家万歳。昭儀承レ恩。死自吾分」。淑妃罵曰「阿武妖猾、乃至二於此一。願他生我為レ猫、阿武為レ鼠、生生扼二其喉一」。由レ是、宮中不レ畜レ猫。尋又改二王氏姓一為二蟒氏一、蕭氏為二梟氏一。

この仕打ちもまたよく知られ、則天武后の苛烈な性格を語るときによく持ち出される。『資治通鑑』の作者司馬光が、こうした暴虐非道な則天武后像を示しながら一貫して批判的に叙述するように、古来、中国では、則天武后の評価は概して高くない。唐代の正史『旧唐書』『新唐書』両書も批判的な姿勢であるし、(4)『太平広記』婦人部所収の「盧氏」と題する次の逸話は、則天武后治天下で宰相を務め、賢臣として名高い狄仁傑（てきじんけつ）をめぐる説話であるが、則天武后への批判の意を含み、その評価の芳しくないことを証する。(5)

> 狄仁傑之為相也。有盧氏堂姨、居于午橋南別墅。姨止有一子、而未嘗来都城親戚家。仁傑毎伏臘晦朔、修礼甚謹。常経雪後休仮、仁傑因候盧姨安否。適表弟挾弓矢、携雉兎而来帰、進膳於母、顧揖仁傑。意甚軽簡。仁傑因啓於姨曰「某今為相、表弟有何楽従、願悉力従其旨」。姨曰「相自貴爾。姨止有一子、不欲令其事女主」。仁傑大慚而退。出松窗雑録。

ここで『新編東洋史辞典』(6)（東京創元社・京大東洋史辞典編纂会・一九八〇年）の記述によって、彼女の人生を振り返っておく。

> 姓は武氏、諱は曌。并州文水（山西）の人。家は富裕な材木商人らしく、父の士彠は隋末、府兵隊正をつとめ、李淵（唐高祖）の挙兵に参加して荊州都督（軍政官）となる。曌は美貌で14歳のとき太宗の後宮に入り、帝の死後尼となったが、高宗の目にとまってふたたび後宮に入った。帝の寵愛と王皇后・蕭貴妃の反目を利用することで勢力をえ、665年（永徽6）王氏に代って皇后となる。以来王氏を支持する長孫無忌ら貴族官僚を誅し、王・蕭2氏を惨殺し、皇太子忠を廃して実子を立てるなど、病身の高宗に代って朝政を独裁し、660年（顕慶5）高宗を天皇とし、みずから天后と称した。高宗の亡きあと、実子の中宗・睿宗を相ついで廃立したので、李敬業・越王貞などの挙兵があったが鎮圧し、これをきっかけに唐の宗室・功臣を誅殺し、690年（載初元）ついに革命を断行して周朝を建て、則天武后と称し、周の文王を始祖として武氏の廟を立てた。また官名を「周

礼」風に改め、則天文字十余を新造し、民間にひろまっていた弥勒信仰を利用して弥勒の下生なりと自称するなど、新政権への期待を抱かせようとした。反対派には密告・拷問・族誅などあらゆる手段を講じて容赦ない弾圧を行った。他方、忠誠を誓うものは官位の濫授によって登用し、かくて武后のまわりには武氏一族をはじめ酷吏・胥吏や賤民あがり、新興商人その他素性のしれない成りあがり官僚がひしめき、僧懐義・張易之兄弟のような寵臣が寝所に出入りした。しかし人材登用に力をいれ、官位を基準とした李義府の「姓氏録」にみられるように、その政治は門閥否定を意図していた。律令社会の動揺がその基底にあったが、新体制を創出するに至らず、かえって権威誇示のための土木事業に人民を苦しめ、唐朝復興の声がつよまった。705年（神龍元）、張柬之らが張易之一味を誅して、中宗を復位させ、その年武后は病死した。

この記述からも、現在でも毀誉褒貶相半ばする評価を下されている人物であることがうかがえる。

日本の古典文学作品においても、しばしば彼女への言及が見られ、この中国史上空前絶後の女帝則天武后への関心は決して低くはなかった。その顕著な例として、軍記物語が挙げられる。軍記物語は、現前の事象に対して説話や漢故事・仏典等を引用し、その先蹤を示すことを常套とする。特に、『平家物語』諸本の中でも、読み本系に属する諸本は、その傾向が顕著で、例えば、延慶本『平家物語』（以下、単に延慶本と呼ぶ）では、以下の四箇所において、則天武后に言及している。

①第一本「主上上皇御中不快之事 付 二代ノ后ニ立給事」(7)
②第二末「文学ガ道念ノ由緒事」
③第四　「四宮践祚有事 付 義仲行家ニ勲功ヲ給事」
④第六末「法皇小原へ行幸ナル事」

詳しくは順に後述するが、延慶本では、則天武后の異なる三つの側面に注目し、それぞれ異なった事象の例証として則天武后が用いられている。衒学的な考証癖のある軍記物語とはいえ、度重なる則天武后への言及は、その注目度の高さを示していよう。本稿は、これらの例に導かれながら、則天武后という女傑が中世以前の日本文学において、いかに受け入れられ、どう評されてきたのかを検証し、日本における中国史受容の一例を示すことを目指すものである。

なお、則天武后という呼称については、「これ（筆者注：「則天武后」という呼称）は、しかし、中国の古い史書の伝統をそのまま踏襲したもので、彼女が高宗の皇后であったという、事実の一半のみを表面に出し、武周帝国をおこし中国史上あとにも先にもたった一人の女帝になったという重要な事実を蔽い隠すものである」(8)という問題をはらんでいる。以下に取り上げる日本の諸書では、基本的に「則天皇后」と呼称するが、それも中国の史書の伝統の影響によるものだろう。近年では、皇帝とも皇后とも明示しない「武則天」という名で呼ばれることも多いが、本稿では、日本での定着度に従い、則天武后と呼ぶこととする。もちろん、これは則天武后に対する筆者の評価を反映した呼称ではないことを付言しておく。

一　二代の后

まず、先にあげた延慶本の則天武后言及例のうち、最初に登場し、かつ記事量の豊富な第一本「主上上皇御中不快之事　付　二代ノ后ニ立給事」(①)に触れる。近衛・二条両天皇の后となった藤原多子（まさるこ）について、〝二代の后〟の先蹤として則天武后に言及する。(9)

此事（＝二代の后のこと）天下にをいて殊なる勝事なりければ急ぎ公卿僉議あり、異朝の先蹤を尋ぬれば、則天皇后は太宗高宗両帝の后に立給へる事あり。則天皇后と申は、唐の太宗の后、高宗皇帝の継母也。太宗に後れ奉て尼と成て盛業寺に籠給へり。高宗の宣く、願くは宮室に入て政を扶（たす）け給へと、天使五度来ると云へども敢て随ひ給はず。爰に帝已に盛業寺に臨幸あて、朕敢て私の志を遂むとには非ず、只偏へに天下の為なりと。皇后、更に勅になびく詞なし。先帝の他界を訪はむが為に適釈門に入れり、再び塵象に不レ可レ帰、と被レ仰けるに、皇帝内外の君平に文籍を勘て強ゐて還幸を進むと云へども、皇后確然として翻らず。爰に扈従の群公等横に取奉るが如くして都に入奉れり。高宗、在位三十四年、国静に民楽めり。皇后と皇帝と二人政を摂め給し故に彼の御時をば二和御宇と申き。高宗崩御の後、皇帝の后女帝として位に即給へり。其時の年号を神功元年と改む。周王の孫なる故に唐の代を改て大周則天大皇帝と称す。爰に臣下歎て云く、先帝の高宗、代を経営し給へる事、其功績古今類ひ無しと可レ謂、天子無きにしも非ず、願くは位を太子に授給て高宗の功業を長からしめ給へと。仍在位廿一年にして、高宗の子中宗皇帝に授給へり。即代を改て又大唐神龍元年と称す。則吾朝文武天皇、慶雲二年乙巳歳に当れり。両帝の后に立給事、異国には其例有と云へども、本朝の先規を勘るに、神武天皇より以来た、人皇七十余代、然而も二代の后に立給へる其例を聞及ばず、と諸卿一同に僉議し申されけり。

以上のように、延慶本は、則天武后が高宗に強く請われて二代の后となったと記す。しかし、上述の通り、『資治通鑑』では、則天武后は、実子を自らの手で殺めてまで王后らライバルを失脚させて、皇后の立場を求めたとされていた。延慶本は、そうした凄惨極まる立后の過程に触れることはまったくない。むしろ、則天武后自身はそれを望んではいなかったかのように叙述されている。また、武周革命の事実には触れても、その内実には全く触れることはない。〝二代の后〟という事態の異例さには注目するものの、武后に関しては、基本的に肯定的に描こうとしていることが見て取れる。この則天武后についての肯定的な評価については、後に再び触れる。

さて、〝二代の后〟となる、ということは、子の皇帝から見れば、結果として継母と通ずることになる。延慶本は、「太宗の后、高宗皇帝の継母也」と、その事実を指摘はするものの、あまり深くは触れない。しかし、〝二代の后〟という状況に付随して生じた、この〝継母との通事〟という状況は、『源氏物語』注釈書の世界で特に注目されている。

源光行の子にして、源親行の弟たる素寂による『紫明抄』および、その流れも享ける四辻善成による『河海抄』の記事を以下に示す。

則天皇后は初め太宗皇帝の妾なり。後に高宗皇帝の后と為る。又、武后と号す。継母に通会する事、これを例と為るか。此の皇后、盛興寺に於いて尼と為り、後に還俗して皇后と為る。（『紫明抄』巻二・紅葉賀）[10]

密通継母事　則天皇后は初め太宗皇帝の妾なり。後に高宗皇帝の后と為る。光仁天皇の后、井上内親王、桓武天皇に通じ之を給ふの由、国史に見ゆ。（『河海抄』巻三・若紫）[11]

『源氏物語』のなかでも最も有名な話題の一つである、光源氏とその継母・藤壺（源氏の父桐壺帝の后）との密通の類例として、高宗と則天武后との関係が持ち出されている。ただし、高宗と則天武后との関係は、史書においては必ずしも明確に密通とされているわけではない。

例えば、『資治通鑑』が「太宗崩、武氏随衆感業寺為尼、忌日、上詣寺行香見之、武氏泣、上亦泣。王后聞之、陰令武氏長髪、勧上内之後宮、欲以間淑妃之寵」（巻一九九・永徽五年）と述べるように、史実はともかく、中国の史書では、父太宗の命日に父の菩提寺を訪れた高宗と、そこで出家していた則天武后が偶然にも再びめぐりあい、それを聞いた当時の皇后である王皇后が、寵を争う蕭淑妃を退けるために、敢えて武后を後宮に入れたとする筋書きとなっている。[12]それが『源氏物語』注釈書においては、紛う事なき密通事件である光源氏と藤壺の関係の類例として取り上げられているわけであり、その類似性にはやや問題が残る。しかし、詳しくは後述するが、こうした〝密通する后〟としての則天武后像は他作品にも見られ、ひとつの類型を形作っている。

二　還俗

次に、延慶本から第四「四宮践祚有事 付 義仲行家ニ勲功ヲ給事」（③）を取り上げたい。安徳帝が都落ちして以後の新帝（実際は後鳥羽が即位）として取り沙汰された北陸宮（木曾宮。以仁王の第一王子）の先蹤としての則天武后である。北陸宮は、以仁王の乱後に一度出家し、その後、木曾義仲に担がれて還俗しており、もし彼が即位することとなった場合、たしかに還俗者が即位するという事態が出来する。延慶本自身が言うように、天武天皇や孝謙天皇重祚（称徳天皇）の例があるため完全な初例ではないものの、異例といえば異例であり、その先蹤として、則天武后が持ち出される。(13)

> 出家人の還俗したるは、いかゞ位には即むずると申あわれけり。天武天皇は春宮にて御座しが、天智天皇御譲受させ給べきにて有けるに、位に付給はゞ大伴王子討奉らんと云事を聞給て、御虚病を構へさせ給て遁申させ給けるを、帝強に姪申させ給ければ、仏殿の南面にして鬢ひげを剃せ給て、吉野山へ入せ給たりけるが、伊賀、伊勢、美乃三ヶ国の兵を発給て、大伴皇子を討奉りて位に即給にけり。孝謙天皇も位を辞せさせ給て、尼に成せ給て、御名をば法基尼と申けれども、又位に還即給へりしかば、唐則天太宗皇帝の例に任せて、出家の人も位に即給事なれば、木曾が宮、何条事かあらむと申て、咲あひ給けり。

安徳後の皇位に関しては、延慶本第三末「新帝可奉定之由評議事」にも、重祚（後白河）や女帝（八条院）についての議論が示されているが、史実としては、高倉院の三宮・四宮および北陸宮の三名を候補者として占卜を行った結果、後白河の意図に通りに四宮（後鳥羽）に決定された。『玉葉』寿永二年（一一八三）八月十四日条以下に見られる僉議での「我が朝の習、継体守文を以て先と為す。高倉院の宮両人御座す。其の王胤を置きながら、強ちに孫王を求めらるる条、神慮測り難し」といった言によれば、天皇の子か孫かという血統的距離が議論されており、主な問題点は延慶本がいうような還俗者の即位の是非には無かったようだ。にもかかわらず、延慶本は、北陸宮即位について、還俗即位の先蹤として則天武后を持ち出してまで、その可能性に言及している。延慶本は、第四「平家一類八十余人解官セラル、事」でも北陸宮即位の可能性を論じており、先学が指摘するように、これはひとつには延慶本の後鳥羽即位の位置づけにも関連するのだろう(14)。とはいえ、先に見た延慶本第一本（①）の記事でも詳しく触れていたように、延慶本は、則天武后が出家後に高宗に見いだされたことに、特に高い関心を持っていたことは間違いないだろう。

こうした、則天武后が還俗後に帝位についたことへの注目は、北畠親房『神皇正統記(15)』にも見られ、延慶本でも触れていた孝謙天皇が出家の後に重祚したことの類例として、則天武后に言及している。

第四十八代、称徳天皇は孝謙の重祚也。（中略）かくて上皇重祚あり。さきに出家せさせ給へりしかば、尼ながら位にゐ給けるにこそ。非常の極なりけんかし。唐の則天皇后は太宗の女御にて、才人と云官にゐ給へりしが、太宗かくれ給て、尼に成て、感業と云寺におはしける、高宗み給て長髪せしめて皇后とす。諫申人おほかりしかども用られず。

さらに、則天武后の出家後の行動に、別の視点から注目するものもある。『今鏡』巻二「すべらぎの上」がそれである(16)。

かの一条院の皇后宮（＝定子）は、御せうとの内大臣の、筑紫におはしましし事どもに、思ほし嘆かせ給ひて、御さまかへさせ給へりし後に、式部卿の御子を生みたてまつらせ給へるなり。唐国の則天皇后の御髪おろさせ給ひて後に、皇子生み給ひけむやうにこそおぼえ侍りしか。されど、かれは前の帝の女御にて、かの帝かくれさせ給ひにければ、世をそむきて、感業寺とかいふ寺に住み給ひけるを、前の帝の御子位につき給ひて、かの寺におはして見給ひけるに、御心やより給ひけむ。さらに后にたてまつりけるを、これは、同じ御代のもとの后なるは、いたくかはり給はぬさまにて、なのめなるさまにて侍りき。かしこき御代の御事申し侍るもかたじけなく。

この『今鏡』では、出家後に出産をした定子（一条帝の皇后）の先蹤として則天武后に触れている。定子は、長徳二年（九九六）四月に兄の伊周らが流されたことにより、五月一日に出家するも、その年末に脩子内親王を生み、長徳三年（九九七）再入内し、長保元年（九九九）一一月七日に式部卿宮を出産している。(17) 一方、則天武后は、前述の通り、還俗して二代の后になっているため、たしかに一度出家した後に、皇子を出産した形ではある。『今鏡』は、その点に注目し、則天武后を定子の先蹤としているのである。しかし、二度入内した定子と二代の后となった則天武后の事情は大きく異なっており、正確には、類例とするにあたらないだろう。その点については、当の『今鏡』も歯切れが悪い。

ところが、この定子と則天武后の相同性は、それなりに受け入れられたものだったらしく、『権記』長保元年（九九九）八月一八日条には、「江学士来語次云、白馬寺尼（＝則天武后）入レ宮唐祚亡之由、思二皇后（＝定子）入内一、々火之事引二旧事一歟」(18)という、則天武后に準えて定子を批判する大江匡衡の言葉が載せられているし、『宝物集』巻五は、『今鏡』を継承した以下の記事を持つ。(19)

世の中をそむきて後までも、すてがたくみゆる例、おほく侍るめり。から国には則天皇后、吾朝には定子の皇后宮、尼ののち子をうみたまへり。

この『宝物集』でも、『今鏡』同様、「尼ののち子をうみたまへり」と、出家後の出産に注目して、定子と則天武后とを並記しているのだが、ここでは特に「世の中をそむきて後までも、（注 邪淫を）すてがたくみゆる例」としている点に注意したい。こうした〝不邪淫戒を犯す后〟という則天武后の人物像もまた、先に見た『源氏物語』注釈書での〝密通する后〟としての則天武后の扱い方と重なるものともいえる。則天武后には、常にこうしたイメージがつきまとう。次章で、いよいよ〝密通する后〟としての則天武后に注目したい。

三　〝密通する后〟

> 天竺の術婆迦は、后の宮に契をなして、墓なき夢地を恨。阿育(あいく)大王の子倶那羅(くなら)太子は、継母蓮花夫人に思を被(かけ)レ懸(られ)うき名を流し、震旦の則天皇后は長文成に逢て遊仙窟を得給へり。我朝の奈良帝の御娘孝謙女帝、恵美大臣に犯され、文徳天王の染殿の后は、紺青鬼にをかされ。亭子の院の女御京極御息所は、時平の大臣の女也、日吉詣給けるに、志賀寺聖人心ヲ奉(かけたてまつりて)レ懸、今生之行業を奉レ譲しかば、哀を懸給て御手をたび、実の道を指南せよとすさませ給き。在原業平は五条亙(わたり)のあばら屋に、月やあらぬと打ながめ、源氏の女三宮は、又柏木の右衛門督にまよひて、香をる大将を産給へり。いかゞ岩根の松は答むと、源氏の云(いひ)けむもはづかしや。狭衣之大将は、聞つゝも涙にくもると打ながめ、天竺、震旦、我朝、貴も賤も、女の有様程心憂事候わず。灯に入(いる)夏の虫、はかなき契に命を失、妻を恋る秋の鹿、山野の獣、江河の鱗、草村にすだく虫までも、はかなき契に命を失と承る。されば涅槃経には、諸有三千界、男子諸煩悩、合集為一人、女人為業障と説給へり。大論には不嫌貴賤、但欲是堕と説れたり。都を出て後は、いつとなく宗盛知盛一船を棲(すみか)として、日重(ひをかさね)月を送しかば、人の口のさがなさは、何とやらん聞にくき名を立しかば、畜生道をも経る様に侍りき。

これは延慶本第六末「法皇小原へ行幸ナル事」④に登場する則天武后である。六道廻りのうちの畜生道にあたる部分で、兄の平宗盛との間に「聞にくき名」を立てられた建礼門院の類例として、則天武后が、唐代伝奇『遊仙窟』の作者張文成と恋仲にあり、そのことが『遊仙窟』に著されているとする話が紹介されている。そして、則天武后の他に、天竺の術婆迦、倶那羅太子、本朝の孝謙（称徳）天皇、染殿の后、京極御息所などをあげている。[20]

これは、『宝物集』、『三国伝記』などの仏教説話集でも同様で、延慶本が依拠したと思われる『宝物集』巻五では則天武后とともに、天竺から、術婆迦、馬下児、倶那羅太子などの皇后と恋した男の説話を、中国から、嫪毒と密通した夏太后、潘安仁と密通した陵園妾など密通した皇后の例を、日本からは、道鏡との関係が知られる高野天皇（称徳）、実資・道信と三角関係にあった花山院の女御、道雅との密通事件を起こした当子内親王などをあげる。『三国伝記』巻六も、天竺の術婆伽、京極御息所に恋慕した日本の志賀寺上人と並列しており、いずれも密通し不邪淫戒を犯した高貴な女性の例として、則天武后と張文成の関係に言及している。先述の例垣間見えていた、〝密通する則天武后〟の姿が最も明確に現れている説話である。

この、則天武后と張文成および『遊仙窟』をめぐる説話（以下、遊仙窟説話と呼ぶ）は、読本系『平家物語』や『宝物集』に限らず、中世に広く行われていた。他に、同説話を持つ主な文献としては、漢故事説話集『唐物語』や『和漢朗詠集』注釈書類にその内容が詳しく紹介されるほか、軍記物語では天正本『太平記』に見られ、『教訓抄』『体源抄』などの楽書にも見ることができる。これらのうち最も長文のものは『唐物語』所収のものであるが、比較的説話全体を把握しやすいものとして、同じく延慶本から第二末「文学ガ道念ノ由緒事」（②）において、遠藤盛遠（＝文覚）の発心譚とともに紹介されるもの（延慶本のみの独自記事）を以下に示しておく。

昔、張文成と云し人、忍て則天皇后に相奉りたりけるが、又、思よるべき様なかりければ、夜(よ)る日(ひ)る此を歎(なげ)きけり。理りや、此人は、潘安仁には母方のめい、雀季珪には妹にておわしければ、みめ形もよかりけり。夜深(ふけ)、人定(しづまり)て、琴を弾給(ひきたまふ)を聞て、息絶なむと思ほどに有けるに、心ならず近付けられ奉て、後、又まみへ奉(たてまつる)事もなければ、心中には、生たるか死たるか、夢か覚(うつつ)ともなければ、人しれぬ恋にしづみて、いもねられぬに、適ま(たまたま)どろめば、又孀烏(やもめからす)の目をさますも情なく、実に忍ぶ中は、人目のみしげゝれば、苦しき世を思煩て、まれの玉づさばかりだに、水ぐきのかへるあとまれなれば、涙にしづむもの悲さに、思わじとすれど、思ひわするゝ時なくて、常にはかくぞ詠じける。「可憎病鵲半夜驚人、薄媚狂鶏三更唱暁」。されば、此の心を光行は「独りぬるやもめがらすはあなにくやまだ夜ふかきにめをさましつる」。彼の張文成は忍ても后にも奉レ相、人目をこそ歎しに、此の武者所は、責て見ばやと思とも、叶わぬ事をぞ歎ける。

ここでは『遊仙窟』で「崔女郎」を喩えた句（『和漢朗詠集』妓女・七〇五所収）が、則天武后に用いられ、張文成が則天武后を想って、『遊仙窟』中の句（『新撰朗詠集』恋・七三二所収）を詠じるなど(21)、『遊仙窟』の世界と、張文成と則天武后の関係とが完全に重なっていることがわかる。他の『宝物集』や『和漢朗詠集仮名注』、書陵部本『朗詠抄』なども同様で、以下の通り、この説話には決まって『遊仙窟』の引用が付される。『遊仙窟』は、中国では早くに散佚したものの、『万葉集』『源氏物語』に代表される日本文学に大きな影響を与えたことが夙に知られるが、その流布と一体となって、こうした伝説も広く行われていたことがわかる。

則天皇后と申は、高宗の后なり。長文成といふ色好みにあひて、遊仙窟といふ文を得給ふ事也。あなにくの病鵲のやもめがらすや、夜中人をおどろかすと云ふは、そのたびの事也。（『宝物集』巻五）

此、則天皇后と云后、張文成と云臣下の、美なるを御覧じて、（中略）思の余りにや、恋の歌を作て、后に奉は、其歌を遊仙窟と名く。言は、仙家入て、仙女を見る心地して、夢うつゝとも難レ分。又云、厳き御姿は、人間に喩ば、潘安仁が姪なんどゝ、又は、崔季珪が妹ととや、申すべき御姿、今一度、拝み奉らんとぞ申しける。

遊仙窟云、可憎病鵲　半夜驚レ人、薄媚狂鶏　三更唱レ暁。（書陵部本『朗詠抄』(22)）

さらに、この遊仙窟説話の周辺には、則天武后を巡るいくつかの説話が流布している。例えば、狛近真による日本最古の総合的な音楽書『教訓抄』巻三「三台塩」には、以下のような記述が見られる(23)。

此曲、唐国物なり。酔郷日月曰、高宗の后、則天皇后造レ所也。もろこしに張文成と云、いろこのむ男ありけり。后いかゞしたまひたりけん、あい給にけり。そのゝち、ゆめかうつゝかにて、御心はかよふといへども、ひまをえざりけるあひだ、心のなぐさめがたさに、彼の后の作り給へり。可レ尋。

張文成と恋仲になった則天武后が、その心をなぐさめるために「三台塩」という曲を作ったする説話である。ここには『遊仙窟』という名は見えない。しかし、武后と恋仲になった張文成が『遊仙窟』を作ったとする先の説話と表裏をなすものであることはいうまでもない。同様の説話が『体源抄』巻一にも見られ、そこでは「文成いみじくをぼゆる文を作て后にたてまつる、此文は遊仙窟と申て我朝へもわたりて侍、后これを見給度に、御身もほろびぬべくぞをぼへさせ給ける、さて自（みずから）此曲を作らせ給て、御心なぐさめ給とかや」とあり、遊仙窟説話と対をなすものであることを明言している(24)。

また、国会図書館本『和漢朗詠注(25)』は、通常の遊仙窟説話を載せたあとに、さらに以下の一文を持ち、張文成が『遊仙窟』を作ったのに対し、則天武后は、その「返事」として、『臣軌』という書を作ったとする。

> 『臣軌』と云文は、則天皇后の作りて、遊仙窟の返事に、張文成に与へ給と云へり。

この『臣軌』とは、則天武后の命により編纂されたもので、臣下の君主に事える軌範を自ら制して示したものであるが、数ある則天武后の著作のなかで、この『臣軌』が『遊仙窟』の「返事」として選ばれる理由は全く見当たらない。そもそも中国では、『臣軌』はそれほど重要視されなかったらしく南宋期にはすでに散佚して今に伝わらない。しかし、日本には遣唐使によってもたらされ、太宗の『帝範』ともに大いに尊重されたという(26)。中国での『遊仙窟』・『臣軌』両書の流布状況等を考えれば、これらの説話が中国で作り出されたとは到底考えられず、日本で付加された伝説である可能性が高い。

武后と恋仲になった張文成が『遊仙窟』を作ったのだとすれば、〝則天武后も何かを作ったにちがいない〟という発想から、則天武后によるものとして名高い『臣軌』が持ち出され、『遊仙窟』説話の末尾へと付加されたものであろう。『臣軌』が、『遊仙窟』同様、日本に古くから伝存していた点もまた、『遊仙窟』と対を為すものとして説話化しやすかったと考えられる。

先の「三台塩」に関する説話も、同じような発生過程を想定できる。『十訓抄』巻一〇「才芸を庶幾すべき事」六七は、則天武后作の漢詩として「皇帝禹聞二泉台之声一遂登二仙録一　帝軒張二洞庭之楽一早叶二真源一」を引用するが、[27]この詩からは、則天武后の音楽を通じての仙界への関心が読み取れる。また、『楽書要録』という則天武后の命によって作られた楽書が吉備真備によって招来されて重んじられ、中国では散佚したが日本にのみ一部伝存して尊重されたことから、[28]則天武后と音楽の関わりは十分に認知されていた。[29]

さらに、日本の楽書類では、件の「三台塩」は、恐らくは「天授楽」と混同されて、「天寿楽」とも呼ばれたらしく（『続教訓抄』『体源抄』『楽家録』など）、その名称は、遊仙の世界を思わせる。さらに、「三台塩」は、現在は舞は絶え、急一帖のみが管絃曲として残り、「三台（塩）急」の名で現行するものであるが、楽書のいう伝説では、日本へは犬上是成が伝え、序二帖・破二帖・急三帖の曲であったが、序は是成が秘したため伝わらず、破・急のみの舞曲となったという（『体源抄』）。中国で散佚していた『臣軌』が説話に利用されたことと同様に、「三台塩」もまた、張文成の『遊仙窟』に対して、〝則天武后も何かを作ったにちがいない〟とする遊仙窟説話からの要求には答えやすい性格を持っていたといえる。

この三台塩説話と遊仙窟説話の出典や先後について、池田利夫氏は、先掲の『教訓抄』に「酔郷日月曰」とある点を重視し、この説話が『酔郷日月』という唐代の書物由来のものである可能性を述べ、説話引用部分が和文である点について「問題はあるけれども」としながらも、この三台塩説話が遊仙窟説話に先んじるとされた。[30]しかし、『教訓抄』が他二箇所に引用する『酔郷日月』が漢文体であるのに対して、遊仙窟説話部分のみが和文で記されたと見るのは、やはり大いに疑問が残るし、日本でこそ定着していた『遊仙窟』の存在を前提にしなければ、張文成と則天武后を結びつけることにほとんど意味はない。こうしたことから考えるに、三台塩説話も、臣軌説話同様に、遊仙窟説話の派生説話の一種と見るべきもので、日本で生じたものと考えるべきだろう。

上述の通り、『宝物集』巻五には、不邪婬戒を犯した女性が列挙されるが、そこで遊仙窟説話と並んで記されているのは、悼亡詩で有名で、かつ美男としても知られた潘安仁と、白居易『新楽府』「陵園妾」の主人公陵園妾とが密通していたとする、次の出典未詳の説話である。

陵園妾とは、潘安仁と云かたちよき人にあひ給ふ。かくし文あらはれて、陵園と云所へうつされ給ひしなり。

これは、白居易『新楽府』の中でも、「李夫人」「上陽白髪人」などと並んで、特によく人口に膾炙したものに入る「陵園妾」の世界の前提となる説話である。王の寵愛を他の後宮の女性に妬まれて陵園に閉じ込められたとするのが、通常の「陵園妾」理解だが、この説話はその別伝的性格を持つものといえよう。ある著名な作品の背景に言及する説話として、まさしく遊仙窟説話と同じ性格を持っている。

遊仙窟説話は、おそらくはこうした『宝物集』のごとき日本の唱導の世界から生じたものであろう。そして、『遊仙窟』注や『和漢朗詠集』注等の世界とも結びつき、新たに周辺説話を生み出しながら広がっていったと考えられる。

一方で、この説話については、史実の誤伝との説もある。幸田露伴は、この説話を「畢竟無根の鬼話に属するか」と評した上で、

張行成と張文成と姓名の異なるところ唯一字のみなるをもって、世の浅妄の徒、文成と行成と行成の子の易之・昌宗らと武氏と『遊仙窟』と迎仙院とを一概雑糅して、しかしてつひに文成武氏と思慕して『遊仙窟』を作るといふがごとき誤伝を生ずるに至りたるか、これまた測り知るべからざるなり。

と武后の寵臣張兄弟の父張行成と『遊仙窟』の作者張文成とを混同した誤伝の可能性を指摘する。[31] たしかに、張易之・昌宗兄弟のうち、張昌宗は、昇仙太子（王子晋）の再来とも喧伝されたし、武后は彼らと集仙殿とか迎仙院とかいう施設で暮らしたという。[32] また、則天武后は、幸田露伴のあげた張易之・昌宗兄弟のみならず、妖僧薛懐義・

宮廷医沈南璆などともただならぬ関係にあったともいう。『神皇正統記』も、称徳天皇と道鏡との関係と、則天武后の乱れた人脈の類似性を指摘している。

> 高宗崩じて中宗位にゐ給しをしりぞけ、睿宗を立られしを、又しりぞけて、自（みずから）帝位につき、国を大周とあらたむ。唐の名をうしなはんと思給けるにや。中宗・睿宗もわが生（うみ）給しかども、すてて諸王とし、みづからの族（やから）武氏のともがらをもちて、国を伝しめむとさへし給き。其時にぞ法師も宦者もあまた寵せられて、世にそしらるゝためしおほくはべりしか。この道鏡はじめは大臣に準じて（日本の准大臣のはじめにや）大臣禅師と云しを太政大臣になし給。それによりてつぎ〳〵納言・参議にも法師をまじへなされにき。道鏡世を心のまゝにしければ、あらそふ人のなかりしにや。大臣吉備の真備の公、左中弁藤原の百川などありき。されど、ちからをよばざりけるにこそ。（中略）則天の朝よりこの女帝の御代まで六十年ばかりにや。両国のこと相似たりとぞ。

幸田露伴の言う張行成との混同があったのかどうかはさておいても、遊仙窟説話は、こうした〝密通する后〟としての則天武后像があればこそ生み出された説話であることは間違いあるまい。そして、この遊仙窟説話自身の流布・定着によってもまた、則天武后の〝密通する后〟としての人物像は、さらに補強されることとなっていったと思われる。そしてついに、『源平盛衰記』に至っては、「則天皇后は長文成に会給ひ、遊仙崛を作らせ、雪山と申獣（けだもの）に会けんも口惜しや」（巻四八）と、『宝物集』第五や『唐物語』第二七話に見える雪山という犬との人獣相姦説話までもを、〝密通する后〟則天武后の上に見ることとなるのである。[33]

四　女性為政者

さて、最初に触れた通り、延慶本第一本「主上上皇御中不快之事 付二代ノ后ニ立給事」（①）では、則天武后は、基本的に肯定的に描写されており、高宗と共に、「二和御宇」と呼ばれる良政を行ったとして評価されていた。再入内の経緯も、再立后の過程も、武周革命にも、男妾との乱れた関係にも触れない。「臣下歎て云く(34)」という箇所にわずかな批判が含まれる以外は、肯定的に書いている。最後にこの点について触れておきたい。

中国史書では、則天武后が行った政治への干渉については、「牝鶏司晨」(『旧唐書』本紀第六(35))といった言葉で形容され、否定的に扱われることが定型となっているが、中国史書にも「二和の御宇」に類似する言葉として、「二聖」という言葉が、則天武后と高宗に対して用いられている(『資治通鑑』巻第二〇一・麟徳元年)ことがよく知られている。

自是上毎視事、則后垂簾於後、政無大小、皆與聞之。天下大権、悉帰中宮、黜陟殺生、決於其口、天子拱手而已、中外、謂之二聖。

この「二聖」という語は、そもそも先行する別の人物に対して用いられてきた語である。例えば、隋の初代皇帝である高祖楊堅と、その后であった独孤皇后の例がある(『資治通鑑』巻一七五・太建一三年)。

独孤皇后、家世貴盛、而能謙恭、雅好読書、言事多与隋主意合。帝甚寵憚之、宮中称為二聖。帝毎臨朝、后輒与帝方輦而進、至閤乃止。使宦官伺帝政有所失、随即匡諫。候帝退朝、同反燕寝。

この独孤皇后の例では、夫・楊堅との一心同体ぶりや賢妃ぶりが称賛され、肯定的に「二聖」という語が用いられていると読める。しかし、先に見た武后に対しては、御簾の後ろから政治に介入する、いわゆる「垂簾聴政」の状態にあることをさして、「二聖」という語を用いていることは明白であろう。同じ『資治通鑑』の「二聖」の用例ではあるが、武后に関しては、決してその功績や良政を称えたものではなく、むしろ独孤皇后と比較しての皮肉や揶揄を込めて用いられていると考えられる。『旧唐書』や『新唐書』などにも、「二聖」という語は見えるが、同じ批判的用法である。このような「二聖」という語の用いられ方と、延慶本の「二和の御宇」という語との差は大きい。延慶本は、中国史書の描き方と比して、明らかに則天武后を好意的に描いていることがわかる。

則天武后の治世は、近代に入ってから、あらためてその再評価が為されてきてはいるが、それ以前の歴史論においては、則天武后を肯定的に評する例は乏しかった(36)。日本文学においても基本的には否定的なものが多い。例えば、虎関師錬『済北集』に収録される「則天論」は、「世以二武后革レ周絶一レ唐罪レ后也。予以為不レ然矣(37)。」とあり、一見、則天武后を擁護しているのだが、その内実は、あくまでも武后の政治介入を許した高宗を暗主として退ける主旨であり、則天武后への批判も手厳しい。繰り返し則天武后に言及する『神皇正統記』もまた、上掲の通り批判的に扱っている。

しかし、比較的肯定的な例が無いわけではない。則天武后は弥勒菩薩の生まれ変わりと称して、仏教興隆に力を注いだが、その点について評価するものとして、『今昔物語集』巻六—四二「義浄三蔵、最勝王経を訳せる語」がある。そこでは、「今昔、震旦ニ則天皇后ト申ス女帝在シケリ。仏記ヲ受テ深ク仏法ヲ信ジ、広ク衆生ヲ哀ブ。」とする記述が見られ、原典の『三宝観応要略録』等と比しても、仏教興隆に力を注いだ女帝として積極的に評価している(38)。これは仏教者の視点からの擁護であろう。

さらに、もう一つ、則天武后を好意的に扱うものとして、真名本『曾我物語』がある(39)。

異国則天皇后、重レ夫即レ位、本朝神功皇后、夫悲二仲哀天皇別一、尋二遺跡一、女性　取レ世、成二日本国皇帝一。今北条妃女性、　日本秋津島、鎌倉受領仁、将軍家宝位玉床可レ宿二御身一御瑞相…

ここでは、則天武后は、女性ながら夫を重んじて世を治めた女帝として評価されている。そして、仲哀天皇の死後に世を支えた神功皇后とともに、頼朝の死後に鎌倉幕府を支えた北条政子の先例と位置づけられている。

このうち、神功皇后と政子を重ねることについては、神功皇后が応神天皇の母であり、その応神天皇が、源氏の守護神たる八幡神として認識されていることから説明できる。『古今著聞集』巻一—二四「北条義時は武内宿禰の後身たる事」には、北条義時を武内宿禰の後身とする説話が見えるが、その背景にも、源氏と八幡神を同一視し、北条政子と神功皇后とを重ねる、同じ発想がある。(40) また、覚一本『平家物語』巻五「物怪」の、いわゆる青侍の夢において、厳島大明神から八幡大菩薩、そして春日大明神へという節刀の行方を青侍に説明する人物が、武内宿禰とされることの背景にも、おそらくは同じ発想がある。

さらに、北条政子を過去の女性の為政者に準えるものとしては、『吾妻鏡』嘉禄元年七月一一日条もよく知られている。(41)

十一日庚午、晴。丑刻、二位家薨。御年六十九。是前大将軍後室、二代将軍母儀也。同二于前漢之呂后一、令三執二行天下一給若　又神功皇后令二再生一、令三擁二護我国皇基一給歟云云。

ここでは、神功皇后に加えて、漢の高祖の死後天下を治めた呂后に北条政子を重ね、〝高祖—呂后〟の関係を、〝頼朝—政子〟の上に投影している。この〝呂后＝北条政子〟という図式の背景には、〝高祖＝頼朝〟という図式がなければならないが、その図式は、源光行が源実朝に献上したという『蒙求和歌』の冒頭部に「漢祖竜顔」が配されて原典の『蒙求』古注を逸脱した、長文の漢王朝成立史が語られることなどにも現れており、ある程度一般的なものだったと思われる。(42) 呂后の評価も中国では高いとは言えないが、『吾妻鏡』では、政子の先蹤とする立場から肯定的に評価しているわけである。

則天武后にも同じことが言えよう。真名本『曾我物語』の上掲の記事もまた、頼朝の妻・北条政子に注目し、女性為政者として、その姿を則天武后に重ね、今度は〝高宗—則天武后〟の関係を、〝頼朝—政子〟の上に投影しているわけである。真名本『曾我物語』は、巻二から四にかけて頼朝の伊豆流離から鎌倉幕府成立までを詳述し、頼朝の辛苦からの復活譚を含み込む。北条政子や頼朝に好意的である以上、その類例たる則天武后についても肯定的な評価がなされることになったのであろう。

則天武后が唯一の女帝の例である中国史とは異なり、日本歴史上には、中世以前に、すでに複数の女帝が存在した。その数は、推古・皇極（斉明）・持統・元明・元正・孝謙（称徳）の六人八代を数える。前近代の天皇観で言えば、神功皇后もその列に加えられるべきだろうし、政治への介入度で見れば、光明皇后を挙げてもよいかもしれない。特に、光明皇后の時代には、大規模な写経事業や国分寺・国分尼寺の制定、中国風の官名改称、一年二度の改元、四字年号の使用など、その施策が、則天武后時代の唐の状況とかなり近く、そのいくつかは実際に意識していた可能性もある。[43]こうした日本の女性為政者の先蹤ないし類例として、中国史上唯一の女帝則天武后が注目されることになるのは至極当然であったろう。そして、奈良時代より数百年を経て、中世日本の鎌倉に、新たな女性為政者ともいうべき北条政子が登場した時も、則天武后は未だなお、中国史上唯一の女性為政者であった。したがって、真名本『曾我物語』が、北条政子の先蹤を中国に求めるならば、やはり則天武后が浮上せざるを得ず、その結果として肯定的な評価へとつながったのだろう。中世は、北条政子に対する評価の比較的高かった時代であり、[44]そのことが中国の女性権力者の評価にも影響を及ぼしたのである。

このことは、近代中国の文革時代に、毛沢東の妻江青が、自身を呂后や則天武后に準えようとし、追従する歴史家によって彼女らの評価が高まったこととも似た状況であるし、[45]『青鞜』に拠った社員の一人である上野葉子が女性の自立を唱えるなかで「星のような政客を率いてその手腕を振った」例として漢朝の呂后・清朝の西太后とともに、則天武后に言及していることとも重なる。女性為政者の存在や女性の社会的立場の如何によって、則天武后の評価は常に揺れ動いてきたのである。[46]件（くだん）の延慶本も、物語最末尾を頼朝の賛嘆記事で終える。政子への評価が、暗に則天武后に関する記事内容に影響を及ぼしていたのかもしれない。

おわりに

以上、則天武后の日本中世での受容例を文学作品を中心に検討してきた。則天武后という空前絶後の女性は、日本文学に「多大な影響を及ぼした」とまでは言えまいが、たしかに人々の耳目を集めるところではあったらしい。則天武后は、「女主、昌ならん」（『資治通鑑』巻一九九・貞観二二年）と予言された通りの、異例づくめの人生の様々な側面に注目されることで、諸文学作品の中に幾度も姿を現していた。とりわけ〝宮中での異事〟や〝女性の為政者〟が問題となるときには、特にその存在感を示していた。ただし、彼女への評価については、肯定的なものから否定的なものまで多様であった。そのいくつかの事例については本稿でも検討したが、あまりにも多くの逸話や伝説を残したがゆえに、その評価にも多様なものが生じたことは否めない。加えて、則天武后のそうした伝説的人生を統合するような文学作品の乏しかったことが、その一因だったのではなかろうか。

唐代で最も有名な女性はなんといっても、玄宗皇帝の后であった楊貴妃である。楊貴妃は、主に白居易の『長恨歌』を通じて、日本文学に広く深く浸透した。日本における楊貴妃像もまた、中世以降様々な変化を遂げた(47)。しかし、基本的にその媒介は、あくまでも『長恨歌』およびその周辺の諸作品の受容であった。『長恨歌』の多大な影響は、いまだ計り知れないほど大きい。

一方、則天武后に関しては、『長恨歌』に並び立つような文学作品は生まれなかった。少なくとも、日本において定着したものはなかった。一后妃に過ぎない楊貴妃に比して、則天武后自身が果たした業績の大きさや異色さは、比ぶべくもないほど大きいはずだが、彼女らを主役とする文学作品に関しては、流布の面でも文学的性格の面でも、質・量ともにその差は逆転してしまうのである。本稿で見て来たように、不邪淫戒を犯す女帝としてのイメージはある程度定着しているものの、現代では則天武后のエピソードとして第一に挙げられる、我が子を殺しライバルを拷問死させる残忍な則天武后の姿も、本稿で挙げた諸作品には全くと言って良いほど言及されていなかったし、(48)彼女の行った様々な改革についても、唐を奪ったこと以外には、ほとんど言及されていなかった。おそらくは、悪逆非道な逸話を含め則天武后の姿を積極的に載せる『資治通鑑』が硬質の歴史書であることや、宋代まで成立が降るものであったことが、その一因として挙げられよう。則天武后の史実に照らせば事実無根とわかる遊仙窟説話のごとき説話を誕生せしめたのも、楊貴妃にとっての『長恨歌』的位置にある作品が、則天武后には存在せず、特定の文学作品を通じての受容があまりなかったからなのかも知れない。ある人物についての一種の典型を示すカノン的文学作品のもつ影響力の強さを、そうした作品を持たないままに終わった則天武后がかえって示しているように思われる。

本稿は、主に中世前中期以前のものを対象としたため、『資治通鑑』受容の問題と共に中世後期以降の則天武后像やその評価の変遷については、改めて検討しなければならないが、今後の課題として後考を期し、ひとまず稿を閉じたい。

〈注〉

(1)『資治通鑑』の引用は、中華書局繁体縦排本による。訓点については国民文庫刊行会・続国訳漢文大成を参照した。なお、他の作品も含め、漢籍については、漢字は通行のものに改め、適宜訓点を付した。

(2)『旧唐書』「則天皇后本紀」末尾にも「振(テ)レ喉(ヲ)絶(ツ)二襁褓之児(ヲ)一」(中華書局繁体縦排本による)という評言があり、事件をにおわせるが、真相は不明。

(3)この事件も、その真偽は疑問。沢田瑞穂『中国の英傑7　女傑と悪女に生きて　則天武后』(集英社・一九八六年)は、「これはどうやら漢の呂后に関する人彘の故事の複製である疑いがある。漢の高祖の寵妃叔夫人を嫉妬した呂后が、夫人の手足を切断して人豚と呼んだ話をまねて、これを武后にも付会したのである。『旧唐書』則天皇后本紀の末に「人彘の酷、世に以て冤となす」と、その模倣作らしいことの尻尾をのぞかせている。」と指摘する。

(4)『旧唐書』・『新唐書』いずれも本紀には加えるものの、「則天皇后」として扱う。これは『史記』の「呂后本紀」に準じた体裁であり、形式上、正式な皇帝と見なしていない。『新唐書』は、列伝后妃伝にも「則天皇后伝」をもつ。

(5)『太平広記』の引用は、汲古書院『訳注　太平廣記　婦人部』による。訓点は私に付した。

(6)則天武后の伝記・評伝としては、沢田瑞穂『中国の英傑7　女傑と悪女に生きて　則天武后』(集英社・一九八六年)、氣賀澤保規『中国歴史人物選4　則天武后』(白帝社・一九九五年)などがある。以下に触れる則天武后の伝記的事実については、特に断らない限り、これらおよび『資治通鑑』『旧唐書』『新唐書』による。

(7)延慶本『平家物語』の引用は、汲古書院『延慶本平家物語全注釈』を用いた。『全注釈』の未刊部分については大東急記念文庫善本叢刊により、勉誠社『延慶本平家物語　本文編』を参照した。なお、他の作品も含め、日本の作品については、表記は漢字平仮名交じりに改め、漢字を通行のものとし、適宜、訓点等を私に省略・追加したところがある。

(8)中野美代子「女帝武則天」『中世ペガソス列伝　政治の記憶』(中公文庫・一九九七年)

(9)四部本・闘諍録・盛衰記・長門本・南都本・屋代本にも同様の長文の言及がある。覚一本・中院本等は簡略で「先異朝の先蹤をとぶらふに、震旦の則天皇后は唐の太宗のきさき、高宗皇帝の継母なり。太宗崩御の後、高宗の后にたち給へる事あり。是は異朝の先規たるうへ、別段の事なり。」(覚一本、岩波書店・日本古典文学大系による)とするのみ。

(10)『紫明抄』の引用は、角川書店『源氏物語評釈　資料編』による。なお、私に訓読した。

(11)『河海抄』の引用は、角川書店『源氏物語評釈　資料編』による。なお、私に訓読した。

(12)延慶本は王皇后や蕭淑妃の存在には触れず、この点でも中国史書とは異なる姿勢をとっている。

(13)『源平盛衰記』は「異国には則天皇后は、唐太宗に奉(おくれたてまつり)レ後、尼となり感業寺に籠給たりけるが、再(ふたたび)高宗の后と成(なり)、世を治給し程に、高宗、崩御の後、位を譲得給て治二天下一(てんがをおさめ)給けり」(三弥井書店・中世の文学による)と具体的に記し、「二代の后」と重複する。長門本は延慶本とほぼ同様。覚一本は「還俗の国王のためし、異国にも先蹤あらむ」とするが、具体例は示さない。闘諍録・南都本は本朝の例のみで震旦には触れない。屋代本・中院本にはこの記事がなく、四部本は欠巻。

(14)『玉葉』の引用は、国書刊行会『玉葉』による。訓読にあたっては、高科書店『訓読玉葉』を参照した。この皇位継承の経緯や延慶本の記述については、水原一「歴史の中の木曾義仲—延慶本平家物語の史実度に触れて—」『延慶本平家物語考証　二』（新典社・一九九三年）、武久堅「平家物語の後鳥羽院」『平家物語は何を語るか　平家物語の全体像ＰＡＲＴⅡ』（和泉書院・二〇一〇年）、上横手雅敬「安徳天皇と後鳥羽」『海王宮—壇之浦と平家物語—』（三弥井書店・二〇〇五年）など参照。

(15)『神皇正統記』の引用は、岩波書店・日本古典文学大系による。『神皇正統記』は、皇極天皇の重祚（＝斉明天皇）の記事においても、殷の大甲、晋の安帝の例とともに、則天武后が世を乱した結果、睿宗が二度帝位についたことに触れる。

(16)『今鏡』の引用は、講談社学術文庫による。

(17) 吉川弘文館『国史大辞典』および角川書店『平安時代史事典』を参照した。

(18)『権記』の引用は、臨川書店・増補史料大成による。

(19)『宝物集』の引用は、岩波書店・新日本古典文学大系による。

(20) 四部本は延慶本とほぼ同様。覚一本・屋代本・長門本・南都本・中院本は畜生道の扱いが異なり、武后のことは見えない。闘諍録は本巻を欠く。盛衰記は、延慶本に近いが、震旦の楊貴妃、本朝の五条の后をも例としてあげる。なお、『平家』諸本での畜生道の扱いについては、佐伯真一『建礼門院という悲劇』（角川選書・二〇〇九年）が詳しい。

(21)『遊仙窟』「容貌似レ舅、潘安仁之外甥、気調如レ兄、崔季珪之小妹　」（4オ／ウ）および「可憎病鵲、夜半驚レ人。薄媚狂雞、三更唱レ暁」（54ウ）（和泉書院『江戸初期無刊記本　遊仙窟』による）

(22) 書陵部本『朗詠抄』の引用は、大学堂書店『和漢朗詠集古注釈集成』による。

(23)『教訓抄』の引用は、岩波書店・日本思想大系『古代中世芸術論』による。

(24)『体源抄』の引用は、現代思潮社・日本古典全集による。『体源抄』巻一一には、張文成について「太宗高宗等の臣極たる美人好色なり。即則天武后の蜜夫なり」とする記述もあり、この説話への関心が高い。

(25) 国会図書館本『和漢朗詠集注』の引用は、大学堂書店『和漢朗詠集古注釈集成』による。
(26) 麓保孝「解説」『帝範・臣軌』（明徳出版社・中国古典新書・一九八四年）
(27) 『十訓抄』の引用は、小学館・新編日本古典文学全集による。この漢詩の出典は未詳。
(28) 『楽書要録』の招来は『続日本紀』天平七年四月二六日条に見える。則天武后作とされている曲には「聖寿楽」があり、武后の時代になり武后を賛美するものに「長寿楽」「天授楽」「鳥歌万寿楽」などがある。唐代音楽の日本での受容については、遠藤徹「唐楽受容の実像」『平安朝の雅楽―古学譜による唐楽曲の楽理的研究―』（東京堂出版・二〇〇五年）が詳しい。
(29) 『野守鏡』巻下「（律を）則天皇后の時十二律にさだめられにけり」（群書類従による）など。また、『文机談』巻一「楽書要録事」、『教訓抄』巻八「或書云、大国には昔六十四調なりしを、則天皇后の御時七音につゞめて被二定置一之云々」、同「則天后は（箏を）錦繡の帳に調ぶ」、『体源抄』巻一二「則天皇后」など楽書類は、しばしば則天武后に言及する。
(30) 池田利夫「翻訳説話の役割」『日中比較文学の基礎研究　翻訳説話とその典拠　補訂版』（笠間書院・一九七四年）
(31) 幸田露伴「遊仙窟」『蝸牛庵夜譚』（春陽堂・一九〇七年）。引用は、岩波文庫『露伴随筆集（上）考証編』による。
(32) 武后が嵩山の昇仙太子廟を訪れた際の昇仙太子碑は、武后の書の優品として特に有名である。
(33) 『宝物集』巻五に「天竺には師子の妻となり、震旦には犬に契りをむすび、我朝に狐を妻にしたる例あるめれば」とあるもの。『源平盛衰記』の引用は、国民文庫刊行会・国民文庫による。
(34) この臣下は、『資治通鑑』巻二〇七・神龍元年などに見える張東之、桓彦範などが念頭にあるのだろう。南都本・屋代本・盛衰記には、この批判的言葉も見られない。
(35) 『書経』「王曰、古人有レ言曰『牝鶏無レ晨（なカレ）（スル）、牝鶏之晨、惟家之索（スルハこれ）（つクルナリ）』」（明治書院・新釈漢文大系による）による文言である。
(36) 唐・陸贄『陸宣公奏議』、南宋・洪邁『容斎続筆』、清・趙翼『二十二箚記』などは好意的だという（外山軍治「則天武后をこうみる」『則天武后　女性と権力』（中公新書・一九六六年））。
(37) 『済北集』の引用は、思文閣出版『五山文学全集』による。

（38）『今昔物語集』の引用は岩波書店・新日本古典文学大系による。出典の『三宝観応要略録』では、「天后受仏記敬法重」（大正新脩大蔵経による）とあるのみである。新大系の脚注は「広く知られている悪逆非道のイメージと異なる。体制擁護の立場にたつ唱導によるか。」とする。

（39）真名本『曾我物語』の引用は、角川貴重古典叢刊『妙本寺本　曾我物語』により、訓点に関しては、平凡社・東洋文庫『真名本曾我物語』を参照した。真名本訓読本系統（日本大学蔵本（小学館・新編日本古典文学全集所収））にも同文がある。

（40）細川重男『鎌倉北条氏の神話と歴史―権威と権力―』（日本史史料研究会研究選書1・二〇〇七年）、同『北条氏と鎌倉幕府』（講談社選書メチエ・二〇一一年）が、北条氏の〝神話〟に触れている。

（41）『吾妻鏡』の引用は、吉川弘文館・新訂増補国史大系による。訓読については、岩波文庫を参照した。

（42）外村久江「鎌倉武士と中国故事」『鎌倉文化の研究―早歌創造をめぐって―』（三弥井書店・一九九六年）、堀誠「劉邦と頼朝―『源平盛衰記』杉山臥木救難考―」『早稲田大学大学院教育学研究科紀要』一二（二〇〇二年三月）など参照。『平家物語』諸本が義仲を項羽に準えるのも同じ構図であろう。

（43）林陸朗『人物叢書　光明皇后』（吉川弘文館・一九六一年）

（44）中世から近代にかけての北条政子評価の変遷は、関幸彦「伝説を読む―歴史のなかの「政子」たち―」『日本評伝選　北条政子』（ミネルヴァ書房・二〇〇四年）が詳しい。

（45）竹内実「現代中国の歴史性―「儒法闘争に学べ」運動にみえる呂后、武則天賛美の論理とその挫折―」『東方学報』五〇（一九七八年二月）など参照。今泉恂之介『追跡・則天武后』（新潮選書・一九九七年）も九〇年代の中国での評価を活写する。

（46）上野葉子「進化上より見たる男女」『青鞜』二―一〇（一九一二年一〇月）。引用は岩波文庫『『青鞜』女性解放論集』による。

（47）竹村則行『楊貴妃文学史研究』（研文出版・二〇〇三年）、野中和孝「楊貴妃伝承の変容―鎌倉期の歌学書とその周辺―」『活水論文集　日本文学科編』三八（一九九五年三月）、渡瀬淳子「熱田の楊貴妃伝説―曾我物語巻二「玄宗皇帝の事」を端緒として―」『日本文学』五四―一二（二〇〇五年一二月）など参照。

（48）　文明本『節用集』には、南宋・羅大経撰『鶴林玉露』を引いて王皇后・蕭淑妃の逸話が見える。

〔付記〕　本稿は、奈良女子大学古代学研究センター　第9回若手研究者支援プログラム「注釈と受容―『遊仙窟』を中心として」シンポジウム「『遊仙窟』の注釈と受容」（二〇一三年八月二五日、奈良女子大学）における発表の一部をもとにしたものである。席上、貴重なご意見を賜りました方々に深く御礼申し上げます。
また、本稿は、日本学術振興会科学研究費補助金（基盤研究（C））「『蒙求和歌』に見る漢文学と和文学の融合」（課題番号25370245）による研究成果の一部である。

『宝物集』往生人列挙記事と道命阿闍梨

中川真弓

はじめに――『宝物集』の伝本について――

中世前期に成立した仏教説話集『宝物集』の特色の一つとして、多数の伝本が存在し、しかもその諸本間には甚だしい異同が見られることが挙げられる。それらの伝本群を、小泉弘氏は次のような七つの系統に分類された(1)。

〔1〕一巻本系
〔2〕二巻本系
〔3〕平仮名古活字三巻本系
〔4〕平仮名整版三巻本系
〔5〕片仮名古活字三巻本系
〔6〕第一種七巻本(元禄本)系
〔7〕第二種七巻本系

さらに第二種七巻本系統は、同じ系統内においても記事の量・内容が異なる点が見受けられ、形態上からは次のように分けられる。

①吉川泰雄氏蔵本〈新日本古典文学大系底本〉、吉田幸一氏蔵本〈九冊本〉

②零本…光長寺本〈巻一〉、本能寺本〈巻三〉、最明寺本〈巻四〉

③身延文庫蔵抜書本

『宝物集』の諸本研究はこの小泉氏の分類に負うところが大きいが、伝本の成立に関する研究が進むにつれ、二巻本・平仮名古活字三巻本・平仮名整版三巻本、あるいは第一種七巻本が、伝本の中でも後出のものであることが明らかになった。(2)そこで、次に問題となってきたのが、一巻本と、片仮名古活字三巻本、第二種七巻本の成立事情である。先に述べたように、第二種七巻本系統は、その内部でも様々な伝本を派生させており、複雑な成立過程を経ていると考えられる。瓜生等勝氏は、この第二種七巻本系統を、身延本系と吉田本系の二つに分けられた。(3)さらに、今野達氏は、『続教訓鈔』が依拠したと思われる「宝物集」を「南都本」と想定して、この本と光長寺本と身延文庫蔵抜書本を「片仮名本系」、他を「平仮名本系」と分類された。(4)しかしながら、これらの系統がどのような成立過程で生成したのか、また、他系統の成立とどのように関わるのか、未だ検討の余地が残されている。

特に、片仮名古活字三巻本と第二種七巻本との関係は、『宝物集』の研究者間でも議論の分かれるところとなっている。山田昭全氏は、「一巻本の作者平康頼が自ら、三巻本、七巻本の順番に増補していったと考えるべき」として、「粗から密へと発展していった」一・三・七巻増補説を提唱されており、大場朗氏による諸論考もそれに従うものである。(5)一方、大島薫氏や中島秀典氏は、最初に七巻本が成立した後、抄出・改変により他系統本文が生じたという立場を採られている。(6)全く逆の立場をとる両説であるが、それぞれに詳細かつ全体的な考察の結果であり、これらの論は『宝物集』の伝本系統をめぐる研究を大きく進めることになった。

片仮名古活字三巻本が、(7)第二種七巻本の身延文庫蔵抜書本と近縁性を持つことは、既に瓜生氏が指摘されるところであるが、(8)片仮名古活字三巻本と吉川本〈吉田本〉のみが共通する記事もあるなど、両者の関わりは非常に複雑なものがある。本稿では伝本の先後問題が眼目ではないので、いずれの説を正しいものと確定することはしない。もとより伝本系統の考察は全体を俯瞰する視点が不可欠であり、一部分を取り上げるのみで断定できるとは思わないが、『宝物集』清凉寺釈迦栴檀像譚でも諸本間で認識に差異が見られるように[9]、諸本の異同箇所の考察を通して、その本文に反映されている諸本間の意識の違いが浮かび上がってくることもあろう。本稿では、特に『宝物集』後半に見られる往生人列挙記事を取り上げ、その意識差を明らかにしたい。

一　法華経持者列挙記事

嵯峨清凉寺釈迦堂を舞台にした『宝物集』は、釈迦栴檀像譚の後、「宝物論」を契機に仏宝こそ最上の宝であることが導き出され、次に「六道論」を経て、浄土に往生するための十二項目の方法を述べる「十二門開示」へと展開していく。

『宝物集』は、それぞれの仏教教理を説く際、例証のために様々な資料から和歌・詩句・説話等を引用する。特に説話の採集は網羅的であり、本文中にも参考にされた文献名が散見する。引用方法としては、原話をそのままに取り込むのではなく、予め『宝物集』が設定した枠組みにふさわしいものとなるように、題目のような形で省略、あるいは筋書化するなど、編者によって大幅な加工が施されている。この作業により、説話同士が並列化され、独自の「横の連関」を持つようになる[10]。

さて、記事の出入りが多い第二種七巻本系と片仮名古活字三巻本であるが、その傾向は、特に「十二門開示」以降で顕著に現れるようになる。その一例として、第十一門「法華経」の記事に着目してみたい。

第十一に、法花経を修行して仏に成べしと申は、阿私仙につかへし大王を始て、その証、不遑毛挙。三世の諸仏の出世の本懐、一切衆生成仏の直道也。五障の女人も仏に成て、月無垢の海波にうかぶ。二乗の敗種も得道の花、鷲峰の山庭にほころぶ。

このゆへに、是にあふものは、一眼の亀の浮木の穴にあふたとへ、これを聞人は、三千年に咲優曇花のごとしと云也。まことにことはりにぞ覚え侍る。…（新日本古典文学大系。底本は第二種七巻本系吉川本）

『宝物集』は、第十一番目の往生の道として法華経読誦の功徳を挙げ、以下に法華経持者と、その事跡や霊験譚を列挙してゆく。その中に次のような文章がある。

［1］第二種七巻本系吉川本

①性空聖人は、六万部転読して、現身に六根浄を得、②道命法師は、読誦の功徳によりて、往生の素懐をとぐ。

第二種七巻本系の吉川本は、現世で六根浄の功徳を得た性空上人と、法華経読誦の功により往生を遂げた道命阿闍梨を、並列の関係で示す。

性空上人は、法華経受持の高僧として、中古・中世を通し様々に喧伝された人物である。日向霧島山・筑前背振山での山岳修行の後、播磨書写山に籠居し、建立した円教寺には、花山法皇による二度の行幸をはじめ、多数多様な支持者の参詣があったことが知られる。性空の法系については明らかではないが、天元三年（九八〇）の叡山根本中堂供養に増賀とともに列席していることから、慈恵大僧正良源の弟子と推定されている(11)。

『宝物集』の記事に見える「六根浄」とは、法華経受持によって眼・耳・鼻・舌・身・意の六つの知覚器官の執着が断たれ、精神が清浄になるという功徳を示したもので、『法華経』法師功徳品が典拠となっている。この「六根浄／六根清浄」は法華経持者としての性空上人を修飾する語として用いられるようになる。寛弘四年（一〇〇七）の没後、寛弘七年（一〇一〇）に遺弟たちの手により成立した『一乗妙行悉地菩薩性空上人伝(12)』の冒頭は、「妙法蓮華持経法師、六根清浄性空上人…」と始まり、その生涯において一貫して法華経読誦に邁進したことが述べられている。

一方、性空上人と対になった道命阿闍梨（九七四〜一〇二〇）は、大納言藤原道綱の息で、『尊卑分脈』に「能読。天王寺別当、歌人。阿闍梨。母中宮少進近広女」とあり、また中古三十六歌仙の一人として『中古歌仙三十六人伝』に「道命阿闍梨　東宮傅道綱卿男。母中宮少進源広女、郎家女房。法華八軸持者、能読、天王寺別当云々」と見える。彼は「能読」、つまり法華経読誦の名人として評価されていた(13)。『大日本法華経験記』巻下・八十六、『今昔物語集』巻十二・三十六、『元亨釈書』巻十九・願雑四・霊怪などに収載される道命阿闍梨の伝記には、彼の法華経読誦による霊験譚が記されている。次に、『大日本法華経験記』（以下、『法華験記』と略す）を引用する。

> 道命阿闍梨は、傅大納言道綱卿の第一男なり。天台座主慈恵大僧正の弟子なり(14)。幼少の時、比叡山に登りて、仏道を修行せり。法華経において、一心に読持して、更に他のことなく、一年に一巻を誦して、八年に一部を誦せり。処々の霊験の勝地を巡礼して、薫修年尚し。就中に、その音微妙幽美にして、曲を加へず音韻を致さずといへども、任運に声を出すに、聞く人耳を傾けて、随喜讃嘆せり。（中略）住吉明神、松尾明神に向ひてこの言を作さく、日本国の中に、巨多の法華を持する人ありといへども、この阿闍梨をもて最第一となす。
>
> （『大日本法華経験記』巻下・八十六。原漢文）

『法華験記』では道命阿闍梨の法華経読誦を聴聞するために神々が集まってきたことが記されており、引用傍線部のように、住吉明神が、日本の法華経持者の中でも道命阿闍梨が「最第一」であると最上級の称讃を述べている。また、蛇道に堕ちた男が道命阿闍梨の読誦によって救済される霊験譚を載せるなど、法華経読誦の功徳を讃歎する文脈がこの後に続けられている。『今昔物語集』巻十二・第三十六話の道命伝では、道命阿闍梨の読経の声を聞いた性空上人が感泣した逸話が挿入されているが、これは、法華経持者として知られる性空上人によって、道命阿闍梨の読経の素晴らしさが保証されたという重要な意味合いを有している。以上のことを考えれば、『宝物集』における性空上人と道命阿闍梨との対も、尊い法華経読誦者という点での繋がりが大きく反映していると考えられる。

ところが、法華経読誦の功徳を称えられる一方で、道命阿闍梨には別の側面もあったことが伝記の中では語られている。没後、知人の夢に現れた道命阿闍梨は、生前犯した罪業によって、即時には往生できなかったという由を述べる。その原因の一つとして、天王寺別当就任時代に寺物を犯用してしまったことが挙げられている。三宝の供養物を勝手に用いることは戒律でも厳しく禁じられており、破戒僧について描写する時の典型的な表現である。道命が実際にそのような不祥事を起こしたのか、事実は定かではない。しかし、伝記前半で最大級の讃歎を受けながら、そのように描かれる道命阿闍梨をめぐっては、何らかの負の要素も絡んでいるのかもしれない。最終的には、道命は法華経の力によって悪道に堕ちず、罪苦を滅して「兜率天」に往生できた。『法華験記』は法華経読誦の功徳を称讃して締めくくるのである。

この道命阿闍梨の二面性について関係してくるのが、次に考察する片仮名古活字三巻本である。前掲の第二種七巻本に対応している部分を次に示す。

［2］片仮名古活字三巻本

定禅師ガ是ヲヨミシカバ、天童、カゲノゴ〔ト〕クソヒ給ヘリキ。恵果和尚、読給シカバ口ヨリ光ヲ出キ。①我朝ノ性宮（ママ）聖人ハ、現身ニ六根清浄ヲ得給ヒキ。

昔シ、宗縁法師ト云者、「法華経ヲ千部読テ往生セン」ト願シカバ八百部ニ成シ時、羽ニ成テ、西方ヘトビ行ケルト夢ニ見ヘタマイテ、千部ニ満シテ往生シ給キ。

延暦寺ノ僧、禅静〔亡母〕ヲト〔ム〕ラヒシテ、法華ヲ読テ母ヲ往生セサセタリキ。伊賀国ノ山田ノ郡ノ民ハ、母ノ牛ニ成ケルヲ、法華経ヲ供養シテ畜生道ヲマヌガレサセタリキ。②道命阿闍梨ハ、泉式部ニヲチテ不浄ノ僧也。シカドモ、法華経ヲ読テ往生シタリキ。カヤウノタメシ是ニ不限多ク侍レドモ、難申尽シ。委ハ法華経ノ験記ヲ見給ベシ。

先に掲げた『宝物集』第二種七巻本系吉川本を見る限りでは、性空上人と道命阿闍梨は対になっており、両者に対する敬意に差がつけられているというようなことはなかった。しかしながら、片仮名古活字三巻本では、法華経読誦の霊験を列挙する中にそれぞれ載せられている両者の記事を比較すると、性空上人についての記述が先に見た吉川本とほとんど変わらないのに対して、道命阿闍梨の記事内容は大きく異なっていることが分かる。その「道命阿闍梨ハ（和）泉式部ニヲチテ不浄ノ僧也」という文言は、道命阿闍梨の格を下げるものであり、両伝本における敬意の差は歴然であろう。

右に引用した片仮名古活字三巻本は、法華経読誦の霊験譚列挙記事を「委ハ法華経ノ験記ヲ見給ベシ」という一文で締めくくる。この「法華経ノ験記」に具体的な書名を求めれば、やはり『法華験記』が相当するかと思われる。「延暦寺ノ僧、禅静」と「伊賀国ノ山田ノ郡ノ民（高橋連東人）」の話は、道命と同じく『法華験記』に載せられているものであり、性空上人を含め、片仮名古活字三巻本は『法華験記』に依拠しているように見える。ところが、『法華験記』には、道命阿闍梨が「女犯」という破戒を行った僧だとする記述はないし、「和泉式部」の名も現れてこない。つまり、片仮名古活字三巻本は、道命阿闍梨の一連の伝記類には描かれていない和泉式部との関係を念頭に置いているのである。

この道命阿闍梨と和泉式部の関係を語る説話は、『古事談』・『宇治拾遺物語』・『雑談集』・『東斎随筆』等に見られ、御伽草子、謡曲にも採り入れられている(15)。『古事談』や『宇治拾遺物語』では冒頭話に位置し、和泉式部のもとへ通った道命阿闍梨の不浄な読経が説話の一要素となっている。「女犯」の不浄さが原因で、神々のうち道祖神のみが道命の読誦を聴聞したとするのは、神々が法華経聴聞のため道命阿闍梨の室を囲繞したとする『法華験記』の設定を反転させたものである。和泉式部の名を出して道命の往生の前提を語る片仮名古活字三巻本の意識の背景には、このような説話の存在があったと考えられる。

次に、『宝物集』身延文庫蔵抜書本の該当箇所を参照しておきたい。

［3］身延文庫蔵抜書本

カヤウノ事、法花経ノ験記ニ細カニハ侍ルメレハ、中〳〵申侍ラシ。耳近クハ侍トモ、吾朝ノ事共、少々申侍ルヘシ。①性空上人ハ六万部ヲ転読シテ、現身ニ六根ヲ浄メ、②道命法師ハ、不レ浄トイヘトモ、読誦ノ功徳ニヨリテ往生ノ本意ヲトケキ。

抜書本は第二種七巻本系統に属する伝本であるが、法華経の霊験譚を紹介する文脈の冒頭に「法花経ノ験記」を挙げている。また、傍線部①で性空上人の法華経読誦による六根清浄が掲げられるのに対し、傍線部②の道命に関しては、「不レ浄トイヘトモ」と逆説的に述べられている。和泉式部に関する記述の有無は道命阿闍梨の扱いに雲泥の差を生じさせるものであるが、抜書本では片仮名古活字三巻本のように「(和)泉式部ニヲチテ」とまでは書かれておらず、「不浄」とされる理由がどういうことかは明らかでない。「法花経ノ験記」を示す点、さらに手放しで道命を称讃していない点など、この部分には、抜書本が片仮名古活字三巻本と第二種七巻本系の中間的な本文を有するという性格が如実に現れている。

以上のように、道命阿闍梨に対する記述をめぐっては、第二種七巻本と片仮名古活字三巻本との間で大きな違いが見受けられるのである。

二　往生人列挙記事考

前節でも述べたように、「十二門開示」以降の『宝物集』は、伝本間で記述に違いが多く、また記事自体の出入りも大きくなる傾向が見られる。本節では、第十二門「称念弥陀」の中で、各伝本に共通して存在する往生人列挙記事について比較・検討したい。

さて、第二種七巻本系吉川本や身延文庫蔵抜書本には、第十二門「弥陀称念」に仏教書の列挙があり、経・論・往生伝等が天竺・震旦・本朝の順序で並べられている。このような文献列挙に関しては、『宝物集』が色濃く影響を受けた『往生要集』の大文第十・末尾部分にも同様の記述があることが知られている。しかしながら、『宝物集』は、独自の特徴として、『往生要集』には見られない中国の往生伝と、慶滋保胤『日本往生極楽記』、大江匡房『続本朝往生伝』、三善為康『拾遺往生伝』等の日本の往生伝を付加している。『宝物集』が厳密な意味でこれらの往生伝を参照したかは十分な検討が必要であるが、往生伝が『宝物集』依拠資料中に占める位置は重要であろう。

本節で取り上げる往生人列挙記事は、それらの日本の「往生伝」及び『大日本国法華経験記』を基本的に典拠として人物を取り上げたものである。列挙の内容あるいは配列には諸本間で異同があるが、そこには各伝本の意識が反映していると考えられる(16)。まずは、それぞれの本文を前後の文章を含め次に引用する。

［1］第二種七巻本系・吉川本

并州にむまる丶ものは、七歳以後弥陀を念ずるがゆへに、かならず極楽にゆくなど申き。しかれば、われら并州にむまれずといふとも、弥陀を称念したてまつらんに、なんぞ極楽にしやうぜざらんや。

弥陀を称念して極楽に往生したる人、少々しるし申侍るべし。

聖徳太子　行基菩薩　空也聖人　千観阿闍梨　僧善謝　僧真頼　慈覚大師　証(隆)海律師　延暦寺座主増命　東大寺明祐律師　元興寺智光　頼光　花山院　先一条院　内記聖人寂心　参河入道寂照　梵釈寺兼算　延暦寺成意　勝尾寺勝如　以南野沙弥教信　源信僧都　永観律師　左衛門府生時原祐通　出羽国住人藤原栄家女　播磨国賀古郡増祐　性空聖人　義孝少将　増賀聖人　伊勢国飯高郡尼　敦忠中納言子兵衛佐入道　遠江国彦真(近)〔妻〕　信濃国高井郡薬蓮　大僧都寛忠姉尼　右大弁佐安(世)〔ガ念人〕　道命阿闍梨。

子細をの〳〵往生伝にみえたり。「極楽往生する人、春の雨のごとし」と侍るめれば、くはしく申にあたはず。但、この人〻に、念仏の功つもり、蓮心年久しきものなり。

［2］片仮名古活字三巻本

人ゴトニ阿弥陀仏ヲ念ジ給フベキ由ヲ教へ給ヒケリ。豈如来ノ金言ムナシカランヤ。此念ヲナシテ極楽ニ往生シタル人、天竺・震旦ニ不限、其数ヲ申ベシ。先、我朝ノ数ヲ申ベキ也。

聖徳太子　行基菩薩　空也聖人　千観阿闍梨　僧明請　僧真頼　慈覚大師　隆海律師　延暦寺座主増命　東大寺戒壇律師　元興寺智光幷ニ頼光　先一条院　三河入道寂照　内記入道保胤　梵釈寺兼算　延暦寺成意　源信僧都　勝尾寺勝如聖人　以南野ノ沙弥静信　永観律師　播磨賀古郡増祐　聖空聖人　義孝少将　敦忠中納言子兵衛佐　信濃国高井郡沙弥薬蓮　大僧都寛忠姉尼　伊勢国飯高郡尼　近江国彦真之妻　右大弁佐世之思人。

都テ是数難申尽。細ニ注ニ不及。片端計ヲ申也。是ハ本当リ道心有テ念仏ノ劫ツミタル人〻也。

［3］身延文庫蔵抜書本

一天下ニ二人ノ往生セリト云習ハセル人々。少々□□□得意」也。

聖徳太子　行基菩薩　空也聖人　千観阿闍梨　僧隆明　僧真頼　慈覚大師　隆海律師　延暦寺座主増命　東大寺明祐律師　元興寺ノ智光　頼光　花山院　前一条院　内記聖人　参河入道　梵釈寺兼算　延暦寺成意　源信僧都　勝尾寺ノ勝如幷父母　以南野沙弥教信　左衛門ノ府生時原ノ佐通　永観律師　出羽ノ国ノ住人藤原栄家女　播磨国賀古ノ郡増祐　性空聖人　義孝少将　増賀聖人　敦忠ノ中納言ノ子兵衛ノ佐　伊勢国飯高ノ郡ノ尼　近江ノ国ノ彦真カ妻　信濃国高井ノ郡安蓮大僧都　寛忠ノ姉ノ尼　右大弁佐世カ念人　道命阿闍梨。

各伝本では往生人列挙記事の前後はかなり異なるものの、いずれも、列挙される人々は「念仏」の功を積んで往生したとする。往生人列挙記事自体を『宝物集』が何かに依拠した可能性も高いが、直接の典拠となるような資料は未見である。そこで人物をそれぞれ検討してみると、吉川本に「子細をの〳〵往生伝にみえたり」とあるように、『日本往生極楽記』『続本朝往生伝』『拾遺往生伝』『後拾遺往生伝』等のいわゆる「往生伝」や『大日本法華経験記』などに見られる人物たちが並んでいる。

次に、第二種七巻本（吉川本）と片仮名古活字三巻本に列挙されている往生人の一覧と、その出典の往生伝・験記を対照表にして掲げる。出典に関しては、A…『日本往生極楽記』、B…『続本朝往生伝』、C…『拾遺往生伝』、D…『後拾遺往生伝』、G…『大日本法華験記』として示す。各書の話番号は（　）に数字で表した。

『宝物集』往生人対照表

往生人				出典	
第二種七巻本系吉川本		片仮名古活字三巻本		吉川本	三巻本
1	聖徳太子	1	聖徳太子	A（1） G（1）	A（1） G（1）
2	行基菩薩	2	行基菩薩	A（2） G（2）	A（2） G（2）
3	空也聖人	3	空也聖人	A（17）	A（17）
4	千観阿闍梨	4	千観阿闍梨	A（18）	A（18）
5	僧善謝	5	僧明請	A（3）	A（19）
6	僧真頼	6	僧真頼	A（20）	A（20）
7	慈覚大師	7	慈覚大師	A（4） G（4）	A（4） G（4）

8	隆海律師	8	隆海律師	A（5）	A（5）
9	延暦寺座主増命	9	延暦寺座主増命	A（6）	A（6）
10	東大寺明祐律師	10	東大寺戒壇律師	A（8）	A（8）
11	元興寺智光	11	元興寺智光	A（11）	A（11）
12	頼光	12	頼光	A（11）	A（11）
13	花山院	／		―	―
14	先一条院	13	先一条院	B（1）	B（1）
15	内記聖人寂心	14	三河入道寂照	B（31）	B（33）
16	参河入道寂照	15	内記入道保胤	B（33）	B（31）
17	梵釈寺兼算	16	梵釈寺兼算	A（13）	A（13）
18	延暦寺成意	17	延暦寺成意	A（10）	A（10）
19	勝尾寺勝如	18	源信僧都	A（22） D（17）	B（9） G（41）
20	以南野沙弥教信	19	勝尾寺勝如聖人	A（22） D（17）	A（22） D（17）
21	源信僧都	20	以南野ノ沙弥静信	B（9） G（41）	A（22） D（17）
22	永観律師	21	永観律師	C（26）	C（26）
23	左衛門府生時原祐通	／		D（17）	―
24	出羽国住人藤原栄家女	／		D（17）	―
25	播磨国賀古郡増祐	22	播磨国賀古郡増祐	A（25）	A（25）

26 性空聖人	23 聖空聖人	G（45）	G（45）
27 義孝少将	24 義孝少将	A（34） G（45）	A（34） G（45）
28 増賀聖人	／	B（12） G（43）	―
29 伊勢国飯高郡尼	25 敦忠中納言子兵衛佐	A（32）	A（27）
30 敦忠中納言子兵衛佐入道	26 信濃国高井郡沙弥薬蓮	A（27）	A（28）
31 近江国彦真〔妻〕	27 大僧都寛忠姉尼	A（37）	A（31）
32 信濃国高井郡薬蓮	28 伊勢国飯高郡尼	A（28）	A（32）
33 大僧都寛忠姉尼	29 近江国彦真之妻	A（31）	A（37）
34 右大弁佐世〔ガ念人〕	30 右大弁佐世之思人	A（38）	A（38）
35 道命阿闍梨	／	G（42）	―

列挙されている往生人について、第二種七巻本（吉川本）と片仮名古活字三巻本を比較してみると、前者では三十五名、後者では三十名となっており、幾つかの異同があることが分かる。また、人物の列挙の順番にも違いが見られる。この点に関しては、森晴彦氏に次のような御指摘がある[17]。

　和歌作者ではないが同様の単純ミスは「称念弥陀」の「往生したる人々」の箇所にもある。七巻本も久本も聖徳太子以下三十五名を掲出するが、片活本は三十一名である。その違いは左衛門府生時原祐通（七巻本二三番目、久本二二番目）と出羽国住人藤原栄家女（七・二四、久・二四）の両名を載せないのが違いの理由であるが、この二人は勝尾寺勝如聖人（七・片・一九、久・二〇）の父母である。久本は「勝尾寺勝如聖人幷父母」とあるので片活本も末尾に久本の如く「幷父母」と付すべきものである。その意味で久本は「幷父母」としつつ両名の名を記すのは重複だが、片活本は父母名を載せない以上「并父母」が欲しいところである。否、父母がないなら必須である。

森氏は、〈片活本の単純な誤り〉の一つとして、この箇所を検討された。しかし、この往生人列挙記事の記載には、それ以上に複雑な側面があると思われる。次節では、往生人列挙記事をめぐり、第二種七巻本に見られる特有の意識について指摘する。

三　往生人列挙記事に見える二者一対形式

まず、第二種七巻本系吉川本は、基本的に二者を一対とした整った形式となっていることが指摘できる。そして、この形式を前提に考えると、人物が数人欠けている片仮名古活字三巻本には、その意図が見られない。身延山抜書本にしても、「源信僧都」以下において吉川本とは順序が違うため、結果として二者一対形式を満たさない。

それでは、吉川本に現れている「二者一対形式」について、以下に考証する。列挙順の番号は吉川本に合わせる。

1聖徳太子・2行基菩薩は、『日本往生極楽記』の第一・第二話に位置する。両者は本朝の仏教史においても重要視される人物である。撰者慶滋保胤は、兼明親王の夢に聖徳太子・行基菩薩を記の中に入れよとの告げがあり、「二菩薩」の伝を載せたという事情を第二話の末尾に記している。また、『法華験記』でも、両者は冒頭の第一・二話に挙げられている。

3空也聖人・4千観阿闍梨は、『日本往生極楽記』第十七・十八話が典拠。『発心集』・『私聚百因縁集』に、千観が空也との邂逅によって遁世した話がある。

5については、諸本に複雑な異同があり、吉川本では「僧善謝」、片仮名古活字三巻本では「僧明請」、抜書本は「僧隆明」となっている。次の人物はいずれの本でも「僧真頼」とあり、5・6は「僧〇〇」という呼称で統一される。吉川本の「僧善謝」は、『日本往生極楽記』第三話の人物であり、一方、片仮名古活字三巻本の「僧明請」は、同第十九話の人物である。6僧真頼が『日本往生極楽記』第二十話の人物であることを考えると、片仮名古活字三巻本は、典拠となった『日本往生極楽記』の第十七・十八・十九・二十話と連続させていることになる。

続けて、7慈覚大師・8隆海律師・9延暦寺座主増命・10東大寺明祐律師は、『日本往生極楽記』第四・五・六・八話が出典。吉川本は8を「証海」と誤記している。『日本往生極楽記』第七話が入っていないのは、その内容が、銭貨を伏蔵した報いで蛇道に堕ちたところを藤原仲平の法華経書写により救済され、往生できたとする律師無空の話であるためであろう。この話は『宝物集』にも、十二門開示の「臨終正念」の箇所で載せられているものである。

7・8・9・10の典拠が第四・五・六・八話と続いていることを考慮すると、吉川本の5「善謝」の出典は第三話であることから、6を外せば一群のうちの一つとも取れ、伝本間は複雑な様相を呈している。しかし、『宝物集』の原初の形が吉川本・片仮名古活字三巻本のどちらであったにせよ、両者とも『日本往生極楽記』の配列の知識がないと生じなかったものであることは確かであろう。

なお、抜書本が挙げる「隆明」(一〇二〇～一一〇四)は、御室戸寺中興の人物である。隆明は藤原隆家の子で、清凉寺釈迦像が渡来した際に最初に安置された蓮台寺の阿闍梨に任ぜられ、晩年に三井寺長吏となり、さらに嵯峨釈迦堂別当に補せられて、釈迦像を模刻し、これを宇治郡御室戸寺に安置した。この釈迦像は現存する嵯峨式釈迦像模刻の最古の例である。抜書本が「隆明」の名を記すのは、この釈迦像との関係が念頭に置かれた可能性が考えられようか。

11元興寺智光・12頼光の二人は、『日本往生極楽記』第十一話が典拠。智光・頼光は、元興寺の智蔵に師事して三論宗を学び、後に浄土教に帰依した僧たちである。頼光の没後、智光は彼の極楽往生を夢に見、「智光曼陀羅」

を描かせ、自らも往生した。

以上の1～12は、基本的に全て『日本往生極楽記』が出典となっている。

第二種七巻本系では、13・14に二人の天皇を配している。一方、13の花山院は、片仮名古活字三巻本には見られない。典拠について考えると、14の「先一条院」（＝一条院）は『続本朝往生伝』の第一話に挙げられているが、花山院の伝は諸往生伝にはない。しかし、『続本朝往生伝』第二話の後三条天皇伝に「相伝云。冷泉院後政在執柄。花山天皇二箇年間。天下大治。其後権又帰於相門。皇威如廃。（相伝へて云く、冷泉院の後、政執柄にあり。花山天皇の二ヶ年の間、天下大きに治まれりといへり。その後、権また相門に帰りて、皇威廃れるがごとし。）」とあるように、作者の大江匡房から高い評価を受けている。また、花山院は出家、退位後すぐに書写山で性空上人と結縁し、比叡山・熊野で修行しており、そのようなイメージが背景にあったかと考えられる。

15内記聖人寂心・16参河入道寂照は、『続本朝往生伝』第三十一・三十三話。慶滋保胤（寂心）と大江定基（寂照）は師弟関係があったことが知られる。片仮名古活字三巻本では順序が逆に配列されている。

17梵釈寺兼算・18延暦寺成意は、『日本往生極楽記』第十三話・第十話。11・12の智光・頼光（第十一話が典拠）の前後に載せられる人物である。ちなみに、第十二話は「延暦寺東塔住僧某甲」という無名の人物の伝であるので省かれたのであろう。

19勝尾寺勝如・20以南野沙弥教信は、勝如（証如）の伝記である『日本往生極楽記』第二十二話と『後拾遺往生伝』巻上・第十七話に、教信の往生譚が語られるという関係がある。勝如は初め無言の行をしていたが、教信の念仏が優ると悟り、念仏を人々に勧め、往生した。

21源信は、『続本朝往生伝』第九話。22永観は、『拾遺往生伝』第二十六話。源信は『往生要集』、永観は『往生拾因』の著作があり、浄土教に多大な影響を与えている。

23左衛門府生時原祐通・24出羽国住人藤原栄家女は、19勝如の両親である。『後拾遺往生伝』の勝如伝に登場する。両親とも、幼い勝如を伴って同時に出家した(18)。

25播磨国賀古郡増祐は、『日本往生極楽記』第二十五話。26性空聖人は、「往生伝」には名が見えず、『法華験記』第四十五話に伝がある。性空聖人の居た書写山も播磨国であることから連想されたか。

27義孝少将は、『日本往生極楽記』第三十四話。28増賀聖人は、『続本朝往生伝』第十二話。両者とも『法華験記』にも載せられている人物である。しかし、増賀上人の名は片仮名古活字三巻本では見られない。

29・30・31・32・33・34（伊勢国飯高郡尼・敦忠中納言子兵衛佐入道・近江国彦真〔妻〕・信濃国高井郡薬蓮・大僧都寛忠姉尼・右大弁佐世〔ガ念人〕）の一群は、『日本往生極楽記』の第三十二・二十七・三十七・二十八・三十一・三十八話を採用したものである。第二種七巻本においては、比丘尼・優婆夷を含むこれらの話は順不同で載せられているが、片仮名古活字三巻本では、この部分が、第二十七・二十八、三十一・三十二、三十七・三十八話と『日本往生極楽記』での掲載順になっているのである。このような記載は『日本往生極楽記』の知識がなければ不可能で、原態を残しているのではないかと考えられる。

　このように、往生人列挙記事を考察してみると、「二者一対形式」だけでなく、1〜12、13〜24、25〜35と、大きく三つの群に分けられることが見えてくる。ただし、「二者一対形式」は、第二種七巻本において成り立つもので、片仮名古活字三巻本では、五名を欠いているため、それは言えない。ただ、片仮名古活字三巻本には、源信・永観、勝如・教信の順になっていない一方で、3〜6や最後の一群を『日本往生極楽記』の順番に並べるなど、典拠の『日本往生極楽記』と対応させて考えると、整っている点があることも指摘できる。

四　道命阿闍梨の往生

吉川本の往生人列挙記事の最後には、35「道命阿闍梨」の名が見える。これは抜書本も同様であり、第二種七巻本の特徴とも言えようが、前節で述べたように、第二種七巻本が「二者一対」の形式をとることを考えれば、一人だけ余る道命阿闍梨の名は不自然に映る。一方、片仮名古活字三巻本では、道命阿闍梨の名が欠如している。このことは、第一節で触れた道命阿闍梨に対する伝本間での意識差が関係しているのではないだろうか。

吉川本では、道命阿闍梨は性空上人と対になり、法華経読誦の功徳を讃えられていた。一方、片仮名古活字三巻本は、道命が往生を遂げたことは記しながらも、「(和)泉式部ニヲチテ不浄ノ僧也シカドモ」という文言を加えていた。そして、この評価の違いは、往生人列挙記事にも反映し、道命阿闍梨の名前の有無と対応していると考えられる。

また、片仮名古活字三巻本では名前の見えない人物に、花山院がいる。先述したように、花山院の伝は往生伝には入っていない。第二種七巻本は一条院との対とするために挙げられているように思われる。第二種七巻本の他の箇所では、この花山院について、

花山法皇の、十善の位をすてて、所〳〵に修行し給ひしが、古郷にかへりて、乳母子に中務と云女房に落ち給ふ事也。（新日本古典文学大系211頁）

とする。右の引用は、「持戒」の不邪淫について述べる文脈で例として挙げられているものである。花山院の好色を語る資料は多く、『栄花物語』巻四などにも見えるが、聖的な行為を称えられる一方で性的な行為を問題視されるという点では、道命と同じ性格を有していると言えよう。

ところで、第一節で扱った法華経持者列挙の記事について、今少し付言しておきたい。『宝物集』二巻本系上野

図書館蔵本の第十一門[19]「法華経」には、性空上人や道命阿闍梨の記載はなく、代わりに次のような成尋阿闍梨の説話が載せられている。

あたごのじやうじんあざりは、暁法花経をよみゐたりければ、都率天人道場にたちそひけるに、かたはらの坊の人の目に見え給ひければ、みなふしぎにおもひける。是はことにちかき事にあらずや。

成尋阿闍梨が暁に法華経を読誦していたところ、隣の坊から天人が降臨した様子が目撃されたという話である。このような説話は、『法華験記』の道命阿闍梨の伝にも見られたように、法華経読誦者を称讃する際の型であった。この説話をより詳細に述べたものとして、『読経口伝明鏡集』[20]に次のような文がある。

次ノ口ノ裏書／　口伝云、巌倉成尋阿闍梨、常ニ法花経ヲ読誦ス。或時、室上ニ青衣童子出現ス。隣房ニ円家房ノ阿闍梨ト云人、我坊ヨリ見之。庭上ニ来向テ礼敬之云。彼童子ハ乗雲一合掌礼彼成尋ヲ一。彼円家房ハ作奇特之念ヲ一。

（文安本二三ウ）

この成尋阿闍梨の説話は、『宝物集』の他系統には収載されず、二巻本の独自本文のように思われるが、次のような文章が『続教訓抄』に存在することに注目したい。

…一聞法花経決定菩提トモイヘリ、普賢ノ守護多宝ノ証明、四天王ノ守護、十羅刹母ノイネウノミニアラス、我即歓喜諸仏忽然ト説レタリ、①宗衍一千部ヲヨメバ二ノ羽トナリテ極楽ヘトヒテ行、②性空六万部ヲヨメハ六根清浄ニシテ浄土ニ生レニキ、③岩倉ノ成尋阿闍梨ノアカ月、法花経ヲ行ヲハシケレハ、都率ノ天人下リテ道場ニ立副テ隣房ノ人ニミヘ給テケリ。④道命法師ハ法花経転読ノ力ニヨリテ往生ノ素懐ヲトケタリ、…

『続教訓鈔』が依拠した『宝物集』の本文については、今野達氏によって想定された「南都本」の存在がある。[21]今野氏が、「続教訓鈔引用本文を通して考える限り、南都本宝物集は現存諸本中では最も身延本に近いが、なお若干の相違があり、その相違部分は少なからず第一種七巻本・片仮名古活字三巻本・二巻本と一致または近似する」

と指摘されたように、傍線部③は二巻本に見える独自文であり、傍線部①は片仮名古活字三巻本に独自説話として存在する次のような記事が対応する。

昔シ、宗縁法師ト云者、「法華経ヲ千部読テ往生セン」ト願シカバ八百部ニ成シ時、羽ニ成テ、西方ヘトビ行ケルト夢ニ見ヘタマヒテ、千部ニ満シテ往生シ給キ。

この説話の原拠となった『法華伝記』（中国）巻五には、この人物は「僧衍」として載せられており、本来の名は「衍」である。それが二字の名前と誤解され、「宗縁」という形にまで変化したのであろう。その点を考慮すると、『続教訓抄』が依拠した南都本の「宗衍」が、原拠の「僧衍」に近い。今野氏は、南都本が右のように諸本に亘る記事を含むことから、身延文庫蔵抜書本よりもさらに祖形に近いとされている。

『続教訓鈔』には、傍線部②の「性空」と傍線部④の「道命」の記事もある。道命に関する記述には和泉式部の名も「不浄」という文言も見られないことから、『宝物集』諸本と比較すると、その内容は抜書本よりもむしろ吉川本に近いと言える。伝本の先後関係についてはさらなる考察が必要であるが、『続教訓鈔』の本文に『宝物集』の祖形が忠実に残されているとする今野氏の説を承けるならば、吉川本が原初の形をとどめていると考えられよう。つまり、片仮名古活字三巻本における道命阿闍梨の記事は、法華経読誦による往生譚に和泉式部との交会譚を重ねた結果の記述と言える。「不浄」ということのみを示す抜書本的本文も、そのような背景を念頭に置いていたものと思われる。

まとめ

『宝物集』の第二種七巻本と片仮名古活字本の両系統では、作品全体を見ても、意図するところを異にしている。第二種七巻本系の吉川本は、例証として和歌を引用する際には、基本的に五首一対にして並べる特徴がある。また、末尾には「跋文」らしきものを有しており、最終的に和歌の功徳へと物語を収斂させていく。それに対して、片仮名古活字三巻本では、形を整えようとする意識は吉川本ほど見られず、「声すこしなまりたる僧」の語りが終わった時点で物語をも終結させている。吉川本と比較すると下巻末にかけて大幅な記事の減少が見られるが、片仮名古活字本では、仏道勧化の物語としての性格が強められている。

本稿では第二種七巻本と片仮名古活字三巻本の先後関係を問うことは眼目としなかった。しかし、両系統では認識に大きな差があることは間違いない。それは、本稿で試みた道命阿闍梨に対する記述の比較からも明らかであろう。第二種七巻本系吉川本が、道命を性空上人と対にして法華経読誦を讃歎するのに対し、片仮名古活字三巻本では、その道命の記事に和泉式部説話の要素が交えられていた。身延文庫抜書本は、その中間的本文を有していた。また、それは別の箇所の記述とも対応するものであった。

『宝物集』は膨大な資料を典拠として記されている作品であるが、その編集作業から窺える意識について、一つの素材をもとに考察を試みた。『宝物集』の伝本が派生してゆく過程において、説話の有無が背景に潜んでいることの一つの例として示せたのではないかと考える。

〈引用テキスト〉

『宝物集』

・第二種七巻本系吉川泰雄氏蔵本…新日本古典文学大系『宝物集　閑居友　比良山古人霊託』小泉弘・山田昭全校注、岩波書店、一九九三年。

・光長寺本、身延山久遠寺蔵抜書本…小泉弘『古鈔本寶物集　資料篇・研究篇』（貴重古典籍叢刊8）角川書店、一九七三年。

・片仮名古活字三巻本…黒田彰編『身延文庫蔵宝物集中巻　付片仮名古活字三巻本』和泉書院、一九八四年。山田昭全・

大場朗・森晴彦編『宝物集』（おうふう、一九九五年）参照。

〈注〉

（1）小泉弘『古鈔本寶物集　研究篇』（貴重古典籍叢刊8、角川書店、一九七三年）。

（2）大島薫「宝物集諸本の系統―元禄本について―」（『（関西大学）国文学』65、一九八九年一月）、「宝物集諸本の系統―二巻本系後出の二系統について―」（『（関西大学）国文学』66、一九八九年十二月）、「宝物集諸本の系統―二巻本系本文の位置をめぐって―」（『（関西大学）国文学』67、一九九〇年十一月）。

（3）瓜生等勝『身延山宝物集と研究』（未刊国文資料刊行会、一九七三年）。

（4）今野達「続教訓鈔と宝物集―宝物集伝流考補遺―」（『馬淵和夫博士退官記念　説話文学論集』大修館書店、一九八一年）。

（5）山田昭全「宝物集　解説」（新日本古典文学大系『宝物集 閑居友 比良山古人霊託』岩波書店、一九九三年）。

（6）大島薫「宝物集の生成―享受をめぐる改変の様相」（『中世文学』40、一九九五年六月）や中島秀典「宝物集諸本の系統論に関する一考察―第二種七巻本における増補記事を手懸にして―」（『緑岡詞林』6、一九八二年三月）等。また、長尾理恵子「『宝物集』第二種七巻本考―本文の発達をめぐって―」（『横浜国大国語研究』10、一九九二年三月）参照。

（7）片仮名古活字三巻本の伝本には、次のようなものがある。

一、片仮名古活字版…大屋徳城氏（中巻欠）、大島雅太郎氏、横山重氏、千葉照源氏、静嘉堂文庫、神宮文庫、安田文庫、高野山大学、大谷大学、瑞光寺所蔵本

二、活字本…続群書類従巻九百五十二（第三十二輯下）

三、続群書類従本の写本…宮内庁書陵部、静嘉堂文庫、内閣文庫、史料編纂所、東大附属図書館所蔵本

大屋徳城氏所蔵本の巻末に「慶長十四年菊月中旬求之　西南院秀弁」という墨書識語が存することから、この版が慶長十四年（一六〇九）以前の刊行と認められる。現在、この版本自体が直接依拠したと思われる写本は見出されていない。しかしながら、この伝本が古態らしき本文を留めていることも確かである。

ちなみに、活字本としては、一巻本とともに続群書類従に収載されている本文がある。塙家旧蔵本は現在宮内庁書陵部に所蔵されているが、さらにその浄書本である静嘉堂文庫蔵写本には、活字版の誤植や誤脱を校正した傍記が施されている。続群書類従本は、片仮名古活字三巻本系に属するのは間違いないが、語句の細かい異同も少なくない。ゆえに、黒田彰氏は、続群書類従本が直接片仮名古活字三巻本に拠ったものではないと指摘され、新出の身延文庫蔵中巻本の紹介とともに、併せて、静嘉堂蔵本を影印収録して刊行された。

(8)　注(3)前掲論文参照。
(9)　拙稿「清凉寺の噂―『宝物集』釈迦栴檀像譚を起点として―」(『説話文学研究』38、二〇〇三年六月)。
(10)　山田昭全「平康頼の資料蒐集と処理方法―『宝物集』の場合―」(『日本文学』29―12、一九八〇年十二月)。
(11)　平林盛得『聖と説話の史的研究』(吉川弘文館、一九八一年)。
(12)　『兵庫県史』史料編・中世四(兵庫県史編集専門委員会編、一九八九年)に所収。
(13)　柴佳世乃『読経道の研究』(風間書房、二〇〇四年)の諸論考、清水眞澄『読経の世界　能読の誕生』(吉川弘文館、二〇〇一年)等参照。
(14)　性空上人と道命阿闍梨は、慈恵大師良源の弟子という点でも共通点がある。
(15)　大島建彦「和泉式部の説話」(『お伽草子と民間文芸』岩崎美術社、一九六七年)、同「『宇治拾遺物語』第一話とお伽草子『和泉式部』」(『古典の変容と新生』明治書院、一九八四年。『道祖神と地蔵』三弥井書店、一九九二年に再録)、山本節「道命と和泉式部の説話―両者の交会と下品の神の出現をめぐって―」(『国語と国文学』57、一九八〇年三月)、柴佳世乃「「道命和泉式部」考―梁塵秘抄十五番歌「和歌にすぐれてめでたきは」をめぐって―」(『梁塵研究と資料』12、一九九四年十二月)等参照。
(16)　第一種七巻本(元禄本)においても、この「往生人列挙」の記事は存在する。

①拌州ニ生ル、者。七歳以後ハ弥陀ヲ念ズル故ニ。必ス極楽ニ往生シ。安息国ニル、者ハ。地獄ニ落ナト申タレバ。②我等拌州ニ生ズト云ドモ。弥陀ヲ称念シ奉ランニ。何ゾ極楽ニ生ヲ受ザランヤ。弥陀ヲ称念シテ極楽ニ往生シタル人、少々注可レ申。

聖徳太子　行基菩薩　空也上人　千観内供　僧善謝　僧真頼　慈覚大師　隆海律師　延暦寺座主増命　東大寺

明祐律師　元興寺智光　頼光　花山院　先ノ一条院　内記聖人寂心　参河入道寂照　梵釈寺兼算　延暦寺成意
源信僧都　勝尾寺勝如　以南野沙弥教信　左衛門府生時原祐通　永観律師　出羽国住人藤原栄家女　播磨国賀古
郡増祐　性空上人　義孝少将　増賀上人　敦忠中納言子兵衛佐入道　伊勢国飯高郡尼　遠江国彦貞ガ妻　信濃国
高井郡薬蓮　大僧都寛忠ノ姉尼　右大弁佐世ノ妾　道命阿闍梨。
③都テ是数申シ尽シ難シ。細ニ注スニ及ス。片端バカリヲ申ス也。④子細各往生伝ニ見ヘタリ。極楽ニ往生ス
ル人。春雨ノ如シト侍メレハ。委細申スニアタハズ。但シ此人々ハ本ヨリ道心アリテ。念仏ノ功ツモリ年久シキ
者也。

右の第一種七巻本（元禄本）の記述は、一箇所に独自文が見られる他は、明らかに第二種七巻本（①②④）と片仮名古活字三巻本（③）を編集して成されたものである。この第一種七巻本については、大島薫氏が、「人名列挙に関しては、配列の順番から見るに、吉川本のようなものよりも身延山抜書本に近い」ことを指摘されている（「宝物集諸本の系統―元禄本について―」『（関西大学）国文学』65、一九八九年一月）。確かに源信以下の一群は抜書本に近いものであるが、五番目の人物は、吉川本と同じ「僧善謝」となっている。

(17)　森晴彦「『宝物集』片仮名古活字三巻本の和歌―歌人名・歌順・採歌の考察から―」（『宝物集研究』第二集、一九九八年三月）。

(18)　片仮名古活字三巻本における「源信僧都　勝尾寺勝如聖人　以南野ノ沙弥静信　永観律師」の一群は、身延文庫蔵抜書本の「源信僧都　勝尾寺ノ勝如幷父母　以南野沙弥教信　左衛門ノ府生時原ノ佐通　永観律師　出羽ノ国ノ住人藤原栄家女」という配列において、勝如の父母（「幷父母」）・「左衛門ノ府生時原ノ佐通」・「出羽ノ国ノ住人藤原栄家女」）を除いたものと重なっている。出典について考えてみると、『日本往生極楽記』第二十二話では勝如と教信が登場するのみであり、勝如の父母にまで言及するのは『後拾遺往生伝』第十七話である。また、永観の『往生拾因』にも見える。抜書本は「勝尾寺ノ勝如幷父母」とあるにもかかわらず、両親の名を重複させている。これは、本来、親子三人で一組であったものを、勝如と教信の二者を結びつけるために、勝如の父母を名前で載せ、彼らもまた二者一対としようとした吉川本のようなものへの過渡期を示しているとも考えられる。

(19)　静嘉堂所蔵マイクロフィルムに拠る。句読点は私に施した。

（20）沼本克明「読経口伝明鏡集（故山田孝雄博士蔵文安本・川瀬一馬博士旧蔵文亀本）解説幷びに影印」（『鎌倉時代語研究』第十三輯、一九九〇年十月）。

（21）注（4）前掲論文参照。

〔付記〕本稿は、日本学術振興会特別研究員奨励費「中世寺院および博士家における願文作品の基礎的研究」（課題番号：23・40076）による成果の一部でもある。

無住と遁世僧説話
――ネットワークと伝承の視点――

小林直樹

はじめに

近年、無住の著作における遁世叙述が改めて注目を集めているが[1]、それと平行して遁世僧説話の背後にあるネットワークの解明も急速に進みつつある。伊藤聡氏は「東大寺戒壇院周辺の律僧たち・三輪流・聖一派・法燈派といった、鎌倉中期における伊勢神宮と仏教とを結ぶ複数の集団」「と無住が確実に接触していた」状況を明らかにし[2]、牧野和夫氏もまた「戒壇院系のネットワーク」を中心に事実関係の究明を進めている[3]。それに対し、本稿では、そうしたネットワークのおそらくは末端に連なるであろう名もなき遁世僧の存在に着目し、彼らの視点を通して伝承され、もたらされた説話を無住がいかに受容しているか、その様相を明らかにしたいと考える。

一　行仙房と高野聖

無住を取り巻く遁世僧ネットワークの一端に光を当てるため、まず取り上げたいのは、米沢本『沙石集』[4]巻十末第一三条「臨終目出キ人々ノ事」に伝えられる、無住と同時代の遁世僧、行仙房についての以下の挿話である。

上野ノ国山上ト云所ニ、行仙房トテ、本ハ静遍僧都ノ弟子、真言師也。近比、念仏ノ行者トシテ尊キ上人ト聞ヘキ。

去シ弘安元年ノ入滅ニ、サキノ年ヨリ明年臨終スベキ事、病ヅクベキ日、入滅ノ日マデ日記シテ、箱ノ底ニ入置。弟子コレヲ不レ知、没後ニ開テミル。少モタガフ事ナシ。

尋常ノ念仏ノ行人ノ如ク、数遍ナンドモセズ、観念ヲ宗トシテ、万事ニ執心ナクミヘケリ。説法モ強ニ請ズル人アレバ、時ニノゾミテ不思議ナル小衣ハギダカニキテ、木切刀コシニサシナガラ説法シナンドシテ、布施ハスレバ、制スル事モナク、用ヰル事モナシ。ヨソヨリホシキ物、トリチラシケリ。

世良田ノ明仙長老ト常ニハ仏法物語ナンドアリケリ。宗風モ心ニカケキヤトミヘケル。

或人云、「念仏申ス時キ、妄念ノヲコルヲバ、イカヾ対治スベキ」ト問ヒケル返事、

アトモナキ雲ニアラソフ心コソ中〳〵月ノサハリナリケレ

臨終ノ体、端坐シテ化ス。紫雲靡テ、室ノ前ノ竹ニカヽル。紫ノ衣ヲウチ覆ヘルガ如シ。音楽ソラニ聞ヘ、異香室ニ薫ズ。見聞ノ道俗市ヲナス。葬ノ後、ミルニ、灰紫ノ色也。舎利数粒、灰ニ交ル。彼門弟ノ説、世間ノ風聞ニタガハズ。舎利ハ自ミ侍キ。仏舎利ニタガハズ。コノ上人ノ風情、ウラ山シクコソ。

上野国山上（現群馬県桐生市新里町山上）に住した行仙房は、真言と念仏を兼修する遁世僧であった。弘安元年（一二七八）の入滅の前年からその日を予言し、臨終の際には紫雲、音楽、異香と往生の瑞相が出現、火葬の後には灰の中から舎利が発見されたという。さらに行仙房は禅にも関心があったらしく[5]、山上から程近い世良田（現群馬県太田市世良田町）長楽寺の「明仙長老[6]」と親交を結んでいた。無住は二十七歳の建長四年（一二五二）、第二世悲願長老朗誉の時代にこの長楽寺で学んでおり[7]、「生前の行仙と無住は面識をもっていた可能性[8]」も否定できない。ともあれ、行仙房の「風情」を慕う無住は、その没後おそらくは現地に赴き、舎利を実見した（傍線部）。この部分、流布本系[9]の本文では次のように語られる。

彼弟子、マノアタリカタリキ。カツハ灰モ舎利モ見侍キ。世間ノ風聞、コレ同カリキ。

本話は、「世間ノ風聞」を耳にして現地を訪れた無住に、行仙房の「門弟」「弟子」が直接語ってくれた話に基づいて構成されているとおぼしい。では、その「風聞」、すなわち行仙房の往生の瑞相についての情報を無住の周辺にまで届けたのはいかなる人々だったのだろうか。

この問題を考えるに際し、緒を開いてくれるのが金沢文庫蔵の『念仏往生伝』[10]である。「本書は不完全な残簡で、書名も撰号も闕いており、念仏往生伝の名も発見者の仮につけたものである」[11]が、内部徴証からその撰者が『沙石集』に登場する行仙房その人であることが知られる[12]。その中から、まず第二五話「禅門寂如」の伝を見よう。

俗姓者京兆源氏也。出家已後、住二摂津国濃勢郡木代庄大麻利郷一。多年念仏、薫習既積。常自云、「我遂二往生一、諸人被レ讃」云々。此□洛陽有二女人一。夢云、「彼禅門之辺、諸大菩薩□雲集。彼菩薩云、『汝所レ見者、纔少分也。十方薩埵、悉皆来集、雲上山外、非二眼界之所レ及』」云々。夢後為二結縁一、彼濃勢郡尋来。又北白河有レ僧。同得二往生夢一。尋来結縁。其後無レ程臨終。瑞相甚多。或聞二音楽一、或聞二異香一。又□後七日々々、瑞相不レ絶云々。子息円浄房語レ之。又是高野山蓮台*〔見セ消チ、「花」ト傍書〕谷宮阿弥陀仏御弟子。厳阿弥陀仏者、円浄房之舎兄也。

摂津国在住の寂如は往生を希求して念仏の行に励んでいた。その頃、京の女人と北白川の僧がともに寂如往生の瑞相夢を見、結縁のため摂津を訪れる。と、間もなく寂如は臨終を迎え、つづいて往生の奇瑞がさかんに現れた。――この話は寂如の子息である円浄房が撰者行仙房に語ったものという。注目すべきは、本話の末尾（傍線部）に、円浄房が高野山蓮花谷の宮阿弥陀仏の「御弟子」であり、厳阿弥陀仏はその兄であるとの情報がわざわざ付け加えられていることである。高野山蓮花谷といえば、遁世僧として名高い明遍の住房である蓮花三昧院を拠点に、念仏聖（いわゆる高野聖）の集団が形成されたことで知られる[13]。永井義憲氏は「この宮阿弥陀仏は空阿弥陀仏で、明遍のことであろう。宮空とも通じて用いられ、やや後世の例であるが長谷寺の宮賢房専誉が自ら空玄とも記している」と指摘するが(14)、その可能性は極めて高い。おそらく厳阿弥陀仏についても弟同様、明遍門下の高野聖と予想されよう。が、いずれにせよ、寂如の往生には直接関わらないにもかかわらず、所縁の高野聖に言及せずにはおれない行仙房にとって、彼らがいかに特別な位置を占める存在であったか十分に推察されるところである。

つづいて、第四五話を取り上げよう。本話は前半部を欠いているが、その後半部には以下のような記事が見える。

……彼禅勝房自云、「念仏往生之信心決定、同㆓我身可㆒㆑死。更無㆓一念疑殆之心㆒」云々。其後齢八十五、正嘉二年〈戊午〉十月四日入滅。兼㆓五六日㆒、夢奉㆑見㆓源上人㆒。同三日戌時語㆑人云、「蓮花雨下。人々見㆑之哉」云々。又云、「只今有㆓迎講之儀式㆒。正臨終云、観音勢至已来迎」云々。即至㆓寅初㆒起居、合掌念仏三反、即気止了。従㆓高野山㆒上野国山上、下向上人二人、一人名㆓専阿弥陀仏㆒、一人名㆓誓阿弥陀仏㆒。親拝㆓見彼往生㆒、而来語㆑之。

『法然上人行状絵図』(15)によれば、禅勝房は法然門下で遠江国在住の遁世僧である。本話は、その禅勝房が正嘉二年（一二五八）に八十五歳で入滅した際の往生の相を伝えるが、ここでも末尾（傍線部）に、禅勝房の往生の現場に立ち合った二人の僧が、高野山から遠路はるばる上野国山上の地に来訪し、その模様を行仙房に語ったことが記される。この専阿弥陀仏、誓阿弥陀仏の二人も高野聖であることは間違いなかろう。高野聖の行動半径の広さに改めて驚かされるが、行仙房は上野国に居ながらにして禅勝房の往生譚を彼らから入手し、これを作品に書き留めることができたのである。行仙房と高野聖との並々ならぬ関係がここからもうかがえよう(16)。

ちなみに、行仙房、禅勝房ともに、その語録が『一言芳談』(17)に収載されるが、該書は高野山の「明遍周辺の人物の言葉が多く収められていること」(18)で知られる。また、先掲『沙石集』説話の後半で語られる挿話――ある人が行仙房に、念仏を唱える際に妄念が生じた場合はいかにして断ち切るべきかと問うたところ、行仙房は、実態のない妄念の生起を抑えようと過度に気に掛けると、かえって悟りから遠ざかる結果になりかねないという趣旨の歌を返した――についても、『一言芳談』では類似のやりとりが、次のように法然と明遍との間に取り交わされている。[19]

高野の明遍僧都、善光寺参詣のかへりあしに、法然上人に対面。僧都問云、「いかゞして今度生死をはなるべく候」。上人云、「念仏申てこそは」。問給はく、「誠にしかり。但、妄念おこるをば、いかゞ仕候べき」。上人答云、「妄念おこれども本願力にて往生するなり」。僧都、「さうけたまはりぬ」とて出給ぬ。上人つぶやきて云、「妄念おこさずして往生せんとおもはん人は、むまれつきの目鼻取すてゝ、念仏申さんと思ふがごとし」。

以上の点から見て、行仙房は高野山の明遍の宗教圏に近いところに位置していた遁世僧である可能性が高い。[20]ならば、彼が高野聖と特別なネットワークを形成していたとしても何ら不思議とするに足りないであろう。

さらに、行仙房と高野山との繋がりは、その師弟関係からも推察される。『沙石集』で行仙房の師とされる「静遍僧都」[21]は、文治四年（一一八八）に醍醐寺勝賢、元久元年（一二〇四）に仁和寺仁隆、承久三年（一二二一）に醍醐寺成賢からそれぞれ受法した（『血脈類集記』[22]）真言僧である。『選択本願念仏集』披見を機に念仏門に帰依し、「心円房」と号したともされるが（『明義進行集』[23]）、成賢から受法したのは静遍の最晩年のことであり、彼は生涯真言僧としての立場を捨てることはなかったとおぼしい。注目すべきは、静遍が承久三年（一二二一）から貞応二年（一二二三）にかけて奥院の造替など高野山の復興に尽力し（『宝簡集』[24]巻二・巻三、『高野春秋編年輯録』[25]巻八）、同じく貞応年間には道範ら高野の学僧に密教を講ずる（『声字義問答』[26]『秘宗文義要』[27]『弁顕密二教論手鏡鈔』[28]各奥書）など、特に晩年、高野山との密接な関係がうかがえることである。その上、静遍は「高野山蓮花谷明遍僧都」に「対面」して「真言教」について問答したり（『遍口抄』「不灌鈴事」[29]）、「浄土宗義」を聞いたりした（『法水分流記』[30]）とされるほか、「実範―明恵―明遍―静遍」という付法を示す血脈も存在する（『血脈類集記』）。貞応三年（一二二四）、五十九歳での入滅の地も「高野蓮花谷」（『皇代暦』[31]）と伝えられており、静遍と高野山との関わりは、とりわけ蓮花谷や明遍との繋がりにおいて注目されるのである。

一方、行仙房の没年は『沙石集』によれば弘安元年（一二七八）、したがって静遍の没年から「行仙の没年までに五四年の距りがある。行仙が静遍の弟子であったとすれば、その享年は恐らく七〇歳を超えることになろう」[32]。それは他方では、行仙房が静遍晩年の弟子であった蓋然性を高めることにもなろうかと思われ、その点からも行仙房と高野山、就中蓮花谷との繋がりが推測されてくるのである。

加えて、『沙石集』の伝える行仙房説話にも興味深い記述がある。それは、「説法モ強ニ請ズル人アレバ、時ニノゾミテ不思議ナル小衣ハギダカニキテ、木切刀コシニサシナガラ説法シナンドシテ」と描かれるその装いである。直後につづく「布施ハスレバ、制スル事モナク、用ヰル事モナシ。ヨソヨリホシキ物、トリチラシケリ」という、布施物も自身は取らず、周辺から欲しい者が現れて好きなだけ取っていくにまかせていたという記述ともあわせ、行仙房の「万事ニ執心ナ」き様子を伝える挿話なのであろうが、中でも「不思議ナル小衣ハギダカニキテ」の部分が、米沢本『沙石集』巻一第三条「出離ヲ神明ニ祈タル事」に登場する「高野聖」の姿に近似する。そこでは、高野の明遍のもとから三井寺の長吏、公顕僧正のところに派遣された「善アミダ仏ト申ス遁世聖」の様子を「高野ヒガサニ、ハギダカナル黒ロ衣モ着テ、コトナル様ナリ」と描いており、丈の短い僧衣を脛も露わに着るのが高野聖の特徴的行装であったかとも思われる。この点も行仙房と高野聖との親近性をうかがわせよう[33]。

ここで話題を元に戻すなら、行仙房の往生についての情報を運んだのは、彼と密接に関わり、日頃から往生のありように強い関心をもって行動していた高野聖たちではなかったかと推測される[34]。次章では、無住と高野聖周辺との関わりについて考察したい。

二　無住と高野聖

無住が高野聖周辺から説話を入手している状況を確認してみよう。

まず、前章の最後でも触れた、明遍のもとから善阿弥陀仏という高野聖が三井寺の公顕僧正のところに遣わされ、その行状を明遍に報告するという話の末尾には、「古キ遁世ノ上人語リ侍キ」とある。本話はおそらく高野の老遁世上人から無住が直接耳にしたものであろう。

次には、米沢本『沙石集』巻十本第一〇条「依㆓妄執㆒落㆓魔道㆒人事」を取り上げる。本条は高野の遁世僧と往生の問題をめぐるいくつかの挿話から成っており、高野聖が往生にいかに旺盛な関心を寄せていたかうかがえる点でも興味深い話群である。まずは次の挿話から見よう。

常州ニ真壁ノ敬仏房ハ、明遍僧都ノ弟子ニテ道心者ト聞シガ、高野ノ聖人ノ臨終ヲ「吉」ト云モ、「ワロシ」ト云モ、「イサ、心ノ中ヲモシラヌゾ」トイワレケル、実ニトヲボユ。

この部分、梵舜本[35]では、

常州ニ真壁ノ敬仏房トテ明遍僧都ノ弟子ニテ、道心者ト聞シ高野ヒジリハ、人ノ臨終ヲ「ヨシ」ト云ヲモ、「ワロシ」ト云ヲモ、「イサ心ノ中ヲシラヌゾ」ト云ハレケル。

とし、古活字本[36]では、

常州ニ真壁ノ敬仏房トテ明遍僧都ノ弟子ニテ道心者ト聞エシ高野上人ナリケリ。人ノ臨終ヲ「ヨシ」ト云ヲモ、「イサ、心ノ中シラズ」トゾ云ケル。

とするなど、傍線部の前後を中心に異文が発生してくる状況を観察できる。これによれば、敬仏房を高野聖とする本文は後出のものと認められるが、その一方で、「明遍僧都ノ弟子」である敬仏房は『一言芳談』にもっとも多くの言葉を採られている人物としても知られ、そこでは自身「大原高野にも、其久さありしか」と語っているように、もともと高野聖であった可能性は十二分にあろう。ここではとりあえず「高野上人」と「高野聖」がほぼ同義で用いられていることを確認しておきたい。

ところで、本話に登場する敬仏房について、上野陽子氏は、『沙石集』の「この記事（稿者注、上野氏は梵舜本に拠っている）より、直接か間接かはともかくとして、無住が常州真壁時代の敬仏房を知っていたことは確かである」とし、さらに「もう一歩踏み込んで無住と敬仏房との間に直接の面識があったと考え」、『沙石集』に多い「明遍周辺の話も、無住が敬仏房から聞いて『沙石集』に記したのではないだろうか」と推定する。[37]「無住は北郡小幡の宝薗寺で出家したと考えられ、真壁郡とは境を接し、とりわけ宝薗寺は真壁郡に近い所に位置する」[38]点などよりすれば、無住が敬仏房と面識があった可能性は十分にあろうし、上野氏が敬仏房を無住の「重要な情報源のひとつ」として想定するのも確かにうなずける。だが、先掲の敬仏房説話について見れば、「トイワレケル」「トゾ云ケル」と語り収められるように、無住は敬仏房から直接情報を得ていたわけではなさそうである。無住を取り巻く高野の遁世僧、高野聖の人脈はもう少し広がりをもったものであり、敬仏房もその中に位置する一人と考えるのが実態に近いところなのではなかろうか。

さて、本条には次のような挿話も認められる。

高野ノ遁世ヒジリドモノ臨終スル時、同法ヨリアヒテ、評定スルニ、ヲボロケニ往生スル人ナシ。或時ハ端坐合掌シ、念仏唱テ引入タル僧アリケリ。「是コソ一定ノ往生人ヨ」トサタシケルヲ、木幡ノ恵心房ノ上人、「是モ往生ニハアラズ。実ニ来迎ニアヅカリ、往生スル程ノモノハ、日来アシカラン面ヲモ心チヨキケシキナルベキニ、眉ノスヂカヒテ、スサマジゲナルカヲザシナリ。魔道ニ入ヌルニコソ」ト申サレケル。

本話に登場する、高野聖による往生の評定の際に意見したとされる「木幡ノ恵心房ノ上人」とは、戒律復興運動を主導した覚盛門下の律僧として知られる廻心房真空(39)である。本話について、土屋有里子氏は真空が高野山金剛三昧院住持を歴任している点に注目し、次のように論じている。(40)

「木幡ノ」と称されるように、真空は真言密教木幡義の開創者としての印象が深いが、『沙石集』に載る真空はまさに高野聖としての言質を残しており、無住が真空話を収録する背後には高野山の、金剛三昧院の存在が確実にある。それを覚心周辺を通しての情報収集とみることに、無理はないであろう。

ここでの真空に高野聖の面影が濃いのは氏の指摘の通りであるが、それは本話が真空の側を主体とする伝承ではなく、あくまで高野聖の側に受け止められた真空伝承である点と深く関わるであろう。したがって、金剛三昧院や覚心（真空の後を襲って金剛三昧院住持に就任）が無住の伝承圏において重要な一角を占めること自体に異論はないが、本話の伝承に限っていえば、金剛三昧院の存在を不可欠なものと見ることにはやや疑問が残る。土屋氏も引く『金剛三昧院住持次第』(41)を次に挙げよう。

第五長老真空廻心房〔衣笠大納言定能孫、大納言律師定兼〕

南都東大寺住、三論碩学。遁世之後当山参籠。本ハ酉酉（醍醐）理性院行賢法印入室也。仍以二彼流一為レ本。遁世之後受二諸流印信一事五十余人云々。建長七年〔乙卯〕被レ補二当寺長老一寺務二ヶ年。辞退之後木幡観音院。其後於二関東無量寿院一、文永五年七月八日入滅。行年六十五。

首座　覚心〔心地房〕

醍醐寺、東大寺に学んだ真空が傍線部のように遁世後、「当山」（高野山）に参籠したというのがいつの時点のことか分明でないが、これに『東大寺円照上人行状』(42)の以下の記事をあわせるといくらか明らかになる部分がある。

于レ時建長三年辛亥、照師年三十一、四月安居已前ニ、従二リ海龍王寺一移二住シテ東大寺戒壇院一ニ、紹二隆シ寺院一ヲ、興二行ス僧宝一ヲ。……真空上人・禅心上人倶ニ住二スル高野一ニ。請シテレ之令レ来ラ。彼ノ両上人、応シテレ請ニ来住ス。……真空上人講二スル法華ノ義疏・玄論等一ヲ焉。

建長三年（一二五一）、円照が東大寺戒壇院に移り住んだ時点で、傍線部のように真空は禅心上人とともに高野山にあった。同年、真空は円照から戒壇院に招かれ来住、さらに四年後、建長七年（一二五五）には金剛三昧院住持に就任し、寺務を二年間つとめた後、木幡観音院へと転任する。すると、真空が高野聖と交渉を持ち、上のような伝承を残した時期として、二年間の金剛三昧院住持時代の他に、建長三年以前の高野山参籠時であった可能性が俄に浮上してこよう。本話が高野聖側の伝承である点からすれば、そちらの蓋然性の方がむしろ高いと言えるかもしれない。そして、無住が本話をどこから入手したかといえば、それはやはり金剛三昧院(43)ではなく、高野聖の側からと考えるのが無理のない推測であろう。本話の直後に引かれる伝承は次のようにはじまる。

高野ノ上人語シハ、「遁世ハ第三重ニ入テ実ニステタル人也。……」

本話は、遁世に「世ヲスツル」「世ニモステラレヌル」「身ヲスツ」の三段階があることを説くものだが、無住は「高野ノ上人」から直にこの話を聞いたと記している。当話に限らず、本条に収められる挿話はすべて高野上人、高野聖から無住が伝え聞いたものであると考えるのがもっとも自然であろう。もちろんこの「高野ノ上人」が敬仏房である可能性をまったく排除するわけではないが、先にも述べたように、無住を取り巻く高野上人、高野聖の人脈はもっと多様なものであったと推察されるのである。

ちなみに流布本系テキスト(44)の巻三第八条「栂尾上人物語事」では、「明恵上人ニ結縁ノタメ、高野ノ遁世上人アマタアユミツレテ、栂尾へ参」りと、高野聖たちが大挙して栂尾の明恵のもとを訪れ、「アルベキヤウノ」「仏法ノ物語」を聴聞する話が語られるが、その末尾には「高野ノ遁世者ノキ、ツタヘテ物語リシ侍キ」と記され、やはり高野の遁世者から直接に伝え聞いた話とされている。

以上の点からすると、前章で取り上げた行仙房の往生に関する情報を無住のもとにもたらした人物としては、両者の周辺に確実に存在し、かつ往生の相を常に注視し、それに結縁すべく全国を行脚した高野聖こそもっとも相応しいように思われる。

三　遁世僧説話と無住

前章までの考察から、高野聖が説話伝承の媒介者として重要な存在であることが明らかになってきた。彼らは、ある場合には、往生者を求めて遠方まで出向き、実見した往生の瑞相を伝え、ある場合には、指令を帯び、あるいは自発的に、学僧のもとに赴いてその行状を伝える。(45) 無住の場合、説話の第一次伝承者である高野聖から直接話を聞くということはおそらく稀で、大半は「高野ノ遁世者ノキ、ツタヘテ物語リシ侍キ」（先引「栂尾上人物語事」）とされるように、高野聖の間に語り継がれた伝承が無住の耳に届くというものであったろう。したがって、当該説話の主役の遁世僧については、もしも行仙房や敬仏房に無住が面識があったとすればむしろ例外的で、実際には直接の面識をもたない者が多かったのではないかと推測される。

同様なことは、高野聖以外の遁世僧によって無住にもたらされた説話についても言えそうである。一例として、米沢本『沙石集』巻二第七条「弥勒ノ行者ノ事」を取り上げよう。八幡山の清水に住する唯心房は、広沢の保寿院流を伝える「真言師」で「弥勒ノ行者」、「如説修行ノ上人」と評判であった。「慈悲深キ人ニテ、伝授モ安カリケルマ、ニ、遁世門ノ僧共モ多ク受法シケリ」とされるが、本条ではそうした「遁世門ノ僧」の一人に、唯心房が、印を結んだ際に発現する不可思議な「真言ノ功能」を示す挿話が語られる。無住は「彼ノ同法ノ僧ノシリタル、語侍リ」と記しており、唯心房から受法された遁世僧の「同法ノ僧」が無住と知り合いであったため、彼を通して話を聞いたことが判明する。

本話に登場する唯心房については、最近、牧野和夫氏が「東大寺の凝然と近い一族の出自の人物で、石清水八幡宮大集（「乗」の誤か）院居住の律僧であった」ことを明らかにした。[46] 無住は唯心房とはおそらく面識はなく、その受法の弟子周辺の遁世僧から情報を得ているのである。ちなみに遁世僧と無住の説話入手経路との関係については、このほか巻九第二四条「真言ノ功能事」における「故実相坊ノ上人」円照、巻十末第一二条「諸宗ノ旨ヲ自得シタル事」における「中道房」聖守の場合も同様に、無住は両者とは直接の面識はなく、説話の入手は彼ら周辺の東大寺「戒壇院の僧たちからである公算が高い」と推定されている。[47]

このように『沙石集』に収載される遁世僧説話の大半は、その主役である名声を博した遁世僧（学僧）から直接得られたものではなく、彼の周辺に位置する、高野聖を含む無名の遁世僧が聞き伝えた伝承を掬い上げたものなのであった。

ところで、先に引いた唯心房説話では、彼から受法された遁世僧は唯心房の印の示す「真言ノ功能」を感動をもって語ったであろうし、その点はこの遁世僧の話を承けて無住に語り継いだ「同法ノ僧」にとっても同様であったと推察される。彼らにとって唯心房は驚くべき神秘の力を秘めた行者でありながら、自分たちのような者にも受法を惜しまない、誠にもってありがたい敬愛すべき存在であったろう。では、その伝承をさらに聞き継いだ無住にとってはどうであったか。実は本話の末尾で無住は、唯心房が兜率に往生したことを証する臨終作法にも触れ、「内院ニ生テ高祖大師ヲモ拝ミ、弥勒ノ御弟子ト成リケン事、ウラヤマシクコソ覚ユレ」と記す。本話について伊藤聡氏が「このような手妻めいた技をしてみせるような手合いは、無住がいうところの「近代ノ邪見ノ土真言師」の典型のようにも思えるが、彼は唯心が文永の末年に胎蔵法を修して礼盤の上からそのまま兜率往生を遂げたとし、彼の地で弘法大師に値遇したろうと、称讃、羨望を込めて結んでいる」と指摘するように、[48] 無住もまた無名の遁世僧と同様、唯心房の行状に強い感銘を受け、「称讃、羨望」の気持ちを抱いているのである。

おそらくこの点は本話に限らないであろう。伝承の主役となる遁世僧（学僧）に寄せられる無名の遁世僧たちの憧憬や称賛の念は、無住にも確実に共有されていたのである。すなわち、『沙石集』の遁世僧説話は、それを伝承してきた遁世僧と同様の視点で語られているといってよい。この時、注意されるのが、遁世僧の伝えるこうした伝承の中に、まれに官僧（無住の同時代の表現を用いれば「名僧」）の姿が認められることである。このような官僧に注がれる無名の遁世僧や無住の視線はいかなるものであったのか、次にこの点について考察しておきたい。

四　遁世僧の官僧への視線

遁世僧によって語られる官僧の説話ということで、直ちに想起されるのは、米沢本『沙石集』巻十末第一二条「諸宗ノ旨ヲ自得シタル事」の冒頭に記される、金剛王院僧正実賢と山中の遁世僧をめぐる話である。それは、実賢が晩年、ある弟子に語った物語とされる。――実賢は、若き日、高野参詣の途中立ち寄った山賤の家で、老年の法師と出会う。法師は、かつて興福寺の学僧であったが、名利を志し重職を望む寺僧の姿勢に疑問を感じていた。折しも、病に倒れた父親の看病のため実家に戻ったところ、隣家の女と関係をもって落堕し、寺からは足が遠のいてしまった。だが、老年になるにつれ、再び学問への意欲がわき起こり、取り寄せた聖教を暇にまかせて熟読するうち、「仏法ノ大意」を会得したといい、それについて実賢に語ってくれた。実賢は仏に出会ったような感銘を受け、願い出て、さらに一両月「法相ノ大綱」についても法師の講義を受けた。それは並の学僧の法門とは似ても似つかぬ実に「義理深」いものであった。一両年後、実賢は再び法師を訪ね、両三日「法門ノ物語」をしたが、以降は会う機会を得なかった。このような先達に出会えたことは、自分にとって「一期ノ思出」だと実賢は語ったという。――無住は本話の末尾に次のように記している。

彼孫弟子ノ僧ノ物語ナリ。随分ノ秘事ト思テ語キ。身ニモアリガタク覚テ、秘蔵ノ思ニ住シナガラ、心ノ底ニノコサンモ罪深ク覚テ、書置侍也。

無住は本話を実賢の孫弟子にあたる遁世僧から聞いたことを明らかにしている。その孫弟子も「随分ノ秘事」として語ってくれたこと、自分もそれを聞いて感銘深く、「秘蔵」しようと思いながらも、心底に留め置くのもかえって罪深く感じられて、このように書き置く次第であるという。

本話の眼目、すなわち該話が「随分ノ秘事」とされる所以が、老僧の語る「仏法ノ大意」にあることは言うまでもない。実賢は老僧の法談の聞き役に徹しており、近本謙介氏が指摘するように(49)、この「法談説話の構造は、僧綱を基とする僧侶の階層とそこから逸脱した遁世僧・聖階層との逆転の構図であ」ることは間違いなかろう。だが、一方、説話中で老僧が実賢に対し「君ハ智恵ノ相、御座ス。仏法ノ棟梁トナリ給ベキ人トミ奉バ、カク申ス也」と語っているように、老僧の物語は優れた資質をもつ「智者」実賢という聞き手を得て初めて引き出されたものであったとも言えるのである(50)。

本話を語り伝える遁世僧は、実賢同様、まずは老僧の語る「仏法ノ大意」に共感しつつ物語を語ったであろう。だが、この老僧の物語を弟子に語った晩年の実賢は、かつて老僧が予言した通り、東寺長者にして醍醐寺座主という高位を極めた官僧、まさに「仏法ノ棟梁」となっていた。したがって本話は、物語の外枠の部分において、山中の老遁世僧の言説が最高位の官僧によって承認され、称賛されるという構図をどうしても付随させることになろう。そしてこの点は、本話を語る遁世僧にとって思いの外大きな慰安として作用した面があったのではなかろうか。

実際、実賢は遁世僧と親和的傾向をもった官僧であったと認められる。『野沢大血脈』(51)の実賢の項には次のような記事が見える。

仰云、此僧正ハ本ハ勝賢僧正ノ弟子也。而後ニ静遍ニ重受ス。此僧正名僧弟子ニハ理智院ノ隆澄、法性寺ノ勝円、〔「勝」脱歟〕尊、覚済也。又勝円ハ濫行ノ覚ヘ有レ之。此等ノ弟子ノ中ニハ以二覚済一ヲ為レル本。……聖門ニハ空観房、大円上人等也。

まず、傍線部のように、実賢が第一章で言及した行仙房の師である静遍からも受法している事実が明らかにされる。(52)静遍は高野山との関わりが深かったこと既述の通りだが、本話において実賢が「若キ時、高野詣」を行ったと語っている点も思い合わされて興味深い。そして、次には代表的な弟子が紹介されるが、実賢には「名僧」（官僧）と「聖門」（遁世僧）と二系統の弟子が存在したというのである。このうち「聖門」の弟子としては「空観房」如実や「大円上人」良胤の名が挙げられており、無住に本話を語ってくれたという実賢の「孫弟子」も、こうした人々の法流を汲む人物であったと推測される。

ところで、引用した『野沢大血脈』の中略部分には、実賢が五十余歳まで官途につかず「貧道無縁」であったのが、鎌倉幕府の有力御家人、安達景盛（大蓮房覚智）に付法したのを機に、景盛の全面的支援を受けて官途を一気に上昇させていったという秘話が紹介されている。稿者はかつて、『沙石集』の本話と『雑談集』巻五「上人事」に収載される実賢説話から、誰彼の隔てなく「法門物語」に興じる「法愛」の人としての実賢像を抽出し、『野沢大血脈』が伝える、関東の荒入道（覚智）に何のこだわりもなく付法を許す実賢の姿との照応を指摘した上で、実賢が遁世門の人々と親和する傾向があったのは、彼が本来的に顕官と無縁な気質を有する人物であったためではないかと推測したことがある。(53)実賢にそうした傾向の気質があったことは確かであろうが、その一方で確認しておかなければならないことは、無住の著作に収められる実賢説話にうかがわれるのは、あくまでそれを語った遁世僧の視点から見た実賢像であるという点である。(54)当然のごとく、官僧としての事績に注目すれば、また異なる実賢像も描けよう。(55)だが、遁世僧たちは官僧である実賢の中に自分たちに親和的な姿勢を認め、共感を込めてこれを語ったのである。それは、遁世僧たちの心におそらくは一条の光を灯すものでもあったろう。それほどに、遁世僧と官僧との心理的懸隔は大きかった。『野沢大血脈』の先引箇所の後には、以下のような記事がつづく。

覚済ハ為二空観上人弟子一也。則実賢在生時者幼少ノ禅師ナル故、灌頂計ヲ受テ尊法等ノ委細ノ受法ハ一向空観上人受給也。而覚済ヒト、ナリテ後、只実賢弟子トノミナノテ、都テ賀茂ノ弟子ト云事ヲハ白地ニモ不レ被二名称一也。世挙難レ之、云云。

実賢の「名僧」の「弟子ノ中ニハ以二覚済ヲ一為ルレ本」とされる山本僧正覚済が、実賢在生時には幼少であったため、主要な尊法は実際には実賢の「聖門」の弟子であった「空観上人」如実から伝授されていたにもかかわらず、成人の後は自分は実賢の弟子であるとだけ名乗って、「賀茂」（空観上人）の弟子であることはおくびにも出さなかったという。覚済自身、「聖門」の弟子への付法が伝えられており[56]、そうした点からすれば遁世門に対して親和的な人物であったかとも思われるのだが、その人物にしてなお、遁世門からの受法を後ろめたく感じる意識を払拭できなかったのである。

一方、遁世門の僧の自己認識の如何については、無住の著述が参考になる。『雑談集』巻三「愚老述懐」では、無住は自らの遁世僧としての境涯を時の執権、北条貞時と対比しながら、我が身は所有の少なさと引き替えにかけがえのない自由を手にしていると謳歌するが、それでも時折、以下のような一節が顔を覗かせる。

但シ、乞食ニ似タリ。コレモ、世間ノ人ノ思ニ、乞食トテ賤シク思ヘリ。

遁世僧に対する世間の視線についてのこうした屈折した思いは、多くの名もない遁世門の僧が共有していた性質のものではなかろうか。それゆえ、官僧の頂点に立つ実賢から山中の遁世僧に示された深い敬意と思慕の念は、当該説話の主題とは別の次元で、無住を含めた遁世門の僧たちの精神的な慰安となる側面があったのではないかと推測されるのである。

遁世僧の伝承の中に登場する官僧といえば、第一章末尾で扱った「出離ヲ神明ニ祈タル事」における三井寺の長吏、公顕僧正もその例であろう。すでに触れたように、本話では高野聖の善阿弥陀仏が明遍の使いとして公顕のもとに派遣されている。高野聖特有の、おそらく権門寺院においてはとりわけ「異様」と映ったであろう行装で三井寺を訪ねた善阿弥陀仏を、公顕は「高野聖リト聞テ、ナツカシク思ハレケルニヤ」、客間に通すと「高野ノ事、後世ノ物語ナムド通夜ラセラレケリ」と歓待する。この記述によれば、公顕もかつて高野山と関係し、高野聖と交流をもっていた時期があったかに思わせる。少なくとも本話を語った高野山の「古キ遁世ノ上人」や無住には、公顕は遁世僧に親近感を示し、好意的に振舞う官僧として認識されているのである。

以上のように、『沙石集』中の遁世僧の語る伝承に現れる官僧は、遁世門に示す親和的な姿勢によって、ともすれば世間の冷たい視線に不安を覚える彼らを慰撫する役割を果たしていた面もあったかと推察される。ここで、思い合わされるのが、『沙石集』巻十末第一三条「臨終目出キ人々ノ事」で語られる、無住自身その法流に連なる栄西の説話である。

> 故建仁寺ノ本願僧正栄西……遁世ノ身ナガラ僧正ニナラレケルニ、遁世ノ人ヲバ非人トテ、ユイカイナキ事ニ、名僧思アヒタル事ヲ、仏法ノ為、無㆓利益㆒思給テ、名聞ニハ非ズ、遁世門ノ光ヲケタジト也。大方ハ三衣一鉢ヲ以テ乞食頭陀ヲ行ズル、コノ（ママ）仏弟子ノ本ニテ侍レ。釈尊既ニ其跡ヲノコス。釈子トシテ本師ノ風ヲ背ンヤ。サテ返テ在家ノ行儀ヲタトクス。大ニ仏弟子ノ儀ニソムケリ。然ドモ、末代ノ人ノ心、乞食法師トテ云カイナク思ン事ヲ悲テ、僧正ニナリ、出仕アリケレバ、世、以テカロクセズ。菩薩ノ行、時ニ随フベシ。

遁世僧であるにもかかわらず僧正に就任するという一見矛盾に満ちた栄西の行為に対し、無住はそれを決して「名聞」のためのものではなく、「名僧」や「末代ノ人」が「遁世ノ人」を「非人」「乞食法師」と蔑むことに心を痛め、「遁世門ノ光ヲケタジト」立ち上がった擁護のための行動であると理解し、共感を示している。「遁世門」の身であえて僧正という「名僧」に列する栄西に対するここでの認識は、「名僧」でありながら「遁世門」に理解を示す金剛王院僧正実賢や公顕僧正に対し、無住を含む「遁世門」の僧が無意識に期待していたもののおそらくは裏返しと言ってよいものであろう。当然のことながら、『沙石集』で語られる実賢や公顕の姿が「遁世門」の僧からの視点

で描かれていたように、ここでの栄西像も「遁世門」の視点によるそれであったのである。(57)

おわりに

無住のもとには、相互に関連するさまざまな遁世僧ネットワークを通して遁世僧説話が掬い上げられてきたものと推測される。そうした説話の主役である名声ある遁世僧から直接得られた話材はほとんどなく、大半はその周辺の名もなき遁世僧の間に伝承された説話を無住が聞き及んだものであった。本稿では、高野聖の伝承を中心に、その様相を追ってみた。

遁世僧の視点で語られるそうした説話を無住は共感をもって叙述する。その中でも特に注目されるのが、遁世僧と関わる官僧の説話である。そして、実賢、公顕という両僧正への視線と、僧正位に就任する栄西への視線とは、決して異質なものなのではなく、むしろ表裏の関係を成すものであったとおぼしい。無住の遁世僧としてのこだわりの一面は、その点にこそもっともよく現れているのではなかろうか。

〈注〉

(1) 近本謙介「遁世と兼学—無住における汎宗派的思考をめぐって—」『無住 研究と資料』(あるむ、二〇一一年)は、『沙石集』に記される貞慶、明遍、慶政、栄西等の説話を、無住の遁世概念と汎宗派的思考との関わりから捉え直すことを試みた」注目すべき論考である。また、日本宗教史の立場からも、「従来、都から離れ遁世として活動した無住は、中世仏教の本流から外れた存在とされてきたが、本論では彼を中世仏教思想の基準としたい」(上島享「鎌倉時代の仏教」『岩波講座 日本歴史 第六巻 中世1』岩波書店、二〇一三年)と、遁世僧としての無住に視線が注がれている。

(2) 伊藤聡「中世神道の形成と無住」『無住 研究と資料』(あるむ、二〇一一年)。

(3)　牧野和夫「『沙石集』論―円照入寂後の戒壇院系の学僧たち―」『実践国文学』第八一号（二〇一二年三月）。

(4)　市立米沢図書館本の引用は国文学研究資料館のマイクロフィルムによる。句読点、濁点を施すなど、表記は私に整えた。

(5)　米沢本で「宗風モ心ニカケキヤ」とあるところ、流布本系テキストでは「禅門ノ風情モ心ニカケタル」（古活字本、深井一郎編『慶長十年古活字本沙石集総索引―影印篇―』勉誠社、一九八〇年）と表現される。

(6)　この人名については、「明宣長老」（内閣本、土屋有里子『内閣文庫蔵『沙石集』翻刻と研究』笠間書院、二〇〇三年）「明寅長老」（古活字本）と揺れがあり、いずれも未詳。ただし、行仙房の没する前後、正嘉二年（一二五八）～弘安三年（一二八〇）の長楽寺住持は第三世一翁院豪であり、その諡が「円明仏演禅師」である（『禅刹住持籍』群馬県史　資料編5）ことからすれば、あるいはこれに起因する訛伝か（千々和実編『新田氏根本史料』）とも思われる。くだんの院豪は入宋経験をもち、無学祖元に嗣法しており、長楽寺の「禅院化への道を」「急速に押し進めた」人物であることが指摘されている（平方和夫「長楽寺一翁院豪について―黄竜派から仏光派へ―」『駒沢史学』第二四号、一九八〇年三月）。

ちなみに、本話の末尾には、荼毘に付した行仙房の亡骸から舎利が得られるという奇瑞が語られるが、『元亨釈書』には『沙石集』の当話に依拠したとおぼしい行仙伝（巻一一）以外にも、無本覚心、蘭渓道隆（以上、巻六）、大休正念、東山湛照、桑田道海、無為昭元（以上、巻八）の伝に同様な高僧舎利の奇瑞が記され（和田有希子「禅僧と「怪異」―虎関師錬と『元亨釈書』の成立―」『禅学研究』第八七号、二〇〇九年三月）、昭元伝の賛では「舎利者、……講徒寡而禅者多矣。我国上古希而今世滋矣」（新訂増補国史大系）とこの奇瑞の出現が近年の禅者に特徴的であることが述べられる。米沢本『沙石集』巻一〇末第一三条「臨終目出キ人々ノ事」の蘭渓道隆の入滅記事（弘安元年七月二四日）でも「葬ノ後、灰ノ中ニ得二ト舎利ヲ一云々」と舎利出現の奇瑞が語られており、「圭峰禅師ノ伝ニモ舎利ヲエタリト云ヘリ。相似セリ」と無住も注目する。行仙房にこの奇瑞が見られたのも、彼が禅門の「宗風モ心ニカケキ」ゆえであったか。いずれにせよ、当時高僧舎利の出現は往生の奇瑞の最新の潮流として注目を集めたものと思われる。

(7)　『雑談集』巻三「愚老述懐」に「釈論、二十七歳、世良田ニテ聞レ之」とある。なお、『雑談集』の引用は、古典資料（寛永二十一年版本影印）により、表記等私に手を加えた。

（8）浅見和彦「隆寛と慈円」『東国文学史序説』（岩波書店、二〇一二年、初出は二〇〇四年）。

（9）引用は注（5）前掲書により、句読点を補うなど、表記は私に整えた。

（10）井上光貞・大曾根章介校注『往生伝 法華験記』〔日本思想大系〕（岩波書店、一九七四年）所収。引用に際し、返り点を補うなど、私に手を加えた部分がある。

（11）井上光貞「文献解題—成立と特色—」注（10）前掲書。

（12）家永三郎「金沢文庫本念仏往生伝の研究」『仏教史学』第二巻第二号（一九五一年五月）。

（13）五来重『増補 高野聖』（角川書店、一九七五年）。

（14）永井義憲「念仏往生伝の撰者行仙」『日本仏教文学研究 第一集』（豊島書房、一九六六年、初出は一九五六年）。その後、田嶋一夫「中世往生伝研究—往生伝の諸相と作品構造—」『国文学研究資料館紀要』第一一号（一九八五年三月）も「宮はあきらかに空の誤写」という立場から、やはり明遍説を採っている。

（15）大橋俊雄校注『法然上人絵伝（上）（下）』（岩波文庫、二〇〇二年）による。

（16）『念仏往生伝』では、第二九話、上野国赤堀の「懸入道」の往生譚末尾にも「智阿弥陀□止二見之一語レ之」との記述が見える。この欠字部分を智阿弥陀仏とよめるとすれば、高野との関わりの有無については未詳ながら、いまひとり念仏聖の姿を確認しうることになる。

（17）宮坂宥勝校注『仮名法語集』〔日本古典文学大系〕（岩波書店、一九六四年）所収。引用に際し、一部表記等、私に改めた箇所がある。

（18）上野陽子「無住と敬仏房—『沙石集』所載話について—」『国語と国文学』第七六巻第三号（一九九九年三月）。

（19）当歌は『夫木和歌抄』巻三四釈教歌および『拾遺風体和歌集』釈教歌中に一遍上人の歌として見える。

（20）永井義憲氏は「行仙自らも蓮花谷の念仏聖の出身ではなかったろうか」と推測している（注（14）前掲論文）。

（21）静遍の事績については、石田充之「静遍僧都の浄土教」『日本浄土教の研究』（百華苑、一九五二年）参照。

（22）真言宗全書所収。

（23）大谷大学文学史研究会編『明義進行集 影印・翻刻』（法蔵館、二〇〇一年）。

(24) 大日本古文書所収。
(25) 日野西真定編集・校訂『新校　高野春秋編年輯録』（名著出版、一九八二年）。
(26) 真言宗全書所収。
(27) 真言宗全書所収。
(28) 続真言宗全書所収。
(29) 大正新修大蔵経第七八巻694b。
(30) 野村恒道・福田行慈編『法然教団系譜選』（青史出版、二〇〇四年）所収。
(31) 改訂史籍集覧所収（『歴代皇紀』）。
(32) 渡邊綱也校注『沙石集』（日本古典文学大系）（岩波書店、一九六六年）四四八頁頭注。
(33) ちなみに、『元亨釈書』巻一一の行仙伝は『沙石集』の本話に依拠していると思われるが、「不思議ナル小衣ハギダカニキテ」の記述はそこには見えない。また、「木切刀コシニサシナガラ説法シ」の部分も、たまたま山中で薪を取っている折に説法の依頼を受け、そのまま「鈯斧」（小さい斧）を腰に差したまま檀家に赴いたものとされる。『元亨釈書』行仙伝には、その行状から「聖」的要素を削ぎ落として語ろうとした、虎関師錬による一種の合理化が認められよう。
(34) 無住に本話を語ってくれた行仙房の「門弟」「弟子」も高野聖と所縁深い人物である可能性が多分にあろう。
(35) 注（32）前掲書による。引用に際し、一部表記等を私に改めた箇所がある。
(36) 注（5）前掲書により、句読点、濁点を補うなど、表記は私に整えた。
(37) 注（18）上野氏前掲論文。
(38) 小島孝之校注・訳『沙石集』（新編日本古典文学全集）（小学館、二〇〇一年）五六三頁頭注。
(39) 真空の事績については、苅米一志「遁世僧における顕密教の意義―廻心房真空の活動を例として―」『年報中世史研究』第二二号（一九九七年五月）他、参照。
(40) 土屋有里子「無住著作における法燈国師話―鎌倉寿福寺と高野山金剛三昧院―」『国語と国文学』第七九巻第三号（二〇〇二年三月）。

(41) 高野山文書所収。引用に際し、返り点を補うなど表記を私に整えた。
(42) 『東大寺円照上人行状』(東大寺図書館、一九七七年)。
(43) 土屋氏が金剛三昧院の存在と関わらせて「覚心周辺を通しての情報収集」というとき、あるいは覚心を祖とする萱堂系の高野聖を想定しているのかもしれないが、無住当時の萱堂聖の実態は分明を欠くのに加え、一般に「蓮花谷聖が道心を売り物にして納骨と廻国に特色があったのにたいして、萱堂聖は唱導の文学と芸能に特色があった」(五来氏注(13)前掲書)とされる点に照らせば、本話の場合、明らかに蓮花谷聖(明遍系高野聖)の特色を有しているものと認められる。
(44) 注(5)前掲書により、句読点、濁点を補うなど、表記は私に整えた。
(45) 『一言芳談』には、『沙石集』で明遍の使者として登場した善阿弥陀仏の以下のような談話が伝えられている。

黒谷善阿弥陀仏、物語云、「解脱上人の御もとへ聖まいりて、同宿したてまつりて、学問すべきよしを申。かの御返事に云、『御房は発心の人と、見たてまつる。学問してまたく無用なり。とくかへりたまへ。これに候ものどもは、後世の心も候はぬが、いたづらにあらむよりはとてこそ、学問をばし候へ』とて、追返されし」云々。

これによれば、善阿弥陀仏は解脱上人貞慶のもとにも赴き、その言葉を高野山に持ち帰って、聖たちの間に伝えたのである。
(46) 注(3)牧野氏前掲論文。ちなみに、唯心房については、追塩千尋「凝然の宗教活動—凝然像の再検討—」『中世南都仏教の展開』(吉川弘文館、二〇一一年、所出は二〇〇六年)にも言及がある。
(47) 注(2)伊藤氏前掲論文。
(48) 注(2)伊藤氏前掲論文。伊藤氏はさらに、無住が『雑談集』巻三「愚老述懐」で菩提山正暦寺において三宝院流の灌頂を受けたと記していることについても、「正式の伝法灌頂とは思えず、恐らく唯心のような「真言師」から受けたのであろう」とし、「諸宗・諸流を広く学び、伝法を欲する律僧＝遁世僧にとって、唯心のような人物こそが求められていたのであ」ると論じている。
(49) 注(1)近本氏前掲論文。
(50) 拙稿「無住と金剛王院僧正実賢」『文学史研究』第四九号(二〇〇九年三月)。

(51) 続真言宗全書所収。引用に際し、一部表記等、私に改めた箇所がある。

(52) ただし、『伝法灌頂師資相承血脈』(『研究紀要(醍醐寺文化財研究所)』第一号、一九七八年一一月)では、「静遍―実賢」の実賢に注記して「静遍僧都同宿弟子也。若不レ及二受誡一歟」とされる。

(53) 拙稿「無住と金剛王院僧正実賢の法脈」『説話文学研究』第四四号(二〇〇九年七月)。

(54) ちなみに、『野沢大血脈』は徳治二年(一三〇七)の成立で、本文のほとんどが良含(実賢の「聖門」の弟子である「大円上人」良胤の資)―静基の師資にとどまることから「本書は静基の口決を何人かが記録したと考えるのが妥当であろう」(続真言宗全書解題)と推測されている。そうとすれば、本書収載の実賢伝承もまた遁世門の僧の間に伝えられた、遁世僧の視点から見た実賢像であるとも言えよう。

(55) 平雅行「鎌倉中期における鎌倉真言派の僧侶―良瑜・光宝・実賢―」『待兼山論叢 史学篇』第四三号(二〇〇九年一二月)は、こうした観点からの考察である。

(56) 『野沢大血脈』や『伝法灌頂師資相承血脈』によって覚済から遁世僧への付法が確認される。

(57) この点に関連して、近本謙介氏はすでに「栄西の事績を遁世の側面から照射しようとするのが無住の眼目であり、……これは、密教僧や入宋僧としての側面を含む多様な栄西像の中から無住が選び取ったものとして軽視するわけにはいかないであろう」と指摘している(注(1)前掲論文)。

*本稿は学術研究助成基金助成金(基盤研究(C)課題番号24520223)による研究成果の一部である。

天野山金剛寺蔵『清水寺縁起』（漢文縁起）について

——付：本文の紹介——

近本謙介

はじめに

天野山金剛寺に、真名と仮名で記された二種の『清水寺縁起』が伝存することは、中村直勝氏「清水寺假名縁起の草稿に就て」[1]によって、知られるところとなった。

これらの書写年代について、真名縁起は「鎌倉初期といふ所は動くまい」と判断され、仮名縁起については、「鎌倉期にしても、さう新しい所までは降るものではなく、いくら新しく見ても鎌倉中期の交と断ずる外はあるまい」と認定されている。

両縁起の関係については、金剛寺本仮名縁起と続群書類従本真名縁起との対校を通じて、「假名縁起の方に少なからず文章字句を改竄した痕跡が見出されるが、その中に、どうしても、真名縁起を机側に置いて、それを読みながら、假名に訳して行ったに相違ないとさへ思はれる箇所が二三ならず見出され」ることを指摘し、二種の金剛寺本相互の関係についても、

金剛寺の真名縁起は、聖教の抄物の紙背に記されて居るものなるが、其の真名縁起の一通に、仮名縁起の筆者と同一筆の聖教の裏書が八行程見出される。そしてそれは、真名縁起の余白に記されて居るのであるから、

真名縁起は、此の筆者が、少くとも一見を加へて居るものである事は、否むべくもない。
そこで、私の言ひたい事は、この仮名縁起の筆者は、此の真名縁起を読んだ人であり、或は此の金剛寺本真名縁起を片手にしつつ仮名縁起を稿した人ではなからうかと言ふ事である。
然らば仮名縁起の作られたのは、真名縁起筆写を去る遠からざる時代と見る事は、差支のない観察であらう。

との、重要な指摘が為されている。

その後、金剛寺本仮名縁起については、金剛寺本の発見を伝える続群書類従完成会編輯部「清水寺仮名縁起（新補）」(2)の記事、島谷弘幸氏「「清水寺縁起」の詞書をめぐって」(3)や下坂守氏「清水寺縁起」(4)、中前正志氏「撰者未詳漢文体『清水寺縁起』覚書」(5)等による再検討を経て、今日に至っている。金剛寺本仮名縁起の書写年次については、島谷弘幸氏が、書風から鎌倉中期を遡るものという中村説を支持し、下坂守氏も清水寺縁起の分類の中で、「鎌倉時代半ば、一二（ママ）世紀を下らない草稿」として掲げている。

一方、金剛寺本真名縁起については、中村氏が、「其の一通りは、漢文体の縁起であって、続群書類従に収むる所のものの古写本にすぎない。だから古写本としての価値はともかくながら、今一通の面白さに比すべくもない」(6)と顧慮されなかったためか、その後の研究においても看過されてきた経緯がある。

しかしながら、「平安時代末から鎌倉時代初頭の成立か」(7)とされる真名縁起については、『今昔物語集』の影響下に成立したとする見解(8)と、逆に『今昔物語集』が真名縁起の影響下に成立したとする見解が併存する(9)など、その成立年代については定説を見ない状況である。そうした状況にあって、金剛寺本真名縁起は、場合によっては成立年代に近い書写になる古写本である可能性もあり、先に引用した中村氏の指摘から、仮名縁起との関係を考えるためにも、検討が加えられるべき資料である。

一　金剛寺本漢文縁起の概略

金剛寺聖教調査において、清水寺漢文縁起[10]の調査の機会を得たので、残存および復元状況、さらに本文の性格について、資料紹介を兼ねた報告を行うこととする。

いま、略書誌と残存状況を示せば、以下の通りである。

整理番号四十函一番。内題「清水寺縁起」。写本。破損、汚損、虫損あり。保存状況は良くない。仮番号の第十一紙末に、「天野山金剛寺」双郭朱長方印一顆。本文一面、二十一から二十二行書き。本文中には、同筆、別筆の墨・朱両様の書き入れあり。

原態は巻子本。楮紙、十九紙存。現状は三紙のみが連結するも、他は一紙ずつに剝がれ、錯簡が生じている。資料整理の中間段階として、各葉に仮の整理番号を付して、調査開始時の状況をまずは保存した。法量は、縦二十八・四糎、横五十・一糎から五十二・一糎。十九紙のうち一紙は横十一・六糎の紙片。

紙背文書有り。問答体の談義写し。紙背には墨界あり。界高二十四・一糎、界幅二・四糎。表の清水寺縁起は、紙背の墨界を利用して書写されている。

本書の位置付けのためには、中村氏によって、仮名縁起と同筆とされた書き込み部分を含む書写時期が問題となってくるが、漢文縁起の書写時期を鎌倉時代初頭まで遡らせる点についてはとりあえず留保し、調査結果の概要を示すこととする。

錯簡を正す作業を行った結果、およそ以下の点が判明した。

イ、金剛寺本漢文縁起（以下、漢文縁起を呼び分ける際には、金剛寺本と称する。）は、中村氏の指摘のように、続群書類従本清水寺漢文縁起（以下、漢文縁起を呼び分ける際には、続群本と称する。）と同系統の漢文縁起である。

三紙が連結している部分は、各葉を原態順に整序した番号で言うと、元の第五紙から第七紙に当たる。

ロ、金剛寺本と続群本との間で異同を生じている部分も見受けられ、金剛寺本は続群本の欠脱を補える部分を有する。

ハ、金剛寺本末尾は、続群本末尾までをすべて書写しているわけではなく、替わりに続群本にはない「清水寺別当次第」が書写されている。

ニ、金剛寺本には、中村氏の指摘以外にも、いくつかの書き入れが確認される。

ホ、金剛寺本紙背聖教は華厳経に関するものを含み、紙背の談義そのものも重要なものと考えられる。

次節から、これらの結果に基づきつつ、分析を加えることとする。

二　金剛寺本漢文縁起の現状と復元

資料整理に当たっては、伝存状況を保持するために、各葉に仮の番号を付したが、それらと原態への復元のための整序による関係とは、以下のようになる。

〔原態の順〕	〔仮番号〕	〔原態の順〕	〔仮番号〕
第一紙	一	第二紙	一三
第三紙	二	第四紙	一四
第五紙	A（三葉連結第一紙）	第六紙	B（三葉連結第二紙）
第七紙	C（三葉連結第三紙）	第八紙	三
第九紙	四	第十紙	五
第十一紙	六	第十二紙	七

第十三紙	八	第十四紙	九
第十五紙	一〇	第十六紙	一一
第十七紙	一六	第十八紙	一二
第十九紙	一五		

これらのうち、原態第十八紙および第十九紙と見なした部分の表は白紙であり、紙背聖教のみしか確認できないため、本文末尾の遊紙としてあったものかは、今後紙背聖教の内容を吟味したうえで、慎重に位置付ける必要がある。

資料調査の過程では、伝存状況の把握と現状保持のため、各葉に仮番号を付して調査を進めてきたが、他の伝本をも対校することにより、本文の連続性を保ちつつ原態に復することが可能であることが判明したため、現在は原態への並べ替えを行った。

三　金剛寺本漢文縁起本文の性格

金剛寺本は、内題前に「清」の注記をもって書写される。返り点、送り仮名などの付される部分があるが、本文中の割書などは、一箇所を除き、ほぼ続群本と内容、体裁を同じくしており、冒頭部近くに記される弘仁元年十月五日に賜ったとする印文についても続群本と同じく忠実に記している。ただし、金剛寺本には、二種の印文下の「已下印文古今如斯」の右に、「後日改之」との注記がある。

金剛寺本本文と続群本との校異については、本稿末尾に掲げることとし、ここでは、『清水寺縁起』の漢文縁起としての本文の性格を明らかにするため、金剛寺本と続群本との間で異同を生じている部分について、その主立ったものについて分析する。掲出に当たっては、続群本の続群書類従での本文の位置を、頁数、上下段、行数で示し、対応する金剛寺本の復元結果の紙数を記すこととする。

【Ⅰ】表記・記述の統一性

いずれかの誤写という意味ではなく、相互に表記・記述が異なるものとして、以下のような事例がある。

（ア）

・宝亀十一年　　将監坂上田邑磨〔続群本　三八一頁下段十五行〕(11)

・宝亀十一年、近衛将監坂上田邑麻呂〔金剛寺本　三〕

「近衛」を表記するか否かの同様の事例が、もう一例存在する。

（イ）

・　本願檀那大納言田邑磨　事／大納言坂上田邑磨　者〔続群本　三八五頁上段八行〕

・一　本願檀那田邑麻呂大納言事／坂上田邑麻呂大納言者〔金剛寺本　九〕

語順の違いは、表題のみならず本文にも及んでいるので、いずれかの誤写とは見なしがたい。また、一つ書きの「一」は、このほかの部分についても、金剛寺本が記すのに対して、続群本は記さない。

（ウ）

・今上　宸筆〔続群本　三八三頁下段八行〕

・今上御宸筆〔金剛寺本　六〕

こうした尊敬の接頭語の有無は、「堂」（続群本）・「御堂」（金剛寺本）、「将軍事者」（続群本）・「将軍卿事者」（金剛寺本）、「彼消息」（続群本）・「彼御消息」（金剛寺本）のように多くの箇所で一貫しているので、両伝本の姿勢の違いにも通じていると考えられそうである。

【Ⅱ】続群本の欠脱等を金剛寺本で補える部分

金剛寺本の有する大きな意義は、通常用いられている続群本の欠脱あるいは誤写を補い訂する事ができる点である。そのような事例に該当する主なものを示すと、以下のようになる。

（エ）

・爾時　　　東国乱常、蝦夷発逆、　　　以田村麿　為征夷将軍〔続群本　三八二頁下段十三行〕

・漸及延暦之比、東国乱常、蝦夷発逆、延暦十四年三月、以田村麻呂為征夷将軍〔金剛寺本　五〕

金剛寺本では時間の推移が明確に記されるのに対して、続群本はそれを欠くために、年次があいまいになっている。こののち、金剛寺本では「同年六月廿八日」として、報恩大師の入滅を綴る部分があるが、続群本では、その部分に初めて「延暦十四年六月廿八日」と記しており、これ以前の記事が、延暦年間の推移の中にうまく位置付けられていない構成となっている。

（オ）

・造字地蔵菩薩像〔続群本　三八三頁上段一行〕

・造写地蔵菩薩像〔金剛寺本　五〕

金剛寺本のように、「造写」とあるべきところと考えられる。

（カ）

・被下太政官符、免除当寺之由也、　　　　　法号北観音寺〔続群本　三八三頁下段九行〕

・被下太政官符、免除当寺之由也、兼又賜印一面為当寺之長宝法号北観音寺〔金剛寺本　六〕

金剛寺本の異文は、後の「一　所賜寺家勅書官符官牒等」（金剛寺　十一）に、「賜印一面為件建立寺之長財」とする部分と対応しており、この部分は続群本も一致しているから、金剛寺本を本来のかたちで善本と見なすのが適切であろう。

（キ）
・居住人　鹿肉　必有衰損者也〔続群本　三八四頁下段十六行〕
・居住人、誤食鹿肉者必有衰損者也〔金剛寺本　八〕
（ク）
・田村麿　者〔続群本　三八七頁上段四行〕
・田村麻呂永為私寺者〔金剛寺本　十二〕
（ケ）
・太政官符　民部省
四至〔続群本　三八七頁上段十一行〕
・太政官符　民部省
合地参町参段弐歩
四至〔金剛寺本　十二〕

これら三例も続群本の欠を補うことができる事例である。（キ）（ク）は特に省略する意味が見出せず、（ク）については、欠けることで文意が通じにくくなっている。

ここに掲げた事例以外にも、続群本が判読不明とする部分を、金剛寺本で補うことが可能である。「百□口分」（続群本　三八七頁上段十四行）は「百姓口分」（金剛寺本　十二）、「山□宿祢□麻」（続群本　三八八頁上段七行）は「山口宿祢稲麻牒」（金剛寺本　十四）となる。

ここに掲げた事例に類するものが、全体で十指に余るほど指摘できるので、漢文縁起伝本としての金剛寺本の占める位置は小さくない。漢文縁起利用の際の対校本文として、必ず併せ用いられるべき意義を有する伝本と見なされるであろう。

一方、金剛寺本に欠脱や誤りがあると判断される部分は、「藤原朝臣緩麿、治部少輔従五位下秋篠朝臣全継」（続群本　三八五頁下段十三行）に対して、「藤原朝臣全継」（金剛寺本　十）を始めとして、四箇所ほどである。金剛寺本の利用にも他の伝本との対校を要するが、概して金剛寺本は善本であると認めることができるように思われる。

これら以外にも、正誤の判断がつきかねるような事例が数例存するが、省略する。

四　清水寺別当次第

金剛寺本末尾は、「塔院大門二天事」までを綴り、続群本に記される「本願大納言先祖」（続群本　三八八頁下段十行）以下を欠いている。一方、続群本に見られない「清水寺別当次第」が、第十五紙から第十七紙にかけて写されている。いまそれを示すと以下のようになる。原文は一人ずつ改行して記されるが、ここでは便宜的に追い込みとした。

一　清水寺別当次第

第一建立内供延鎮	第二願豫	第三安興	第四隆原
第五斎宗	第六寿耀	第七遁塵	第八興法
第九名誉	第十叡源	第十一真寵	第十二禅蓮
第十三長代	第十四増延	第十五康信	第十六朝源
第十七康尚	第十八定朝	第十九定源	第廿定範
第廿一定俊	第廿二定深	第廿三勝快	第廿四永縁
第廿五有禅	第廿六兼円	第廿七長円	第廿八隆覚

第廿九定耀　第卅恵信　第卅一尋範　第卅二玄縁
第卅三範玄　第卅四勝朝　第卅五舜覚　第卅六円長
第卅七信家　第卅八玄信　第卅九円経　第卌玄信
第四十一範信　第四十二基円

清水寺草創縁起と深く関わる延鎮以下の別当の次第が記されるが、延鎮・願豫・安興等は、漢文縁起にも事績が記されており、清水寺草創当初からの別当の系譜が提示される。

別当次第中には、『興福寺別当次第』等から知られるように、永縁・隆覚・恵信・尋範・玄縁・範玄・信宗・円経など、興福寺別当を兼ねた僧侶も数多く確認される。このように、興福寺との関係を見据えながら位置づけていくべき清水寺別当も多く、清水寺における別当の次第を考慮しながら、清水寺と興福寺をめぐる相互の寺史が検証されなければならないであろう。

『興福寺別当次第』以外にも、『僧綱補任』長承二年（一一三三）以下に清水寺別当として長円が見えているなど、諸資料を組み合わせることによって清水寺の別当次第を復元・確認していかなければならない問題もある。

清水寺別当次第末尾近くに記される範信・玄信・円経は、『三会定一記』を検ずるに、元久年間（一二〇四〜一二〇六）から建保年間（一二一三〜一二一九）に維摩会講師を勤めており、『興福寺院家伝』修南院条に見える基円は、貞永元年（一二三二）に没したと推測されている。

このような点から考えると、清水寺別当次第は、鎌倉時代初期から中期にかけて活躍した僧侶を下限として記されていることがわかる。本資料の書写時期も自ずからその時期を遡ることはないが、同時にその時点までで途切れている点からは、本資料の成立と書写時期が、その時点を大きく下るものでもないことをものがたっているように思われる。

そもそも、清水寺草創の延鎮以来の別当次第の筆録は珍しく、本資料の存在そのものが重要であると見なされる。もっとも、他の清水寺別当について記した資料とは一部順序に異同を来している場合もあるので、比較検討していく必要があるのも事実である。たとえば、「東寺百合文書」所収「清水寺別当次第」（甲号外／30／17）と比較すると、以下のような異同が確認できる。以下、「東寺百合文書」所収「清水寺別当次第」を〈東〉、金剛寺本『清水寺縁起』を〈金〉と略称する。

ア、〈東〉は別当の初めを「子嶋建立報恩大師」とし、二番目を「延鎮」とする。
イ、〈金〉が「第六寿耀」とするのに対して、〈東〉は「寿曜」とする。
ウ、〈金〉が「第十一真寵　第十二禅蓮」とするのに対して、〈東〉は順を逆とする。
エ、〈金〉が「第卌六円長　第卌七信家」とするのに対して、〈東〉は間に「範玄」が入る。
オ、〈金〉が「第卌玄信　第四十一範信」とするのに対して、〈東〉は順を逆とする。
カ、〈金〉が「第四十二基円」までを記すのに対して、〈東〉は以下「経円・定玄・経円・定玄・親縁・定玄・円憲・良盛・尋性・頼円・宗懐・承範・承遍」を記す。

一部に異同は見られるものの、金剛寺本『清水寺縁起』に記される清水寺別当次第は、相応に信頼に足るものであることが窺われる。

「東寺百合文書」所収「清水寺別当次第」では、興福寺僧であることを示す「本寺」の注記があり、出自を伺うのに便である。また、金剛寺本『清水寺縁起』末尾の「基円」より後の別当には、補任の年次が記されており、「経円」には貞永元年（一二三二）六月に補任された旨の注記が、末尾の「承遍」には建治二年（一二七六）年の注記が見えている。金剛寺本の記載別当末尾が、書の成立または書写時期の下限と大きく隔たらない点は、およそ認めて良いであろう。

清水寺別当と興福寺をめぐる問題は、両寺の本末関係の深まりの点からも分析を加える課題があるが、それは別の機会に譲ることとする。

五　書き入れの問題と紙背

先に記したとおり、中村氏によって指摘された漢文縁起の書き込みは、仮名縁起を位置付ける上からも重要な意義を有している。「真名縁起の一通に、仮名縁起の筆者と同一筆の聖教の裏書が八行程見出される」とするものの、具体的な説明はない。

今回の調査にあたり、書き込みを確認したところ、以下の三箇所が確認された。

①第十三紙末尾十一行　②第十四紙中四行　③第十七紙中十行

これらからは、中村氏が仮名縁起と同筆と判断された書き込みがどの部分かの判断はできないが、これらの書き込みは、いずれも漢文縁起や清水寺別当次第の記事の間に書き込まれたものであり、その形態に不自然さが感じられる。逆に、漢文縁起書写そのものとも密接に関わり合って書き込まれたものとも見なされるので、仮名縁起の筆跡との対比の作業を経ながら、慎重に位置付ける必要がある。

紙背の内容に関しては、未だ詳細な分析の手が及んでいないが、調査の結果、漢文縁起と仮名縁起の紙背は共通する聖教であり、したがって、両縁起は同一の料紙に、おそらくはあまり時を措かずに書写されたという重要な事実が判明した。このことから、本文の関係から密接な関係があると考えられてきた両縁起に、より直接的な書写関係と書写の時期・場における共通性を認め得る状況となった。漢文縁起に依拠した仮名縁起への展開、絵画の挿入の問題に加えて、紙背から窺えるように、それが華厳経関係等の学問の場と隣接して行われたことから考察を深める必要性が生じている。末尾の二紙のあるべき位置についてもさらに確認が必要なので、今後の課題としたい。

紙背が華厳経等に関する談義と思われる点は、そうした内容の料紙を紙背として清水寺の縁起が書写されている点、またそれが金剛寺に伝存する点など、金剛寺の聖教形成過程や典籍の流布などの点から解明すべき点も多い。夙に中村氏が指摘したように、金剛寺本仮名縁起草稿と漢文縁起とは一具のものとして、併せ考えられるべき性格を有しており、本稿は、さらなる分析のための基礎作業の意味を込めて、漢文縁起の復元と本文の性格について報告を行ったものである。

おわりに

分析の結果を述べ来たったところをもとに、本資料の性格について、若干のまとめを試みておきたい。

後掲する金剛寺本本文から窺われるように、金剛寺本には、続群書類従本に見られない「御」という尊敬の接頭辞を付すなど、清水寺とその建立に功績のあった坂上田村麻呂への敬意を、より直接的に表そうとする傾向があり、これは清水寺あるいはそこに近い立場からの記述態度と見なせそうである。

坂上田村麻呂条の撰述にあたっての依拠資料や経緯を記す部分は、続群書類従本では本文と一体化しているが、金剛寺本では二段下げの注記の性格を残している。この部分に「将軍卿」や「御消息」といった、続群書類従本には見えない田村麻呂への一貫した敬意表現が確認されることも、先述の推定を支えるものであるかと思われる。概して金剛寺本が善本としての性格を有することも、本系統の本文の素性を窺わせる。

もっとも、脱文と考えられる部分も存するから、金剛寺本を最善本とは見なせず、続群書類従本系統を併せ考える必要があることも明らかである。

どの時点で付加されたかは明らかではないが、清水寺別当次第を記す意識からも、金剛寺本が清水寺周辺または清水寺と密接に関わる場で書写された蓋然性は高い。本書の書写時期が相応に溯ること、また、金剛寺本清水寺仮名縁起とも紙背を同じくすることから、両縁起を一連の書写活動の所産と見なす必要性が生じるに至っている。両書の共通する紙背の内容が華厳経等に関するものである点は、南都関係の伝来・関与も視野に入れて本書の書写の背景を分析していく必要を感じさせる。

このような点を課題として、紙背文書の解析を含めた考察をさらに進めていきたい。(12)

〈注〉

(1)『宝雲』第二十三冊、一九三八年十一月。
(2)『史学文学』第三巻第一号、一九六〇年六月。記事執筆の奥付は一九五九年十二月。
(3)『古筆と絵巻』(『古筆学叢林』第四巻　一九九四年　八木書店刊)。
(4) 清水寺史編纂委員会編『清水寺史』第一巻(一九九五年　法蔵館刊)。
(5)『女子大国文』第一二一号、一九九七年六月。
(6) 前掲注(1)に同じ。
(7) 前掲注(4)に同じ。
(8) 前掲注(4)に同じ。
(9) 前掲注(5)に同じ。
(10) 中村氏は真名縁起と呼称しているが、その後の研究で、漢文縁起あるいは漢文体縁起と称するものが多いので、本稿においても、以後「漢文縁起」とする。
(11) 続群書類従における所在は、続群書類従完成会本『続群書類従　釈家部』第二十六輯下による。
(12) 金剛寺本には、紙背のみならず、縁起本文の間の数箇所に覚書が記されている。これらは、続群書類従本には見られないものであり、今回の本文翻刻に当たっては省略に従ったが、今後読解を進めて位置づけを行っていく必要がある。

付　金剛寺本『清水寺縁起』（漢文縁起）本文の紹介

金剛寺本『清水寺縁起』（漢文縁起）本文を紹介するとともに、続群書類従本との校異を示す。異同を生じている箇所には、金剛寺本本文傍らに番号を付して、【本文】の後ろにまとめて【校異】を掲げた。

本文、校異それぞれに関する凡例は以下の通り。

【本文】凡例

一、金剛寺本『清水寺縁起』（漢文縁起）の本文を行移りに翻刻した。一行に収まらない箇所は行末に＊を付し、次行に記した。翻刻に際しては、原本の錯簡を訂し、あるべき順に並べ替えた上で、各紙末尾部分に紙数を示した。書き入れ・注記等については示していない。

一、字体は基本的に通行の字体を用いたが、一部に原本の字体を採用したものがある。

一、補入記号、ミセケチ等のある箇所は、それらの記号により訂された結果を示した。

一、読点は私に施した。

【校異】凡例

一、金剛寺本本文の傍らに番号を付して、続群書類従本との校異を示した。

一、校異は基本的に文字の異同について行い、返り点、読み仮名、送り仮名等に関しては示していない。続群書類従本に欠けている本文については、「ナシ」と表記した。

一、読点は群書類従本を参照しつつ、私に施した。

【本文】

清水寺縁起

右清水寺者、在山城国愛宕(ヲタキ)郡八坂郷東山之上[1]矣、千手観音霊験之地、行叡居士孤庵之跡也、宝亀十一年初[2]、建立草堂、彫刻(ス)本尊、延暦十七年七月二日、更改(ニメ)造佛殿、同廿四年十月十七日、給(テ)太政官符(ヲ)一界寺領四至（東限高峰、南限尾振谷、西限公田[3]、北限大道、）大同二年又造闍伽藍、法号北観音寺顕(アラハス)堂前之額一世号清水寺、顕大門之額、弘仁元年十月五日、有(リ)宸筆勅一給(ル)印一面、大概如斯、委曲載左ニ矣、

已下印文古今如斯

伝信為印	清水寺印　後日改之[4]

昔、大和国高市郡八多郷子嶋寺内供奉十禅師、修行大法師位報恩（諡云報恩大師）[5]一百人門徒中、有第七弟子法師賢心（後改為延鎮）云(イフ)者一、少年[6]ニ出家、成長修道一、尋[7]求山林、厭却聚落一、六時三昧、累年不退、苦修練行、積日無倦、布字月輪在心、入我々入無外、修験漸秀為世薬[8]一、呪急[9]ニ起(テ)為国寿一、近仕(ヘ)帝王、遠顧人民一、運心菩提一、即身得悟、廻念法界一、諸仏現前(ス)、夢中(ニ)告(ク)去南之由一、覚後(チ)念(フ)向(ムト)北一之故(ニ)、行長岡(ノ)城(ミヤコヲ)之間、淀河有(リ)金色一支之水一、唯独自明了(ニシテ)、余人所不見也、定知、為我示(ストイフコトヲ)ニ先瑞一、仍尋金流之源、遥到山城国愛宕郡八坂郷東山之上、清水(ノ)瀧下(ニ)焉、雲峙松翠(アヲクシテ)、青山在目一、巌峰(カムイウ)[10]石斜(シテ)、白雲如帯、朽枯(ノ)大木為山上一、道踏木(ヲ)一纔(ニ)就(ニ)瀧下(ニ)、是則、宝亀九年歳次戊午四月八日也、於是一瀧前、北岸(ノ)上(ニ)有一草庵、中[11]有白衣(ノ)居士、年齢老大(ニシテ)、白髪皤々(タリ)、其形(チ)七旬有余許(ハカリナリ)也、賢心問(トハク)ニ件居子(ニ)、住此(ニ)幾年、又姓名誰、居士答曰、姓在隠遁[12]、名云行叡、年来雖待汝曾[13]不見、適幸汝来、為悦尤足我心、念観音威神力、口誦千手真言、隠居此地経数百年、我有東国修行之本意、替我其間暫可住此処、抑草庵

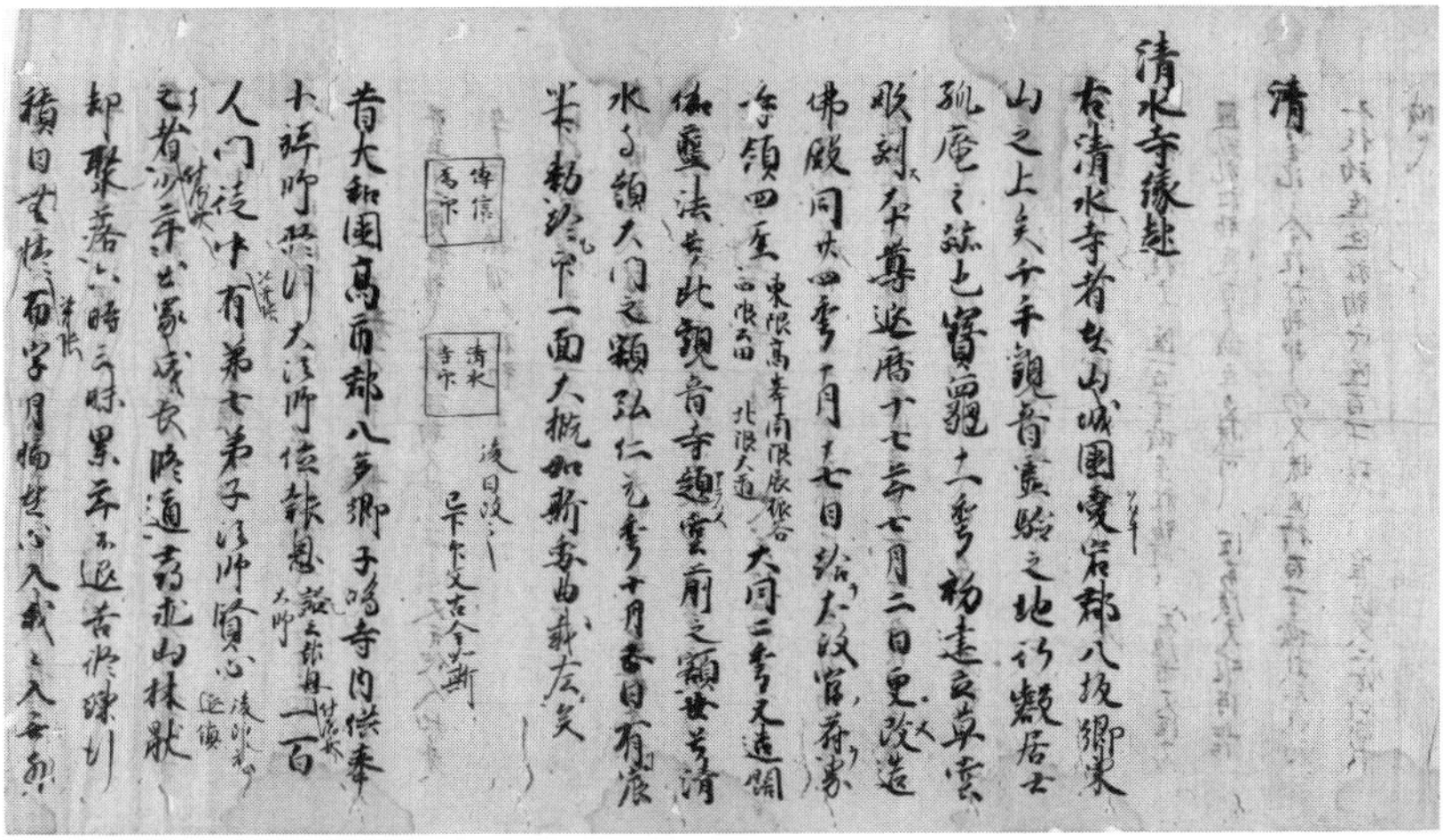

金剛寺蔵『清水寺縁起』第１紙

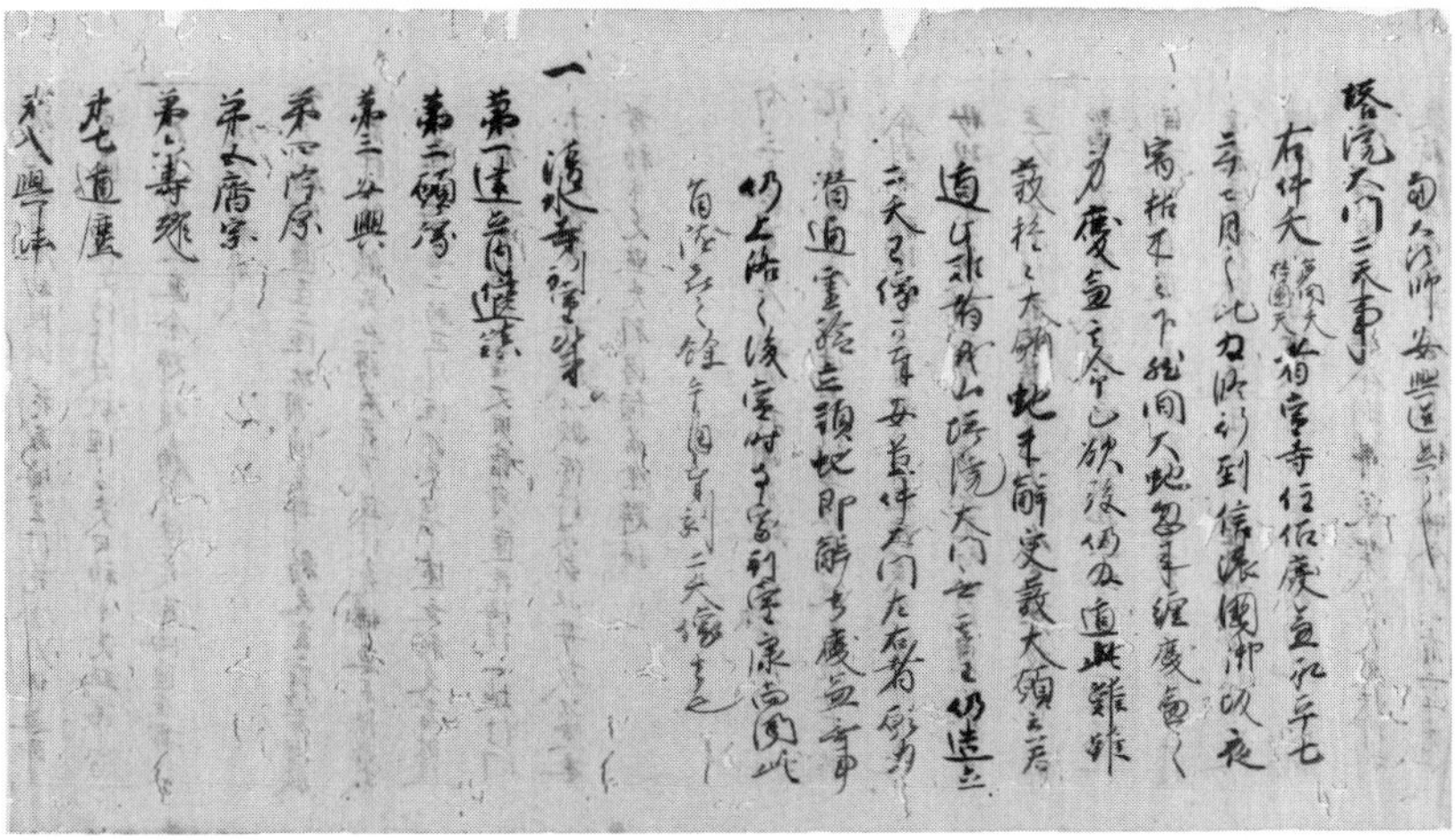

金剛寺蔵『清水寺縁起』第15紙

跡者、可造堂之地也、此前株者、観音料木也、若遅来早遂此本意、言未畢居士立亡、賢心忽覚勝地之霊、将還古跡之間、所踏朽枯自然失也、何知為龍、仰見雲上不知其方、欲問」二事由無化居士、賢心執杖独立谷口、心染実相、更無他念、恐怖之至、希有之意、尤深尤高、[14]低首弥慮、再行山頭口誦真言、純念仏陀、思慮之間漸及黄昏、攬掃薜蘿、求所居坐、経行之程、既臨初夜、蟄戸樹下、念大悲尊、般若為火、諸法為香、禅定為色、舎那為花、理供自備、弁事漸成、瀧諍出声谷水含月、貫珠入袖、山松足憐、住持草庵、踟蹰瀧下、日々雖待居士還来無期、恋慕之涙、更所不堪也、仍指東方尋行之処、山科東峰、居士所着履落、見之哭音已満一山、定知、彼山孤絶之山、又識、是峰補陀落峰、帰庵苦修練行経三箇年矣、宝亀十一年、[15]近衛将監坂上田邑[16]麻呂奉公余暇、出洛陽遊猟東山脚、為産女求

得一鹿、屠此之間、欲飲冷水遇奇恠之水、（今称延年寺之谷是也、）見源々無、訪[17]濁々、若是銀河流歟、若半天河水歟、将監再三掬此水、嗽之飲之、即時身冷心安、仍趁源徘徊之間、有転経音、発露之心忽起、懺悔之思始[18]存、尋音擧昇、到清水瀧下焉、瀧前北岸上有孤庵、」三逢一沙門、将監問事、[19]砂門答曰、名謂賢心、具陳上件事、（始自去南之夢、至于今日之事、）又曰、賢心無頼、難遂彼願、（行叡所委付造堂造仏願也、）三衣之外、無担石之蓄、一鉢之中、只有飲水之[20]楽、将監聞此旨已忘帰、即云、看汝体骨、宛如神仙、非凡庸人、是聖賢化也、所謂仁者愛山、智者楽水、仍永代結縁、為大師須励微志、将果彼願、賢心再拝入庵室、将監礼拝帰蝸舎、将監即以今日二事（遊猟事、賢心事、）語蘭室命婦三善高子、（三善清継女也、）高子答云、我為除病令害物命、後生之報不知所謝、願以我宅造佛殿、懺悔[21]身女之無量之罪云々者、[22]即将監延鎮等先雖有造佛殿之志、山谷巖嶽、嶮岨崔嵬、人

力難及、愁歎之間、一夜中有物声、省壊岸塡谷、奇而明朝見之、山路卑闢、佛庭如界、其処有物、是則師子之胎中子也、断知、師子化来、終夜平峻嶮、徹明帰去、為留其験、落小子歟、師子非師子、既本尊薩埵之使也、且鑒営作之難耐、且留霊異於永代而已、（師子之頭留在寺家、）其後忽造仮佛殿、爰命婦高子、別唱女官上中下人、各令加懺芥之志、始奉造金色八尺十一面四十手大悲大霊験観世音菩薩像、造営未畢霊効甚多、土木功成、梁柱搆調、于時将監奏

天皇、申賜度者一人、以賢心令得度、改賢心為延鎮、同年四月十三日、於東大寺戒壇院受具足戒畢、（此天宗高紹天皇御代也、）[23]漸及延暦之比、東国乱常、蝦夷発逆、[24]延暦十四年三月、以田村[25]麻呂為征夷将軍、差遣関東之刻、首途之日、将軍語延鎮云、我奉勅所遣夷地、露命草身、死生只在大師誓願之力乞也、至[26]于還来之日、慇懃加誓護耳、作拝而去、其後六

└ 四

時祈誓、一刻無間、更造[27]写地蔵菩薩像一[28]柱挂、毘沙門天王像一[29]柱、幷大般若経一部、祈誓自然有応、此[30]時賊或伏竄山藪、或束手請降、東国平定、将軍京上、越会坂関入[31]花之夕、先拝観音、次謁延鎮云、愚夫依上人祈、已平乱再入京都、流涙歓喜、失方頂礼、重相語云、田村[32]麻呂謹蒙大師和尚護念之力、于今存命、[33]不如我誓願之佛経、随分可供養者、而後開眼書持已畢、即参九重奏聞戦事之次、奏延鎮有験之由、申補内供奉十禅師畢、[34]同年六月廿八日報恩大師入滅、抽延鎮被附属子嶋寺、仍延鎮往還清水草庵住持之、同十七年七月二日、延鎮与大将軍同心合力、更復造伽藍安置本尊（命婦所造像也、）為征夷所造地蔵菩薩像、名之勝軍、同所造毘[35]砂門天王像、名之勝敵、以地蔵安本尊宝帳之西脇、以多門安同宝帳[36]之東脇、（件両像成霊異之時、出雷声、示寺家善悪之趣、）爾来観音効験飛聞於上天、伽藍奇特広徳於下界、会集之人、如

└ 五

草随風之東西、祈願之応、似水叶器之方円、
同廿四年、[37]太政官符賜寺地、大同二年、将軍
西京所宿之家、為鬼魅所居、疫気甚盛、仍
請延鎮内供奉、為疫神令読灌頂経、一七日
内有験、其家内疫者皆除差、不堪感悦之
余、即壊運其寝殿檜皮葺五間三面屋
一宇、板葺五間大炊屋一宇、施入之、仍又造
闊伽藍畢、弘仁元年十月、賜[38]今上御宸筆
勅書、[39]（以私建立寺悉壊、渡東西大寺之日、被下太政官符、免除当寺之由也、）[40]兼又賜印一面
為当寺之長宝法号北観音寺顕堂前之額、
世号清水寺顕大門之額、[41]延鎮曰、非大納言広
大之恩、何造大霊験清水之寺者、自今以後、
弟子門徒、請彼子々孫々裁判、永依附相伝、
起請修治伽藍覆護大衆、非門徒僧不可」六
附属、縦附属小僧[42]（延鎮也、）鎮也、弟子門徒不治僧侶不可
附属、若依臈次不依心操、恐後代致破壊之
謗、非門徒僧有常住者、任権官令得練行、
便別当、[43]三綱、[44]及執印職、不可附属他門徒、
寧雖附属有労砂弥、更勿附属他門徒僧、

不受二百五十戒、以勿度補諸国分僧、我師
附属寺為本寺、我建立寺為末寺、此庭最上
勝地也、福広処狭、須慎火事、御堂近辺[45]
莫造住房、各夜暫用一擘松、各住房莫
安本尊、偏以[46]香花煙供観音、作功徳無極、
兼為避火厄也、相次附属不論上臈下座、可
附属才操備、努力々々、乾坤為灰伽藍無
災、日月失光千眼弥明、佛殿後戸以木釘
固之、若災火之時、易為奉出本尊也、大納言
曰、予以武芸奉国家、戴皇之営年積、親
天之位自至、奉公之間多殺生命、雖随王
法後報必在、今所憑者観音代我受苦、
[47]所慕者般若代我能導、然造佛之間霊
異尤頻、一切衆生皆是吾子也、我何不入彼
中哉、地非公領寺不置定額、然則住持
誰侶、十禅師之弟子、進退誰人、愚夫之
苗裔、前司能鑑其人与附属、氏人宜依
附属与任符、願諸法師等不可仮三論
法相之威勢、偏可念千手千眼之威験、権」七

門威早、後々長煩佛法力遅、生々長助六時行道之間、祈禱天下国土、転経念佛之次、引導弟子後生、又曰、伝聞、諸法皆是空、不可成有習之思、唯観音独能為導師、利益三有法界衆生、誰以千戸封能摧折剣山誰以百所庄家宜消滅火湯、有封諸寺如夢如露、只観音大悲為生々助、有名六宗如影如沫、専千手千限為世々師、仍不置一歩田畠、不入一煙封戸、氏人等一心帰依、択入練行僧十口、[48]砂弥十口、同合[49]常住、日夜転読法[50]花大乗経、一向応誓願、我氏増栄花長寿之福、妄莫近婦女、永為浄法之地、若或佛子違此制旨者、絶跡擯出、氏人等全守此教、永勿闕背也云々、命婦起請云、我鹿縁忽建立大伽藍、鹿已為善知識、仍此山所生居住之輩、永不可食鹿肉、雖蹔居住人、[51]誤食鹿肉[52]者必有衰損者也、抑、瀧水正具八功徳用矣、異境諸人集在山内、同飲此水、経一年者、成同意作親友、臨命終時無顚狂、皆如修禅定、若瀧水増濁広出者、天下旱魃、若瀧有異声如壊岸流石、亦夜鳴而朝見白水、天下有事、抑、弘仁二年正月五日、本願将軍自作建立記云、但我早世後及四百歳、当山麓村有理将軍、鎮和逆乱、宜護国位、是則我身也、密誨有実、無伝他族、努力々々焉、

[53]一　本願檀那[54]田邑麻呂大納言事

[55]坂上田邑麻呂大納言者、自前漢高祖皇帝廿八代、自後漢光武皇帝十九代、自後漢孝霊皇帝十三代、自後漢阿智王（本朝応神天皇[56]廿一年、率一県同姓人数百人、出漢朝之家入日本之国、即有勅給大和国檜前地居之、一名英智王、）十一代之孫、贈大納言勲二等苅田丸二男也、（委見檜前本系所記、）大祖高祖皇帝提三尺剣有天下、光武皇帝代劉玄更始有国、再見漢官之儀矣、爾来代々伐四海之鯨鯢、鎮九土之風塵者、是非他氏偏在此家而已、宝亀十一年[57]近衛将監、延暦十四年征夷将軍正四位下[58]近衛中将越後守、同年二月兼木工頭、同年十一月叙

従三位、同廿二年二月任刑部卿、[59]近衛中将如故、同廿
三年正月補陸奥出羽按察使、同廿四年任参
議、弘仁元年叙正三位任中納言、同年九月任
大納言、[60]先之兼近衛大将、大将如故、[61]同二年五月廿三日丙辰奄然
而薨、于時年五十四日、即日賜贈物絁六」九
十九疋、[62]常例五十九疋、更加十一疋、調布一百一段、常例、商布四百
九十段、常例三百九十段、更加一百段、米七十六斛、白米卅八石、黒米卅八石、常例五十一石、更加
廿五石、役夫二百人、左右京各五十人、山城国愛宕郡百人、
柏原天皇第八皇子葛井親王者、大納言女
従四位下春子女御之所生也、仍殊加賜之、
天皇不視事一日也、同五月廿七日、大舎人
頭従四位下藤原[63]朝臣全継、就大納言第読
贈従三位宣命、同廿七日庚申戌二刻葬於
山城国宇治郡栗栖村、今俗呼為馬背坂、于時有勅
調備甲冑、兵仗、剣鉾、弓箭、糒塩、令合葬
向城東立窆、即勅使監臨行事、其後若
可有国家之非常天下之[64]災難者、件卿
塚墓之内、宛如打鼓、或如雷電、但往古来
今、始自坂上大宿禰氏至于他氏族、得将
軍号而向[65]於坂東奥地者、先密参此墓所
深成祈禱発向之輩、抜城降敵不可勝計、
呼嗟坂大将軍者、身長五尺八寸、胸厚一尺二
寸、向以視之如偃、背以視之如俯、目写蒼
鷹之眸、鬢繋黄金之縷、重則二百一斤、
軽六十四斤、動静合機、軽重任意、怒時廻
眼猛獣忽斃、咲時舒眉稚子早懐、丹欵
額面、桃花不春而常紅、勁節持性、松色
送冬独翠同、運策於帷帳之中、決勝於千
里之外[66]同、武芸稀代、勇身踰人、辺塞閃武、
華夏学文、張将軍之武略、当案轡於前駈、
蕭相国之奇謀、宜執鞭於後乗、誰知、毘
沙門之化身[67]之来護国家者、」十
門徒住侶、且依古代之遺文、且依耆老之
党語、大概撰集之、至于本願将軍卿[68]
事者、任彼御[69]消息、嵯峨天皇之論賛、
清水[70]寺建立記、坂上氏恩賜詔勅之文
注出之、補大将軍向夷狄地、給節刀、賞
兵功、給駒形之金焼為私家之長財、如

[71]此之事、又見彼書等、但上古之事、典籍
不具、雖無疎略之詞、尚有牴牾之事歟、

一[72]　所賜寺家勅書官符官牒等

嵯峨天皇宸筆勅云、

勅

得大納言坂上大宿祢田村麿解状偁、以去
延暦廿四年十月十九日蒙官符、賜山地壱処
建立私寺号清水寺、望請、因准傍例賜印
一面、為件建立寺之長財、加以壊私寺移東西
寺之日、田村[73]麻呂定将被免件清水寺、為鎮　」十一
護国家之庭、則以田村[74]麻呂之苗裔、為誓
成寺家之職、以僧延鎮之門徒、為修治[75]寺家
之司矣者、依請、

弘仁元年十月五日

一[76]　賜寺地於本願将軍官符

太政官符（山城国司）
[77]東山清水山寺　在愛宕郡
四至（東限高峰、西限公地、南限展[78]振谷、北限大道）

右右大臣宣、奉　勅、件寺地、[79]（宜）殊賜参議
従三位坂上大宿祢田村[80]麻呂[81]永為私寺
者、国宜承知、依[82]宣行之、符到奉行、
参議従四位[83]上右大弁兼行[84]左近衛少将勘解由長官＊
＊阿波守秋篠朝臣安人
正六位上行左少史兼[85]常陸＊
＊少目上毛野朝臣穎人

延暦廿四年十月十九日

一[86]　賜本願将軍墓地官符（在山城国宇治郡七条咋田里西栗栖村）

太政官符　民部省
[87]合地参町参段弐歩
四至（東限六七条間畔幷公田、西南限大路、北限自馬背坂上橋之峰）
水田玖段壹佰弐拾陸歩（廿五坪四段、廿六坪三段二百六十歩、廿七坪三百五十四歩、卅五坪二百廿四歩）
陸田参段弐佰参拾陸歩（[88]百姓口分廿五坪弐段二百卅六歩、廿七坪一段）

山弐町

右被右大臣宣偁、奉　勅、件地宜永為故　」十二
大納言贈従二位坂上大宿祢田村[89]麻呂墓地、
其百姓口分之代以祭田給者、省宜承知、依
宣行之、符到奉行、

参議右大弁従四位上兼行右兵衛督備中守秋篠朝臣＊
＊安人右大史正六位上勲七等坂上忌寸今[90]継
弘仁二年十月十七日

一[91] 置寺家俗別当官牒
太政官牒　清水寺
越後権守正五位下坂上大宿祢正野
右[92]大政官承和四年五月七日下治部省符
偁、被権中納言従三位兼行左兵衛督藤原
朝臣良房宣偁、奉　勅、緇徒之戒、玉条備
設、違越之罪、金科詳存、今聞、練行苾蒭、
麟角希有、相似凡流善迹[93]物無、是以、蘭若
禅堂、漸絶精進之輩、村閭塵屋、還為僧尼
之房、住持之事、高無不顕、淫犯之濫、誼譊」十三
無絶、言為其弊、三綱雷同、不加糺正之所致
也、宜置別当令督[94]奸非、不順教令、有違憲
法、特処重科、又寺家田園并修造等事、
三綱共依舊勾当、自余禁制、依承前数度
格者、而頃年遺漏無行、濫減多満、修禅定
者、百無存一、乱戒律者、無処不在、今右大臣
[95]宣偁、宜令件人別当督察者、寺宜承知、依宣行
之、故牒、
仁寿三年十二月廿二日左大史正六位上山口[96]宿＊
＊祢稲麻牒[97]
参議左大弁従四位上兼行右近衛中将近江守藤原朝臣

一[98] 寺内処々事縁等事
三重宝塔一基（坐四仏）
件塔、承和十四年（歳次丁卯）、故輔[99]葛井親王、（嵯峨天皇々子、田村麻呂[100]大納言女春子女御所生也、）請官符建立之、東方薬
師、南方釈迦[101]者、寺家別当大法師願予造
立之、西方阿弥陀、北方弥勒者、寺家別」十四
当大法師安興造立之、
塔院大門二天事
右件天（多聞天[102]、持国天[103]、）者、当寺住侶慶兼、承平七
年七月之比、為修行到信濃国御坂、夜
宿枯木之下、然間、大蛇忽来纏慶兼之
身、慶兼其命已欲絶、仍為遁此難、雖

発種々大願、蛇未解、更発大願云、若
遁此難者、我山塔院大門無其主、仍造立
二天王像、可奉安置、件大門左右者、願力
潜通、霊験立顕、蛇即解去、慶兼無事、
仍上洛之後、当時寺家別当康尚聞此
旨、随喜之余、手自奉刻二天像者也、

104

清水寺別当次第

第一建立内供延鎮
第二願豫
第三安興
第四隆原
第五斎宗
第六寿耀
第七遁塵
第八興法
第九名誉
第十叡源
第十一真寵

」十五

第十二禅蓮
第十三長代
第十四増延
第十五康信
第十六朝源
第十七康尚
第十八定朝
第十九定源
第廿定範
第廿一定俊
第廿二定深
第廿三勝快
第廿四永縁
第廿五有禅
第廿六兼円
第廿七長円
第廿八隆覚
第廿九定耀
第卅恵信

」十六

第卅一尋範
第卅二玄縁
第卅三範玄
第卅四勝朝
第卅五舜覚
第卅六円長
第卅七信家
第卅八玄信
第卅九円経
第卅玄信
第四十一範信
第四十二基円
」十七

【校異】

1、之—ナシ　2、初—初比　3、公田—公田振谷　4、後日改之—ナシ　5、云—ナシ　6、少—小　7、尋求—求尋　8、薬—薬(業イ)　9、急ニ起テ—急起(愈超イ)　10、石斜—右(石イ)斜　11、有—ナシ　12、遁—道　13、曾—莫　14、低—低(垂イ)　15、近衛—ナシ　16、麻呂—麿(楽者イ)　17、濁々—渇渇無　18、存—存(在イ)　19、砂(イナシ)—沙　20、楽—楽　21、身女之—女身　22、即—即　23、漸及延暦之比—爾時　24、延暦十四年三月—ナシ　25、麻呂—麿　26、于—千于　27、写—字　28、柱—挂　29、柱—挂　30、賊—賊徒　31、花—華　32、麻呂—麿　33、不如—不如為　34、同年—延暦十四年　35、砂—沙　36、之—ナシ　37、太政官符—給太政官符　38、御宸筆—宸筆　39、以私建立寺悉壊、渡東西大寺之日、被下太政官符、免除当寺之由也、【割書】—本文　40、兼又賜印一面為当寺之長宝—ナシ　41、之—ナシ　42、延鎮也、—ナシ　43、附属—五十戒附属　44、砂—沙　45、御堂—堂　46、花—ナシ　47、慕—募　48、砂—沙　49、合—令　50、花—華　51、誤食—ナシ　52、者—ナシ　53、一—ナシ　54、田邑麻呂大納言—大納言田邑麿　55、坂上田邑麻呂大納言—大納言坂上田邑麿　56、廿一年—廿年　57、近衛—ナシ　58、同年—同廿年　59、近衛中将如故、—中将如元、　60、先之兼近衛大将、大将如故、—先之兼近衛大将、今如元、　61、日—ナシ　62、十一疋、—一十疋、　63、朝臣全継—朝臣縵麿、治部少輔従五位下秋篠朝臣全継　64、災難—交難　65、於—ナシ　66、同—ナシ　67、之—ナシ　68、卿—ナシ　69、御—ナシ　70、出—ナシ　71、此—ナシ　72、一—ナシ　73、麻呂—麿　74、麻呂—麿　75、寺家—寺　76、一—ナシ　77、東山—ナシ　78、展振谷—尾振谷　79、殊(宜)—宜　80、麻呂—麿　81、永為私寺—ナシ　82、宣—件　83、上—下守　84、左—ナシ　85、常陸—陸奥　86、一—ナシ　87、合地参町参段弐歩—ナシ　88、百姓—百□

89、麻呂—麿　90、今継—全継　91、一—ナシ　92、大—太　93、迹—ナシ　94、当—堂　95、宣—ナシ　96、山口宿祢稲麻—山□宿祢□麻　97、牒—ナシ　98、一—ナシ　99、輔—帥　100、麻呂—麿　101、者—ナシ　102、多聞天、—多門天、　103、者—ナシ　104、一—以下、続群書類従本にはナシ。金剛寺本が記さない以下の異文あり。群書類従本本文を示せば、以下の通り。

本願（大願主イ）、大納言先祖

阿智王

本朝応神天皇廿年己酉、率数百人、辞漢朝入日本、即有勅、賜大和国檜前地居之、一名英智王、即子一人、阿多倍也、

阿多倍

阿智王一男、子三人

志努直

阿多倍二男也、子十一人、

駒子

従二位志努直八男也、子七人、

弓束

駒子七男也、子四人、

首名

弓束一男也、子一人、

大国

首名一老子也、子一人、従五位上右衛門大尉、

犬甘

大国一男也、子三人、正四位下右衛門督、

苅田麿

犬甘一男也、子十一人、従三位兵部卿右京大夫右衛門督、

田邑麿

苅田麿三男也、自前漢高祖廿代孫也、自後漢武帝十九代也、自阿智王十一代、若□末代封口物領云、公云、私□大義輩者、永被断坐無間大地獄、於今生者、成白癩黒癩、速可削其苗裔之号、更不可疑矣、

氏知行寺々

道興寺

字□寺云々、

右大和国高市郡檜前郷、件所者、先祖阿智王入朝時恩給地也、仍建立寺云々、

竹林寺

呉原寺云々、右大和国高市郡、件寺者、先祖従三位駒子卿奉為敏達天皇所建立也、

清水寺

氏社

勲一等大仁富明神

右大和国高市郷（郡イ）

〔補記〕　本稿は、科学研究費補助金・基盤研究（B）「真言密教寺院に伝わる典籍の学際的調査・研究―金剛寺本を中心に―」（平成十九年度～平成二十二年度　研究代表者：後藤昭雄）および同・基盤研究（B）「金剛寺所蔵典籍の集約的調査と研究―聖教の形成と伝播把握を基軸として」（平成二十三年度～平成二十六年度　研究代表者：後藤昭雄）による成果の一部である。

調査・研究を許可され、貴重な資料の掲載・翻刻許可を与えてくださった天野山金剛寺堀智範座主に、深くお礼申し上げます。

山王霊験記と夢記

橋本正俊

一　寺社の霊験記と出典

中世には、特定の寺社の霊験記が多数作成された。『長谷寺験記』『春日権現験記絵』『山王霊験記』などがその代表としてあげられようが、『東大寺縁起絵巻』『北野天神縁起』『石山寺縁起』『清水寺縁起』等々も、縁起を含む霊験譚から構成されており、当然その数に含まれる。逆に「〇〇（霊）験記」と称するものも必ず冒頭に縁起を語るのであり、ここではこれらの作品群を書名に関わりなく、寺社の霊験記と捉えておく(1)。

これらの霊験記は、それぞれに成立した事情・背景は異なるけれども、いずれも霊験譚を集成する過程で、伝聞のみならず参看した資料があったと考えられる。例えば『長谷寺験記』には先行する「長谷寺流記」が用いられたことが明記されているし、『春日権現験記絵』には貞慶「御社験記」や「明恵上人神現伝記」が参照された可能性が指摘されている。多くの験記が、霊験譚を収録した核となる資料をもとに、さらに霊験譚が加えられるなどして、段階的に成立したであろうことが推測される。

ただし、霊験記がその出典を明示することは稀である。例えば『春日権現験記絵』では、その詞書中に資料名が記されることはほぼない。巻四第二話末尾に「そも〳〵「雖観事理」の文は、慈恩大師の「唯識章」にあり」とあるように、本文中の句に対する注釈程度のものである。『北野天神縁起』『石山寺縁起』などの縁起類も同様である。霊験記は記録の一種とはいえ、物語と同様に、編者名を示さず、出典も記そうとしない。

けれども、例外もある。『長谷寺験記』にはしばしば参照した資料名が記される。(2) 序文には「上巻ニハ十九説法ヲカタドツテ当寺ノ旧記ヲヒロイ、下巻ニハ三十三身ヲ擬シテ諸家ノ録ヲ撰ス」とする。これは序文であるから例外としても、本文中にも数箇所見られる。中でも、「吉備終ニ思ノゴトク、諸道ヲ習ヒ取テ、日本ニ帰ルト、当寺ノ流記ニ見タリ」(上一(上巻第一話。以下同))、「当寺ヲ御建立アリ。其由来広ク縁起流記等ニ有」(上二)、「凡当山長谷寺ハ、観音以往ノ霊地ト云、縁起文実ナルカナ」(下一)のように、「流記」「縁起」といった資料名が見られるが、霊験譚の出典を記したというものではない。また、「又源氏ノ物語ニ、唐の后十種ノ宝物ヲ……」(上六)などは末尾に加えられた注記的なものである。ただし、「件池ト者、行仁上人ノ記ニ云ク……」(上三)以下の記事や、「終ニ果シテ結日ノ夜夢ニ、清公卿来テ所願成就ト悦給ヘリト、当寺ノ流記ニ見タリ」(上九)などは、出典を記した例と言えようか。いずれにせよ、『長谷寺験記』にはこのように資料名を示す例が散見する。

これと同じくしばしば資料名をあげるのが『山王霊験記』である。『山王霊験記』には複数の系統があるが、(3) 代表してここでは『山王絵詞』(以下『絵詞』と略する)と『日吉山王利生記』(以下、『利生記』と略する)とを取り上げ、総称として「山王霊験記」を用いることとする。「山王霊験記」にも、しばしば参照した資料名が明示される。いくつかあげてみる(4)(以下本文を引くにあたっては、『絵詞』『利生記』ともに、第一巻の第二段を一—二のように示すこととする)。

『利生記』一—一「康保(和之誤)五年官符云、大八島金刺朝廷に三輪明神とあらはれ、大津宮の御宇に始て天降り御せり」「相伝云、本地を尋ぬれば天照大神の分身なり。或は日枝と号し、或は日吉と申す。是則跡を叡岳の麓に垂て、威を日域の下に施し給と江帥かけり」「山家記云、王城は事宗光土、山門は理寂光土、持仏法皇法、設王城与山門、如車二輪、如鳥二翅、一闕不可云々」「桓武御起文には、東大興福等の七大寺は六宗を弘むといへとも、鎮護国家の名はひとり叡岳にあるとぞ侍る」、『絵詞』一—一（『利生記』二—二）「委細本伝幷梵昭記に見えたり」、『絵詞』五—四（『利生記』三—九）「抑流鏑の事は大外記師元が記に委し」、『絵詞』八—二「慈門房賢運が夢想記云、件夜、聖真子の彼岸所の西方に……」「聖真念仏記云、不断念仏始修して後……」、『絵詞』八—七「次第に善所へつかはさるゝよし、真源法橋夢想の記に見えたり」、『絵詞』十一—七「本人の口筆をもちて注付るよし、日記見えたり」などがあげられよう。

直接参照したのか、間接的な引用なのかはともかく、また中にはいわゆる偽書と考えられるものも含まれているけれども、「山王霊験記」の成立過程において、様々な資料が参看されたことが明確に見て取れる。他の霊験記・縁起類に比べて、資料の明示が目立つということは言えそうである。もちろん、全体からすればごく一部であり、「山王霊験記」に出典明記の姿勢があったわけではない。では、逆になぜそれらは出典を記されたのか。

右にあげた例のうち、その多くは霊験譚の本文に対して資料名をあげながら補足、注記する形を取るものである。先の『長谷寺験記』の方法に近いと言えよう。その中で特異なのは、『絵詞』八—二「保延三年八月二十三日、東塔東谷の住侶、慈門房賢運が夢想記云」で始まる段である。冒頭に出典名を明記して霊験譚を語るのは、「山王霊験記」でも他にはなく、珍しい叙述方法である。

なぜ『絵詞』はこの霊験譚では冒頭に出典を明記しているのか。さらに「夢想記」の書名に注目すると、『絵詞』八—七にも「真源法橋夢想の記」の書名が見られる。「山王霊験記」編纂の資料としての「夢想記」の存在がほの見える。

そこで本論では、「山王霊験記」周辺において、「夢想記」とはどんな存在だったのか。また、その編纂と「夢想記」とはどのように関わるのか、考えてみたい。なお、本論では以下「夢記」と「夢想記」を区別せずに、「夢記」と総称する。また、本論では特に『絵詞』を中心に考察するが、随時『利生記』も参照する。両書は成立背景など異なるものであるけれども、本論の趣旨においては共通する基盤があると考える。

二　山王霊験記の夢記

「夢記」には様々な形がある。

単に「夢記」といえばそれを指すほど、明恵の『夢記』が傑出した存在であることは言うまでもないが、[5]古来より「夢記」を著した例は多く、中世の著名な僧侶に限っても、慈円「慈鎮和尚夢想記」や法然「法然上人御夢想記」などがあげられる。また、「鎌倉遺文」を繙けば、「蓮生夢記」「湛空夢記」など複数の「夢記」が見出される。ただし、それらがすべて本人によって当初より「夢記」として独立して記録されたものであったのか、または記録の一部に含まれるものであったのか、あるいは他者によって記録されたものであるのか、さらには仮託されたものであるのか、「夢記」のあり方については、それぞれに異なるところもあり、一定の形でイメージできるものではない。例えば『増賀上人夢記』は増賀の聖者化に伴って制作されたとも考えられている。[6]また、「〇〇夢記」といった書名やそこからの引用は、多くの資料中に確認できるが、それらが実在した「夢記」であったか否かについては検討を要するだろう。他にも、「夢記」と称されることはなくとも、日記に記される夢（『玉葉』がとりわけ知られる）[7]であったり、作品中に記される著者・編者の夢（『更級日記』[8]『日本霊異記』[9]などが知られよう）、聖教類の中や奥書に記される夢など[10]も「夢記」と称することもできよう。これらについては文学・歴史学・宗教学など様々な側面からの研究の蓄積がある。今はそれらを取り上げる余裕はないが、近年は荒木浩氏によってテクストとしての「夢記」を解析する作業が続けられていることを特記しておきたい。[11]

このように夢記は、「夢記」として記録されたものから、そうでないものまで、広範な夢の記録を指すことになり、このように捉えてゆくと対象が拡大しすぎるきらいもある。しかしまた、これらを限定してしまうと、夢を記す行為、またそれを享受する行為の一面しか捉えられないことも事実であろう。本稿でも緩やかに「夢記」を捉えておきたい。

まず「夢記」からの引用を明記している『絵詞』八―二の霊験譚を見てみよう。

保延三年八月廿三日、東塔東谷の住侶慈門坊賢運が夢想記云、件夜、聖真子の彼岸所の西方に御簾をかけて、北の御簾巻上て、大宮二宮聖真子、正面の間におはしまして、御社に不断念仏を勤修すべきよしを御沙汰あり。其庭に裏頭の其数尋常の体にて是をうけ給。又社司橋本大夫、父大夫、六郎大夫等三人参会して承るに、大宮の御まなじり、賢運か候方を見つかわして仰らるゝ様、「勧進せさせ候所の先年の不断念仏帳はあるか。御覧ぜん」と、其御眼は星のごとくして、見かはしまして仰らるゝに、「不注候」と答へ申せば、大和尚在て被仰云、「早速に勧進すべき也。七十五人往生人のあるを勧進すべし。毎日に末法万年といふ文を四十八反頌すべき由をいひ聞せよ。慥に七十五人の往生人のあるを勧よ」と云云。さて大宮二宮聖真子とは、彼裏頭のをしへ給也。聖真子念仏記云、不断念仏始修して後、第三日楞厳院玉泉坊勤修の夜、祈（ママ）道の間こゝろひろめて眠たるに、宝殿の御（衍カ）御簾をかゝげて、貴僧の体とおぼしくて、詠じまし〱て云、

千はやぶる玉のすだれを巻上て念仏のこゑを聞ぞうれしき

件夜、此御声を聞人両三人、或は眠或は臥て、夢の中におの〱聞つゝ、神力の感応今夜ことに通ずるよしを互に語申て信心をいたす事、いとゞかぎりなかりけり。

聖真子の不断念仏をめぐる伝承を語る霊験譚である。冒頭が「夢想記云」で始まり、別書「聖真子念仏記」（未詳）からの引用の直前までが、夢想記によるものとなる。そしてここでは「件夜、聖真子の彼岸所の西方に」以下の説

話全体が夢想の内容となっている。通常は霊験譚を構成する一部として夢想の場面が描かれるのであり、このように夢想の内容のみで一つの霊験譚を構成しているのは、特異な形式として位置づけられよう。このような「夢記」からの引用のみからなる説話を霊験譚としてやや物語化すれば、次のような形式の記述になるだろう。『絵詞』八—一を引く（『利生記』七—一にも同話がある）。

叡山東塔南谷勝陽房法橋真源といふ碩学ありけり。或晴夜の夢中に、日吉大宮の楼門のまへをすぐるとおぼえて、離世したる経蔵坊阿闍梨厳算にあへり。真源問ていわく、「御坊はうせ給ひにき。いかにかくては」といひければ、「其事也。我身存生の時は仏法に劫をつみ、修学にちからをつくししかども、常に名利貪着の心もと（よカ）をして、先途をとげざりし事、妄執となり、六趣輪廻の業つきざりしかば、殊悪道に入ぬべかりしを、権現方便をめぐらし、かたじけなくも当社の辺にめしおきて、さま〳〵扶持し給也。すべて山門にあとをとゞめ、社壇にあゆみをはこぶ卑賤鳥獣にいたるまで、のこし給事なし。況社司寺官宮籠等、みな此奥の山、八王子のほとりにめし置て、昼夜に加護して利益おこたり給はず、即仏果菩提までも見そなはし給也。但大善のともがらは、直に安養都率にもまふで、極悪のものは、忽に泥梨無間にもをつ。さほどの事は子細におよばず。御はからひあるべき分際は、ここにて調機善巧し給也。貴坊達の事もさこそはをはせむずらめ。いさらせ給へ。事の様を見せ申さむ」とて、おくのうしろざまへともなひて行ば、山上にてなれし名徳耆老、坂本にすみし祠官神人などおほく見えたり。修因の善悪にしたがひて居所の尊卑あり。或厳浄なる所にすむ俗もあり。鈴杵に携僧もあり。誠に権現慇懃の慈悲、言語道断也と思て夢さめぬ。さて真源は保延三年正月四日、正念にして入滅をはりぬ。直に安養にや生れけん。又社辺にやめし置たるらん。おぼつかなし。

悪道に堕ちるべき死者が八王子山に召し置かれているということが、夢想によって知られる。冒頭に「真源といふ碩学ありけり」と人物紹介のみされ、すぐに「或晴夜の夢中に」と夢想の記述に移り、「言語道断也と思て夢さめぬ」で終わるように、夢想を記述するだけの内容となっている。その後、末尾に「さて真源は保延三年正月四日」以下が続くが、この部分は『利生記』にはなく、『絵詞』が補足的に加えた部分と見てよい。

さて、この真源の夢想の記述も、やはり「夢想記」として知られていたようである。それは『絵詞』八―七に次のようにあることからわかる。

西塔南谷に平等坊法印経源経宗公息といふ人あり。或時廿五三昧を行てゐ眠ける夢に、横川の経印律師とて、ふるく此三昧衆にてはかなく成にけるが、堂のほとりにたゝずみて詠云、

もろ共に唱へし物をたちきけば我か身ひとつのもれにける哉

といひけるを聞て、はしり出てあれば、「いかに御坊はうせ給し人ぞかし。いかなる処におはするぞ」と問に、「我は山王の御はぐゝみにて、悪趣にもゆかず、いたくことかけずして侍也。二十五三昧の数に入て、今二三年を経て往生すべきなり。山王の御計のかたじけなき事、三昧の力のいみじき様、しらせ申さむとてまひりたる」よし、かたると覚て夢さめぬ。山徒司宮御子宮仕までも、直の往生は申におよばず、さならぬ物をば皆八王子奥の谷におかれて、次第に善所へつかはさるゝよし、真源法橋夢想の記に見えたり。おもひあわせられて、たのもしくこそ侍れ。

これも夢想の記述からのみなる霊験譚であるが、末尾の「直の往生は申におよばず、さならぬ物をば皆八王子奥の谷におかれて、次第に善所へつかはさるゝよし、真源法橋夢想の記に見えたり」は、先の八―一をさすと見てよいだろう。この話は『利生記』にはなく、八―一と八―七は「山王霊験記」の形成過程において異なる段階で取り込まれた可能性が高い。「真源法橋夢想の記」なる書物が実際に存在した可能性もあるけれども、単に八―一のような説話を指して「真源法橋夢想の記」と称していると考えることも可能だろう。(12)

この他、「夢記」「夢想記」と明示されるわけではないが、『絵詞』二―三（『利生記』七―三）の藤原敦光の説話

では、最後に本文に対する注釈のように、

抑十禅師御本地に付て、其説遼なりといへども、大旨地蔵尊とぞ申あへる。東塔東谷宝地坊法印証真の夢にも、或時は地蔵菩薩、或時は弥勒菩薩にて示されけり。大般若転読して、十禅師の御宝前に通夜したりける夢には、「慈氏菩薩当来時故、聞得真如無分別智」とぞ、宝殿のうちより被仰出けり。所詮随縁転変して、あまねく利物し給ふにや。大権現の儀以凡慮不可測。

と証真の夢の内容が記される。すでに拙稿(13)に述べたが、この証真の夢は『義源勘注』(14)に、

宝地房証真法印、転二読大般若一奉二法楽一。十禅師拝殿通夜夢曰、
慈氏菩薩、当来時故、用二彼真如、無分別智一已上。

とあり、また『渓嵐拾葉集』(15)にも、

一、十禅師本地弥勒習事。弥勒菩薩当来座故用彼真如無別分智文。是十禅師神託証真法印感夢也云云。

とあるものであった。十禅師の本地が弥勒であることが、証真の夢によって証されているのである。証真の周辺には夢に関する記事が散見する。『沙石集』巻一には、証真が夢で十禅師に会い、母の健康を祈ったところ、十禅師に現世のことを祈ることをたしなめられたので、後世の菩提を祈るようにしたという説話が載せられる。また、証真の大著『天台三大部私記』のうち『止観私記』の末尾には、彼の夢記ともいうべき夢の記録が綴られる(16)。さらに叡山文庫蔵『依正秘記』には、慈円は祈請の申し入れがあったときには、領掌すべきかどうか証真に尋ね、証真は中堂に通夜して、見た夢に従って慈円に回答していたという説話が記される(17)。

証真法印与慈鎮和尚甚深ノ御事也。慈鎮和尚へ祈請ノコト人申入レバ、先無二御領掌一以二書状一証真法印へ御尋在テ有二御請取一。如此御尋ノ時ハ法印へ中堂ニテ夢御覧ジテ給リ候ヘト被レバ仰、必法印中堂ニ通夜アツテ夢ヲ被二御覧一随二所見ノ御夢一御領状ノ有無ヲ被レ仰了。御両人無二他事一被レ二通依テ毎事御談合アリケリト、夢ノ記ト

テ宝地坊室ニ今モ在レ之云々。

これもやはり最後に言う証真の「夢ノ記」が実在していたのか定かではない。しかしそれよりも、夢想を記録する証真のイメージが形成され、伝承されていたこと、そしてその証真の夢が、十禅師の本地を確証すべく機能していたことに注目しておきたい。同様に『絵詞』八―一・八―七の記事についても、真源の「夢想記」によって、死者が召し置かれるという八王子山の伝承が裏付けされていたと考えられるのではないか。

この他にも『絵詞』五―一に見られる夢想説話は、天台座主を勤めた西方院僧正院源による千僧供養の由来譚となっている。ここまで取り上げた夢想説話は、いずれも単なる霊験譚ではなく、本地や儀式、聖地の知られざる伝承を明かそうとするものである。『山王絵詞』の成立は不明ながら、おおよそ十四世紀前半と考えられる。『山家要略記』に代表される山王神道説が整備されていた時代、また様々な儀式も整えられていく中で、その由緒も語られる必要があった。そして、それらはしばしば「夢記」として語られていたのではないか。そのような傾向も踏まえて、「山王霊験記」周辺にも目を向けてみる。

三　山王神道と夢記

ここでは「山王霊験記」から目を転じ、『山家要略記』を中心とする山王神道関係資料を取り上げ、山王霊験譚の周辺に見え隠れする「夢記」の存在について見てみたい。

山王神道において夢想の記述が重要な位置を占めていたことは、これらの資料に顕著に示される。(18) では「夢記」はどのように引用されているのか。まず『山家要略記』に見られる「夢記」の記述を二例取り上げる。

巻五「大行事権現事」(『山王密記』にも同話がある)。

経尋法橋夢記云建暦二年八月二十二日夢記也

吾是不レ限二日本一州一。惣行二一大千界事一。故号二大行事一文。（八一頁）

また、巻六「八王子坂廟崛事(19)」。

護因供奉永承三年八月十一日夢記云、護因法師、清夜閑寝、見ルニ二一霊夢一云々。有二一人高僧一語テ二護因一曰ク、当社者東宮治天之時、殊可二繁昌一。其故者、東宮之先生、当社之聖人也。（中略）護因問曰、件霊墓何処乎。高僧答曰、彼故墓有二大比叡社艮、小比叡社坤一云々。夢塊（魂カ）覚畢。現流（モトムレバ）二感涙一、待レ旦尋レ彼、霊夢不レ聊、遺骸在レ茲云々。（九三頁）

両者ともに日付まで明記されていることが注目される。この夢記が本人によるものであれ、仮託されたものであれ、単なる霊験譚ではなく、日付が明記されることで正確な記録として伝えられることになる。その内容も、前者は大行事の名前の由来で、後者は後三条院の前生と日吉社の関わり、そしてその墓の在処という秘説を語る内容である。ここで『絵詞』八―二で、聖真子の不断念仏の伝承を語る「賢運が夢想記」にも日付が明記されていたことが思い起こされる。それは言い替えれば「保延三年八月二十三日賢運夢記」というべきものであった(20)。同様の形式の夢記が多数生み出されていたことが想像されよう。

次に、法性房尊意（八六六〜九四〇）の「夢記」を取り上げる。『山家要略記』巻五「聖女権現垂迹事」には次のようにある。二段に分け、仮にABとする。

A法性房贈僧正伝云、延長四年五月十六日夜、花麗飾車（レイノカザリグルマ）従二戒壇院半空一至二大講堂前庭一。不レ懸レ牛而如レ飛下来。見二車内一有二一人貴女一。容貌優美、麗質端厳。車左右各有二三人侍女一焉。貴女左手取二唐裳一、右手差レ扇屏レ面。而従二車内一下。侍女跪レ地。人問曰、「吾山大師結界以来于レ今不レ許二女人一。何輙登山焉」。貴女対曰、「吾是雖二女人一非二凡女一聖女也。非二可レ制人一。尊意阿闍梨補二天台座主一。為レ申二慶賀一自二稲荷一来向也」。尊意、延喜之初比暫住二極楽寺一。念誦転経之次施二法施之功徳一。依レ感二彼薫修一今所二参賀一文。

B覚慶大僧正記云、法性房贈僧正延長四年夢記云、容貌奇妙貴女一人参二入物持院一。徘二徊于軒廊一則礼二拝舎利会一。僧正問曰、「当山大師結界之浄砌也。女人登山如何」。貴女対曰、「吾非二凡女一、是聖女也。故登山無二其憚一身也。且為レ礼二舎利之会場一。且為レ助二山王之行化一。自二稲荷一来二攀此峰一」云々。其後僧正勧二請稲荷明神一崇二法宿権現東頭一。今聖女社是也文　（八一頁）

前半Aは「法性房贈僧正伝」からの引用、後半Bは「覚慶大僧正記」が引く「法性房贈僧正延長四年夢記」からの引用となっている。覚慶は天台座主二十三世（九二八？～一〇一四？）。「覚慶大僧正記」はしばしば山王神道書に名前が見られるが、これも、法性房尊意の「夢記」も、実在したか不明である。さて、『山家要略記』よりも早く成立したとされる『耀天記』の「七　聖女之事」も『山家要略記』と類似する記事を引いている。(21)

A第十三座主法性房和尚尊意、延長四年五月十一日座主宣命被レ下云。伝云、延長四年五月十六日云、山僧敬白大徳、夢云、美麗ノ車自二戒壇院前一、不レ懸レ牛而如レ飛下リ来テ、留二講堂庭一、見二車内一者有二貴女一人一。容貌美麗。車左右各有二侍女三人一。爰貴女左手取二唐裳一、右手取二差扇一屏レ面。従レ車下、侍女跪レ地。即僧問曰、「此山ニハ従レ昔不レ許二女人一。何輙ク登焉」。貴女答云、「吾雖二女人一非二可レ被レ制之身一也。尊意阿闍梨被レ補二座主一。為レ申二慶賀一自二稲荷一来也」云々。和尚延喜之初、暫住二極楽寺一。転経之次ニ廻二向彼神一。感二其薫修一致二慶賀一歟云々。

B成仲孫子親成宿禰云、尊意僧正夢云、無上貴女乗レ輿御登山、被レ拝二舎利会一、座主云、「当山結界砌ナリ。女人不二攀登一、如何」。貴女答云、「我雖二女人一、登山無レ憚之身也。稲荷明神也。為レ拝二舎利会一企二登山一、兼又欲レ助二行化一。仍山王宝殿ノ傍可レ被レ崇候也」云々。依レ之彼僧正所二奉レ崇給一也云々。或云、慈覚大師（時脱カ）垂迹云々。

これも前後半に分かれていて、その内容は『山家要略記』に対応する。以上のAの記事は出典が引かれるとおり「尊意贈僧正伝」に見られる。(22)

同月（引用者注、延長四年五月）十六日、山僧夢云、美麗之車従二戒壇院之前一、不レ懸レ牛而如レ飛下来、留二講堂之前庭一、見二車内一者有二貴女一人一。容貌花麗。車之左右各有二侍女三人一。爰貴女左手取二唐裳一、右手取二差扇一屏レ面。而従レ車下。侍女跪レ地。即僧問曰、「此山従レ昔不レ許二女人一。何輙登焉」。貴女答曰、「我雖二女人一非二可レ被レ制之人一也。尊意阿闍梨被レ補二座主一。為レ申二慶賀一自二稲荷一来也」。和尚延喜之初、暫住二極楽寺一。転経之次廻二向彼神一。感二其薫修一致二慶賀一歟。

すなわち、ある山僧が夢に貴女が飛来するのを見て、これを咎めると尊意の天台座主補任の慶賀に稲荷より訪れたという。これに対して『山家要略記』『耀天記』のBは、尊意が夢に貴女が登山し舎利会を拝するのを見てこれを咎めると、舎利会を拝さんがために稲荷より訪れたという。また『耀天記』では貴女が「山王宝殿ノ傍可レ被レ崇候也」と指示し、『山家要略記』では「今聖女社是也」とするように、大宮の隣に祀られる聖女社の縁起譚となっていることがわかる。AとBとでは夢を見た主体は異なるものの、いずれも女人禁制の地に訪れた理由を貴女に問うと、稲荷神であることが明かされるのであり、無関係に成立したものとは考えられない。「尊意贈僧正伝」が引くAが展開してBが発生したと考えるのが自然だろうか。そしてBについては、『耀天記』が、「成仲孫子親成宿禰云、尊意僧正夢云」と口伝の形で記すのに対して、『山家要略記』が「覚慶大僧正記云、法性房贈僧正延長四年夢記云」と書物からの引用の形で記している。親成は勅撰集歌人としても有名な日吉社禰宜祝部成仲の孫で、同じく歌人として知られる禰宜成茂の従兄弟に当たることが系図で確認される。(23)『耀天記』にはしばしば成仲や親成の山王神にまつわる本地説などが伝えられており、彼ら神官によって山王神をめぐる諸説が紡ぎ出されていたことが推測される。(24)『耀天記』のように祝部氏によって語られた尊意の夢によって明かされる聖女縁起が、『山家要略記』では尊意の「夢記」という書物の存在を示す形で引用されるに至ったと推測できるのではないか。なお、「尊意贈僧正伝」には尊意の夢の記述が頻出するのであり、尊意も「夢記」を記す人物としての条件を備えていたと言えるだろう。そして、「夢記云」として引用された聖女の縁起説は、根拠ある説として権威を持ち、継承されるに至ったのではないか。

同じような「夢記」の成立は、先の護因の夢記でも確認できる。護因の説話は、すでに『耀天記』に二箇所において見られる(25)。「十四　日吉社行幸事」では、「金剛寿院座主〈覚尋〉記云」として護因の記事が引かれる。この覚尋記が実在したものか否かは不明であるけれども、この記事が説話化されたとも言えるものが、「三十七　護因事」の引く説話である。後三条天皇が東宮であった折の護持僧覚尋が、即位の願書を持って大宮に参る途中、なぜかそれを知って願書を受け取りに来た護因と逢う。特に前者の「覚尋記」では、護因が夢に後三条天皇の前生の墓所を知ったことを語る。この護因の夢の内容が、前掲のように『山家要略記』では護因の夢記として記されているのである。天皇の前生が日吉の聖人であり、その墓所が明かされるという説は、「夢記」として再構成されることで、山王神道説に組み込まれていったのだろう。

四　夢記と口決

ここまで、山王神道書に見られる「夢記」に注目したが、夢の記録は必ずしも「夢記」として示されているわけではない。前掲した証真をめぐる夢想の説話群もそうであったが、「山王霊験記」の周辺にはもっと豊穣な「夢記」が蓄積し流動していたであろうと思われる。

『山家要略記』巻二から西方院僧正院源の夢想の記事をあげる。

　西方院僧正記曰

治安二年八月十日。依二霊夢之告一、同十一月二十日奉レ向二十禅師神殿於巽方一已上。

裏書云西方院座主僧正霊夢曰、十禅師神殿内有二一人高僧一。召二僧正一同座。高僧示曰、我恒時向二巽方一護レ之。

故不レ成二障礙一云々。則授二一巻御経於僧正一。而夢中解レ紉見レ文。宇賀神王福徳円満陀羅尼経也付二此義一重重有二口決一。当流己証也。（三八頁）

十禅師が巽方を向いている由縁を、西方院院源の霊夢として記す。これも日付が明示された夢記と称してよいだろう。夢中で授かった福徳円満陀羅尼経により、十禅師はすなわち宇賀神であることが示される。さらに末尾にいう「口決」とは、次の『山王密記』が引くようなものを指すのであろうか。(26)

一、十禅師殿向二巽方一事

福徳円満陀羅尼経云、我恒時向二巽方一護レ之。故不レ成二障礙一矣。

口決云、西方院院源座主時、奉レ向二十禅師神殿於巽方一ニ。其故宇賀神者、弁才天異名也。住二乾方一降二伏ス巽方ノ障礙神一ヲ。荒神者、住二巽方一障二礙衆生寿福一ヲ。爰以十禅師向二巽方一鎮二荒神障礙一。則十禅師権現者、荒神鎮之神明也。

また、『山家要略記』巻五にも「口云宇賀神者弁才天也。件宇賀神居二乾方一、向二巽方一。……」（八〇頁）の口伝が引かれる。先ほどの霊夢に現れた高僧の言葉が、『山王密記』では経文となっていて、さらに口決として院源が十禅師を巽方に向けたこと、さらに宇賀神について荒神との関係などが説かれる。これらを見ると、夢記と口決とが連関している様相がうかがえる。

これまで見てきた説話に示される夢想は、単に霊験や奇瑞を引き起こすためのものではない。そこで示されるのは、山王神の由来であったり、日吉社にまつわる秘説というべき内容であったりする。『山家要略記』をはじめとする山王神道関係資料は、山王神の本地などを多くの口決をもって明かしていく内容を含むものであるから、その中において「夢記」が同様の役割を担っているのは当然と言える。口決・秘決とならんで夢記が位置づけられているのである。そして、「山王霊験記」においても、すでに取り上げた賢運の夢想、真源の夢想、証真の夢想など、

「夢記」は口決・秘決と同様に、山王神や日吉社の様々な由来を説き明かすものであった。「山王霊験記」の周辺には、本地や由来を説く口決とともに生み出された「夢記」が、仮託のものも、また書物として形を整えないものも含めて、多数存在していたはずである。

先に引用した護因の説話にしても同様である。『山家要略記』で、護因の「夢記」によって示された後三条院の前生の墓所をめぐる説は、同書で別に口決として示されている。

一、千歳御前事
口決云、歳者処名也。彼後谷ヲ千歳谷ト申也。又決云、大宮石谷ヲバ万劫之谷ト云也。抑千歳御前ト者、委千歳谷ノ先帝御前ト可レ云也。サテ覚大師御在唐時、所現人申仮事也。爾者先帝御前者、後三条御霊也。彼社ノ所ハ即彼法花練行ノ聖人尊仁ノ庵室跡也。明ニ尊仁上人者、後三条院前身也。（後略）　（一〇一頁）

「千歳御前」についての口決であり、この墓所をめぐる説は、夢記や口決によって保証されていたことがわかる。護因説話は『絵詞』にはないが、『利生記』三―六・七に引かれている。そこでは、護因に次のように託宣が示される。

二宮の御託宣に、「春宮は先生に奉公あり。彼旧骨うしろの山にあり。掘出して見るべし」と仰ありければ、これを見るに、一尺あまりの髑髏あり。もとのごとくにうづみて神にいはひ奉る。千歳の御前とていまにおはします。（後略）

ここでは託宣によって墓所が示され、千歳御前の名も引かれる。「夢記」や「口決」の姿は消え、一篇の説話として形を整えているといえようか。

五　「賢運夢想記」の背景

大阪青山歴史文学博物館蔵『後醍醐天皇宸翰御消息』は、冒頭「秘決幷夢記給候了、三種重宝間事、誠以甚深、尤可存知事候けり」とあり、「秘決」と「夢記」を借用した旨を記す。この「夢記」は『慈鎮和尚夢想記』を指す可能性が高いと思われるが、決して慈円の夢想記だけが特別な位置づけをなされていたのではなく、「夢記」とは秘決としての役割を担うものでもあっただろう。

「口決」とは、単に秘伝の伝授あるいは筆録ではなく、新たに生み出された説や解釈をテクストに取り込むための方法であった(27)。それに対して「夢記」は、これらの説や解釈を実体験の側から保証するものであったと言えるだろう。夢として語られることでなく、それを「夢記」として記録すること（それは実際に夢を見た本人であれ、誰かの仮託あるいは偽作であってもかまわない）が必要とされたのである。

「山王霊験記」は、本地説や、日吉の諸社や儀式の由緒など、中世日吉社が抱えていた問題を、説話によって確認し説き明かしていこうとする。数々の「夢記」は、必然的にそのための重要な資料となったはずである。それがよく知られていた霊験譚であればそのまま取り込まれるであろうが、中には「夢記」として記録され始めたばかりの（もしくは、まだ記録されていない）説話も多く存在したであろう。「山王霊験記」が編纂されてゆく環境を想像したとき、そこでは夢想説話が「夢記云」「夢想記云」という形で記録され、出処が確証されることが重要であったのではないか。『絵詞』に見られる特徴的な「賢運が夢想記云」との出典の明示も、おそらくこの夢想説話が採録当時において、「夢想記」という出典を伴って記録されるべき状態にあったからこそだろう。

そこで、「賢運夢想記」を引く『絵詞』八―二の特徴を確認したい。まず、『山王絵詞』には「山王三聖」あるいは「三聖」の語は複数箇所に見られるが、「大宮・二宮・聖真子」のようにその名称を列挙するのは本話のみである。また、『絵詞』は『利生記』にはない聖真子不断念仏に関わる説話を、本話以降に四話つづけて収録している。それらの説話群は他の資料に関連説話が見当たらないことからも、『絵詞』編者の周辺にあって、当時新たに記録されるに至った説話であった可能性が高い。聖真子は、「山王三聖」の一つとして知られる。けれども、「山王三聖」や「両所三聖」の用例は古くからあるものの、大宮・二宮・聖真子を指すと広く認識されるのはいつ頃から確かではなく、どこまで遡れるのか疑問である。[28]『梁塵秘抄』には「両所三所は釈迦薬師」(417番)とあり、阿弥陀(聖真子)の名前が見えない。一方、二宮を地主神とする通説に対して、『耀天記』「二　大宮御事」に安居院澄憲の山王三聖同時勧請説が引かれていることはよく知られていて、『言泉集』『転法輪抄』『澄憲作文集』などには「三聖」の語が頻出する。[29]『転法輪抄』には「山王三聖ノ即三如来之垂迹、四所即四菩薩之応現ナルニハ」(『安居院唱導集上』二九七頁)とあり、七社を「三聖」「四所」としていることから、三聖が大宮二宮聖真子を指すと考えられる。このように、十三世紀、とりわけ安居院周辺では大宮・二宮・聖真子を意識した三聖信仰が主張されていたように思われる。さらに『山家要略記』では山王三聖、また聖真子の由来等が盛んに語られるようになる。その背景には、聖真子の位置づけを大宮・二宮と同格にまで高める必要があったことが想像される。『転法輪鈔』に「聖真子阿弥陀経供養」のあることも注目されよう。さて、『絵詞』の成立には安居院が関わっていたことも指摘されている。[30]『絵詞』の編纂当時は、聖真子をめぐる諸説が、盛んに生み出されていた時期であったと推測される。その一つである聖真子不断念仏勤修を勧める八―二の説話は、確たる保証を得るべく、「夢想記」という枠組みの中で、さらに山王三聖を揃って登場させることによって、霊験記に取り込まれることになったのではないだろうか。

「山王霊験記」にとって、出典として「夢記」を示すことは、その霊験譚で示される説が、夢という体験に基づいて記録されたものであることを、読者に知らしめるために必要な方法であった。

〈注〉

（1）千本英史『験記文学の研究』（勉誠出版、一九九九）「験記の可能性」が指摘するように、中世においてこれらの「霊験記」は、「験記」と称された。『山王霊験記』も諸本は「山王絵詞」「山王縁起」などと題する。ただし本稿では、寺社の霊験譚を集成したものという程度の意味合いで、「霊験記」の称を使用する。

（2）引用は『長谷寺験記』（新典社、一九七八）所収、長谷寺蔵天正写本に拠る。

（3）田嶋一夫「山王利生記成立考」（『説話の講座5』勉誠社、一九九三）参照。

（4）引用は、『利生記』は早稲田大学教林文庫蔵「山王縁起」に、『絵詞』は『妙法院史料　第五巻』（吉川弘文館、一九八〇）に拠る。

（5）明恵『夢記』の研究は、奥田勲『明恵　遍歴と夢』（東京大学出版会、一九七八）他、多数の蓄積がある。近年では荒木浩編『〈心〉と〈外部〉―表現・伝承・信仰と明恵『夢記』―』（大阪大学大学院文学研究科広域文化表現論講座共同研究研究成果報告書、二〇〇二・3）に収められる諸論文が明恵『夢記』に限らず広く「夢記」を考察する上で重要な指摘をしている。

（6）阿部泰郎「『増賀上人夢記』―増賀伝の新資料について―」（『仏教文学』7、一九八三・3）参照。

（7）菅原昭英「夢を信じた世界―九条兼実とその周囲―」（『日本学』5、一九八四・10）参照。

（8）永井義憲「更級日記と夢ノート」（『日本仏教文学研究第二集』豊島書房、一九六七）参照。

（9）出雲路修「霊験記論」（『説話文学研究』24、一九八九・6）、同「日本霊異記」（『説話の講座4』勉誠社、一九九二）参照。

（10）奥田勲『明恵　遍歴と夢』（東京大学出版会、一九七八）、また佐藤愛弓「聖教に記された夢―慈尊院栄海の夢想記述―」（『説話文学研究』42、二〇〇七・7）参照。

（11）数点あげておく。「明恵『夢記』再読―その表現のありかとゆくえ―」（科学研究費補助金研究成果報告書『仏教修法と文学的表現に関する文献学的考察―夢記・伝承・文学の発生―』二〇〇五）、「宗教的体験としてのテクスト―夢記・冥途蘇生記・託宣記の存立と周辺―」（『中世文学と寺院資料・聖教』竹林舎、二〇一〇）、「書物の成立と夢―平安期往生伝の周辺―」（『経世の信仰・呪術』竹林舎、二〇一二）。

(12) 霊験記の中の説話を別の箇所で引用することは、『長谷寺験記』にも見られる。『長谷寺験記』下三十三、盲目となった男の夢に現れた貴僧が、松の葉を持って眼をなでると目が見えるようになったという説話の後に、「サテモ松ノ葉イカナル事ゾト覚ユルニ、紀納言ノ父貞範ノ夢ノ記ニナゾラヘテ心ヘバ、十八日ニ利益ヲ施シ給フ君ナレバ、松ヲモツテ御体ニナゾラヘ心得ルナルベシ」とする。この「紀納言ノ父貞範ノ夢ノ記」に該当する説話が上四の説話である。これは貞範が長谷寺に参籠した折に、夢に童子が現れて十八日を示す松の歌を詠んだというものである。

(13) 拙稿「「山王霊験記」形成の一端―宝地房証真を中心として―」(『説話文学研究』43、二〇〇八・7)。

(14) 引用は『続天台宗全書　神道1』による。

(15) 引用は『大正新脩大蔵経』による。

(16) このことは先にも触れた奥書に記される夢記としても位置づけられよう。ただしこれが当初から証真によって末尾に付せられていたものであったかどうかについては不明である。

(17) 引用は松田宣史『比叡山仏教説話研究』(三弥井書店、二〇〇三)所収の翻刻による。

(18) 『山家要略記』の諸本の関係は複雑であるが、本稿では「続天台宗全書　神道1」所収の叡山文庫天海蔵本を底本とする校訂本文に拠り、巻数、ページ数を示した。なお、「神道大系　天台神道(下)」所収の諸本にも拠って確認した。また一部においては叡山文庫蔵の諸本も確認した。

(19) 後にも取り上げるが、樹下僧護因の説話として、『利生記』三―六・七とも関係がある他、『耀天記』などにも引かれる。護因説話については名波弘彰「『平家物語』に現れる日吉神社関係説話の考察―中世日吉社における宮籠りと樹下僧―」(筑波大学『文芸言語研究・文芸篇』9、一九八四)に詳しい。

(20) 夢記に日付が明記されることについて、松尾剛次『日本中世の禅と律』(吉川弘文館、二〇〇三)第三章「夢記の一世界―好相日記と自誓受戒―」で、一種の夢記に位置づけられる金沢文庫蔵「好相日記」を取り上げ、その特徴として「夢見の内容」と併せて「日付・時刻」が記されることを指摘している。また荒木浩『日本文学　二重の顔―〈成る〉ことの詩学へ―』(大阪大学出版会、二〇〇七)第四章「夢とわたし―もう一つの自伝」参照。

(21) 引用は『神道大系　日吉』による。ただし「聖女事」は、『耀天記』の古写本とされる正応本には引かれていない。正応本については、岡田精司「耀天記の一考察―「山王縁起」正応写本の出現をめぐって―」(『国史学』108、一九七九・3）参照。

(22) 続群書類従による。成立については不明である。松本公一「『尊意僧上伝』について（覚書）」（『国書逸文研究』25、一九九二・10）参照。

(23) 西田長男「『日吉社司祝部氏系図』の新出古写本」（『日本神道史研究9　神社編下』一九七八）

(24) 菅原信海『山王神道の研究』所収「『耀天記』の再検討」（春秋社、一九九二）参照。またこのことは「山王霊験記」にも『絵詞』十二―六（『利生記』四―六）で「抑二宮の第三の王子とは何事ぞやと人とひければ、惣官成仲申しけるは…」と引かれることにも見出される。

(25) 『耀天記』の二話のうち、「十四　日吉行幸事」は正応本に確認されないものの、護因説は十三世紀には成立していただろう。

(26) 引用は『続天台宗全書　神道1』による。

(27) 拙稿「口決のかたち」（『中世文学と寺院資料・聖教』竹林舎、二〇一〇）参照。

(28) 水上文義「山王神道の形成―その問題点と留意点―」（伊藤聡編『中世神話と神祇・神道世界』竹林舎、二〇一一）。

(29) 澄憲の表白と山王信仰については、曾根原理「安居院澄憲の山王信仰」（『東北大学附属図書館研究年報』30、一九九七・12）参照。

(30) 下坂守「『山王霊験記』の成立と改変」（『京都国立博物館学叢』11、一九八九・3）。

※引用に際しては、適宜表記を改め、句読点、濁点等を施した。

〔付記〕　本稿は科学研究費助成事業（課題番号25870944）による研究成果の一部である。

縁起の〈縁起〉
――『長谷寺縁起文』成立周辺――

内田澪子

はじめに

長谷寺には、数多くの縁起が残されている。どれもみな長谷寺の濫觴を語り、原初的なものが成長したり、互いに影響を与えたり集約されたり、長い時間と階梯を経た、その各々の段階の面影を遺し伝えている[1]。これらがある時期、集大成・再構築されて『長谷寺縁起文』(以下『縁起文』と略称)が成立し、以後長谷寺縁起の代表格となる。長谷寺と神々との関りを語る役を負う『長谷寺密奏記』(『密奏記』と略称)と共に、周知の通り仮託ではあるが、宇多天皇の勅に応えて道真が伝来の旧記から勘出し、自らこれを認め奏上した、という由緒を持つものである。

『縁起文』や『密奏記』の成立時期等については未だ定説を見ず[2]、これを明らかにするための新しい資料も現時点では得られていない。ただ、『縁起文』の勘出経緯は、『縁起文』自身をはじめ周辺の複数が記し留めている。いずれも知られたものではあるが、改めてこれら『縁起文』他が主張する勘出経緯を確認し、そこに『縁起文』や『密奏記』等の成立について知る痕跡はないか、検討を行ってみたい。

一　『長谷寺縁起文』の〈縁起〉

『縁起文』は冒頭に『縁起文』自身の勘出の由来を語る部分を持っている。そこに記される道真が感得したという霊夢の内容は、金峯山界隈で展開した弥勒菩薩を注視する宗教活動と長谷寺との関わりを示していて興味深いがひとまず措き、本稿では『縁起文』勘出に関わる表現を採り上げる。『縁起文』には複数の伝本が伝えられるが、原則として本文内容に大きな違いは認められない。本稿では遊行三十七代託資上人筆と伝える長谷寺蔵本に拠る。(3)

『縁起文』冒頭部と、本文の最末尾部は次の通りである。私に句読点や記号を附した。

[A]吾遣唐大使中納言従三位兼行左大弁春宮大夫式部大輔侍従菅原朝臣道真、忝加寺官附大安寺、因、依小僧之請攀入長谷霊寺、爰則[面]為勝絶之霊場、[視]成大明之流記、精気一通而得霊夢、…（霊夢内容略）…、爰弥信仰無貳[α]、仍鏡行基菩薩国符記七巻幷流記文三巻・本願聖人上表状一通、就中尤聚金去塊勘出縁起文一首、其辞曰、傍兼、流記

[B]称長谷寺者夫於南閻浮提陽谷、輪王所化之下、破駁盧嶋水穂国長谷神河浦北豊山峯而徳道聖人建立十一面観世音菩薩利生之道場也、…本文略…大檀那　聖武皇帝観音化現、本願徳道聖人法起菩薩垂跡、開眼導師行基菩薩文殊応化、供養導師天竺菩提僧正普賢再誕也、[C]凡記録取要、依　勅奏聞、聊依恐天覧繁務、従数巻旧記選一首縁起者矣、

寛平八年二月十日　都維那僧行空
寺主法師恵義
上座法師円詮
別当伝灯大法師位智照

俗別当左大臣従二位藤原朝臣良世
奉行　去年七月二十七日下諸寺并長谷寺　宣旨
従五位下行左大史兼春宮大属壬生忌寸望村
遣唐副使従五位上守右少弁兼行式部少補文章博士讃岐介紀朝臣長谷雄
中納言兼右近衛大将従三位行春宮大夫藤原朝臣時平
執筆遣唐大使中納言従三位兼行左大弁春宮大夫式部大輔侍従菅原朝臣道真

Aは、内容も、また複数の写本がこの箇所を本文より一字下げで写すことを見ても、B以下の縁起本文とは位相の異なる文章である。Aは「吾」と始めていて、道真が話者という体裁になっている。長谷寺に「攀入」った道真は、霊夢を得て更に信仰を強くしたとする。途中αに「仍」としているから、「弥信仰無貳」という道真の信仰心から自発的に『縁起文』勘出が行われたようにも見えるが、本文末Cも参照すると、『縁起文』は勅命に応え成されたものである。「恐天覧繁務」という理由もあり、『行基菩薩国符記』他を「鏡」とし、それらを含むであろう、「数巻旧記」から「要」を取り、勘出して成したことを説明している。

このあたりの事情を更に詳細に説明するのが、『豊山傳通記』[4]所収『行仁上人記』佚文（以下「行仁上人記」と表記）である。行仁上人は、実像を知ることが難しい人物で、『長谷寺験記』（以下『験記』と略称）上巻十六話によれば、長元五年（一〇三二）、実在した藤原兼隆（九八五〜一〇五三）の末子に誕生し、保安元年（一一二〇）までを生きた人物とされるが、『尊卑分脈』他に該当する人物は見つけられない。しかし『験記』上巻末に附された「長谷寺律宗安養院過去帳」等には、長谷寺安養院開山の勧進聖等として記載がある。また『行仁上人記』も散佚書であるが、『豊山傳通記』だけでなく『密奏記』や『験記』にもその書名が記されていて、長谷寺周辺では重要な人物・記録として理解されていたらしい[5]。

その佚文を載せる『豊山傳通記』は正徳三年（一七一三）、長谷寺中性院僧正隆慶が長谷寺蔵の文献に基づいて記したものである。上巻にはまず「縁起」として『縁起文』が据えられる。次いで「縁起勘文」として、『縁起文』本文の二十七箇所に対する註記が列挙されている。この註記は、長谷寺蔵室町中期書写と伝えられる『縁起文』の一伝本の、頭・脚・行間や裏に実際に書き込まれている註記を抽出し、集成したものであることが明らかにされている(6)。この二十七箇所の内「勘出縁起文」という文言に対する註記として、次の記事が引かれている。

Ｄ行仁上人記云、宇多天皇御宇、寛平七年七月二十七日、下宣旨長谷寺并七大寺等鎮護国家伽藍十八所、尋其縁起由来、爰当寺俗別当左大臣藤原朝臣良世、奉勅傳付別当傳燈大法師位智照、照依詔勅奉請菅相府、而従行基菩薩国府記并寺家流記・本願上人上表状等十一巻中、令勘出当山建立縁起、則令長谷寺司等加署判、奏聞公家、于時寛平八年二月五日、Ｅ菅相府詣長谷寺、而向聖跡、渇仰無貳、乃至感霊夢倍歓喜、歓喜余、載位署製端作成一巻縁起、自手染筆而書於紙、奏天皇、又書於紙、書於板、留寺内、其板二枚、各一丈三尺、懸十一面堂正面東脇云々、

一見して先の『縁起文』Ａと非常に似た内容を持つことは了解できる。前半Ｄには、宇多天皇の「寛平七年七月二十七日」に宣旨が下り、縁起を尋ねられたことなどを記す。この日附は『縁起文』本文末Ｃに見えた日附と対応していて、ここに言う道真勘出の「当山建立縁起」が『縁起文』にあたると解る。これに「長谷寺司等」が「署判」を加え、公家に奏聞したとしているが、こちらも先引『縁起文』Ｃ末尾奥書日下に「別当伝灯大法師位智照」他の名が記され、『行基菩薩国符記』以下の書名も、員数共に合致している。「寛平八年二月五日」という日附は、『縁起文』に見えなかったものであるが、「行仁上人記」を読む限り、「奏聞公家」の日附と読むことが妥当であろう。「縁起由来」を尋ねられたのは、前年の七月二十七日であるから、六ヶ月余りを経過して奏聞したことになる。例えば『大安寺伽藍縁起并流記資財帳』の場合、天平十八年十月十四日に出されたかと思しい勅に応えた提出縁起

の日附は、翌天平十九年二月十一日で、こちらは四ヶ月弱であるが、勅命を受けてから、応分の時間を経過して提出していることは同様である。

この前半Dで、「当山建立縁起」＝『縁起文』勘出の経緯としては、過不足のない説明であるように思えるのだが、「行仁上人記」はE以下に、再び道真が長谷寺を訪れ「一巻縁起」を書き記したとしている。ここでも、「向聖跡」「渇仰無貮」等の文言は、『縁起文』の「面為勝絶之霊場」「信仰無貮」といった文言と呼応しているし、霊夢を得たことも同様に記す。『縁起文』に見えないのは、霊夢を得た後の道真の行動に関わる記述で、霊夢に感激した道真が「歓喜余」に、自身の「位署」や「端作」を附載した「一巻縁起」を自手記したのだとしている。これは現存『縁起文』の姿である。[7]

つまり「行仁上人記」は、同じ道真の手に成るがDで「当山建立縁起」、Eで「載位署制端作成一巻縁起」と、二種類の『縁起文』成立を記していることになる。確かにDでは「奏聞公家」の日附を「寛平八年二月五日」としていたが、先引『縁起文』奥書の日附も、また『縁起文』と対で奏上されたという「秘記」（＝『密奏記』所収「寛平八年申状」、後述）の日附も「寛平八年二月十日」で、「行仁上人記」Dが記す日附は五日早い。上述の通り「行仁上人記」の内容は『縁起文』と上手く呼応しており、この日附のずれが単純な誤謬とは考え難い。Eで「載位署制端作」としているから、Dの「当山縁起」は「位署」「端作」の載らない「二月五日」附『縁起文』と考えるのが穏当であろうが、現時点でその様な形の『縁起文』は管見に入らない。正本は公に提出してしまったのであるから、寺内には伝存しない、ということになろうか。

この「行仁上人記」の説明を先ほどの『縁起文』Aの記事に重ねてみると、途中α「仍」とあった箇所で、道真の行為は実は一旦途切れており、「爰弥信仰無貮」までが「端作」を附載することになった経緯、以下は『縁起文』本文の勘出経緯を、それぞれ記したものであると解る。従って「其辞曰」は〈先に勘出したその縁起の内容を改めて記せば〉、の意となろう[8]。

ところで道真自筆の「位署」「端作」附載『縁起文』も、「奏天皇」してしまったら寺内には伝わらないはずである。けれど「行仁上人記」Eは、道真がその場で「又書於紙」、つまり天皇に奏したものとは別に、もうひとつ、おそらく同じものを認めて「留寺内」たと伝える。なるほどこの事情があれば、道真自筆の「載位署製端作」の「一巻縁起」＝『縁起文』が確かに寺内にも伝わる。

「行仁上人記」の記事は、現在我々が知る『縁起文』の形態や道真筆といった由緒まで、ほぼ全てを説明しており、『縁起文』自身も語らないことを語る、〈訳知り〉の記事である。当然、『縁起文』が道真仮託に成ったことを持ち出すまでもなく、「行仁上人記」の記事は周到に作り込まれた『縁起文』の〈縁起〉である。同時にこの記事の成立が、『縁起文』の成立と近い可能性も想定できるだろう。

二　板に書かれた『縁起文』

道真自筆「位署」「端作」附載『縁起文』が正しく寺内に伝わることを記した「行仁上人記」Eには、更に「書於板、留寺内」ともあった。道真は、それぞれ「一丈三尺」すなわち、約四メートルほどの板二枚にも『縁起文』を書き記し、それは「十一面堂」の「東脇」に懸けられていたという。管見の限り、この〈板に書かれた『縁起文』〉について、他に言及する記事を見つけ得ないのだが、複数点伝わる長谷寺縁起絵巻には、当該場面が絵画化されている。

例えば、長谷寺蔵三巻本『長谷寺縁起』上巻や同六巻本第一巻[9]には、霊夢を得た道真が、細長い板に向かって筆を振るう場面が描かれ、「聖廟、縁起を勘出して一丈三尺の板に書て、堂にうつ」との画中詞が添えられている。縁起絵巻は『縁起文』冒頭部も詞書としているので、当該場面が絵画化されるのであるが、『縁起文』自体はこの板のことには触れていないから、縁起絵巻が作成されるころには、「行仁上人記」、あるいは同種の内容を伝える何かが広く知られていたようだ。

この〈板に書かれた『縁起文』〉との関係が指摘されているものに、護国寺本『諸寺縁起集』に引かれた「菩薩前障子文云」と始まる、長谷寺縁起の一本がある(10)。

護国寺本『諸寺縁起集』所収「長谷寺縁起」（以下「抄出縁起」と略称）

[F]菩薩前障子文云、於長谷寺有二名、一本長谷山寺、二者後長谷寺、其差別者、十一面堂西方有谷、其谷西岡上在三重塔并石室佛像等、是本長谷寺也、是弘福寺僧道明建立也、彼石室仏像下在之縁起文、其道明六人部氏人矣、谷東岡上在十一面堂舎等、是後長谷寺也、依沙弥徳道之願、藤原北臣未拝大臣時、奏聞朝廷、奉勅建立也、其徳道、播磨国揖宝郡人、辛矢田部造米麻呂也、後名子若、初来着斯寺、生長之後、成私度沙弥、験殊異也、β彼本長谷山寺、雖有少堂舎等、無修治人、今倒失石室仏像等、只在木下、其三重塔者、十一面寺之所　治今尚有也、[G]十一面菩薩本縁起者、高市郡人八木少井門子之夫、居住近江国資賀郡大津村人也、少井門子夫死以後、為父母并夫、為奉造仏像、従近江国高嶋郡三尾前山流出霹靂之木、代取挽致八木衢、而依彼木祟□□□(11)并父母死去矣、爰沙弥徳道、長谷里古老刀祢向請取件木、長谷山東岑挽置、経多年雖求造仏像雖得之、然間藤原氏北臣、被大和国班田勅使、具彼申造仏像、勅使親見佛料木、奏聞聖武朝廷、申下官物、奉為　聖朝、造立斯像山寺也、子細之状具在障子文也、因茲知本縁也、

本縁起は、話末に「子細之状具在障子文也」とあるから「障子文」、すなわち冒頭にいう「菩薩前障子文」なるものを抄出したものと考えられる。その内容見ると、前半[F]では長谷寺そのものの由来を、後半[G]は「十一面菩薩本縁起者」と始めて十一面観音像の縁起を中心に語り、全体として長谷寺の縁起となっている。この前半と後半は、長谷寺周辺に伝来していた、十一面観音像と寺院そのもの、それぞれを中心に語る二系統の縁起(12)に由来するものと

考えられ、本縁起が拠ったとする「菩薩前障子文」は、この二系統の縁起を貼り継いだような形のものであったらしい。

さて「行仁上人記」の、〈板に書かれた『縁起文』〉が十一面堂正面東脇に懸けられていたとする情報は、「菩薩前障子文」という文字面と通う。本文の最後に「因茲知本縁」としているから、「菩薩前障子文」は長谷寺の「本縁」を伝えるもの、と理解されていた。確かに、この「抄出縁起」と同文の縁起が、学習院大学蔵十巻本『伊呂波字類抄』[13]「波」部諸寺「長谷寺」条に収められていて、話末は同じく「子細之状具在障子文也、因茲知本縁」としているが、こちらは冒頭を「縁起云」と始めている。「菩薩前障子文」は、長谷寺の「縁起」と言い換えられるものであった。

この「抄出縁起」の内容を、『縁起文』を含めた長谷寺縁起群の中で比較してみると、縁起を構成する要素は多く『縁起文』と共通する。しかし、縁起の内容を比較してみると、『縁起文』からの直接の抄出とはし難い。たとえば前半Ⓕでは、

此豊山・有二名、一者泊瀬寺、又云本長谷・寺、二・長谷寺又云後長谷寺、（『縁起文』）

於長谷寺有二名、一・・・・　・・本長谷山寺、二者・・・・・後長谷寺、（「抄出縁起」）

とあって、『縁起文』が別名としてあげた方を名称として採択し、所謂銅板法華説相図に基づく記述の中では、

彼金銅仏像下有天皇御筆縁起文、（『縁起文』）

彼石室仏像下在之・・・縁起文、（「抄出縁起」）

となっていて、一読「抄出縁起」の記事の中では整合しているように見えても、『縁起文』の文脈とはややずれているのである。また傍線部βの記事や、次に引く「未拝大臣」は『縁起文』に見えない内容であるし、道明や徳道については、出身地や「後名」など随分詳細な情報を採っているのに、『縁起文』に重要な聖武天皇などの固有名

詞を、

・・北家嚢祖房前臣、・・・・・奏元正天皇、奉聖武詔勅以建立也、（『縁起文』）

藤原北臣・・・・・未拝大臣時、奏聞朝廷・、奉・・・勅・建立也、（「抄出縁起」）

のように、落としてしまっていることも目につく。

後半Gも、「十一面菩薩本縁起者」と何か別の縁起を引いてきたような書き方で始めているが、『縁起文』には該当するような文言は記されない。「八木少井門子」に纏わる記述も、『縁起文』には見えない文言を持ち、文脈にも矛盾を含むなど、『縁起文』が先にあったのなら発生し難い捻れがあると読める。(14)

「抄出縁起」（＝護国寺本『諸寺縁起集』「長谷寺縁起」）は、現存の『縁起文』からの抄出ではないと判断する。(15)元の「菩薩前障子文」は、〈板にかかれた『縁起文』〉ではない。しかし「菩薩前障子文」と呼ばれるような〈板にかかれた縁起〉は存在したのではないだろうか。「抄出縁起」はその存在を伝えるものであると考える。

〈板にかかれた縁起〉と〈板にかかれた『縁起文』〉とは別物、すなわち「菩薩前障子文」は『縁起文』とは別の長谷寺縁起で、護国寺本『諸寺縁起集』や十巻本『伊呂波字類抄』に、抄出の形でのみ伝えられた。先にも触れた通り、「抄出縁起」は『縁起文』と共通する要素も多く持つ。長谷寺周辺に伝わった縁起群は、少しずつ段階的に変化し、お互いの邂逅や集約も経て、最終的に『縁起文』として再構築されたと見通せる。『縁起文』は「仍鏡行基菩薩国符記七巻幷流記文三巻・本願上人上表状一通、就中尤聚金去塊勘出縁起文一首」（端作）、「凡記録取要、依　勅奏聞、聊依恐天覧繁務、従数巻旧記選一首縁起者矣」（本文末）と、寺内に伝えられた様々な「数巻旧記」から抄出・集成・再構築したことを自ら明記している。(16)「抄出縁起」の元となった「菩薩前障子文」も、「数巻旧記」などと言われるものの内に含まれていた可能性のある、『縁起文』成立少し前の段階のものと考えることが穏当である。

たとえば、先に聖武天皇の名を「落としてしまっている」と書いたが、長谷寺縁起群の中で聖武天皇の名を記すものは、『縁起文』と、『縁起文』より後発、最大見積もっても同時以前にはならない『験記』が主である。『縁起文』や『験記』で聖武天皇は長谷寺草創期に所縁の天皇として強調される。しかし、多くの縁起は聖武天皇の名を記しておらず、抄出される前の「菩薩前障子文」に、そもそも入っていなかった可能性の方が高い。

ある時期の長谷寺には、十一面観音菩薩像の前の障子に記された縁起[17]＝〈板にかかれた縁起〉が存在、あるいは存在が記憶されていたと考える。だからこそ、道真が一丈三尺の板に『縁起文』を認めたとする「行仁上人記」の謂いが成り立った。『縁起文』が道真仮託の縁起である以上、逆はあり得ない。「行仁上人記」が言う道真自筆〈板にかかれた『縁起文』〉は、〈板にかかれた縁起〉の存在に支えられて実在性を持つことができた。そして〈板にかかれた縁起〉に取って代わり、実物は今に伝わらないけれど、室町期の縁起絵巻では、冒頭を飾る一場面として絵画化されたのではないだろうか。

「行仁上人記」は、周到な仮構を含んでいる。但し、これはあくまでも「行仁上人記云」とされた、佚文の形で伝えられたものについてである。行仁上人は縁起や長谷寺に関わる様々について知り、これを記した人物として、ある時期の長谷寺周辺で理解・信頼されていたと思しい。その為に、「行仁上人記云」として記される内容は、ある種の信憑性や保証を得たもの・得るものであったと考えたい。

「抄出縁起」を載せる、護国寺本『諸寺縁起集』は、康永四年（一三四五）の段階で「清玄」なる人物が所持していたもので、興福寺大乗院旧蔵。當麻寺条に「文暦二年（一二三五）」とあり、それ以降の成立かと見られている[18]。該本は複数の手に成る写本で、全条が一揃いに成立したかどうか検討の余地を残すが、「抄出縁起」の元になった「菩薩前障子文」も、大凡文暦二年頃までには成立していたとみるならば、『縁起文』の成立はさほど時を移さないそれ以降、およそ十三世紀中半以降と見通すことができる[19]。

三　『験記』上巻七話と『密奏記』

さて、『縁起文』の勘出経緯は、『験記』上巻七話にも記されている。同話は長勝寺の由来について記すものであるが、内に次の記述がある。

> 前略…　寛平二年三月三日、天皇北野ノ天神ニ詔シ、桃花ノ宴会ヲヲサヘテ、徳政ノ計ヲ御尋有リ。天神勅問ヲ受テ、四ヶ条ノ事ヲ奏ス。「先仏法ヲ崇メ神明ヲモテナシ、聖跡ヲバ興シ、賞罰ヲ行フベシ」ト則重テ奏ス。「聖跡ハ何所ヲカ興スベキ」ト。爰ニ天神自鎮護国家ノ伽藍十八所ヲ勘奏ス。其中ニ当寺ハ開闢以来ノ勝地、神明発願ノ精舎濫世ニ超、利益殊ニ勝給ヘリ。仍同七年七月二十七日ニ詔ヲ下シテ、当寺ノ霊験建立ノ次第ヲ御尋アリ。同八年二月十日、天神幷ニ当寺ノ俗別当三綱等縁起・秘記ノ二巻ヲ以公家ニ奏ス。其後ハ叡信弥ナラズシテ、…後略

ここでは、縁起を記す契機となった、宇多天皇の「七月二十七日」宣旨が下されるまでの経緯が記されている。先引「行仁上人記」では、最初から長谷寺や南都七大寺などの十八箇寺に縁起を尋ねる宣旨が下ったように読めたが、本話によれば、それはそもそも宇多天皇と道真とが徳政について論ずる中で、道真が「鎮護国家ノ伽藍」として奏上した十八箇寺であったという。これらも他には見えない情報で、本話も『縁起文』成立に関する〈訳知り〉の記事である。

ただ本話では、特に長谷寺に対してのみ縁起が尋ねられたかのように読めるなど、文脈は長谷寺を注視する方向にずらされている。また『験記』には、「行仁上人記云ク」と直接『行仁上人記』を踏まえる記事（上巻三話）もあり、『行仁上人記』に接していた可能性は高いのだが、少なくとも本話は前掲「行仁上人記」が伝える「二月五日」附『縁起文』は踏まえておらず、宇多天皇の宣旨に応えた「縁起・秘記」の提出を「二月十日」とする。

この『験記』に「縁起」と併記された「秘記」は、先に少し触れたように『密奏記』に含まれる記事を指している。「秘記」勘出の経緯にも『縁起文』勘出が関わり、そのことは『密奏記』にも記されているのだが、『密奏記』は全体が均並に記されたものではなく、文章がどのように構成されているのか、さほど自明なことでもない。[20]いささか迂遠ではあるが、『密奏記』の構造も概観しつつ、「秘記」の勘出を確認する。

複数伝えられる『密奏記』にも、管見の限り各伝本間に本文内容の大きな違いはない。本稿では、内閣文庫に蔵される興福寺大乗院関係資料のひとつ、原表紙外題に『長谷寺蜜奏記』と記された一本に拠って考察を進めることとする。[21]当該伝本は、明徳二年（一三九一）興福寺権僧正長懐が書写したものを、応仁元年（一四六七）七月同寺僧信承弁公に、大乗院門跡尋尊が書写させ、尋尊自身も識語や追加の情報を末尾に書き添えたものである。料紙は尋尊周辺で蓄積されたと思しい反古紙で、これが信承に与えられ書写されたようである。信承は、宇多源氏から分かれた京極、更に多田の出である玄兼の次男とされる。[22]後に学侶を外れて興福寺衆徒の執行機関である衆中の沙汰衆となるが、[23]応仁元年、二十三歳頃は、様々な法会の役などを順当に務めており、該本は興福寺内で学侶によって書写され伝えられた伝本である。

該本の書写奥書などを外した『密奏記』の内容は、次の七つの部分で構成される。[24]

a・寛平八年に道真が「旧記簡要」から抽出し注進した「寛平八年申状」
b・『密奏記』成立経緯
c・「裏付」記載の経緯（「当寺御鎮座事…」）
d・「符記心」とされる天照大神他神々が長谷に降臨した様
e・「行仁上人記」から長谷鎮座の神々と鎮座の場所
f・「行仁上人記」から長谷大鳥居の由来

g・「右大概如斯…」以下仁平二年の奥書

この内『密奏記』の核は、『密奏記』文字数全体の約七割を占めるa「寛平八年申状」である。aは所謂宣命体で記されており、

　長谷寺司等謹勘言上
　右依勅命天、蜜仁抽旧記簡要弖曰久、…

と始まり、

　…以大概注進如右、
　　寛平八年二月十日　　寺主法師恵義
　　　　　　　　　　　　別当伝燈大法師智照
　　　　　　　　　　　俗別当左大臣従三位藤原朝臣良世
　執筆遣唐大使中納言従三位兼行左大弁春宮大夫式部大輔侍従菅原朝臣

と閉じられる。内閣文庫本では、ここで二行分程あけて、次いでb『密奏記』成立経緯が記されており、そこに『縁起文』の成立にも触れられている。

　『密奏記』b
　①宇多院御時、依詔而奏諸寺霊験、其中当寺者菅右丞相自十一巻旧記撰出一首縁起之中、②神明御事依為当山之深奥、彼縁起云、神明尊崇之権跡具記別奏之云々、仍菅丞相幷当寺三綱等、別所取奏其秘記是也、③而鳥羽院御時、依詔於御前重所令記裏付也、深可秘乎、若為輙者神慮有恐而已、

　bは書き方も宣命体でなく、aとは位相の異なる文章であることは確認しておきたい。また内閣文庫本を含む管見の『密奏記』諸本はみな、このb③末で本文を改行する。

冒頭①は、宇多天皇の御代に、諸寺の霊験について、奏上するように詔が下され、これに応えて長谷寺では「菅右丞相」すなわち道真が、「十一巻旧記」から「一首ノ縁起」を撰出したと記す。ここで言う「十一巻旧記」は、先引『縁起文』の「仍鏡行基菩薩国符記七巻幷流記文三巻・本願上人上表状一通」、「行仁上人記」の「十一巻中」などと対応しているから、「一首ノ縁起」が『縁起文』である。『密奏記』の成立を記すbは、まず『縁起文』の成立から記し始めている。

というのも、続く②によればその『縁起文』を奏上するにあたり、長谷寺の「神明」に纏わる事柄は「当山之深奥」であるので、縁起（＝『縁起文』）の中には「具記別奏」と記し、別立ての「秘記」として「奏」することにした。その、道真らが別に勘出、奏上した長谷寺の神明に関わる「具記」＝「秘記」が「是也」、つまりbの直前に記されてあったa「寛平八年申状」であった。『縁起文』を見ると、十一面観音像を刻む仏師が地蔵菩薩と不空羂索観音の応化と見顕わされたところに、確かに「是地蔵観音之応化、神明尊崇之権跡、其具記在別矣」との記述がある。また③は、『縁起文』や「寛平八年申状」の成立から二五〇年程を経た後の出来事を記す記事で、「鳥羽院御時」、このa「寛平八年申状」に「詔」によって「裏付」が附された旨を記している。

『密奏記』の核であるa「寛平八年申状」（＝「秘記」）は『縁起文』とほぼ同時に、また本文冒頭に「右依勅命ニ天、蜜仁抽旧記簡要ヲ弖曰久」とあるから、宇多天皇の勅命に応え、「旧記」から勘出する、という経緯も、『縁起文』と同様に成された。日附も「寛平八年二月十日」で、「位署」「端作」附載の『縁起文』と同じである。

結局、「二月五日」附『縁起文』の存在を記すのは「行仁上人記」のみである。『縁起文』冒頭部は、かつて伴信友が道真仮託を示す査証の一つともした通り[25]、いくら勘出者とはいえ個人の「位署」や霊夢体験などを縁起冒頭に冠したもので、聊か特異ではある。「行仁上人記」が伝えるように、当初宣旨に応えて勘出した『縁起文』には冒頭部がなかったのならば、この違和感は払拭できる。「行仁上人記」が真実を伝えている可能性と同時に、あるいは、少しだけ前倒しした日附を明記することで、冒頭部が附載される直前の『縁起文』の存在を匂わせる、ここにも「行人上人記」の周到な用意を読むべきなのかもしれない。

以上のように『縁起文』勘出の経緯については、『縁起文』、『密奏記』、『験記』上巻七話、「行仁上人記」が、お互いに重なる情報を持ちつつ、それぞれ独自の情報も記し留める。全部をあわせてみると、『縁起文』、『密奏記』a「寛平八年申状」勘出は、宇多天皇と道真の徳政に関わるやりとりに端を発していた。そして、国家鎮護を祈る十八箇寺の提示、それらに縁起を問う寛平七年七月二十七日宣旨、長谷寺縁起の勘出と奏上、内「神明」に関わる情報の別立て、道真の霊夢体験に由来する「端作」、それを附載した『縁起文』の成立、道真自筆『縁起文』寺伝の経緯。お互いの情報に齟齬や矛盾もなく、『縁起文』成立の経緯全体が伝えられる。『縁起文』、『密奏記』、『験記』上巻七話、「行仁上人記」は、とても正しく相互補完的な内容を備えており、「行仁上人記」だけでなく、全体としても『縁起文』の〈縁起〉たり得ている。このような情報管理のありかたをどのように解釈するべきだろうか。

四　『密奏記』裏付

ところで『縁起文』と対にして奏上された「秘記」とは、a「寛平八年申状」だけであるのだが、現存の『密奏記』にはほぼすべてb部以下の記事が備わっている。先引b③によれば、「裏付」を記したのは「鳥羽院御時（在位期間は一一〇七〜一一二三年）」とされるから、『縁起文』や「寛平八年申状」の勘出より二五〇年程も下り、その事情をも説明するbは更に下る記事であるはずなのだが、原則としてこれらを全部含んだものが『密奏記』として通行している。

『密奏記』はさほど長文ではないのだが、もともとは料紙の表裏に文字が載せられた資料で、a・bが料紙の表面、c以下が裏面に記されていたらしい。石川武美記念図書館成簣堂文庫の『長谷寺宗奏記』と題された一冊は『密奏記』の一伝本であるが、a「寛平八年申状」本文末尾を「…記録筆乎拱、委旨在口伝里、頗為深奥、偏仁依恐神慮天、以大概注進如右」と、記し終えたところで改行し、「寛平八年二月十日」云々の奥書は記さず、「裏書曰」と一行取った上で、c～gを記す。その後「以上裏書」と一行取って本文に戻り、改めてaの「寛平八年二月十日」云々の奥書と、bとを記している。

この書き方は、親本の料紙の裏面に、表面a「寛平八年申状」本文末尾位置を書き出しとして、c～gが書かれていたことを示している。成簣堂文庫本には、a本文中もう一箇所、「五人神楽男」「朝政」の詞が出てきたところで、「裏書私云」とa本文に割って入り、「五人神楽男」と「朝政」の注記が記される箇所がある。これも、その詞のちょうど裏面にあたるところに書かれていた注記を、それと解るように本文の間に写し入れたものであろう。成簣堂文庫本は料紙裏側の文字の位置など、親本の形態も伝えようと書写された伝本のようである。東京大学史料編纂所に影写本で収められる「根津嘉一郎氏所蔵文書」(資料番号3071.36-15-4)所収『密奏記』もこれと同様の形態を伝える。一紙のみの断簡であるが「福智院家文書」所収「長谷寺密奏記」は、aの紙背にfの記事が記されており、実際に料紙の両面に文字がのる[26]。

本稿が拠っているa～gの順に記された内閣文庫本は、本文の内容に興味を向けた伝本であると思しく、成簣堂文庫本のように「裏付」の位置などを再現することはせず、まず料紙の表面に記されたa・b、続けて裏面のc～gを写した写本ということになる[27]。

尚、先ほど検討したbは、a「寛平八年申状」の成立経緯と、「裏付」が記された経緯を解説していて、『密奏記』の本文内容とは関わりのない、成立事情を記したメモのようなものであった。これが「裏付」記載からどの程度の時を移して記されたのかは不明ながら、少なくともa～g全体の中で一番最後に記されたはずである。bを持たない『密奏記』も伝存しており、(28)これは成立事情メモが記される以前の『密奏記』を書写したか、あるいは『密奏記』本体とは位相の異なるbを、後の判断で削除したかであろう。

さて、そのa・bの裏面に記されていたc〜gを再度記すと次の通りである。

c　当寺神御鎮座事、寛平年中勘之奏記外、今就勅喚重抜旧記簡要天、故所記裏付也、

d　夫、以天照大神尊降日域天宰鳳玉之尅、…中略…故号神河浦矣云々。以上符記心、

e　凡行仁上人記云、瀧蔵大菩薩（当山本ノ地主也。）…中略…鎰司神（伊勢第一ノ別宮荒祭神也。雲懸橋ノ脇ニ座シ御ス、）

f　同記ニ云ク、菅右ノ丞相入此山而曰、…中略…仍昌泰元年戊午歳十二月九日始天立鳥居。今ノ大鳥居是也云云。

g　右大概如斯ノ（此外无日記諸仏ハ不及注進ニ而已）（原歟）

仁平二年七九日　寺主法師正爾

五師大法師仁助

「寛平年中」すなわち宇多天皇の勅に応えて、特に神明に関わる内容を奏上した「記」（＝『密奏記』a「寛平八年申状」）に、「今」、「勅喚（勘）」により改めて「裏付」を記すとするcと、これを閉じるようなgの記載とに挟まれて、「符記」・「行仁上人記」といったまさに「旧記」から、「簡要」を抜き書いた躰のd〜fが記されてあるので、c〜gをひとまとまりの「裏付」であるとみることは、まずは自然であろう。

しかし、ひとつ矛盾が発生する。先のb③は「裏付」を記した時期を「鳥羽院御時」としていた。通常「天皇名＋御時」とあれば、その天皇の在位期間を指す。先にも記した通り、鳥羽天皇の在位期間は嘉承二年（一一〇七）〜保安四年（一一二三）であるから、奥書gの仁平二年（一一五二）と三十年程ずれてしまうのである。現時点ではこの矛盾を解消できない。(29)但し、先述の通り『縁起文』と『密奏記』a「寛平八年申状」の勘出はほぼ同時の設定だから、a「寛平八年申状」の成立も十三世紀中半以降となる可能性があって、その場合b③も仮構にはなる。

そのことは意識の隅に置き、改めて『密奏記』を見れば、仁平二年は、鳥羽天皇の在位期間ではないが、院中に政務を執っていた時期ではある。bのメモは載っていなかった可能性が高いが、表面にa「寛平八年申状」、裏面にc～gが記された『密奏記』が、仁平二年鳥羽院に「注進」された躰となっていることは認めてよいだろう。その具体的な契機は不明である。しかし仁平二年の裏付を含む現状の『密奏記』は、長谷寺が『密奏記』の奏上など、鳥羽天皇と直接的な所縁を持ったことを伝える意図を含んでいるのではないだろうか。そして鳥羽天皇と仁平二年日下の「正爾」は、『験記』下巻三十話に「当寺ノ霊験ヲ尋」ね「縁起等之旧記ヲ奏ス」る関係でも登場しているのである。

五　『験記』下巻三十話　「鳥羽幷御母儀両御方御利生事」

『験記』下巻三十話は、鳥羽天皇の誕生以前、生母藤原苡子が長谷寺に参籠し「如意宝珠」を得る霊夢によって懐妊するところから始まり、長谷寺観音への信仰によって保障された鳥羽天皇の姿を記す。やや長文になるが次に引用する[30]。原文には、途中院宣の引用部以外に段落分けはないが、内容に応じ私に段落を設け、記号や傍線などを附した。

第三十。崇徳院御在位之時、鳥羽院ト申シハ、御母贈太政大臣実季ノ御娘、贈皇后宮藤原ノ氏、当寺ニ参籠シテ「賢王ヲ」ト祈セ給ヘルニ、如意宝珠ヲ給ハルト見サセ給テ、御誕生有ケルニヤ、近世ニハユ、シキ御門ニテ御座ケル。御在位ノ程モ、御母当寺ニ祈テサル御事ト聞シ召シケレバ、偏ニ此寺ニ帰シテ聊之事モ御祈請有ケリ。

保安四年正月二十八日ニ御位ヲスベラセ給テ、其年七月十一日ニ急臨幸有テ、Ⓐ「当寺ノ霊験ヲ尋サセ給ケレバ、寺官・寺主法師正爾、縁起等之旧記ヲ奏ス。増御帰依ノ御心モ浅カラズゾ御座ケル」。

其後、御宿願之事有テ、重テ本尊之新ナル事ヲ知ラセ給ハムガ為ニ院宣ヲ下シ、寺僧ニ詔シテ霊夢ヲ感ゼント御祈請有。其詞ニ云ク、

被院宣云、寺僧等注伽藍之濫觴奏霊験之殊勝。依是崛二五十口浄侶満十一面神咒。二十箇日之間、毎日口別慥誦千遍、可奉祈玉体安穏増長宝寿之算之由也。抑寺者、是観音垂跡之地、衆生利益之砌也。一旦恭敬輩皆預平等之護持、数遍呪力豈無掲焉之感応哉。必以夢告令驚叡慮、若然者忽仰御願之円満、宜致不変之帰依。為法為所、各存此旨、殊抽丹精可令奉祈之由、宜遣仰者。院宣如此。悉之謹状。

後四月二十日　　右兵衛督顕頼奉

長谷寺住僧御中

トナム。寺僧等勅ヲ請テ、長承元年〈壬子〉歳後四月二十八日ヨリ始テ、無弐之懇誠ヲ抽テシカバ、三七日ニ満ズル五月十九日夜、Ⓑ「大上天皇果シテ霊夢ヲ感ジ御座ス。御帳之内ヨリ薄衣着タル貴女、ユヽシゲナル箱ヲ以授奉ル。則大上天皇、手自開テ叡読アルニ、中ニ三ノ宝珠有。悦玉イテ蓋ヲ覆テ、御膝之上ニ持セ給ト御覧ジテ、御夢サメテ後、御霊夢之次第ヲ寺僧中へ書下サル。則彼御夢ヲ合テ云、女房ト云、宝珠ト云、神明ト此本尊トノ子細ヲ寺僧正爾法師、勘奏シテ、其記秘スルニ依テ是ニノセズ。

然レバ叡信思食合テ其後故当寺ニ帰シテ」、毎月ニ御幸有テ、天下泰平ト祈セ給ケルニヤ、王子モ三所マデ帝位ニ上リ、御宿願之事モ思ノ如ナル御事ニテ侍ケル程ニ、御月詣三十三箇月ニ成セ給ヒケル時、顕頼卿奏シテ云ク、大聖ハ非礼ヲ受給ベカラズ。国民ノ煩タリ。毎月之臨幸ヲ留テ、本尊ヲ都ニ移造ラセ給ベキ由ヲ奏。則本仏二丈六尺ヲツヾメ移シテ、法勝寺ニ安置シテ、浅カラズ恭敬供養ヲ至シ、御一期当寺へ四季ニ自御幸ナリ。或ハ御代官ヲ立ラル。三十六町ノ免田ヲ寄テ御常灯ヲ灯シ、数口ノ成功ヲ寄テ二王堂ヲ修造セラル。是併、御母儀之御願ヲ思食出、自新ナル御利生ニ預セ給シヲ、ナノメナラズ思食入ケルナルベシ。

退位直後の鳥羽院は保安四年（一一二三）七月十一日に長谷寺に詣で、その霊験を尋ねたところ、「寺主法師正爾」が、「縁起等之旧記ヲ奏」し、院は帰依の心を益々深くしたとする。鳥羽天皇が退位直後長谷寺に詣でたというような記録は、他に未確認であるが、『験記』上巻末に附された「安養院過去帳」「行仁聖人」の項には、白河法皇御願に成る安養院について「中門院トモ号。鳥羽ノ御幸ニモ此院家ヲ御所トシ御ス。委細ハ験記ニアリ」との記事があり、本話以外の根拠は不明ながら、長谷寺の少なくとも安養院周辺には鳥羽院の御幸が語られていたようである。

「其後」、保安四年からは九年後となるが、鳥羽院は改めて何らかの「御宿願之事」のため、長承元年（一一三二）院宣を下す。その冒頭には「寺僧等注伽藍之濫觴、奏霊験之殊勝」とあり、先に「正爾」等が奏上したという「旧記」には縁起や霊験譚のようなものが含まれていたようだ。もちろんこれが現在の『験記』そのものを指すとは限らない。『験記』に霊験譚を提供したようなテキストもあっただろうし、現在の形になる前段階の『験記』の存在も指摘されている。[31]

勅を受けた寺僧達の「無弐之懇誠ヲ抽」た作善のお陰もあって、鳥羽院は願った霊夢を得る。それは「貴女」から箱に納められた「三ノ宝珠」を授けられるというものであった。霊夢を合わせてもらう必要からか、鳥羽院が「御霊夢之次第ヲ寺僧中へ書下」したところ、「女房ト云、宝珠ト云、神明ト此本尊トノ子細ヲ」再び「正爾」が奏上している。この「神明ト此本尊トノ子細」には、当然『密奏記』が想起される。『密奏記』仁平二年日下には、当の「正爾」の名もある。けれど本文に従えばこれが奏上されたのは、長承元年五月十九日からさほど日数を空けない頃と考えられるから、仁平二年とは猶二十年の開きがあり、これが現存『密奏記』そのものを指すとはできない。

ただ本話はこれを「其記秘スルニ依テ是ニノセズ」とする。この箇所はやや文章の接続が悪く、元来本文に対する註記的な記載であったのかもしれないが、確かに『密奏記』a「寛平八年申状」は長谷寺の神明に関わる事柄を「秘記」としたものであった。これを秘するという意識は長く持続されたようで、先にも引いた『豊山傳通記』上巻目録では以下に掲載する文献について、「縁起（＝『縁起文』）」「縁起勘文」「密奏記」「八大童子秘記」「瀧蔵鎮座」…と順に記すが、「八大童子秘記」の下に割書で「以上二首秘在庫府、不載于此」と記されてあって、「八大童子秘記」と直前に記された「密奏記」は、確かに収載されていない。このような点に照しても、「正爾」が鳥羽天皇に奏上した「神明ト此本尊トノ子細」も、a「寛平八年申状」を核とした、『密奏記』に準ずるものであったはずである。

『験記』本文に戻れば、霊夢を得た鳥羽院は更に帰依の心を深くし、毎月に参詣して祈りを捧げたところ、「御宿願」も思いの如くになり、また三つの宝珠が暗示したものか、崇徳・近衛・後白河と三名の皇子が天皇位についた。更に夢中その宝珠を収めた箱の「蓋ヲ覆テ、御膝之上ニ持セ給」たことは、鳥羽院がこの三代に亘って院政を敷いたことと響いているかもしれない。本文には続けて鳥羽天皇の信仰についての後日譚が載るが、この内容については稿を改めることとし、本稿では踏み込まない(32)。

以上のように、下巻三十話は、鳥羽天皇がその母苡子と共に、生涯に亘り長谷寺と極めて緊密であったことを伝えている。その鳥羽天皇の行為の中に、『縁起文』勘出に深く関わった宇多天皇と、長谷寺草創に深く関わった聖武天皇の行為を擬えたか、と見える箇所がある。引用本文中小さく「　」で括ったⒶ・Ⓑの箇所であるが、まずⒶ部は、先にも引用しているが上巻七話の次の部分と通う。

上巻七話部分（下巻三十話Ⓐ部と対応）

…仍同七年七月二十七日ニ（宇多天皇が）詔ヲ下シテ、当寺ノ霊験・建立ノ次第ヲ御尋アリ。同八年二月十日、天神幷ニ当寺ノ俗別当三綱等縁起・秘記ノ二巻ヲ以公家ニ奏ス。其後ハ叡信弥等閑ナラズシテ、…（（　）内

稿者）

両話共天皇が長谷寺に対して「霊験」を尋ね、道真や長谷寺関係者がこれに応えて「縁起・秘記」や「縁起等之旧記」を奏上。それによって天皇の信仰心が更に深まったことまで、用字も含めて似る。同様にⒷ部は次の上巻二話の聖武天皇の行為と重なる。

上巻二話部分（下巻三十話Ⓑ部と対応）

…同年（神亀二年）七月七日聖武天皇夜ノ御殿ニシテ一ノ霊夢ヲ感ジ御ス。徳道上人宝珠ヲ以テ天皇ニ授ケ奉ルト見サセ玉テ、同月十二日ニ勅問有リ。上人自当寺建立ノ天照大神ノ冥慮ノ■（旨か）ヲ重テ奏ス。天皇弥ヨ上人ノ素意、神明ノ感応ヲ随喜シテ、…（（ ）内稿者）

いずれも天皇が霊夢を得る。その内容は「徳道」や「貴女」から「宝珠」を授るものである。上巻二話の「勅問」が夢の解釈に関わるものであるかどうかは不明ながら、天皇から長谷寺に何らかの問い合わせがゆき、これに対して長谷寺関係者が「天照大神」や「神明」など神に纏わる事柄を重ねて奏上し、天皇の信仰心がここでも深まる。こちらも似た記述である。また聖武天皇の時代は『密奏記』a「寛平八年申状」勘出以前であるが、『密奏記』は「天照大神と長谷観音との紐帯に叙述の中心」(33)を持つものであり、「当寺建立ノ天照大神ノ冥慮」という表現の背後には『密奏記』に準ずるものを想起してよいと思われる。

先に二節で触れた通り、『縁起文』以前の縁起には、聖武天皇という具体名はほぼ現れないが、『縁起文』においては、聖武天皇は十一面観音像を刻むための料として香稲三千束を下し、宸筆の最勝王経や法華経を納め、「大檀那」とされる、長谷寺にとって重要な天皇として明記され、『密奏記』「寛平八年申状」も「聖武天皇之叡願」に答えて十一面観音像を造ったと記す。この意識は『験記』にも踏襲されていて、序文の他、先引上巻二話は目録に「聖武天皇御一期帰当寺御得益事」とも題される通り、聖武天皇と長谷寺との関わりを採り上げた一話である。また宇多天皇も『縁起文』、『密奏記』「寛平八年申状」の勘出と関わる天皇として、長谷寺史上意識されるべき天皇であるから、下巻三十話は、鳥羽天皇の長谷寺への信仰を記すだけでなく、鳥羽天皇が、長谷寺にとって特に所縁の深い聖武天皇や宇多天皇と並ぶ天皇であったことを、説こうとする意識下にあると考えるべきである。

『験記』全体を見渡してみると、こちらにも鳥羽天皇との関わりを語ろうとする意識の痕跡がある。よく知られたことであるが『験記』には、唐と新羅という異国の后が、長谷寺観音の利生に預かった話を各一話ずつ収めている（上巻六・十二話）。しかし、日本の后が后として一話を占めるものはない。[34] それでも后名が記される箇所が三例だけあるのだが、それは美福門院（上巻七話）、待賢門院（下巻二十八話）、そして「贈太政大臣実季ノ御娘贈皇后宮藤原ノ氏」（下巻三十話）と、いずれも鳥羽天皇の后と母である。その内容には、美福門院得子に近衛天皇、待賢門院璋子に崇徳天皇、そして、当の鳥羽天皇の誕生に関わる記述が含まれている。『験記』は鳥羽天皇について、次代以降の皇統の連続なども意識しながら長谷寺との関わりを語っていることになる。

おわりに

『縁起文』、『密奏記』b、『験記』上巻七話、そして「行仁上人記」に記された『縁起文』勘出経緯は、相互に矛盾無く補完しながら、全体として『縁起文』という長谷寺縁起の〈縁起〉を語っている。隣り合うものだけでなく、総ての記事が全体として上手く連動している状況は、各々が、空間的のみならず時間的にも、比較的近くに成った可能性が高いことを示しているように思われる。もちろん『験記』上巻七話には「縁起・秘記」を奏上したとの記載もあり、『縁起文』、『密奏記』a「寛平八年申状」が同話に先んじていたことは認められるが、それにしてもさほどの時を移してはいないのではないだろうか。「行仁上人記」（『行仁上人記』ではない）も、『験記』上巻十六話が記す行仁の生きた時期の記事とは出来ず、冒頭部を備えた『縁起文』の成立に前後すると考える。

他方『験記』下巻三十話や后の記載には、長谷寺と鳥羽天皇との関わりを積極的に示そうとする意図が見えた。一話だけの傾向ではないから、鳥羽天皇との関わりを説くことは、『験記』編纂時の意識の反映であると考えることができる。『縁起文』と対の「秘記」はａ「寛平八年申状」だけであるのに、鳥羽院に奏上したかの躰を為す仁平二年の日附を備えたものが『密奏記』として通行していることも、この意識と連動しているとみてよいのではないだろうか。

現在『験記』の成立時期には、十三世紀後半説が呈され[35]、稿者もこれに従うものである。また既に指摘のあるとおり[36]、『験記』が、焼亡からの復興のための勧進の必要を契機に成立した可能性は極めて高いが、当該期周辺には建保七年（一二一九）度、弘安三年（一二八〇）度と、二度の焼亡があった。建保度の前は嘉保元年（一〇九四）、弘安度の後は文明元年（一四六九）であることに照らすと、六十年程の短い間に焼亡が続いた時期にあたる。『験記』の編纂のみならず、長谷寺縁起の〈縁起〉を語るような行為にとっても、この二度の焼亡は直接的な契機となり得るのではないだろうか。

〈注〉

（1）長谷寺縁起群の一覧と分類を、拙稿「寺社縁起と説話集―長谷寺縁起群考―」（『中世の寺社縁起と参詣』竹林舎、二〇一三年五月）で試みた。本稿はその考察の延長上に成すものである。

（2）鳥羽天皇即位時（一一〇七）から行仁上人没年（一一二〇）間説、建保七年（一二一九）焼亡からの復興時説、十三世紀後半説など複数の見解が呈されている。藤巻和宏「南都系縁起説と長谷寺縁起の言説世界」（『むろまち』第九集、二〇〇五年三月）や、上島享「中世神話の創造―長谷寺縁起と南都世界―」（『日本中世社会の形成と王権』第二部第五章、名古屋大学出版会、二〇一〇年二月）第三節第一項に、諸説について纏められており、繰り返さない。

（3）原則として横田隆志「長谷寺本・伝遊行三十七代託資上人筆『長谷寺縁起文』―翻刻と解説―」（『国文論叢』三十

六号、二〇〇六年七月）に拠った。書誌他についても同論を参照されたい。

（４）『豊山全書』（豊山全書刊行会、一九三七年十一月）所収。

（５）行仁上人や『行仁上人記』については、横田隆志「行仁」（「中世長谷寺キーワード小辞典」『国文論叢』三十六号、二〇〇六年七月）が手際よく纏める。他に、大塚紀弘「中世大和長谷寺の造営と律家」（『佛教史研究』第五十一号、二〇一三年三月）、前掲注（２）上島論文第三節、永井義憲「長谷信仰」（『日本文学と仏教』第七巻、一九九五年一月）、藤巻和宏「『長谷寺験記』成立年代の再検討―長谷寺炎上と「行仁上人記」―」（『国文論叢』三十六号、二〇〇六年七月）等。

（６）永井義憲「長谷寺流記と縁起・験記」『大妻国文』二二号、一九九一年三月。

（７）『縁起文』の一部の写本には、冒頭道真の霊夢を記す箇所に「今勅勘奏当寺濫觴之中、先記霊夢以為端作」という文言を持つものがある（筑波大学蔵本資料番号ハ360‐190、長谷寺蔵本国文学研究資料館マイクロ請求番号ハ１‐10‐５等）

（８）続く「傍兼流記」の理解は先学によっても解釈が定まらないが、ここでも依然保留とせざるを得ない。

（９）いずれも『豊山長谷寺拾遺』第一輯「絵画」（総本山長谷寺文化財等保存調査委員会、一九九四年）所収画像に拠る。両本共長谷寺蔵で奈良国立博物館寄託。三巻本は「十四、五世紀の交」（河原由雄「六二長谷寺縁起解説」『社寺縁起絵』奈良国立博物館、一九七五年十月）頃とされる。

（10）前掲注（２）上島論文第三節第四項。但し、同論では板に書かれていたものを、護国寺本『諸寺縁起集』所載「長谷寺縁起」ではないかとしており、本稿は理解を異にする。護国寺本『諸寺縁起集』は『校刊美術史料』寺院編上巻所収のものに拠り、東京大学史料編纂所影写本（資料番号3015‐７）等を併せ参照した。

（11）本文欠字であるが、後掲学習院大学蔵十巻本『伊呂波字類抄』の本文によれば三文字は「井門子」である。

（12）長谷寺の縁起には、大きく寺院そのものの草創を語るものと、本尊十一面観音像造立の次第を語る、二系統があったと考えられる。

（13）『古辞書音義集成』第十四巻『伊呂波字類抄』（汲古書院、一九八六年十一月）所収。

（14）この点については前掲注（１）拙稿に触れたため、併せ参照されたい。

（15）前掲注（2）上島論文第三節第四項は「抄出縁起」と『縁起文』の関係について、F部の部分を「両者はほぼ同文で、『縁起文』を要約・抜書したのが「障子文」（＝「抄出縁起」）といえる」、またG部についても「同様に『縁起文』を要約・抜書したとしてよい」とするが、従えない。

（16）『縁起文』冒頭には、道真に仮託しつつ長谷寺周辺でこれを集成した小さな痕跡も残る。道真は「依小僧之請攀入長谷霊寺」と記していた。「行仁上人記」によれば、道真を直接「請」じたのは「長谷寺別当次第」（東寺百合文書、資料番号甲号外／30／32）に第九代別当「大法師智照」と見える人物かと思われるが、道真がこれを「小僧」と称したことになってしまう。

（17）これが本当に「板」に書かれていたかどうかは、不問に附す。「板に書かれた」と聞いて、違和感無く諒解できるものであればよい。尚、本稿が拠っている『縁起文』には、観音開眼供養の場面に、「自此第一板也」との傍書があるが、〈板に書かれた縁起〉との関係は未詳。

（18）斎木涼子「展示品解説六十」（當麻曼荼羅完成一二五〇年記念特別展「當麻寺」図録、二〇一三年四月、奈良国立博物館）、藤巻和宏「長谷寺縁起の展開・一斑—護国寺本『諸寺縁起集』所収縁起をめぐって—」（『むろまち』第六集、二〇〇二年三月）、藤田經世「諸寺縁起集　護国寺本　解題」（『校刊美術史料』寺院編上巻、中央公論美術出版、一九七二年三月）。

（19）これは『縁起文』の成立を建保七年（一二一九）の長谷寺焼亡からの再興を機とする頃とする説（阿部泰郎「長谷寺の縁起と霊験記」『仏教民俗学の諸問題』名著出版、一九九三年三月）などと比較的近い時期にはなる。但し当該焼亡からは比較的早く復興が成り、嘉禄二年（一二二六）には供養が行われたようである（『百練抄』・『民経記』同年十月二十二日条）。

（20）前掲注（2）上島論文第三節第二項が「『密奏記』のテキスト構成」として『密奏記』の全体構成を詳細に検討している。

（21）原則として、拙稿「内閣文庫本『長谷寺蜜奏記』—翻刻と解説—」（『国文論叢』第三十二号、二〇〇二年八月）に拠ったが、一部修正を加えた箇所がある。

（22）『大乗院寺社雑事記』文明十四年（一四八二）閏七月十日条他。

(23)『大乗院寺社雑事記』文明十二年（一四八〇）二月十六日条。

(24) 構成は前掲注（2）上島論文第三節第二項で示されたものに準じた。尚、前掲注（21）拙稿においてaを前半、b以下を後半として考察を行ったが、更にbとc以下とは大きく位相の異なる文章であり、bを含めて「後世に「裏付」として書き足した」と一括したことは適切でなかった。ここに訂したい。

(25) 伴信友「長谷寺縁起文剝偽」（『伴信友全集』巻二、一九〇七年刊行版の一九七七年八月覆刻版に拠る）。

(26) 史料纂集『福智院家文書』一所収。非常に短いものではあるが、文字数や行取りなどを参考にしながら仮に復元すると、書かれている位置等に無理はないように思われた。

(27) 内閣文庫本の前段階で行われた書写による方法の可能性もあるが、内閣文庫本にも、a「寛平八年申状」の奥書を記した後、二行分ほどを空け、aよりはやや小振りな字でbを記すなどの配慮が見える。

(28) 東京大学史料編纂所影写本「長谷寺文書」（資料番号3071.65-45）所収『密奏記』（書名はなく冒頭を「長谷寺司等謹勘言上」と始める）。

(29) この矛盾を解消できる解釈として、前掲注（2）上島論文第三節第二項での見解がある。鳥羽天皇在位期間であれば指示を出したのは白河院で、その折に記された「裏付」はdのみであり、cはその註記。e・f・gは仁平二年に「正爾」らが書き足したもので、表のbは同じく「正爾」らかあるいは別人の手に成る、というものである。しかし、a「寛平八年申状」の書き方も参照するならば、cとgとの対応を慮外にすることは妥当か、dのみならず短い乍らfも宣命体で記そうとしていること、写本レベルとはいえd・eを連続して記す写本の存在（内閣文庫本、編纂所所蔵「長谷寺文書」（前掲注（28）所引『密奏記』等）等、更に検討を重ねるべき点は残されるように思われる。また同説を導く過程において、『密奏記』を「一貫した論理構成を持つテキスト」として位置づけるために、「諸本はいずれも「符記」と記す」としながら「字体はくずしが類似して」いることからd「以上符記心」の「符」字が「舊」字の誤である可能性を示し、a「寛平八年申状」にいう「旧記」と、dのいう「符記」とを同一かと見ることなどにも従うことができない。上島論文でも引用する『豊山傳通記』上巻には、『縁起文』の「国符記」という詞に対する註記もある。長谷寺周辺に在ってこれらを書写するような人々が、「符記」という詞に対して無感覚であったとは思えない。『豊山傳通記』当該註記は「吉田ノ目録ニ云、長谷寺国符指南記ト者、行基菩薩受金剛守護童子之教所記、有七巻」というもので、「吉田ノ目録」は不明ながら、「行基菩薩受金剛守護童子之教所記」については、『縁起文』本文中、行基の前に童子が現れ山内の様々を教示するという場面の「凡童子向顔之言、聖人巡礼之儀、別有七巻」との記載と呼応している。その童子が示した詞の内には、dに引かれた文言と合致する箇所もあり、dが「符記心」であることと齟齬はない。

（30）本文は、長谷寺蔵鎌倉写本の影印本（『長谷寺験記』新典社、一九七六年十月）、及び、『長谷寺験記』注釈稿』（平成二十五年度大阪大谷大学特別研究費研究成果報告書、研究代表者横田隆志、二〇一四年三月）に拠った。

（31）美濃部重克「霊験譚の生成―『長谷寺観音験記』の場合―」（『東海学園女子短期大学国文学科創設三十周年記念論文集』和泉書院、一九九八年四月）注（1）に指摘がある。また横田隆志「『長谷寺験記』の成立年代」（『日本文学』六八〇号、二〇一〇年二月）でも「長谷寺本の体裁がととのえられる前の段階でも長谷観音の霊験譚がうまれ、類聚された可能性は十分想定される」とする。

（32）十一面観音像を京都白河法勝寺に「ツヾメ移」したとする記事について、前掲注（5）大塚論文が触れる。

（33）横田隆志「『長谷寺験記』と興福寺」『大阪大谷国文』三十九、二〇〇九年三月。

（34）下巻十二話に、いずれ清和天皇女御となる藤原高子が、后以前の幼少期に利益を被る話は見える。

（35）前掲注（31）横田論文。

（36）前掲注（19）阿部論文他。

中世金輪際伝承の諸相

横田隆志

はじめに

『長谷寺縁起文』や『長谷寺験記』等の記す中世長谷寺の縁起によれば、長谷観音の台座石は地の底、金輪際から生じ、かつ中天竺の金剛座、南海の補陀落山に枝分かれしているという。この石は長谷寺創建前、地中から光を放ち、それを天照大神が見出したことが長谷寺史の起源をなすとも説かれる。このように観音の台座石は長谷信仰において重要な位置を占めるが、右の伝承に取り組んだ研究はほとんどなく、未解明の問題は多い。

言うまでもなく金輪際は金輪と水輪の接するところであり、本稿でいう金輪際伝承とは金輪際から地上にまで伸びるとされた石の伝承を指す。金輪際伝承は、長谷寺以外にも山城国笠置寺・近江国竹生島・伊勢・鹿島神宮に伝わるほか、お伽草子『釈迦の本地』に見えるなど、さまざまな地、さまざまな文学ジャンルに波及した。本稿は、このような中世金輪際伝承の諸相を概観し、その伝承がもつ意味を考察すること、さらには長谷寺の金輪際伝承の位置付けをはかることを目的とする。

考察の前提として長谷観音の台座石伝承が言及されるべきだが、用例はかなりの数にのぼり、詳述する紙幅をもたない。詳細は拙稿に譲り[1]、今は要点のみ示すこととする。

まず長谷観音の台座石が顕現した話は九八四年成立の『三宝絵』下巻第20話に見える。だが『三宝絵』に金輪際から生じた石という記述はない。金輪際伝承は後に加わった要素である。一方、中天竺・補陀落山・長谷寺に地中の大石が枝分かれしているという三枝説は、建久二年（一一九一）の南都巡礼の記録『建久御巡礼記』に初めて登場する。

南閻浮提大地底有大磐石、枝分三。一摩伽陀国中心、金剛座之石也。三世諸仏必着此石座、成覚給。指南方一枝、南海中補陀落山也。一枝此長谷寺観音之所座也。

鎌倉期成立の『諸寺建立次第』、護国寺本『諸寺縁起集』、『阿娑縛抄』等では、右と同様に地の底の磐石から石が枝分かれしたと記す。これに対し、長谷観音の台座石を金輪際出生の石として初めて記したのが、実は『長谷寺縁起文』である。

所顕之金剛宝石有三枝。上地際分、下金輪束。一枝指西土。中梵仏成覚宝石也。一枝在清山。補陀落山観音所座石也。一枝在此山。因於霊木金神示顕也。

『長谷寺験記』序文でも同様に「本ハ金輪際ニシテ三ノ枝地際ニ有リ。中天竺ニサシテハ諸仏成道ノ御座トナリ、補陀落山ニ至テハ観音利生ノ宝石トナリ、此霊山ニ有テハ普門示現ノ両足ヲ顕ス」と記す。(2)『長谷寺縁起文』の成立時期は定説を見ないが、『長谷寺験記』は十三世紀後半の成立と推測される。つまり長谷寺の金輪際伝承の上限は、現存資料によるかぎり、鎌倉中後期頃ということになる。

ひとたび成立した金輪際伝承は嘉元四年（一三〇六）十月十八日定証起請文（鎌倉遺文二二七四七号）、『三国伝記』巻二第15話、『明宿集』、『豊山伝通記』（一七一三年序）、『豊山玉石集』（一七六〇年序）等、鎌倉後期から江戸期に至るまで長く踏襲された。金輪際伝承は聖地長谷寺の表象の一つとして認められてきたのである。

一　お伽草子『釈迦の本地』と三枝説

長谷寺の三枝説にすでに示唆されるのであるが、金輪際伝承の淵源は釈迦が悟りをひらいた金剛座に求められる。詳細は別稿で詳論したいと思うが、『阿毘達磨倶舎論』（世親作・玄奘訳、以下『倶舎論』）第十一・分別世品第三之四の南贍部洲に関する記述で、

唯此洲中有金剛座。上窮地際、下拠金輪。一切菩薩将登正覚。(3)

とあり、『大唐西域記』（六四六年讃）巻八「摩掲陀国上」に、

菩提樹垣正中有金剛座。昔賢劫初成、与大地倶起。據三千大千世界中、下極金輪、上侵地際。金剛所成、周百余歩。賢劫千仏坐之、而入金剛定、故曰金剛座焉、証聖道所亦曰道場。大地震動独無傾搖。是故如来将証正覚也。(4)

とある。右のうち釈迦が「金剛定」（一切の煩悩を立ち尽くす禅定）に入ったがゆえにその座は金剛座と呼ばれたとの説や、大地震でも揺らぐことのない石であるとの説は、中世日本の金輪際伝承を考える上でも基層的な位置を占めることになる（後述）。

ところで釈迦の座った金剛座が金輪際出生の石だというのであれば、例えばお伽草子『釈迦の本地』に関連記述が見出されるのは不自然ではない。本作は『通俗釈尊伝記』『釈迦出世本懐伝記』『釈尊出世伝記』等さまざまな呼称があり、伝本は少なくないが、古い写本でも書写年次は中世末期にくだる。比較的古い伝本としては真福寺本『通俗釈尊伝記』（室町末期写）があるが、以下ではより記述の詳しい龍谷大学本『釈尊出世伝記』（江戸初期写）の本文を示す。

コノ岩ノ根ノ深強事ヲビタヾシ。コノ岩ノ根ハ此ノ地ヨリ下五百由旬ヲ経テ有二大地獄一四万由旬也。其下有二世界一。風輪・水輪・金輪也。此三ノ世界ヲ根トシテ此娑婆世界マデハ八万由旬ヲ根ノ境トシテ三ノ岩崎相列タリ。先北ノ岩崎ハ須弥山八万由旬ヲ指テ攀上。次ニ南ノ岩、先補陀落山ト顕、又中岩先ハ此伽耶山ト生出タリ。然間、外道ドモ何ト鑿倒サントスルトモ不レ可二動一玉一ト云テ、童子手持タル茅草ヲ、コノ石上舗、速御上候テ、正覚成給ヘト云。

右は「童子」が釈尊成道の金剛石（生座石・正覚石とも）を説明した文章であり、風輪・水輪・金輪の三つの世界を根として岩山が地上に相連なって伸びていると説く。伽耶山はマガダ国の山で、その麓に金剛石があったと記す。その根からは北に須弥山、中に伽耶山、南に補陀落山が生じており、外道が動かすことはできない。「童子」は「太子」釈尊に「正覚成給へ」と告げ、最後に「我是観自在王仏ノ化身也」と名乗って虚空に飛び去る。

小峯和明氏は右の所説について「淵源は『大唐西域記』か」と示唆するが、(5) 金剛座の下端を風輪・水輪・金輪の三つの世界としており金輪際とは記さないこと、「北」「中」「南」という方角を示すこと、三つの岩山の組み合わせが須弥山・伽耶山・補陀落山となっていること等、叙述内容・本文の表現ともに『倶舎論』『大唐西域記』いずれとも多くの相違がある。地中から生じた三つの石（岩山）というモチーフは共通するものの、長谷観音の台座石伝承とも表現がかなり異なる。『釈迦の本地』の記述を位置付けるには、さらなる関連用例の収集と分析が必要だろう。だが現時点では、日本の釈迦関連作品にも金輪際伝承が見出されることの指摘にとどめておきたい。

二　乙宝寺の巨石

ところで釈迦の金剛座と異なる視点から、金輪際伝承の把握が可能な事例も存在する。

越後国乙宝寺は新潟県胎内市に所在する古刹である。この寺の縁起『越後国乙宝寺縁起絵巻』（一三四七年奥書、新潟県指定有形文化財）には、安元二年（一一七六）越後守城助永の伯父宮禅師が夢告を得て、倒壊した宝塔の心礎を掘り出し、それに納入された舎利を得た話が伝えられている。話の具体的内容は次のとおりである。

宮禅師の夢に一人の沙門が現れ、この場所に「釈尊遺身の舎利」があるのでそれを顕すよう告げる。そこで聖が数百人の人夫をもってあたりを掘らせたところ、「面のひろさ六尺七寸、まはり二丈なる大石」が見つかった。

告のごとく彼木をきりのく。其まはり二丈五尺ばかり也。其跡をほるに、塔の火鐩宝鐸などをほり出す。そのしたに四五十人してひく程の石を四、ふたにして、面のひろさ六尺七寸、まはり二丈なる大石あり。其面には二重に穴をかまふ。人是をみて石の釜となづけ、又は石の唐櫃といふ。はじめの一重は輪の口広さ二尺二寸、ふかさ一尺。次の二重は輪の口広さ八寸、ふかさ四寸也。其中に一粒の仏舎利まします。さて石の根をあらはさんと二三丈ばかりほるといへども、根いまだあらはれず。人みな金輪際よりおひいでたるかといへども、まことに凡夫のかまふる所にあらず。権化のなすところか。其故は乙浦は洲浜の松原にて小石だにもなし。況や大石をや。

見つかった巨石を人びとは「石の釜」あるいは「石の唐櫃」と呼んだ。二重の蓋をもつ大石の中には一粒の仏舎利があった。人びとは石の根を顕そうと二三丈ばかり掘ったが、根を掘り顕すことはできなかったという。『重要文化財乙宝寺三重塔保存修理（屋根葺替）工事報告書』（文化財建造物保存技術協会編、乙宝寺、平12）9〜10頁の解説によれば、右の縁起に記す石は、現在の乙宝寺境内の六角堂床下に遺存する塔心礎にあたる。この塔心礎は直径二ｍの花崗岩製。二重孔式で初重の径が六十六糎、深さ三十糎、二重の径が二十三糎、深さ十五糎。初重の側面はよく磨かれている。形状と工法から七世紀末ころから奈良朝初期の白鳳様式と考えられ、乙宝寺の創建年代を知る上で重要な資料とされる。

この伝承で興味深いのは、二三丈掘っても石の底を掘り顕せなかったため「金輪際よりおひいでたるか」と人びとが語り合った点である。つまり金輪際から生じたという説が先にあったのではない。目の前の石があまりに大きく、かつ地中深く根ざしていたことが、金輪際から生じているのではないかという連想を導いたのである。

金輪際伝承に関わる石は、管見のかぎりすべて巨石である。長谷寺も同様であり、例えば『長谷寺焼失』には、焼失した本尊の下に事実、方八尺の巨石があったと記されている。(6)とすれば長谷寺の場合も、地中深く伸びる巨石が大地の底という連想を呼び、やがて金輪際出生の石として伝承されたという見通しがひとまず導かれるところである。

三　笠置寺の金輪際伝承

巨石と金輪際伝承との関わりで言えば、山城国笠置寺の伝承も注意される。『笠置寺縁起』に、元弘元年（一三三一）の笠置合戦で焼失した弥勒磨崖仏につき次のように記す。

本だうの猛火本尊に覆ければ、石像焼隔て、化人刻彫の尊容も埋没せり。浅猿敷事也。さりながら、この弥勒と申は、金輪際より生出たる大石なれば、僅に刻彫の像を、元弘の秋の夜の煙にかくすと云へども、尊石は聊か恙なくして、利益はます〳〵龍花の春の暁を期給者也。

田中尚子氏は中世から近世にかけての笠置寺縁起の概観し、「一代峯縁起」とそれ以外との二系統に分かれる初期の縁起を融合しつつ、同時に他の資料や独自記事を取り込み、圧倒的な分量を有するようになったのが『笠置寺縁起』だと指摘する。(7)ただし元弘の兵乱に関する記述は『太平記』に記されるものの、諸本を繙いても金輪際伝承は確認できない。

笠置寺が南都の弥勒信仰の聖地だったことは田中論考でも論じられるとおりだが、弥勒磨崖仏は元弘の兵乱でほとんど全焼した。高熱に弱い花崗岩に彫られていたためである。今は弥勒石と呼ばれる巨大な二重光背の跡だけが

残されている。(8)

大石と金輪際伝承とが関わる事例として『笠置寺縁起』が位置付けられるのはもちろんだが、問題はそれだけではない。笠置寺では元弘以前、以後いずれにおいても金輪際伝承を喧伝した形跡がないからである。問題を解く鍵は、おそらく「刻彫の像」は隠れたが「尊石」はつつがなかったという『笠置寺縁起』の一節にある。大橋直義氏は、治承寿永の内乱で焼失した南都諸寺院の伝承を分析し、『平家物語』諸本では火災以前と以後との仏体の断絶を説くのに対し、寺社の縁起類では継続性を説く傾向があると指摘する。(9)『笠置寺縁起』の叙述が後者に属するのは一目瞭然だが、本稿では不変の利益を保証する根拠として「金輪際より生出たる大石なれば」と記される点に留意したい。言い換えれば『笠置寺縁起』の金輪際出生説は、火災以後もその利益が損なわれないことを説くために言及されたのである。ただ田中氏も指摘するとおり、近世には弥勒像の記憶は薄れ、替わりに現存する虚空蔵磨崖仏の由緒が求められるようになった。近世の地誌を見ても、弥勒磨崖仏の金輪際伝承は確認できない。

四　竹生島の金輪際伝承

笠置寺の巨石は金輪際伝承と結び付けられたが、長く喧伝された形跡はもたない。これと対照的なのが『平家物語』等の記す、竹生島の金輪際伝承である。

或経の中に、「閻浮提のうちに湖あり。其中に金輪際よりおひ出たる水精輪の山あり。天女すむ所」と言へり。則此島の事也。（巻七「竹生島詣」）

『平家物語』の諸本に一瞥を加えると、右の高野本と同様の説を記すものに、中院本・南都本・鎌倉本・小城鍋島文庫本・龍谷大学本・両足院本・奥村家本・百二十句本・屋代本がある。『源平盛衰記』巻二十八「経正竹生島

詣 仙童琵琶」には「金輪際ヨリ出生セル故ニ、劫火ノ焚焼ニモ壊乱セズ。近ハ慈尊ノ出世ヲ待、遠ハ三世ニ動転ナシトカヤ」という、『笠置寺縁起』の叙述にも通じるような、他本と異なる叙述が見える。延慶本・長門本・四部合戦状本には記述がない。平松家本は、目録には章段名が挙がるも、本文を欠く。

『平家物語』諸本が典拠として記す「或経」は明らかではない。『竹生島縁起』では、

行基菩薩当嶋経行之時、明神垂二霊応一、示二地分一云、此嶋自二金輪際一出生、金剛宝座石也云々（略）古老口伝云、此嶋出二花厳経説一、故自二金輪際一出生、金剛宝石者自二神代一在レ之、浅井姫命下二坐此宝石上一、後召二諸魚一、此石周圍畳二重石一、隠二宝石一也。（略）浅井姫命〈今号二地主一〉者釈迦如来化現也。故下二坐在世説法之金剛座一也。

と『華厳経』を出典に掲げるが、『華厳経』に対応する叙述はない。

そもそも竹生島と金輪際が結び付く契機は何か。それは浅井姫命が釈迦と習合していた点に求められる。竹生島の金輪際伝承は、この島が「在世説法之金剛座」だと説く。だからこそ浅井姫命は「宝石」の上に坐したことが明記されるのである。

ただし竹生島の金輪際伝承で、釈迦が常に意識されたわけではない。『平家物語』では釈迦は登場しなかった。以下の文献でも釈迦とは関わりなく金輪際伝承が記されている。

・右竹生島者。在二近江州浅井郡方輿之勝境一、為ニ二大弁財天女影響之霊場一。原 夫（ヌレバ）自二金輪際一而涌出。以二水精珠一而凝結。（享徳四年（一四五五）三月日竹生島勧進帳）

・さても当島と申すは、人皇十二代景行天皇の御宇に、竹一夜のうちに金輪際より涌出したる島なり。（謡曲「竹生島」間狂言）

・一人云、ゲニ此嶋ハ金輪際ヨリ出生（ライ）ル水精輪ノ山ナリ。参詣ノ人、所願タチドコロニ成就スト承候。是ニテ祈念シ御座候へ。（『多武峰延年詞章』「小風流竹生嶋事」）

右の所説も、源をたどれば浅井姫命と釈迦との習合説に行き着くのだろう。だが伝承の淵源が後世、常に意識される保証はない。

ところで『竹生島縁起』は金輪際から竹生島が生じたとするが、異伝も長く伝えられた。その早い事例として、『渓嵐拾葉集』巻三十七「竹生島事」の次の説がある。

又云、竹生島者ハ従二出大海一諸二鷲霊一表也。（略）小島〈号二十羅刹女島一也〉者撥也。島内之宮殿者陰月也。白石与二竹生島一者半月也。（略）又云此島自二金剛輪際一出生金剛宝石也。釈尊正覚金剛座也。然則地主権現者霊山教主釈尊也。

『渓嵐拾葉集』によれば、竹生島は「大海」から出現した。これに対し「金剛輪際」から「出生」したのは、竹生島に隣接する「小島」である。この島には今も小島権現が祀られている。

小島は小さいながらも断崖絶壁の奇観を呈する島である。『渓嵐拾葉集』はその島を「金剛宝石」「釈尊正覚金剛座」であるとして、地主神は釈尊と同体であると説く。実際には浅井姫命と釈尊の習合説をふまえ小島の金輪際伝承が成立したのだろうが、『渓嵐拾葉集』では金剛座があるから地主権現は釈尊と同体なのだと逆の理路で説く。

なお竹生島には絵図がいくつか伝わる。このうち竹生島祭礼図（東京国立博物館本は室町時代後期、大和文華館本は江戸時代）、竹生島絵図（江戸時代）では竹生島と小島とを結ぶ注連縄が確認できる。これにつき太田浩司氏は、

これは、島つなぎの神事といって、毎年三月湖北町速水の青柳家によってかけ替えられてきたが、近年は行われない。竹生島は水に浮いているのに対し、小島は地層の最下部から生じているという伝承があり、竹生島が流れ出さないよう、このような神事が行われていた。

と指摘する(10)。これと関連し、明治三十三年（一九〇〇）河邨吉三が発刊した『竹生嶋要覧』（春陽堂）にも次のようにある。

土人の口碑に謂らく、竹生島は小島と大島あり。其小島は金輪際より出生して万世動かざるものなり。大島は湖中に浮みあるものにて、他に流出せん事を恐れて、之れを小島に繋ぎ置くなり。其式例を行ふハ毎年三月二日に雌雄縄を以て小島より大島に繋ぎ翌三日に此縄を解くなり。是れを島繋ぎの神事と云ふ。竹生島に於て神事と云は此一事而已矣。

竹生島の金輪際伝承に釈迦信仰の影響をみることはたやすいが、中世の金輪際伝承の諸相という意味でより注意されるのは小島の伝承である。『大唐西域記』で不動の禅定の喩とされた金輪際出生の石が、竹生島の流出を防ぐ不動の島という形象に置き換えられているからである。そしてこの伝承は鎌倉後期から近代に至るまでの長い命脈を保っていた。

五　伊勢の金輪際伝承

次いで中世神道に目を向ければ、伊勢の心御柱に金輪際伝承との関わりが指摘できる。

心御柱は伊勢内宮・外宮正殿の床下に立つ柱で、二十年目の遷宮のたびにそれを新しく奉安する祭祀・作法は厳重をきわめた。その心御柱について、作者を弘法大師に仮託した両部神道書『天照太神口決』に次のような一文がある。

金輪際ト云者、御ノ心ノ柱中ニ方形ナル金有リ、此ヲ云フ二金輪際ト一也。(11)

『天照太神口決』は西大寺第十一世長老をつとめた覚乗が嘉暦二年（一三二七）に智円の口述を伝受、筆録した書である。内容としては、心御柱・社殿造・子良子の三箇大事等を説明する。右に引用したのは、心御柱につき説く一節である。

『天照太神口決』は伊勢の神々・建造物等と仏教の世界観との照応関係を順に説き明かす文章構成をもつ。例えば社殿造は「五輪形造」として、「縁高地輪、神所居御内水輪、葺所火輪（略）太刀様智儀（＝千木）風輪」といった具合に、伊勢の社殿を五輪塔に見立てる。このような説明において、金輪際は「御心柱」の中の「方形金」とされる。

「御心柱」の中の「方形金」とは何か。ここで想起されるのは、心御柱を論じた山本ひろ子氏の指摘である。[12] 氏は神道五部書の一つ『宝基本記』で、心御柱につき「皇帝の命であり、国家の固めであり、富の物代である。千秋万歳にわたって動かないように、土台（「下つ磐根」）に大宮柱を雄大に立てて、称えごとを申しあげる」との宗教義が説かれた箇所を取り上げ、国の基軸というシンボル性を読み取る。そもそも「下つ磐根」に大宮柱を立てるという表現は、壮大な宮殿を築く意味の慣用句として祝詞に頻出するのだが、その「磐根」は仏教の「地輪」（金輪）へのアナロジーを通じ「天長地久の宝座」と解され、心御柱の不動性・永遠性が保証されるという。[13] したがって『天照太神口決』の記す「方形金」は『宝基本記』の「磐根者、地輪之精金」という記述と対応するものと推測される。

ではなぜ心御柱が金輪際という表象と結び付くのか。ここで注意されるのは、『天照太神口決』が「須弥山者四州中、一切衆生心主故、宝（ママ）須弥山云者、此御心柱名也」とも記す点である。『天照太神口決』に従えば心御柱は須弥山に相当する。しかるに『倶舎論』第十一・分別世品第三之四に「論曰。於金輪上有九大山。妙高山王處中而住」「如是九山住金輪上。入水量皆等八万踰繕那。蘇迷盧山出水亦爾[14]」等とあるごとく、須弥山は「金輪上」に住するとされる。心御柱が金輪際と結び付くのは、心御柱を須弥山に関連付ける点に由来するのだろう。『天照太神口決』では二箇所「此等皆三界建立等六大四万如、倶舎法門宛置給也」「惣此太神、倶舎意梵天帝尺習、真言意聖天習」とあり、『天照太神口決』の記述が『倶舎論』を前提とすることを示している。『倶舎論』を引きつつ心御柱を須弥山と習うことは『鼻帰書』にも所見する。

なお外宮の御柱について、鎌倉末期から南北朝期頃の成立とされる両部神道書『日諱貴本紀』に「下従金剛輪際出生。大盤石上奉立之」、同じ頃成立した『天下皇太神本縁』に「次奉立様、下従二金剛輪際一出生大盤石、上奉レ立之、此盤石法界大地阿字也。亦阿字妙法蓮花」とあり、これらの書では金輪際出生の石に柱を立てるとする。

また伊勢の金輪際伝承は、中世神道資料『日本得名』にも見える。近時、高橋悠介氏が紹介した神奈川・称名寺本（鎌倉後期写）の本文を示せば、以下のとおりである(15)。

伊勢盤根上御鎮坐、是第十八会也、留二彼国一給有二二故一、一御社下土一尺底青瑠璃地　見人移　影一云々、艮角有二石盤一、徹二金輪際一、彼石根上、立納　宝釼一、彼釼者、即本朝開僻天サチホコ也（下略）。

右に引用したのは本書の前半、日神の鏡が伊勢に鎮座した二つの理由を説く叙述の一節で、金輪際まで徹する岩根の上に日本開闢の時の宝剣（「天サチホコ」）が立て納められていること、伊勢の蓋見浦（二見浦）の海底に大日本国と銘のある独鈷形の金札があることが鎮座の理由だったとする。

磐石の上の宝剣は、磐石の上の柱という『日諱貴本紀』等の所説と通い合う。とすれば、『日本得名』で含意されているのはやはり磐石の不動性・不変性ということになるだろう。習合的性格の色濃いこうした所説が伊勢でどう受け継がれたか、あるいは廃されたかは、今後の課題としたいが(16)、不動の禅定の喩だった金輪際出生の石が、中世神道では神威の不変性を証する存在に置き換えられた点には、金輪際伝承の汎用性がうかがえる。

六　鹿島の金輪際伝承

最後に鹿島神宮の金輪際伝承を論じる。両部神道の顕著な影響が認められた伊勢の伝承と鹿島の伝承とでは様相がかなり異なる。

伝承の古例としてまず挙げられるのは『詞林采葉抄』第五「霰降鹿嶋」である。

南都春日野（山イ）に遷幸（座イ）し給ひ、藤氏の祖神として国家を治め給ふ故に、大織冠淡海公より天下補佐の臣相続て、末代までも繁栄し、諸家に超過し給ふ者也。凡そ我朝は藤根国と申とかや。是則鹿嶋明神金輪際より生出（出生イ）たる御座石を柱（桂イ）として、藤の根にて日本国をつなぎ給ふと申故也。

『詞林采葉抄』は『万葉集』における地名・枕詞・物名、歌の形式、撰者等について由阿が二条良基に講じた内容をまとめたもので、貞治五年（一三六六）に成立した。右に引用したのは『万葉集』巻二十・四三七〇「霰降り鹿島の神を祈りつつ皇御軍士に我は来にしを」の歌を説明した箇所である。『詞林采葉抄』という書物自体の傾向というわけではないが、右の歌の注釈に関するかぎり、由阿は、藤原氏の氏神、鹿島明神（武甕槌命、春日明神）が国家の補弼神であることを言挙げする。こうした文脈において金輪際出生の石は、武甕槌命の鎮座石であると同時に、この神が揺るがぬ神威をもって国家安泰を支える比喩となっている。なお右とほぼ同じ文章が、『神祇正宗』「春日大明神」（室町中期成立か）、『鹿島志』下巻（一八二三年刊）に見える（後者では『詞林采葉抄』という典拠名を明示）。

　これらの金輪際伝承は藤原氏の宣揚に力点をおく。だが鹿島の伝承でその点が重視される傾向は、実はない。『鹿島宮社例伝記』（鎌倉末期成立か）には次のようにある。

奥之院ノ奥ニ石ノ御座有。是俗カナメ石ト云。号二山ノ宮トモ一。大明神降給シ時、此石ニ御座侍。金輪際ニ連云。私、釈尊成道菩提樹下之金剛座馬脳之石、我朝ニハ長谷之観音踏賜ヘルト云馬脳之石モ如レ此。近比云伝ニ、近江湖之竹生島如（コソ）レ此侍ルナレ。故竹生嶋地震不レ動云。常州殊地震難（雖カ）繁国、石ノ御座有ケルニヤ、為二地震一不レ動ノ故ニ、於二当社一地震不レ動。精誠莫レ怠矣。石御座石茲書由。

　ウゴキナキ石ノミマシヲ見テモシレアウコトカタキ神ノ誓ハ

鹿島明神が降臨した石は「カナメ石」（要石）と呼ばれた。加えて『鹿島宮社例伝記』は、その石が金輪際に連なっていること、金輪際伝承は長谷寺や竹生島にもあること、ゆえに竹生島は「地震不レ動」であり、鹿島神宮も同様に「地震不レ動」であることなどを述べる。右の所説は長谷寺の金輪際伝承をふまえる点で注意をひくが、それ以上に重要なのは地震除けの聖跡として鹿島の石が位置付けられている点である。周知のとおり、鹿島の要石はもっぱら地震除けの霊威が喧伝された。時代がくだるほど、その傾向は顕著になる。

　要石は鹿島神宮境内に現存する。地上に出た丸石は小さいが、地中深く埋まる大石だという（『鹿島志』下巻）。『鹿嶋問答』には「動橛ヌケセヌト云事当社アリ」という関連記述があるほか、『鹿島神宮伝記』、『水戸黄門仁徳録』などで地震除けの聖跡として鹿島の要石を紹介する。鹿島明神が要石で鯰を押さえるいわゆる鯰絵が、安政江戸地震以降、爆発的に流行したことも周知のとおりである。なお鯰絵で要石は楕円の柱状に描かれる傾向がある。『鹿嶋問答』にも要石は「橛」、『広益俗説弁』巻二一「鹿島大明神要石の説」所引『常陸国誌』にも「土人相伝（略）此石即釘也云」と見える。そのことと、そもそも要石が金輪際出生の柱状の大石として認識されたこととは関わりを認めてよいかもしれない。

　鯰絵は一括りに論じられるような対象ではなく、先行研究も数多い[17]。要石の形状ひとつ取り上げても詳細な分析を要するが、本稿では割愛する。ただ鹿島では当初、金輪際出生の石がもつ堅固さが藤原氏による国家の補弼と結び付いたものの、鯰を押さえつける地震除けの柱状の石にイメージが転化したことだけは確かなようである。

　なお鹿島の伝承で経典類の所説がふまえられた形跡はなかなか確かめられない。だが先述のとおり、中天竺の金剛座について『大唐西域記』では「大地震動独無傾揺」と記していた。地震にも揺るがぬ聖跡として説かれた鹿島の伝承では、金輪際伝承における古層の属性が再び顔をのぞかせているようでもある。

おわりに

以上、本稿では中世の金輪際伝承を概観し、金輪際伝承への言及のあり方、あるいは伝承された時間の長さが土地ごとに異なること、長く伝承された土地でもイメージに変遷が確かめられる場合があることを示してきた。[18]

伝承の要素ないし要件としては、金輪際伝承には、大石が現に存在すること、釈迦信仰と関わり、地震や火災にも揺るがぬ堅固さ、柱状の形態をとることなどの特徴があった。このうち釈迦信仰については中天竺の金剛座につき記す『倶舎論』等との関わりが認められた。堅固さについては、竹生島の浮動を留める、蔦で日本をつなぐといった説への展開が見られた。柱については祝詞との関わりが認められたほか、鹿島の伝承でも柱状の巨石として描かれる傾向があった。また竹生島・鹿島では時代をこえて金輪際伝承が伝承されたが、笠置寺のように散発的にしか関連文献が確認できない例もあった。

こうして事例をたどっていくと、長谷寺の金輪際伝承は成立時期が早く、その意味で先駆的な伝承だったと言えそうである。さらに長谷寺の場合は中天竺の金剛座、南海の補陀落山に枝分かれした石として認識されたが、いわゆる仏法東漸との関わりで金輪際伝承を説く事例は他に管見に入らず、この点にも長谷寺の金輪際伝承の独自性が見てとれる。

さらに付言すれば、金輪際伝承には分割できない聖なる石という側面がある。同じ聖なる存在と言っても、例えば長谷観音の御衣木では事情が大きく異なり、同じ木の切れで仏像を造ったという伝承が三十箇所以上の寺院で確認できる。[19]材質が木なら切れるわけであり、ゆえに長谷観音の同木伝承も各地で展開できたのだろうが、金輪際出生の台座石が分割されたという伝承はほとんど管見に入らない。[20]

金輪際から生じた大石で、しかも地中にあるというのであれば、その分割はほぼ不可能である。こうした意味で、台座石の金輪際出生説は聖地長谷寺の独自性を保証した伝承として評価されるものと考えられる。

※注に記したもののほか、引用本文は以下の文献による。『長谷寺縁起文』は『国文論叢』36（平18・7）、『長谷寺験記』は新典社善本叢書、龍谷大学本『釈尊出世伝記』は真福寺善本叢刊・中世仏伝集、『越後国乙宝寺縁起絵巻』は続群書類従二十八上、『笠置寺縁起』は大日本仏教全書、『平家物語』は新日本古典文学大系、『源平盛衰記』は中世の文学、『竹生島縁起』は群書類従・神祇、竹生島勧進帳は『竹生嶋要覧』（春陽堂、明33）、謡曲「竹生島」は謡曲大観、『多武峰延年詞章』は『続日本歌謡集成巻二　中世編』（東京堂、昭36）、『渓嵐拾葉集』は大正新脩大蔵経、『宝基本記』は神道大系・伊勢神道上、『日諱貴本紀』『天下皇太神本縁』は真福寺善本叢刊・両部神道集、『詞林采葉抄』は国文註釈全書、『万葉集』は新編日本古典文学全集、『鹿島宮社例伝記』『鹿嶋問答』は神道大系・香取鹿嶋、『広益俗説弁』は東洋文庫。

〈注〉

（1）拙稿「長谷観音台座石伝承の展開」（『大阪大谷国文』43、平25・3）

（2）拙稿「『長谷寺験記』の成立年代」（『日本文学』平22・2）

（3）引用は大正新脩大蔵経第二十九巻58頁aによる。

（4）引用は大正新脩大蔵経第五十一巻915頁bによる。

（5）「『中世仏伝集』解題」（『真福寺善本叢刊　中世仏伝集』臨川書店、平12）。

（6）本文は亀田孜氏「長谷寺焼失」（『美術研究』128、昭18・1）参照。

（7）「笠置寺縁起の位相―護国寺本『諸寺縁起集』所収「笠置寺縁起」を中心に―」（『国文学研究』131、平12・6）

（8）成瀬不二雄氏「笠置曼荼羅図と日本中世絵画の理想的表現」（『大和文華』103、平12・4）。

（9）「治承回禄と縁起説―興福寺縁起の再生」（『転形期の歴史叙述―縁起　巡礼、その空間と物語―』慶応義塾大学出版会、平22）参照。

(10)『特別展　竹生島宝厳寺』（市立長浜城歴史博物館、平4）127頁参照。なお元禄二年（一六八九）序『淡海録』にも関連する記述が見える。

(11) 引用は神道大系・真言神道下498頁による。

(12)『中世神話』（岩波新書、平10）第二章「天の瓊矛と葦の葉」参照。心御柱に言及する先行研究は少なくないが、心御柱と中世神道説に関するまとまった研究としては、山本氏「心の御柱と中世的世界」1〜25（『春秋』302〜339、昭63・10〜平4・6）がある。

(13) 試みに『延喜式』巻八を閲すれば、大祓の祝詞に「下津磐根尓宮柱太敷立」とあるのをはじめ、祈年祭・六月月次・齋戸祭・遷却祟神にも同様の文言が確認される。

(14) 引用は大正新脩大蔵経二十九巻57頁b・cによる。妙高山は、蘇迷盧山はスメール（sumeru）を訳した語で、須弥山の意。

(15)「金沢文庫の中世神道資料『日本得名』―翻刻・解題―」（『金澤文庫研究』329、平24・10）

(16) 近世以後の心御柱やその台座の位相につき軽々に論じることはできない（鎌田純一氏「伊勢神宮心御柱の一考察」（『神道宗教』6、昭29・1）に若干の言及あり）。ただ中世神道の習合的性格が厳しく批判される風潮にあって、心御柱の台座と金輪際伝承とはやはり結び付かなくなる。慶長九年（一六〇四）心御柱の荘厳につき外宮長官檜垣貞副が残した記録には「金剛輪(コンゴウリンノ)際(アイダ)下津(シタツ)磐根(イワネ)」と見えている（内閣文庫蔵『心御柱秘記』。引用は山本ひろ子氏「心の御柱と中世的世界16『鼻帰書』をめぐって（四）―忌柱荘厳法と八大龍王」（『春秋』323、平2・11）による）。だが山崎闇斎（一六一八〜一六八二）晩年の主著『風水草』では「心御柱記」の全文を引くものの（神道大系・垂加神道上・28〜32頁）、金輪際伝承については言及がない。跡部光海に垂加の学を受けた岡田正利の『宝基本記磯浪草』（一七二一年成立）でも「地輪之精金トハ、土地ノ秀也。精金、土中ニ含ム金気ヲ云」等とあるのみである（神道大系・伊勢神道中・275頁）。内宮祢宜をつとめた神道学者、薗田守良（一七八五〜一八四〇）の『神宮典略』巻六における心御柱関連の記述、神宮教院一等教監をつとめ明治二十二年の式年造替にも関わった御巫清直（一八一二〜一八九四）の「天平瓮ヲ正殿ノ床下ニ置ク事」（『神宮神事考証　中編』）等にも所見なし。後者では『宝基本記』の説について「杜撰」「大息ニ堪ヘズ」と糾弾する（増補大神宮叢書8、102頁）。

（17）北原糸子氏『地震の社会史』（講談社学術文庫、平12）及び同書掲出の論考参照。また小島瓔禮氏「鯰と要石―日本の地震神話の展開―」（『民俗学論叢』11、平8・2）は要石の事例を数多く挙げ有益である。
（18）江島の金輪際伝承（『新編鎌倉志』巻六に記す鐘銘、『謡曲末百番』所収「江島童子」）等、他に管見に入った事例はあるが、伝承の性格としてはこれまで取り上げてきた事例とさほど異ならないので、考察は省略する。
（19）拙稿「長谷観音の御衣木と説話」（『南都仏教』88、平18・12）
（20）管見に入った事例としては、天理図書館蔵『新長谷寺縁起』（吉三四―七六、江戸中期頃写）に「南京長谷寺の本尊のふまへさせ給ふ石座を分て、四尺四方の碼碯の座に本尊を安座し奉る」と記す例がある。本文は日沖敦子氏「【翻刻紹介】天理大学附属天理図書館蔵『新長谷寺縁起』」（『人間文化研究』7、平19・6）参照。

※本稿は日本文学協会第33回研究発表大会（平成二十五年七月七日、於神戸大学）における口頭発表に基づく。席上、御示教を頂戴した諸先生方に御礼申し上げます。
※本稿は平成二十六年度・大阪大谷大学特別研究費「長谷観音伝承の形成と展開に関する総合的研究」による研究成果の一部である。

『釈迦の本地』とその基盤
――『法華経』とその注釈世界とのかかわり――

本井牧子

中世仏伝のひとつである『釈迦の本地』の生成基盤に、法会唱導の場があったことについては、しばしば言及されるところである。[1] たとえば、本文にちりばめられた対句をこらした言辞や、挿入される譬喩因縁譚なども、そのことを雄弁にものがたる。また、随所に『法華経』が登場することや、五時八教にもとづく記述など、天台色が濃厚であることなども、一読すればただちに了解可能である。しかしながら、こういった『釈迦の本地』の特徴は、断片的に言及されることはあっても、その自明さのゆえに、かえって正面から扱われることがなかったように思われる。近年の『釈迦の本地』研究は、小峯和明氏による一連の仏伝研究などにより、東アジアの仏伝という視点からの相対化がはかられつつあり、絵画資料をはじめとするさまざまなメディアとの交渉があきらかになるなど、大きく進展しているといってよい。[2] にもかかわらず、ひとたび物語内部に目を転じると、物語本文にそくした研究はいまだ十全とはいいがたく、その具体相については不明な部分が多いのが現状である。

稿者は、仙人給仕の場面を端緒として、『釈迦の本地』と『法華経』注釈、さらには「法華曼陀羅」のような絵画作品が共通の淵源をもつことについて論じたことがあった。[3] 本稿では、それを物語全体に敷衍し、『釈迦の本地』という物語の枠組みにおける『法華経』重視の姿勢を確認し、その基盤に、『法華経』やその注釈、談義、直談の世界があることをあらためてあきらかにすることをこころみたい。これまで個別になされてきた指摘を再確認するという作業になるが、作品理解のための基礎作業として御理解いただきたい。

本論に入る前に、諸本の問題に簡単に触れておく。『釈迦の本地』（『本地』）と称される物語は、「伝記」の題記をもつ系統（伝記系）、おもに「本地」の題記をもち、写本のみならず刊本、絵巻、絵入本などのかたちで広く流布した系統（本地系）、孤本である「釈迦物語」の三系統に分かれることが知られている。(4) 成立の順序としては、伝記系から本地系へと増補され、本地系をもとに「釈迦物語」が編まれたとするのが通説であり、本稿もこの説に基本的にしたがうものである。ただし、「釈迦物語」は、本地系に拠りつつも、物語の枠組みを大きく組みかえたものであり、経典への回帰を志向するなど、ほかの二系統とは一線を画するものである。(5) 本文としてもあきらかに後出のものであることから、本稿においては、「釈迦物語」はいったん考察から除外し、伝記系、本地系の二系統を対象とすることとしたい。

なお、本稿では、伝記系については、天正九年（一五八一）の書写奥書をもつ天理大学附属天理図書館蔵写本（天理本）に拠ることとする。(6) 本地系については、諸本の残存数が多く、善本をさだめがたいのが実情であるが、伝記系の写本に漢字片仮名本が多く、そこから展開した本地系も、始発点においては漢字片仮名本であったと推測されることや、本稿でとりあげる関連資料のほとんどが漢字片仮名本であるという事情もかんがみて、漢字片仮名本である大谷大学図書館楠邱文庫蔵写本（楠邱本）にひとまず拠り、(7) 必要に応じて他本にも言及することとする。(8)

一　序　文――『釈迦の本地』における仏伝の枠組みと『法華経』――

まずは、序文にあたる部分をみることで、『釈迦の本地』という仏伝の枠組みを確認することからはじめたい。

『本地』は以下のような文章で幕を開ける。

○伝記系

a釈迦牟尼仏、成正覚一ヲ給フ事、是始テ成シ給フニ非ス。過去、塵点久遠劫ヨリ北方(彼方)仏世(出世)ト聞ヘ給ヘリ。彼釈迦、処変ノ浄土ヨリ b往来娑婆八千度出世シテ、化二度シ衆生一ヲ為レ給ント、c1身ヲ捨サル無レ処。

○本地系

a釈尊ハ今始テ仏ニ成給ルカト思、五百塵添久遠劫 尚アナタナル仏ニテマシマスナリ。忝モ無勝荘厳ノ浄土ヨリ b八千度マテ娑婆ニ往来給テ、c1三千大千世界 芥子計モ身命捨玉ハヌ所ハナシ。往モ還モ、臥モ起モ、釈尊ノ恩徳ヲ離事ナシ。是ハ偏ニ仏法ヲ信サル我等信心ヲ発シメンカ為、種々ニ方便、c2難行苦行、積功累徳給シ也。此広大ノ御志ヲ知シテ信セサル事ヲ大ニ慙、大ニ悲ヘシ。

aは『法華経』如来寿量品第十六の以下の部分にもとづくものである。

譬如五百千萬億那由他阿僧祇三千大千世界。假使有人末爲微塵。過於東方五百千萬億那由他阿僧祇國。乃下一塵。如是東行盡是微塵。諸善男子。於意云何。是諸世界。可得思惟校計知其數不。……爾時佛告大菩薩衆。諸善男子。今當分明宣語汝等。是諸世界。若著微塵及不著者。盡以爲塵一塵一劫。我成佛已來。復過於此百千萬億那由他阿僧祇劫。自從是來。我常在此娑婆世界説法教化。亦於餘處百千萬億那由他阿僧祇國導利衆生。[9]

釈迦の成仏以来、無限の長い時間が経過していることが譬喩をもちいて述べられている部分である。ただし、『本地』の表現は『梁塵秘抄』の「釈迦の正覚成ることは、この度初めと思ひしに、五百塵点劫よりも、彼方に仏に成り給ふ」[10]により近く、すでに和文化されて定着していたものと推測される。つづくbは『梵網経』の「吾今來此世界八千返」[11]に由来する表現で、釈迦が衆生済度のために娑婆に来生すること八千度に及ぶことを述べたものである。この文言は、先に引いた『法華経』寿量品の経文を釈する文脈で、しばしば引かれるものである。[12]『法華経直談鈔』（『直談鈔』）巻八本の対応部分をみてみたい。

一、譬如五百ト云ヨリ下ハ、釈尊成仏シ給ヨリ以来ノ久事ヲ以レ譬ヲ説玉フ也……

一、自従是来ト云ヨリ下ハ、明ト二益物ノ処ヲ一釈玉ヘリ。是即過去久遠ノ昔成道シテヨリ後ハ、常ニ在二娑婆ニ一説法教化シ玉フ也。去ハ往来娑婆八千度ト云モ此意也。……(13)

『直談鈔』版本では、これらの項目の欄外に、それぞれ「五百塵点劫事」「如々往来八千度事」と標題が付されており、『本地』との対応がより明確になる。釈迦は「五百塵点劫」の昔に成道して以来、「八千度」も娑婆に「往来」しつつ、つねに衆生のために説法教化を行っているというのである。

ついで、『本地』のc1・c2では、釈迦の過去世の修行について語られる。これは、『法華経』提婆達多品第十二の以下の部分を訓みくだしたような表現となっている。

智積菩薩言。我見釋迦如來。於無量劫c2難行苦行。積功累徳求菩提道。未曾止息。c1観三千大千世界。乃至無有如芥子許非是菩薩捨身命處。爲衆生故。然後乃得成菩提道。(14)

ここでは、釈迦が三千大千世界のあらゆるところで身命を捨てるという難行苦行を積んだことが述べられており、『本地』序文につづいて記される雪山童子の本生譚とも対応する。

このように、『釈迦の本地』は、『法華経』寿量品と提婆品とにもとづき、釈迦の成道が、時間的にも空間的にも無限のひろがりをもつこと、その無限の時間、空間において、釈迦が難行苦行を重ねたことから語りはじめる。さらに、本地系は、釈迦の成道が、「釈尊ノ恩徳」を蒙りながら、それを知らず、また信じない「我等」に信心を起こさせるためであったとつづける。ついで、「此広大ノ御志ヲ知ラスシテ信セサル事ヲ大ニ慙、大ニ悲ヘシ」と、釈迦の志を知るべきことが述べられ、物語は本生譚、さらには仏伝へとつながってゆく。(15)『本地』における仏伝は、釈迦の恩、志を知らしめるためのものとして位置づけられているのである。

この釈迦の恩徳にかんする記述から仏伝へと展開する流れもまた、『法華経直談鈔』に同趣のものがみられる。『直談鈔』一「釈尊一代事」をみてみる。

一 法華ハ如来出世ノ本懐ト云ニ付テ、釈尊為レ説二カ此経一ヲ御辛労有ツル様ヲ聞テ、其ノ恩徳ノ広大ナルヲ可二知召一ス也。此娑婆世界ニ生ル、程ノ者ノハ、不レ預二釈尊ノ御恩徳一ニ者ノハ無レ之。此ノ恩徳ヲ不レ思者ハ、如二鬼畜木石一也……去レハ釈尊過去遠々ノ昔ヨリ以来タ、無量劫ノ間修行シ玉ヘルコトヲハ先閣レク之。今日一代ノ間ノ相ヲ申スニ、昔中天竺摩訶陀国ニ師子脇王ト云王一人在ス……

『直談鈔』では、この部分につづいて、王の系譜にはじまる仏伝が語られる。『直談鈔』における「今日一代ノ間ノ相」、すなわち釈迦の伝は、釈迦の「恩徳」が広大であることを知らせるべく語られるその「御辛労有ツル様」ということになる。

ところで、『直談鈔』のこの部分は、「法華ハ如来出世ノ本懐」ということについての記述であった。これは、この直前の項目「大意之事」のなかの一文「第一ニ大意ト申ハ、此法華経ト者、三世ノ諸仏出世ノ本懐、一切衆生成仏ノ直道ト定タリ」に対応するものである。「大意之事」は「直談序之事」の後に位置する『直談鈔』本文の冒頭といえるものであり、『法華経』の趣意を述べる部分である。

ここから『直談鈔』の文脈を順にたどってゆくと、『法華経』は、三世の諸仏の出世の本懐であり、釈迦もまた、久遠の昔から、この『法華経』を説くために、何度も娑婆世界に生まれ、身命を惜しまずに修行した。衆生はみな釈迦の広大の恩徳に浴するものであるから、釈迦一代の「御辛労」のありさまを知り、その恩徳を思い知るべしという流れになろう。『直談鈔』「釈尊一代事」で語られる釈迦一代の物語、すなわち仏伝は、諸仏出世の本懐たる『法華経』を得るための辛苦の物語として定位されているといえる。

一方、『本地』の序文は、『法華経』の表現によって構成されてはいるものの、釈迦の出世の目的は「偏ニ仏法ヲ信サル我等信心ヲ発ニ」させることであるとされるにとどまり、『法華経』を説くことが出世本懐であるとまでは明言されていない。この点は、『直談鈔』との間に温度差がみられる。しかし、『本地』の物語本編において、釈迦の修行が『法華経』を授かるためのものとして描かれている点は注目してよいと思われる。

二　檀特山修行から『法華経』伝授

ここで、『本地』における太子の檀特山での修行から仙人による付法にかけての場面をみてみたい。特に本地系において顕著であるが、この部分には『法華経』提婆品の影響が色濃くあらわれているのがみてとれる。以下、おもに本地系の本文に拠りつつ、順にみてゆくこととする。

城を出た太子が檀特山で修行する様子は、『過去現在因果経』などの仏伝経典によるものではなく、『法華経』提婆品の仙人給仕にもとづくものであることが指摘されている(16)。太子は檀特山にたどりつき、教えを乞うために仙人を呼ぶが、それに応じてあらわれた仙人は、「我是妙法蓮華経ト云者也」と名のる。これは『法華経』提婆品にみられる前生譚で、位を捨てて法を求める王のところにあらわれた仙人が、「我有大乗。名妙法蓮華經(17)」と語る場面に対応する。その後の太子の修行の様子も、「閼伽水ヲ肘ニカケ、薪ヲ取」給仕するというように、提婆品の「採菓汲水拾薪設食」を意識した表現となっている。

その後、太子の志をみとどけた仙人は、太子に法を授けるが、そこで授けられるのが『法華経』なのである。ここまでの部分については、伝記系には『法華経』と直接かかわる表現はみられないが、『法華経』を授けられる点については、伝記系、本地系で一致している。『本地』における太子の難行苦行は、『法華経』を得るためのものとして描かれているのである(18)。

本地系の『法華経』付属の場面では、仙人が「我コノ妙法ハ、般始授奉ニアラス。過去ニシテモ如レ是相授奉シ也」として、過去世における『法華経』付属の前生譚を語る。これは「長サ四寸ノ針ヲ以テ、一日ニ五度ツヽ、九旬ノ間」刺すことを条件に、仙人が王に法を授けたとする内容であり、『今昔物語集』巻五「国王為求法以針被螫身語第十」をはじめ、『三国伝記』巻一―四「釈尊昔爲大王時求法事」、名古屋大学小林文庫蔵『百因縁集』などに類話がみられることが知られている(19)。これらの類話は『賢愚経』を原拠としつつ(20)、それを『法華経』の仙人給仕に関連させて改作されたものと解されており(21)、王が位を捨てて仙人に仕え、法を授かるという構成において、『法華経』の仙人給仕と重なるものである。このことは、『本地』においては、前生譚の末尾部分に、よりはっきりとあらわれている。

　其時ノ仙人ハ即我身是ナリ。其時ノ大王ハ即今ノ太子是ナリ。如レ是無量劫ノ中ニシテ難行苦行、積功累徳シ給テ、菩提ヲ求給コトヲ止給、今モ亦我コノ妙法ヲ授奉テ、即三界ノ独尊釈迦牟尼仏トナシ奉ナリ。我具足スル所ノ三十二相、八十種好、紫磨金色、十力、四無所畏、四攝法、十八不共、三明六通、八解脱、通力等、一切ノ内証、外用ノ功徳、皆悉付属シ奉也。

前生譚につづき、相好と仏号の伝授が語られる。この部分は、『法華経』提婆品の仙人給仕譚末尾の以下の部分に対応する。

　佛告諸比丘。爾時王者。則我身是。時仙人者。今提婆達多是。由提婆達多善知識故。令我具足六波羅蜜慈悲喜捨三十二相八十種好紫磨金色。十力四無所畏四攝法。十八不共神通道力。成等正覺廣度衆生。皆因提婆達多善知識故。告諸四衆。提婆達多。却後過無量劫。當得成佛(22)。

『本地』は、『法華経』提婆品においては過去世の物語であった仙人給仕を、釈迦の現在世へとスライドさせ、さらに過去世の物語として、仙人給仕譚のひとつのバリアントを挿入するという、二重に仙人給仕譚をとりこんだかたちになっているのである。仙人は前生譚の前後で「我コノ妙法ハ、般始授奉ニアラス。過去ニシテモ如レ是相授奉シ也」、「如レ是無量劫ノ中ニシテ難行苦行、積功累徳シ給テ、菩提ヲ求給コトヲ止給」と語り、『法華経』伝授が過去にも繰りかえされてきたことを強調する。これは、序文の「釈尊ハ今始テ仏ニ成給ルカト思、五百塵添久遠劫尚アナタナル仏ニテマシマスナリ」とも呼応する。釈迦現在世における『法華経』伝授、および前生譚で語られる『法華経』伝授もまた、釈迦の成仏と同様に、無限の繰りかえしのなかの一回であることを示すものとして描かれているのである。

本地系では、付法の場面につづいて、仙人が太子に語るというかたちで『法華経』の経釈がさしはさまれ、経典注釈の世界が淵源にあることをものがたる。

カノ妙法蓮華経ト云ハ、不可思議ニシテ又不可思議也。三世ノ諸仏モコノ経ニ依正覚ヲ成、十方ノ如来モコノ経ニ依テ仏トナリ、一切衆生モ此経ニ依テ成仏スヘシ。サレハ、此経ニ若有聞法者、無一不成仏トトケリ。故ニ妙法蓮華経トハ、一切衆生ノ心中ノ真如実相ノ理ヲアラハス。妙法トハ不可思議、言語道断、心行所滅ノ法也ト云ハ、十界十如、因果不二ノ法ナリ。蓮華トハ譬喩也。経トイフハ聖教ノ通号也。故ニ一切経ノ肝心、諸経ノ中ノ経王、三世十方ノ諸仏ノ出世ノ本懐ナリト慇懃ニ説給。太子、此説法ヲ聞給、八万四千ノ聖教、皆速悟給、是即十二年間難行苦行シ給シ徳用ノ故也。

経題を釈した部分（破線部）は、『法華玄義』などをはじめとする『法華経』注釈や、談義、直談にみられる釈名と対応する。(23) そのなかで、『法華経』によって、三世諸仏、十方如来が正覚、成仏したとある部分（傍線部）が、前節でみた、『直談鈔』「大意之事」の「此法華経ト者、三世ノ諸仏出世ノ本懐、一切衆生成仏ノ直道」と対応することはあきらかであろう。

伝記系はここに引いた釈名にあたる部分をもたないが、本地系諸本は、本文の異同は多いものの、共通してこの釈名をもつ。特に本稿で底本としている楠邸本などの漢字片仮名写本では、『法華経』が「三世十方ノ諸仏ノ出世ノ本懐」（二重傍線部）と明言されているのである。[24]

『釈迦の本地』序文は、釈迦の久遠成道を語り、釈迦が衆生済度のためにこの娑婆世界への出生、成仏を繰りかえしてきたことを述べる。そうして語られる釈迦の一生において、難行苦行の結果、釈迦が得るのは『法華経』であった。その『法華経』伝授もまた、過去世から繰りかえし行われてきたとされ、本地系はさらに本生譚を挿入することで、その繰りかえしを強調する。そして、『法華経』により、十方三世の諸仏が成仏したこと、すなわち『法華経』が十方三世の諸仏の出世本懐であることが述べられるのである。

ここであらためて、『釈迦の本地』の題記の問題が想起される。伝記系、および本地系のなかでも『法華経』を諸仏の出世本懐と明記する漢字片仮名写本は「釈迦（釈尊）出世（出家）本懐伝記」という題記をもつ。記述に濃淡はあるものの、釈迦が修行により『法華経』を得る点においては諸本共通していることから、『釈迦の本地』という物語は、久遠成道の釈迦が、出世の本懐たる『法華経』を得るにいたるまでの伝という枠組みが、その基調として存在したとかんがえてよいのではないか。物語の枠組みにおける『法華経』の位置を重くみておきたい。

このようにみてくると、『本地』の成立基盤としては、『法華経』を如来出世の本懐とする天台がまずはうかびあがってくる。さらに、序文や釈名にみられるような、『法華経』注釈や『法華経直談鈔』などの談義書などとの重なりからは、談義所という場も想起されよう。想像をたくましくすれば、たとえば先にみた『直談鈔』一「釈尊一代事」のように、仏伝を含む談義書の一項目が、物語の核となったという可能性もかんがえられよう。このことは、諸本のなかに、談義書にみられるようなひとつ書きの痕跡をのこすものがあることからも推測される。[25]

もちろん、『法華経』の注釈や『直談鈔』などにみられる釈迦の伝は、基本的に仏典に沿ったものであり、『本地』とは位相が異なることには留意が必要である。しかし、『直談鈔』をはじめとする天台系の注釈書や談義書にみられる仏伝には、「耶輸大臣ノ女ヤシユタラ女ト云ハ五天竺第一ノ美人也」（『直談鈔』一「釈尊一代事」）といった、仏伝経典にはみられない表現も散見し、(26)それが、『本地』の「耶輸大臣ノ姫后、耶輸陀羅女」「彼耶輸陀羅女ハ五天竺ニヲヒテ一ノ美人ニテ御座ケレハ」といった部分と表現のレベルでひびくものであることもまた注目される。

小林直樹氏は、直談系『法華経』注釈書が『法華文句』に引かれる説話を多く引くことを指摘し、談義所において『法華文句』説話が重視されていたことを示された。(27)小林氏の指摘される『法華文句』説話と『本地』とに共通する挿話としては、目連と二龍との神通あらそい、(28)羅睺羅と釈迦との対面、仏滅後の阿難の説法などを挙げることができる。これらは表現のレベルで近いものとは限らないが、『本地』が『法華経』注釈、談義、直談の世界を経由して、これらの挿話をとりこんでいる可能性はかんがえられる。極言すれば、『本地』は、『法華経』注釈の世界で語られていた仏伝関連の記事を、久遠成道の釈迦の伝として再構成しているとみてよいのではないか。『釈迦の本地』の成立をかんがえる際に、天台における『法華経』およびそこから展開する注釈、談義、直談などの世界は軽視できないものと思われる。

三　雪山童子本生譚

『釈迦の本地』の枠組みに『法華経』の説く久遠成道の釈迦があるという点をもう少し確認するために、ふたたび『本地』の序文にもどり、本生譚の部分をみてみることとする。『本地』序文においては、先に引いた部分につづいて、釈迦の因位のことが語られる。

> サレハ、尸毘大王ト生給テハ、身ヲ秤ニカケテ鳩ニ代リ給。薩埵王子ト成リテハ、虎ノ飢ヲ哀テ命ヲ捨給。
> 雪山ノ儒童菩薩ト生給テハ、法ヲ将来ニ残サンカ為ニ半偈ニ代テ身投給。

『三宝絵』などにも語られる尸毘王本生譚と薩埵王子本生譚とにつづけて、雪山童子本生譚が語られる。この本生譚は、鬼神が「諸行無常、是生滅法」の二句を唱えるのを聞いた童子が、自身のからだを施すことを条件に、つづく二句を聞くことを求めるという求法の物語であり、「三千大千世界芥子計モ身命ヲ捨玉ヌ所ハナシ」とされた難行苦行の物語でもある。ここで注目したいのは、この偈を聴いた童子が、それを木や岩に書きつけるという記述である。本地系の本文は以下のとおり。

……鬼神御志ヲ見奉テ、サラハ書テ進セントテ、傍ニアリシ最陀羅樹ト云木ノ皮ヲハキ、其裏ニ指ヲ喫剪流血ヲモテ、諸行無常、是生滅法、生滅々已、寂滅為楽ト書付テ、鷲峯ヘソ投上ケル。童子、是ヲ見給ヒテ……イマ我此文ヲ見聞スルコトヲ得タリ。末世ノ衆生ノ為ニトテ、毘婆娑羅石ト云岩ニ此文ヲ書付セ給テ、諸行無常ノ文、ナカスナ雨、是生滅法ノ文、埋苔、情アレト、啼〳〵書付給テ、幽ナル鬼神ノ在谷ノ底ヘ下ラセ給。後ヲ顧ミ御覧スレハ、毘婆娑羅石ハ霞ヲヘタテ、遠ナル。鷲ノ峯モカスカニナル。鬼神ノアル処近ナル。心スコサマサリケレトモ、未来ノ衆生ノ為ニ半偈ノ文ニ御身ヲ代テ、深谷ノソコニ有鬼神ノ口ニ飛入給。

ここでは、偈が書きつけられた木と岩に、「最陀羅樹」（伝記系は「多羅樹」）、「毘婆娑羅石」（伝記系は「毘婆娑石」）という名前が与えられている。この名前をもった樹木と岩が、『直談鈔』三末「儒童半偈事」に記される雪山童子本生譚にもみられることについては、黒部通善氏に指摘がある。(29)

去ハ此四句ノ偈ト云ハ、是ヨリ起レリ。而ニ末代ノ衆生ニ為レ知レ之ヲ、多羅樹木ト云々、毘娑舎石ト云々ニ、童子指ヲ喰切血ニテ書付テ置玉ヘリ。去ハ、伝教ノ御釈ニ、雨ハ降ルトモ多羅樹木ノ諸行無常ノ句ヲハ不レ洗、苔ハムストモ毘娑舎石ノ是生滅法ノ句ヲハ不レ埋矣。

『直談鈔』で引かれる「伝教ノ御釈」については未勘ながら、『本地』と『直談鈔』とが、伝承基盤を共有することはあきらかであろう。対句仕立てになっていることからは、この句が『法華経』を講ずる場などで語られた可能性なども想像される。黒部通善氏は、この『本地』と『直談鈔』との共有点について、『本地』の雪山童子本生譚が「世間に流布していたものと類似のものであった」と推測される。ここではもう少し限定して、『本地』と『法華経』直談の世界との近さを反映したものと解しておきたい(30)。

さて、原拠である『涅槃経』においては、童子は羅刹の姿をあらためて正体をあらわした帝釈天に、将来仏になるという授記を受ける(31)。それに対して、『本地』では、鬼神は童子を「八葉ノ蓮華」に請じ、自身が「本地毘盧遮那仏ノ化身」であることをあかし、童子を三度礼して見えなくなる。それにつづく部分を引用する。

> サテ彼ノ童子ハ八葉ノ蓮華ニ座シ給テ、文ヲ誦シ給テ云ク、鬼神、八葉ノ蓮華ヲモテ、雪山ヲ一代ノ釈尊トスト唱タマヘリ。カクノコトク、法ノイミシキノミナラス、真実ニ貴 以、雪山童子、生身ノ釈迦如来ト現給也。

この「生身ノ釈迦如来ト現」れたという部分は、未来における成仏を語ったというよりは、その場で成道したと解するべきものと思われる(32)。事実、そのような解釈があったことは、山中の蓮華座の上に如来を描く挿絵があることからもうかがわれる。雪山童子本生譚もまた、序文にいう、久遠の昔から八千度も娑婆に往来し、身命を捨てて修行し、成道してきたという、その無限の繰りかえしのなかの一回として位置づけられているのである。

四　成道と金剛座伝承

雪山童子本生譚末尾を、釈迦の因位における成道とみることができるとするならば、それは『本地』本編で語られる釈迦成道と対応するものとかんがえられる。そこで、つぎに、釈迦の成道場面をみることとする。先にみた『法華経』伝授の場面のあと、仙人は太子に伽耶山へ向かうように告げる。

> サテ仙人ノ玉ク、太子コノ檀特山ヲ出給テ、中天竺摩訶陀国ノ伽耶山ノ麓、歓喜樹ノ下、生座石ヲ金剛座トシ給テ、法ヲ説ヒロメ給ヘキナリ。コノ岩ト申ハ、昔ヨリ十方三世ノ諸仏ト出世シ給ニ、コノ岩ヲ金剛

座トシ給テ、法ヲ説ヒロメ給ナリト。我ハ是本地盧遮那仏ノ化身ナリト、仙人ノ玉ヘハ……

ここで仙人が「本地盧遮那仏ノ化身」とされることは、雪山童子本生譚で鬼神が「本地毘盧遮那仏ノ化身」とされていたことと符合する。仙人と鬼神とは、成道に先だって法（『法華経』、四句の偈）を授ける存在として対置されている。さらに注目したいのが、金剛座とするべき石についての記述である。『本地』の雪山童子譚においては、投身した童子を鬼神が「八葉ノ蓮華」で受けとめ、童子はその蓮華に座して成道する。この蓮華は、成道の座としての役割をはたしている。原拠の『涅槃経』では、偈を説く羅刹のために、身につけていた鹿皮を敷いて「法座」としたとあるので、(33)『本地』においてはある種の反転がおこっているといってよい。その反転に、成道の座に対する『本地』の意識があらわれているように思われる。そして、その蓮華座と対応するのが、釈迦成道の金剛座となる石なのである。この石が、十方三世の諸仏出世の金剛座とされている点（二重傍線部）も、『本地』序文や、『法華経』を「三世十方ノ諸仏ノ出世ノ本懐」とする点とのかかわりからも注目される。

さらに、その石は「生座石」（伝記系では「草座石」）という名をもった石であった。これは、雪山童子譚で偈が書きつけられた石に「毘婆舎石」という名前が与えられていたこととともひびく。この「生座石」については、さらに詳細な由来が語られることになる。仙人に別れを告げ、金剛座を目指して出発した太子は、途中で茅をもった童子に出会う。以下は童子の語る「生座石」のいわれである。

其岩ノ事、我等委ソンシタリ。其故、彼岩ニハ多ノ名アリ。生座石トモ号シ、三世ノ諸仏ノ出世シ給時、必コノ石上ニテ正覚ヲ成給ニ依、正覚石トモ号シ、又ハ三界独尊ノ金剛座トモ号ス……

コノ岩ノ深強事オヒタタシ。コノ岩ノ根ハ此地ヨリ下五百由旬ヲ経テ有㆓大地獄㆒。四万由旬也。其下ニ有㆓世界㆒。風輪水輪金輪也。コノ三ノ世界ヲ根トシテ此娑婆世界マテハ八万由旬ヲ根ノ境トシテ三ノ岩崎相列タリ。先北ノ岩サキハ須弥山八万由旬ヲ指テ攀上。次ノ南ノ岩先ハ補陀落山ト顕。又中ノ岩先ハ此伽耶山ト生出タリ。然間、外道トモ何トホリタヲサントスルトモ不可動玉ト云テ、童子手ニ持タル茅草ヲコノ石上ニ鋪、速御上候テ正覚成給ヘト云。抑コノ茅草ヲ敷事ハ、是三世ノ諸仏ノ出世シ給時、必此茅草ヲ敷テ正覚成給也ト申。

ここではまず、「生座石」、「正覚石」、「金剛座」という石の名前が由来とともに示される。いずれも、三世諸仏がこの石上で成道したことにちなむものである（二重傍線部）。ついで、この岩が地中深く根をおろしており、それが風輪水輪金輪際まで達していること（破線部）、さらに岩先が三つに分かれており、それぞれが須弥山、補陀落山、伽耶山としてあらわれていること（波線部）が語られる。ここには、三世にわたって繰りかえし成道の座となるべき聖跡へのまなざしがみてとれる。

小峯和明氏は、釈迦の金剛座にかんする伝承が、『東大寺諷誦文稿』、『釈門秘鑰』成道相第五などにも引かれることを指摘し、法会の場で語られていたことを推測される(34)。さらに、その淵源として『大唐西域記』（『西域記』）巻八「摩竭陀国上」のつぎのような記述を指摘される。

菩提樹垣正中有金剛座。昔賢劫初成與大地俱起。據三千大千世界中。下極金輪上侵地際。金剛所成。周百餘歩。賢劫千佛坐之而入金剛定。故曰金剛座焉。證聖道所。亦曰道場。大地震動獨無傾搖。是故如來將證正覺也(35)。

ここで語られる金剛座は、金輪際までつながる堅固な金剛石からなるものであり、過去仏入定の際に大地が振動してもゆるがなかったとされている。ほぼ同様の記述を含む『大唐大慈恩寺三蔵法師伝』（『慈恩伝』）巻三では、「今欲降魔成道必居於此。若於餘地地便傾昃。故賢劫千佛皆就此焉(36)」と、成道前の降魔にも触れており、『本地』の外道の障碍にあってもくつがえされることがないとする点との対応がよりはっきりする。さらに、「金剛座」をはじめ、「證聖道所」、「道場」といった呼び名が複数語られる点も『本地』と重なる。『本地』の淵源にこの金剛座伝承があることは間違いないであろう。

この『西域記』の記述は、『法華経』注釈においても引かれることがある。たとえば『法華文句記』は、『法華経』方便品の「我始坐道場」[37]という偈に対して、『西域記』の記述を部分的に引いており[38]、『法華経鷲林拾葉鈔』や『法華経直談鈔』はそれを継承している。降魔成道と金輪際にかんする伝承を含んだ記述は未見ながら、あるいは『本地』のこの金剛座伝承もまた、『法華経』注釈を経由していることもかんがえられる。成道の聖跡に対するまなざしもまた、『法華経』注釈の文脈に端を発するものである可能性をかんがえておきたい。

五　金剛座伝承――長谷寺の台座石伝承とのかかわり――

ところで、ここまでみてきた『本地』の金剛座にかんする記述のうち、岩の先が三つに分かれているという要素は、『西域記』などにはみられないものであった。ここでは、この三枝の伝承と密接なかかわりをもつものとして、長谷寺の縁起をとりあげ、『本地』との関係をみてみることとする。

長谷寺の縁起には、長谷寺の観音像が安置されている台座の石についての伝承がしばしば登場する。この台座石伝承については、池上洵一氏による論考があり、それを継承するかたちで横田隆志氏による論考が公にされている[39]。まずはこれらの先行研究に導かれつつ、『長谷寺縁起文』(『縁起文』)にそって、台座石伝承をみてみる。つぎに挙げるのは、徳道が十一面観音像を安置する場所について、金神から夢告を得る場面である。

其夜ノ夢ニ有テ二一ノ金神一指シ二示シテ北ノ峯ヲ一曰ク、聖人莫カレ二患ウレヘ慮オモフコト一。検カンカフルニ二峯ノ地ノ中ヲ一有リ二金剛宝磐石一。上ハ地際ニ斉ヒトシ、下ハ輪際ヲ窮キワメ、其ノ体ニ在リ二三ノ枝一。々ノ頂イタヾキニ大悲ノ菩薩坐シテ説法ス。此レ其ノ一也。用テ二彼ヲ一可為二金剛宝師子座一ト[40]。

ここには、観音像の台座とすべき「金剛宝磐石」が、地際から輪際に及ぶものであり、「三ノ枝」に分かれていることが述べられている。さらに、開眼供養の導師をつとめた行基は、参籠中に長谷寺を守護する八大童子の一人、金剛使者童子によって、さらにくわしいこの石の由来を教えられる。

……当山ハ是レ三世諸仏転法輪ノ地、菩薩聖衆利生ノ居也……其ノ中ニ所レ顕ル之金剛宝石ニ有リ二三ノ枝一。上ハ地際ニ分レ、下ハ金輪ニ束ヌ。一枝指シ二西土一ニ。中梵ノ仏成覚ノ宝石也。一枝在リ二清山一ニ。補陀落山ノ観音所座ノ石也。一枝在リ二此山一ニ。

ここでは、この三枝が、「仏成覚ノ宝石」、「補陀落山ノ観音所座ノ石」、「此山」すなわち長谷山とされている。このように、『縁起文』に語られる長谷観音の台座石は、金輪際から生ずるものであり、三枝に分岐しており、そのひとつが仏成道の金剛座であるという点で、『本地』の金剛座の伝承と一致するのである。三世諸仏の転法輪の地という部分もまた、『西域記』などの過去仏入定、成道の座という部分と対応する。『西域記』の「下極金輪上侵地際」や、『慈恩伝』の「下極金輪上齊地際」と、『縁起文』の「上ハ地際ニ斉ヒトシ、下ハ輪際ヲ窮キワメ」「上ハ地際ニ分レ、下ハ金輪ニ束ソクス」とが、表現の上でも非常に近接することから、少なくとも『縁起文』のようなかたちにおいては、『西域記』や『慈恩伝』、ないしそれに近い伝承が根底にあることが推測される。(41) 池上氏が「長谷寺の宝磐石は、仏教の原点たる釈尊の成覚石、観音の最高の聖地たる補陀落山の所坐石と同根の三枝であると説き、世界規模の聖石であることを主張する」と指摘されるように、この三枝説は、釈迦成道の金剛座伝承を、観音ゆかりの補陀落山と結びつけた上で、さらに長谷山に結びつけることで、石の聖性を保証するものである。長谷寺の縁起が、仏伝中の一伝承をたくみにとりこんでいる様子がうかがわれる。

一方、仏伝の側から、金剛座を観音や須弥山と結びつける必然性はかんがえにくい。すでに仏伝の時点で三枝という要素が増補され、それが長谷寺縁起に吸収されたという流れよりは、『本地』の方が、長谷寺縁起の台座石伝承をとりこんでいるとかんがえる方が穏当であろう。『西域記』などに淵源する金剛座伝承が、長谷寺の縁起にとりいれられ、ふたたび仏伝へと回収されるという、仏伝と縁起との間の双方向的な交渉の結果とみておきたい。

ただし、『西域記』などの金剛座伝承において、金輪際は、如来の入定や降魔成道の際の大地震動にも堪えうる堅牢さをかねそなえた聖地であることを保証するものとして、重要な意味をもつものであった。しかしながら、長谷寺の縁起においては、如来成道の座であることは示されるものの、金輪際までつづくことの意味は後退しているといってよい。一方で、『本地』では、童子の語りにおいても如来の外道降伏や成道に堪えうる場所として語られ、外道降伏の場面でも「本来岩根(モトヨリイワネ)モ不(ス)レ動(ウコカ)」と、不動の金剛座が描かれる。長谷観音の台座石伝承から、この表現が導き出せるとはかんがえにくく、この点にかんしては、『本地』は『西域記』などの金剛座伝承をうけついだとかんがえる方が自然であろう。だとするならば、『本地』は金剛座伝承については、仏の降魔成道を支える金輪際伝承と、長谷寺縁起にみられる三枝説との双方をみているということになる。前者については、先に触れた『法華経』注釈との関連をかんがえる必要があろう。後者についてはどのような場を経由することがかんがえられるだろうか。

横田氏は、台座石伝承を引く文献を多数挙げて、そのひろがりを検討する。また、『竹むきが記』に記される台座石伝承が、『縁起文』などの文献にみられない要素をも含むことから、長谷寺僧の唱導において語られた可能性をも指摘される。このような広範な流布の状況からかんがえれば、『本地』が長谷寺の縁起から直接この伝承をとりこんだ可能性もじゅうぶんかんがえられる。

しかし、それでもなお、あえて注目したいのは『三国伝記』巻二第十五「大和国長谷寺事」にこの伝承がみられる点である。

当山護持ノ童子、行基菩薩ニ対シテ曰ク、此ノ地ハ三世ノ諸仏転法輪ノ所、十方ノ賢聖利益衆生ノ砌也……ト云云。彼ノ宝石ト者根ハ金輪際ヨリ生テ三ノ枝地ニ出タリ。猶ヲ伊字ノ三点ノ中天竺ニ於テハ諸仏成道ノ御座トナリ、補陀落山ニ至テハ観音利生ノ宝石也。此ノ霊山ニ在テハ普門示現ノ両足ヲ顕ス。(42)

『三国伝記』が、『長谷寺験記』(『験記』)を重要な取材源としていることはよく知られている。(43) 当該部分もまた、

『縁起文』の流れを引く『験記』によっている。ここには、台座石伝承の金輪際、三枝という、『本地』と共通する要素がみられる。(44)

ここで、小林直樹氏の『三国伝記』が『法華経』談義の世界と密接にかかわるという指摘が想起される。(45) 小林氏は、『三国伝記』所収の説話が、天台六十巻の影響を少なからず蒙っていることを指摘し、近江の天台僧と推測されている編者玄棟と、柏原談義所（成菩提院）などの天台談義所との関係を推測される。

また、横田氏は、『直談因縁集』普門品に『長谷寺験記』の話が四話引かれることから、「『法華経』普門品に示す観音の霊威を例証する話」として、長谷寺という特定寺院の霊験譚が語られたとされる。(46) 長谷観音の台座石の伝承もまた、『法華経』講経の場に蓄積された因縁のひとつであった可能性もあろう。

『本地』に『法華経』ならびにその注釈、談義、直談の影響がみられることは、これまでみてきたとおりである。個別の挿話をみても、先述のとおり、『法華経』付属の本生譚については、『三国伝記』に類話が収められていた。また、『本地』に挿入されるもうひとつの本生譚である忍辱太子の本生譚は、『三国伝記』巻三―一〇と非常に近い本文であることが指摘されている。(47) また、挿話単位のものではないが、『三国伝記』巻十―七に登場する舎利弗の父「鉄腹外道」の名が、『本地』で釈迦の忉利天上を妨害する外道のなかにみえていることなども注目される。(48) この「鉄腹外道」については、『法華経直談鈔』一末にも「五天竺第一ノ論議者」としてみられるなど、『法華経』直談の世界において語られたものであったことが推測される。(49) このようにみてくると、『本地』と『三国伝記』が、成立基盤を共有するということは、無理な想像ではないように思われる。『本地』と『三国伝記』との直接関係をいうものではないが、両者は直談の世界を介してつながるものとかんがえられる。『本地』と『三国伝記』との両者に長谷寺の台座石伝承がとりいれられていることも、その一端を示唆するものととらえておきたい。

『釈迦の本地』は『法華経』にもとづき、釈迦の久遠成道を説くことで幕を開ける。『本地』は、久遠成道の釈迦という、無限の繰りかえしのなかの一代として釈迦の伝記を語るものであり、その繰りかえしは、十方三世諸仏の出世の本懐たる『法華経』を説くためのものと解することができる。求法や成道の場面の繰りかえしや、石や樹木といった過去の聖跡へのまなざしもまた、この文脈中に位置づけられよう。

このことは、跋文にもそのままひびくものである。物語末尾部分については、諸本により異同も大きいが、つぎに挙げる部分は、伝記系と本地系とで多少の増減はあるものの、ほとんどの本にほぼ同趣のものがあり、本来的に備わっていたものとかんがえられる。(50)

抑　釈迦如来涅槃ニ入給ト云ヘトモ、正　常ハ寂光土ニ住ケリ。方便ノ滅ヲ以テ衆生ヲ化度シ給。実ニハ不生　不滅ニシテ不退ノ浄土ニ住テ説法シ給。若衆生ノ機アル時ハ、周遍法界ノ御身ヲ衆生ノ身胎ニ包シメ給、誕生ヲ迦毘羅国ノ暁ニ顕、若衆生ノ機ナキ時ハ、常在霊山ノ尊容ヲ寂静無為ノ都ニ帰給。王宮誕生是方便ナリ。双林入滅是済度ナレハ、何モ衆生得脱ノ利生ノ教ニアラスト云事ナシ……
故涅槃経ニハ釈迦如来、久遠成道、皆在衆生、一念心中ト説給ヘリ。

いま、注釈や談義書などに表現のレベルで近いものを指摘することはできないが、これが、たとえば『法華経』寿量品などに説かれるところと通底することはあきらかであろう。

さらに注目されるのが、末尾で「涅槃経」の文として引かれる文言である。この文言は『涅槃経』中にはみられず、『法華経』寿量品注釈の文脈で引かれることのあるものである。一例として『直談鈔』八本　寿量品のものを示す。(51)「自我偈」と呼ばれる部分(52)にかんする記述である。

又釈迦如来久遠成道皆在衆生一念心中ト釈ル時ハ、久遠成道ノ釈迦ト申モ我等カ一心中ノ中ニ御座ト云ヘトモ迷故ニ不レ見レ之也。雖近而不見ト説玉フ此意也。能々可レ思事也。

『本地』は『法華経』寿量品で幕を開け、おなじく寿量品で幕を閉じる。久遠の釈迦という概念が、物語の枠組みを支えるものとして機能していることをいまいちど確認しておきたい。『法華経』が展開する場としての天台の談義所に集積されたテクストを基盤として生み出された仏伝が『釈迦の本地』ではなかったか。本稿では直談系注釈として『法華経直談鈔』を多く引いたが、『本地』との直接関係をいおうとするものではなく、あくまでも直談の世界との重なりを示そうとしたものである。しかしながら、管見に入った『法華経』注釈類のなかでは、『直談鈔』との重なりがもっとも多くみいだせること、さらに『三国伝記』の成立圏の問題、美文を多用する『三国伝記』の文体と通底するものが『本地』にも散見することなどをかんがえあわせると、その成立圏は存外に近接する可能性もあろう。

もちろん、『法華経』を中心とするこの枠組みが、『本地』の全篇を一貫する唯一の枠組みではないことも事実である。『本地』においては、肉親への恩愛が重要な要素になっているという認識は共有されて久しい。たとえば、釈迦の出家の理由が亡き母摩耶夫人の救済であることは、物語のなかで繰りかえし語られ、これもまた一貫した枠組みとなっている。この恩愛というもうひとつの枠組みと、久遠成道の釈迦という枠組みとが交差したのが、どのような段階であり、場であったのか、生成の過程については今後さらにかんがえる必要があるが、本稿では、まず『釈迦の本地』の生成基盤として『法華経』とその注釈などの世界があったことを確認することで、総体としての『釈迦の本地』研究の第一歩としたい。

〈注〉

（1）「説法唱導の場で語られてきたものの集約」（『日本古典文学大辞典』村上學氏執筆「釈迦の本地」項）、「中世前期から中期にかけて盛んに行われた唱導や注釈を経て形成された中世仏伝がたどりついたところのもの」（『お伽草子事典』（平成一四年、東京堂出版）徳田和夫氏執筆「釈迦の本地」項）、「仏典に拠りつつも、仏典を解釈し、説き、談ずることを通して、不断の創造を続けた中世仏伝をめぐる営為の、そのひとつの所産」（『中世王朝物語 御伽草子事典』（平成一六年、勉誠出版）川崎剛志氏執筆「釈迦の本地」項）など。

（2） 本文中で触れるもの以外の主なものを挙げる。小峯和明「東アジアの仏伝をたどる―比較説話学の起点―」（『文学』六―六、平成一七年一一月、岩波書店）、「東アジアの仏伝をたどる 補説」（『説話・伝承の脱領域』平成二〇年、岩田書院）、「『釈迦の本地』の物語と図像―ボドメール本の提婆達多像から―」（『文学』一〇―五、平成二一年九月、岩波書店）。

（3） 拙稿「『釈迦の本地』とその淵源―『法華経』の仙人給仕をめぐる―」（小峯和明監修、石川透編『中世の物語と絵画』「中世文学と隣接諸学」シリーズ九、平成二五年、竹林舎）。

（4） 松本隆信「増訂室町時代物語類現存本簡明目録」（奈良絵本国際研究会議編『御伽草子の世界』昭和五七年、三省堂。『中世王朝物語・御伽草子事典』（平成一四年、勉誠出版）に転載）。

（5） 黒部通善『日本仏伝文学の研究』「第十二章 室町時代物語『釈迦物語』考―仏伝経典への志向―」（平成元年、和泉書院）。

（6）『室町時代物語集』四に翻刻。天理本の文意不通の部分にかんしては、参考となる伝記系写本の本文を傍記する。

（7） 中嶌容子「翻刻・楠邱文庫蔵『釈尊出家傳記』（一）〜（三）」（『文藝論叢』五〇・五一・五三、平成一〇年三月・九月・平成一一年九月）。楠邱本は、端正な楷書体で書写され、全面にわたってフリガナが付されているなど、軌範意識にもとづいて書写されたことがうかがわれる写本である。本文もおおむね善本とみてよい。西念寺なる寺院の所蔵であったことを示す墨書がみられる。楠邱本のあきらかな誤写・誤脱については、同系統の龍谷大学図書館蔵写本（龍大本）（『中世仏伝集』真福寺善本叢刊第一期第五巻、平成一二年、臨川書店）を参照して訂した。

（8） 本地系の諸本については、別稿を予定している。以下、引用に際しては、字体は通行のものに統一し（大正新修大蔵経からの引用を除く）、私に句読点を補う。

（9） 大正新修大蔵経第九冊、四二頁b。

（10）『梁塵秘抄』巻二（二一一）（新日本古典文学大系『梁塵秘抄 閑吟集 狂言歌謡』（小林芳規、武石彰夫校注、岩波書

店）。巻二法文歌の冒頭、仏歌廿四首の第一首目（二二）は五句を「彼方に仏と見え給ふ」とする。
(11) 大正新修大蔵経第二四冊、一〇〇三頁c。
(12) 前掲注（5）黒部氏著書「第十章 室町時代物語『釈迦出世本懐伝記』考―日本的な仏伝文学の成立―」に指摘がある。
(13) 『法華経直談鈔』八本（昭和五四年、臨川書店）。
(14) 大正新修大蔵経第九冊、三五頁b。
(15) なお、本地系のこの部分については、『安心決定鈔』に酷似する表現がみられる（大正新修大蔵経第八三冊、九二二頁a）。阿弥陀の本願を知り、他力を信じるべきことを述べる文脈においての記述であり、釈迦の伝記を導くものではないが、表現の一致については何らかの関連をかんがえる必要がある。今後の課題としたい。
(16) 前掲注（5）黒部氏著書「第十一章 室町時代物語『釈迦の本地』考」。以下の部分にかんしては、論述の都合上、前掲注（3）拙稿の内容と部分的に重複するが、了解されたい。
(17) 大正新修大蔵経第九冊三四頁c。
(18) ボドメール美術館蔵本は「くわんむりやうしゆきやう」を授かるとするが、前後の文脈に齟齬がみられ、改変のあとがあきらかである。ボドメール美術館蔵本は小峯和明氏より画像を御提供いただきました。記してお礼申し上げます。
(19) 前掲注（5）黒部氏著書「第十一章 室町時代物語『釈迦の本地』考」。
(20) 『賢愚経』巻一（一）「梵天請法六事品第一」（大正新修大蔵経第四冊、三五〇頁a）。
(21) 今野達校注『今昔物語集』一（新日本古典文学大系、岩波書店）。
(22) 大正新修大蔵経第九冊、三四頁c。
(23) 「所言妙者。妙名不可思議也。所言法者。十界十如權實之法也。蓮華者。譬權實法也」「經者。外國稱修多羅聖教之都名」（『妙法蓮華經玄義』序、大正新修大蔵経第三三冊、六八一頁a）、「経ノ字ハ通ルニ諸経ニ一故ニ通号ノ内ノ通号也」（『一乗拾玉抄』序品 釈名下、中野真麻理編『一乗拾玉抄 影印・一乗拾玉抄の研究』臨川書店、平成一〇年）など。

(24)　楠邸本およびそれと同系統の龍大本と、大略において伝記系でありながら、部分的に本地系の本文をもつ真福寺蔵本（『中世仏伝集』真福寺善本叢刊第一期第五巻、平成一二年、臨川書店）にみられる。
(25)　楠邸文庫本や、刊本の系統には、段落冒頭に「一」を付した箇所がみられる。
(26)　『教児伝』（後藤昭夫「教児伝―一天台僧の書いた仏伝」『比叡山の和歌と説話』平成三年、世界思想社）、『一乗拾玉抄』などにも類似の記述がみられる。
(27)　小林直樹「『三国伝記』の成立基盤―法華直談の世界との交渉―」（『国語国文』五八―四、平成元年四月。のちに『中世説話集とその基盤』（平成一六年、和泉書院）に収録）。
(28)　前掲注（3）拙稿。
(29)　前掲注（5）黒部氏著書「第十章　室町時代物語『釈迦出世本懐伝記』考」。
(30)　『直談鈔』の例以外にも、『法華玄義』序文に「涅槃明若樹若石。今経稱若田若里」と、原拠の涅槃経の経文（大正新修大蔵経第三三冊、六八一頁a）が引かれるなど、雪山童子譚は『法華経』注釈においてしばしば引かれるものである。
(31)　『大般涅槃經』巻一三、聖行品（大正新修大蔵経第一二冊、四五一頁a）。
(32)　東洋文庫蔵絵入本（東洋文庫HP　財団法人東洋文庫所蔵画像・動画データベースで全画像閲覧可能）。
(33)　大正新修大蔵経第一二冊、四五〇頁c。
(34)　小峯和明「絵巻のことばとイメージ―『釈迦の本地』をめぐる」（石川透編『魅力の奈良絵本・絵巻』平成一八年、三弥井書店）。
(35)　大正新修大蔵経第五一冊、九一五頁b。
(36)　大正新修大蔵経第五〇冊、二三六頁b。
(37)　大正新修大蔵経第九冊、九頁c。
(38)　大正新修大蔵経第三五冊、二五〇頁c。
(39)　池上洵一「中世長谷寺キーワード小辞典」「宝石」項目（『国文論叢』三六、平成一八年七月、のちに『池上洵一著作集』四「説話とその周辺」（平成二〇年、和泉書院）に収録）。横田隆志「長谷観音台座石伝承の展開」（『大阪大谷国文』四三、平成二五年三月）。

（40）横田隆志「長谷寺本・伝遊行三十七代託資上人筆『長谷寺縁起文』―翻刻と解説―」（『国文論叢』三六、平成一八年）。

（41）『西域記』などの金剛座伝承が、長谷寺の観音台座石伝承にとりいれられた点については、『西域記』で仏涅槃後に「兩軀観自在菩薩像」を建てて金剛座の境界の標としたとあることなどと関連するか。

（42）池上洵一校注『三国伝記』上・下（中世の文学、三弥井書店）。

（43）『長谷寺験記』を典拠とする説話は十二話指摘されている。池上洵一「平流山文化圏―飛来峰伝説―」（『修験の道―『三国伝記』の世界―』第四章、平成一一年、以文社、のちに『池上洵一著作集』三「今昔・三国伝記の世界」（平成二〇年、和泉書院）に収録）、小林直樹「『三国伝記』と『長谷寺験記』―観音と神々の提携―」（『人文研究』五三―四、平成一三年一二月、のちに前掲注（27）小林氏著書に収録）。

（44）本話における宝石が『三国伝記』内部において説話配列上の役割を与えられている点については、小林直樹氏に指摘がある。小林氏は、本話および先行する二話が、鬼が居座る帝釈の「宝座」（第十三話）、地獄が華蔵世界と変じ、無数の罪人が座して説法したとされる「宝蓮華」（第十四話）、観音像の台座となる「宝石」（第十五話）というように、「座」という要素でつながっていることを指摘される（前掲注（43）小林氏論文）。この連想からは、『本地』の雪山童子本生譚と釈迦の成道において、蓮華座と金剛座とが対応することなども想起される。

（45）前掲注（27）小林氏論文。

（46）横田隆志「唱導における縁起と霊験の位相」（第四回東アジア宗教文献国際研究集会（平成二六年三月一五日、於台湾国立政治大学）の予稿集）。

（47）金正凡「『釈迦の本地』―「釈迦八相図」との関連をめぐって―」（『国文学 解釈と鑑賞』平成八年五月）。『今昔物語集』巻二―四、『私聚百因縁集』巻一―一四、名大本『百因縁集』などにも同系統の同話がみられる。

（48）伝記系には記述がなく、本地系のうちの刊本系は「てつだいまるけたう」とするなど異同はある。

（49）『一乗拾玉抄』一、『直談因縁集』一―二七などにもみられる。牧野和夫氏は『三国伝記』の当該話と同文性の高い内閣文庫蔵『聖徳太子伝拾遺記』の記事を指摘される（「『三国伝記』と太平記の周辺」『説話文学研究』二五、平成二年、のちに『日本中世の説話・書物のネットワーク』（平成二一年、和泉書院）収録）。

(50)　末尾の異同については小峯和明「『釈迦の本地』の絵と物語を読む」（『アジア遊学』一〇九、平成二〇年四月、岩田書院）参照。

(51)　『溪嵐拾葉集』「如來壽量品事」（大正新修大蔵経第七六冊、五九〇頁b、六〇一頁a）などにもみられる。

(52)　大正新修大蔵経第九冊、四三頁b。

公武関係の転換点と大内裏

――『太平記』の大内裏造営記事をめぐって――

大坪亮介

はじめに

元弘三年（一三三三）、後醍醐天皇は念願の鎌倉幕府打倒を果たし、天皇親政による新たな政権運営に乗り出した。家格にとらわれない人材起用、国司の権限強化、さらには記録所の設置に見られる中央官庁の整備など、「朕ガ新儀ハ未来ノ先例」(1)という強い意志のもと、独自の政治を行おうとしたのである。なかでも、その威信を賭けて取り組んだ目玉事業の一つが、王城の中心でありながら長らく廃絶していた大内裏の再建であった。『太平記』巻十二「公家一統政道事付菅丞相事」(2)は、文字通り後醍醐による「公家一統」の政治を描く。大内裏再建はその後半部分で語られている（以下、この部分を大内裏造営記事と呼ぶ）。

大内裏造営記事は複数の要素から構成される。先行研究では、そのうち特に多くの分量を占める北野天神説話に関心が向けられてきた(3)。とはいえ、当該記事には、これ以外にも注目すべき記述がまだ残されている。本稿では、それらの分析を通して、『太平記』において大内裏という存在が果たす役割を明らかにし、その歴史叙述のあり方の一端に迫りたい。

一　巻十二の大内裏造営記事

「公家一統政道事付菅丞相事」は巻十二の巻頭に位置する。前半部分では、建武政権が打ち出した政策の矛盾を描く。本稿で分析対象とするのは後半部分の大内裏造営記事であるが、この箇所は大きく分けて左の四つの要素から成り立っている。

［A］……大内裏造営の発議
［B］……大内裏の殿舎・調度の列挙
［C］……大内裏焼失の歴史（大部分は北野天神説話）
［D］……大内裏廃絶と再建への批判

以下、その概要を確認していくところから始めたい。

［A］翌年（筆者注、元弘四年〈一三三四〉）正月十一日、諸卿議奏シテ曰ク、「帝王ノ業、万機ノ事繁シテ、百司位ヲ設ク。今ノ鳳闕纔ニ方四町ノ中ナレバ、分内セバクシテ、礼儀ヲ調ルニ拠無」トテ、四方へ一町ヅヽ、弘ゲラレテ、殿ヲ立テ、宮ヲ作ラル。是モ猶古ノ皇居ニ及バズ。大内裏ヲ作ラルベシトテ、安芸・周防ヲ料国ニ寄ラレ、日本国ノ地頭・御家人ニ所領ノ得分廿分一懸レ召。……

建武政権が発足した翌年の正月、現在「方四町」であった内裏（ここでは二条富小路内裏）を拡張した。しかし、それでもかつての皇居には及ばないということで、大内裏の造営が企画された。これに伴い、安芸・周防を料国とし、諸国の地頭・御家人に対する課税も行われたという。

これに続く［B］では、大内裏の沿革へと話題が移っていく。

［B］彼大内裏ト申ハ、秦始皇ノ帝都咸陽宮ノ一殿ヲ写シテ、桓武天皇ノ御代延暦十二年正月事始有テ、嵯峨天

皇之御代大同四年十一月遷幸アリシ事ナレバ、南北へ卅六町、東西へ廿町ノ外ニ龍尾之置石ヲスヘテ、四方ニ十二之門ヲ立ラレタリ。……

傍線部のように、大内裏が咸陽宮の一殿を模して造営されたという、『太平記』以前には見えない説（以下、「大内裏咸陽宮準拠説」と呼ぶ）から始まり、「南北へ卅六町、東西へ廿町」という具体的な規模を皮切りに、「龍尾之置石」を配すること、四方には十二の門が立っていたことを語り、殿舎とその調度を列挙していく。この箇所は「大内裏の結構をもっとも壮麗に語る(4)」ものとされ、大内裏造営記事において、長大な北野天神説話に次ぐ分量を占めている。紙幅の都合上、①門、②殿舎、③調度その他として、名称のみ左に掲出する。

①門

十二之門（大内裏四方の門を総称して）　陽明門　待賢門　郁芳門　美福門　朱雀門　皇嘉門　談天門　藻壁門　殷富門　安嘉門　伊鑒門　達智門　上東門　上西門　宣陽門　陰明門　日花門　月花門

②殿舎

卅六ノ後宮・七十二之前殿（大内裏の殿舎を総称して）　紫宸殿　清涼殿　温明殿　常寧殿　貞観殿　校書殿　昭陽舎　淑景舎　飛香舎　凝花舎　龍芳舎　大極殿　小安殿　蒼龍楼　白虎楼　豊楽院　清暑堂　真言院　神嘉殿　武徳殿　朝堂院　官庁　弘徽殿

③調度その他

龍尾之置石　萩之戸　陳之座　龍口ノ戸(ママ)　鳥居障子(ママ)　縫殿　兵衛ノ陣　右近ノ馬場ノ橘　竹之台　鬼間　直廬　鈴ノツナ　荒海ノ障子　賢聖障子

以上のように、［B］では壮麗な大内裏の様子を描き出している。しかし、［C］では一転して、その大内裏が度々火災に見舞われ、現在ではわずかに礎が残るのみであることを語る。

〔C〕鳳ノ甍天ニ翔リ、虹ノ梁雲ニ聳テ、サシモイミジク造双ラレタリシ大内裏、天災消ニ便無レバ、回禄度々ニ及テ、今ハ昔之石ズヱノミ残レリ。回禄ノ故ヲ尋レバ、彼唐堯虞舜ノ君ハ支那四百州ノ主トシテ、其徳天地ニ応ゼシカドモ、茅茨不レ斬、柴椽不レ削トコソ申伝タレ。況粟散国ノ主トシテ、此大内ヲ造ラレタル事、其徳ニ相応スベカラズ。後王若徳無シテ安居シメ給ハヾ、国之財力依レ之尽ヌベシ。サレバ、君子ハ無レ求レ飽、居無レ求レ安。高祖大師是ヲ鑑テ門々之額ヲ書セ給ケルニ、大極殿ノ大ノ字ノ中ヲ引切テ、火ト云字ニ成レ、朱雀門ノ朱ノ字ヲ米ト云字ニアソバサレタリケル。時ニ小野道風是ヲ見テ、大極殿ハ火極殿、朱雀門ハ米雀門トゾ難ジタリケル。大権ノ聖者之未来ヲ鑑給テシ給ヘル事ノ、凡俗トシテ難ジ申タリケル咎ニヤ、其後ヨリ道風筆ヲ取ニ手ワナ、イテ、文字正シカラズ。（中略）又北野天神ノ御眷属、火雷気毒神、清涼殿ノ坤ノ柱ニ落懸リ給シ時、焼ケルトゾ承ル（以下、北野天神説話）。

創建当初は華麗な姿を誇った大内裏であるが、天災を免れることは出来ず、度々火災に見舞われてきたという。傍線部では、その理由として、大内裏それ自体が本朝には不相応なものであるとの説（以下、「大内裏不相応説」と呼ぶ）が、古代中国の聖帝の例と対比する形で提示されている。そして、この大内裏不相応説を承けた二重傍線部では、空海が後代への戒めとして大極殿の額を「火極殿」、朱雀門を「米雀門」と書いたという説話（以下、「空海扁額説話」と呼ぶ）を挙げる。このあと、大内裏焼失の先例として、長大な北野天神説話を語っていく。

〔D〕（筆者注、北野天神の怒りが鎮まった後）国土モ穏ナリシカバ、治暦四年八月十四日事始有テ、後三条院御宇延久四年四月十五日遷幸アリ。文人詩ヲ献ジ、伶人楽ヲ奏ス。幾程無シテ又安元二年ニ日吉山王ノ御祟ニ依テ、大裏ノ諸寮一宇モ不レ残焼ニシ後ハ、国ノ力衰テ、代々聖主今ニ至ルマデ造営ノ御沙汰無リツルヲ、今兵革ノ後、世未レ安。国弊ヘ、民苦テ、馬ヲ花山之野ニ放テ、牛ヲ桃林ノ塘ニツナガルニ、大内裏作ラルベシトテ、昔ヨリ今ニ至マデ我朝ニハ未レ用紙銭ヲ作、諸国ノ地頭御家人ノ所領ニ課役ヲ被レ懸之条、神慮ニモ違ヒ、驕誇ノ端共成ヌト、眉ヲヒソムル智臣モ多カリケリ。

［D］では、北野天神の霊威によって焼失した大内裏が復興されたことをまず語る。しかし、傍線部のように、安元二年（実際には三年〈一一七七〉）の焼失以降は国が衰えたため、大内裏はついに廃絶してしまったという。続く二重傍線部では、建武政権の大内裏造営は神慮に背くものであり、驕りを招く行為であるという「智臣」の言葉を引いて章段を結んでいる。

以上、巻十二「公家一統政道事付菅丞相事」の大内裏造営記事を概観してきた。まとめると次のようになろう。大内裏は、秦の始皇帝の宮殿を模して創建された。かつては壮麗な姿を誇ったものの、大内裏はそもそも本朝には不相応な存在であり、空海は驕りを戒めるために扁額を書いた。しかし、大内裏は北野天神の怒りによって焼失、その後国家の衰えと共に廃絶した。建武政権はその威信を賭けた事業として大内裏造営を企てるが、『太平記』はある「智臣」の言葉を挙げ、これを痛烈に批判する。

このように、大内裏造営記事は、長大な北野天神説話以外にも、大内裏咸陽宮準拠説、空海扁額説話、大内裏不相応説、そして殿舎や調度の列挙という注目すべき要素から構成されていることが分かる。以下、これらに着眼して考察を進めていく。

二　大内裏咸陽宮準拠説の背景

まず、前章で［B］とした大内裏の沿革を語る箇所では、大内裏が秦の咸陽宮を模して造営されたとの説が語られていた。前述のように、この説は『太平記』以前には未見である。しかし、先行作品に見られる咸陽宮の描かれ方を参照することで、ある程度その背景を推し量ることができる。

周知のように、咸陽宮は始皇帝没後、項羽軍の攻撃を受け灰燼に帰した。その炎は三ヶ月にわたって立ち上り続けたという。『史記』の「項羽本紀」に由来するこの挿話は、日本においても人口に膾炙し、大火災を叙述するにあたって、咸陽宮の比喩はごく普通に用いられることになる。(5)

その一方で、咸陽宮焼失は、単に大火の先例にとどまらない意味も帯びていた。その例として、まず『十訓抄』上第二「驕慢を離るべき事」(6)の第五話を挙げる。文字通り、驕りを捨て去るよう説く箇所である。

呉王夫差の姑蘇台、秦始皇帝の咸陽宮、おごりをきはめ、うるはしきをきはめたる、怨のためにも亡されて、子孫伝ふることなかりき。

源順が河原院賦に書けるこそ、いとあはれにおぼゆれ。

強呉滅兮有二荊蕀一
姑蘇台之露瀼々
暴秦衰兮無二虎狼一
咸陽宮之煙片々

傍線部では驕りの結果滅んだものの先例として、呉王が造営した姑蘇台とともに、咸陽宮の名を挙げている。その後にもある通り、この取り合わせは、源順の「河原院賦」に由来する。これは『和漢朗詠集』巻下の「故宮付破宅」に採録されていることからも分かるように、河原院の荒廃ぶりを描くものであり、咸陽宮は廃絶した宮殿の例として引かれている。右の『十訓抄』ではさらに、咸陽宮に(姑蘇台も含めて)驕りによる滅亡という要素を付加しているといえよう。

次に、『平家物語』巻五「都遷」(7)を挙げる。平清盛が福原遷都を強行する場面である。

この邦綱卿は大福長者にてをはすれば、つくりいだされん事、左右に及ばねども、いかゞ国の費へ、民のわづらひなかるべき。まことにさしあたッたる大事、大嘗会なンどのおこなはるべきをさしをいて、かゝる世のみだれに遷都造内裏、すこしも相応せず。「いにしへのかしこき御代には、すなはち内裏に茨をふき、軒をだにもと、のへず。煙のともしきを見給ふ時は、かぎりある御つぎ物をもゆるされき。これすなはち民をめぐみ、国をたすけ給ふによってなり。楚章華の台をたてて、黎民あらげ、秦阿房の殿をこして、天下みだるといへり。茅茨きらず、采椽けづらず、周車かざらず、衣服あやなかりける世もありけん物を。されば唐の太宗は、驪山宮をつくッて、民の費をやはゞからせ給けん、遂に臨幸なくして、瓦に松をひ、墻に蔦しげッて止にけるには相違かな」とぞ人申ける。

傍線部では、世上が動揺している時期の遷都と造内裏を、時宜に適さないこととして批判し、かつての聖代では内裏は質素なものであったと語る。二重傍線部では、それとは対照的な例として、楚の霊王が建てた宮殿とともに、『平家物語』では咸陽宮の一殿とされる阿房宮を挙げている。この『平家物語』の例では、阿房宮の造営が天下の乱れにつながったという認識が見て取れよう。

このように、咸陽宮は単に大火災の先例としてだけでなく、驕慢の末の滅亡、あるいは動乱の原因の代表例という意味をも担っている。『太平記』の大内裏造営記事が、「神慮ニモ違ヒ、驕誇ノ端共成ヌト」と結ばれていることからすれば、大内裏咸陽宮準拠説は、右に見たような咸陽宮に対する認識を背景に成立したものと考えられる。つまり、『太平記』は、咸陽宮を模範にして創建されたとすることによって、大内裏を当初より滅ぶべき運命にあるものとして描いているといえよう。

三　空海扁額説話の変容

では続いて、一章で［C］とした空海扁額説話の考察に移る。この説話は、大内裏咸陽宮準拠説とは異なり、『太平記』以外の文献にも複数見出せる。しかし、それらと比較してみたとき、『太平記』における空海扁額説話には、それまで見られなかった新たな意味が付加されているように見受けられる。

最初に大江匡房の『本朝神仙伝』(8)の空海伝を挙げる。

帝都南面三門、並以応天門額、大師所レ書也。其応天門額、応字上点故落レ之。上レ額之後、遙投レ筆書レ之。朱雀門額又有二精霊一。小野道風難レ之曰、可レ謂二米雀門一。夢有レ人、来称二弘法大師使一、踏二其首一。道風仰見、履鼻入レ雲不レ見二其人一。

傍線部では、小野道風が朱雀門の額を見て、これでは米雀門ではないかと非難したところ、夢に空海の使いが現れ、道風の首を踏みつけたとある。『本朝神仙伝』では、大極殿を「火極殿」とする要素は見られない。

次に引くのは、『古今著聞集』(9)巻第七能書第八「弘法大師等大内十二門の額を書す事并びに行成美福門の額修飾の事」である。

実にや、道風朝臣、大師のかゝせ給たる額をみて難じていひける、「美福門は田広し、朱雀門は米雀門」と略頌につくりてあざけり侍ける程に、やがて中風して手わなゝきて手跡も異様に成にけり。

引用部分から明らかなように、『古今著聞集』では、米雀門の記述はあるものの、大極殿を火極殿と書いたという箇所はない。その代わりに、道風が美福門の「田」の字が大きいと批判したことを記している。

最後に、『源平盛衰記』(10)巻四「大極殿焼失」を挙げる。

嵯峨帝ノ御時、空海僧都勅ヲ奉テ、大極殿ノ額ヲ被レ書タリ。小野道風見レ之、「大極殿ニハ非ズ、火極殿トゾ見エタル。火極トハ火ヲ極ト読リ。未来イカヾ有ベカルラン。筆勢過タリ」トゾ笑ケル。去バニヤ、今カク亡ヌルコソ浅増ケレ。

このように、「火極殿」と大内裏の火災を結びつけて捉えている点は、『太平記』の記述に近い。しかし、『源平盛衰記』では、道風の嘲笑の言葉がそのまま安元の大火の予言になっている。一方、『太平記』では、大内裏が本朝に不相応なものであるため、後代への鑑戒を込めて「火極殿」と「米雀門」という額が書かれたことになっていた。これら他作品と比較してみたとき、『太平記』の空海扁額説話は、大内裏不相応説と連動して語られる点に大きな特徴があるといえそうである。

以上、前章と本章では、大内裏咸陽宮準拠説と空海扁額説話の分析を行った。前者についていえば、これは大内裏が創建当初より滅ぶべき運命にあることを表すものであり、後者は、大内裏不相応説に沿った形態へと変貌を遂げていた。この事実は、いずれの言説も大内裏不相応説と密接に関わって生成、ないし改編されたことを示していよう。そこで次に、『太平記』における大内裏批判の根幹ともいうべき、大内裏不相応説について検討を加えていく。

四　大内裏不相応説と公武関係

大内裏は度々焼失と再建を繰り返してきた。その歴史は多くの文献に書き留められている。しかし意外にも、炎上の理由を大内裏不相応説に帰すものや、大内裏不相応説を挙げて再建事業を批判するような記述は容易に見出すことができない(11)。そうした中にあって、承久の乱直後に成立した『六代勝事記』(12)が、『太平記』に先だって大内裏不相応説を提示していることは注目に値する。承久元年（一二一九）七月、後鳥羽院が大内守護源頼茂を追討した箇所を次に挙げる。

頼茂火をはなちてやけしに、希代の宝物こと〴〵く灰燼となりぬ。中古の賢相、末代の微分をかゞみし里内のちは、しばらく鎮座なしといへども、卅年（筆者注、後鳥羽の治世）よりこのかたは、牛馬牧をなし、耕作礎石をほりて、司天星をいたゞくうてなに、雲うつばりに宿し、神泉雨をこふみぎりに、かせぎのしき居しげし。故官（宮カ）をつがむとせし人、ひとりも残る事なく、八十四代（筆者注、順徳天皇の代）の澆季にあたりて、都門□たびまでほろびて、結句戦場となりにしのみならず、仁祠叢祠のかずをつくして焼失しぬる、仏力神力時にしたがひておろそかなれば也。しかのみならず、近代の君臣、民の血をしぼりたる紅軒、一寸のしそくのためにもえてひとなるたびに、いよ〳〵花のかまへをますに、人力をもちて天災をあらそふをかしあり。堯王のかやをむすびてあましたゝりをいとひ、つちをぬりて風をふせぎ給ひし、治世九十八年、崩年百歳をかぎりけむ、ことわりにてぞ侍。心有人かくのみなげきあへるほどに、同三年四月廿日、主上位を太子にゆづり給ぬ。

頼茂は応戦の末、大内裏に火を放って自害を遂げた。この時、大内裏の重宝は悉く失われてしまったという。傍線部では、里内裏が「末代の微分」を考慮して造営されたとの認識が示され、これに続く箇所では、既に進行していた大内裏の荒廃が、今回の火災によってさらに加速したと語られる。そして二重傍線部では、民を苦しめて成った「紅軒」が焼失する度、より一層華麗な殿舎が造営されることを、尭の質素な宮殿と対比して批判している。実際に後鳥羽はこの火災の直後に大内裏再建を試みており[13]、二重傍線部の批判は、具体的には後鳥羽による大内裏再建事業を指すと考えられる。従って、この例では、末代に相応しいのは里内裏の方であるとの前提があり、巨費を投じた後鳥羽の大内裏再建は、これに反する不相応な行為として否定されているといえよう。

『六代勝事記』はその名の通り、高倉・安徳・後鳥羽・土御門・順徳・後堀河六代の治世を記す。しかし、全体の四割弱を承久の乱に関する記述に充てており[14]、武家政権に戦いを挑んで敗れた後鳥羽を「悪王」と位置づける。その主題は、「「武者の世」における政治の当為を帝王の在り方に即して説くところにある」とされる[15]。大内裏不相応説を挙げて後鳥羽を批判する右の引用箇所も、こうした後鳥羽や承久の乱に対する認識と軌を一にするものといえよう。

これと関連して見逃せない記述が、慈光寺本『承久記』[16]の次の箇所である。上巻、土地をめぐる公武の軋轢を語った後、後鳥羽の寵姫である卿二位が挙兵を唆す。

爰ニ、女房卿二位殿、簾中ヨリ申サセ給ケルハ、「大極殿造営ニ、山陽道ニハ安芸・周防、山陰道ニハ但馬・丹後、北陸道ニハ越後・加賀、六ケ国マデ寄ラレタレドモ、按察〈光親〉・秀康ガ沙汰トシテ、四ケ国ハ国務ヲ行ト雖、越後・加賀両国ハ、坂東ノ地頭、用ヒズ候ナル。去バ、木ヲ切ニハ本ヲ断ヌレバ、末ノ栄ル事ナシ。義時ヲ打レテ、日本国ヲ思食儘ニ行ハセ玉ヘ」トゾ申サセ給ケル。

傍線部のように、卿二位は、大内裏の大極殿造営が地頭の反発により滞っていると言い、後鳥羽に北条義時追討を促す。これを承けて後鳥羽は倒幕の行動を起こす。このように、慈光寺本『承久記』では、後鳥羽の大内裏造営事業によって生じた公武の対立が、承久の乱の大きな原因になったとされている。大内裏不相応説が直接提示されるわけではないが、公武の対立と関連する点で、『六代勝事記』の記述に通じるところがあろう。これらよりすれば、大内裏不相応説とは、公武の関係と強いつながりを持つ言説であったと推察されるのではないだろうか。

この考えは、『太平記』とほぼ同時代の文献からも補強することができる。二条良基が著した『おもひのまゝの日記』[17]は、「王朝の昔の如く朝廷の儀式が復興されたという設定で、一年間の宮廷生活の有様を日記の形で描いた」[18]作品であるが、そこには大内裏についてこう記されているのである。

さても大内はたえて久しくなり侍うへ、この比は、さうおうせざれば、閑院のさしづに東宮の御かたをそへて、ちかく貞和にさたありしさしづ、めし出してつくらる。四月には、遷幸有べしとて、将軍、造国司うけたまはりて、西園寺大将奉行す。建長文保の例にまかせてよろづさた有。

大内裏は廃絶して久しい上、最近では不相応なものであるから、閑院内裏の図面と「東宮の御かた」を添えて、貞和年間に用いられた図面を召し出して内裏造営が図られたとある。将軍の協力に加え、鎌倉期以来公武の折衝に当たっていた西園寺家の大将が奉行を務め、建長三年（一二五一）の閑院内裏再建、文保元年（一三一八）の二条富小路内裏造営に倣って沙汰が行われたとある。ここからは、大内裏の存在が不相応なものとされる一方で、公武の協力のもと造営された里内裏を規範とする意識が窺える[19]。

以上のように、『太平記』以前、あるいは同時代における大内裏不相応説の分析からは、この説が公武の関係と密接に結びついていることが浮かび上がってくる。これを踏まえれば、『太平記』が大内裏不相応説を持ち出して建武政権の大内裏造営を批判していることもまた、公武の関係と深く関わると考えられよう。そして実際に、『太平記』において、大内裏造営に関する記述は、公武関係の大きな変動を叙述するに際して、重要な役割を担っているのである。

五　建武政権崩壊・武家政権再興と大内裏

まずは、巻十二「公家一統政道事付菅丞相事」末尾部分、北野天神説話を語り終えた後の部分を再掲する。

……其後ヨリハ神ノ御怨モ静リ、国土モ穏ナリシカバ、治暦四年八月十四日事始有テ、後三条院御宇延久四年四月十五日遷幸アリ。文人詩ヲ献ジ、伶人楽ヲ奏ス。幾程無シテ又安元二年ニ日吉山王ノ御祟ニ依テ、大裏ノ諸寮一宇モ不㆑残焼ニシ後ハ、国ノ力衰テ、代々聖主今ニ至ルマデ造営ノ御沙汰無リツルヲ、今兵革ノ後、世未㆑安。国弊へ、民苦テ、馬ヲ花山之野ニ放テ、牛ヲ桃林ノ塘ニツナガルニ、大内裏作ラルベシトテ、昔ヨリ今ニ至マデ我朝ニハ未㆑用紙銭ヲ作、諸国ノ地頭御家人ノ所領ニ課役ヲ被㆑懸之条、神慮ニモ違ヒ、驕誇ノ端共成ヌト、眉ヲヒソムル智臣モ多カリケリ。

安元の大火以降大内裏再建は行われなかったが、傍線部のように、建武政権は大内裏造営のために紙幣を発行し、諸国の地頭・御家人の所領に課税した。この政策を「神慮ニモ違ヒ、驕誇ノ端共成ヌ」と批判して大内裏造営記事は結ばれる。建武政権の実態を伝える『建武年間記』[20]を参看すると、「改銭事。建武元年三月廿八日有㆓御沙汰㆒云々」とあり、その詔勅には「銅楮並用」と、銭と紙幣を発行しようとしたことが記されている。さらに、地頭への課税についても、「諸国庄園郷保地頭職以下」の所領に「所出廿分之一」の課税を行ったとあり、これらの施策が実際に企画されたことを知り得る。しかし、『建武年間記』からは『太平記』に見られたような、大内裏造営事業との関連は窺えない(21)。

これに対して、『太平記』ではさらにもう一例、紙幣発行と武士への課税を大内裏造営に結びつけて語る箇所が存在する。それが巻十三「藤房卿遁世事」で、倒幕に尽力した武士への恩賞が少なかったことについて、後醍醐の側近万里小路藤房が次のような諫言を奉る。

諍臣是ニ驚テ、雍歯ガ功ヲ先トシテ、諸卒ノ恨ヲ散ズベキニ、マヅ大内造営有ベシトテ、昔ヨリ今ニ至マデ、我朝ニ未㆑用紙銭ヲ作、諸国ノ地頭ニ廿分一ノ得分割分テ召ルレバ、兵革ノ弊ノ上ニ此課役ヲ悲メリ。

（中略）

痛乎今之政道、只抽賞之功ニ当ラザルノミニ非ズ。兼テハ綸言ノ掌ヲ翻スニ憚リアリ。今若武家ノ棟梁ト成ヌベキ器用ノ仁出来シテ、朝家ヲ褊シ申ス事アラバ、恨ヲ含ミ、政道ヲ猜天下之士、糧ヲ荷テ、招カザルニ集ラム事疑有ベカラズ。

藤房は、建武政権が武士に対する恩賞を施さず、大内裏造営を最優先して紙幣発行と地頭への課税を行ったことを糾弾している(22)。そして、中略部分で建武政権の公家偏重政策を列挙した後、こうした状況で今もし「武家ノ棟梁」たるべき人物が出現すれば、政権に不満を抱く武士達は挙ってそのもとに馳せ参じるであろうと警告する。

しかし、藤房の諫言は後醍醐の容れるところとはならなかった。同章段にはこうある。

自㆑是後モ、藤房卿連々ニ諫言ヲ上マツリケレ共、君御許容無リケルニヤ、大内造営ノ事ヲモ止ラレズ、蘭籍桂莚ノ御遊猶シキリナリケレバ、藤房是ヲ諫兼テ、「臣タル道我ニ於テ尽セリ。ヨシヤ今ハ身ヲ奉ジテ退クニハ如ジ」ト思定テゾヲハシケル。

ここでは、度重なる諫言にもかかわらず大内裏造営が続行されたことがまず挙げられている。そして、こうした後醍醐の姿勢に失望した藤房はついに遁世を決意するに至る。この記述からは、大内裏造営とこれに伴う武士への圧迫が、藤房遁世の主な理由であったことが窺えよう。

『太平記』では、この藤房の遁世をきっかけにして建武政権崩壊、武家政権再興へと事態が進展していくことになる。「藤房卿遁世事」の直後に置かれた「北山殿御隠謀事」では、かつて関東申次であった西園寺公宗が建武政権転覆を企てる。公宗が計画の実行に踏み切ったのは、藤房遁世を知った側近から次のように促されたからであった。

国之興亡ヲ見ニハ政ノ善悪ヲ見ニ如ズ。政ノ善悪ヲ見ニハ賢臣用捨ヲ見ニ如ズ。（中略）今朝家ニハ只藤房一人ノミニテ候ツルガ、未然凶ヲカヾミテ隠遁ノ身ト成テ候事、朝庭ノ大凶、当家ノ御運トコソ覚テ候へ。

最初に賢臣の扱いが国家の興亡を左右すると述べ、傍線部では、藤房が隠遁の身となったことで政権転覆の好機が到来したと主張している。藤房の遁世は、建武政権の命脈を絶つものと把握されているわけである。結局公宗の計画は未遂に終わったものの、東国での大規模な反乱（いわゆる中先代の乱）を誘発することになる。この乱も足利尊氏によって速やかに鎮定されたが、尊氏は東国に留まり将軍を自称、後醍醐は尊氏を追討すべく新田義貞を差し向ける。

巻十四「旗文月日堕地事幷矢矧合戦事」では、尊氏は追討使発向を知って後醍醐に恭順の姿勢を示そうとする。しかし、周囲の武士が次のように抗戦を主張する。

将軍ノ仰モサル事ナレ共、今ノ如ク公家一統ノ御代ナランニハ、天下ノ武士ハ差タル事モナキ京家ノ者共ニ付順テ、只奴婢僕従ノ如クナルベシ。是諸国ノ地頭御家人ノ心ニ憤リ、望ヲ失フト云共、今儘（ママ）ハ、武家ノ棟梁ト成ヌベキ人ノ無ニ拠テ、心ナラズ公家相順者歟。サレバ、此時御一家ノ中ニ思召立御事アリト聴ヘタランニ、誰カ馳参ラデ候ベキ。是即、当家ノ御運ノ開ベキ始ニテ候へ。

まず、現在の公家一統の世において、武士は忍従を余儀なくされていると訴える。そして、今までは「武家ノ棟梁」となるべき人物がいなかったので、仕方なくこうした状況に甘んじてきた、しかし、いま尊氏が決断を下せば皆が馳せ参じるであろうと、尊氏に建武政権との対決を迫る。尊氏は一旦はこの提案を退けるが、ついには建武政権に反旗を翻し、後醍醐を都から追いやることになる。藤房が遁世直前に警告した通り、武士の不満を糾合する「武家ノ棟梁」が出現し、建武政権は打ち倒されてしまうのである。(23)

以上からは、大内裏の造営が藤房の遁世を招き、さらに藤房の遁世が建武政権の崩壊と武家政権再興の引き金になったとの流れが汲み取れよう。『太平記』は、本朝に不相応な大内裏造営こそが、その後の公武の歴史を動かしたとの認識を示しているわけである。

六　殿舎・調度列挙の構想

前章までは、建武政権の大内裏造営を批判する言説を分析してきた。その一方で、大内裏造営記事には、大内裏批判以外にも看過することのできない記述が存在していた。当該記事で北野天神説話に次ぐ分量を占めている、大内裏の殿舎や調度を列挙した部分である。従来、この箇所は「読者への啓蒙的意味を持つ」(24)と見なされてきた。しかし、本章で詳述するように、大内裏の殿舎や調度の列挙は、単に衒学的知識の披瀝に留まらない機能を果たしている。そのことを浮き彫りにするのが、次に挙げる巻十四「長年京帰事幷内裏炎上事」の内裏焼失記事である。建武政権に背いた尊氏の軍勢が遂に京都を陥れ、後醍醐は難を避けるため比叡山に臨幸、後醍醐の側近名和長年は無人となった内裏を訪れる。

……サレ共、長年ハ遂ニ打レザリケレバ、内裡ノ置石ノ辺ニテ馬ヨリ下リ、冑ヲ脱テ、南面ニ跪ク。シカレドモ、主上東坂本へ臨幸ナル。数刻ノ事ナレドモ、イカニト問人モナシ。四門悉閇テ、宮殿マサニ寂寞タリ。早ヤ甲乙人乱入タリト覚テ、百官ノ礼儀ヲト、ノヘ、紫宸殿ノ上ニハ賢聖ノ障子引破ラレテ、雲台画図爰彼ニ乱タリ。佳人晨粧ヲ粧シ弘徽殿ノ前ニ、翡翠ノ御簾半ヨリ絶テ、微月ノ銀鉤空懸レリ。長年ツク〲〵ト此ヲ見テ、サシモ勇メルエビス心ニモ哀ノ色ヤ有ケン、泪両眼ニ余リテ鎧ノ袖ヲゾヌラシケン。良暫ク徘徊シテ居タリケルガ、「イザ、ラバ東坂本へ参ラン」トテ、陽明門ノ前ヨリ馬ニ打乗テ打ケルガ、敵ノ馬ノヒヅメニカケサセンヨリハトテ、内裏ニ火カケ、今路越、東坂本へゾ参ケル。時節辻風ハゲシク吹テ、前殿、後宮、諸司八省、三十六殿、十二門、大廈構等ハ不レ及レ申、竜楼、竹園、準后ノ御所、式部卿親王ノ常盤井殿、聖王御遊ノ馬場殿、烟同時ニ立登リ、炎ヲ四方ニ満々テ、一時ノ灰燼ト成ニケルコソ浅マシケレ。昔異朝ニ越王呉ヲ亡ボシテ、姑蘇城一片煙ト成シ、項羽秦ヲ傾テ、咸陽宮三月ノ炎ヲ昌ニセシ呉越秦楚ノ古ニ異ナラズト、歎カヌ人モナカリケリ。

長年が内裏を訪れると、壮麗な調度は荒らされ、見るも無残な有様となっていた。長年は落涙し、敵の馬蹄にかかるよりはと、内裏に火を放って後醍醐の拠る比叡山へと馬を走らせた(25)。

その後、巻十五で尊氏はいったん九州に敗走するも、巻十六では当地ですぐさま態勢を整え、摂津湊川で楠木正成を破り上洛を果たす。後醍醐は吉野へと出奔、ここにおよそ六十年に及ぶ南北朝時代が幕を開ける。この展開において、尊氏軍の入京と内裏炎上を語る巻十四「長年京帰事幷内裏炎上事」は、建武政権の終焉を強く印象づけ、公武関係の大きな転換点を描く章段であると位置付けられよう。

ここで注意されるのが、この時焼失したのが実際には二条富小路の里内裏であったということである(26)。『梅松論』には、後醍醐が倒幕を果たして帰京する箇所に「宝祚ハ二条ノ内裏也」とあり、その後内裏焼失を語る箇所では、則内裏焼亡ス。昔ノ大内ハ云ニ及ズ、閑院殿以下ヨリハ是コソ皇居ノ名残ナリシニ、同時ニ卿相雲客以下、正成・長年等ガ宿所、片時ノ灰燼トナリシゾ情ナカリシ。

と、炎上したのが大内裏ではなかったことが明示されている。しかし、『太平記』では、あたかもここで大内裏が灰燼に帰したかのような叙述がなされているのである。

巻十四の内裏炎上記事において、長年が立ち寄った内裏の殿舎・調度が具体的に記される点に注目したい。実はそのうちのいくつかは巻十二の大内裏造営記事にも登場している。殿舎・調度の一覧を再掲する。傍線、二重傍線、波線、点線を施した部分は、右に引用した巻十四「長年京帰事幷内裏炎上事」に付したものに対応している。

①門

十二之門（大内裏四方の門を総称して）　陽明門　待賢門　郁芳門　美福門　朱雀門　皇嘉門　談天門　藻壁門　殷富門　安嘉門　伊鑒門　達智門　上東門　上西門　宣陽門　陰明門　日花門　月花門

②殿舎

卅六ノ後宮・七十二之前殿（大内裏の殿舎を総称して）　紫宸殿　清涼殿　温明殿　常寧殿　貞観殿　校書殿　昭陽舎　淑景舎　飛香舎　凝花舎　龍芳舎　大極殿　小安殿　蒼龍楼　白虎楼　豊楽院　清暑堂　真言院　神嘉殿　武徳殿　朝堂院（「八省ノ諸寮是也」とされる）　官庁　弘徽殿

③調度その他

龍尾之置石　萩之戸　陳之座　龍口ノ戸（ママ）　鳥居障子（ママ）　縫殿　兵衛ノ陣　右近ノ馬場ノ橋　竹之台　鬼間　直廬　鈴ノツナ　荒海ノ障子　賢聖障子

長年が下馬したという「内裡ノ置石」は、③の「龍尾之置石」と同一のものと考えられる。これは竜尾道や竜尾壇とも呼ばれたもので、二条良基が後円融天皇の大嘗会を記した『永和大嘗会記』[27]に、大極殿のあと龍尾道のまへにて、腰輿にめしうつらせ給ふ。今はいづことも見えず、草の原にてあれども、猶昔のあとをたづねてめしうつらせ給なり。

とあるように、かつて大内裏の中心であった大極殿の跡地に位置していた。

次に、巻十四の内裏焼失記事では、二重傍線部で紫宸殿の賢聖障子が引き裂かれ、後宮の弘徽殿も荒れ果ててしまったと語られていた。紫宸殿自体は、大内裏を模した閑院内裏、その閑院内裏を模した二条富小路内裏にも存在する。(28) 賢聖障子も後の里内裏に受け継がれた。(29) しかし、『太平記』では、巻十二の大内裏造営記事で紫宸殿の名が挙げられて以降、巻十四で内裏が焼失するまでの間に紫宸殿が現れるのはわずか二箇所、巻十二「安鎮法事」で北条氏残党を討伐するため、「俄ニ紫震殿ニ壇ヲ講ヘ」祈禱を行ったという記事と、同巻「広有射怪鳥事」のみである。後者は紫宸殿に怪鳥が飛来して建武政権崩壊を予告するという章段であるが、そこでは、

此年天下ニ疫病有テ、病死スル者甚多シ。其秋ノ末ニ、紫震殿ノ上ニ怪鳥夜ナ〳〵飛来テ、「イツマデ〳〵」ト泣ケル。其声雲ニ響キ、睡ヲ驚シテ、聞人皆忌恐レズト云事ナシ。

とある。いずれの箇所も、里内裏の紫宸殿であることは示されない。

さらに、賢聖障子に至っては、巻十二の大内裏造営記事で殿舎・調度を列挙する箇所にしか登場しない。そのため、巻十四の内裏焼失記事で描かれる紫宸殿は、建武政権が造営した大内裏の一部であるとしか読み取れないようになっている。同様のことが、残る二重傍線部の弘徽殿、波線部の陽明門、点線部の前殿・后宮・諸司八省・三十六殿・十二門にも当てはまる。(30) また、この章段に先立つ巻十四「諸国朝敵蜂起事」において、建武政権の政治を風刺する狂歌が「大内ノ承明院ノ扉」に書き付けられたと記している点にも注意しておきたい。(31)

以上よりすれば、巻十四「長年京帰事幷内裏炎上事」の内裏焼失を語る箇所では、巻十二の大内裏造営記事で延々と描写される大内裏の姿が呼び起こされるのではなかろうか。つまり、『太平記』は、建武政権が大内裏造営

に始まり大内裏焼失に終わったという構想のもと叙述を行っていると考えられる。そして、この構想を支えているのが、従来啓蒙的意味のみが指摘されてきた殿舎や調度の列挙記事であった。この箇所は一見すると周囲とは無関係に思われる。しかし、実は後の記述と呼応しており、大内裏批判の言説と同様、公武の転換点を描く上で重要な役割を帯びていたのである。

おわりに

本稿では、建武政権樹立を語る巻十二「公家一統政道事付菅丞相事」の大内裏造営記事のうち、従来あまり脚光を浴びてこなかった要素に着眼し、それらが『太平記』の叙述において果たす役割を検証してきた。ここで疑問となるのが、本稿で詳しく触れ得なかった北野天神説話とこれまでの考察結果とがいかに関わるかという点であろう。大内裏造営記事において、北野天神説話は最も多くの分量を占めており、当然この箇所を視野に入れた考察が必要となってくる。

この問題に関しては、北野天神説話が後醍醐批判としての側面も有していたという指摘が参考になると思われる[32]。すなわち、長大なこの説話には、後醍醐が讒言を信じて護良親王を失脚させたことに対する皮肉が込められているというのである。護良は後醍醐の第三皇子であったが、建武政権樹立から間もなく、皇位簒奪の嫌疑をかけられ失脚、鎌倉で殺害された。興味深いことに、『太平記』では、護良の殺害がその後の公武関係を規定したとの認識が示される箇所がある。巻三十四「銀嵩合戦事」、護良の遺子が幕府方に寝返る場面にはこう記されている。

　抑故尊氏卿朝敵ト成テ、先帝外都ニテ崩御成、天下大ニ乱テ廿七年、公家被官之人ハ悉ク道路ニ袖ヲ弘ゲ、武家奉公之族ハ国郡ニ臂ヲ張事ハ何故ゾヤ。只尊氏卿故兵部卿親王（筆者注、護良親王）ヲ奉㆓差殺㆒故也。

尊氏の反逆により後醍醐は都を逐われた。その後天下は乱れ、公家の衰亡と武家の繁栄につながった。傍線部によれば、尊氏が護良を殺害したことがこうした事態を招いたという。護良殺害は、公武の状況と密接に関連づけて語られているわけである。この点からすると、本稿で考察した部分と同様、護良失脚を批判する意味を持つという北野天神説話も、その後の公武の行方に関わる説話として語られている可能性があろう。とすれば、大内裏造営記事は、全体として公武関係をめぐる叙述と深く結びついていると捉えられるのではなかろうか。

『太平記』はいかなる方法を用いて同時代に生起した内乱を叙述しているのか。これは『太平記』研究における重要なテーマであると思量される。本稿では、巻十二の大内裏造営記事を俎上に載せ、その一端の解明を試みた。とりわけ、最後に論じた大内裏の殿舎や調度を描く箇所は、従来啓蒙的側面のみが注目されてきたものである。しかし、本稿の考察によって、実はこれも歴史叙述の一方法として重要な役割を帯びていることが明らかとなった。南北朝内乱を描くに際して『太平記』が用いた多様な手法については、今後もさらに検討を進めていく余地が残されていよう。

〈注〉

（1）引用は、『京大本梅松論』（京都大学国文学会、一九六四年）に拠る。以下、文献の引用に当たっては、返り点や句読点を施すなど、私に表記を改めた点がある。

（2）引用は、『軍記物語研究叢書　未刊軍記物語資料集　西源院本太平記』（黒田彰・岡田美穂編・解説、クレス出版、二〇〇五年）に拠る。なお、玄玖本や神宮徴古館本、神田本、天正本、流布本等多くの諸本では、大内裏造営記事を独立した一章段としている。

（3）大内裏造営記事の北野天神説話を論じた主な研究としては、谷垣伊太雄「巻十二における天神説話」（『太平記の説話文学的研究』和泉書院、一九八九年〈初出は一九八四年〉）、北村昌幸「北野天神説話の機能」（『太平記世界の形象』塙書房、二〇一〇年〈初出は二〇〇六年〉）が挙げられる。

（4）『王朝文学文化歴史大事典』（小町谷照彦・倉田実編著、笠間書院、二〇一一年）「大内裏」の項（日向一雅氏執筆）

参照。壮麗な大内裏の姿を描く当該記事は、後代に大きな影響を与えたようである。例えば、「大内裏」の語が一般に定着したのは、『太平記』の流布に拠ることが指摘されている（『国史大辞典』「大内裏」の項〈福山敏男氏執筆〉参照）。また、室町後期の桃源瑞仙『史記抄』巻四（引用は、『抄物資料集成』〈岡見正雄・大塚光信編、清文堂、一九七一年〉に拠る）には、「日本ノ昔ノ大内裏ハ咸陽宮ノ一殿ヲウツシタト云ゾ」と、『太平記』とほぼ同じ記述が見える。

（5）例えば、『延慶本平家物語』第一本「山門大衆清水寺へ寄テ焼事」（引用は、『延慶本平家物語本文編』〈北原保雄・小川栄一編、勉誠社、一九九〇年〉に拠る）、清水寺の本堂が比叡山の大衆に放火される箇所には、「感陽宮（ママ）ノ異朝ノ煙ヲ諍フ。一時ガ程ニ回禄ス。浅猿ト云モ疎也」とある。このように、宮殿の火災にとどまらず、寺院の炎上を描くに際しても咸陽宮の比喩が用いられている。

（6）引用は、新編日本古典文学全集に拠る。

（7）引用は、覚一本系の龍谷大学本を底本にした日本古典文学大系に拠る。北村昌幸氏は、大内裏造営記事のなかで、北野天神説話直後の記述が、「覚一本のごとき『平家物語』から直接転用した」ものであると指摘している（「故事としての『平家物語』」前掲『太平記世界の形象』〈初出は二〇〇一年〉）。

（8）引用は、日本思想大系『往生伝　法華験記』（井上光貞・大曾根章介校注、岩波書店、一九七四年）に拠る。

（9）引用は、日本古典文学大系に拠る。

（10）引用は、中世の文学『源平盛衰記』（市古貞次・大曾根章介・久保田淳・松尾葦江校注、三弥井書店、一九九一年）に拠る。

（11）例えば、『栄華物語』や『今鏡』、『増鏡』といった、内裏の炎上と再建を幾度も描く作品でも、大内裏自体に対する批判は見出せない。それどころか、大内裏は朝廷にとって不可欠な存在であり、その再建を積極的に評価する記述も見られる。『今鏡』「すべらきの下第三」（引用は、海野泰男『今鏡全釈』〈福武書店、一九八二年〉に拠る）は、保元二年（一一五七）の信西による大内裏再建をこう賞賛する。

　近き世には、里内裏にてかやうの御住ひもなきに、いとなまめかしく、珍らかなるべし。

ここでは、里内裏ではなく大内裏を理想とする認識が看取できよう。信西の大内裏再建事業については、『愚管抄』、

『神皇正統記』もこれを高く評価している。

（12）引用は、中世の文学『六代勝事記・五代帝王物語』（弓削繁校注、三弥井書店、二〇〇〇年）に拠る。
ところで、『六代勝事記』の当該箇所では、「末代」であるため大内裏は不相応であるとされている。一方、『太平記』では「粟散辺土」には不相応であるとされる。前者が時間的要因、後者が空間的要因を挙げる点は相違しているが、いずれも仏教的世界観に基づいて大内裏を否定する意味では共通するといえよう。加えて、本稿で述べたように、大内裏が本朝に不相応であるとの説は、極めて稀にしか現れない。こうした状況にあって、ともに大内裏不相応説を示している点をここでは強調しておきたい。

（13）小山田義夫「承久の大内裏再建事業について—造営費調達形態を中心として—」（『一国平均役と中世社会』岩田書院、二〇〇八年〈初出は一九七六年〉）。

（14）注（12）『六代勝事記・五代帝王物語』「解説」参照。

（15）注（14）に同じ。

（16）引用は、新日本古典文学大系に拠る。ちなみに、北村昌幸氏は、注（3）論文の導入部分で、『太平記』の大内裏造営記事の末尾と慈光寺本『承久記』当該箇所を挙げ、「大内裏造営計画こそ、承久の乱と建武の乱を招いた原因の一つだったと言えよう」と述べている。ただし、北村氏の論の主眼は、北野天神説話の機能を解明することにあり、大内裏の存在が『太平記』中で果たす役割を論じた本稿とは、関心を異にしている。

（17）引用は、群書類従に拠る。

（18）小川剛生「『おもひのままの日記』の成立—貞治・応安期の二条良基—」（『芸文研究』第六十八号、一九九五年五月）。

（19）『師守記』貞治四年（一三六五）五月八日条（引用は、史料纂集に拠る）には、内裏造営計画について諮問が下され、これに対する二条良基の返答が記されている。

於二閑院一者、為二後三条院登極之地一、迠二于後深草院一代々聖皇之震（ママ）居、度々経営之名跡也。就中文治天下草創之最初、鎌倉右大将修造之後、至二建長武家造進之佳躅一、何求二例於外一哉。……

この記事によれば、良基は閑院内裏を模範にして新内裏を造営すべきと主張した。その理由として、文治年間に源頼朝が修造を加えたことと、建長年間に武家が造進したという「佳躅」を挙げている。ここからは、武家と協同して里内裏を造営することが、踏まえるべき先例とされていることが分かる。『おもひのまゝの日記』と同様、これも二条良基の見解ではあるが、同日条によれば、この時閑院内裏を範にすべきと主張した公卿は他に複数いた。良基の意見は、当時にあってさほど突出したものではなかったと推察される。

(20)　引用は、群書類従に拠る。

(21)　森茂暁氏は、『太平記』の当該箇所について、「この記事は全くの虚構として捨て去るわけにはゆかない。他の史料によってある程度の裏付けができるからである」として、建武元年十月に「雑訴決断所から諸国に対し、地頭以下の所領田数を注進させる命令を発した」ことを挙げ、「『太平記』の記事はこうした事実を下敷きにしたと思われる」と論じている（『建武政権』講談社学術文庫、二〇一二年〈初版は一九八〇年〉）。

(22)　紙幣発行の部分は、神宮徴古館本、玄玖本、神田本、天正本、流布本等、多くこれを欠く。藤房の言葉と完全には対応しない記述が本来のものであろう。しかし、諸本いずれも、藤房は建武政権が「マヅ」大内裏造営を企画して武士に負担を強いた事を批判している。この点からすると、本稿で指摘した叙述意図は諸本共通していると考えられる。

(23)　筆者は以前、万里小路藤房の諫言に注目し、「武家の棟梁」出現を危惧する発言が、直後の尊氏の台頭だけでなく、第三部の展開とも連動していると指摘したことがある（「万里小路藤房と『太平記』第三部世界―「武家の棟梁」をめぐって―」『文学史研究』第五〇号、二〇一〇年三月）。

(24)　新潮日本古典集成頭注参照。新編日本古典文学全集頭注も同様に、「『太平記』は百科事典的該博さを志向し、幼学書に類する啓蒙性を備える」と捉えている。また、大隅和雄氏は、大内裏造営記事において、紫宸殿の賢聖障子に描かれた古代中国の賢聖を列挙する箇所などを例に挙げ、『太平記』が読者に様々な知識を提供する「巨大な往来物」としての側面も持つと論じている（「『太平記』と往来物」『中世　歴史と文学のあいだ』吉川弘文館、二〇一一年〈初出は一九八二年〉）。

(25)　本稿で触れたように、西源院本では、長年が自ら内裏に火を放ったとしている。しかし、神宮徴古館本、玄玖本、神田本など、諸本の多くは、内裏は尊氏の軍勢によって放火されたことになっている。

(26)　注（21）森氏著書参照。

(27) 引用は、群書類従に拠る。
(28) 川上貢「二条富小路内裏について」(『新訂日本中世住宅の研究』中央公論美術出版、二〇〇二年〈初出は一九六七年〉)。
(29) 『古今著聞集』巻第十一絵図第十六「紫宸殿賢聖障子幷びに清涼殿等の障子画の事」には、賢聖障子についてこう記す。

南殿の賢聖障子は、寛平御時始てかゝれけるなり。(中略)承元に閑院の皇居焼て、即造内裏ありけるに、本は尋常の式の屋に松殿作らせ給たりけるを、此度あらためて大内に摸して、紫宸・清涼・宜陽・校書殿・弓場・陣座など、要須の所〴〵たてそへられける。土御門の内裏のかゝりける例とぞきこえし。地形せばくて、紫宸殿の間数をしゞめられける時、賢臣の影も少々被㆑留にけり。建長の造内裏の時、少〳〵又用捨せられける。

この『古今著聞集』の記述からは、賢聖障子が若干の変化が加わりながらも後の里内裏に受け継がれたことを知り得る。
(30) ただし、巻十三「天馬事」には、

鳳闕ノ西二条高倉ニ、馬場殿トテ、俄ニ離宮ヲ立ラレタリ。

とあり、ここでの「鳳闕」とは、二条高倉の東に位置する二条富小路の里内裏を指すと思われる。とはいえ、本稿で指摘した紫宸殿や賢聖障子などに関する記述からすれば、大内裏造営記事と内裏炎上記事との呼応関係は動かないと考える。
(31) 狂歌が書きつけられた場所は諸本によって異なる。主要なものを挙げると、玄玖本・神田本は「証明院」、天正本・梵舜本は「承明門」。流布本は「陽明門」となっている。「承明院」・「証明院」は未詳であるが、他は大内裏・内裏に位置しており、建武政権と大内裏・内裏との強いつながりを示すものと捉えられる。
(32) 注(3)北村氏論文参照。

※本稿は、科学研究費補助金(研究活動スタート支援　課題番号25884053)による研究成果の一部である。

舌にまつわる話

柴田芳成

一

お伽草子には、自分に思いを寄せるものから受け取った和歌や恋文の扱いについての意見がしばしばみられ、その対応に関心が持たれていたことがうかがえる。その背景には、「人の思ひほど恐ろしきものはなし」（『西行』）、「人の思ひの積もる行く末恐ろしさよ」（『はにふの物語』）、「人の思ひを蒙るは恐ろしき事也」（『ひめゆり』）などと、相手から思いをかけられることを恐ろしいと捉える心性があった。そうした中で、対処に不手際があった場合にはどうなるのか、次のような文言がみられる。

ある女房の申させ給ふは、かかる歌の御返事なければ、七度、口なき虫に生まるるとうけたまわると申しければ、（『厳島の本地』慶應義塾図書館本）

端者を呼びて、とかくこしらへて、あはれ、おかしき事を申して候、御返しの歌を給はりて、この世の思ひ出にし候ばや、歌の返しをせぬ者は七生まで舌なき物に生まれ候なるなどと申して候へば、（『高野物語』宮内庁書陵部本）

『厳島の本地』は、天竺東城国の善哉王からの恋文を受け取った西城国の姫宮に対して、その女房が助言として与えた言葉。『高野物語』は、恋文を書いた本人が取り次ぎの端者に返事をもらってくることを要求する場面である。発言者とその言葉を投げかけられた者との関係、立場はそれぞれに異なるが、ここで注意されるのは、返事をしない場合に出来する事態（傍線部）である。そのときには、死後、人身を離れるばかりか、「口なき虫」「舌なき物」に転生するという。いずれも言葉を失うという意味で同じ内容であり、わざわざ思いを伝えてくれる者がいるのに、その相手に返事をしないなら、口がなくても、言葉を話せなくてもかまわないだろう、いずれ生まれ変わる後の世では繰り返し、それにふさわしい報いを受けることになるぞという忠告（あるいは脅し）となっている。つまり、ここでの「舌」や「口」は、返事に通じ、相手に伝える「言葉」にも重なってくる。

ここで、舌と言葉に注目すると、次のような説話中の文言も知られる。それまで小乗を信奉してきたために大乗を誹謗していた世親が反省する場面、

「我レ年来拙クシテ、……大乗ヲ誹謗セル罪無量ナラム。誹謗ノ誤リ、偏ニ舌ヨリ発レリ。舌ヲ以テ罪ノ根本トス。我レ今此ノ舌ヲ切リ捨ム」ト思ヒテ、利キ刀ヲ取テ自ラ舌ヲ切ラムトス。（『今昔物語集』巻四・二六）

そこに無着が現れて、次のように諭す。

「汝ガ舌切ラムト為ル事、極テ嗯也。……昔ハ舌ヲ以テ大乗ヲ謗レリ。今ハ舌ヲ以テ大乗ヲ讃ヨ。」

大乗をおとしめる文句も、讃える言葉も、どちらも舌が紡ぎ出しているのであり、「舌」はそのまま「言葉」に連なっている。また次の文章からは、国宝の空也像の姿も思い合わされるだろう。

六万九千余の文字、金色の仏と成て、読誦の舌の先より出て、行者の頭を照し給ふなれば（『宝物集』巻七）

舌が言葉を表す場合があるとは、あらためて問い直すまでもない当然のことのようにも思えるが、説話を通じて語られてきたことを見直すのも意義なしとはいえないだろう。以下に、舌と言葉、あるいはその周辺の事象がどのように語られてきたのかを概観してゆく。

二

物語や説話の中で、動物の舌に目が向けられる場合、

蛇共聖人ノ香ヲ聞ギテ、頭ヲ四五尺許皆持上ゲ合タルヲ見レバ、上ハ紺青・禄青ヲ塗タルガ如シ。頸ノ下ニハ紅ノ打搔練ヲ押タルガ如シ。目ハ鋺ノ様ニ鐲メキ、舌ハ焰ノ様ニ霹メキ合タリ（『今昔物語集』巻一四・四三）

臥長一丈あまりなる虎の、両眼は日月をならべたるやうにて、紅の舌をふり、ふしければ（『曾我物語』巻七）

などと、光り輝く目とともに動物のもつ旺盛な生命力を示す部位として、舌は赤く、動きをもって印象的に描き出される。もっとも、それらの舌は、人間の及ばない自然の力の象徴であって、言葉に関わるものではない。

言葉に関わる動物の舌として想起されるのは、オウムのそれであろう。オウムの舌は他の鳥のように小さく細長い形状ではなく、筋肉をもったある程度の厚みのあるもので、「鸚鵡の舌は小児の舌に似る」（『謡抄』「鸚鵡小町」）ともいわれる。場合によっては、そのオウムが念仏を耳にし、口まねをすることもあったであろう。中国での出来事として『発心集』（巻八・五）に引かれる話である。

中比、唐に朝夕念仏申す僧ありけり。其の居所ちかく、鸚鵡と云ふ鳥の、ねぐらしめて棲むありけり。則ち、念仏の声を聞きならひて、彼の鳥のくせなれば、口まねをしつつ、常に『阿弥陀仏』と鳴く。人こぞりてこれをあはれみほむる程に、此の鳥おのづから死ぬ。寺の僧ども、これを取りて、掘り埋みたりける。後、その所より蓮華一本生ひたり。驚きながら掘りて見れば、彼の鸚鵡の舌を根としてなむ生ひ出でたりける。

念仏をまねて唱えていたオウムを葬った場所に蓮花が生え、土を掘ってみたところ、鸚鵡の舌から出ていることが確認されたという。『発心集』では、この奇蹟は決して鸚鵡が口まね上手だったから起こったのではなく、念仏を唱える者への阿弥陀の本願が大きいのだと説き、鸚鵡が念仏を理解して口ずさんだのではないのと同じように、

われわれが十分に集中できずに念仏を唱えることがあっても、その利益は軽視できないのだと続く。ここでの蓮花は、往生が果たされた証しとなっているのだが、『法華経直談抄』に「人ノ胸中ニハ八葉ノ蓮華雖レ有レ之、胸中ニハ七葉也、加レテ舌ヲ為ニ八葉ト一也、是ヲ紅蓮ノ舌ト云也」（巻八末・三二）などの言説もあることから推して、舌を蓮弁に見立ててもいるのだろう。

念仏を唱えていたオウムの口から死後に蓮花が生じたという現象は、阿弥陀を呼び続けて往生を遂げた讃岐国源大夫と同じである。『今昔物語集』（巻一九・一四）によれば、源大夫は、もとは殺生を業とする悪人であったが、ある僧の説法を聞いたことから発心し、阿弥陀の名を呼び続けて西へと向かい、その声が聞こえたという海辺にある木の股で亡くなったが、その口には蓮花が生えていたという話である。その西行の旅の途次、立ち寄った寺の住持がその発見者となる。

> 其後、亦七日有テ行テ見レバ、前ノ如ク木ノ胯ニ西ニ向テ、此ノ度ハ死テ居タリ。見レバ、口ヨリ微妙ク鮮ナル蓮花一葉生タリ。住持此レヲ見テ、泣キ悲ビ貴ビテ、口ニ生タル蓮花ヲバ折リ取ツ。

同話を伝える『宝物集』でも、「かの導師の聖人、あとをたづねてゆきみれば、西海にむかひたる木の上にのぼりてぞ死にける。色形たがふ事なくして、口より青蓮花おひて、かうばしき匂ひ有て、往生の相を現ぜり。」（巻七）となっているが、『発心集』（巻三・四）は次のようになっている。

> 其の後、云ひしがごとく日比へて、その寺の僧、あまたいざなひて、行きて問へるに、もとの処に露も変らず、掌を合はせつつ、西に向ひて、眠りたるが如くにて居たり。舌のさきより、青き蓮の花なん一房おひ出でたりける。（ただし、発見場所は木の股ではなく「西の海きはにさし出たる山の端なる、岩の上」）

こちらでは、『今昔物語集』や『宝物集』では単に「口」とだけ記されている箇所が、「舌のさき」と、より限定的な記述となっている。阿弥陀に呼びかけていた部位は口で、その声を調整していたのが舌の働きであった。樹上で端座往生している源太夫の姿を寺僧が目にしたとき、下から見上げる視線の先に舌は見えないかもしれないが、口であれ、舌のさきであれ、本説話を読む者が思い浮かべるイメージは同じものとなるだろう。

同様に、死後、その口に蓮花が生じたとされる人物に、僧平燈がいる。いずれの資料でも舌にはふれられないが、源大夫の場合と同じ様子が目にされたはずである。平燈は比叡山での学僧としての地位を放り出し、讃岐・伊予を漂泊する門乞食となって、かつての弟子浄真と対面を果たし、再び姿をくらます。その後に発見されたときには、すでに命は絶えていた。

期を違へて或る樵夫云はく、「門臥は深き山の中にて、西方に向ひて坐し乍ら合掌して死す。但し口より青蓮花一茎生ひ出づ」と云々。（『古事談』巻三・三六）

本話は、『三国伝記』（巻九・二一）にもほぼ同文で引かれるが、一方では、同じ内容を語りつつも、必ずしも蓮花とは結びつけられていないこともある。

其ノ国ニ旧寺ノ有ル後ニ林ノ有ケルニ、門乞匃行テ、西ニ向テ端座シテ掌ヲ合セテ、眠リ入タル如クニシテ死タリケレバ、国人共此レヲ見付テ悲ビ貴テ、取々ニ法事ヲ修シケリ。（『今昔物語集』巻一五・一五、往生者の名を長増とする）

其の後、はるかに程へて、人も通はぬ深山の奥の清水のある所に、「死人のある」と山人の語りけるに、あやしく覚えて、尋ね行きて見れば、此の法師、西に向ひて合掌して居たりけり。（『発心集』巻一・三）

右に引用した箇所以前の本文を確認すると、『発心集』では遁世という点にこそ焦点があり、その修行内容にはふれないが、『古事談』は「不断念仏を以て業と為す」と記し、『今昔物語集』では長増（平燈）自身に「偏ニ念仏ヲ唱ヘテコソ極楽ニハ往生セメ」と語らせている。念仏に専心した者が西を向いて合掌し穏やかな姿で亡くなっていれば、それは往生が果たされたものと見なされただろう。往生伝などでは、ある人物の往生を特徴づける描写として、死を迎えたとき、辺りに「異香」が漂い、空から「微妙なる音楽」が聞こえるという場面が挙げられるが、それらは死の瞬間の奇瑞であって、その場に居合わせた者でなければ体感することはできない。『古事談』の末尾、蓮花にふれた文章は「但し」と付け加えられている。その死の姿から、目にしている人物が往生を遂げたことは推測できるが、さらなる確証として蓮花の実在が確認されたことを記しているわけである。往生の証拠として、奇蹟の現場に遅れてきた目撃者の視覚に訴えるものが一茎の蓮花であったといえる。そして、その場所は、往生の因となった念仏を発し続けた口（舌）こそがふさわしい。

三

念仏による往生の証しとして蓮花を生じる舌とは別に、法華経の功徳によって、死後も髑髏に舌だけが残ったと伝える一群の説話がある。(1) いくつか例を示す。

熊野川上流の山中で作業をする者から、僧永興のもとへ、人の姿は見えないにも関わらず、経を読む声が聞こえるとの申し出があった。永興が確認に行くと、屍骨があり、傍に残された瓶から、かつて自分の所で過ごしたことのある僧だということがわかった。それからまた三年の後、やはり経を読む声が聞こえるとの知らせが届く。

永興また往きたまひ、其の骨を収めむとして髑髏を見たまへば、三年に至りて其の舌腐ちず。宛然生有なり。諒に知る、大乗不思議の力と経を誦み功を積みたる験徳となりといふことを。賛に曰はく「貴きかな、禅師、血肉の身を受け、常に法華を誦み、大乗の験を得、身を投げ骨を曝りて、髑髏の中に著きたる舌爛ちず。是れ聖にして凡にあらず」と。（『日本霊異記』巻下・一）

死後もなお、舌だけは腐ることもなく残っていた。山中に響く経を読む声はこの舌によるものであり、それは法華経の力、生前の功徳を示すものであった。右の話に続けて、金峯山での出来事が語られる。ある僧が山中で法華経と金剛般若経が聞こえるのを不審に思い、草をかき分けて見ると一つの髑髏があった。「久しきを歴て日に曝りて、其の舌爛ちずして生に著きて有り」と、こちらもまた髑髏の中に舌だけが生きていたときのままに残っていたのである。僧は自分に縁あるものとして髑髏を引き取り、草庵を設けた。「禅師の法花を読むに随ひて、髑髏も共に読む。故に彼の舌を見れば、舌振ひ動く。是れまた奇異しき事なり」。髑髏の舌もまた経を唱えようとしている。とはいえ、生前修行に励み死を迎えたであろう者たちが、なぜ死後も経を唱え続けるのか。

次の説話をみてみよう。熊野宍背山中に宿した壱叡は、夜半、誰かが法華経を読誦する声を聞いた。

明朝見るに死骸の骨あり。身体全く連りて、更に分散せず、青苔身を纏りて、多くの年月を逕たり。髑髏を見るに、その口の中に舌あり。赤く鮮やかにして損せず。（『大日本国法華経験記』巻上・一三）

夜が明けて壱叡が見たものは死者の骨であったが、散乱することなく全身の形は整っており、苔むして歳月を経ていると見てとれるものの、口の中には赤く鮮やかな舌が残っていた。これに感銘を受けた壱叡はその日も止住し、夜明け方、死骸に法華経を読む由縁を尋ねた。

霊即ち答へて云はく、我は天台山の東塔の住僧なりき。名を円善と曰ふ。修行の間、ここに至りて死去せり。而るに生前の中に、六万部の法華転読の願ありき。昔存生の時に、半分は誦し畢へき。その残りを読まむがために、猶しこの辺に住せり。願既に満つべし。その残りの経は幾ならず。ただ今年許はこの処に住すべし。その後には都率の内院に生るべし。慈尊に値遇して引摂を蒙るべしといへり。

円善と名乗る霊は、法華経を読み続ける理由として、生前に立てた六万部読誦という宿願を達成するためであると述べ、あと少し残るそれを遂げた後には都卒の内院に行くと語る。はたして、後年、壱叡がその場を訪ねると、骨は姿を消していた、とこの説話は結ばれる。すべての舌がそうだとはいえないが、死後もなお腐らずに残ることがあるのは、法華経を読むという遺志、執念のなせるものである場合もあったことがわかる(2)。

ところで、壱叡に答えている霊とは何が語っているのか。同じ説話を伝える『古今著聞集』（巻一五・四八四）では、「壱叡、髑髏に向ひて、その因縁を問ひければ、舌答へて云はく」と、「舌」が直接語ったと記され、『今昔物語集』（巻一三・一一）では、「其ノ夜ノ夢ニ、僧有テ示シテ云ク」と、舌が語るのではなく、夢中に現れた僧が話すようになっている。『法華験記』（前掲）も『今昔物語集』（「髑髏ヲ見レバ、口ノ中ニ舌有リ。其ノ舌鮮ニシテ生タル人ノ舌ノ如シ」）も、生前と変わらない舌の存在を確認しているものの、『古今著聞集』のように舌に話させているわけではない。舌が語る場合には法華経の声に重心があり、一方の霊や夢中の僧の場合には、その舌の持ち主の人格、心への注目があるとも考えられるだろうか。

その一方で、そこに生前の人格を介さず、誰のものとも知れない舌だけが注目される、次のような例もある。

伝教大師勅を承つて、根本中堂を建てんとて地を引かせられけるに、紅蓮の如くなる人の舌一つ、土の底にあつて法花読誦の声止まず。大師恠しみてその故を問ひ玉ふに、この舌答へて曰さく、「我古この山に住みて、六万部の法花経を読誦仕りしが、寿命は限りあつて、身はすでに壊すといへども、音声は尽くる事なくして、舌はなほ存せり」とぞ申しける。（『太平記』巻一八「比叡山開闢の事」）

ここでは、髑髏などなく、話す主体として「紅蓮の如くなる人の舌一つ」だけが取り上げられている。一枚の真っ赤な舌だけがひらひらと動く様は異様な光景だが、硬い骨がその形を失うほどの長い時間を経ても、法華経を読誦する柔らかな舌は廃滅しないのである。(3)

これらの説話では、古く朽ちかけた髑髏の中に動く舌が鮮烈なイメージを残すとともに、法華経の永続性が語られる。宿願完遂のための執念が舌を残し、その意志の力が法華経を唱え続けている。念仏にしろ、法華経にしろ、それを音として発し続けた部位として、舌にはその本来の持ち主の思念が残り、そこから発せられる言葉（法華経）の力を宿す。いずれも異国の例になるが、法華経の場合にも、蓮花と結びつけて語られる例がある。

達磨大師弟子、尼摠持者、二十年ノ間、山中ニシテ十方部読誦シテ、肉身不朽シテ、数百年ノ後、舌根ヨリ蓮華一茎生タリト伝ノ中ニ見タリ（『雑談集』七二「法華事」）

大唐晋代ニ陸地ヨリ青蓮華生也、人皆作ス二奇特ノ思ヲ一也、帝此由ヲ聞召シテ勅シテ被レ掘、彼蓮華ノ下ニ死人ヲ入タル棺有、其棺ノ中ニ人ノ皮肉ハ皆悉ク破テ骨計有、其骨ノ中ニ舌計リ残テ少モ不シテレ損有也、此舌ヨリ青蓮華カ生ル也、奇特ニ思ヒ棺ノ蓋ヲ見ハ法華経ヲ読誦スル事一千部ト書付タリ、法華経読誦ノ奇特也（『法華経直談抄』巻六末・三）

四

ここまで、オウムの舌から蓮花、朽ちない舌の説話をみてきたが、人間の場合、形態としてはその長短が話題となることがある。在原業平との恋で知られる藤原高子（のちの二条后）の少女時代の話である。

仁明天皇御宇ニ、皇大后宮藤原之氏高子ハ中納言贈太政大臣長良之御娘トシテ、承和九年ニ生レ御スト云ヘドモ、御舌短クシテ、七歳ニ成セ給マデ、心ヨク物モ仰セラレザリケリ。嘉祥元年之秋之比、御乳母ナリケル女房、此姫君ヲ具奉テ、当寺ニ参籠シテ祈請申ケルニ、七日満ル夜、同時ニメノト、姫君ト之夢ニ、内陣ヨリ墨染之衣着シ給ヘル僧来テ云、「舌之鼻ニ至レハ正直高貴之相ナリ」トテ、姫君之御口ニ手ヲ指入テ、御舌ヲ鼻ニ付程ヒキ出シ玉フト見テ、御夢サメニケレバ、御舌鼻ニイタリテ長ク成テ、物ヲ仰ラル、事モ、殊サラナビヤカニ御座ケレバ、後ニハ清和天皇之后ニ立チ、陽成天皇之御母トシテ、ユ、シキ御事ニゾ侍ケル。二条之后ト申ハ是ナリ。実ニ当寺ノ利生ニ非バ、何カウマレ付之御カタワモナヲラセ給ベキヤ。（『長谷寺験記』巻下・十二）

七歳のころ、長谷寺に参籠した高子と乳母が同じ夢を見て、そこに現れた墨染衣の僧が高子の舌を引き伸ばしたという。短めであった舌が十分な長さになったことで、物言いが優美になり、後の入内へとつながったと語られる、長谷寺参詣の利生譚である。「物ヲ仰ラル、事モ、殊サラナビヤカニ」なって、その言葉が相手の耳に心地よく届くことも望ましいことではあるが、ここで注意されるのは、夢の中の僧が「舌ノ鼻ニ至レハ正直高貴ノ相ナリ」と話している通り、本話の重点は、発音の改善よりもむしろ、鼻に届くほどの長さになったことにこそあるだろう。

また別の例を挙げる。

権少僧都覚超は和泉国の人なり。齠齓の時に延暦寺に登りて、慈恵僧正の房にありき。自らその舌を出しても て鼻の上を舐る。僧正、大きに驚きて相して曰く、極めて大きなる聡明の相なりといへり。遂にもて弟子となり、兼て源信僧都に師として事へたり。顕教の才はその師に亜ぎ、真言の道は猶しかの山に冠りぬ。(『続本朝往生伝』一〇)

慈恵僧正は少年時代の覚超が舌で自分の鼻を舐めるのを見て「極めて大きなる聡明の相」と認めたが、これも、舌の長さをいうものである。

長大な舌を吉相とみることは、釈迦の三十二相の一つに数えられる「広長舌相(大舌相)」に由来する。現在でこそ、「舌が長い(あるいは「長舌」)」は「口数が多い、多弁である」、「舌が伸びる」は「広言する」といった否定的な意味で用いられるが、もとは『法華経』「如来神力品」に「現大神力、出広長舌、上至梵天、一切毛孔、放於無量、無数色光、皆悉遍照、十方世界」(衆生の前で法を説く釈迦が広長舌を出し、世界を照らした)とあり、それに対する注釈として「不妄語戒ヲ能ク持人ハ舌長シテ至二鼻端一」(『法華経直談抄』巻九本・十三)、「三十二相ノ中ニ舌相広長覆面相ト云ヘル是也」(同)などと説かれ、釈迦自身も「我不ル二妄語一事ヲ見ヨト云テ舌ヲ出シテ覆レ面至二髪際一也」(『法華経直談抄』巻九本・十四)とその舌の長さを示してみせる。長い舌は不妄語戒との関わりで重視された特徴であった。

舌と不妄語戒との関連については、鳩摩羅什の説話をみておく必要がある。

羅什三蔵ハ我等カ所ノ二翻訳一スル経ニ少モ無ンハレ誤者、我死シテ後焼トモ舌計ハ不レト焼願玉フ也、如レ其ノ羅什死去シテ後焼トモ舌計ハ不レ焼五体ハ悉ク焼レトモ舌ハ少モ不レ焼如ニシテ二紅蓮華一ノ在ス也、故ニ羅什ノ翻訳ニハ少モ誤ハ無シト云也（『法華経直談鈔』巻六末・四附、同一五にも）

羅什が自ら翻訳した法華経に誤りがなければ、死後も舌だけは焼けないとの願を立てたところ、五体はすべて焼けたが、舌だけは残り、その翻訳に誤りのないこと、つまり不妄語戒を犯してはいないことが証明されたというのである。この場合、舌は音声として発するのではなくとも、言葉と密接な関係にあるものとして認識されている。

さきに示した藤原高子、覚超の例に戻ると、いずれの場合も鼻に届くほど舌が長いことが述べられ、それが幸運や才能の相と語られてはいるが、そこには本来備わっていたであろう不妄語戒との関わりは読みとれない。舌が長いことは吉相であるとの認識は残ったものの、その内容は本来の意味から遠ざかり、現世利益的な傾きをみせていることになる。(4)

五

舌の働きは言葉を発する際の調音機能だけではない。伊豆に配流されていた役行者のもとに、死刑を執行すべく使者が遣わされた時のことである。

則官兵ヲ被レ下被レ誅トセシニ、行者云、「願ハ抜ル刀ヲ我ニ与ヨ」トテ、刀ヲトリ舌ニテ三度ネブリケレバ、富士ノ明神ノ表文アリ。天皇此事ヲ聞召テ、「是凡人ニ非、定テ聖人ナラン。速ニ供養ヲ演ベシ」トテ、都ニ被二召返一。（『源平盛衰記』巻二八「天変」）

役行者が、自らが斬られることになる刀を左右の肩、顔、背にあて、舌で舐ったところ、その刃の表に富士明神の神意が浮かび上がった。その内容は、役行者の賢聖なることを伝え、都に戻し崇めるべきことを告げるものであった。役行者の異能者ぶりを伝える一挿話だが、この中で、舌は「なめる」という行為をなす器官として、物に触れることでそれまでは見えなかったものを顕す働きをしている。

なめる行為とそこから真の姿の発現を語る説話の一つに、光明皇后の説話が挙げられる。温室を設けて千人の垢を除くことを誓った光明皇后の前に、最後の一人が現れる。全身が病に冒され、温室の中にも臭気が立ちこめるほどであるが、皇后は意を決してその背を擦り垢を落としてやる。その皇后に病人が語りかける。医者の話しでは、自分の病は人に膿を吸ってもらえば癒えるらしいが、世間にそこまで慈悲深い人もいない、そうしたところに皇后の話を聞いてやって来たのだと。『元亨釈書』光明子伝から光明皇后と病者のやりとりを引く。

病人言。我受二悪病一。患二此瘡一者久。適有二良医一。教曰。使二人吸一レ膿。必得二除癒一。而世上無二深悲者一。故我沈痾至二于此一。今后行二無遮悲済一。又孔貴之。願后有レ意乎。后不レ得レ已吸レ瘡吐レ膿。自レ頂至レ踵皆遍。

皇后はその病人の全身の瘡を吸い膿を吐き捨ててやる。このあと、膿を吸ったことを人に語るなという皇后に対して、病人は実は自分は阿閦仏であると明かす。ただし、『元亨釈書』に先行する『建久御巡礼記』や『宝物集』などでは、垢擦りを行うまでであり、病人の膿を吸うには及ばない。垢擦りから、より密着性の強い膿吸いへと変化した形があることについては、玄奘三蔵の渡天説話からの影響が想定される(5)。玄奘の説話もまた、病人本人から体をなめることを求められており、その病人が実は仏（観音菩薩）であったという点でも共通する。

其ノ時ニ、法師寄テ、病者ノ胸ノ程ヲ先ヅ舐リ給フ。身ノ膚泥ノ如シ。臭キ事譬ヘム方無シ。大腸返テ気可絶シ。然而モ、悲ビノ心深クシテ臭キ香モ不思給ズ、膿タル所ヲバ、其ノ膿汁ヲ吸テ吐キ棄ツ。如此ク頸ノ下ヨリ腰ノ程マデ舐リ下シ給フニ、舌ノ跡、例ノ膚ニ成リ持行テ愈ユ。法師、喜ビノ心無限シ。……此ノ病人忽変ジテ観自在菩薩ト成リ給ヒヌ。（『今昔物語集』巻六・六）

さらに、同様の説話は行基についても、有馬温泉へ向かう道中（武庫山）での出来事して語られる。

その体焼爛して、その香はなはだくさくして、すこしも堪へこらふべくもなし。しかれども慈悲いたりて深きがゆゑに、あひ忍びて病者のいふに随ひて、そのはだへをねぶり給に、舌の跡、紫磨金色となりぬ。その仁をみれば、また薬師如来の御身なり（『古今著聞集』巻二・三七）。

これらの例では、慈悲心の究極の姿として病に冒された体をなめることが描かれている。いずれの場合も、聖なる存在が相手となる人間を試すものであり、その試練を乗り越えた者に真の姿が示されるというものであった。

その反対に、神仏の側からの慈しみ、治療としてのなめる行為もみられる。

同〔桓武天皇〕御宇ニ、双岡之右大臣清原之夏野ト云ケル人、生年二十歳之時、イマダ大臣ニ任ゼザリシ前ニ、癩病付テ、面ニ悪キ瘡アマタ出来テ、トカクシケレ共、医術モ及バズ神験モカナハザリケレバ、当寺ニ参テ、「此之観音ハ余之仏菩薩之捨テ給事ヲモ助給フナレバ、此御前ニテ若カナハズバ、速ニ命ヲメセ」ト祈請シケル程ニ、七日満ズル延暦二十年九月十八日之夜之寅之時許之夢ニ、内陣ヨリ童子一人来テ、「汝ガ病ハ業ニテ、タヤスク転ジガタシト云ヘドモ、我大聖之勅ヲウケテ、汝ガ病ヲツクロウベシ」ト云テ、童子舌ヲ長ク出、遍身ヲネブリマハスト思テ、打ヲドロキニケル。面モハレ〳〵ト覚テ、漸ヨクナリヌ（ママ）。其後ハ現世後世、遍ニ当寺ニ祈請シケルニヤ、終ニ大臣ヲキハメ、位ヒ二品ニ登テ、承和四年十月九日一期思之ゴトクシテ、生年五十六ノ歳薨ジケルニモ、当寺ヘ使ヲタテ、観音ニ御イトマヲ申シテ、臨終正念ニシテ、異香薫ジ紫雲聳テ命ヲハリヌ（ママ）。在生之時モ観音ノ値遇ヲ欣フ。定メテ補陀落山ニ生ルナルベシ。（『長谷寺験記』巻下・六）

『令義解』や『日本後紀』の編纂にも関わった清原夏野についての説話である。長谷寺に参籠して病気平癒を祈ったところ、童子が現れて全身を残りなくなめてくれ、それによって次第に快復したという[6]。なめる行為が病気の治癒となるのは、神仏—人間の間だけでなく、蛇になめられて怪我が癒えた和気清麻呂のように、動物—人間にも見られる[7]。

また病気平癒とは別に、相手に聖性を感じ、帰依、心服の形としてのなめる行為が描き出されることもある。

『春日権現験記絵』（巻一七第三段）に描き出された姿がそれである。

さて、天井より降りさせ給ふ。鴻毛の散るが如く、音もせず。御音に付きて妙香弥々匂ふ。その香、沈・麝などの類にはあらで、濃く深き匂ひ、凡そ人間の香にあらず。諸人感悦に耐えず、御手足を舐り奉れば、甘き事、甘葛などの如し。その中に数日口の内を痛む人ありける。舐り奉りて、忽ちに癒えてけり。人々舐れども、慈愍の御気色にて、さらに厭はし気も思し召さず、御身動かす色相、鮮やかに白くして水精の如し。

右に示したように、本文中に「舌」の語は出てこない。しかし、「なめる」行為が行われる場面では、当然舌が使われている。この場面の挿絵では、足指に顔を近づける女の口から舌がのぞいている。なめるという形での身体接触は、他者との距離が最も縮まるものであり、相手を受け容れる究極の形でもある。(8)

六

ここまで、舌にまつわる話題を見てきたが、いわゆる仏教説話が中心となった。

一方の物語の世界では、あまりにも具体的にすぎるからか、舌にふれられることは少なく、『源氏物語』に数例みられる程度である。登場人物のうち、舌と関連づけられるのは、近江の君（常夏「いと舌疾きや」）、源典侍（朝顔「いたうすげみたる口つき思ひやらるゝこはづかひの、さすがに舌つきにて」）、右大臣（賢木「のたまふけはひの舌疾にあはつけきを」）などであって、早口であったり、舌足らずであったりと、否定的な印象をともなって描き出され、それがまたその人物全体に対する批判的な視線へと連なっている。

『源氏物語』についてみると、本稿冒頭に示したような手紙などの贈答に関しては、もっぱら「口」が用いられる。

・追ひて、　逢ふことの……　さすがに口疾くなどは侍き（「帚木」、藤式部丞が博士娘の返歌の早さに感心する）

・さてもあさましの口つきや、これこそは手づからの御事のかぎりなめれ（「末摘花」、光源氏が末摘花の歌にあき

れる）

・見たまひしほどの口をそさもまだ変はらずは（「蓬生」、光源氏が末摘花の返事の遅さを案ずる）

もちろん、口には容姿としての「口つき」など、言葉を表すにとどまらず、表現される内容の幅は広い。それに対して、「舌」はいくらか限定的で、言葉よりも人となりに強く寄り添ったものといえようか。

以上、舌についての話題をあちらこちらとみてきたが、例示した個々の説話はよく知られているものが多く、先行研究で議論の重ねられている説話もある。ここでは、それらを「舌」という共通項から観察しようと試みたが、横にざっと並べたに過ぎず、ここからこそ掘り下げるべき点が多い。これらの話の中で舌が表す内実は、あるときは言葉であり、あるときは声であり、その言葉なり声なりを発する存在そのものに直結している。我々に最も身近な自分の体というものが、いったん我が身から切り離されて語られる対象となったとき、どのように捉えられるのか、検討してゆく必要がある。

〈注〉

（1）この形式の説話については、廣田哲通「説話のなりたち—舌根不壊型説話の種々相—」（『中世仏教説話の研究』所収、昭和六二年、勉誠社）が詳しい。廣田氏は、これらの説話はともすれば同様に見なされて論じられることのある昔話「唄い髑骨」「枯骨報恩」とは位相を異にするものであり、仏教注釈書との関連の中で検討すべきことを述べる。さらに、『法華経』「法師功徳品第十一」の句に基づく説話であることを指摘した上で、日本と中国での本話題の扱われ方を比較し、中国では「いずれにせよ何かの機会に無媒介、直接的に腐らぬ舌と出会うのであって、日本の事例すべてに共通した読経の声を聞く、乃至読経の声に導かれるパターンは皆無に近い」、「端的にいえば日本では読経する髑骨であるのに対して、中国の事例は読経もしなければ、髑骨でもない、舌根不壊なのである」と、法華経との距離、方向性の相違について論じている。

また、小峯和明「ものいう髑髏」（『説話の声』所収、平成一二年、新曜社）では、「髑髏誦経譚」として考察が加えられている。『説話の声』はそのタイトル通り、説話に表れる音についての論考が収められており、源太夫説話についても「仏を呼ぶ声」として一章を設けて扱われる。このほか、今野達「〈枯骨報恩〉の伝承と文芸（上）」（『言語と文芸』四七号、昭和四一年）、栃尾武「髑髏の和漢比較文学研究序説―髑髏説話の源流と日本文学―」（『和漢比較文学』二一号、平成一〇年）などを参照。

（2）『法華経直談抄』（巻八末）に収められる同話では、僧一栄が法華経を読む声を聞いて円久の塚を掘ったところ、「青き舌」を見つけたと記す。ここで「青」が出てくるのは青蓮花との関連を推測させる。

（3）伝教大師に関しては、もう一例挙げることができる。ただし、設定された時期・堂舎は異なり、舌ではなく、髑髏だけが確認される。

弘仁三年七月ニ法花堂ヲ造テ、大乗ヲヨマシムルコトニヨルヒルタ、ズ。谷ノ中ニヨル〱ハ法華経ヲ誦スルコヱアリ。求レドモ人ナシ。コヱヲ尋テ至リツ、ミレバ、人ノ頭ノホネノフルクカレタルアリ。即コレヲ堂ノカタハラニ埋テ、人ヲシテフマザラシム。（『三宝絵』下三）

（4）『塵添壒嚢抄』に「火トハ鉄ヲ赤ク焼テ其ノ上ニ坐セシム、或ハ以テ足ヲ踏セ、或ハ以テ舌ヲ舐ラスルニ、犯セルハ焼ケ、不犯ハ不焼」（巻三・九）とあるのも、神判に関わるものではあるが、舌が実・不実に関わる場面で扱われるものである。

（5）本説話については、阿部泰郎「湯屋の皇后」（『湯屋の皇后』所収、平成一〇年、名古屋大学出版会）に詳しい。

（6）清原夏野について確認される最も早い年齢記事は『公卿補任』にみえる二二歳での内舎人叙任（弘仁一四年）であり、二十歳ころに癩病（ハンセン病）やそれに類する大病を患ったのかどうかを確かめることはできない。滝川政次郎「右大臣清原夏野伝」（『國學院大學紀要』五、昭和三九年五月）は、母が小野氏であること、後に天皇に近侍供奉する武官についたことなどから、「夏野の容姿を褒めた記録は何ひとつ残っていないが」「容儀佩帯の頗る立派な美男子であったと推測せられる」という。もしこの推測が成り立つならば、本説話は夏野の男ぶりの良さを説明するために作られたとも考えられることになる。

（7）『八幡愚童訓』「一心にしんがうしたてまつる処に、御宝殿より五しきの小蛇はひ出て、清丸が脛をねぶるにもとのことくあしになりにけり」（寛文本）これについては、唾の呪力といった問題も関わってくる。

（8）なめるという形での身体接触について、絵画表現の面から、黒田日出男氏（「「異香」と「ねぶる」」『姿としぐさの中世史』所収、昭和六一年、平凡社）、保立道久氏（「匂いと口づけ」『中世の愛と従属』昭和六一年、平凡社）の研究がある。

〈引用本文〉

今昔物語集・密物集・古事談・日本霊異記…新日本古典文学大系、曾我物語…日本古典文学大系、発心集・古今著聞集…新潮日本古典集成、法華験記・続本朝往生伝…日本思想大系、太平記…新編日本古典文学全集、源平盛衰記…中世の文学、法華経直談抄…法華経直談鈔（臨川書店）、長谷寺験記…『長谷寺験記』注釈稿（横田隆志・内田澪子、大阪大谷大学特別研究費研究成果報告書）、厳島の本地・高野物語…室町時代物語大成

ただし、引用にあたって表記を改めたところもある。

〔付記〕　説話収集にあたっては、説話と説話文学の会「説話データベース」を使用した。

紅葉山文庫本『掌中要録』の書写をめぐって

中原香苗

はじめに

『掌中要録』は、左方唐楽に属する舞楽の楽譜（舞譜）を集成した楽書で、承元三年（一二〇九）から弘長三年（一二六三）の間に成立したと推定されている。[1] 三十曲以上もの舞譜を収載し、舞楽の譜を集成したものとしてはもっとも古いもののうちに属すると考えられ、[2] 当時の舞楽について知るうえで重要なものといえる。『続群書類従』管絃部に収められているが、伝本については、古本系と『続群書類従』に代表される流布本系との二系統、[3] あるいはそれ以上存在するともいわれている。[4]

伝本系統については別に考えることとし、ここでは『続群書類従』系統の本文をもつもののうち、元文五年（一七四〇）に書写された『掌中要録』に注目したい。

該本は、江戸幕府の文庫であった紅葉山文庫の旧蔵本である。時の将軍徳川吉宗は、歴代将軍の中でも特に頻繁に文庫の書籍を利用し、逸書を探索して蔵書を充実させ、また文庫蔵の書籍の校合を行わせるなど、[5] 紅葉山文庫の質を向上させたと評価されている。[6]

紅葉山文庫の目録である『元治増補御書籍目録』の「管絃類」には、「和漢朗詠集」二冊、「和漢朗詠集注」五冊、

「楽書」二十二冊、「三五要略」五冊、「三五中録」二巻、「琵琶按譜」一冊、「掌中要録」三冊、「舞譜」一冊、「郢曲」一軸、「郢曲譜」一冊、のあわせて十点が掲出されているが、[7] 本稿でとりあげる『掌中要録』のほか、「三五要略」「三五中録」「琵琶按譜」（以上三点は琵琶の楽譜）、「舞譜」（舞楽の譜）「郢曲譜」（朗詠譜）のあわせて六点が吉宗の将軍在任時に文庫に納められている。[8] このことから、吉宗の関心は、楽書、ことに楽譜にも及んでいたことが知られる。

『掌中要録』もまた、吉宗の時代に紅葉山文庫に収蔵された楽書のひとつであるが、紅葉山文庫を管理していた書物奉行の執務日記である『幕府書物方日記』（以下、『書物方日記』と略称）により、本書が紅葉山文庫に収蔵されるまでの経緯を具体的に知ることができる。それによれば、紅葉山文庫にはすでに『掌中要録』が蔵されていたが、京都より写本を得て新しく書写がなされたという。

『掌中要録』の書写について検討することで、紅葉山文庫において楽書がどのような経緯をたどって文庫に納められるのか、その一端をうかがうこともできよう。また、紅葉山文庫所蔵本が存在するにも関わらず、新しく写本が作成されたのには、相応の理由が存在したと思われる。その点についても、あわせて検討したい。

一　紅葉山文庫蔵『楽書』中の『掌中要録』

国立公文書館内閣文庫の紅葉山文庫旧蔵『掌中要録』第三冊の末尾には、以下の識語が記される。

秘府原有掌中要録。然編帙錯簡／首尾不全。京師楽人豊伊賀守所／蔵之書、上下秘曲共三冊、曲譜略／備。因承／仰繕写其書者也。

元文五年庚申七月

（翻刻に際しては、原則として旧字体は通行の字体とし、適宜句読点を付した。改行位置は／で示し、

（〈　〉内は割注を表す。傍線等筆者。以下、同様）

これによれば、該本は、「秘府」にもともと所蔵されていた『掌中要録』が「編帙錯簡」「首尾不全」のものであったため、上下秘曲三冊からなり、楽曲の譜もほぼ備えている京都の楽人豊伊賀守所蔵の『掌中要録』を、仰せを承って書写したものであることがわかる。

「秘府」は江戸城の紅葉山文庫であり、「京師楽人豊伊賀守」とは、豊原倫秋をさすと思われる。[9]

時の将軍吉宗は、正徳六年（一七一六）から延享二年（一七四五）まで将軍職にあり、先にも述べたごとく、文庫所蔵の書籍の充実、また書写校合に努めていた。吉宗の将軍在任時の紅葉山文庫の業務内容は、藤實久美子氏によって、享保元年（一七一六）から享保六年ごろまで、享保七年から享保十五・十六年頃まで、享保十五・十六年から延享二年までの三期に分けられている。[10]『掌中要録』が書写されたのは、大名・公家・寺社等に依頼して所蔵本を借り出して、書籍類の校合を行い、必要に応じて新たに写本を作成するなどしていた第三期にあたる。この時期には、たとえば、元文元年三月から十一月にかけて、『類聚国史』の校合、写本作成がなされている。[11]『掌中要録』もまた、こうした流れの中で校合・書写が進められたものと思われる。

さて、それでは『掌中要録』はどのようにして紅葉山文庫に納められることとなったのであろうか。ことの発端は、『掌中要録』書写の約二年前にさかのぼる。元文三年九月二日条の『書物方日記』に、次のような記事がある。

一　昨日大嶋江州新兵衛へ被申聞候楽書之内、掌中要録御目録ニ見江不申候ニ付、今日致加出、和書之内、奈良より来ル楽書廿二冊致吟味候所、掌中要録一・三・四、三冊有之候間、致持参、江州へ見セ候得ハ、右二巻目欠本ニ付、此度楽人方よりうつし差上候筈ニ候由、右御書物ハ即刻下リ、元ノことく納之、追而御目録をも改候様ニ、江州新兵衛江被申聞之、[12]

昨日（九月一日）、大嶋近江守以興より下問のあった、『掌中要録』が目録に見えない件について、非番であった書物奉行の深見新兵衛有隣は今日「加出」をし、文庫蔵の和書のうち、奈良より伝来の二十二冊の楽書を調べた。すると、『掌中要録』一・三・四の三冊を見出したので、それを持参し、以興に見せたところ、この本は二巻目が欠けているので、このたび楽人方より写しを差し上げるはずである、とのことであった。以興に渡した書物はすぐに返され、もとの場所へ納められた。以興は、追って目録をも書き改めるよう、有隣に命じた。

当時小納戸頭取であった大嶋近江守は、書物奉行に対して楽書に関する何らかの質問をし、そこで話題になった『掌中要録』の文庫所蔵本に不備があることを知り、それについては楽人方より新たに写しを献上するであろう、と述べたのである。

「楽人方」とは、江戸・京都・天王寺の三方楽所のいずれかに属する楽人をさすものと思われるが、楽人による楽書の書写、献上には先例があった。この四年前の享保十九年九月二十日、江戸の紅葉山楽所の楽人東儀左京允季敦より、『舞譜』一冊が献上された[13]。この本は現在国立公文書館に所蔵されている『舞譜』[14]であると思われる。その奥書には、以下のようにある。

右、家蔵一冊者、則左方舞曲之譜也。今度／辱奉承／台命、別写一冊、以納／江府御文庫者也。

従四位下行左京亮安倍朝臣季敦

享保十九年甲寅八月

従四位下行筑後守大秦宿祢兼亮

右の記述によれば、『舞譜』は、安倍姓東儀氏の左京亮季敦[15]ならびに太秦姓東儀氏の筑後守兼亮[16]の兄弟が、自家に蔵していた左方の舞楽曲の譜を記した書を、「台命」すなわち将軍吉宗の命によって別に写本を作成し、「江府御文庫」つまり紅葉山文庫に納めたものであるという。

なお、書物奉行が調べ、『掌中要録』を見出した奈良よりの楽書二十二冊とは、現在国立公文書館内閣文庫所蔵で紅葉山文庫旧蔵の、寛文六年（一六六六）正月書写の識語をもつ『楽書部類』二十二冊をさすと思われる。[17]『書物方日記』で言及される『掌中要録』一・三・四は、『楽書部類』第三・四・五冊に相当する。

ともあれ、大嶋以興の念頭には楽人による楽書の書写、献上の先例があり、『掌中要録』についても楽人所持本から作成された写本が献上されることを想定したのであろう。

ところが、『掌中要録』の場合は、すぐに楽人から新写本が献上されることはなく、次に『掌中要録』が『書物方日記』に見えるのは、それから一年半を経た元文五年四月六日である。

一　京都楽人辻豊前守当春罷越候節、東儀左京亮を以、掌中要録三冊差出候、右之書御蔵ニ有之掌中要録ニ無之儀も書載有之由申候間、御蔵御本と校合いたし候様ニ、先月廿四日大嶋近江守殿被申渡候、依之、楽書廿二冊不残見合候得ハ、右三冊分不残、御本廿二冊之内ニ有之候、併混雑錯乱いたし、全篇不致候、右之段昨日申上候へハ、楽人差出候三冊、新写被　仰付候間、御書物方ニ而為写候様ニ、近江守殿被申渡候、

右に記された事情を時系列に添って整理すると、次のようになる。

今春、京都の楽人辻豊前守近任[18]が江戸に参じた折、左京亮東儀季敦を介して『掌中要録』三冊を差し出した。この書は紅葉山文庫所蔵の『掌中要録』に見えない記述もあるので、文庫本と校合するようにと、先と同じく大嶋近江守以興より命じられた。これが三月二十四日のことである。

校合を命じられた書物奉行深見新兵衛は、さっそくその日のうちに文庫所蔵の楽書二十二冊を自宅へ借り出して校合を開始し[19]、四月五日に文庫に返納している[20]。楽人より提出された『掌中要録』の内容は、右の楽書二十二冊のうちに残らず見出されたが、「混雑錯乱」のため、全編にわたっての校合はできなかった。

四月五日、こうした事情を以興に報告したところ、楽人提出の三冊本は新たに写すようにとの（将軍よりの）仰

せがあり、その書写は書物方で行うように、と申しつけられた。

『掌中要録』が話題になってから、実物が大嶋以興のもとに届けられるまでに約二年が経過したのであるが、このあたりの事情について考えてみよう。

『掌中要録』をもたらした辻近任を仲介したのは、先に『舞譜』を献上した東儀季敦であった。また、提出された『掌中要録』は、前掲の奥書から知られるように、近任と同じ京都の楽人豊原倫秋の所持本であった。

『掌中要録』を持参した辻近任は、琴楽の再興に努めた人物として知られている[21]。『有徳院殿御実紀附録』によれば、彼は吉宗の命によって、東皐禅師心越の琴楽の流れを受け継ぐ小野田東川に学んでその奏法を習得し、元文三年九月十八日、吉宗の御前での管絃奏楽の場において、琴を弾奏している[22]。このことからすれば、近任は、幕府ならびに吉宗と関係の深い人物であったといえる。彼は、恐らくは京都方楽人のネットワークによって豊原倫秋が『掌中要録』を所持していることを知り、それを預かって江戸下向の折に持参したのであろう。そして江戸在住の紅葉山楽人である東儀季敦に託して、幕府へと差し出したのではないかと思われる。

「楽人方から写本が献上されるであろう」と以興が述べたことからすると、紅葉山楽人を始めとする楽人たちに対して『掌中要録』を所持しているか否かが尋ねられ、所持している者がいない場合には探索が命じられたであろうことは、想像に難くない。幕府とつながりのあった辻近任が、自分では差し出さず、季敦を介して提出したことからすると、以前に楽書を献上したことのある季敦が、『掌中要録』探索に関わっていたのではないか、との推測も可能であろうか。

二　『掌中要録』の書写

さて、前節で述べたような事情で、京都より『掌中要録』がもたらされ、文庫蔵本との校合を経て、新しく『掌中要録』が書写されることとなった。以下、『書物方日記』の記述により、これが書写され、紅葉山文庫に納められるまでの経緯をたどることとする。

写本作成が決まった翌日、書物方では書写に必要な筆・墨・紙の調達がなされた。その際に納戸方より受け取った美濃紙四帖は、「から打」のため幕府の書物師書林八右衛門に渡され、それは九日にできあがったようである。[23]『掌中要録』の書写は、書物方同心小澤又四郎が行うこととなり、作業は四月十五日から始められ、七月二十二日に終了した。翌二十三日、書写を終えた『掌中要録』新写本三冊は、校合のため、もととなった「楽人本」とともに書物奉行深見新兵衛が自宅へ持ち帰った。

・『書物方日記』四月十五日条

一　掌中要録、今日より又四郎相認候、

・同七月二十三日条

一　又四郎相認候掌中要録、昨日迄ニ不残書写相済候ニ付、校合之ため、右写本三冊、楽人本三冊ともニ、今日、新兵衛宅江為持遣し置候、

さらにその翌日の二十四日、校合を終えた写本は、深見新兵衛が楽人本とともに御殿へ持参し、近江守大嶋以興へ渡した。

・『書物方日記』七月二十六日条

一　掌中要録書写出来候ニ付、一昨廿四日新兵衛　御殿江罷出、大嶋江州江差出之候、尤、楽人より出し置候掌中要録三冊も相添差出之候、則被請取置候、

それから約一週間後の閏七月一日、深見新兵衛は御殿より『掌中要録』を下げ渡される。[24]新写の『掌中要録』は「新規御預ケ」すなわち紅葉山文庫に納められることとなり、大嶋近江守以興より、奥書に書き記す内容について

指示が下された。

・『書物方日記』閏七月一日条

一　右掌中要録ハ、元来御蔵ニ在之候得共、錯乱甚敷、次第不全候ニ付、今度京都楽人豊伊賀守家本を以、別ニ新写被仰付候掌中要録〈上／下／秘曲〉三冊、則新規御預ケニ成候間、右之旨奥書相認納置可申由、大嶋近江守殿被申渡候、楽人本三冊ハ、追而近江守殿へ返上、楽人江御返しニ成候由、右、又四郎相認候、物紙数三冊合而墨付百拾九葉也、和之五十番楽書一所ニ納之、

傍線部が奥書に記すよう指示された内容で、これが冒頭に掲げた内閣文庫蔵『掌中要録』の識語に実際に記されているのである。また、豊原倫秋所持の楽人本『掌中要録』三冊は返却することとなった[25]。

「右、又四郎……」以下は再び新写の『掌中要録』について述べたものと思われる。小澤又四郎が書写し、三冊合わせて「墨付百拾九葉」であると記される。この箇所は、楽人本と新写本のどちらについて述べたものか確定しがたいが、新写本についての記述と考えておきたい。元文書写の『掌中要録』の墨付総紙数一一五葉[26]とは一致しないが、又四郎が書写したことと同時に、紙数に言及していることから考えれば、この紙数は楽人本でなく新写本のことと見なしてよいであろう。新写本は、先の『掌中要録』を含む『楽書』二十二冊と同じく「和之五十番」に納められた。

なお、本書は平出久雄氏編『豊氏本家蔵書目録[27]』には見えないので、豊原倫秋所持の『掌中要録』は、現在は豊家に所蔵されていないようである。

その後、閏七月九日に表紙が出来した新写の『掌中要録』は文庫の東蔵に納められ[28]、同じ月の二十二日、本文を書写した小澤又四郎が、内容についての伺いを終えた奥書を認めた。

・『書物方日記』閏七月二十二日条

一　新写掌中要録之奥書、伺相済候ニ付、今日、又四郎ニ相認させ候、

こうして、京都よりもたらされた豊原倫秋所持本をもととした『掌中要録』は書写を完了し、表紙を整え、奥書を加えられて紅葉山文庫に納められたのであった。

三　寛文本『掌中要録』と元文本『掌中要録』

前節で述べたように、楽人所持の『掌中要録』が書写されたのは、「御蔵御本」つまり紅葉山文庫所蔵本が、新写本の奥書にいうように、「編帙錯簡」「首尾不全」のものであったからであった。

両者の校合を命じられた書物奉行深見新兵衛は、『書物方日記』によると、たとえば享保二十年に『明月記』、元文元年に『類聚国史』など、多くの書物を校合している。また元文四年には、二条家へ贈るための『日次記』の転写本作成にともなう校合の労によって金三枚を賜るなど、有能な人物であった。文庫蔵の『掌中要録』は、その彼が楽人本との校合を「全篇不致」と述べたほど「混雑錯乱」した状態であったことがうかがわれる。

では、「編帙錯簡」「首尾不全」で、他本との校合が困難なほどの状態であるという紅葉山文庫蔵の『掌中要録』とは、どのようなものであったのか。本節では、元文五年に新しく書写された写本と比較することで、その状態を明らかにしたい。

まず、両者の書誌を確認し、次に内容の検討にうつることとする。

寛文六年書写の『楽書部類』中の『掌中要録』（以下、寛文本と略称する）の書誌は、以下の通りである。

・国立公文書館内閣文庫紅葉山文庫旧蔵『掌中要録』（『楽書部類』二十二冊のうち、第三・四・五冊）。

袋綴三冊。法量二八・七糎×二〇・六糎。浅葱色牡丹唐草表紙。外題打付書「掌中要録　一（三、四）」。内題「掌中要録　一（三、四　入綾）」。印記「秘閣図書之章」。毎半葉八行。墨付、「掌中要録　一」二十二丁、「同

三」三十丁、「同　四」十六丁。

『楽書部類』第二十二冊『楽部雑著』の末尾に、次の識語を有する。

楽書二十二巻、古来秘伝／也。蔵在南都興福寺、不妄／示人。今度新写一部、如正／本令校合、所納／江戸御文庫也。

寛文六年正月

一方、新写本（以下、元文本と略称）の『掌中要録』の書誌は、以下の通りである。

・国立公文書館内閣文庫紅葉山文庫旧蔵『掌中要録』

袋綴三冊。法量二八・二糎×二一・〇糎。茶色卍繋表紙。外題題簽「掌中要録　上　一（下　二、秘曲　三）」。内題「掌中要録　上（下、秘曲）」。第三冊に扉題「掌中要録　秘曲巻」。印記、「秘閣図書之章」（二種）、「日本政府図書」。毎半葉八行。墨付、第一冊　三十二丁、第二冊　四十六丁、第三冊　三十七丁。

第二冊および第三冊巻末に「弘長三年九月　日、於安位寺花蔵院、書写之。執筆海王丸（花押）」との識語があり、第三冊三十七丁表に前節で引用した元文五年の識語を有する。海王丸は、『続教訓抄』の編者狛朝葛の幼名である。したがって、右の『掌中要録』は、弘長三年に朝葛によって書写されたことが知られ、これが『掌中要録』成立の下限となっている。

寛文本は、巻一・三・四の三巻を有し、大嶋近江守以興が指摘したように、第二巻が欠けている。巻四の末尾には奥書などもないため、『掌中要録』がもともと四巻のものであったのか、それ以上であったのかは不明である。(29)

一方、元文本は、『続群書類従』所収本と同じく上・下・秘曲の三巻からなり、内容に欠脱はないと思われる。

ここで、両者の構成を一覧しておこう。

表一　寛文本と元文本の構成

＊二重傍線を付したものは、内容に欠脱があるもの、①～④は、錯簡とみられるものである。

寛文本	元文本
掌中要録　一 （目録）一越調曲　皇帝　団乱旋　春鶯囀 玉樹　賀殿　承和楽　北庭楽 （舞譜）皇陳楽　后帝楽　宝寿楽 玉華楽　賀殿　承和楽　北庭楽	**掌中要録　秘曲** （舞譜）皇陳楽　后帝楽　宝寿楽 蘇合香　万秋楽　羅龍王荒序　羅陵王荒序
	掌中要録　上 （目録）平調曲　三台　万歳楽　裹頭楽　甘州　五常楽 黄鐘調曲　喜春楽　感城楽　央宮楽　桃李花 双調曲　春庭楽 （舞譜）三台　万歳楽　裹頭楽　甘州　五常楽　喜春楽 感城楽　央宮楽　春庭楽
掌中要録　三 （目録）大食調曲　太平楽　打球楽　散手 傾坏楽　賀皇恩 乞食調曲　秦王 （舞譜）太平楽　打球楽　散手　傾坏楽　賀皇 秦王　蘇合　万秋楽	**掌中要録　下** （目録）太食調曲　太平楽　打球楽　散手 傾坏楽　賀王恩 乞食調　秦王 盤渉調　蘇合　万秋楽　輪台　青海波　秋風楽 （舞譜）太平楽　打球楽　散手　傾坏楽　賀王 秦王　蘇合　万秋楽　輪台　青海波　秋風楽

掌中要録　四　入綾	掌中要録　入綾
（舞譜）賀殿　三台　甘州　五常楽　喜春楽	（舞譜）賀殿　三台　甘州　五常楽　喜春楽
傾坏楽	傾坏楽
①（目録）②（舞譜）	
（舞譜）傾坏楽　太平楽	（舞譜）太平楽
③（目録）④（舞譜）	（舞譜）蘇合　承和楽　喜春楽

両者の内容を対応させて掲げたが、この表から、寛文本には元文本の上巻に対応する部分が存在せず、寛文本の巻一・三・四は、それぞれ元文本の秘曲巻・下巻前半部・下巻後半部と対応していることがわかる。また、寛文本の巻三・四には欠脱や錯簡箇所が多くあることが看取される。

それぞれの内容を巻一から順に概観する。

巻一は、楽曲の目録と舞譜からなっている。目録に収載される七曲のうち前半の四曲は、舞譜とで楽曲名が異なっているが、「皇陳楽」は目録に記される「皇帝」の名称「皇帝破陣楽」を略したもので、以下「后帝楽」は「団乱旋」の別名「后帝団乱旋」[30]、「宝寿楽」は同じく「春鶯囀」の別名「天長宝寿楽」[31]、「玉華楽」は「玉樹」の名称「玉樹後庭花（華）」をそれぞれ略したものと考えられる。したがって、巻一には目録掲載の楽曲の譜がすべて収載されている。そのほか、ここには目録外の「賀殿」以下三曲の譜も見える。

これに対応する元文本の秘曲巻には目録はなく、寛文本に存する「玉華楽」以降四曲の舞譜を欠き、寛文本にはない「蘇合香」「万秋楽」の舞譜、及び舞楽曲「羅陵（龍）王」の一部で、狛氏の秘曲である「荒序」の譜（二説）を記している。

寛文本に対応する部分のない元文本上巻は、先に「平調曲」「黄鐘調曲」「双調曲」と、楽曲が属する調子ごとに分類した目録を掲出し、後半部で目録と対応する楽曲の舞譜を記している。(32)

寛文本巻三も目録と楽譜を記すが、元文本の下巻と比較すると、目録部分に「盤渉調」がなく、舞譜部分では「万秋楽」を途中まで記し、以降を欠いている。

巻四は内題に「掌中要録四　入綾」と記されており、表に示したごとく、欠脱や錯簡箇所が多く存する。「入綾」とは、舞楽の演奏の際、舞台上での舞を終えて退場する際の舞い方をいう。寛文本は、この「入綾」のみで一巻を構成しているが、元文本では下巻後半の三十二丁以降に「掌中要録　入綾」として寛文本の巻四に対応する楽譜を載せている。寛文本巻四は、他の巻に比べて欠脱箇所等が多いので、詳しくふれておく。

冒頭の「賀殿」以下「喜春楽」までは「舞台手」「庭手」として、それぞれ舞台上で舞う「舞台手」と、舞台からおりて退場していく際の舞様である「庭手」が載せられている。続いて「傾坏楽」「舞台手」の途中までの譜が六丁裏まで記され、①②をはさんで、再び「傾坏楽」の譜となる。その後は、十二丁裏までが「太平楽」の入綾「舞台手」「庭手」の譜で、十三丁表以降は、③④が最終丁の十六丁表まで続き、十六丁裏は白紙である。

ところで、①～④の錯簡部分はあわせて六丁分に及ぶが、これをのぞくと巻四は十丁となって他の巻の半分以下の分量になる。寛文本がもとの形を留めているとすれば、舞譜を集成して『掌中要録』を編むにあたり、「入綾」という退場楽を舞の一つの部類ととらえ、その譜のみで独立した一巻とする、という方針の存したことがうかがわれる。退場楽は通常の楽曲よりも非常に短いため、これのみを集めても大した分量にはならない。そのことを承知したうえで「入綾」の譜のみで一巻を構成した結果、他巻より分量が少なくなってしまったものと推測されよう。(33)

元文本の巻下では、「賀殿」～「蘇合」までの曲の「入綾」の譜を載せ、続いて「承和楽」「喜春楽」の譜（五帖～七帖、「渡様」「入様」）」を記している。

『掌中要録』の両本の内容は、おおよそ右のようなものであるが、寛文本の巻三・四は、舞譜の途中で終わっているため、これらの巻の印象から、「首尾不全」といった表現がなされたものかもしれない。

ここで、寛文本巻三・四の欠脱・錯簡箇所について見ておこう。a～eが脱文、f～jが錯簡の生じている箇所である。巻三・四に存する脱文や錯簡は、次にまとめて掲げたように、あわせて九箇所存する。煩瑣にはなるが、寛文本の本文の状態を具体的に知るため、順に検討する。

a　巻三　三丁表四行目と五行目の間
b　　　　五丁裏六行目と七行目の間
c　　　　八丁表と裏の間（八丁裏冒頭に「此前脱」の注記）
d　　　　三十丁裏以降（三十丁表末尾に「此末脱」の注記）
e　巻四　七丁表の前（六丁裏「自此脱」の注記）
f　　　　七丁表～八丁表五行目（表一①）
g　　　　八丁表六行目～九丁裏三行目（表一②、八丁表六行目に「此前脱」、直後に「此間脱」の注記）
h　　　　十三丁表～十四丁裏（表一③）
i　　　　十五丁表～十六丁表（表一④）

aの箇所は、次のようになっている。

乞食調曲
　秦王　新楽　中曲
劔右肩ニ係テ居右膝突立テ左伏肘〈右剣／手指〉〈右足／跡〉剣手披合テ南向左廻左伏肘打テ剣右肩ニ係テ居右膝突立テ

剣立肘〈左足／踊下〉天北向右廻左伏肘打天剣右肩係天居右膝突

これは巻三の目録部分の末尾で、引用文の二行目までが曲に関する解説であり、三行目より楽譜が始まっている。元文本では、これに対応する箇所が以下のようになっていることから、寛文本は、元文本で傍線を付した「秦王」の解説部分一行目の「七帖」以下を欠いていることがわかる。

・元文本　『掌中要録』下　「乞食調」

秦王〈新楽／中曲〉七帖〈拍子各廿。但、初帖拍子廿三。初三拍子序吹。自第二反、除之。終帖、加三度拍子。只拍子舞時、古楽書之。〉

寛文本aの三行目以降は、次にあげた元文本の本文と比較すると、文字の右に付された太鼓を打つ位置を表す拍子点（●）が寛文本にないことをのぞけば、「太平楽」の譜の破線部とほぼ一致していると見なせよう。

・元文本　『掌中要録』下　「太平楽」

●太平楽破急略之〵小輪大輪一匝廻天本所ニ廻立天後舞之

東向天寄天左伏肘右剣下指●〈右足／踊〉剣ヲ振天北寄天下●〈左足／踊〉（中略）北向天左伏肘●〈右剣印指／右足踊〉

剣右肩ニ係天居●右膝突立天左伏肘●〈右剣印指／右足踊〉剣印披合天南向左廻左伏肘打天剣右肩ニ係居●右膝突立天剣去肘●

〈左足／踊下〉北向右廻左伏肘打天剣右肩ニ係●天居右膝突(34)

すると、寛文本のaの箇所には、元文本下巻の目録「乞食調」の「秦王」の途中から、「盤渉調」の目録全てとそれに続く「太平楽」舞譜の半ばまでの、元文本の分量でいえば一丁半ほどの脱文があると判断される。

bの場合も同様で、後述するように、「打球楽」四帖の末尾から五帖・六帖と七帖の前半部分が脱落している。

cには「此前脱」との注記があり、「散手」序一帖の中間部分以降から破一帖の前半部分が欠けている。

dは巻三の巻末で、寛文本の最終丁である三十丁表に「万秋楽」破第二帖冒頭部分が記され、その末尾に朱筆で

「此末脱」との注記があり、三十丁裏は白紙となっている。

e・f・gは、巻四では七丁表〜九丁裏にかけての連続した箇所である。以下では、適宜本文をあげて当該箇所を検討する。

e

○傾坏楽　舞台手

南向天右伏肘右足披天又右伏肘右足踊天右手披右足右寄右伏肘打蓋右足（中略）

右伏肘打加右足踊天左去肘面係右ヘ下左手指寄左伏肘左足——（朱）自此脱 」六ウ

f

○三帖　拍子各二十　終帖加三度拍子

以楽二反、為舞一帖。○半帖十拍子舞時／者自第八拍子加之。又　第六　又第五／又末二　○一帖舞時

者、自半帖加之。一帖／半舞時者、後十拍子加之。　一帖廿拍子、／五帖初十拍子舞之。

○裏頭楽　新楽　中曲

三帖　拍子各十二　終帖加三度拍子 」七オ

一帖舞時者、自第九拍子加之。又末六／又末二加之。

○甘州　新楽　小曲

五帖　拍子各十四　終帖加一拍子号／之京様。加三度拍子号之奈良様。○一帖／舞時、自第十一拍子加之。

○五常楽　新楽　中曲　為向立舞

〽序一帖拍子十六以楽二反、為舞一帖。 」七ウ

〽破　三帖　拍子各十六　終帖、加三度拍子。／一帖舞時、自第十二拍子加之。又自／第九加之。／

〽急　拍子各八　自第二反頭加三度拍／子。／

g

①（朱）此前脱

去肘打加右足下向天面係天諸伏肘右足／

○五帖　第四連巽人球係帖也。／三帖片答也。」八オ
（舞譜　略）
○六帖　第三連　坤人球係帖也。／四帖片答也。」八ウ
（舞譜　略）
○七帖　加拍子　宮搔切云之。
②東向天左伏肘右足南向天右去肘打替左」九オ
足東へ並寄天下左足披天西向右廻右伏／肘右足打改天東廻向右廻右伏肘右足右／伏肘打左足北向天左去肘（朱）此間脱○右伏肘打
替右／足右手指寄右伏肘右足左伏肘打替左足（下略）

eでは、「傾坏楽」の入綾のうち「舞台手」が記されるが、六丁裏の末尾に破損を示す朱線が引かれ、「自此脱」との朱筆注記がなされている。続いて七丁表から八丁表五行目にいたるfには、目録的な記述が見られる。gは、fに続く八丁表六行目から九丁裏三行目途中の「此間脱」という注記までの舞譜である。

まず、eについてみると、「自此脱」注記以降の舞譜は、実はgの「此間脱」の注記以降に存在するのである。

・寛文本e「傾坏楽　舞台手」
右伏肘打加右足踊天左去肘面係右へ下左手指寄左伏肘左足（朱）自此脱

・g　脱文注記以降
（朱）此間脱○右伏肘打替右足右手指寄右伏肘右足左伏肘打替左足（下略）

・元文本　巻下「傾坏楽　舞台手」
右伏肘打加右足踊天左去肘面係右へ下左手指寄左伏肘左足右伏肘打替右足右手指寄右伏肘右足左伏肘打替左足（下略）

右にはeとgの脱文注記付近と、対応する元文本の本文をあげたが、これを比べると、eの脱文注記直前の譜と、

gの脱文注記以降の記述である傍線部とが、直接つながっていることがわかる。

fの目録的な記述のうち、「裏頭楽」以降は、次に全文をあげた元文本巻上「平調曲」目録の「裏頭楽」以降とほぼ一致している。

・元文本　巻上　目録

平調曲〈調子、品玄、舞出時吹之。入調、臨調子、入時吹／之。〉

三台〈新楽／中曲〉破二帖拍子各十六。急三帖〈拍子各十／六〉

万歳楽〈新楽／中曲〉一・二・五帖拍子各廿。

裏頭楽〈新楽／中曲〉三帖〈拍子各十二。終帖、加三度拍子。／一帖舞時、自第九拍子加之。又／末六、又末二加之。〉

甘州〈新楽／小曲〉五帖〈拍子各十四。終帖加一拍子。京様。／加三度拍子。奈良様。一帖舞時、自／第十一拍子加之。〉

五常楽〈新楽／中曲〉為向立舞。序一帖〈拍子十六。以楽二／反為舞一帖。〉

破三帖〈拍子各十六。終帖、加三度拍子。一帖舞／時、自第十二拍子加之。又自／第九拍子加之。〉

急〈拍子八。自二反頭／加三度拍子。〉

寛文本での「裏頭楽」以前の三行分の記述は、元文本では「万歳楽」が記されている箇所であるが、右にあげた元文本の「万歳楽」とでは記述が異なっている。あえて両者の共通点を探せば、拍子が「廿」であることは一致し、元文本「万歳楽」の「一・二・五帖」は、あわせて「三帖」となって、寛文本の「三帖」と重なる。しかしながら、寛文本の叙述に比して元文本が簡略なものであることからすると、両者が同一の楽曲についてのものであるとはいいがたい。なお、寛文本の「以楽二反、為一帖」は、『続教訓抄』「万歳楽」に類似の記述がある。

続いてgは、bで脱落している「打球楽」四帖の末尾部分から七帖の前半部分である。このことを確かめるため、以下に、寛文本巻三のb付近と、それに対応する元文本の本文をあげる。

・寛文本　巻三「打球楽」

四帖　第一連　乾人球係帖也。

南向天諸伏肘右足腰掃天諸去肘右足／面係天北向左廻諸伏肘右足腰掃天諸／去肘右足面係天南向右廻諸伏肘右足／披天東向
天右伏肘右足披天左伏肘左／足下天右去肘右足下天左去肘左足右／←b A打替右足東ヘ前ヘ寄天下天右足披天西向左廻左伏肘左足打
改天東廻向左廻左　」五ウ
伏肘左足左伏肘打右足南向天右去肘／打替左足東ヘ前ヘ寄天下右足披天手／合天延立右足

・元文本　巻下「打球楽」

四帖〈第一連。乾人／球係帖也。〉
南向天諸伏肘右足腰掃天諸去肘右足面係天北向左廻諸伏肘右足面係天南向右廻諸伏肘右足披天東向天右伏肘右足披天左伏肘
左足下天右去肘右足下天左去肘左足右①去肘打加右足下合天面係天諸伏肘右足

五帖〈第四連。巽人球係帖也。／三帖片答也。〉
（舞譜　略）
六帖〈第三連。坤人球係帖也。／四帖片答也。〉
（舞譜　略）
七帖加拍子。　空搔切云々。
②東向天左伏肘右足南向天右去肘打替左足東ヘ並寄天下左足披西向右廻右伏肘右足打改天東廻向右伏肘右足右伏肘打左足北
向天左去肘B打替右足東ヘ並寄天下右足披天西向左廻左伏肘左足打改天東廻向天左廻左伏肘左足左伏肘打右足南向天右去肘

打替左足東へ並寄天下左右披天手合天延立右足

先に巻三bの脱落箇所を確認しておこう。掲出箇所を比較すると、寛文本の「打球楽」四帖末尾の破線Aは、元文本の「七帖」末尾の破線Bとほぼ一致していることがわかる。すると、寛文本の破線Aの直前までが「四帖」の譜で、破線Aは「七帖」の譜であることになり、両者は連続したものとはいえない。したがって、引用文三行目の破線Aの直前に脱文bが存すると思われる。元文本を参照すると、脱落箇所bは、元文本での「打球楽」四帖末尾の二重傍線①と、七帖前半の二重傍線②の間に相当する譜であると想定される。

ここで先にあげたgに着目し、元文本と対照すると、g冒頭の傍線①は、元文本「四帖」の二重傍線①、同じくg末尾の傍線②は元文本「七帖」の二重傍線②とほぼ一致することが知られる。加えて、舞譜の引用は省略したが、寛文本gで傍線①②の間に記される本文と、元文本の二重傍線①②の間の記述も、若干の異同はあるものの、おおよそ一致しているといえる。

これらを考え併せれば、傍線①②にはさまれた箇所に記されるgは、bに脱落していた「打球楽」四帖の末尾部分から七帖の前半部分であることになる。つまり、gは、巻三bから脱落した本文が、巻四に混入したものと判断されるのである。

このようなことからすれば、e・f・gの箇所は、eの「傾坏楽　舞台手」と、gの傍線②直後で「此間脱」との注記がなされる本文の間に、fの目録的記述及び、本来bの箇所にあるべき舞譜gが混入したものと認められる。

hの箇所は、以下のような楽曲の目録である。

○黄鐘調曲

○調子二　品玄　舞出時吹之／入調　舞入時吹之

○喜春楽　古楽　中曲　為向立舞（中略）

○感城楽　新楽　小曲（中略）　」十三オ
○央宮楽　新楽　小曲（中略）
○桃李花　新楽　中曲（中略）　」十三ウ
　○双調曲
　　○調子二　品玄　舞出時吹之　」十四オ
　　　入調　舞入時吹之
○春庭楽　新楽　小曲（中略）　」十四ウ

表一を参照すると、これは元文本巻上の目録部分の「黄鐘調曲」「双調曲」と、曲名及び順序が同一であることがうかがえる。そのうち、次に「央宮楽」の箇所をあげたように、叙述もほぼ一致している。

・寛文本「央宮楽」
　○央宮楽　新楽　小曲
　四帖拍子各十二。終帖加三度拍子。一帖舞時、自第十一拍子加之。

・元文本「央宮楽」
　央宮楽〈新楽／小曲〉四帖〈拍子各十二。終帖加三度拍子。／一帖舞時、自第十一拍子加之。〉

先に検討したfは、元文本巻上目録の「平調曲」の後半部に相当していたが、hは、元文本で「平調曲」に続く「黄鐘調曲」と「双調曲」の目録である。すると、hは、本来fに続くべき記述ではないかと推定される。

先に述べたごとく、寛文本は元文本の巻上に対応する部分をもたないが、f・hのように元文本巻上と一致する記述が存することからすれば、現在は欠けているものの、こうした錯簡が生じる以前の本文には、元文本巻上に相当する巻があったと推察される。それは、現在は欠巻となっている巻二とも考えられようか。

ｉは、巻三ｃの脱文箇所に相当する舞譜である。以下にｃとｉをあげ、元文本との比較を行う。

ｃ　寛文本　巻三「散手」

序一帖　略一帖。執鉾様、常舞之。

北向天左右手合天左肩ニ懸下右足左肩ニ懸下左足退天左右去肘左足搔（中略）伏肘打改天左去肘打替天下天北向天指右足改」七ウ

右左右肩

指天落居（中略）ア振天西向天北違肘右見左跪東向右廻重右上左下右足搔振

＊天イ肘右足披天左伏肘左足披天右伏肘右足（下略）」八オ

＊「天」を朱筆で見せ消ちし、「此前脱」と朱筆注記。

ｉ　寛文本　巻四　十五丁表〜十六丁表

ウ北違肘右見右跳西向左廻重左上右下左足搔（中略）落居天寄天下合天上見天鉾ヲ取右手左頭ニ取天東ヨリ北廻向右左右足持」十五オ

上天先前ヘ走尻走下天上見（中略）南ヘ振寄天右突右足北向鉾立

破一帖」十五ウ

エ北向天手合天東向天左去肘左足右去肘打加天下合天北向天左伏肘左足披天西向天右去肘右足右去肘打加天下合天北向天

右伏」十六オ

ｃの脱落箇所の前後に傍線を付してアイとし、ｉの冒頭と末尾に破線を施し、ウエとした。これに対応する箇所の元文本は、次のようになっている。

・元文本　巻下「散手」

序一帖　略一帖。執鉾様、常不舞之。

北向天左右手合天左肩ニ係下右足右肩懸下左足退左右去肘●右足搔（中略）伏肘打改天左去肘打替天下天北向天指〈右足／跂〉右左右肩指天落居●（中略）ア振天西向天北違肘〈右見／左跳〉東向右廻重●〈右上／左下右／足搔〉振

ウ北違肘〈右見／右跳〉西向左廻●重〈左上右下／右足搔〉●（中略）落居天寄天下合天上見天鉾ヲ取●右手左頭ニ取天東ヨリ北廻向左右足持上天前ヘ走尻走下天上見●（中略）南ヘ振寄天右突●右足北向鉾ヲ立

破一帖

エ北向天手合天東向天左去肘●左足右去肘打加天下合天北向天左伏肘●左足披天西向天右去肘●右足左去肘打加天下合天北向天右伏イ肘●右足披天左伏肘●左足披天右伏肘●右足（下略）

寛文本と対応する箇所に傍線と破線、及びア～エの記号を付した。これを見ると、寛文本には拍子点が少なく、両者の間には若干の異同があるものの、元文本では、寛文本cの傍線アとi冒頭の破線ウに相当する箇所が連続しており、またi末尾の破線エとcの傍線イと対応する箇所とが直接つながっていることが看取される。このことから、破線ウエの間に記されるiの舞譜は、本来は巻三cの傍線アイの間にあるべきものと推定される。つまり、iは、先のgと同じく、巻三の本文が巻四に混入したものと判断できるのである。

以上、寛文本『掌中要録』に見える脱落等のa～iの九箇所について検討した。その結果、巻三・四は、舞譜の途中までの記述で終わっているため、叙述が完全でない印象を受けるものであること、また巻四には、本来他巻にあるべき目録や舞譜が混入していることが判明した。a～jは、丁移り（e・f・h・i）や丁の表と裏の間（c）、巻末（d）などの脱落が起こりやすい箇所のみでなく、丁の途中（a・b）や行の半ば（g）等で生じているため、『掌中要録』全体としてみた場合、本文は錯綜しているといえる。なお、脱落や錯簡の切れ目が丁の途中や行中に存在することからすると、本文の脱落、混入は寛文本の親本以前に生じており、寛文本は錯簡のある本文をそのまま写したものと考えられる。

寛文本巻三・四のこのような状態は、まさに元文本の識語で「編帙錯簡」「首尾不全」と評されるものといえよう。だからこそ、本文を完備した豊原倫秋所持の楽人本『掌中要録』からの書写が要請されたのであった。

おわりに

以上、本稿では、『書物方日記』の記事を手がかりに、紅葉山文庫でなされた元文五年の『掌中要録』の書写について検討し、あわせてすでに文庫に所蔵されていた写本についても考察を加えた。

本稿での考察により、楽書が紅葉山文庫に納められるまでの具体的な例をうかがうことができた。「はじめに」で述べたように、『元治増補御書籍目録』で楽書に分類されている十点のうち、六点までが吉宗の時代に文庫に収蔵されたものであった。吉宗は、楽人所持の楽書に接した際には、楽人に写本を作らせて提出させた。東儀季敦より献上の『舞譜』がそれである。

『掌中要録』の場合は、文庫に所蔵されていたものの、それには欠巻などの不備があったため、別に写本を探索し、幕府と関わりの深い楽人を介して入手し、新たに写本を作成して、それを文庫に納めたのであった。

紅葉山文庫所蔵の書物には、探索、入手、写本作成、文庫への収蔵、書写のもととなった本の所蔵者への返却、という、本書と同じ経緯をたどったものも少なくなかったであろう。『掌中要録』の場合には、大嶋近江守以興が新たな写本の作成を口にしてから、実際に書写されて文庫に収蔵されるまでに二年の時日を要した。それは、楽書が市中に流布するようなものでなく、楽人が各々の家に伝わるものとして秘蔵することもあるような性質をもったものであったためかとも推測される。

また、「編帙錯簡」があるとされた文庫所蔵の『掌中要録』について検討した結果、寛文六年に書写された奈良より伝来の「楽書」二十二冊中の『掌中要録』は、欠巻があるのみならず、記事の脱落や混入等がまま存する、錯綜した本文をもつものであることを明らかにした。

『掌中要録』は、狛氏の舞楽の譜を集成したものとして貴重な存在である。本稿で取り上げたほかにも、伝本や成立等、取り上げるべき問題は多いが、それらについては後考を期したい。

〈注〉

(1)『日本古典音楽文献解題』（講談社、昭和六十二年）。
(2)田鍬智志氏「舞譜『掌中要録』における身体動作の解釈をめぐる諸問題」、『音楽学』四五―二、平成十二年。
(3)前掲注（1）参照。
(4)前掲注（2）参照。
(5)福井保氏『紅葉山文庫』（郷学舎、昭和五十五年）、藤實久美子氏『近世書籍文化論―史料論的アプローチ―』（吉川弘文館、平成十八年）。
(6)前掲注（5）藤實氏著書。
(7)『徳川幕府蔵書目』七（ゆまに書房、昭和六十年）に拠る。
(8)『書物方日記』によれば、「舞譜」は享保十九年、他の五点はいずれも元文五年に文庫に納められている。
(9)太秦昌倫次男で、豊原資秋の養子となる。元禄十一年（一六九八）生。享保十八年、伊賀守。明和七年（一七七〇）卒（『地下家伝』）。
(10)前掲注（5）藤實氏著書。
(11)『書物方日記』、前掲注（5）福井氏著書。
(12)『書物方日記』の引用は、『大日本近世史料』に拠る。
(13)『書物方日記』同日条。

(14) 請求番号：特五六・四。
(15) 紅葉山楽人。太秦姓東儀氏の兼伴三男で、安倍姓東儀氏季永の養子となる。貞享三年（一六八六）生。宝永七年（一七一〇）、左京権亮。享保十三年、従四位下。寛延四年（一七五一）卒（『地下家伝』）。なお、『書物方日記』の享保十九年九月二十日条には「左京允」とあるが、「左京亮」の誤りか。
(16) 紅葉山楽人、東儀兼傅（溥とも）。東儀兼伴四男。はじめ兼方、兼亮と改名、のち兼傅。元禄五年生。享保九年、筑後守。同十六年、従四位下。宝暦十年（一七六〇）卒（『地下家伝』）。
(17) 請求番号：特一〇二乙・七。
(18) 辻近恒男。延宝四年（一六七六）生。享保十六年、豊前守。宝暦七年卒（『地下家伝』）。
(19) 『書物方日記』元文五年三月二十四日条。
(20) 『書物方日記』同年四月五日条。
(21) 『日本音楽大事典』（平凡社、平成元年）。
(22) 『有徳院殿御実紀』、『有徳院殿御実紀附録』。
(23) 『書物方日記』同年四月七日、九日条。「から打」は、生紙を書写に適するように打紙のような加工を行ったものか。
(24) 『書物方日記』同年閏七月一日条。
(25) 楽人本は同月十七日に大嶋近江守へ渡されているので（『書物方日記』閏七月十七日条）、その後楽人へ返却されたのであろう。
(26) 次節参照。
(27) 『楽道撰書』七、昭和十八年。
(28) 『書物方日記』同年閏七月九日条。
(29) 前掲注（1）解題には、「他に三ないし四巻程あったものと考えられる」とある。
(30) 『教訓抄』巻二。
(31) 『教訓抄』巻二。
(32) ただし、目録に掲載される曲のうち、「桃李花」のみ楽譜が載せられていない。

(33)　後のものではあるが、室町期に狛正葛によって編まれたと思われる『竹儛眼集』も、「入舞譜」として、退場楽のみに一巻をあてている。狛正葛は朝葛の系譜に連なる人物なので、『竹儛眼集』は『掌中要録』を先例としたとも推測される。『竹儛眼集』については、拙稿「『竹儛眼集』について―狛氏嫡流の楽書―」(伊井春樹氏編『日本古典文学研究の新展開』笠間書院、平成二十三年)参照。

(34)　譜中の圏点、合点等は特に断らない限り、すべて朱筆である。以下、同様。

〔付記〕　本稿は、平成二十六年度ＪＳＰＳ科学研究費補助金(２５３７０２４８)による研究成果の一部である。

「さとのあま」阿波歌枕伝承生成考

福島　尚

はじめに

阿波国の歌枕といわれるものに「さとのあま」がある。そのことを記す文献で最も早いものは、中世の名所歌集『歌枕名寄』である。該当箇所をひとまず、万治二年刊本を底本にする新編国歌大観本によって引用すると次のようである（なお、渋谷虎雄『校本謌枕名寄本文篇』桜楓社・一九七七年も参照）。

里海人

後拾十二　実方

八八一六　浦かぜになびきにけりな里のあまのたくものけぶりこころよわさに

新勅六　八条院高倉

八八一七　里のあまのさだめぬ宿もうづもれぬよするなぎさの雪のしら浪

続後六　蓮生法師

八八一八　さとの海士の波かけ衣よるさへや月にも秋はもしほたるらん

同十九　寂蓮法師

八八一九　里の海人の焼きすさびたるもしほ草又かきつめてけぶりたてつる
続古四　　　　　　　　　　　　　後鳥羽院

八八二〇　里の蜑のたくものけぶり心せよ月のでしほのそらはれにけり
新後十三　　　　　　　　　　　　藤原雅顕

八八二一　さとのあまのかり初なりし契りよりやがてみるめのたよりをぞとふ
同十六　　　　　　　　　　　　　法皇御製

八八二二　とはばやなうらみなれたる里のあまもころもほすまはなき思ひかと
鹿島社十一首　擣衣　　　　　　　平済時

八八二三　浦なみになれて塩くむ里のあまのいかにほすまかころもうつらん
帰雁　　　　　　　　　　　　　　定家

八八二四　里の蜑の塩やきごろも立ちわかれ(かへりイ)なれしもしらぬ春のかりがね
鶯　　　　　　　　　　　　　　　家隆

八八二五　浦風に花もにほはぬさとのあまのしばのかきねにうぐひすぞなく
平重時

八八二六　里のあまのつむや塩木のいくへまでかさねてからき物おもふらん

例えば、有吉保編『和歌文学辞典』（桜楓社）の歌枕の項には、名所歌枕の主な用法として、「歌枕が特定の景物と結びつくもの（例えば龍田川と紅葉）、歌枕がある特定の印象を伴っているもの（古びた長柄の橋）、歌枕から掛詞的に他の意味を連想するもの（逢坂と逢う）などがある」とあるが、「さとのあま」がどのようなイメージを伴って用いられるのか、また「さとのあま」が阿波国のどこに比定されるのか、『歌枕名寄』の記述だけでは必ずしも明らかではない。里村昌琢編『類字名所和歌集』、内海宗恵編『松葉名所和歌集』、尾崎雅嘉編・谷川于喬補注『増補松葉名所和歌集』等の後続の名所歌集も「里（の）海士」を阿波の名所として載せるが、『歌枕名寄』所載の例歌に若干の加除がある他は取り立てての説明もない。また、岩波書店版『契沖全集』に収められる『類字名所和歌集』を起点とした名所研究にも、『類字名所補翼鈔』に「里海人」の項（巻六）をたてて三首の例歌を記し、うち一首（『夫木和歌抄』三一八二一番）を、「鳴門浦」の項（巻三）に載せている外は、格別の説明もない。阿波国の歌枕「さとのあま」にはどのようなイメージが付随するものなのか、またその所在はどこなのか、目にし得た先行研究を参考にしながら考えてみたい。

一　『後拾遺和歌集』七〇六番実方詠歌

「さとのあま」という用語の初見は、『後拾遺和歌集』恋二に収められる次の歌である。新編国歌大観本によって引用する。

かたらひ侍けるをむなのことひとにものいふとききてつかはしける　藤原実方朝臣

七〇六　うらかぜになびきにけりなさとのあまのたくものけぶり心よわさは

この歌は、『実方集』にも見られる。新編私家集大成の解題によれば、『実方集』は、次の各系統・各類に分類できるという。各系統・各類の下に記すのはそれぞれの代表本である。

第一系統

第一類　群書類従本

第二類　（1）冷泉家時雨亭叢書『平安私家集　十』所収の枡型本「実方朝臣集」

（2）冷泉家時雨亭叢書『平安私家集　十二』所収の素紙本「実方中将集」

（3）冷泉家時雨亭叢書『平安私家集　七』所収の色紙本「実方中将集」

第二系統　冷泉家時雨亭叢書『素寂本私家集・西山本私家集』所収の素寂本「実方中将集」

第三系統　冷泉家時雨亭叢書『資経本私家集　三』所収の「実方朝臣集」

第四系統　天理図書館蔵伝藤原定家筆本

これらから該当歌を新編私家集大成および冷泉家時雨亭叢書によって示すと、第一系統第一類　群書類従本では、

小弁といふ人に、ことひとのものいふときゝて

一四三　浦風になひきにけりなさとのあまの　たくものけふり心よはさは

第一系統第二類（1）桝型本「実方朝臣集」では、

小弁といふにこと人ものいふときゝて

（歌　欠）

第一系統第二類（2）素紙本「実方中将集」では、

小弁といふ人に人ものいひけれは

後拾　うら風になひきにけりなさとのあまのたくものけふり心よはさは

第二系統　素寂本「実方中将集」では、

小弁、コト人ニモノイフトキ、テ

一五七　ウラ風ニナヒキニケリナサトノアマノ　タクモノケフリコ、ロヨハサハ

第三系統　資経本「実方朝臣集」では、

内みやつかへしける人の、さとて（に）、人にものいひけ

りなとき、て

後拾遺　六八　うら風になひきにけりのさとのあまのたくものけふりこ、ろよはさは(な歟)

かへし

六九　さとのあまのなひくけふりもなきものをきみかたもとのぬれきぬかもし

とある。

北村季吟『八代集抄』には、「里の蜑、阿波名所也。あまの藻をたく煙のなびくを、彼女の心よわさにそへて也。師説、女の貞心ならぬを恨也」と注して「さとのあま」を阿波国の歌枕とし、犬養廉・後藤祥子・平野由紀子『平安私家集（日本古典文学大系28）』（岩波書店・平成六年）は、「里の海人　阿波国の名所。海人の里の意で、里浦という、蜑塚がある」と注するが、川村晃生『後拾遺和歌集』（和泉書院・平成三年）、藤本一恵『後拾遺和歌集全釈』（風間書房・平成五年）、竹鼻績『実方集注釈』（貴重本刊行会・平成五年）、久保田淳・平田喜信『後拾遺和歌集（日本古典文学大系8）』（岩波書店・平成六年）、犬養廉・平野由紀子・いさら会『後拾遺和歌集新釈』（笠間書院・平成八年）等の諸注はこれに否定的で、「さとのあま」を普通名詞として解釈する。右の実方詠は「かたらひ侍けるをむな」（『実方集』では小弁）が他の男に心を移したのを恨んでのもので、「浦風」によって「里の海士が焚く藻塩の煙」が靡くのを比喩に用いて、他の男に女がなびいたことを女の「心弱さ」として責めている歌であって、「さとのあま」に特別に名所としてのイメージを投影させる必要もないので、普通名詞説に従うべきであろう。竹鼻績『実方集注釈』によれば、内裏の外で女が他の男と親密になったので「里の海人」といったという。

ちなみに、『平安私家集（日本古典文学大系28）』が、「里浦といい、蜑塚がある」というのは、徳島県鳴門市里浦町里浦の城ガ峰西麓にある「あま塚」のことを言っているようである。徳島毎日新聞（今の徳島新聞の前身）の記者だった石毛賢之助（一八六三～一九一九）が明治四十一年（一九〇八）に著した『阿波名勝案内』（黒崎書店）なる書がある。いま、大正五年に阿陽新報社から刊行された訂正再版本の一九七九年歴史図書社による復刻版についてみるに、板野郡之部に「蜑屋敷」「あま塚」の両条があり、次の如くに言う。

◎蜑屋敷＝海上神　里浦村にあり日本書記（マヽ）曰〈中略。允恭紀十四年九月十二日に見える、阿波長邑の海人の男狭磯（おさし）が、天皇の淡路島での狩りを成功させるため、赤石（明石）の水深六十尋の海にもぐり、島の神にそなえる真珠をもった大鰒（あわび）をだきあげたが、その直後に死んだので、天皇はその死をかなしみ墓をたてさせたという故事を引用〉里村は往事長邑と呼びけるを、当時叡感斜めならず永久免訴の恩命を蒙りしも、朴直を尚び忠義を重んずる海士人なれば固く之を辞し奉りしにより、特に里の字を賜はり爾来里海人の名に呼び其名世に聞こゆるに至りしなり、男狭磯の墓は古称八幡林の区域内なる蜑屋敷にあり、里人之を男狭磯様と呼び崇敬する茲に年あり、蜂須賀光隆も特に此名跡を訪ひ、八幡神社馬場に桜樹を写し植ゑ国風数首を詠ず

田となりし昔の跡の稲むしろ心ある海士屋敷忍ふらん

古への蜑の屋敷も荒れはてゝ名のみ残りし磯崎の松

斯くて星霜を重ぬる程にいつしか其墓処も荒廃に帰したりしを、慶長年間仝村字花面の天神社境内に移し、海上神として改め祀るに至りたり、天保五年志士近藤利右衛門なる者蜑屋敷に存する古井の遂に湮滅に帰せんを憂ひ、「里浦蜑之井碑」を建て男狭磯の績を簡明に録せり、曩に村内十四社を悉く村社八幡神社に合して一と為すに当り、花面なる天神社境内より練石より成る壺形の一古墳と共に移し一小宇を建立して石碑をも共に保存しつ以て今日に至れり、左に古来伝ふる処の和歌数首を抄出す〈以下略、「里海士」を詠んだ歌を列挙〉

◎あま塚　里浦村城ヶ峯の麓老松の下にあり、元禄年間の改築にかゝる花崗石の五重の塔は、名のみの一小宇僅かに之れを蔽ひ、塔側には小庵ありて香華をひさぐ、あま塚は海士塚にて男狭磯の墓と云ひ、或は尼塚にて清少納言の墓と称し、後者につきては殊に牽強付会の説を伝ふるも、〈中略〉清少納言の墓は現に讃岐国琴平

町にあれば、あま塚を清少納言とせるは誤にて、男狭磯の墓また別に存するを見れば、二者其何れの墓にも非ざるは疑ひを容れず、〈以下略〉

この遺跡は、鳴門市里浦町里浦に現存する（徳島県の歴史散歩編集委員会『徳島県の歴史散歩』山川出版社・二〇〇九年、「鳴門と板野」の「十二神社」の項参照）。

それはともあれ、右の実方詠に関して注意しておくこととして、この歌が藤原範兼『後六々撰』、藤原俊成『古来風体抄』（初撰本）、藤原定家『定家八代抄』、後鳥羽院『時代不同歌合』に秀歌として撰入されていること、また、竹鼻績『実方集注釈』の指摘にあるように、この歌は伊勢物語第百十二段（また古今和歌集七〇八番）の「すまのあまのしほやく煙風をいたみおもはぬ方にたなびきにけり」の影響をうけたもので、その「発想は新鮮とはいえない」が「たく藻」「さとのあま」という表現が実方以前に用例がなく、「表現に実方の独自性が見られる」もので、「さとのあま」が新古今時代の代表歌人たちに用いられていることが挙げられる。実方詠の「さとのあま」は和歌名所ではないが、和歌の表現としては注目されるものであり、当該歌の影響は大きいようである。

二 「さとのあま」の平安時代の用例

実方詠に次いで見られる「さとのあま」の用例は次のようである。

『狭衣物語』巻三「女二の宮の曼荼羅供養・八講の夜、狭衣、（尼となって狭衣から離れた）女二の宮に近づく」（日本古典文学大系本）場面、

〔狭衣〕「こゝら聞こえさすることどもは、聞かせ給はぬか。いかにも〳〵、御けはひを、聞かせ給はましかば、すこしもなぐさみぬべきを。あさましくも侍かな。いとかくては、なか〳〵心誤りも侍りぬべし。たゞひとへに、罪重きものに、おぼし果てられたれど、つらさの数は、こよなく見えさせ給。なほ、いかにし侍らん」と

て御手をとらへて、

〔狭衣〕「藻刈舟なほ濁り江に漕ぎ返りうらみまほしき里のあまかな

いかにとものたまはせよ」とあれど、〈中略〉これは、世をおほけなく思し捨てしかば、今はかたぐに、たゞ、

〔女二の宮〕残りなくうきめかづきし里のあまを今くり返し何うらむらん

とのみ、わづかに思ひ続け給へど、〈以下略〉

この例では、「さとのあま」の「あま」に「海士」と「尼」とが懸けられ、尼になった女二の宮が里にいるので「さとのあま」というばかりで、格別そこに名所は意識されてはいない。

『肥後集』〈新編私家集大成〉

一〇七　はしふねに、いねといふものつみて（す）きゆくをみて

さとのあまのうらつたいするいなふねのほのめきわたる秋の夜の月

『待賢門院堀河集』〈新編私家集大成〉

おはしましてをりにもにす心ほそくあはれに、御所のかたにも人のをともせす、ひきかえあらぬ世の心ちして

一二五　ちかのうらの君もなきさにかへりきてなみたにしつむさとのあま人

『肥後集』は、康和四年（一一〇二）ごろ自撰されたものとされる。右の例では「さとのあま」は「里に住む海人」というほどの意〈久保木哲夫・平安私家集研究会『肥後集全注釈』新典社・平成十八年を参照〉で、ここに特別に名所としてのイメージを投影させる必要はない。『待賢門院堀河集』は、主君待賢門院璋子（一一〇一〜一一四五）の崩後一両年ごろに自撰されたものに、久安百首の作が増補され、堀河の死後、転写の途上での錯簡などにより、構成に混乱の生じたものが、現存本の形態であるといわれている。当該歌は、待賢門院の死を悼む歌。堀河は待賢

門院の落飾に従い出家してたので、ここにいう「さとのあま人」とは堀河自身のことであり、ここに名所としてのイメージはない。前掲『肥後集全注釈』に、「里の海人」についてのかなり詳細な補説がついている。そこでは前掲の実方詠歌、『狭衣物語』の例を引いた上で、

鎌倉時代に原形が成立したと言われる『歌枕名寄』には「阿波国」の歌枕として「里海人」がある。それを詠んだ歌の例として、実方の歌を最初に取り上げているのであるが、「里海人」が実方の時代から完全に歌枕として意識されていたのかどうか、その名の地が本当に阿波国であったのかどうか、疑問も多い。

という。同感である。そうして、『肥後集全注釈』は、この歌枕説との関わりで注目されるものとして、次に示す『清輔集』の例を挙げる。新編私家集大成本によって引用する。

讃岐のさと海庄に、造内裏の公事あたりたりけるを、守季行朝臣はしたしかるへき人也けれは、いひつかはしける

四一九　松山のたよりうれしき浦かせに心をよせよあまのつり舟

このうたのとくにゆるしてけり

里海といふ所をしりけるか、たかふ事ありけるをとふらひたまふとて、宇治前大僧正覚忠のもとよりつかはしたりける

四三九　夜とともに心はかりやこかるらんふねなかしたる里のあま人

かへし

四四〇　はるかさんかたもおほえす里のあまの焼もの煙下むせひつゝ

このいのりに、かしこにいまする神にあふきをたてまつるとて、かきつけゝる

四四一　浦かせはよもにふくともさとのあまのもしほの煙うるはしみたて
　其後ほとなくなをりにけれは、神のしるしとよろこひけらし

これらの読解には、『肥後集全注釈』の所説のほかに、芦田耕一『清輔集新注（新注和歌文学叢書）』（青簡舎・二〇〇八年）をも参照した。『肥後集全注釈』は、これらに、清輔と親交があったと考えられる素覚（藤原家基）の『夫木和歌抄』一三二一四番歌（新編国歌大観による）

　もしほ草
　　里のあまといふ所を　桑門　法印素覚
もしほ草かきあつめたるかひありてみるめうれしき里のあま人

をあわせて、

これらの資料から推測するに、讃岐国に「里海」なる荘園があり、「里海」は「さとのあま」と訓まれ、おそらくは藤原清輔の荘園であった。この「里海庄」には「人麿影供」の継承問題との関わりが存し、その方面から佐々木孝浩氏が詳細に論じられている（「人麿影の伝流―影供料里海庄をめぐって―」和歌文学研究　第六十号　一九九〇年六月）。

という。『清輔集新注』は、四一九番歌語釈に「さと海庄」は「讃岐国の荘園。所在地未詳。もともと後一条天皇の乳母藤原美子の私領であったが、その後本家職は摂関家渡領として相伝され、領家職は数代の相伝を経て顕季家が領有するようになったとされる」と注し、四四〇・四四一番歌注に参考歌として、『後拾遺和歌集』七〇六番実方詠歌を指摘する。別に、『香川県史　第一巻　原始・古代』（香川県・昭和六十三年）の「第八章　荘園と公領　第二節　寄進地系荘園の成立」および『香川県史　第二巻　中世』（香川県・昭和六十三年）の「第二章　荘園の時代　第一節　讃岐の荘園」を見れば（『香川県史　第八巻　資料編　古代・中世史料』香川県・昭和六十一年に根拠となる史料を所

収）、

里海荘については、同目録（引用者注、『摂籙渡荘目録』）に「讃岐国 里海荘 免田五町 年貢二十五石」とみえており、かなり小規模な荘園であったことが知られる。中御門宗忠の日記『中右記』保延元年（一一三五）五月六日条に「御堂御庄里海下司事」とみえるのが初見であるが、藤原兼仲の日記『兼仲卿記』（勘仲記）の弘安七年（一二八四）三月記の紙背文書に二点の関係文書があり、立荘や寄進の経緯、領家の所在などを知ることができる。次に、関係の箇所を掲げる。

□□妙意謹んで申す、

東北院御領讃岐国里海庄、九代相伝證文の道理に任せ、領掌すべき由を仰せ下されん□□（と請う）子細の事、

□巻　相伝證文案　藤三位局より光衡法名妙意、に至る次第相承、

□通　院宣案　文永五年

□通　影相伝系図

□件の庄は、後一条院御乳母藤三位局の私領なり、しかるに□□（後代の）牢籠を断たんがため、本家職を上東門院へ寄進し、東北院領に宛て置かる、□□（藤三）位猶これを知行す、次に憲房に譲る、次に憲房は敦憲法名教舜、に譲る、次に敦憲は女子文章博士行盛妻、に譲る、次に女子は又息女清輔室、に譲る、次に彼の息女は夫清輔朝臣顕輔卿息、に譲る、□清輔は季経卿法名蓮経、に譲る、次に季経卿は保季卿法名寂賢、に譲る、次に保季卿は□（妙）意に譲りおわんぬ、藤三位局より妙意に至り、九代相伝更に違乱なく知行せしむる、□□

所帯証文明鏡なり、（以下略）

右文書は、妙意（俗名藤原光衡）の申状の一部である。後半部を欠いているので確かな年紀はわからないが、

もう一点の関係文書は同人の建治二年（一二七六）後（閏）三月日付けの申状であり、それと同じころのものとみられる。右に抄出した記事によれば、里海荘はもともと、後一条天皇（在位一〇一六〜三六年）の乳母藤三位局の私領であったが、所有権を確保するため、天皇の母であり局にとっては主人に当たる上東門院彰子へ本家職が寄進され、女院創建の東北院の寺領に宛てられたものであることがわかる。領家職は局が留保し憲房なる人物へ譲与され、次第に相続されて妙意に至っている。寄進者の藤三位局は『尊卑分脈』惟孝・説孝孫に「後一条院御乳母、従三位」として名がみえる藤原美子である。兄弟の惟憲は摂関家最盛期における道長・頼道父子の近臣として著名な人物であり、父方の叔父宣孝は『源氏物語』の作者、紫式部の夫である。二人の間に生まれた女子も後一条院の乳母となり従三位に叙せられて大弐三位と呼ばれている。彼らの家は藤原北家の庶流高藤流に属するが一門の氏寺により勧修寺流と呼ばれ、代々、摂関家の家司（家臣）として活躍した。惟憲の嫡子として憲房がいる。憲房も長暦三年（一〇三九）六月の内裏焼亡に際しては官職は讃岐守に過ぎなかったが、上東門院と皇太子に自邸を提供するなど（『栄花物語』巻三十四）、女院と関わりの有った人物である。右の申状によれば、里海荘の領家職は藤原美子からその甥の憲房へ伝領されたことになるが、讃岐守であったことからみて実際には憲房が叔母を通じて私領を寄進したものとも考えられる。憲房から当荘を伝領した敦憲は同人の嫡子である。その後、里海荘は二代にわたって女子に相伝され、婿家先の閑院流藤原氏の所領となっている。室町時代の歌人、東常縁の著作『東野州聞書』によれば、当荘は永久六年（一一一八）に初めて行われた柿本人麻呂の影（肖像画）を祭る人丸影供の料所に宛てられ、閑院流藤原氏が影とともに相伝したという、前出の『兼仲卿記』紙背文書二点は同氏内部で、人丸影の相伝と絡まって里海荘の領家職の所有が争われた際の一方の当事者である妙意の申し分を記したものである。

讃岐国の荘園で比定地が明らかでないものに摂関家領里海荘がある。同荘は、中御門右大臣宗忠の日記『中右記』の保延元年（一一三五）五月六日条に「御堂御庄里海下司の事」と見えるのが初見である。のち、暦応五年の摂籙渡荘目録に見え、藤原道長の長女彰子創建の東北院の寺領として藤氏長者が管理する殿下渡領に属していた。建治二年（一二七六）閏三月日の妙意申状（『兼仲卿記』紙背文書）によれば、里海荘は後一条院の乳母藤原美子が、主人の一条中宮上東門院彰子へ本家職を寄進し、東北院の寺領に充てられたものである。領家職は美子に保留され、のち、顕季流藤原氏が相伝した。讃岐国の荘園のなかでもっとも起源を遡ることのできる荘園である。なお、同文書及び東常縁の『東野州聞書』によれば、里海荘は、柿本人麻呂の影（肖像画）を祭る人丸影供の料所にも充てられていた。

と詳述されるところである。こうなると『清輔集』においては、『肥後集全注釈』がいうように、讃岐国に「里海」なる荘園があり、「里海」は「さとのあま」と訓まれ、それが藤原清輔の荘園であったことは確定的である。ただし、この『清輔集』の場合、『後拾遺和歌集』七〇六番歌を意識して「里海」をことさらに「さとのあま」と訓んでいるのだから、これによって里海荘が、即、歌枕「さとのあま」であるとまではいえないであろう。なお、『肥後集全注釈』は、地名と関連する歌として、『夫木和歌抄』三一八二番（新編国歌大観による）の

家集　海辺水鶏　　　　　　　　　　　　　　源仲正

里のあまはなるとの浪にみみなれてたたくくひなにおどろかずとか

を引いて、「この場合の「里のあま」は、歌枕を意識しているとも、単に「田舎の海人」程度の意味とも考えられる」として、

このように、「里のあま」「里のあま人」の用例は、平安後期以降少なくないが、歌枕かどうか、また語意や用い方も、今一つ判然としない。

とまとめている。

三 「さとのあま」の新古今時代の用例

先述した如く、「さとのあま」は新古今時代には定家をはじめとした代表歌人たちに用いられていることが指摘されていたので、その実例を次に見てみたい。本文は新編国歌大観本によるが、場合によっては新編私家集大成を参照し本文を改めた場合がある。

『長明集』

海辺擣衣

三九 月きよみいその松がねきぬたにて衣うつなり里のあま人

『言葉集』

公通卿家にて、晩霞といふ事、人人よみ侍りけるに

藤原定長

二二七 さとのあまのとなりたづねにこぎゆけばかすみたちめくあはのしま山

『続後撰和歌集』羈旅歌

旅の心を

寂蓮法師

一三二四 さとのあまのたきすさびたるもしほ草又かきつめてけぶりたてつる

『山家集』恋部

六九三 いそのまになみあらげなるをりをりはうらみをかづく里のあま人

『正治後度百首』

従四位上守大蔵卿兼行春宮亮丹後守臣藤原朝臣範光上　雑部
海辺五首の第五
一八〇　哀なりたれをみるめとたのまねどいへどなぎさの里のあま人
『秋篠月清集』旅部
旅歌よみける中に
一四七一　なれにけりひとよやどかすさとのあまのけさのわかれもそでしをれつつ
『卿相侍臣歌合』建永元年七月
海辺月　廿番
右勝　雅経朝臣
四〇　里のあまの袖にくだけぬ影をみん岩うつ浪のあらいその月
『明日香井集』（雅経）
百日歌合毎日一首後不見建保二年七月廿五日始之
塩木
七一七　うらちかきやまぢにもまたなれにけりしほきこりつむさとのあま人
『冬題歌合』建保五年
冬海雪
卅六番　右勝　高倉
七二　さとのあまのさだめぬやども埋もれぬよするなぎさの雪の白浪
『道助法親王家五十首』

秋

擣衣幽　　但馬守源家長

六三四　里のあまの塩やき衣うつ音もまどほにひびく風のつてかな

雑

海旅　　法印権大僧都定範

一〇四四　うきねする一よの袖をほしかねておもひしらるるさとのあまびと

『拾遺愚草』下　部類歌

春

海辺帰雁

二一五〇　さとのあまのしほやき衣立別なれしもしらぬ春のかり金

『壬二集』（家隆）

浦鶯

一五四七　浦風に花もにほはぬ里のあまの柴のかきねも鶯ぞなく

夏

二二六六　さとの海士の夏の衣ををるなみの日かげも薄く浦風ぞふく

『楢葉和歌集』

仁和寺宮五十首の歌よませ給けるなかに　法印定範

六五七　こころある人にやどかすさとのあまやよそのたもとに月をみるらむ

『後鳥羽院御集』詠五百首和歌

秋百首

七五九　里のあまのたくものけぶり心せよ月のでしほの空はれぬなり

前節で見た「さとのあま」の平安時代の用例と比較して気づくのは、新古今時代の用例はいずれも題詠の中で用いられていて、語の性格上当然ではあるが基本的に海辺の景を詠む場合に用いられている。ひなびた海辺のイメージを伴っているようにも読める。ただ右の「さとのあま」の諸用例が特定の場所と結びついているかというと、ほとんどは前節で見た用例と同様に普通名詞的であり、それを特別に阿波国の名所として見なければならないというわけではない。唯一、阿波と関わりを見いだせそうなのは、『言葉集』二二七番の「さとのあまのとなりたづねにこぎゆけばかすみたちめくあはのしま山」であるが、これも前節で引用した『夫木和歌抄』三一八二番「里のあまはなるとの浪にみみなれてたたくくひなにおどろかずとか」と同様に、それが場所を意識しているのか単なる「田舎の海人」程度の意味なのか判然としない。

四　なぜ「さとのあま」は阿波国の歌枕とされるのか

このように見てくると、『歌枕名寄』のいう阿波国歌枕説は根拠薄弱な妄説ということになる。しかしそうであるにしても、なお問題にしたいのは、なぜそんな妄説が生成し、まことしやかに例歌と共に、『歌枕名寄』・『類字名所和歌集』・『松葉名所和歌集』・『増補松葉名所和歌集』と名所歌集の世界で伝承されてゆくのかということである。

ひとつ考えられるのは、名所歌集というものは、題詠を前提として成立しているものであり、題詠の場で「さとのあま」が用いられるとすれば、それが和歌名所であるかどうかはしばらく問わないことにすると、前節の新古今時代の諸用例のような詠み方がされることになるであろう。そこで、『夫木和歌抄』三一八二番の源仲正の歌や

『言葉集』二二七番の藤原定長（寂蓮）の歌のようなものに遭遇すると「さとのあま」を「なると」や「あはのしま山」とかかわる場所として考えてしまう可能性はなかったであろうか。「鳴門」や「阿波山　島　島山　小島」は『歌枕名寄』では阿波国の歌枕として載せられている。そして「さとのあま」が場所にかかわる語だと考えてしまうと、普通名詞「さとのあま」が歌枕のように見えてくるのではないだろうか。そのような誤解を抱いて題詠の世界の中で用いられる「さとのあま」の源流をたずねれば、そこに『後拾遺和歌集』七〇六番実方詠歌が発見されるのではないか。実方詠歌を『後拾遺和歌集』にしても『実方集』にしても詞書きとともにちゃんと読めば「さとのあま」を名所としての歌枕として考えることはむつかしいわけだが、現に季吟の『八代集抄』は名所和歌集の影響をうけてであろう「里の蜑、阿波名所也」と注してしまっている。『後拾遺和歌集』七〇六番歌の作者が実方であることも、このような誤解を後押ししているのかもしれない。源顕兼『古事談』には、殿上で藤原行成に狼藉をはたらいた実方が「歌枕見てまいれ」と陸奥守として左遷されたという説話（これは『十訓抄』などにも載る）や「奥州を経廻る間、歌枕見むが為に、日毎出歩」いて陸奥の歌枕「あこやの松」を探し歩いたという説話がある。伝承の世界では「歌枕見むが為に、日毎出歩」く実方像があった（例えば、鬼頭尚義「伝説の中の歌人　藤原実方」『國文学』第五十二巻十六号・学燈社・平成十九年十二月等を参照）。

一旦「さとのあま」阿波国歌枕説が、『歌枕名寄』・『類字名所和歌集』・『松葉名所和歌集』・『増補松葉名所和歌集』等の名所和歌集で認知されると、近世に刊行されたそれらの書の流布によって「さとのあま」阿波国歌枕説は市民権を得ていったと思われる。江戸幕府の調進命令の下作成された慶長度の阿波国絵図と推定される『阿波国大絵図』（徳島大学付属図書館蔵。平井松午・根津寿夫『絵図図録第三集　阿波・淡路国絵図の世界』徳島市立徳島城博物館・二〇〇七年、参照）には、鳴門海峡の部分に「里の海士」の地名表示がみえる（但し、撫養とは異なる場所に記される）。また、文化十一年（一八一四）に出版された『阿波名所図会』では、上冊の目録に「鳴門　阿波井神社　里海士〈撫養の里〈割注〉〉　磯嵜松　人麻呂社　清少納言塚（以下略）」のように記され、「撫養の里に人麻呂の社と清少納言の塚と併存す」という本文に対応させて見開き一丁分、

磯嵜　鳴門の脇撫養の里にあり

立かへりまたもなかめん里の海士のおもかわりすな磯嵜の尜　西行法師

里　同ニ

浦風になひきにけりな里の海士のたくものけふりこころよはさに　実方朝臣

の歌とともに、「磯嵜松」・「磯嵜」・「人麻呂社」・「清少納言の塚」・「里海士」の名の入った挿し絵が載せられている。この図会のように詞書きを伴わない実方詠歌をのみ目にする者は、これが「あまの藻をたく煙のなびくを、彼女の心よわさにそへて」「女の貞心ならぬを恨」んで詠まれた歌であることも気づかずに、単にひなびた「里海士」の光景を詠んだ歌のように理解したかもしれない。

「さとのあま」が阿波の鳴門の脇撫養の里にあると考えることが定着すると、先述の石毛賢之助『阿波名勝案内』にあるように、允恭紀十四年九月十二日の「阿波國長邑之海人　男狭磯」の故事を付会した「さとのあま」の伝承地・遺跡を残すまでに至るのであろう。『阿波名勝案内』にいう蜂須賀光隆（一六三〇〜一六六六）は、三代目の阿波藩主。和歌を愛好し歌道師範の飛鳥井雅章に学び、嫡子で四代目藩主の綱通の手によって没後に編纂された家集を『里蜑集』という（根津寿夫『秋の企画展　殿様の時代　徳島藩主蜂須賀家の政治と文化』徳島市立徳島城博物館・二〇一三年八月、参照）。また、天保五年に「里浦蜑之井碑」を建てた近藤利右衛門とは、当時港町として隆盛を極めた地元撫養の豪商。撫養城跡にある妙見神社の石造大鳥居を近江・陸奥の商人とかたらって建立した人物でもある。

『礦石集』巻第四末7話「尊勝陀羅尼功能ノ事」について

――先行作品との関わりから――

山崎　淳

はじめに

近世には様々な仏教説話集（いわゆる「勧化本」に含まれる）が、宗派を問わず編纂・刊行されていた。その膨大な数量と継続性は、後小路薫「増訂　近世勧化本刊行略年表」（『勧化本の研究』平成22　和泉書院／もとは『国文学解釈と教材の研究』49-5　平成16・4）を見れば、直ちに理解されよう。

その内容も、地蔵をテーマにしたものもあれば、薬師をテーマにしたものもあるなど、バラエティに富んでいる。まさに豊壌な世界が広がっているのである。近世に成立したであろう個々の説話の内容はどのようなものなのか、それらは仏教との関わりにおいてどのような意味を持つのか、小説や演劇などの同時代文芸と関わりは見出せるのか、見出せるのなら具体的にそれはどのようなものか。近世仏教説話集は、説話文学研究にとっても、仏教文学研究にとっても、近世文学研究にとっても、興味深い存在と言えるだろう。

また、近世仏教説話集には、古代・中世に成立した説話も少なからず収録されている。それだけでなく、出版という形で改めて世に広まった古代・中世の説話集もある。伝承されることが説話の重要なファクターであるならば、古代・中世説話の近世における受容と展開は、興味深いテーマとなり得るだろう。

しかしながら、現状は必ずしも芳しいものとは言えない。この点について、和田恭幸「コメント　近世文学の視点から―シンポジウムを終えて―」(『仏教文学』38　平成25・10／仏教文学会平成二十四年度支部十二月例会シンポジウム「寺社参詣の展開と変容―中世から近世へ―」)は、

勧化本の研究状況は、後小路薫氏が往生の素懐を遂げられたことによって完全に沈滞し、忘れ去られつつあるというのが偽らぬ現状であろう。

と、悲痛とも言うべき認識を示している。

こうした状況は、一朝一夕に解消されるものではないだろう。それでも研究に携わる者は、やはり一作品一作品、一話一話を丹念に分析し、そこから得られた知見を継続して発信していくほかない[(1)]。

以上の問題意識に基づき、本稿では、主に元禄から享保にかけて活躍した真言僧・蓮体(寛文三年(一六六三)～享保十一年(一七二六))の仏教説話集『礦石集』(元禄六年(一六九三)刊)に収められた1話を取り上げ、その説話がいかなる内容を持つのか、何に基づいているのか、どのような位置付けが可能なのか、といった点を検証していく[(2)]。

一　仏陀波利説話

『礦石集』巻第四末7話「尊勝陀羅尼功能ノ事」は、題目に明らかなように、尊勝陀羅尼をテーマに持つ説話である。『礦石集』巻第四末には、大仏頂・大随求・千手・宝篋印・尊勝の各種陀羅尼に関する説話が特集されている部分がある。本話はそうした中の一つである。

本話は、二つの部分からなり、前半と後半は「〇」の符号で分けられている。さらに内容から、前半は〔A〕善住天子、〔B〕仏陀波利、〔C〕弘法大師、の三つに、後半は〔D〕藤原常行、〔E〕尊勝陀羅尼の功能、の二つに便宜上分けることができる。この五つの中で最も分量が多いのは、〔B〕の仏陀波利説話で、全体の半分弱を占め

る。まず、この〔B〕の内容と典拠を確認することで、本説話検討の足がかりとしたい。

〔B〕の本文を次に挙げる（句点は原文のもの。各種傍線と会話文の「」は私に付した。なお文字はおおむね通行のものに改め、合字は開いた。〈〉は割注、／は割注の改行）。

昔シ仏陀波利三蔵ト云アリ。北天竺罽賓国ノ人ナリ。身ヲ忘レテ名山霊跡ヲ巡リ礼ス。文殊師利菩薩ノ震旦ノ清涼山ニ住シ玉フコトヲ聞テ。遠ク流沙ヲ渡テ来ル。大唐ノ高宗皇帝ノ儀鳳元年ニ五台山ニ登テ。虔誠ニ礼拝シ涙ヲ流シテ聖容ヲ見上ランコトヲ祈ルニ。倏焉トシテ一リノ老翁ヲ見ル。梵語ヲナシテ三蔵ニ語テ曰ク。「師何ノ求ムル所ゾヤ」ト。三蔵答テ曰ク。「聞ナラク文殊大士現ニ此ノ山ニ住スト。故ニ遠ク天竺ヨリ来テ瞻礼センコトヲ求ム」。老翁ノ曰ク。「師仏頂尊勝陀羅尼経ヲ将来ルヤ否ヤ。此ノ土ノ衆生多ク諸罪ヲ造ル。出家ノ輩ラ亦多ク破戒ナリ。地獄ニ堕スル者ハ牛毛ノ如ク。浄土ニ生ズル者ハ麟角ニ似タリ。仏頂神咒ハ滅罪ノ秘方ナリ。若シ経ヲ齎来ラズンバ何ノ益カアラン。縦使文殊ヲ見ルトモ何ゾ能ク識ンヤ。師西域ニ還テ彼ノ経ヲ取リ来テ此土ニ流伝セヨ。即是徧ネク衆聖ニ奉事シ。広ク羣生ヲ利益シ。幽冥ヲ拯ヒ。諸仏ノ恩ヲ報ズルナリ。師経ヲ取リ来ラバ弟子当ニ文殊ノ居処ヲ示スベシ」ト。三蔵聞已テ歓喜シテ山ニ向テ更ニ礼ス。頭ヲ挙ルノ頃ニ老翁ノ所在ヲ失ス。三蔵驚愕〈左訓「ヲドロク」〉シテマス〳〵信ヲ生シ。遂ニ本国ニ帰リ遂ニ経ヲ取テ。永淳二年ニ大唐ニ来ル。往来十余年ヲ経タリ。即チ勅シテ日照三蔵ト共ニ翻訳セシム。所訳ノ本ハ禁中ニ留メテ出シ玉ハザレバ。又梵本ヲ持シテ西明寺ノ順貞法師ト共ニ再ビ翻訳ス。仏頂尊勝陀羅尼経ト号シテ世ニ流布シ已テ。梵本ヲ持シテ五台山ニ登テ終ニ帰ラズ。定メテ文殊ノ浄土。金色世界ニ到リヌラン。大暦中ニ法照法師仏陀波利ニ逢トイヘリ。上ニ記スルガ如シ。此伝来ノ因縁ナリ〈法崇疏開元録／及宋僧伝意〉

北天竺罽賓国の仏陀波利は、文殊に会うために、中国の五台山（清涼山）にやってくる。そこで出会った梵語を話す老人に、『尊勝陀羅尼経』を持ってきていないのなら、文殊にあっても無意味である旨を告げられ、『尊勝陀羅尼経』を持ってきて広めるように要請される。仏陀波利は西域に戻り、『尊勝陀羅尼経』を持って再び中国にやってくる。そして、何人かと協力して経を翻訳し、その事業が終わった後、五台山に消える。以上が、右の説話の大筋である。最後に「此伝来ノ因縁ナリ」と記すように、『尊勝陀羅尼経』（及び尊勝陀羅尼）の中国への伝来を語る説話である。(3)

この説話は諸書に見えるものではあるが、『礦石集』では末尾に典拠に関わる割注がある。そこに挙がる三点、「法崇疏」は『仏頂尊勝陀羅尼経教迹義記』（唐・法崇、大暦十一年（七七六）成立）、「開元録」は『開元釈経録』巻第九、「宋僧伝」は『宋高僧伝』巻第二・訳経篇第一之二「唐五台山仏陀波利伝」に該当する。

結論から先に言うと、『礦石集』〔B〕は、『宋高僧伝』の仏陀波利伝を下敷きにしていると考えられる。冒頭から13行目の「到リヌラン」までで、点線は『宋高僧伝』にない部分、波線は表現は異なるが同内容である部分を示す（二重傍線部については後述）。1行目「震旦ノ」は『宋高僧伝』にはないが、同書が中国の書物である以上、そのような記述はなくても問題はない。わかりやすくするために連体が追加したと考えられる。おそらく、4行目「故ニ」も文のつながりを明確にするために付け加えたのであろう。そういった点線部や波線部を除いてみると、〔B〕は、特に前半が『宋高僧伝』をほぼ書き下した形になっていることがわかる。以下に『宋高僧伝』の仏陀波利伝の全文を挙げておく。なお、底本は慶安四年（一六五一）刊本である（「※」については第三節で触れる）。

釈仏陀波利華言 覚護北印度罽賓国人忘身徇道徧観霊跡聞文殊師利在清涼山遠渉流沙躬来礼謁以天皇儀鳳元年丙子杖錫五台虔誠礼拝悲泣雨涙冀覩 聖容倏焉 見一老翁従山而出作婆羅門語謂波利曰「師何所求耶」波利答曰「聞文殊大士隠迹此山従印度来欲求瞻礼」翁曰「師従彼国将仏頂尊勝陀羅尼経来否此土衆生多造諸罪出家之輩亦多所犯（※）仏頂神呪除罪秘方 若不齎経徒来 何益 縦見文

殊亦何能識師可還西国取彼経来流伝此土即是徧奉衆聖広利群生拯接幽冥報諸仏恩也師取経来
至弟子当示文殊居処 波利聞已不勝喜躍裁抑悲涙 向山更礼挙頭之頃不見老人波利驚愕 倍増虔
恪遂返本国取得経迴既達帝城便求進見 有司具奏天皇賞其精誠崇斯秘典下詔鴻臚寺典客令
杜行顗与日照三蔵於内共訳 訳訖䞋絹三十匹経留在内波利垂泣奏 曰委弃身命志在利人請帝流行
是所望也帝愍其専切遂留所訳 之経還其梵本波利得経弥復忻喜乃向西明寺訪得善梵語僧順貞
奏 乞重翻 帝愈其請波利遂与順貞対諸大徳翻出名曰仏頂尊勝陀羅尼経与前杜令所訳 者呪韻経
文少有同異波利所願既畢却持梵本入于五台莫知所之或云波利隠金剛窟今永興龍首岡有波利蔵舎
利之所焉大暦中南嶽雲峯寺沙門法照入五台山礼金剛窟夜之未央 剋責撲地忽見一僧長七尺許 梵音
朗暢 称 是仏陀波利 ……（以下略。連続符はレ点に関わる所のみ残した）

話の展開も、『礦石集』の典拠が『宋高僧伝』であることを支持している。先述のように仏陀波利説話は諸書に見える。それらは、五台山で出会った老人と仏陀波利の会話によって大きく二系列に分けることができる。一つは、老人が「尊勝陀羅尼経を持ってきているか」（四角囲み）と仏陀波利に尋ねると、仏陀波利が「持ってきていない」と返答し、それを承けて老人が中国への請来と流布を要請するというものである。この形になっているのは、『仏頂尊勝陀羅尼経序』、『仏頂尊勝陀羅尼経教迹義記（尊勝陀羅尼経疏・法崇疏）』、『広清涼伝』巻中、『仏祖歴代通載』巻第十二、『釈子稽古略』巻第三、『行林抄』第八、『沙石集』（流布本系）巻第八９話、『真言伝』巻第二３話などである。二つ目は、仏陀波利の返答を挿まず、老人が一気にまくし立てるかのような形になっている。『続古今訳経図紀』、『開元釈経録』、『貞元新定釈教目録』巻第十二、『宋高僧伝』、『翻訳名義集』巻第一、『三宝感応要略録』巻中36話、『今昔物語集』巻第六10話などがこれに当たる。『礦石集』は後者の形である。

また、仏陀波利が五台山に入って行方知れずになったとある後には、大暦年中に法照が仏陀波利に遭遇した、という記事が続いている。この形になっているのは、『宋高僧伝』と『真言伝』である。現時点で確認した限りではあるが、他の作品では法照の説話は連続していない。注目されるのは、『礦石集』に「上ニ記スルガ如シ」（二重四角囲み）として、その話がこれよりも前にあることを指示していることである。この言葉の通り、『礦石集』巻第二19話「唐ノ法照法師金色世界ニ至テ文殊ヲ拝スル事」には、法照が仏陀波利に遭遇した説話が記されている。しかも、法照入滅記事の後には「具ニハ宋高僧伝ノ第二十一ニ見タリ」とある。実際、『宋高僧伝』巻第二十一・感通篇第六之四「唐五台山竹林寺法照伝」を見ると、『礦石集』巻第二19話の法照説話は、『宋高僧伝』の法照伝をコンパクトにまとめたものであることがわかる。興味深いことに、『礦石集』で「具ニハ〜」の前にある記事は、

法照弥勇猛ニ勤メテ年ヲ重ヌ。遂ニ其ノ終ヲ知ルコトナシ。定メテ文殊ノ浄土へ入リヌラン。

となっており（「定メテ」以下は『宋高僧伝』になし）、これが『礦石集』巻第四末7話の仏陀波利説話の、

五台山ニ登テ終ニ帰ラズ。定メテ文殊ノ浄土。金色世界[4]ニ到リヌラン。

と、説話内での位置・内容・表現において類似しているのである。両話がともに『宋高僧伝』を下敷きにしたからこそ、意識的に同調させたと言えるのではないだろうか。

『礦石集』刊行の元禄六年（一六九三）以前に蓮体が『宋高僧伝』を見ていたかどうか、確実な証拠はないものの、先に本文を掲出した慶安四年版（和刻本）が、単行ですでに出版されている。また、黄檗版大蔵経（鉄眼版）も完成している。[5]蓮体編『浄厳大和尚行状記』巻下によると、元禄元年八月一日に、師の浄厳が住持であった教興寺に鴻池妙剛が一切経（延宝二年の記事から黄檗版と考えられる）を寄附した記事がある。それだけではない。蓮体が晩年を過ごした地蔵寺（現大阪府河内長野市）には、彼の所持本が数多く残されている。残念ながら『宋高僧伝』そのものはないのだが、『宋高僧伝』を引用した蓮体の書入が見出される資料がある。たとえば、運敞『三教指帰刪補』（寛文三年（一六六三）刊）、亮汰『大灌頂光真言経鈔』（刊本・寛文十二年自序）、亮汰『千手陀羅尼経報乳記』（延宝三年（一六七五）刊）であ

る（ちなみに『三教指帰刪補』は、貞享三年（一六八六）に講義をしたという蓮体自筆のメモが最終巻の末丁に残されている）。したがって、蓮体が『宋高僧伝』を『礦石集』刊行前に閲覧した可能性は高い。

補足として、表現・用字面での『宋高僧伝』との重なりを指摘しておく。以下に掲出する例は『宋高僧伝』と『礦石集』のみにあるというわけではないので、ここでは『礦石集』にその名が見える『開元釈経録』との比較に絞った。『開元釈経録』の仏陀波利説話は、先ほど考察した法照の記事がないことを除けば、『宋高僧伝』のそれとほとんど変わらない。しかしながら、細かい表現・用字に、『礦石集』と『宋高僧伝』の近さが認められる。たとえば、「若(モ)シ経(キヤウ)ヲ齎来(モチキタ)ラズンバ何ノ益(ヤク)カアラン」での「齎」は、『宋高僧伝』は同じ字だが、『開元釈経録』では「将」である。また、「師経(キヤウ)ヲ取(ト)リ来(キタ)ラバ弟子当(マサ)ニ文殊ノ居処(コシヨ)ヲ示(シメ)スベシ」での「居処」は、『開元釈経録』では「所在」である。

このように細かい点において、『礦石集』は『宋高僧伝』と重なり、『開元釈経録』とは相違する。先ほど触れたように、すでに黄檗版大蔵経が世に出ている。蓮体は『開元釈経録』を利用できる環境にいただろうし、目にしていたとも推測される。しかしながら、『礦石集』の仏陀波利説話のベースが『宋高僧伝』にあることは、ほぼ認めていいだろう。

二　「尊勝陀羅尼史」の記述

〔B〕の仏陀波利説話は、〔A〕と〔C〕に挟まれている。本節では、〔A〕と〔C〕がどのような内容を持ち、〔B〕とどう関わるのかを考察する。

まず、〔A〕の本文は次の通りである。

尊勝(ソンジヨウ)陀羅尼ハ善住(ゼンヂウ)天子ガ天寿尽(ツキ)テ七遍畜生道(チクシヤウダウ)ニ堕(ダ)シテ。後(ノチ)ニハ地獄(ヂゴク)ニ落(ヲツ)ベキ罪(ツミ)ヲ除(ノゾイ)テ。寿命(ジユミヤウ)ヲ延(ノ)ベ玉フ因縁(インエン)

ニ依テ説玉ヘリ。種々不思議ノ利益。経ノ中ニ説ガ如シ。

分量は、〔B〕に比べてはなはだ少ない。善住天子説話の源泉である『尊勝陀羅尼経』と比較すると、主要な登場人物である釈尊と帝釈天が省略されているので、話の大まかな筋が明確ではない。また、尊勝陀羅尼の利益も、『尊勝陀羅尼経』に丸投げする形になっている。そうした面はあるが、しかしこの位置に善住天子説話が置かれていることには意味がある。

『尊勝陀羅尼経』の内容を簡単に記すと次のようになる。七日後に寿命が尽きることを知らされた善住天子は帝釈天に相談する。帝釈天は釈尊のところへ赴いてこのことを話す。釈尊は尊勝陀羅尼を説き、これを善住天子に授けるように告げる。善住天子は帝釈天から尊勝陀羅尼を授けられる。六日六夜この陀羅尼を受持した結果、善住天子は助かる。

すなわち、ここには尊勝陀羅尼の利益と同時にその起源が語られている。したがって、中国への伝来を語る〔B〕と同様、〔A〕も尊勝陀羅尼の歴史において重要な出来事であるのは疑いのないところである。

もっとも、尊勝陀羅尼に関して善住天子と仏陀波利が合わせて語られることは、特に珍しくはない。『真言伝』や『滅罪講式』（ともに栄海の著作）がこの二説話を連続して記すし、金沢文庫本『表白集』巻第九「尊勝曼荼羅供養表白作者不注」(155)の「善住天子求延寿方時、釈尊別授此神咒、仏陀婆利訪清涼化日、文殊専乞此梵文矣」[6]も、その例の一つである。『礦石集』の〔A〕〔B〕も、こうしたものの延長線上に位置するということになるのだろう。

『礦石集』ではさらに〔C〕「日本ヘハ我ガ弘法大師請来シ玉ヘリ」が加わる。〔A〕がインド、〔B〕が中国なら、日本の〔C〕があってもおかしくはないのものの、前述の『真言伝』や『滅罪講式』にはなく、また表白類でも、そういう形になっているものを現時点では見出していない。『真言伝』では、仏陀波利説話に続くのは中国の尊勝陀羅尼説話であり、日本のものはない。『真言伝』を引き継ぐ『滅罪講式』(7)も同様である。

〔C〕はごく短いものだが、尊勝陀羅尼の日本への伝来が示されており、それまでの流れを承けていると捉えることに問題はないだろう。『真言伝』などと比較した場合、蓮体が日本を含めた「尊勝陀羅尼史」の記述を、より強く志向していたことがうかがえる。(8)

尊勝陀羅尼と弘法大師との関係は、何に基づいているのだろうか。尊勝陀羅尼は、すでに奈良時代に日本に渡ってきていたことが明らかにされているが、(9)弘法大師が請来した尊勝陀羅尼も確かに存在する。『御請来目録』に「梵字尊勝仏頂真言一巻」とあるのがそれである。さらに、末尾に「建久二年辛(一一九一)」の年紀を持つ『仏頂尊勝陀羅尼』(大正蔵十九No.974B　底本は東寺三密蔵古写本)にも、

> 師云。此陀羅尼凡有九本。所謂杜行鎧(日カ)。月照三蔵。義浄三蔵。仏陀波利(10)。善無畏三蔵。金剛智三蔵。不空三蔵等所訳本。及法崇注釈。弘法大師所伝梵本等也。之中今以弘法大師梵本。与金剛智三蔵所訳加字具足漢字本所双書也。件梵本是弘法大師在唐之日。恵果阿闍梨所授多羅葉梵本也。……

という記事がある。『御請来目録』は、真言僧である蓮体なら当然目にしていたことだろう。(11)それに、尊勝陀羅尼史の中に弘法大師を位置付けることは、蓮体の編著には相応しいものであっただろう。

続く〔D〕は、乳母が襟首に縫い付けていた尊勝陀羅尼の力によって、鬼の脅威から逃れることができた藤原常行の説話である。本文に「釈書第ノ二十九」という割注がある通り、『元亨釈書』巻第二十九・拾異八の「藤常行」をほぼ書き下したものである。(12)この説話は、『今昔物語集』巻第十四42話、『打聞集』23話、『古本説話集』下51話、『江談抄』第三38話、『宝物集』巻第三21話、『真言伝』巻第四9話に同話・類話が収録されており、尊勝陀羅尼説話の中では非常に有名なものである。(13)『礦石集』では、この説話によって日本における尊勝陀羅尼の功能が具体的に示されることになる(説話題目の「功能」を実質的に受け持っているのは、この〔D〕であると言える)。とす

れば〔C〕は、尊勝陀羅尼史の一翼を担いつつ、〔D〕へのブリッジとして機能しているということになるだろう。
最後の〔E〕は、「尊勝陀羅尼ノ功能ハ沙石集等ニ粗見タレバ。今ハ略シテ煩ハシク記セズ」という簡単な記述である。肝心の「功能」は『沙石集』（巻第八9話「愚癡之僧成レ牛事」）に譲る形になっているが、日本の作品である『沙石集』の名を挙げて説話を締めくくっていることは、これまでの流れに沿うものと言えるのではないだろうか(14)。

三　『尊勝陀羅尼経鈔』の存在

歴史的事実はともかく、仏教経典は釈尊等が説き、漢訳され、日本に渡ってきた、と捉えられている以上、三国伝来という叙述自体は珍しいものではない。それを過大評価することはできないし、蓮体のオリジナルな発想とはとても言い難い。しかしながら尊勝陀羅尼に関しては、前節で言及したように、先行する説話集類にこの形の叙述を見出していない。ならば、「尊勝陀羅尼史」への志向はどこからきたものなのか。本節ではその点を考察する。

確認しておくと、『真言伝』では、善住天子・仏陀波利説話がこの順で連続している。また、常行説話も収録されている。ただし、善住天子・仏陀波利説話は巻第二、常行説話は巻第四である。『沙石集』巻第八には、尊勝陀羅尼の功能を語る「愚癡之僧成レ牛事」（9話）に善住天子・仏陀波利説話が併記されているが、順番は「仏陀波利・善住天子」となっている(15)。そして、『真言伝』、『沙石集』ともに日本への伝来についての記述がない。日本への伝来に関しては、第二節で挙げた『今昔物語集』以下の諸説話集にも記述がない。これは、『礦石集』が他作品と大きく異なる点と言っていいだろう。

ここで注目したい書がある。亮汰（元和八年〈一六二二〉～延宝八年〈一六八〇〉）によって記され、延宝二年に刊行された『尊勝陀羅尼経鈔（科註尊勝陀羅尼経）』である。地蔵寺にはこの書が蔵されており、そこには蓮体所持を示す「本浄之印」の印記が押されている。

『尊勝陀羅尼経鈔』冒頭の「懸談（経典を講ずる前に大意等を述べたりする部分）」は、次のように始まっている。

将レ講ニ斯経一、懸談ニ三義一、一叙ニ大意一、二弁ニ異訳一、三顕ニ請来一（読点は書入に拠る）

この冒頭に記されているように、懸談は三つの部分からなる。一番目の部分には、陀羅尼の起源を説く善住天子説話が含まれている。二番目の部分では、『尊勝陀羅尼経』の八つの漢訳について記述する中で、第二訳・第三訳に仏陀波利の説話が取り上げられている(16)。三番目は日本への請来について記した部分である。この形が『礦石集』と重なっていることは認められるだろう。

もっとも、次に挙げる第三番目の本文には弘法大師の名は見えない。

三顕ニ請来一者安然八家秘録上云仏頂尊勝陀羅尼経一巻〈仏陀波利訳貞／元円覚梵釈〉

ここでは、日本に請来された『尊勝陀羅尼経』についての情報を『八家秘録〈諸阿闍梨真言密教部類惣録〉』により挙げている。「貞元」は『貞元新定釈教目録』、「円覚梵釈」は円覚寺・梵釈寺の経典目録を指す(17)。『八家秘録』では弘法大師請来の場合、「海」の字が記されるので、ここを見る限り、『礦石集』には直結しないことになる。

ところが『八家秘録』そのものでは、前掲引用部分は巻上「尊勝仏頂五」の中の一条であり、そこにはこれ以外の情報も記されている。それらの中には、「梵字尊勝仏頂真言一巻〈海〉」という記述が見出せるのである。しかも『八家秘録』は、地蔵寺に版本が現存する。無刊記で書入もほとんどが朱引や句切点なので、蓮体所持本かどうか認定が難しいが、わずかに記された傍注や小口書の筆跡は、蓮体のものに似ていると言える。前節で触れた『御請来目録』などからの知識も当然あっただろうが、蓮体所持本『尊勝陀羅尼経鈔』が存在するだけに、そこでの記述から『八家秘録』に遡って弘法大師の情報を確認した可能性は考えておいていいだろう。

実は『礦石集』の仏陀波利説話の中には、『尊勝陀羅尼経鈔』利用を示す事例が見出せる。第一節で引用した中

の、二重傍線を付した二箇所である。一つは、老翁が中国における仏教の嘆かわしい状況を説明する箇所であり、

　此ノ土ノ衆生多ク諸罪ヲ造ル。出家ノ輩ラ亦多ク破戒ナリ。地獄ニ堕スル者ハ牛毛ノ如ク。浄土ニ生ズル者ハ麐角ニ似タリ。仏頂神咒ハ滅罪ノ秘方ナリ。若シ経ヲ齎来ラズンバ何ノ益カアラン。

とある。この二重傍線部は、ベースとなった『宋高僧伝』にはない（第一節での引用の「※」の箇所）。それどころか諸書に収録される仏陀波利説話の中にも、この要素を持つものはほとんどない。

意味を確認しておくと、「牛毛」は多いこと、「麐（麟）角」は少ないことを示す。『顔氏家訓』養生篇の「学如牛毛、成如麟角」を源泉とする表現である。理解の一助として、ここでは地蔵寺にも版本が蔵されている『釈摩訶衍論通玄鈔』（宋・志福）巻第三の、「衆生如牛毛甚広多故諸仏如麟角極希少故」の例を挙げておく。

現在のところ、この位置に何らかの文言を持つのは、『仏頂尊勝陀羅尼経教迹義記』、いわゆる『法崇疏』である。この『法崇疏』が『尊勝陀羅尼経鈔』に盛んに利用されている。『法崇疏』巻上の「第九翻訳時節者」から始まる仏陀波利説話も、『尊勝陀羅尼経鈔』巻上において「大唐罽賓沙門仏陀波利奉詔訳」を釈すために、「疏云」としてほぼ全文が引用されているのである。前掲『礦石集』に相当する箇所は、『尊勝陀羅尼経鈔』では次のようになっている。

　此土衆生、造罪者多、修福者少、死入地獄者、無量無辺、生諸浄土者、万中無一、其尊勝陀羅尼者、甚救此土衆生、不審大徳、将経来以否、

前後は『宋高僧伝』と同じであるが、二重傍線部（及び四角囲み）は『礦石集』の文言に近い。『礦石集』の「牛毛」と「麐角」が、「無量無辺」と「万中無一」に対応していることは明白であろう。

もう一箇所、二重傍線を付したのは、天竺に戻った仏陀波利が再び中国にやってきた箇所の直後である。

　遂ニ本国ニ帰リ遂ニ経ヲ取テ。永淳二年ニ大唐ニ来ル。往来十余年ヲ経タリ。即チ敕シテ日照三蔵ト共ニ翻

訳セシム。

ここに相当するのは、『尊勝陀羅尼経鈔』で挙げると、

於レ是杖二策西垂一、屢移二寒暑一、周二遊九万里一、来去十余年、永淳二歳、還二至大唐一、所レ将梵本、奉二進宮闕一、幷具二老人事由委悉一、同時俱奉、是月蒙レ垂二屢問一、優賞特殊、爰勅二右司一、賜二絹三十疋一、時中天竺国、訳経三蔵、地婆訶羅、唐云二日照一、宣二風五印一、流二化九州一、勅令下請二此法師一、幷追二典客令杜行顗等一、於レ内翻訳上、

である。唐に戻ったのが永淳二年（六八三）であるという記事は、『宋高僧伝』にはない。『仏頂尊勝陀羅尼経序』や『開元釈経録』にはあるのだが、それでも往復の年数を「十余年」とわざわざ記すのは、『尊勝陀羅尼経鈔』（及びその引用元である『法崇疏』）と『礦石集』である。

ところで、蓮体が『法崇疏』を直接に利用した可能性はないのか。むろん、その選択肢を排除すべきではない。『尊勝陀羅尼経鈔』に引用されているのだから、その元になったテキストは存在したはずである。(18) ただし、『法崇疏』は黄檗版大蔵経（もとは明の万暦版）に入蔵しておらず、単行のものも現在確認できる限りでは安永八年（一七七九）まで降る。より見やすいとすれば、やはり『尊勝陀羅尼経鈔』所収のものであろう。何よりも蓮体所持本が存在していることは、その蓋然性を高める。

蓮体は、『尊勝陀羅尼経鈔』の「懸談」を参照し、それが『礦石集』〔A〕～〔C〕の「尊勝陀羅尼史」叙述の大枠となったのではないだろうか。また、〔B〕の本文に関しては、『宋高僧伝』が基になっているが、一部に『尊勝陀羅尼経鈔』所引の『法崇疏』の文言を投入したと考えられる。

四　日本の説話集類との関係

これまでの考察により、『礦石集』の当該説話には、『宋高僧伝』、『元亨釈書』が直接利用されており[19]、書名は明記されないながら『尊勝陀羅尼経鈔』もその可能性が高いことを指摘した。

本節では、それら以外にも、さらに関係するものがないかという点を探ってみたい。当該説話の中にいささか気にかかる言葉が使われているためである。

『礦石集』は「昔シ仏陀波利三蔵ト云アリ」で始まる。オーソドックスな主人公の紹介であり、特に問題はないように見えるが、「三蔵」という語が注意される。『礦石集』では、これ以降、仏陀波利のことを基本的に「三蔵」という語のみで示す。「三蔵」を伴わない「仏陀波利」という呼称が登場するのは、末尾近くの法照と対面する部分一箇所のみである。

直接の典拠である『宋高僧伝』では、冒頭で「仏陀波利」と記した後は、「波利」という呼称で通す。第一節に挙げた『礦石集』と『宋高僧伝』の本文で、仏陀波利の呼称が出てくる箇所（波線部参照）を比べると、『宋高僧伝』での「波利」が、『礦石集』では見事に「三蔵」となっている。蓮体が意識的に替えたと見てほぼ間違いないだろう。このような変換は、何かに基づくものなのだろうか。

まず確認しておくと、第一節で挙げた中国撰述作品のうち、『続古今訳経図紀』、『開元釈経録』、『貞元新定釈教目録』、『広清涼伝』、『翻訳名義集』、『三宝感応要略録』、『釈子稽古略』は、『宋高僧伝』と同じである。他では冒頭以降に「仏陀波利」や「利」の呼称を並用するが、中国撰述のものに「仏陀波利三蔵」という呼称は現時点で見出せていない。これらの例を見る限りでは、仏陀波利が三蔵法師であるという認識はうかがえない。

日本のものでも「三蔵」が付いてない例は多い。たとえば『今昔物語集』では、玄弉・善無畏・金剛智・不空・

義浄などには「三蔵」を下接するが、「仏陀波利三蔵」という呼称は使っていない。また、前掲『仏頂尊勝陀羅尼』（大正蔵十九№974B）でも、尊勝陀羅尼の訳者の列挙は、「杜行鎧。月照(日カ)三蔵。義浄三蔵。仏陀波利。善無畏三蔵。金剛智三蔵。不空三蔵等」となっている。[20]

一方、「三蔵」を伴う例には、『真言伝』や『渓嵐拾葉集』の「仏陀波利三蔵」、『滅罪講式』の「仏陀婆梨三蔵」、『沙石集』の「仏陀婆利三蔵」がある。決してマイナーな呼称ではなかったようだ。これらをさらに遡る例もある。正暦五年(九九四)成立の源信『尊勝要文』にある「三蔵仏陀波利」である。したがって、少なくとも日本では、仏陀波利を三蔵とする認識が存在したことになる。ちなみに蓮体編『観音冥応集』巻第三（宝永二年(一七〇五)刊）２話の中に引用される仏陀波利説話では、「仏陀波利(ブツダハリ)三蔵」である。[21]

『真言伝』（寛文二年(一六六二)版）と『沙石集』（貞享二年(一六八五)版）は、地蔵寺に蓮体所持本が現存する。[22]『沙石集』は〔E〕に挙がっているので、確実に目を通している。本文中で『真言伝』には触れられていないが、『礦石集』に先立つ貞享五年に刊行された蓮体のデビュー作『真言開庫集』巻上「第八結縁灌頂功徳勝利之事」には、『真言伝』を引用したとおぼしい汴州の孤女の説話が記されている。また、地蔵寺蔵『三宝感応要略録』（慶安三年(一六五〇)版）巻上35話には脱文を補入する書入あるが、文言は『真言伝』に比較的近い。[23]『真言開庫集』、『三宝感応要略録』ともに「真言伝」とは明記されておらず、『三宝感応要略録』は何時の書入か不明なので、『礦石集』での利用を確定できないが、その可能性は大いにあると言っていいだろう。

ここで、『真言伝』についてこれまでに言及したことを思い起こしたい。まず、〔B〕の仏陀波利による『尊勝陀羅尼経』中国請来の後に、法照との対面説話を接続するのは、『宋高僧伝』と『真言伝』である（第一節参照）。また、『真言伝』巻第二では、善住天子説話と仏陀波利説話が連続している（第二節参照）。

もちろん、『礦石集』に近いのは『宋高僧伝』の方である。たとえば、『真言伝』「ａ只仏頂尊勝陀羅尼ノミヨク悪業滅除b法師此経伝来セリヤイナヤ」、『礦石集』「b師仏頂尊勝陀羅尼経ヲ将来ルヤ否ヤ…a仏頂神咒ハ滅罪ノ秘方ナリ」、『宋高僧伝』「b師従彼国将仏頂尊勝陀羅尼経来否…a仏頂神呪除罪秘方」を比較すれば、表現と文の順番が重なるのは明らかに後二者である。

しかしながら見逃せないのは、『真言伝』では冒頭に「天竺仏陀波利三蔵」と記し、それ以降は「三蔵」という語だけで仏陀波利を示すことである。この点で『礦石集』と『真言伝』は共通している。これは、蓮体が当該説話を構成・記述するに当たって、『真言伝』も参照していたことの痕跡ではないだろうか。

ところで、仏陀波利は、日照三蔵とともに『尊勝陀羅尼経』を漢訳した後、西明寺に趣いて、同寺の順貞という僧とともに再度の訳出を行う。『法崇疏』では次のように記されている（本文は『尊勝陀羅尼経鈔』のもの）。

沙門順貞西明寺僧也、妙閑梵語、弥解経文、乃与大徳測法師、幷罽賓三蔵、於西明寺再更翻出

この部分は、「順貞が以下の人物とともに経を訳した」という叙述になっている。[24] 傍線部に示したように、順貞のパートナーの一人として「罽賓三蔵」が挙がっている。これより前に登場する「日照三蔵」は中天竺の人であり、北天竺「罽賓」の人ではない。となると、「罽賓三蔵」は仏陀波利を指すと考えざるを得ない。あるいは「仏陀波利三蔵」の淵源はこの辺りにあるのかもしれない。

では、蓮体は『法崇疏』のこの部分から「仏陀波利三蔵」を導き出したのだろうか。そうではなく、むしろ彼の見たものの中に、すでに「仏陀波利三蔵」があったと考えた方が自然だろう（「仏陀波利三蔵」の呼称を使うのに、「罽賓三蔵」が根拠にはなり得ただろうが）。それが具体的には『真言伝』だったのではないだろうか。[25]

もちろん、「仏陀波利三蔵」は『沙石集』にも見えるので、ことさら『真言伝』にこだわる必要はないかもしれないし、翻訳僧ということでごく常識的な呼称だったかもしれない。ただ、そうは呼ばない先行作品が多数あることにも思いを致すべきであろう。

おわりに

以上の考察を通じ、『礦石集』巻第四末7話「尊勝陀羅尼功能ノ事」が、尊勝陀羅尼の始原から中国、日本への伝来を記し、その流れを承けて日本での効力を示す説話を配する、という形を持っていること、それが「尊勝陀羅尼史」を志向していることを指摘した。

また、本文の記述には主に『宋高僧伝』や『元亨釈書』が使われたことを指摘したが、それとともに『尊勝陀羅尼経鈔』や『真言伝』参照の可能性も提示した。すなわち、当該説話は重層的に構築されているということである。

なお、『礦石集』と各資料との間にワンクッションを想定することも可能性として排除しないが、地蔵寺に残る数多の蓮体所持本の存在から考えれば、蓮体は各種資料を駆使して説話を自分で再構成できる環境にいたと見ていいだろう。

〈注〉

（1）山崎「寺院に所蔵される近世の文献―地蔵寺と蓮体の場合―」（『仏教文学』36・37　平成24・4）でも記したように、近世仏教説話集の研究は決して少ないわけではない。後小路薫・北城伸子・沙加戸弘・土屋順子・堤邦彦・西田耕三・和田恭幸・渡浩一らによる蓄積がある。また、資料としては『浅井了意全集』（平成19～　岩田書院）が刊行中である。『礦石集』についても、関口静雄・寺澤麻理絵「惟宝蓮体『真言礦石集』翻刻と解題（その一）～（その四）」（昭和女子大学『学苑』864、869、876、881　平成24・10、同25・3、10、同26・3）がある。なお、近世仏教説話集を直接取り上げたものではないが、近世の庶民信仰と文芸の関わりを考察した、信多純一『祈りの文化―大津絵模様・絵馬模様―』（平成21　思文閣出版）、近世仏教を改めて評価した、末木文美士『近世の仏教　華ひらく思想と文化』（歴史文化ライブラリー300　平成22　吉川弘文館）、文献資料調査では、内山純子・渡辺麻里子『曜光山月山寺了翁寄進鉄眼版一切経目録』（平成13・5）や『近世仏教文化文献の基礎的研究』（大谷大学真宗総合研究所　平成二十年度一般研究［石橋班］研究成果中間報告書　平成21・3）などの成果がある。

（2）『礦石集』の1話を具体的に取り上げ考察したものとしては、堤邦彦「幽霊女房譚と近世怪異小説─奥州四十九院氏の命名伝承を中心として」（『近世仏教説話の研究　唱導と文芸』［平成8　翰林書房］所収）、西島孜哉「出版禁令と書肆・作者─『礦石集』を題材として─」（『鳴尾説林』4　平成8・9）がある。

（3）仏陀波利説話に関する研究としては、佐々木大樹「仏頂尊勝陀羅尼の研究─特に仏陀波利の取経伝説を中心として─」（『大正大学大学院研究論集』33　平成21・3）などがある。

（4）『華厳経』で文殊の国は「金色世界」であると説く（『六十華厳』巻五など）。なお、『宋高僧伝』の仏陀波利伝では、仏陀波利が身を隠した場所の候補として五台山の「金剛窟」を挙げ、法照が五台山に入って金剛窟に詣でたと記す。一方、『礦石集』には金剛窟の名はない。ところが、『宋高僧伝』巻第二十三・遺身篇第七「唐五台山善住閣院無染伝」では、仏陀波利が金剛窟に詣でて「文殊ノ境界」に入ったという説話を引用している。『礦石集』の文言は、その辺りも踏まえているか。

（5）黄檗版大蔵経の刊行経緯については、注（1）内山・渡辺『曜光山月山寺了翁寄進鉄眼版一切経目録』の解題編参照。それによれば、延宝六年（一六七八）に後水尾院に進上、天和元年（一六八一）頃に完刻（渡辺解題）。また、元禄五年（一六九二）には霊雲寺、同六年には延命寺という蓮体ゆかりの寺（師の浄厳が住持）への寄進が行われている（内山解題）。

（6）本文は、阿部泰郎・福島金治・山崎誠編『守覚法親王と仁和寺御流の文献学的研究　資料篇金沢文庫蔵御流聖教』（平成12　勉誠出版）による。なお155は、同書翻刻に付された通し番号。

（7）『真言伝』と『滅罪講式』の関係についての研究は、清水宥聖「栄海作『滅罪講式』─解題と翻刻─」（山田昭全編『中世文学の展開と仏教』所収　平成12　おうふう）、佐藤愛弓「栄海作『滅罪講式』について─その本文の特徴と背景」（『唱導文学研究』5　平成19・3）が備わる。

（8）注（7）佐藤論考では、「栄海は『真言伝』においても、多くの説話を配列することにより密教史を描き出しており」と指摘する。その点において、『真言伝』は『礦石集』の先行作の位置にある。なお、第一節で『礦石集』に「震旦ノ」が追加されていることについて触れたが、これも歴史を記述しようとする意識の現れかもしれない。

（9）上川通夫「如法尊勝法聖教の生成」（『日本における宗教テクストの諸位相と統辞法』所収　平成20　名古屋大学大

学院文学研究科。後に上川通夫『日本中世仏教と東アジア世界』［平成24　塙書房］に収録）参照。日本における尊勝陀羅尼の受容と展開については、速水侑『平安貴族社会と仏教』（昭和50　吉川弘文館）189～191頁、及び前掲上川著書所収「尊勝陀羅尼の受容とその転回」参照。

(10)　大正新脩大蔵経では、「義浄三蔵。仏陀波利善無畏三蔵。」と句点を付しているが、改めた。ここは、『伝受集』第三（大正蔵七十八No.2482　底本は永享十年(一四三八)写高山寺蔵本。元は正安元年(一二九九)写本）の同文を、大正新脩大蔵経で「仏陀波利。善無畏三蔵」としているのに従うべきだろう（「凡有九本」の記述とも照合する）。また、『伝受集』では「月照」ではなく「日照」である。『覚禅鈔』（尊勝法下）の大正蔵本・大日本仏教全書本でも、ともに句点は『伝受集』大正蔵本と同様であり、本文も「日照」である。

(11)　『御請来目録』は正保二年(一六四五)版がある。地蔵寺には2部（同一の版木だが、正保二年の刊記があるのは1部）蔵されているが、書入は蓮体のものではない。

(12)　『礦石集』では、鬼から避難する場所を常行が家来に教えてもらう部分を省略。

(13)　『古本説話集』の話数は上下巻を通してのもの。『江談抄』での人物名は「高藤」。『宝物集』の話数は元禄六年版のもので、人物名は「光行」。当該説話の研究としては、横田淑子「〝百鬼夜行譚〟にみる〝闇〟の力―『打聞集』二十三「尊勝陀羅尼事」を中心に」（かたりべ叢書34『仏教説話の世界』所収　平成4　宮本企画）がある。

(14)　〔D〕は「昔」の話である。そして、次話（8話）が日本の「中葉(ナカゴロ)」の話であり、その内容が「今」と関連する尊勝陀羅尼説話であることも、尊勝陀羅尼史叙述の流れを引き継いでいると言える（「　」内は『礦石集』原文）。

(15)　『沙石集』でも米沢本や梵舜本には記事がない。本稿が用いる『沙石集』は版本（流布本系）だが、同じ流布本系の古写本である長享三年(一四八九)本でも、仏陀波利と善住天子の説話は記されている。古いものとしては、『日本三代実録』巻第五・貞観三年(八六一)八月十七日条の、地震に際し全国で梵本の尊勝陀羅尼を書写・安置させたという記事中の例がある。そこでの順番は「仏陀波利・善住天子」である。注（7）清水論考では、二人の順番についての言及がある。

(16)　二つの訳に登場するので、仏陀波利に割かれるスペースは大きくなるが、それぞれの記述も他の訳より長い。尊勝陀羅尼における仏陀波利の存在の大きさがわかる。

(17)　三崎良周「安然の諸阿闍梨真言密教部類物録について」（『印度学仏教学研究』16・2　昭和43・3）、苫米地誠一

「『諸阿闍梨真言密教部類惣録』解題」（真福寺善本叢刊第Ⅱ期1『真福寺古目録集二』所収　平成17　臨川書店）参照。

(18) 日本における引用の例としては、『行林抄』（仁平四年〔一一五四〕成立）、『覚禅鈔』、『大日経疏演奥鈔』（延文元年〔一三五六〕成立）、『理趣釈秘要鈔』（延文元年成立）がある。

(19) 蓮体は、地蔵寺蔵『元亨釈書』（寛永元年〔一六二四〕版）を天和・貞享頃に入手したと推定される。この点については、山崎「地蔵寺蔵『和漢合運』蓮体自筆部分―翻刻と解題―」（『上方文藝研究』8　平成23・6）参照。後の『観音冥応集』に顕著だが、『元亨釈書』は、蓮体が古代・中世の説話を引用する場合、しばしば利用される。

(20) 注（10）参照。

(21) 「SAT DB」で「仏陀波利三蔵」を検索すると『仏頂尊勝陀羅尼経教迹義記』の例が検出されるが、これは安永八年に智暉が記した「録尊勝陀羅尼経疏敍」に出てくるものである。

(22) 『真言伝』は全七巻、『沙石集』は巻第一、二、四、五が蔵されている。地蔵寺蔵『沙石集』については、山崎「蓮体所持本『沙石集』について―前稿の補足を兼ねて―」（『詞林』43　平成20・4）参照。

(23) 山崎「地蔵寺蔵『三宝感応要略録』の書き入れについて―蓮体の見たもの―」（伊井春樹編『日本古典文学研究の新展開』所収　平成23　笠間書院）参照。

(24) 他作品では「仏陀波利が誰それとともに経を訳した」とするものが多い中で、この叙述は特異と言える。なお、「大徳測法師」は『貞元新定釈教目録』巻第十二や『続古今訳経図紀』によれば「円測」のこと。

(25) 『真言伝』巻第二には、仏陀波利説話を始めとして、多くの陀羅尼（随求・尊勝・千手・仏頂心など）にまつわる説話が収録されている。第一節冒頭で触れたように、『礦石集』巻第四末には各種陀羅尼の特集部分がある。この点も類似点と言えるだろう。『礦石集』の同時代作品では、弄幻子編『仏神感応録』巻第九（後集一・宝永八年〔一七一一〕刊）が陀羅尼説話を集成しており、1～4話が尊勝陀羅尼に当てられている。内訳は、1～3話が近時の霊験譚で、4話に善住天子と仏陀波利の説話を引く（仏陀波利の方は、『法崇疏』もしくは『尊勝陀羅尼経鈔』所収「法崇疏」を略しながら引用）。なお、同作品の上記の配列・内容と比較した場合、相対的に『礦石集』は、尊勝陀羅尼史を語ることに比重を置いていると言えそうである。

※『礦石集』『御請来目録』『真言伝』『尊勝陀羅尼経鈔』『八家秘録』『釈摩訶衍論通玄鈔』の本文は地蔵寺蔵本、『宋高僧伝』『沙石集』の本文は架蔵本に依る。

〔付記〕貴重な資料の掲載を御許可いただいた地蔵寺御住職堀智真師に厚く御礼申し上げます。なお本稿は、平成26年度科学研究費助成事業（学術研究助成基金助成金）基盤研究（C）（課題番号２６３７０２４８）の成果の一部である。

『沙石集』から『観音冥応集』へ

――中世から近世への架け橋として――

加美甲多

はじめに

『沙石集』は中世期の臨済禅・真言密教の僧である無住によって著された仏教説話集である。東国を中心に無住自らが見聞した独自の説話を多分に含みながら、時には笑話的譬喩譚をも用いて仏教的教理を説くという独特の手法は、その成立以後、長期にわたって受け入れられることとなる。『沙石集』の伝本や抜書本が室町期から江戸期にかけて盛んに創出されていることや説教唱導、狂言、落語といった分野と相関性を有することは、その一つの裏付けであり、『沙石集』は後世に多大な影響を与えた作品であると言える。例えば室町期の『沙石集』抜書本・改編本である神宮文庫蔵『金撰集』、国立公文書館内閣文庫蔵『金玉要集』等や江戸期の『醒睡笑』等は『沙石集』の成立と切り離すことは不可能であり、いわば『沙石集』の延長線上に位置する作品と規定できる。『沙石集』の個々の伝本を含め、『沙石集』の思想を受け継ぐ作品群を直線上に並べて見ていくことで、時代を動かすエネルギーとしての『沙石集』の役割が浮かび上がるはずであり、それにより鎌倉時代から江戸時代を貫く一つの思潮という大きな視野で『沙石集』を見ることが可能となる。

本論では宝永年間に成立した『観音冥応集』について取り上げたい。近世期の真言宗の僧である蓮体によって著された仏教説話集『観音冥応集』は、『沙石集』と多くの共通説話を見出すことができる。『観音冥応集』において、蓮体自らが見聞した説話が多く見られる点でも『沙石集』との近さを感じさせる。蓮体は『礦石集（真言礦石集）』『続礦石集』『役行者霊験記』等の仏教説話集を残し、無住は『聖財集』『雑談集』といった仏教説話集を残したが、『観音冥応集』と『沙石集』との結びつきは特に強いと言える。蓮体が『観音冥応集』を著すにあたって『沙石集』を参考にしていたことは間違いない。それは蓮体自身が『観音冥応集』の三三種の「援引書目」の中に『沙石集』を挙げており、その他にも『観音冥応集』において『沙石集』の書名が五例も認められることからもわかる。『観音冥応集』では書名を明記していない場合でも複数の説話が『沙石集』と共通しており、蓮体は『沙石集』を『観音冥応集』説話形成の参考資料の一種としていたのである。『沙石集』は多くの伝本が現存しているが、蓮体が『沙石集』のどの伝本を入手していたかに関しても、既に研究は進んでいる。この点に関して、蓮体が所持していた『沙石集』伝本は表紙の署名から地蔵寺蔵本であり、地蔵寺には貞享二年（一六八五）刊の『沙石集』の製版本が所蔵されていることから、蓮体が版本を利用していたことは確実であるという山崎淳氏のご指摘がある。[1]『観音冥応集』に関するご考察は山崎淳氏を始めとして複数認められるが、[2]『沙石集』との比較を試みた具体的なご考察は多いとは言えない。

以上のように『沙石集』と『観音冥応集』の関連性が明確である中で、本論では『観音冥応集』における蓮体の説話受容の在り方といった観点から見ていきたい。その上で、『沙石集』と『観音冥応集』の関係性について改めて考えてみたい。

一　『観音冥応集』における「奉加勧進」

第一に『沙石集』との共通説話が見出せる『観音冥応集』巻第二ノ一〇「相模房清水ノ観音ヲ念ジテ却テ恨ル

事」について考える。次にその本文を挙げる。(3)

Ⓐ昔京都ノ村雲ト云処ニ、相模坊ト云貧シキ山伏アリ。常ニ東山ノ清水寺ニ参詣シテ、福ヲ祈ルコト年月ヲ重タレドモ、終ニ其効モナシ。又隣家ニ出雲坊ト云ル山伏アリケルガ、相模坊彼ノ出雲ヲ度々清水へサソヒケレドモ、アライヤノ清水ヤ、アナウタテノ観音ヤト云テ、終ニ参ルコトモナシ。或時種種ニ諫メテ伴ナヒ参リケレバ、即チ利生アリテ、金ノ丸カセヲ与へ玉ヒテ、出雲ハヤガテ富人トナレリ。時ニ彼相模坊観音ヲ深ク恨ミ奉リテ、我貧キ故ニ此寺ヲ信ジ、月詣セシ事数年ニ及トイヘドモ、終ニ其効モナク、少ノ福ヲモ与へ玉ハズ、此出雲坊ニハ常ニ我勤メケレドモ、終ニ参詣セザリシヲ、ヤウ〳〵ニ諫メテ、タマ〳〵一度参詣セシモノニハ、忽ニ福ヲ与へ玉フ事、何ナルユヘトモ心得ガタシ。仏ニモ依怙贔屓ノアリケルニヤト、深ク恨ミ奉リケレバ、其時観音夢ニ見サセ玉ヒテ告玉ハク、汝カ前生ハ清水ノ勧進聖ニテ、多ク財宝ヲ取ナガラ、伽藍ヲ疎略ニシテ、我ガ欲ヲ恣ニシ奢侈ヲ極メシ故ニ、其ノ報ニテ今貧乏ナリ。サレドモ過去ノ恩深キ故ニ、月詣ヲナセルモノナリ。彼出雲坊ハ前生ニ牛ニテ、此寺造立ノ時、多ノ材木ヲ引運ビ、大ニ苦労セシユヘニ、余習アリテ、アライヤノ清水ヤ、アナウタテノ観音ヤト云シモ尤ナリ。サレドモ昔ノ縁アルガ故ニ、タマ〳〵一度参詣セシマヽ、恩ヲ報ゼントテ、即チ福ヲ与ヘタリ。何事モ前世ヨリ定レル業力ナレバ、少シモ我ヲ恨ムベカラズト、明カニ告玉ヘバ、相模坊モ疑ヲ晴シテ、我身ノ善果ナキコトヲ悲ミ、弥信心怠ズ、参詣セシトカヤ。今世間ニ渡世ノ為ニ、奉加勧進スルモノ多シ。皆堕獄ノ業ナルベシ。サレバ在家ノ人、僧ヲ見ハ又奉加ヲヤ勧ルト恐ズト云コトナシ。

Ⓑ一ノ物語アリ。或愚蒙ノ入道、山中ヲ過ルニ、狼出テ口ヲ張テ食ハントス。入道恐レテ懐中ヨリ観音経取出シ見セケレバ狼口ヲ閉テ逃去ヌ。観音ノ御利生アリガタヤ。悉走無辺方ハ是ナラント語リケレバ、傍ニ黠慧キ男アリ聞テ曰ク、其ハ狼殿ノ心得違ナリ。奉加帳ナリト思テ、逃ラレタルナラントテ、大ニ笑ヒキ。虚頭ニ

似タレドモ、誠ニサモアリヌベシ。

Ⓒ昔比丘アリ。林下ニ坐禅スルニ、雀ドモ集リテ、花ヲ銜来テ供養ジケレバ、却テ禅定ノ障リトナルカ故ニ、仏問奉ル。仏告玉ハク、重テ雀来ラバ、羽一ヅヽ乞ベシト。比丘教ニ任セテ、一羽乞ニ雀抜テ与へ、明日又羽一ツヲ乞ニ、諸雀皆瞋テ曰ク、汝ハ無欲清浄ナリト思テ来リ馴タルニ、甚欲深シ。我等ハ羽ナケレバ飛コトヲ得ズトテ、飛去テ再ビ来ズトヘリ

Ⓓ又五分律ニ曰ク、過去ニ恒河辺ニ仙窟アリ仙人常ニ坐禅ス。恒河ノ龍其徳ヲ慕テ出デ、仙人ヲ周帀スルコト七帀、弟子等大ニ怖畏シテ羸痩タリ。仙人教テ曰ク、重テ龍来ラバ、頷下ノ如意宝珠ヲ乞ト。弟子即チ珠ヲ乞ニ、龍去テ再ビ来ズト。仏偈ヲ説テ曰ク、乞者人不愛、数則致怨憎。龍王聞乞声一去不復還ト。サレバ三毒ノ初ニハ貪ヲ説キ、六度ノ初ニハ施ヲ談ズ。

Ⓔ畜生モ施セバ能懐キ、乞時ハ去ル。狼奉加帳ヲ恐レタルモ理リナリ。近代在々処々ニ奉加ノ声耳ニ聒ク、町々辻々ニ開帳ノ札目ニ溢レタリ。若清浄ノ心ナラバ善ラン。多分ハ貪欲ヨリ起レリ。願クハ官禄ヲ得テ、天下ノ開帳ト奉加トヲ、先二十年バカリ、停止セシメタキモノナリ。

本説話群はⒶからⒺで構成されている。

Ⓐは常に清水寺に参詣していても利生のない相模坊と、ただ一度の清水寺参詣で利生のあった出雲坊。それを恨んだ相模坊の夢に観音が現れ、相模坊が「前生ハ清水ノ勧進聖ニテ、多ク財宝ヲ取ナガラ、伽藍ヲ疎略ニシテ、我ガ欲ヲ恣ニシ奢侈ヲ極メシ故ニ、其ノ報ニテ今貧乏」であることや、出雲坊が「前生ニ牛ニテ、此寺造立ノ時、多ノ材木ヲ引運ビ、大ニ苦労セシユヘニ、余習アリテ、アライヤノ清水ヤ、アナウタテノ観音ヤト云シモ尤ナリ。サレドモ昔ノ縁アルガ故ニ、タマ〳〵一度参詣セシマヽ、恩ヲ報ゼントテ、即チ福ヲ与へ」られたことを知る。以後、相模坊はますます信心を深めたという前世における因縁譚。「渡世ノ為ニ、奉加勧進スル」ことに対する蓮体の誡

めと在家人の奉加に対する恐れが描かれる。

Ⓑは「或愚蒙ノ入道」が山中で狼に襲われる。入道は観音経を取り出して見せたところ、狼は一目散に逃げ出した。入道はそれが観音の利生だと語ったが、傍らにいた「黠慧キ男」は「其ハ狼殿ノ心得違ナリ。奉加帳ナリト思テ、逃ラレタルナラン」と言って笑う。一種の笑話的譬喩譚と規定できる。蓮体の評に「虚頭ニ似タレドモ、誠ニサモアリヌベシ」とあるが、「虚頭」という語は仏典には複数認められる。例えば、宋代禅文学の代表典籍で一一二五年成立の『仏果圜悟禅師碧巌録』第一〇則に「睦州掠虚頭漢」の公案があり、「掠虚頭」を「たわけ者」のような意として用いている[4]。

Ⓒは「花ヲ銜来テ供養」することで比丘の禅定の妨げとなっていた雀。仏の導きによって比丘は毎日雀の羽をもらおうとする。その行為に対して怒った雀は「甚欲深シ。我等ハ羽ナケレバ飛コトヲ得ズ」と言って飛び立ってしまう。『経律異相』巻第一九、『沙石集』巻第七もしくは巻第八に類話がある。

Ⓓは恒河付近で坐禅をしていた仙人の徳を慕って出現した龍。弟子たちの坐禅の妨げとなる龍に対して「頷下ノ如意宝珠」を欲しがったところ、龍は二度と現れなかった。「五分律ニ曰ク」とあるが、管見では該当話を特定できない。但し、これも『経律異相』巻第一九、『沙石集』巻第七もしくは巻第八に類話がある。

Ⓔは畜生でも「施セバ能懐キ、乞時ハ去ル」。況や人間はそうであるのにもかかわらず、清浄の心ではない貪欲で強引な「奉加」や「開帳」が横行している。「願クハ官禄ヲ得テ、天下ノ開帳ト奉加トヲ、先二十年バカリ、停止セシメタキモノナリ」という蓮体の主張。

本説話群では「奉加勧進」の現状とそれに対する蓮体の一貫した厳しい姿勢が認められる。興味深いのは「奉加勧進」を軸として観音霊験譚、笑話的譬喩譚、経典説話が並び、それらがⒺの教説でまとめられている点である。では当時の「奉加勧進」はどのような状況にあったと考えられるのだろうか。

二　寛文期から享保期における「奉加勧進」

蓮体の生没年は寛文三年（一六六三）から享保一一年（一七二六）であり、同志社女子大学蔵の『観音冥応集』は巻第一から三が宝永二年（一七〇五）刊、巻第四から六が宝永三年（一七〇六）刊である。この時期の「奉加勧進」に関連する記事を末木文美士氏編『新アジア仏教史13日本Ⅲ　民衆仏教の定着』の「年表」からいくつか拾うと次のようになる(5)

寛文一〇年（一六七〇）—常陸真福寺仏像、湯島天神で開帳（近世開帳の始め）
貞享　一年（一六八四）—幕府、公慶の東大寺大仏殿再建と諸国勧進を許可
元禄　五年（一六九二）—公慶、東大寺大仏殿再興、末寺帳の改訂
元禄　八年（一六九五）—東本願寺、学林を再興
享保一一年（一七二六）—東大寺戒壇院の再興

蓮体が生きた時代には盛んに開帳や寺院の再興が行われており、それに伴い「奉加勧進」が奨励されていたことは想像に難くない。

Ⓐでは相模坊は「前生ハ清水ノ勧進聖」とされるので、清水寺に絞ってみると、寛永六年（一六二九）の火災によって清水寺は大きな被害を受ける。『清水寺史』によると「寛永六年の焼亡後、その被害があまりに甚大であったためか、世上には妙な噂が流れる。本尊もまた伽藍とともに焼けて失われてしまったというものである。清水寺ではこの風説を打ち消すため、きわめて思い切った手を打つ。千年来、秘仏とされてきた本尊千手観音像の開帳である。（中略）以後、江戸時代を通じて断続的に行われることとなる本尊開帳の歴史がここに始まる。一方伽藍再建のほうは、焼失直後より着々とその手筈が整えられていた」(6)とある。

この開帳は三日間行われるが、これ以後も清水寺関係の開帳は行われ、蓮体の没する享保一一年（一七二六）までに限定しても少なくとも六度は行われている。[7] また、徳川家光の清水寺信仰も味方して速やかに清水寺の再建は行われる。『享禄以来年代記』寛永八年（一六三一）一二月の記事には「如起清水寺造営事、至来十年仲冬而畢功」とあり、『清水寺文書』寛永九年（一六三二）五月には本堂の再建にあたり宿曜を行ったという記事、『本堂舞台高欄擬宝珠銘文』寛永一〇年（一六三三）一一月には本堂や奥院再建の記事が見られる。[8] そこからわかるのは寛永九年に清水寺本堂と舞台の再建、同じく寛永九年に清水寺田村堂（開山堂）の再建、寛永一〇年に清水寺三重塔の再建が行われていたということである。これらの再建事業に伴い、勧進活動に便乗して私腹を肥やしていたのが、相模坊なのである。前世において清水寺の「奉加勧進」を渡世・生業としていた聖が主人公であることは実際の清水寺再建事業と時期的に重なり、当時の「奉加勧進」の実態を伝える説話としても面白い。当時の僧たちが生きる術として宗教を利用していたことは熊沢蕃山の著した随想録、寛文一二年（一六七二）刊の『集義和書』にも「道者仏者とて、人倫の外道を説て渡世とする者多く」（巻第八）とある。[9] 中世期以上に僧や寺院が荒廃していく中で、「奉加勧進」も正しく機能しなくなっていったと考えられる。その現状を鋭く描き出したのが蓮体の『観音冥応集』である。これは単に僧や寺院の荒廃という問題だけでなく、当時の幕府の勧化政策とも切り離せない。

村上紀夫氏は「近世の宗教者と勧進について、倉地克直は、幕府財政の窮乏を背景に公儀による寺社の修復にかわり、享保七年（一七二二）から幕府の許可のもとで一定期間募金を行う「勧化制」が採用されるようになったことを明らかにし、勧化が強制されるようになった結果、民衆の不満を引き起こしていたことを指摘した。幕藩制下の宗教統制の一環として公儀が認可する勧化に着目した鈴木良明・高埜利彦は公儀による統制からの視点で論じた。高埜は近世の勧化（勧進）には寺社奉行認可の御免勧化と寺社奉行の勧化状をもたない相対勧化があることを明らかにした。御免勧化が認可される寺社と公儀との関係、相対勧化の実態については鈴木の研究がある。こうして御免勧化と相対勧化について明らかにされたことで、統一権力が成立した近世社会には、中世とは様相の異なる勧進がなされていたことが知られるようになり、近世に行われた勧進は近世固有の問題としてとらえる必要があることが明らかになった」と指摘されている[10]。倉地克直氏[11]、高埜利彦氏[12]、鈴木良明氏[13]のご考察とあわせて考えると、蓮体の生きた時代は幕府公認の強制的な勧化政策が行われていく流れの中にあったのである。

例えば、享保一〇年(一七二五)九月には興福寺再建費寄進が大名や商人のみならず、農民にまで奨励されるようになる[14]。幕府の後押しもあって、僧による不当な「奉加勧進」が助長されていく流れの先頭にⒶの相模坊がおり、本説話群ではそういった流れを予見したかのような蓮体の批判意識が看取できる。

もちろん勧進聖の歴史は古い。松尾剛次氏は「十二世紀の末以後の中世においては、「勧進の世紀」と呼べるほど、寺社の堂塔の造営・修復などにおいて勧進方式が一般化した。その担い手は、勧進聖・勧進上人と呼ばれ、大勧進という責任者のもとで、諸国を遍歴し、貴賤上下を問わずに寄付を募った。この勧進活動は、プロの仏教者である僧侶と信者(信者候補者)との関係を理解する上で、きわめて重要な事柄である。なぜなら、勧進の場は、僧侶たちと信者たちとの接点であり、そこには、僧侶たちの堂舎などを建設・充実したいという願望と信者たちとの救済への期待とが、言うなれば、せめぎ合う場であり、宗教活動の本質を理解する上で重要である」と述べられている[15]。一方、網野善彦氏は勧進が体制化していく中で勧進聖が軽視されていき「物乞いに堕ちていく傾向がでてきた」と述べられている[16]。『観音冥応集』からは、そういった中世期における宗教的プロフェッショナルとしての勧進聖とは異なり、物乞いに堕ちていく勧進聖とも異なる、金儲けを前提とした新たな職業的勧進聖の存在が浮かび上がる。同時にそこでは開帳の意味合いも中世期とは異なり、居開帳・出開帳に分かれながら、たびたび行われるようになる開帳は「見世物」化していく。それは蓮体の活動していた河内長野周辺においても例外ではなく、そういった勧進聖や開帳が横行していた可能性は高い。

またⒷでは、狼からの難を逃れたのは観音の霊験・利生かと思いきや、そうではなく狼が観音経を奉加帳だと勘違いして逃げた結果だという笑話的譬喩譚である。奉加帳は寺院、神社の造営、修繕、経典の刊行などの事業（勧進）に対して、金品などの寄進（奉加）を行った物の名称、品目、量数を書き連ねて記した帳面のことであり、いわゆる「奉加勧進」の記録帳である。平気で人を食らい、寄進を行うはずもない狼ですら当時の勧進帳には恐怖を感じていたというのである。ここに本話の皮肉を込めた笑いの要素が存在する。荒廃した宗教的事象に対して笑いを通して痛烈に非難する蓮体の姿勢は、無住の『沙石集』におけるその姿勢と重なるのである。

『観音冥応集』は当然ながら観音様のありがたい霊験譚を収集していく中で、ⒶやⒷはやや趣の異なる説話であると言える。Ⓐでは観音でも救えない不当な「奉加勧進」の罪、Ⓑでは観音経が奉加帳の笑いの種として用いられていることは興味深い。ここで、前世における不当な「奉加勧進」行為は観音でも救えないことや畜生でも「奉加勧進」を恐れ忌み嫌うことを描くことで、逆説的に観音が救うべきはずの役割を果たせないほどの「奉加勧進」の罪の深さが認識される。それにより不当な「奉加勧進」が横行していた当時の深刻な状況を描き出すとともに、「奉加勧進」に対する蓮体の糾弾と揶揄の意識が看取できる。Ⓔにおいて、向こう二〇年の「天下ノ開帳ト奉加」の禁止を提唱した蓮体であったが、実際にはその主張とは逆に「奉加勧進」は推奨、強制される方向へと進んでいってしまう。そういった当時のタイムリーな出来事に対する蓮体の鋭い批判意識、批判感覚は、まさに無住が『沙石集』において伝えようとした、当時の堕落した僧に対する鋭い批判意識、批判感覚と重なるのである。(17)

三　『沙石集』との比較

先述の通り、『観音冥応集』本説話群のⒸⒹは『経律異相』や『沙石集』に類話を有する。次に『経律異相』、『沙石集』の本文を挙げる。蓮体が所持していた地蔵寺本に近い本文と考えられるのは『沙石集』版本であり、特に貞享二年版本であったので、本論ではほぼ同様の本文を有する貞享三年版本（一六八六年刊）の『沙石集』を用いた。蓮体と同時代に刊行された貞享三年本『沙石集』（以下、貞享三年本）は江戸時代に最も流布した伝本であると考えられ、江戸時代に特に読まれた『沙石集』伝本である。これは貞享年間が『沙石集』に対する機運の熟していた時期であることの裏付けであり、蓮体が『沙石集』を積極的に用いたこととも関連する可能性がある。『沙石集』の機運の高まりは、室町期から江戸期にかけて幾度かあったと考えられるが、この貞享年間もそういった時期の一種として見るべきではないだろうか。

『経律異相』巻第一九「跋瓈就鳥乞羽龍乞珠四」

Ⓒ佛告營事比丘。過去世時。有比丘。名跋瓈。止住林中。時釋軍多鳥。亦棲此林。晨暮亂鳴惱於跋瓈跋瓈詣世尊所。頂禮佛足。於一面立。世尊慰問。少病少惱安樂住林中耶。比丘答曰。少病少惱樂住於中。但釋軍多鳥。鳴喚惱亂不得思惟。佛告比丘。汝欲令此鳥一切不來耶。答曰。願爾。佛言比丘。此鳥來時。汝從衆鳥各乞一毛。比丘依教乞毛。諸鳥各落一毛。朝朝去時如是復乞。時鳥即移異處一宿。不得安樂尋復來還。時比丘復從乞毛。復各與一。衆鳥相謂。沙門乞毛不已。恐我不久毛衣都盡。不能復飛。更共議言。此比丘常住林中。我等應去。更求餘棲。諸比丘具以白佛言。林中比丘怯劣。喜亂畏惡鳥聲。佛言。不但今日怯劣。過去世時有一龍象。住在林中。大風卒起。吹折樹木。象聞折聲。驚怖奔走。怖心小歇。又蔭餘樹。餘樹復折。遂復奔走。時天見象念言。此象横自狂走。即説偈言　風暴林樹折　龍象驚怖走　假使普天下　龍象何處避　佛言。干時象者。林中比丘是也。

Ⓓ佛復告比丘。過去世時。有五百仙人。住雪山中。時一仙人。於別處住。有好泉水華果茂盛。去是不遠。有薩羅水。水中有龍。龍見仙人威儀庠序。心生愛念來詣仙人。正復値仙結跏趺坐。龍遶仙人七匝。以頭覆其頂上而住。日日如是。唯有食時不來。仙人以龍遶身故。日夜端坐不得休息。身體萎羸便生瘡疥。爾時近處有人居止。

供養仙人。詣仙人所。見羸劣疥搔。即問。何故如是。仙人具説上事。又問曰。欲令龍不復來耶。答曰然。復語仙人。是龍咽上有瓔珞寶珠。可從龍索珠。龍法性慳終不相與。龍來便從索珠。龍聞乞此。心即不喜徐捨而去。明日龍來遥説偈曰　光耀摩尼寶　瓔珞莊嚴身　若龍能施我　乃爲善親友　龍偈答曰　畏失摩尼珠　猶執杖呼狗　寶珠不可得　更不來看汝　上饌及衆寶　由此摩尼尊　是終不可得　何故慇懃求　多求親愛離　由是更不來　時有天人。於虚空中。説偈曰　厭薄所以生　皆由多求故　梵志貪相現　龍則潜于淵　佛告諸營事比丘。龍象是畜生。尚悪多求。豈況於人。汝等比丘。莫爲多營事廣索無厭。令彼信心婆羅門居士。苦惱捨財出僧祇律第七巻又出彌沙塞律第三巻[18]。

貞享三年本巻第七ノ五「歯取事」

【慳貪な在家人や平等院の阿弥陀堂供養、舎利仏目連等の説話の後に位置する】

Ⓒ畜類マデモ人ノ物コフヲバイトフ事也。昔シ林ノ中ニシテ、定ヲ修スルモノ有ケリ。心ヲ静メテ定修セントスルニ、林ニ鳥アツマリテ、カマビスシカリケレバ、仏ニ此事ヲナゲキ申ニ、ソノ鳥ニ羽一ハヅ、コヘトノ給。サテ帰テコヒケレバ、ヒトハヅ、クヒヌキテトラス。又次日コヒケル時、鳥共云ク、我身ハ羽ヲモテコソ空ヲカケリテ食ヲモ求メ、命ヲモタスクルニ、カク日々ニコハレンニハ皆失ウセテン。此林ニスメバコソカ、ル事モアレトテトビサリヌ。

Ⓓ又恆伽河ノ辺リニ梵志有テ梵行ヲ修ス。河ノ中ヨリ大蛇イデ、ツネニハ身ニマトハレテナレシタシム。イブセクムツカシクオボエテ、仏ニナゲキ申ニ、仏ノタマハク、カノ蛇ハ玉モテリヤト問給。クビニモチテ侍ルト申ス。サラバソノ玉ヲコヘト仰セラル。サテ梵志ソノ玉ヲコヒケレバ、汝ハ小欲知足ナル故ニコソナツカシク思テムツビツレ。我玉ハ只一モテル宝也ナリ。アタフベカラズトテ、ソノ、チハキタラズ。カ、ル因縁ヲヒキ給テ、房戒ヲバ制シ給ケリ。サレバ仏法修行ハ身ニ修シ、心ニツトムベシ。

然レバ上代ノ人器量モタヱタリシハ、樹下石上茅屋岩窟ニテコソ修行シケレ。中古ヨリ此カタ、寺舎ノ建立コマヤカナリ。人ノ根機クダレル故也。雨風ヲフセギ病苦ヲノガル、ホドノ房舎ナラバ、事タリヌベシ。【以下、教説が続く(19)】

Ⓒ Ⓓにおいて、『沙石集』伝本間に大きな異同は認められない。『観音冥応集』と『経律異相』、『沙石集』の主な本文異同を次に挙げる。

〈Ⓒの異同〉

『経律異相』や『沙石集』では鳥となっているが『観音冥応集』では雀となっている点。『沙石集』では鳥たちが単に「カマビスシ」いのに対して、『観音冥応集』では「花ヲ銜来テ供養ジケレバ」とあり、雀が供養を行っている点。『観音冥応集』では雀が「汝ハ無欲清浄ナリト思テ来リ馴タルニ、甚欲深シ」と指摘する点。

〈Ⓓの異同〉

『沙石集』が梵志、大蛇という設定に対して、『観音冥応集』では仙人と弟子、龍という設定になっている点。『観音冥応集』では「乞者人不愛、数則致怨憎。龍王聞乞声一去不復還」という仏の偈が付加されている点。『経律異相』、『沙石集』、『観音冥応集』にそれほど大きな異同は認められない。但し、『観音冥応集』を中心に見れば、より教訓性が高まっていると言える。『観音冥応集』の強調点は、畜生にも存在する信仰心、「無欲清浄」の修行の重要性、物を乞うことへの誡め等と考えられる。これがⒺの教説につながり「近代在々処々ニ奉加ノ声耳ニ聒ク、町々辻々ニ開帳ノ札目ニ溢レタリ。若清浄ノ心ナラバ善ラン。多分ハ貪欲ヨリ起レリ」という結論に落ち着く。やはり、不当な「奉加勧進」を批判するための説話群としての意味合いが強い。では『沙石集』はどうかというと、先に挙げたⒸⒹにおける教説の続きを見ると、

近代ハ美麗ニツクル事仏意ニカナハシカシ。在家ノ有徳ノ檀那ナントノ営マンヲモ、信施ノ重キ事ヲイタムベキニ、仏弟子トシテ道業ヲハムネトセズシテ、造栄功夫ヲ入ル、、道人ノ儀ニアタハスコソ。昔ノ禅師ハ大

ナル寺ニ、五タビ長老スル事有シカトモ、椽一ヲモウゴカサスト云リ。寺ハ仏法ニアラズ。只生身ヲタスクル縁ナリ。（中略）マシテ在家ノ俗士堂塔ヲ建立スルオホクハ名聞ノタメ、或ハ家ノカザリノタメ、或ハ是ニヨリテ利ヲウルモアリ。或ハ酒宴ノ座席詩歌ノ会所トシテ、無礼ノ事共オホシ。又ハ世間ノ雑具ヲ、キ、又ハ客人ノ寄宿ニアツ。（後略）

となっている。教説の中には「在家ノ有徳ノ檀那ナントノ営マン」とあり、当時の寺院の華美な建立や本来の目的とは違う寺院の建立、使用の在り方に対する批判としてⒸⒹを用いている。無住は当時の豪華な寺院の建立に否定的であり、質素な修行地を理想とする。無住の生きた鎌倉時代末には既に大陸から禅宗様等の進んだ様式の寺院建築の技術が入り、日本の宗教建築の技術が最高潮を迎えていたと考えられる。その点については藪内佐斗司氏が鎌倉時代における仏教の庶民への普及に伴い、寺院は大規模化していき、装飾性も強まっていくことに言及されている。[20] 無住は自ら住持した長母寺について『雑談集』「愚老述懐」で次のように伝える。

殊ニ朝夕無（キ）二用心一無縁ノ寺、一物モ不レ蓄ヘ。盗賊ノ恐レナシ。先年強盗寺ニ入テ、土蔵打破テ、「物有」ト聞タレバ、「犬屎ダニモナカリケル」トテ、腹立テ去了。其後ウトミテ入事ナシ。[21]

長母寺を臨済宗の寺として再興したのは無住自身であり、実際にこれほど貧窮していたかどうかは疑わしいが、無住の寺院の一つの理想的在り方を伝えていることは間違いない。結局、無住も「無礼ノ事共オホシ」と述べ、当時の状況に強く憤りを感じている。両者には四〇〇年以上の隔たりがあるが、己の利益のために宗教を利用している者に対する批判という点では時代を超えて重なる。一方は中世期の寺院の建立について、一方は近世期の「奉加勧進」について、無住と蓮体の批判意識、批判感覚は同じ方向性を向いているのである。

それは説話構成の面においても同様である。『沙石集』の手法については拙稿において「『沙石集』の説話構成という側面から見ると、譬えとしての笑いの要素、譬喩経典における譬喩説話、難解な教説というものを意識的に配置している無住の手法が伺える」[22]と指摘したことがあるが、『観音冥応集』の本説話群に目を向けると、観音霊験譚→笑話的譬喩譚→経典説話→教説と展開され、『沙石集』と同じように構成されている。本説話群は『観音冥応集』の特性を端的に表しており、両者の共通性はこういった側面にも見出せるのである。

四 『沙石集』伝本

少し視点は変わるが、『沙石集』伝本間の異同についても触れたい。ⒸⒹに対する石川武美記念図書館（旧お茶の水図書館）成簣堂文庫蔵梵舜本『沙石集』（以下、梵舜本）の教説の中には他の『沙石集』伝本には認められない独自表現が存在する。その箇所を傍線部で示すと、

或ハ造営ノ間ニ蟲類ヲ殺シ、人倫ヲ悩シ、非分ノ公役、天竺米ナムドヲシアテ、ウバイ取ルスル程ニ、貧キ民ハ妻子ヲ売リ、家財ヲイタシ、憂悲苦悩ス云バカリナシ。或ハ孝養等ノ仏事モ、人訪ト云、我所領ノ民ヲ責ム

となっている[23]。

梵舜本の「天竺米ナムドヲシアテ、ウバイ取ルスル程ニ」という表現は『沙石集』の他の諸本では「ナントヲ行ナフニ」という表現に変わる。梵舜本の「或ハ孝養等ノ仏事モ、人訪ト云、我所領ノ民ヲ責ム」という表現は『沙石集』の他の諸本では全く見られない。さらに梵舜本では先に挙げたⒸⒹの教説部分で、他の伝本においては全て「昔ノ禅師ハ」となっている箇所が「慈明ト云シ禅師ハ」となっている。梵舜本はこのような他の伝本には見られない固有名詞が付加されている用例も多く存在する。

「天竺米」に関しては日本古典文学大系の注に「意味未詳。恐らくは堂塔仏寺などの建立に当っての割当米のことであろう。この米を納める者は天竺に生れるなどの意を含むか」とあり[24]、『日本国語大辞典』では「天竺米」の

項に「インド産の米。また、外国産の米」とある。[25]かなり時代を下れば、仮名垣魯文（第一二編からは総生寛）の『万国航海　西洋道中膝栗毛』巻第一〇下に「南米米のなまがみ。天竺米のなまがみ。パン小麦のパンなまがみ」という用例を見出せるが、[26]現時点で他の用例は見出せていない。詳細は別稿に譲りたいが、「天竺米」や「人訪」といった語が時代を下るにつれて特に用いられていくような、例えば近世的語彙であるとすれば、梵舜本の成立を推定する上でも『沙石集』と『観音冥応集』のつながりを考える上でも一つの手掛かりとなり得る。

梵舜本が書写されたのは慶長二年（一五九七）である。『沙石集』諸本において、梵舜本は独自の本文を有する箇所が多いが、現時点で部分的にしても梵舜本独自説話と一致した本文を持つのは、石川武美記念図書館（旧お茶の水図書館）成簣堂文庫蔵江戸初期本、新出伝本の国文学研究資料館蔵大永三年写本『沙石集』（一五二三）、同じく新出伝本の牧野則雄氏蔵永禄六年写本『沙石集』（一五六三）である。[27]これらの『沙石集』伝本の成立時期は極めて重要であると考える。室町期から江戸期にかけて『沙石集』と関連する作品は多く創出されたが、これらの『沙石集』の延長線上に位置する作品群と『沙石集』の個々の伝本には、つながりを見出すことができる。それは一六世紀頃から一七世紀初めにかけて『沙石集』の伝本や抜書本・改編本が多く創出もしくは書写されていることである。これによって時代を貫く一つの思潮として『沙石集』を捉えることができる。

その思潮を探る上で、手掛かりとなる作品は多数存在する。抜書本・改編本では神宮文庫蔵『金撰集』、大谷大学図書館蔵『扶説鈔』、神宮文庫蔵『金玉集』、満性寺蔵抄本『沙石集』〈内題「見聞聚因抄第四」〉、国立公文書館内閣文庫蔵『金玉要集』、永青文庫蔵『砂石集抜要』、仙台市民図書館蔵『沙石集抜書』等が存在する。その他、『沙石集』と四〇種以上の類話を有する『直談因縁集』、全八一条のうち一六条が『沙石集』巻第一及び巻第五の本文を抄出したと考えられる真福寺本『類聚既験抄〈神祇一〇〉』がある。また、近世期には『醒睡笑』、『昨日は今日の物語』、本論で取り上げている『観音冥応集』、『礦石集〈真言礦石集〉』、『沙石集』の名称を継承した『新撰沙石集』、『続沙石集』（うち『新撰沙石集』は『沙石集』とは別内容）、『沙石集』と関係を有する芸能、絵巻物等にまで目を向ければ、その数はさらに増すと言える。これらは、そのほとんどが室町期から江戸期にかけて成立しており、特に一六世紀頃から一七世紀初めにかけて成立している。

江戸期にも同様に『沙石集』の思潮は訪れたと考えられる。先に述べた通り、貞享三年本出版から『観音冥応集』成立の宝永年間頃の一七世紀後半から一八世紀にかけても『沙石集』に対する機運が熟していた時期である可能性は高い。『沙石集』の意志を受け継ぐ作品群は、梵舜本や梵舜本と類似した本文を有する『沙石集』伝本と相互に影響し合いながらともに成立したという見通しまで立つのである。

『観音冥応集』には多数の作品が用いられているが、本論で見ているように『沙石集』機運の高まりとあいまって『沙石集』の影響は極めて大きなものとなり、蓮体の思想や手法にまで影響を与えていると考えられる。そういった作品をそれぞれ見ていくことで『沙石集』の思潮はより鮮明になるはずである。『沙石集』伝本、抜書本・改編本、関連作品等を一つにつなげられるかが今後の『沙石集』研究の一つの課題となると論者は考える。それがつながる時に初めて「個」ではなく、中世期と近世期を結ぶ「運動体」としての『沙石集』の役割が見えてくる。

五　蓮体の批判意識

『沙石集』と共通説話を用いた蓮体の批判意識について、さらに見ていきたい。

『観音冥応集』巻第五ノ三一「聖武天皇解脱上人ハ観音ノ化身ナル事」においては、聖武天皇が東大寺建立時に生身の観音菩薩に出会ったことや貞慶と重源とのやりとりの中で貞慶が観音菩薩、重源が釈迦如来の生まれ変わりであることに触れる。そして四聖信仰を用いて、聖武天皇も貞慶も観音菩薩の化身であると説く。そこから自ら観音菩薩であると名乗ることを強く糾弾し、『沙石集』説話を引き合いに出すのであるが、その箇所を次に挙げる。

若自ラ我コソ観音地蔵ノ化身ヨト名乗者ハ、衆生ヲ惑乱シ、大妄語ヲ作。喩ヘバ人ノ糞ヲ刻ミテ、栴檀ノ形トナシ、香気ヲ求ンガ如シ。是処リ有コトナケント。云云昔ノ聖徳太子泰澄、聖武、如意尼、伏見ノ翁、教待和尚、行睿居士ノ如キハ、皆不思議ノ瑞アルスラ、尚自ラ光リヲ韜ミ玉フ。況ヤ今ノ世ノ人、何ゾ自ラ名乗ベケンヤ。沙石集ニ記セル、東大寺ノ石切経住ガ、我ハ観音ノ化身ナリトテ、誓言ニテ語リケレバ、諸人笑ヒシコトアリ。頃載世ニ菩薩堂ト号セル、大売僧アリ。書ヲ著シテ、自ラ観音ノ化身ナリト名乗ル。捐ルヨリモ猶可笑コトナレド、後ノ世ノ愚人ハ、或ハ実ナリトヤ思フラン。悲シキ事ドモナリ。豈弁ザルベケンヤ。

蓮体は僧が自ら観音を名乗ることを「大妄語」として、「喩ヘバ人ノ糞ヲ刻ミテ、栴檀ノ形トナシ、香気ヲ求ンガ如シ」と厳しく批判する。ここからは古本系統の『沙石集』巻第六において見られる山伏を非難した上人の言葉「烏帽子モキズ、児ニモアラズ、法師ニモ非ズ、下風ニモアラズ、屎ニモ非ズ、ビリ屎ノ様ナル物ノ候ゾヤ」（梵舜本）と類似した批判意識が看取できる。

また『観音冥応集』の「沙石集ニ記セル、東大寺ノ石切経住ガ」以下の本文は『沙石集』巻第一ノ四「神明慈悲貴給事」を指す。恵心僧都に対する御託宣の際、仮の姿が長すぎて巫に憑依して現ずることができなかった神の説話を載せた後、

東大寺ノ石ヒジリ経住ガ、我ハ観音ノ化身也トナノレドモ、人信ゼヌママニ、オビタ、シク誓状スルヲ、或人観音ノ化身トナノルヲ人信ゼズバ、神通ナンドヲ現ジテミセヨカシ。誓状コソ無下ニオメタレトイヒケレバ、アマリニヒサシク現ゼテ神通モワスレテ侍モノヲヤトイヒケル。思アハセラレテオカシクコソ。末代ハ時ニシタカフ、ルマヒニテ権者モワキガタカルベシ。（後略）

と続く。『沙石集』においては笑話仕立てになっている。「アマリニヒサシク現ゼテ神通モワスレテ侍モノヲヤ」とさらりと言ってのける「石ヒジリ経住」に対して、無住は揶揄を含んだ、やや暖かい視線で「思アハセラレテオカ

シクコソ」と評する。『観音冥応集』においては「頃載世ニ菩薩堂ト号セル、大売僧アリ」「後ノ世ノ愚人ハ、或ハ実ナリトヤ思フラン。悲シキ事ドモナリ。豈弁ザルベケンヤ」とあり、蓮体には現状を悲嘆する姿勢が認められる。これは近世期においても自ら観音を名乗る僧たちが多くいたことを伝え、その状況は「奉加勧進」と同様に蓮体にとって深刻なものであったと考えられる。二人の視線はやや異なるが、ホンモノの観音の化身とニセモノの観音の化身を峻別する必要性を鋭く説く点では同様なのである。やはり蓮体は無住の説話を受け継ぎながら、近世期において新たに再生産しようと試みている。

『観音冥応集』巻第六ノ四七「栂尾ノ明慧上人ノ事」では明恵上人の言を借りる形で「我ニ一ノ名言アリ。アルベキヤウハ、ト云七字ナリ。僧ハ出家ノアルベキヤウ、在家ハ在家ノアルベキヤウ、武士、公家、農人、商客、何モアルベキヤウハノ七字ヲダニ背カザレハ、現世安隠後生善処ナリ」と述べ、全て「アルベキヤウ」に生きること、つまり僧、在家人、武士、公家、農民、商客はそれぞれあるべき姿があると指摘する。さらに「悲イカナ昔ノ人ノ高行ヲ聞テハ、彼ハ上代ナリ、権者ナリトテ、高ク聖境ニ推リ、我ハ末代ナリ、凡夫ナリトテ、恣ニ自ラ放シテ無慚ナルコト、是自ラ地獄ニ走リ往者ナリ」と述べ、末代であることや凡夫であることを逆手にとって、好き勝手に振る舞うことを誡めている。蓮体にとって、不当な「奉加勧進」も自ら観音を名乗ることも「アルベキヤウ」ではなく、「恣ニ自ラ放シテ無慚ナル」ことであったと言える。

おわりに

『観音冥応集』巻第五ノ三〇「美濃谷汲寺十一面観音ノ事」において蓮体が『観音冥応集』を著した一つの動機が垣間見える。具体的には「予是冥応集ヲ録スルノ志偏ニ応験伝ノ断タルヲ歎クニ依テナリ」「末世ノ人ハ遠キ処、古キ験ヲ信ズル者ハ少ク、近キ寺新シキ効シヲ尊ム者ハ多シ」とある。「近キ寺新シキ効シ」を重視する末代の人々と、それに伴う風潮は蓮体にとって一つの批判対象であった。忘れ去られそうな観音の霊験譚を通して、過去の「アルベキヤウ」に還ることを目指した蓮体の意図がわかる。

鎌倉時代末という時代の中で、「末代」における僧や寺院の在り方に強く憤りを感じていた無住がその思想を表出したのが『沙石集』であった。時代は下り江戸時代を迎えるが、同じように、いやむしろ中世期以上に「末代」を逆手にとって「奉加勧進」や自ら観音を名乗ることを正当化する僧や寺院に対して蓮体も批判せざるを得ない現状があった。その表現の場が『観音冥応集』だったのである。蓮体はまさしく『沙石集』における無住の遺志を正当に受け継ぎ、『沙石集』を近世期において再生産しようとした者の一人であった。

〈注〉

（1）山崎淳氏「『観音冥応集』出典考―巻第三8話を例として―」（『詞林』第四一号、大阪大学古代中世文学研究会、二〇〇七年四月）、山崎淳氏「蓮体所持本『沙石集』について―前稿の補足を兼ねて―」（『詞林』第四三号、大阪大学古代中世文学研究会、二〇〇八年四月）参照。

（2）田中宗博氏「蓮体編『観音冥応集』と南大阪地域」（『境・南大阪地域学研究論集』第一号、大阪府立大学、二〇〇八年三月）、山崎淳氏「『観音冥応集』の性格と研究の課題」（『語文』第九〇輯、二〇〇八年六月）等。

（3）『観音冥応集』の本文の引用は全て神戸説話研究会編『宝永版本観音冥応集―本文と説話目録―』（和泉書院、二〇〇六年）を用いた。

（4）高楠順次郎氏編輯『大正新脩大蔵経』第四八巻　諸宗部五（大正新脩大蔵経刊行会、一九七六年）参照。

（5）末木文美士氏編『新アジア仏教史13日本Ⅲ　民衆仏教の定着』（佼成出版社、二〇一〇年）参照。

（6）清水寺史編纂委員会編修『清水寺史』第二巻　通史（下）（法蔵館、一九九七年）参照。

（7）注（6）に同じ。

（8）清水寺史編纂委員会編修『清水寺史』第三巻　史料（法蔵館、二〇〇〇年）参照。

（9）武笠三氏校訂『集義和書　全』（有朋堂書店、一九二七年）参照。
（10）村上紀夫氏『近世勧進の研究―京都の民間宗教者』（法藏館、二〇一一年）参照。
（11）倉地克直氏『論集　近世史研究』（京都大学近世史研究会、一九七六年）参照。
（12）高埜利彦氏『近世日本の国家権力と宗教』（東京大学出版会、一九八九年）参照。
（13）鈴木良明氏『近世仏教と勧化―募縁活動と地域社会の研究』（岩田書院、一九九六年）参照。
（14）遠藤元男氏『近世生活史年表』［新装版］（雄山閣出版、一九九五年）参照。
（15）松尾剛次氏『勧進と破戒の中世史―中世仏教の実相―』（吉川弘文館、一九九五年）参照。
（16）網野善彦氏『網野善彦著作集』第一二巻（岩波書店、二〇〇七年）参照。
（17）当時の堕落した僧に対する鋭い批判意識、批判感覚は『沙石集』の随所に見られるが、例えば巻第四においては当時の上人を揶揄、批判する説話や教説が多く見られる。
（18）高楠順次郎氏編輯『大正新脩大蔵経』第五三巻　事彙部上（大正新脩大蔵経刊行会、一九六二年）参照。
（19）『沙石集』諸本に共通する説話の本文の引用は全て私有の貞享三年本影印を用い、句読点を付した。
（20）若林純氏撮影・構成『寺社の装飾彫刻　宮彫り―壮麗なる超絶技巧を訪ねて』（日貿出版社、二〇一二年）における藪内佐斗司氏「解説」参照。
（21）『雑談集』本文の引用は山田昭全氏、三木紀人氏校注『中世の文学　雑談集』（三弥井書店、一九七三年）を用いた。
（22）拙稿「『沙石集』における譬喩経典受容の在り方」（『佛教文学』第三五号、佛教文学会、二〇一一年三月）参照。
（23）梵舜本の本文の引用は全て渡邊綱也氏校注『日本古典文学大系　沙石集』（岩波書店、一九六六年）を用いた。
（24）注（23）に同じ。
（25）日本国語大辞典第二版編集委員会・小学館国語辞典編集部編『日本国語大辞典　第二版』第九巻（小学館、二〇〇一年）参照。
（26）小林智賀平氏校訂『西洋道中膝栗毛』上巻（岩波書店、一九五八年）参照。
（27）国文学研究資料館蔵大永三年写本『沙石集』は落合博志氏「新出『沙石集』大永三年写本について」（小島孝之氏監修『無住　研究と資料』あるむ、二〇一一年）におけるご考察があり、本文については国文学研究資料館マイクロ

／デジタル資料・和古書所蔵目録において参照できる。牧野則雄氏蔵永禄六年写本『沙石集』は土屋有里子氏「新出『沙石集』永禄六年写本について」（『中世文学』第五九号、中世文学会、二〇一四年六月）におけるご考察がある。

縁起を創る人・縁起を書く人

――『観音冥応集』「讃州東林山ノ観音感得ノ縁起ノ事」の典拠『日内山観音縁起』成立の事例から――

木下資一

近年、近世説話の研究が活発化している。大阪府河内長野市に現存する寺院、地蔵寺住職だった蓮体の手になる『観音冥応集』[1]も、近年注目を集めている近世説話集の一つである。この西国三十三箇所観音霊場をはじめ、各地の観音の霊験説話を集成した『観音冥応集』に収められている説話中、巻四第二十七話は、讃岐国日内山霊芝寺観音像をめぐる説話である。ここに見える霊芝寺は、香川県さぬき市に現存する寺院であり、高松藩主第二代松平頼常[2]および第十代頼恕の菩提寺でもある名刹である。かつては大岡寺また東林山遍照光院とも称した。現在は高野山真言宗の寺院であるが、近世には律宗寺院として知られていた[3]。その『観音冥応集』所載の説話内容は、四国八十八箇所巡礼をしていた阿波国浄智寺の僧専入が夢告によって、ある辻堂から持ち出した観音像が霊芝寺に祀られるに至った経緯を語る話である。

この説話末尾には、『観音冥応集』編者蓮体自身が霊芝寺に訪問したこと[4]が述べられており、霊芝寺中興の祖とされる恵忍和尚[5]とも親交があった様子も記されていて、近世の勧化僧蓮体の伝記を知る上でも重要な意味を持つ。『観音冥応集』の著者蓮体の師であり、叔父でもある浄厳は真言僧であるが、律宗を再興した槙尾西明寺明忍の法流を継ぎ、真言律を説いた人物としても知られる[6]。霊芝寺の恵忍は『観音冥応集』記事に「洛西ノ槙尾山ノ住侶ニテ」とあり、槙尾西明寺ゆかりの僧である。律僧であり、浄厳と恵忍は同じ法系を汲む。二人とも神鳳寺と関係しており、そのような縁もあって、蓮体は霊芝寺に立ち寄ったのかもしれない。

本稿では、まずこの説話の出典と見られる縁起の存在を示した上で、この縁起の成立過程を明らかにしてみたい。その上で、特にこの縁起の成立に深く関わったと見られる二人の人物の活動について、知り得たところ、考えたところを述べてみたい。一人は縁起の創り手と見られる運紹という僧について、もう一人はこの運紹に依頼されて縁起を書いた人物「生白隠士龍氏」こと龍熙近（りゅうひろちか）（俳人尚舎）についてである。近年の説話研究の動向として、寺社縁起研究の活発化も指摘できる。しかし、それら寺社縁起の成立に直接関わった人物について明らかにできる例は稀である。当該縁起は、それを明らかにできる貴重な例といえよう。

一　『観音冥応集』巻四第二十七話と『日内山観音縁起』

ここで問題にする『観音冥応集』巻四第二十七話には、明らかに出典と目される寺院縁起の存在が確認できる。それは旧編『香川叢書』[7]に翻刻されている『日内山観音縁起』[8]である。この両者の本文を比較してみれば、その一致は明白である。以下、上下対照して本文を示す。引用に際し、旧字は通行のものに改めた。

（両者に大きな異同箇所がある場合には実線、それに準ずる箇所には破線の傍線を付した）

『観音冥応集』巻四第二十七話	『日内山観音縁起』
讃州東林山ノ観音感得ノ縁起ノ事	日内山観音縁起

讃岐国寒川郡日内山大岡寺遍照光院
ハ開基ヲ知ズ。中興ハ慧忍律師［諱ハ泰然］ナリ。律師ハ洛西ノ槙尾山ノ住侶ニテ、故アッテ神鳳寺ニ入リ、縁ニ随テ讃州ニ来リ玉フ時、諸人尊敬シテ、戒香遠ク薫ズ。前讃州侯龍雲軒、徳風ヲ慕ヒ玉ヒテ、此山ニ住セシメ玉フ。

本尊十一面観音［一尺七寸］ハ、弘法大師ノ御作ナリ。是尊像日内山ニ来リ玉フ。因縁不思議ナリ。

寛文八年、六月ノ比ニヤ、阿州徳嶋浄智寺ノ住侶、専入ト云シ僧、四国遍礼ノ志アリテ、既ニ国ヲ出予州三嶋ニ宿セシ夜ノ夢ニ、三十ニモ成玉フラント見テ、最貴キ僧来リ告テ宣ク、讃州ヘ行ハ我モ随ヒナナント宣フト見テ覚ヌ。

専入心ニ怪シキ夢ヲ見タリト思ヒナガラ、明果テ三嶋ヲ出三四里モ有ナン、拝師ト云処ノ辻堂ニ休息シ侍リシニ、往来ノ人モ共ニ憩ヒシガ、専入暫シ眠リシ夢ニ、過シ夜夢ミシ僧又来リ玉ヒ、同ジヤウニ見テ、我ハ此処ニアリヌト告サセ玉フト

讃州寒川郡東林山霊芝寺観世音菩薩尊像感得記旧号日内山大岡寺
遍照光院

寛文八年戊申六月の比にや、阿州徳島浄智寺の住侶専入といひし沙門、四国遍路の心さしありて、既に国を出、予州三島に宿りける夜の夢に、三十にも成給ふらんと見へて、最もたうとき僧来り、告て宣はく、讃州へ行は、我も随ひなむとのたまふと見て覚ぬ。

専入心にあやしき夢をみるよと思ひなから、明果て三嶋を出、三四里も有なむ林といふ所の辻堂に休息し侍し。往来の人も共に休らひしか、専入しはし眠し夢に、過し夜の僧又来り給ひ、同しやうに見へて、我は此所にありぬと告させ給ふと見て覚ぬ。

見テ寤ヌ。

昨夜今昼二度同ジ夢ヲ見ル、不思議サヨト思ヒテ、左右ヲ見レバ、先ニ来リツドヒシ人モナシ。仏壇ヲ見レバ、ヤンゴトナキ観音ノ尊像御坐ス。久シク香灯ノ供ヘモ絶シニヤ、塵垢ニ埋レ玉ヘドモ、相好微妙ニシテ、凡俗ノ作トハ見玉ハズ疑モナク此霊像ノ示サセ玉フニコソト、有ガタク貴キコト心肝ニ銘ジテ、急ギ具シ奉ラント思ヒヨリキ。然レドモ人ノ咎メノ恐レナキニモアラネバ、御鬮ヲ乞。大士ノ御心ニ随ヒナント、三度試ルニ、皆上ラセ玉フ。

今ハ不審キ筋モナケレバ、壇上ヨリ降シ奉リ、衣ニ包ミ背ニ負、辻堂ヲ出ヌ。道スガラ思フヤウ、讃岐ヘトハ告サセ玉ヘドモ、讃岐ヘ行テ何クニカ納ムベキ。只我寺ニ具シ奉リ、恭敬セバヤト私念ヲ起シ、行々テ一村ニ宿ス。

其夜ノ夢ニ威儀厳重キ、毘沙門天ノ如クナル偉人来リ、専入ヲ種々ニ呵嘖シテ去リ玉ヒヌ。是ハ讃岐ヘトノ御告ヲ用ズ。我カ寺ヘト思ヒシ念ヲ、

昨夜今昼二たひ同し夢を見る不思議さよと思ひて、左右を見れは、先に来つとひし人もなし。仏壇をみれはやむことなき観世音菩薩の尊像おはします。久しく香燈の供へたに絶しにや、塵垢に埋もれ給へとも、相好微妙にして、凡俗の作とは見へ給はす。疑なく此尊像の示させ給ふにこそと、有難貴きこと、心肝に銘して、いそき具し奉らむと思ひよりき。然とも人のとかめの恐れなきにしもあらねは、御鬮を乞、大士の御心に随ひなんと、三たひ試るに、皆あからせ給ふ。

今はいふかしき筋目もなけれは、檀上よりおろしたてまつり、衣に包み、背に負ひ辻堂を出ぬ。道すから思ひしは、讃岐へとは告させ給へともさぬきへ行て、いつくにか納むへき。只我寺へ具し奉り、恭敬せはやと私念を起し、行き〳〵て一村に宿す。

其の夜の夢に、威像をおもたゝしく、具足甲ちうを帯し、手に刀杖を取、身にあせして心におそれおそろしく思ふ毘沙門天の如くなる偉人来り、専入を種々呵責して去り給ひぬ。

仏法護持ノ毘沙門天、咎メ誡メ玉フナルベシ。

天王去リ玉ヒテ後、先ニ見サセ玉ヒシ僧来リ、一首ノ歌ヲ詠ジ玉フ

何ナルヤ大悲ノ出ル日内山、我此ノ三世ニアラン限リハ、ト。

専入夢覚テ、思ヘラク、サテモ我凡下ノ私念ニ牽レテ、我ガ寺ヘト思ヒシ事ノ浅猿サ、恥シサ、云ンカタナクテ、急ギ日内山ヘ具シ奉リ、衆僧ニ対シ件ノ趣ヲ委ク語リ、霊像ヲ納メ奉リ、一宿シテ国ニ帰リヌ。

時ニ寛文八年、七月二十二日ナリ。爾後専入程ナク身罷リヌト聞テ弥奇異ノ事ヤト、スヾロニ感涙ヲ催シ侍ル。

［已上縁起］

評ニ曰ク、大悲ノ出ル日内山トハ、大悲ノ光明焰々ト涌出シテ、至ラヌ隈モナク照シ玉フナレバ、何クニカ迷闇ノ衆生ノアルベキ。大悲ヲバ火ニヨ

是は讃岐へとの御告を用ひす、我寺へと思ひし念を毘沙門のとかめ給へるなる可し。偉人去り給ひて、後先に見え給ひし僧来り、一首の歌を詠し給ふ。

何なるや大悲の出るひうち山はれ此みよにあらむかきりは

夢覚て専入おもへらく。扨もはれ凡下の私念にひかれ、我寺へと思ひし事の、あさまし恥かしさいはんかたなく、急き日内山へ具し奉り、衆僧に件のおもむきをくはしくかたり、霊像を納め奉り、一宿して国に帰りぬ。

旹に七月廿二日也。其後専入程なく身まかりぬと聞て、いよ〳〵奇異のことやと、すゝろに感涙を催し侍る。

論曰。大悲の出る日内山とは、大悲の光明焰々と涌出して、いたらぬ隈もなく照し給ふれは、何くにか迷闇の衆生有へき。大悲をは火によせ、日内山は火打にとりなして、鑚出せる火

セ、日内山ハ火燧ニトリナシテ鑽リ出セル火ノ如ク、大悲ノ光明ノ有縁ノ機ニ応ジ玉フ事ノ、速疾ナルヲ述玉フニコソ、我此三世ニアラン限リハトハ、三世ハ三世ナラシ。過去ニテハ正法明如来ニテ御坐ス。未来ハ安養浄土ノ化主ト成玉ハンナレバ、三世常恒ニ有情界ヲ度シ尽シ玉ハントヤ。有ガタクモ中々言ヲ絶ヌ。

殊ニ発端ノ、何ナルヤノ、五文字コソ、奇妙ニ侍レ。大慈大悲ノ御本誓ハ、不測ノ智力ニイマセバ、何トモ形取名付ベキヤウナシトゾ。或ハ三十三身ノ応現ハ、偏ニ度スベキ者ノ機ニ赴キ玉フナレバ、度生ノ御姿ノ十界ニ渡リテ、一定スベキニアラザルニヨリ、何ナルヤトハツラネサセ玉ヘルナラシ。

猶又シメヂガ原ノ御詠ニ符合セシゾ、イトヾアヤシク侍ル。愚カニ拙キ心ヲ以テ、ヤンゴトナキ御詠ニ、筆ノ迹ヲ添侍ルハ、恐レ多キ事ニ侍ルメレド、カク賢キ御誓願ヲ、ナベテ世ニ知シメ、猶飽タラズ信仰シ奉ラントノ、心ニ引レテカクナン。

のごとく、大悲の光明の有縁の機に応し給ふ事の、速疾なるを述給ふにこそ。我れ此みよにあらむかきりはとは、みよは三世なるへし。過去にては正法明如末におはします。未来は安養浄土の化主と成給はんなれは、三世常恒に有情るを度し尽したまはんとや。有かたしとも中〳〵ことはを施ぬ。

殊に発端の何なるやの五文字こそ奇妙に侍れ。大慈大悲の御本誓は不測の智力にいませは、何ともかたとり名付へきやうなしとそ。或は三十三身の応現は、ひとへに度すへきもの、機に赴き給ふなれは、度生の御姿の十界にわたりて、一定すへきにあらさるにより、何なるやとはつらねさせ給へるなるへし。

猶又しめちの原の御詠に符合せしは、いと、あやしく侍る。愚に拙き心をもて、やん事なき御詠に筆の跡を添侍るは、恐れ多き事に侍るめれと、かくかしこき御誓願を、なへて世にしらしめ、猶あきたらす信仰し奉らむとの心にひかれて、罪もとかめも打忘れてかくなん。

［已上生白隠士龍氏ノ記ナリ］

予又評ジテ曰ク、何ナルヤノ五文字ハ、専入讃

同テ述二一掲一、

奉レ讃二歎大悲之感応一

大悲本誓没二休期一

濁世ノ群生鐃益滋。

光照赴レ機ニ似二鑽ヲ燧一

感応交合スレハ不レ過レ時ヲ

貞享乙丑の冬の比、霊芝寺の運照比丘、我が神宮にまうて、、楠部村弘正寺は、興正菩薩の開基なる故に、其側にしはらく棲止し給ひぬ。あくる年む月の十日あまり、陋居を訪尋ありて、尊像の霊異をかたり給ひ、其趣書つゝりてよと請給ふにより、老のすさひもたと〳〵しけれと、当来のよすかにもやと筆をそめ侍る。

日内山大岡寺遍照光院は、本是旧跡也。寛文二年壬寅、洛西律院槇尾より恵忍比丘来りて経始し給ふ。其後十五年を歴て、高松の城主の命により、旧号を改め東林山霊芝寺と名付、寺領御寄附ありし。運照比丘は、恵忍比丘の高弟也。

観世音菩薩尊像長一尺七寸、十一面ノ立像、弘法大師御作。

生白隠士龍氏欽記

州ニテハ何レノ寺ニカ入奉ラント案ジケルヲ、何ヤト問ハヾ日内山ゾト告玉フナルベシ。次ノ二句ハ、観音ハ天照太神ニテ渡ラセ玉ヘバ、日ノ出デ、四天下ヲ照シ玉フニ準ヘタルナラン。遍照光院ト号セシ事、此ノ道理ナリ。火燧ノ義ニ取ラハ恐クハ義狭カルベシ。下ノ二句ハ三世ノ義ニ取ルハ、義広大ナリトイヘドモ、唯尊像ノ娑婆世界ニ住シテ、摂化利生シ玉フヲ述玉フナルベシ。猶近ク取ラバ、此像日内山ニ有縁ナレバ、此山ニ住シ玉フヲ云ナルベシ。

予曾テ登山シテ拝シ奉ルニ、福徳ノ相坐テ、殊勝ノ尊像ナリ。慧忍和尚ニ白シテ曰ク、此像大ニ福相ノ御坐間、寺院大ニ栄フベシト云ケレバ、悦ビ玉キ。果シテ龍雲軒若干石ノ寺領ヲ寄附シ玉ヒ、南嶺院殿又若干ヲ加増シテ、伽藍ヲ修覆シ玉ヒ、廟処ヲ山内ニ築キ玉ヒキ。東林山霊芝寺ト改メ玉フコトハ慧忍和上持律堅固ニシテ、念仏ノ行者ナレバ、彼ノ唐ノ廬山ノ遠公ニ準擬シ、余杭ノ大智律師ニ比シテ、名ケ玉フナルベシ。殊ニ高松ヨリハ東ニ当リヌレバ、旁以テ相応セルモノナラン。

『観音冥応集』当該説話末で「予曾テ登山シテ拝シ奉ル」と述べていることから明らかなように、蓮体は霊芝寺を訪れ、説話で語られている観音像を実際に見ている。その際に、この観音像をめぐる霊芝寺縁起を入手し、『観音冥応集』の一説話として収めたのであろう。右の表で確認されるごとく、両者の同文性は明白である。

ただし、蓮体が『観音冥応集』の説話として取りこむ際に、少しではあるが『日内山観音縁起』に手を加えているところもある。箇条書きにしてみれば、およそ次の六箇所である。

1．冒頭部、『縁起』には無い、霊芝寺の来由と慧（恵）忍律師の経歴の説明を加えている。

2．『日内山観音縁起』末尾におかれている観音像が弘法大師作という伝承を、冒頭近くに記している。その上で、「是尊像日内山ニ来リ玉フ。因縁不思議ナリ」と、この後に続く話の内容を、概括している。

3．専入が毘沙門天から叱責される夢を見る場面で、『日内山観音縁起』では毘沙門天の姿やその姿を見たときの専入の心理が具体的に語られているのに対し、概略的な記述になっている。

4．専入が観音像を霊芝寺に納めて去った年を、「寛文八年」と明示化している。

5．『日内山観音縁起』末尾の龍氏論述の後半部、即ち観音を讃える偈、および慧（恵）忍律師の弟子運照が龍氏に縁起執筆を依頼した経緯についての記述が省かれている。

6．観音詠歌「何なるや大悲の出るひうち山」について、『観音冥応集』末尾に「予又評ジテ曰ク」と言い添えた上で、『日内山観音縁起』龍氏の「論」の解釈と異なる自分の解釈を述べ、また自ら霊芝寺でこの尊像を見た時の感想、慧忍和尚との交流やその後の霊芝寺の行く末について述べている。

右の1については、蓮体が恵忍から得た知識を書き加えたものであろう。師浄厳と同門の恵忍の徳、霊芝寺の権威を称揚する意図が読み取れる。

2、3、4、5の説話改変操作には、霊芝寺本尊の観音像の霊験に焦点をあてて語ろうとする、蓮体の主題意識が見て取れる。1と6後半については、蓮体自身の体験や知見を加えて当該寺院を説明することで、説話を現実の事件として読者に身近に共感させる効果がある。また6前半の和歌の解釈については、蓮体自身の観音信仰を披瀝しようとする意欲の表れである。「大悲ノ出ル」の句を天照大神と結びつけて解釈するところは、いかにも蓮体らしい。巻一第五話「観音娑婆有縁殊ニ日本ニ有縁ナル事」、第六話「内侍所ノ事」などで日本の起源神話と観音信仰との関連を説明し、「内侍所ハ即チ天照太神、日天子ニテ、本地ハ観音ナレバ、上一人ヨリ、下万民ニ至ルマデ、誰カ此菩薩ヲ信仰セザルベキヤ」（第六話）と述べていることが思い合わされるところである。

一方で説話化する際、その叙述に関して無頓着と思われる部分もある。『縁起』の最終部分「其後専入程なく身まかりぬと聞て、いよ〳〵奇異のことやと、すゝろに感涙を催し侍る」とあるが、専入死没を聞いて感涙を催したのが誰なのか、説話を伝えた運照なのか、縁起を書いた龍氏なのか、またはその他の人なのか、はっきりしない。その部分をそのまま『冥応集』は引用している。『観音冥応集』記事の文脈に沿って読めば、「スゞロニ感涙ヲ催シ」た主語は蓮体と解釈されるはずである。蓮体はその主語の問題には拘泥しなかったように見える。奇瑞への一般的な感動表現として、その主体まで意識しなかった可能性が高い。

『観音冥応集』記事に「龍雲軒」と見えるのは、初代讃岐藩主松平頼重[9]のことである。諱は源英公。徳川家康の孫にあたり、有名な黄門水戸光圀の兄でもある。『冥応集』第六本第一話「讃州志度寺ノ観音ノ縁起」に、志度寺の再興者として「前讃州大守、従四位上、左近衛少将龍雲院殿源英公再興シ玉フ。公諱ハ頼重松平氏、東照大権現ノ孫ナリ。信心堅固ノ名将ニテ、国中ノ神社仏閣ヲ修覆シ玉フ事往昔ニモ増レリ」と見えている人物である。この記事にある通り、民心の安定のため、寺社信仰を奨励する政策を行ったと言われている。蓮体の師である浄厳に帰依したことでも知られている[10]。蓮体にとっても身近な人物と言える。

二　『日内山観音縁起』を書いた人

『観音冥応集』に引用されなかった「生白隠士龍氏」による『日内山観音縁起』の話末識語によれば、この縁起は、「貞享乙丑」すなわち貞享二年（一六八五）冬の頃、霊芝寺中興恵忍の高弟であった運照が伊勢神宮に参詣した際、楠部村にあった興正菩薩叡尊開基の弘正寺近くに暫く居住した。翌貞享三年一月十日過ぎ頃に、生白の家を訪問して霊芝寺本尊の霊異を語り、その縁起の執筆を依頼されたので、老齢の仕事で不十分であるが、来世の頼りになるかも知れぬと、書き始めたという経緯が説明されている。楠部村の弘正寺とは、現在は廃寺となっている三重県伊勢市楠部町に存在した西大寺流律宗寺院である[11]。当時の霊芝寺は律宗寺院であったから、霊芝寺僧の運照が弘正寺近くに住んだという話は、納得できる話である。

このように、寺院縁起が当該寺院関係者によって知識人に依頼して執筆され、成立することが知られる例は、珍しいのではなかろうか。この縁起に於いて、縁起を語り伝えたのは、運照比丘であり、執筆を依頼されたのが「生白隠士龍氏」であった。まずこの人物について、その名前と経歴を明らかにしておこう。

「生白隠士龍氏」とは、伊勢山田外宮の有力御師の家出身の神道思想家で、熱心な仏教徒でもあった龍熙近と見て間違いなかろう。元禄六年（一六九三）八月二日に七十八歳で没している。通称は伝右衛門、号は道旦居士、尚舎、生白を称した。神道思想書を中心に、多数の著作を残している[12]。俳人としても知られ、貞享五年（一六八八）には伊勢を訪ねた松尾芭蕉が挨拶の句を献呈していることが知られる。その句が「物の名を先づ問ふ蘆の若葉哉」である。『笈の小文[13]』には、この句と共に「龍尚舎」の名が見えている。芭蕉が会ったとき、尚舎こと熙近は七十三歳。運照が縁起執筆を依頼したのは、この前々年、七十一歳の時であった。「老のすさひもたと〳〵しけれ」という言葉は、あながち謙辞による誇張とは言えないようである。

熙近が書いた縁起は、この『日内山観音縁起』ばかりではない。元禄三年（一六九〇）七十五歳の時に、伊勢外宮の森に接する蓮随山内にあった梅香寺の縁起も執筆している。その『梅香寺縁起』奥書には、「元禄三歳次庚午応鐘望　生白散人龍氏道旦〈行年七十五。〉」と記されている。現在、この縁起は神宮文庫に蔵されている。

熙近の著作については、『天照坐豊受皇太神神徳略記』、『伊雑宮勘文』、『小熊野辨正記』、『尾上社勘文』、『神楽秘説』、『神楽秘説並秘頤問答』、『神楽秘説或問典拠』、『愚吟集』、『小朝熊社記』、『小朝熊社辨正記』、『古記類編』、『古語拾遺言余抄』、『古語拾遺窃聞抄』、『御鎮座本紀科解』、『作所勘文』、『山上幸神記』、『三余随筆』、『神国決疑編』、『神国三徳評』、『神号秘訓』、『神道要訣』、『神亀霊感記』、『神祇百首和歌』、『神代章詠鈔』、『神代章国論』、『神代巻頭書』、『神代巻秘記』、『神代巻評註』、『神武紀集解』、『綏靖紀注』、『先代旧事本紀大成経難文』、『大成経破文』、『大成経破文要略』、『東遊草』、『内宮神拝式』、『中臣祓加直鈔』、『中臣祓深秘抄』、『中臣祓俗解抄』、『南山紀行』、『日所作祓抄』、『日本書紀神代巻科解』、『破記』、『破訳』、『秘頤問答』、『凡下集』、『八雲神詠秘記』、『八雲神詠秘策』、『竜尚舎随筆』、『六根清浄祓鈔』等、およそ五十を数える。熙近は縁起執筆を依頼される人物の資質として、熱心な仏教信仰の持ち主であり、十分な卓越した教養・知識を備えていることがわかる。

三　『日内山観音縁起』を語り伝えた人

龍熙近に日内山観音像の由来を語り伝えた運照とは、どのような人物であろうか。近世資料には、いくつかその名が見出せる。嘉永七年（一八五四）刊行の『讃岐国名勝図会』(14)巻二に、「運照庵〈同所田中にあり。律宗、霊芝寺末庵〉」とある。また『続讃岐国大日記』(15)に引用される「讃国寒川郡津田浦松雲山常楽寺」の観音堂建立をめぐる記事にも、その名が見えている。いささか長文になるが、以下に引用する。引用に際し、旧字は通行のものに改めた。

今上皇帝正徳元〈辛卯〉年、讃国寒川郡津田浦松雲山常楽寺建二観音堂一ヲ。抑々当社八幡宮ハ、中比社頭破壊シテ重ヌ二雪霜一ヲ焉。元禄年中之現住増栄阿闍梨、請テ二檀越修造之一ヲ。本尊弥陀ノ尊容ハ者恵心僧都ノ作ニシテ、其ノ像長大也。造二立シテ於本地堂一ヲ安二置ス之一ヲ。亦増栄、常ニ信二ス観世音一ヲ。元禄ノ末ヘ、一日話二ス筑紫戒壇院ノ苾蒭運照律師一ヲ。照、結二スルノ勢州山田ニ於一夏一ヲ砌、令二安置一弘法大師ノ作観音薩埵ノ之形像ヲ、応ニ約シテ二増栄一ニ、欲レ送二ント之ヲ於讃国一ヲ。時悪風覆レシテ船ヲ、沈二ム海底一ヲ焉。栄、嘆レシテ之ヲ空ク過二ス日暮一ヲ。其ノ翌年、一日漁人挙テ二網ヲ得タリ二霊木一ヲ。則チ移二此ノ浦ノ蝦夷堂（エビス）一ニ。其ノ夜、漁人有二霊夢一。夙ニ起テ而語二ル之ヲ増栄一ヲ。其ノ相好瑞厳ニシテ、而薩埵ノ之御頭（ミクシ）也。依テ告二ク運照律師一ニ。御長之尺寸相二応ス往昔ノ之形像一ヲ。増栄再ヒ使下シテ仏工一補中其闕略上ヲ、新ニ造二立シテ於観音堂一ヲ、令レム安置セ彼ノ尊容一ヲ焉。

右の記事によれば、運照は元禄末（一七〇四）に伊勢山田で一夏を過ごしたことがあるという。『日内山観音縁起』によれば、運照が伊勢に滞在したのは、貞享二（一六八五）、三年のことであった。このような問題はあるが、讃岐から伊勢に来た運照という僧が十八年違いで二人いたと考えるよりは、『続讃岐国大日記』記事の誤伝と考えた方が合理的であろう。話の内容も、霊芝寺観音像の来由とよく似たところがある。すなわち讃国寒川郡津田浦松雲山常楽寺住職増栄は熱心な観音信仰の持ち主であり、筑紫戒壇院苾蒭運照律師に観音堂建立を相談した。運照はこの増栄の依頼に応えて、弘法大師作の観音像を伊勢で入手し、これを讃岐に送ったが、嵐で船は沈んだ。漁師の網にこれが掛かり、えびす堂に安置した。漁師の夢にお告げがあり、増栄にこれを話した。増栄はこれを運照に確認すると、まさに運照が送った観音像に相違なく、あらためて観音堂を新造して、これを安置したという。他所で入手した観音像が霊夢に導かれて讃岐国寺院の仏像として安置されるという筋立ては、きわめて類似している。ここで運照が「筑紫戒壇院苾蒭運照律師」と紹介されている点にも注目しておきたい。

讃岐における運照の活動については、岡村信男「運照上人」（『郷土誌　志度』第3号・昭和61年3月・志度町文化財保護協会）が多くの資料を発掘して考証しており、有用である。同論文によれば、津村宗林堂墓地阿弥陀仏の下より昭和53年出土した方形砂岩石の刻文に「奉書一字一石法花一部　宝永六己丑年十一月五日開闢同廿日供養…（中略）…書主　築（マヽ）前大宰府戒壇院　比丘運照　生年　五十七　法□　三十一」とあり、宝永六年（一七〇九）当時、運照は五十七歳であったと見られる。したがって承応元年（一六五二）生まれとなる。また恵忍開基という旧小田村釜居谷地蔵庵蔵位牌に「元慧灯運照比丘享保五年三月十日築（マヽ）前戒壇院」とあることから、享保五年（一七二〇）に六十八歳で没したことになる。どちらの刻文にも筑前戒壇院の名が見えており、これは『続讃岐国大日記』記事の運照に関する記述と一致する。これらの資料の見出された場所は現在の香川県さぬき市内に存し、日内山とは近い距離にある。この地理的条件から見ても、これら資料に見える運照は、『日内山観音縁起』の語り手運照と同人と見て間違いないだろう。したがって運照が伊勢を訪れた貞享二年は、数え三十四歳の壮年僧だったことになる。

また運照は霊芝寺恵忍の弟子であると同時に、筑紫太宰府戒壇院の僧であったこともわかる。運照と筑前筑紫戒壇院の関係は、岡田論文揚げるところの右の釜居谷地蔵庵に蔵される元禄十五年（一七〇二）壬午年九月二十四日記の本尊石造地蔵菩薩像蓮台裏墨書にも、「築（マヽ）前戒壇院苾蒭運照寄付」ほか、小田天神庵蔵観世音菩薩入仏の厨子裏刻文にも「化主築（マヽ）前大宰府戒壇院苾蒭運照」とあり、元禄十六年六月廿四日記の東末地蔵堂地蔵菩薩像光背墨書にも「戒壇院住持苾蒭運照律師」とあるという。これらの資料からも、運照が筑紫戒壇院出身の僧であることが確認できる。筑紫戒壇院は、近世前期には衰退していたが、次第に復興され、延宝六年（一六七八）奈良法隆寺の律僧正洞が来住して以降は、律僧の居住するところとなったという[16]。近世の霊芝寺は律宗寺院であり、運照が伊勢で拠った弘正寺も律宗寺院であった。運照が霊芝寺に属したのも、律僧であったことと関わるであろう。注（6）西村論文によれば、明忍から始まった戒律復興は、一六八〇年から一七〇〇年代半ばまでが最盛期であり、享保期（一七一六～一七三六）には律宗寺院が七千ヶ寺あったという。

運照の活動で興味深いのは、元禄十五年（一七〇二）頃から享保四年（一七一九）にかけて、志度周辺の多くの寺や仏堂において、地蔵像や観音像を本尊として設置することや供養することに盛んに関与していることである。『続讃岐国大日記』記事に見える常楽寺観音堂の観音像は運照が伊勢で入手したものとあり、釜居谷地蔵庵本尊の石造地蔵菩薩像は運照が寄付し、元禄十五年に供養したとある。年次不明であるが、さぬき市富田中千町観音堂本尊は、もと筑前国穂浪郡内野村宗見寺の十一面観音像で志度浦の常慶の援助で太宰府戒壇院運照比丘が入仏したものという。これは室町期の仏像で、志度寺本尊と同木と地元で伝えている。[17]また岡村論文によれば、東末地蔵堂地蔵菩薩像は慈覚大師作のもので、讃州寒川郡末村与楽寺本尊であり、修復され、新施された厨子に納められ、元禄十六年に運照が供養したものとある。小田天神庵蔵の観世音菩薩は、宝永四年（一七〇七）に供養されている。鴨部坂子観音堂正観音像は、享保四年（一七一九）に供養されている。中世の律僧は多くの寺院建設に尽力したが、運照もその精神を継承したのである。

四　『日内山観音縁起』を創った人

『日内山観音縁起』の形成を考える際、鍵となるのは阿波徳島浄智寺の僧専入という人物である。現在、徳島県徳島市寺町に浄土宗寺院清滝山浄智寺がある。嘉禄年間（一二二五〜二七）に、法然の弟子達により、勝瑞城下（現在の板野郡藍住町勝瑞）に建立されたという。[18]勝瑞は、室町時代の守護細川氏とその後に阿波の実権を握った三好氏が本拠地とした地である。文禄・慶長（一五九二〜一六一五）年間成立とされる『昔阿波物語』[19]には、浄土宗寺院の「常知寺」（「浄地寺」とも）が一時期、勝瑞の町人の信仰心を捉えた後、禅宗・真言宗の巻き返しにあったことを記している。冗長にはなるが、一時期の隆盛ぶりもよく伺え、中世浄土宗寺院での絵解きの様子を語る記事でもあるので、以下に引用する。

浄土宗は百年以前に出来申候。勝瑞にちんせい宗と申て、門にかねをたゝき、歌念仏なと申寺を常知寺と申候。京の百万遍の御下り候て、談議を御とき候。その談議の様子は、浄土宗は、南あみた仏ととなへ申候へは、極楽へむかへとられ候か、禅宗・真言宗はなにと、なへて仏になり候哉と御とき候て、地獄の絵をかけて見せ申候。火のもゆる所に、人をはたかにして入、まはりには鬼をかき、つらを赤、あたまに角をして、まなこを大きにして、黄色にして口をひろく、手あしをふとくすぢをして、いかにもおそろしげにして、人をひきさく所もあり、人をおがをかけて引所もあり、何も目もあてられぬけしき也。又極楽の体は、いかにもけつかうなる堂に、うちに仏には金仏にして見事也。念仏申ものは、此ことくの仏になり、さむき事モあつき事モなく候と御とき候に付、勝瑞之町人は皆浄土宗になり申候。此時禅宗真言宗はたんかを被取めいわく、其時さんかく仕たる人は、…（中略）…此三人の念仏は、南無とんくり〳〵と、となへ候。少心有町人不審仕被候は、何としたる事に、南無どんぐりと被申候や。三人答曰、とんくりと云ものは、くりに似たれとも、くはれぬもの、ものゝやくに立ぬ物也。是と同し事の念仏也と申時、皆前々の如く禅宗真言宗になりかへり候に付、浄地寺と申寺一ヶ寺はかりにて御座候なり。

右の記事から、浄智寺が伝統ある寺院であったことが知られる。「南無とんくり」云々の批判だけで衰退したとは考えにくいが、近世初頭には他宗派の巻き返しで昔の勢いは失っていたのであろう。この寺は天正十三年（一五八五）の蜂須賀氏の阿波入国後まもなく寺町に移されたと見られているが、徳島市寺町では一番大きな本堂をもつ寺であったという。[20]残念ながら、昭和二十年七月の空襲で焼失している。現在のものは、その後に移転、再建されたものである。専入なる人物については、現在のところ未詳である。

専入と同等、もしくはそれ以上に重要なのは、運照である。運照は専入が持ち込んだ観音像を受け入れた霊芝寺関係者の一人であり、専入が語ったと思われる観音像の来歴を、龍熙近（尚舎）に伝え、縁起を執筆依頼した当人だからである。かつ前章で確かめた通り、運照は、観音や地蔵像の移動や設置、供養に深く関わった人物である。拝師の辻堂から観音像を持ち出したことは、常識的には許されがたいことであったろう。弘法大師作とされる貴重な像であり、おそらく土地の人々の信仰の対象であったと思われる。観音自身の夢告があり、三回の鬮を引いて観音の意思を確認したということが記してなければ、いくら立派な寺への移動であっても、認めがたい行為であったはずである。説話によれば、専入は観音像を自分の属する浄智寺へ持ち帰ろうとして、夢で毘沙門天に叱責され、かつ歌で日内山に納めることを促され、その結果、観音像は霊芝寺に安置されている。

ここから先は、状況証拠のみの推定である。『日内山観音縁起』は、運照により創作された一種の「神話」ではなかろうか。あるいは専入という僧も実在して協力したかもしれないが、中心人物として動いたのは、運照であろう。すなわち運照によって、もとは拝師の辻堂にあった観音像を霊芝寺に移して祀ることを正当化するために、観音による夢告、毘沙門の夢告の話が創作された可能性が高いのである。そしてその縁起の執筆を、伊勢を代表する知識人であり、かつ強い仏教信仰をもっていた龍熙近に依頼したのではあるまいか。このことは、当時の住職恵忍も承認していたのであろう。

運照は熱心な観音信仰、地蔵信仰の持ち主であったと思われる。当時の阿波地方は藩主の宗教政策もあって、多くの仏堂が再建、あるいは新たに建立されていた[21]。その機運の中で、新たな仏堂に納める尊像が求められていた。そこで辺地にあった優れた尊像を集めたのが運照のような僧ではなかったろうか。そしてそれらの尊像には、その来歴を正当化、権威化する縁起（神話）が必要だった。運照にとっては、それら尊像は祀る人もおらず、十分な供養もされていないような辺地にあるよりも、しかるべき寺院におかれる方がふさわしいという判断もあったものと考えたい。

おわりに

近年、略縁起などを含め、多くの寺社縁起が発掘され、紹介されている。[22] それらの背後には、それぞれの寺社の信仰の問題、また経済や政治的地盤と関わる問題、旅の文化発展に伴う名所の物語を楽しむ文化と関わる問題、また地方文化のアイデンティティー発見の問題などと結びつく、新たな説話文学史研究の展開が予想される。このような新潮流の中で、それら縁起の形成過程が明らかにされている例は、未だ多くないように見える。本稿で取り上げた『日内山観音縁起』の例は、近世の寺社縁起成立を考える上で、大いに参考になる事例ではなかろうか。

〈注〉

（1）本稿の『観音冥応集』本文は、神戸説話研究会編『宝永版本　観音冥応集　本文と説話目録』（和泉書院・平成18年）による。

（2）『続讃岐国大日記』（『香川叢書』第二・香川県編・昭和16年。本稿は昭和47年復刊の名著出版版によった。以下同）に、次のようにある。「頼常公、於二江戸一逝。…帰二葬讃国寒川郡日内山一ニ。建テ二誌石一、命二家臣菊池武雅一、記ス二其名姓一ヲ焉。此地往昔依テ二霊跡一ニ、苾蒭慧忍律師、開二基シテ東林山霊芝寺一ヲ、為二律院浄刹一、勧二請ス本堂及鎮主春日明神一ヲ。一日、在二行脚ノ僧一、拠テ二霊夢一ニ背二シ観音ノ形像一ヲ来ル。如何ナルヤ大悲ノ出ル日内山我此ミ世ニ有ン限リハ　忍、感二美シテ霊瑞一ヲ安二置ス于此一ニ。其門人照算律師相続シテ、而造二営ス十王堂一ヲ。今大守頼豊公、授二与寺領百石霊芝寺一ヲ。亦南嶺源節公ノ神主ヲ、移二紫雲山霊源禅寺一ニ、追福作善ス」末尾の記事は、霊芝寺縁起の内容とほぼ重なる。

（3）『寺社記』（「天保四年（一八三三）」奥書・新編『香川叢書』史料篇一・香川県教育委員会編・昭和54年、所収）に、「寒川郡東末村律宗無本寺　霊芝寺　度々御増、都合百石に成る」とある。また梶原景紹著・嘉永七年（一八五四）刊『讃岐国名勝図会』二（角川書店『日本名所風俗図会14　四国の巻』所収）にも、「霊芝寺（西末村にあり。東林山遍照光院。あるいは日内山と云ふ。また火打山と書けり。火打石多く出づる。律宗、無本寺。寺領百石）。本尊釈迦如来（長三尺、鞍作島仏師作）毘沙門天二体（聖徳大師御作・弘法大師作。不動明王、覚鑁上人作）当国君御代々尊牌　観音堂（十一面観音、弘法大師作。往古の本尊これなり。縁起『冥応後集』にみえたり）」とある。

（4）蓮体の讃岐訪問は、何度か知られている。延宝七年（一六八〇）〈巻四「讃岐ノ人回向ヲ蒙リテ他化自在天ニ生ゼシ事」参照〉。貞享二年（一六八五）〈『礦石集』巻五「讃州白鳥郡安宅ノ教清ガ事」参照〉など。

（5）『讃岐名所図会』では「恵忍」。前出注（2）『続讃岐国大日記』では「慧忍」。現在、霊芝寺境内に「中興開山恵忍泰然和尚」と銘ある墓碑があり、その裏側には、「元禄十二己卯年二月七日寂　生齢七十六僧臘四十有七」と刻まれている。これによれば、生没は寛永元年（一六二四）～元禄十二年（一六九九）となる。

（6）西村玲「教学の進展と仏教改革」（末木文美士編『東アジア仏教　日本Ⅲ　民衆仏教の定着』第4章・佼正出版社・平成22年）。上田霊城『浄厳和尚伝言史料集』（名著出版・昭和54年）「年譜史料」によれば、浄厳は延宝元年（一六七三）三月に神鳳寺快内に従って菩薩戒を受け、浄厳と改名した。また延宝五年十二月二十五日に神鳳寺の円忍が遷化し、その行状と影の讃を浄厳が書いたことが知られる。

（7）『香川叢書』第一（香川県編・昭和14年）。本稿は昭和47年復刊の名著出版版によった。

（8）『香川叢書』解題によれば、底本は霊芝寺蔵本。対照表では省いたが、『日内山観音縁起』には付記として「外宮東禅院了周拝写。これの一巻は、ませ奉る仏の中にも、ことにこの寺に深きよしのあらせたまふ三仏の、あらたなるしるしましまず事を、貞享の二年冬の頃、こゝの弟子に物せられし、運敞律師のあつらへしによりて、龍氏大とこ、呉竹の末の世のためにとて、雲行雁の書つらね置れしを、年ふるまゝに今はしみの巣となりて、文の所々わきかたかりければ、今のあろし覚了和尚、己にかくなれるところ〳〵を補てよといはれしまゝ、本の文の意を推はかりて、朱もてかたはたらにかくかいつけしは、前の志度寺周任になん。　世をすくふちかひは深きあら磯のみならぬこの仏とをきく　此一軸第十一世貽了代　六万寺俊量納焉」とある。これによれば、龍熙近の元に残されていた本を外宮東禅院了周が書写し、その後、覚了（伝未詳）の依頼を受けた志度寺周任が虫損箇所を推定して朱により傍記。それが霊芝寺末寺六万寺の俊量を経て納められたようである。同解題によれば、周任は文化八年（一八一一）～弘化二年（一八四五）在任という。

（9）『徳川諸家系譜』（続群書類従完成会刊版・昭和45年）に、「寛文二年壬寅正月二十六日、改讃岐守。同十三年〈改元延宝〉、癸丑二月十九日、致仕、年五十三、号龍雲軒。元禄八年乙亥四月十二日、卒、年七十五。葬讃州仏生山法然寺。別建浄願寺、於高松置牌、龍雲院殿雄蓮社大誉孤峰源英大居士。松平讃岐守祖」とある。

(10)『浄厳和尚行状記』(上田霊城編『浄厳和尚伝記史料集』名著出版・昭和54年)によれば、延宝七年(一六七九)正月、浄厳は初めて頼重に謁し、この時、頼重が帰依している。

(11) 松尾剛次「講演　新たなる伊勢中世史像の再構築—謎の楠部大五輪と楠部弘正寺・岩田円明寺」(『皇学館史学』24号・平成21年)など参照。『角川地名大辞典24　三重県』(昭和58年)によれば、弘正寺は伊勢神宮の祈禱所であったという。

(12) 伊藤正雄『伊勢の文学』(神宮教養叢書第一集・神宮司廳刊・昭和29年)、浅野晃「芭蕉と伊勢俳人—足代弘員・龍尚舎・路草久保倉右近—」(『皇学館大学紀要』第2号・昭和39年3月)、久保田収「竜熙近とその思想」(『皇学館大学紀要』第7号・昭和44年3月)、『宇治山田市史』下巻「人物篇」(宇治山田市役所編・発行・昭和4年、復刻版・昭和47年・三宅書店)、山崎美成『海録』(国書刊行会・大正4年)、『日本近世人名辞典』(竹内誠、他編・吉川弘文館・平成17年)等、参照。

(13)『笈の小文』引用は、岩波日本古典文学大系『芭蕉文集』(昭和34年)による。

(14)『日本名所風俗図会14　四国の巻』(池田弥三郎、他編・角川書店・昭和56年)所収『讃岐国名勝図会』による。注(3)参照。

(15) 注(2)の『香川叢書』第二所収版より引用。

(16)『角川地名大辞典36　徳島県』「浄智寺」(角川書店・昭和61年)、『日本歴史地名大系37　徳島県の地名』「浄智寺」(平凡社・平成12年)参照。

(17) web サイト〈http://ew.sanuki.ne.jp/bunka33/sentyou.html〉(2014.07.25)による。

(18)『日本歴史地名大系41　福岡県の地名』「戒壇院」(平凡社・平成16年)参照。

(19)『阿波国徴古雑抄』(小杉榲邨編・日本地理学会発行・大正2年)所収のものによる。

(20) 注(14)『日本歴史地名大系37　徳島県の地名』「浄智寺」参照。

(21) 松平頼重が多くの寺院を支援したことは、注(2)、注(13)の『続讃岐国大日記』に、「源英公、領内壹郡都一箇

所、大内郡虚空蔵院、寒川郡志度寺、三木郡八栗寺、山田郡屋嶋寺、香川東阿弥陀院、香川西地蔵院、阿野南国分寺、阿野北白峯寺、鵜足郡聖通寺、那珂郡金倉寺、右真言・天台十箇寺、使寄附本尊愛染明王幷五大虚空蔵之図像、祈願毎年五穀成就焉。寄亦多度郡善通寺弘法大師堂、鵜足郡香古地蔵堂、国分寺観音堂、屋嶋寺観音堂、志度寺観音堂、各々仏餉料新田五石」（返り点、送り仮名は省いた）とあることからも確認できる。

(22) 中野猛編『略縁起集成』全六巻（勉誠社・平成7年～13年）。縁起研究会・石橋義秀・菊池政和・橋本章彦編『略縁起：資料と研究』全三冊（勉誠社・平成8年～13年）、稲垣泰一編『寺社略縁起類聚』（勉誠社・平成10年）、石橋義秀・菊池政和編『近世略縁起論考』（和泉書院・平成19年）、中野猛著・山崎裕人、久野俊彦編『略縁起集の世界：論考と全目録』（森話社・平成24年）など。

雷除の思想

――蓮体『観音冥応集』巻第六第三十五・三十六話をきっかけに――

原田寛子

はじめに

真言僧蓮体は、寛文三年（一六六三）河内錦部郡清水村に生れた。師浄厳のもとで受法近侍し、門下一の高足の名を得た人である。晩年は同郡に創建した地蔵寺に退隠、享保十一年（一七二六）八月その地で入寂した。屈指の「庶民的仏教者」であり、また多くの説話集を編纂している。(1)

その蓮体の民衆に寄り添った教化姿勢のあり方を見る上で、ここに興味深い一説話がある。蓮体には、その編著の一つに『観音冥応集』（前集宝永二〈一七〇五〉・後集同三刊）(2)という観音霊験集がある。全百九十二話のうち、多くはその出典を古代中世以来の説話集の中に求めることができるが、他方そこには「近キ比」（巻第三第六話など）蓮体自身が見聞した話題や、比較的時代の近い観音説話も多く収録されている。今取り上げようとするのは、その中の巻第六第三十五話「観音ヲ念ジテ雷難ヲ免ル、事」及び第三十六話「雷ヲ恐レ、蝴蝶、蛇、蜘蛛、瓢簞ヲ怖ル、人ノ事」というもので、この一連の二話もそんな当代話の一つであった。

一　『冥応集』巻第六第三十五話・三十六話について

第三十五話には、以下のような二つの話題が収録されている。
・寛文年中、豊後国横瀬村の弥太郎なる者の家僕八郎は日頃雷を怖れていたが、極楽寺の僧正智の教えで観音の宝号を唱え、「雲雷鼓掣電ノ頌」を持念していたため落雷による死を免れることができた。これは極楽寺の観音像の霊験譚である。
・また、京都の宗栄という信心堅固の優婆夷は日頃観音経を読誦していたため、落雷の恐怖を全く感じることがなかった。宗栄は八十を越える老婆であったが目も耳も健全であった。これもひとえに観音の擁護であるという。
いずれも観音への信心の重要性を説くものだが、この二話はそれぞれ『観音新験禄』（元禄九〈一六九六〉刊／月潭道澂）という説話集からほぼそのまま本文を援用したものであると指摘がある。『新験録』が『冥応集』の種本の一つであったことは明かで、それは蓮体にとって同時代性のある観音説話の重要な情報源でもあった[3]。

この三十五話の話を、さらに「附タリ」という形で例示してゆくのが次の第三十六話で、実に笑話じみている。
・京都の医師永菴は生来雷を怖れていた。雷鳴があれば「必ズ臥具ヲ蒙リテ、其上ニ妻子ヲ上セテ押シム」という有り様である。ある日の道中雷にあい、近くの豪邸で助けを求めると、美しい女房が一人、勝手知った風で永庵に布団をかぶせ上に乗ってくる。あまりの馴れ馴れしさに後難を怖れ退出せんとしたところ、戸棚から亭主が飛び出してきた。雷を怖れ隠れていたという。その後二人は「倶ニ雷ヲ畏ル、知友」になった。
これに対して、蓮体は次のように記している。

性分怖畏ノ多キハ宿習ナリ。八郎ガ性得雷電怖レタルハ、必ズ震死スベキナレドモ、観音ノ冥助ニヨリテ命全シ。サレバ最勝王経ノ第七如意宝珠品ニ、四雷電ノ名ヲ出セリ。此四方ノ電王ノ名ヲ書テ、家ノ四方ニ安ズレ

バ、雷其家ニ落ズト。又消除雷電ノ陀羅尼ヲ説玉ヘリ。其中ニ観音所説ノ陀羅尼アリ。是又極秘密ノ法ナリ

とりわけ、傍線部は『消除一切閃電障難随求如意陀羅尼経』と呼ばれる「雷除」に特化した経典である。もとより観音に雷除の力があるのは、いわゆる『観音経』の「雲雷鼓掣電、降雹澍大雨、念彼観音力、応時得消散」という偈の一節でも有名で、八郎や宗永が持念していたのもこれである。蓮体はここで具体的な経典名を明記し、その観音の偉大な力をまず信ぜよと説くのである。

さらに続けて、生来の恐がりの例が、今度は雷以外の話で示される。

・ある武士に仕えた童子は蝴蝶を怖れる性分であった。ある時この童子の過怠を懲らしめるため、一室へ蝴蝶二匹とともに閉じ込めた。武士は、日頃怖れるのは「野間ノ藤六ガ赤小豆餅ガ可畏ト云テ、皆打食シニ異ナラズ」と高をくくっていたが、果たして戸を開けると鼻の穴に蝶が入って童子はすでに死んでいた。

この蝴蝶の話は、巷説として人口に膾炙したものらしく、後の『想山著聞奇集』（三好想山／嘉永三〈一八五〇〉上梓）の「人の金を掠取て蛍にせめ殺さるゝ事　附虫ぎらひの事」にも、「物には甚敷きらひの有もの也」（日本庶民生活史料集成）として、一例にこれとほぼ同じ話を載せている。(4)

また、傍線部は現在でも「まんじゅうこわい」の落語として有名である。野間藤六は信長の御伽衆として『醒睡笑』にも登場する人物で、「小豆餅」のことは『為愚痴物語』（曾我休自／寛文二〈一六六二〉刊）巻之三第十六話「野間藤六、女を誑し餅くふ事」に見えている。(5)これも当時よく知られた笑話だったのであろう。

以下瓢箪を毒蛇よりも怖れ、果し合いをも投げ出してしまう武士の話、蜘蛛や蛇を怖れる町人の話が続く。いずれも滑稽談である。

これらの例話を承けて、蓮体は次のように話を締めくくる。

諸法無尽ナレバ畏ル、物モ又無尽ナリ。蟇ハ蛇ヲ畏ルレドモ蛞蝓ハ蛇ヲ好ム。蜈蚣ヲバ人畏ルレドモ、鶏ハ是

ヲ好ム。人天ハ五欲ヲ楽メドモ、二乗ハ是ヲ厭フ。①二乗生死ヲ怖畏スレドモ、菩薩ハ是ヲ楽欲ス。②凡夫ハ無間ノ苦ヲ畏ルレトモ、提婆達多ハ、第三禅ノ楽ノ如シト云。苦楽悪愛、一定ノ相トシテ得ベキコトアルコトナシ。是ニ於テ能ク工夫セバ、無明煩悩ノ恐シキヲモ、却テ我物トシテ自由自在ノ分ヲ得ル。観自在ノ威神力ヲモ証得スベキモノナリ。努力ヤ〳〵。

傍線①については、たとえば『大般涅槃経』巻第十八（梵行品第八之四）の中に、「菩薩摩訶薩為衆生故雖在地獄、受諸苦悩如三禅楽」とあって、声聞・縁覚（小乗の徒）は生死の過悪多きことに心が退没するが、菩薩摩訶薩は地獄の苦悩をも厭わず衆生を救うといった趣旨の文言が見えているのに近い。『大方便佛報恩経』巻第四（悪友品第六）の中では、提婆達多が仏を害した罪で無間地獄に堕ち、その苦境を「猶如比丘入三禅楽」だとしたのをこの菩薩の行動になぞらえているようである。傍線②はそれを言うのであろう。

要するに蓮体は、雷をはじめ、徒らに物を怖れるのは「無明煩悩」の無知によるものだとした上で、観音の威神力への信心を深めよと言うのである。卑近な例を以て、それを分かりやすく説明しようとしたのがこの三十六話の附属説話であった。その意味で三十五話・三十六話は一括りの話題であると見なすことができるだろう。

二　蓮体の講経

注目されるのは、この話題が説話集の中だけにとどまらず、説経のネタになっているということである。『蓮体和尚行状記』によれば、蓮体は宝永六年（一七〇九）七月十六日から八月一日の間、河内河合寺において大衆に『千手陀羅尼経』を講じている。幸いにもその際の講義内容の覚書が現在地蔵寺に残されており[6]、その七月二十四日分の覚書に、

千手法利益　下／　中山観音利益　四本／　恩融法師　六本／　雷難ヲ免ル　六末　（／は改行を表わす）

とある。つまり蓮体はその一日の最後に「雷難」のことを講じているのである。「六末」とあるのはその話題の出典である。そもそも『冥応集』は巻の前後半を「本」「末」に分ける体裁を取っているが、まさしく当該三十五話・三十六話は巻第六の「末」である。要するにこの両話は、種本としてこの日の説経のトリに利用されたのである。

同じように考えれば、「中山観音利益　四本」「恩融法師　六本」とあるのも、ともに『冥応集』が出典であることを示すであろう。冒頭の「千手法利益　下」というのだけは違っていて、これは他日の講経の例からかんがみると、『観世音持験記』（周克復／順治十六〈一六五九〉）という書の「下巻」を示すものである。ちなみにこの『持験記』も蓮体所持本の一つである。蓮体はそこに、各説話の簡単な内容注記を施していて、[7] たとえば下巻四十六話の欄外には「大悲呪及準胝呪利益」（大悲呪＝千手陀羅尼）などとある。この文言は覚書のタイトルに近い。おそらくこの説話がその日のツカミに選ばれたのであろう。[8]

その『持験記』下巻四十六話は、蓮体の注記の通り、白衣観音経および大悲呪、準提の利益によって病が瘳えた話を載せている。大悲呪に限って言えば、そもそも『千手陀羅尼経』の一節には悪病や水火の難など十五種の悪死を免れる功徳も説かれるから、その日の講経の冒頭でまずそのようなテーマを示しておいたのであろう。それに従えば、次の「中山観音利益」は、あるいは『冥応集』巻第四第十三話「中山ノ観音ヲ念ジテ水難ヲ免ル事」などが選ばれたのではないだろうか。これは元禄三年の話である。摂津中山寺については巻第四の「本」の中でも十三話ほどあって特定はできないが、当然テーマに沿ったものを選択するであろう。この中山寺の本尊は十一面観音で、その縁によって次の「恩融法師」に、『冥応集』巻第六第十五話「恩融法師十一面観音ノ真言霊験ノ事」の話がとられたのであろう。これは恩融が十一面観音の真言を持念していたおかげで、使いの童子が死を免れ寿命を延ばしいたという内容であり、『元亨釈書』巻第九が典拠である。件の「雷難ヲ免ル」は、以上の流れを承けたものであった。千手陀羅尼の功徳に始まり、観音自体の威神力が「悪死」を免ずるという点で、この日の全体のテーマは首尾一貫しているのである。(9)

ところで、「雷難」を免れるという話がその日の締めくくりを飾っているというのは重要であろう。しかも『冥応集』の説話内容から察するに、これが大衆の興味をひく直近の話題であったということは想像に堅くない。講経という場においては、おそらく当座の人々の心理をつかむことが何より重要であった。とすれば、そもそも蓮体の生きていた一七世紀末葉から一八世紀初頭頃にかけて、「雷難」について人々がどのような意識を持っていたのかが次に気になるところである。

三　古代・中世の「雷除」思想と農業神としての雷

「雷難」ということに関しては、まず近世のみならず古くから人々の関心事であったことに変わりない。もともとは自然災害の一つであるが、日本古代においてその「雷」の威力はすなわち神であり、古来京都の上下賀茂社や茨城の鹿島神宮など全国に雷神を祀る神社は多い。その一方で雷は「疫神」として猛威を振るうとされ、竜蛇などの水神とも結びつけられた。改めて論じるまでもないが、話の道筋として一応示しておくと、たとえば『日本書紀』崇神天皇五年から七年にかけて国内に起った疾疫は、大和国三輪山の祭神として有名な大物主神の祟りで、同十年九月の三輪山伝説によればその正体は蛇身であった。その後大物主神の子大田田根子をして祀り事をなし、その他諸々の祭祀によって神は鎮められた。「於是疫病始息、国内漸謐、五穀既成、百姓饒之」と『書記』にあるのは、この神が農業神としていまだ畏怖尊崇されていたことを表わしている。

ところが、時代が下るとこの神も制圧の対象となり、「雄略紀」七年七月丙子条で、少子部連蜾蠃をして天皇がこの三諸岳の大蛇（雷神）を捉えさせた話は著名である。蜾蠃はこれにより「雷（いかづち）」の名を賜わったが、この氏族伝承は当時の帝権問題と大きく関わっていた。雄略帝は結局これを制圧することはできなかったが、田中久夫氏によれば[10]、古代の農耕社会においては「天皇の大切な職能の一つにこの雷神に対する雨乞の事があった」として、元来天皇は雷神の保護を受ける立場であったところが、壬申の乱を経過してのちに天皇の神格化がはかられたのだという。すなわち天皇は、雷神統御の力を有する諸氏族を支配下に置くことで、自然神をも凌駕する存在として高められていったというのである。原田行造氏によれば[11]この少子部氏はそもそも雷神信仰を持っており、また同じく雷神を奉じた尾張連一族からは伊福部氏が出ている。その伊福部氏にも雷神信仰があったのは、『常陸国風土記』逸文にのせる伊福部岳伝説から明かであり、それによれば、落雷で妹を蹴殺された兄が敵討ちに神の所在を求めたところ、雌雉の尾につけた績麻(へそ)が伊福部岳に通じていた。太刀を抜いた兄に対し雷神は赦しを乞うて、子孫百歳の後に至るまで雷震の恐れのないことを約束したという。そこではすでに雷神の権威は失墜している。

この「帝権対雷神」のテーマをそのまま仏法に置き換えたのが、『日本霊異記』上巻第一「捉雷縁(いかづちをとらふるえに)」の少師部栖軽の話や、その一連の説話群であった。寺川真知夫氏[12]によれば、「捉雷縁」は、景戒以前の飛鳥元興寺の民間布教僧団などの間で、仏教以前の固有神信仰を克服しようとする力が働いたものであり、ここでは雷神の衰微を説くことが目的であった。また、上巻第三縁には、尾張国阿育知郡片蕝里の農夫が金杖に雷を捉え、許しを請うた雷が申し子を授け、のちにその子が「道場法師」として飛鳥元興寺を守ったという話があるが、これは雷神が仏法への奉仕者になったということであって[13]、話型としては先の伊福部岳伝説にも通じるものがある。この話型はまた、『大日本国法華経験記』巻下第八十一「越後国神融法師」に、越後の国上山の宝塔造立を邪魔する雷を捉えたという神融(『元亨釈書』に泰澄)の伝承としても見えていて、そこでも、赦しを乞うた雷は「寺の東西南北四十里の内」の雷災を退けること、及び泉に水を出すことを約束させられている。これは国上山の地主神と仏法の対立であった。このように雷神は、中央政府(帝権)および仏法の立場からは制圧され統御されていく運命にあったのであり、古代以来の「雷除」はその論理の中に説明付けられていたといえよう。

ところで、雷神が「疫神」であったという発想はすでに大物主神の例でも見られたが、その「疫神」がさらに「怨霊（御霊）」へ結びついた筆頭はやはり道真であろう。道真が太宰府へ左遷され、延喜三年（九〇三）に没したその翌年の春に起った天下の疫疾流行は、早くも道真の怨霊の祟りと噂されたという[14]。その怨霊が確実に雷神に結びついたきっかけが、例の延長八年（九三〇）六月二十六日の清涼殿落雷であった。

この雷神＝怨霊慰撫のため最初に叢祠が構えられたのは天慶二年（九四二）頃で、現在の北野の地に社殿が移祭されたのはその五年後であった。移祭のきっかけは近江比良宮禰宜神(みわ)良種の子太郎丸への託宣であるといい、社殿創建には北野朝日寺の最鎮という天台密教僧の協力があったという。その時の託宣の内容は天暦元年（九四七）の「天満宮託宣記」に伝えられるが、そこにおいて道真はすでに「利益神守護神」であり、また当時の仏教界では「天満天神の悪魔的機能を帝釈天、慈悲的利益を観音の形で説くことが一般的風潮となりつつあった」[15]（傍点筆者）のであって、『北野天神縁起』に至って、道真の本地は十一面観音であると明記された。こうして道真の御霊信仰においても、あくまで「雷神」は仏法のもとの守護神として位置づけられていったのである[16]。

その一方で、北野社創立前後の天慶八年（九四五）夏に筑紫を出発し、村送りで上洛を目指したという「志多良(しだら)神」神幸が、「自在天神」すなわち菅公霊を旗印の一つとする民衆運動であったという事実は注目される[17]。そこで歌舞された内容は作物豊饒を喜ぶ農民の祝賀歌だったといい[18]、このことは道真の農業神としての雷神的性格も無関係ではなかったであろう[19]。

時代は下るが、実際に落雷の多い関東や東北地方の農村では、現在でも雷神を「オカダチサマ」や「イカヅチサマ」と呼ぶところがあり、当然この場合の雷は慈雨や作物の豊作をもたらす神である[20]。その一例として、群馬県邑楽郡板倉町に鎮座する「雷電神社」は推古六年（五九八）の創建で、天神（国御水分神）を勧請したのが始まりであるが、その信仰圏の農村では、近年でも田植シーズン前後にこの神社へ参拝する「雷神講（板倉講）」があって[21]、雨乞いや五穀豊穣の祈願所として信仰を集めている。その際、神社より授かるという落雷除け（氷嵐除け）の神札は、あくまで作物の生長に関わる実生活に根差した意味をもつのであって、そこに雷神を忌避する意図はないであろう。また、同社の享保二十一年（一七三六）の棟札には、「雷電宮・天満宮御社殿・本社回廊屏殿　八幡宮鳥居大檀越吉宗公御武運長久攸」とあって、その祭神には道真の天満天神信仰が習合しているという[22]。これは、近世を通じて道真の御霊（雷神）もまた一方では人々に農業神として尊ばれていたことを示す一例であり、その信仰は先の「統御」の論理とは対照的なところにあったようである[23]。

四　近世の仏教説話と観音寺院における「雷除」

とはいえ、仏教的な見方からすればいまだ雷は仏の制御下であった。たとえば、近世の仏教説話の中では、落雷死に「天誅」の意味をもたせる考え方があった。西田耕三氏[24]によれば、その思想の淵源は明代の僧空谷景隆の『尚直編』であったという。同書では雷撃震死を「不孝」など人間の（仏教的）悪業を天神が誅したものとみなし、また中江藤樹の『鑑草』（正保四〈一六四七〉刊）などはその思想の延長上にあるのであって、「近世の雷撃震死の説話は、たとえば、『尚直編』の解釈がもたらす理論化と説話化の土壌の上に、『鑑草』のような天道思想と勧懲の主張が合体した教訓の場において成立した」のだという。「天罰」という発想自体は『今昔物語集』巻六第十四話など、中国の『冥報記』などを原拠とする説話の中でもすでに見えているというから全く新しいわけではない。しかし「天雷の考えは、仏教の側において、かつて護法神がになっていたものの一部であるようにみえる」という同氏の指摘は重要であり、これは雷の申し子である「道場法師」が仏法への奉仕者となったという論理と似ている。その思想のもとでは、片や農村では実りをもたらす招福神であっても、相変わらず雷は仏の下にあった。

また、話を転じて、以下の観音寺院の場合はどうだったか。

たとえば、大阪府和泉市桑原町に西福寺という高野山真言宗の一寺がある。本尊は十一面観音で、「雷除け」の利益があることで有名である。寺には現在も「雷井戸」というのがあって、伝承では、

・昔この桑原の地の井戸に雷が落ちたので土地の人（現寺伝では重源上人）が蓋をかぶせ懲らしめると、雷は大いに苦しみ、今後この地へは落ちぬことを誓った。雷鳴の時に「桑原〱」と唱えるのはこのことがあったからである。

などとある。これは実は先の伊福部岳や国上山の話と全く同一型の話である。今のところ『和泉名所図会』（秋里籬島／寛政八〈一七九六〉刊）に「桑原井」として立項されているものがこの伝承の初見で、それ以前には遡れない。[25] 西福寺と明記はないが、同時期の『秉穂録』（岡田新川／寛政十〈一七九八〉第二編刊）に「和泉国和泉郡に桑原井あり」として同話を載せているので、あるいはこの前後に付会されたものであろうか。

ここで注目されるのは、有名な「桑原〱」という雷除の呪文が当西福寺の所在地に因むという伝承である。ただし、この呪文自体は『続狂言記』（元禄十三〈一七〇〇〉刊）所収の狂言「針立雷」や、『夏山雑談』（平直方／寛保元〈一七四一〉序）にすでに見えていて新しくはない。[26] 後者は京都桑原町に道真の領地があったという伝承にまつわるもので、由来を異にしている。がいずれにしてもこれは十八世紀初頭頃にわかに流行した巷説だったのであり、寺伝はそれに添った形で人々に喧伝されたものであろう。[27]

同様の例は、近江の岩間山正法寺（岩間寺）にもある。当寺は養老六年（七二二）泰澄の開基と伝え、西国三十三所観音霊場十二番札所である。現本尊（秘仏）はかつて泰澄が桂樹より彫りだした千手観音に胎内仏としてこめられていた千手観音立像で、これは元正天皇の念持仏と伝える。また「雷除観音」としても有名である。寺伝には次のようにある。

・越大徳泰澄が当寺建立の後、たびたび雷災があり伽藍が焼失すること数編。泰澄は法力で雷を捉え罪を責める。雷は仏門入信を望んで当寺に訪問し、その都度落雷で災害を引きおこしたが、今はこれを詫び、以後は雷火の祟りをなさぬこと、泉に水を湧出させることを約束した。

ところが、この伝承は鎌倉期の『阿娑縛抄』「諸寺略記」所収「岩間寺縁起」や、『続古事談』（巻第四第二十六）などの古い書物には全く見えない。それこそこれは、先の国上山の神融（泰澄）の伝承そのものだったのであり、開祖を泰澄とする縁からいつしかこれが岩間寺の縁起に援用されたのである。

その混同が起った時期を辿ってみると、『西国三十三所観音霊場記』（厚誉春鶯／享保十一〈一七二六〉刊）に、「世人当山ノ観音ハ能ク雷死ヲ守リ給フト云テ雷除ノ守リヲ当山ヨリ受ル輩アリ」（巻三）[28]とあり、少なくとも『霊場記』の頃には「雷除観音」として有名になっていたことが分かるが、おそらくそれほど時代は遡らないであろう。

興味深いのは、『霊場記』ではその岩間寺の紹介に附属させて、雷に関する諸説を取り上げ、「雷獣」や「雷斧」「雷礎」などの俗説にも言及することである。これらについては後述するが、雷の話題については第二十番の洛西善峯寺（巻四）に関する記述内にも挙げられている。この聖像もまた雷除の観音として有名だが、春鶯自身が貞享（一六八四〜八八）の末頃、当善峯寺の観音の利生に預かり雷難を免れた話を載せているので、この話題は人々の興味を引いていたらしい。また、末尾には旧記による西国巡礼「十種ノ功徳」が列挙され、その十徳の四番目には「雷電地震落馬ノ難ヲ免ル」と明記される。元来観音には雷除の功力があるが、この時期に岩間寺観音の「雷除」の功徳が改めて言及されたのは、このように人々の雷災への意識が大きく高まっていたことに由来するのではなかろうか[29]。またその時期が『冥応集』編纂時期に近いというのも見逃せない。

一方、江戸の方に目を移すと、雷門で有名な浅草寺には毎年七月十日に四万六千日の観音の縁日がある。現在は「ほおずき市」としても知られるが、この日人々に「雷除」の守札が授けられるのが恒例となっている。かつてはこれが「赤トウモロコシ」であったという。この風習はいつまで遡れるだろうか。たとえば、『東都歳事記』（斎藤月岑／天保九〈一八三八〉刊）「七月九日」項には「浅草寺（両日の間昼夜参詣の老若引きもきらず、境内本堂の傍にて赤き蜀黍（たうきび）を商ふ、詣人求めて雷難除の守とす）」とある。『蜘蛛の糸巻』（岩瀬京山／弘化三〈一八四六〉）五「雷除に赤もろこし虫の薬　青酸漿」にもこのことを記すが、

> そも〳〵赤き唐もろこしは、近き文化の始め、何国に生ぜしにや。其以前はなかりし物なり。本草家栗本随仙院に尋ねしかど、書物には見えず。近来変生の物なりといへり。されば文化年中よりの品物なるべし（日本随筆大成）

として、その品種の起源を文化年中（一八〇四～一八）に求めている。その上で京山はこの風習を子供だましの類と見ているようだ。同様に、『甲子夜話』正編巻十一第十五（松浦静山／文政四～天保十二〈一八二一～四一〉頃）に谷文晁が語った話として、雷に打たれた人は玉蜀黍の実を服せばよいはずだが、本郷で雷獣を養っているという人の元へ尋ねたら、エサは蜀黍だと答えた――というおかしな逸話を載せているのは、この巷説がいかにも眉唾であったということを物語っているであろう。

ちょうどこの頃、大阪の歌舞伎作者並木五瓶（一七四七～一八〇八）が江戸の大門通高砂町に居を構え、浅草寺雷門の付近に「浅草堂」と号し表を雷神門の如く立てて「風薬雷除香」を商っていたという記述がある（『伝奇作書』初編「言狂作書」／天保十四〈一八四三〉）。雷門にちなんで門人を「風治」「雷次」と呼んでいたというのは笑話である。浅草観音の霊験あらたかなことはもちろんであるが、いずれにしても、このことは十九世紀初頭の江戸の一般大衆の興味の在処を知る材料になるであろう。

また、もう一つの例として、東京大田区鵜木町の光明寺は、阿弥陀三尊像を本尊とする浄土宗寺院で、天平年中行基の草創と伝える。境内には「雷留観音堂」があり、その由来は「雷留観世音菩薩略縁起」に詳しい。それによ

れば、

・嘉禎四年（一二三八）九月四日に法然の弟子善恵が霊夢を得、四天王寺聖霊院にて観音の尊像を感得、寛元年中に像は寺内の鎮守稲荷社の雷火を防ぐ霊験をみせた。その後観音の夢告により像は光明寺へ移される。延文四年（一三五九）に近隣の矢口渡にて南朝方の新田義興が敵の謀計により自害、その怨霊が火雷神となって怨敵を撃殺すことがあった。この雷火は近隣の村里にも被害をもたらしたが、鵜木村の浄心なる者が光明寺観音堂へ参詣して祈念したところ火難を免れた。これ以降村に雷火の災異なく、「一度拝する輩ハ現在にてハ雷火の難を免れ、臨終の夕にハ金蓮に迎接せられ、末世ハ上品上生の花の臺に遊戯せんこと更に疑ひ有べからず(30)」

ということである。

この縁起については、大田南畝『調布日記』の文化六年（一八〇九）三月十九日条の付録に、光明寺から借り写したという「雷留観音由来之事」の引用があり、内容は右とほぼ同文である。その引用末尾には寛永四年（一六二七）の年紀があるので、管見ではこれが最も古い雷留観音縁起である。しかし、そこには先の引用部分「一度拝する輩ハ」以下の文言がない。このことは、寛永四年から右の「畧縁起」が流布する間に、当寺の「雷除」の功徳が参拝客を招じる格好の話題になっていたことを示すであろう。

さて、この光明寺には寺宝に一尺三四寸ばかりの「雷槌」（雷斧）があるという。十八世紀半ばの「武州鵜木光明寺略図」には「此尊像当山安置以来六百余年当村に雷火の難なし〈宝物に雷槌あり〉」と見えている。『四神地名録』（古河古松軒／寛政六〈一七九四〉）にはこれを絵付きで説明している。ちなみに、大田南畝が光明寺に訪問したのは文化六年一月十三日のことで、十五日に諸々の宝物を見物した記録があり、その中にもやはりこの「雷斧」のスケッチがある。雷斧とは、石器など土中の遺物を落雷の跡と考えたもので、当時の人々の興味を引いたらしい。たとえば、先にも挙げた『想山著聞奇集』の「龍の卵、幷雷の玉の事」には、江戸の根来山報恩寺が蔵する「雷の玉」のスケッチがあり、ある人はこれを雷斧、雷槌あるいは雷鑽等の類であろうと言った、とある。あるいは『扶桑雷除考』（寺田正晴／元文二〈一七三七〉刊）という書物にも、一般的な雷槌、雷斧のことに触れて、「是を所持する家には雷落ずと云」[31]と記している。光明寺の寺宝にも例に漏れずその効力があったらしい。それゆえ人々も大いに関心を寄せたことであろう。同じような例は、ここに挙げていない各地の寺々にもまだ多く存在すると思われる。

五　「雷除」の俗説・民間信仰

先に述べた如く観音には雷除の力が元来備わっているとされたので、とりわけその霊験が期待されたのは言うまでもない。しかし、これら各々の観音寺院の「雷除」の功徳が、特に十七世紀から十九世紀前後当時の民間信仰など、いわば迷信に近いものを汲み上げていたという事実には、ここで改めて着目してみる必要があるだろう。

たとえば、民間信仰ということでは、右にも挙げた如く、元文二年には大阪の書肆寺田正晴撰の『扶桑雷除考』という書が刊行されている。一方『震雷記』（明和四〈一七六七〉）という類似書が江戸でも開版されている。著者の後藤梧桐庵（一六九六～一七七一）は本草家で、内容は『雷除考』に重なるものが多い。ともにそれまで伝わった内外のあらゆる雷除法を載せて実生活の手引きとするものである。たとえば『雷除考』では、先の「くわばら〳〵」の呪文をはじめ、加賀白山には「かみなり」なる虫がいて雷をおこし田畠を損なうので、「雷狩」をせねばならないが、鵜鳥はこの虫を食にするので、この鳥の図をもって「雷除の守」となることを信ずべしなどとある[32]。また、「雷のなるを恐るゝ人は蚊帳をつりて其中に入、ふとんを着てうつむけに臥べし」などとあるのは、冒頭『冥応集』の医師永菴の「必ズ臥具ヲ蒙リテ、其上ニ妻子ヲ上セテ押シム」とある部分に同じ発想である。さらに、

> 俗に曰、雷は臍をつかむ、かくせといへる事より所あり。おそるれば心気をいためる故、臍をおさへしむる時は心気不乱（みだれざる）也。是養生の部なり

とあるのは、俗に「雷と臍」の関係をいうものだが、山本節氏によればこの発想は『俳諧類船集』（梅盛／延宝五〈一六七七〉序）という俳諧の付合書に見えるものが最も早いという。[33] それ以後、題材として川柳や小咄などにも多く好まれた。

また『雷除考』に、「升麻（せうま）、蒼朮（さうじゆつ）、薄荷」は雷による頭痛に効く薬とある。一方の『震雷記』の梧桐庵はさすが本草家らしく、雷を恐れる人は心肺の血液が少ない人であるから「かやう成症には生緑散膏を常に服して其しるしを得たる人多し」（随筆文学選集）としている。これらの例は、当時いかに雷を恐れる人が一般に多かったかを示しているであろう。[34]

右に「雷狩」の話があったので、それにまつわる話を取り上げてみると、『芸苑日渉』（村瀬之煕／文政二〈一八一九〉初刊）という書には「駆雷」と題して次のような話を載せる。

下野相馬ノ地方。有レ獣如レ狸ノ。秋日伏ニ地中一ニ。郷民入レリ山発掘シテ斃レス之ヲ。謂ニ之ヲ駆雷（カミナリカリト）一。獲レコト獣ヲ多ケレハ則明年雷少。按ニ唐国史補曰。雷州春夏多レ雷。無ニ日トシテ無レコト之。雷公秋冬ハ則伏ニ地中一ニ。人取テ而食レ之ヲ（日本随筆全集）

これは「雷獣」を狩ることで明年の雷の被害を少なくするという雷除法である。『唐国史補』とは唐代の李肇による雑記で、雷州では秋冬地中にいる雷公を食すとある。すでに中国では雷獣は彘（いのこ）の如しなど諸説あったらしく、食用という話が出るのはそれを承けてのことである。

ちなみに、曲亭馬琴の随筆『玄同放言』（文政元〜三〈一八一八〜二〇〉刊）には、「雷魚雷鶏雷鳥〈並異形雷獣図〉」と題して雷にまつわる長文を載せる。その中に、元禄年間（一六八八〜一七〇四）の夏六月下旬のこととして、越後国魚沼郡妻有の近村伊勢平治村の観音堂の辺で、深田に落ちて死んだ「雷獣」のことが画図付きで載せられている。それは法橋玉湖という画工が少年の頃祖父の目撃談から描いたものの模写で、馬琴はそれを鈴木牧之から見せてもらったのだという。「げに信がたき事なれども、因にこゝに謄写して、児曹の観（みもの）に充るのみ」〔日本随筆大成〕とあるのは、巷ではこのような子供だましのごとき話が実際信じられていて、まことしやかに語り継がれていた実情があるのであろう。また、『閑田次筆』〔伴蒿蹊／文化元〈一八〇四〉序〕にはさらに奇怪な雷獣の図が載せられる。図には、享和元年（一八〇一）五月十日頃のこととして「芸州九日市里塩竈へ落入死ス雷獣の図大サ曲尺一尺四五寸」〔日本随筆大成〕と注記されている。百年時代が下ってもこの手の話題には事欠かなかったらしいが、著者は「虚実はしらず」と言っている。ちなみに越後国の話にある元禄年間といえば、『冥応集』後集が刊行された宝永三年（一七〇六）のほんの数年前である。これによっても当時の時代性を推しはかることができるだろう。

先の『雷除考』などには雷による精神的な病に効く薬の話があったが、一方で「雷を除ける薬」というのもあったらしい。『内安録』〔内藤忠明／嘉永二〈一八四九〉以降〕には、江戸城西丸留守居を勤めていた著者が見聞した話で、ある杣が吹上御庭〔西丸北西の内苑〕の木を伐採中に落雷があったが、「雷除の解毒丸」を所持しているので平気である。これは大老堀田筑州〔堀田正俊〈一六三四〜八四〉〕が大病の時、御近習医師の奈須玄竹の処方で完治したので、それを「雷除解毒丸」の法として下されたのだとある。そもそもなぜそこで「雷除解毒丸」の名が付けられたのかは定かでないが、十九世紀末にはこれが「雷除」の薬として信じられていたらしい。また服用薬ではないが、『梅翁随筆』〔著者未詳／寛政年間〈一七八九〜一八〇一〉〕には「雷除握り玉の事」と題して、寛政九年（一七九七）七月六日の江戸落雷以来「雷除玉」というのが大いに流行ったとある。「麻布長坂にうるを正真也とて、みな〳〵所持したり。これを掌中に握り居れば、雷そのあたりへ落ることなく、またなる時格別遠く聞えてこらへよしなど申ふらし、児女抔尊びけり」〔日本随筆大成〕とあるところを見れば、これもやはり子供だましの類なのであろう。

似た事例に、『雷除考』には「降真香（がうしんかう）」という香を焚くと雷除けになるともある。香を焚くことは江戸時代以前の資料にも見えていて、例えば室町期の『菅家遺誡』という公家の教訓書にも「凡震雷有朝家者。左右之侍臣近席之侍女。以火爐之香煙可供」〔続群書類従〕とある。[35] このような朝廷や公家、あるいは武家などの風習であったものが、のちに民間に降ったのであろう。この類の俗説、迷信を挙げていては枚挙にいとまがない。

六　都市文化と「雷除」

ところで、右のようなことは江戸初期の十七世紀後半頃から特に見え始めたことで、十八世紀を盛期に、十九世紀半ばまで話題を提供し続けている。おそらくそれはこの時代の「都市」形成と歩を一にしていたのだろう。たとえば、十七世紀半ばには商業の発展による「町人階級」の社会的地位が高くなっていて、[36] すでに都鄙生活には懸隔が生れていた。その都会の自由と町人の栄華をうらやみ多くの農民が離村し、都市へ流入したともいう。[37] 十八世紀初頭の元禄年間は俳諧などの町人文学が上方を中心に頂点に達した時で、十九世紀前半の化政期に都市文化は隆盛を迎えていた。考えてみれば、雷を恐れていたのは、大体がその都会人である。もちろん、それを都会の中だけの現象と断定することはできないだろうが、「雷除」の方法に心を留めていたのは、戯作者や国学者、本草家や医師など、いずれも農村とは生活圏を異にする大阪や江戸の都市の文化人である。

これについては、次のような話がある。『備前老人物語』〔日下部景衡／享保十八〈一七三三〉序〉という雑史に、大猷院〔家光〕が雑談の席で、最近当地に雷の落ちることが多いのはなぜかと疑問を呈すると、鷹匠小野久内が言うには、落雷のあるのは古今同じだが、「御当地繁昌になりゆく故に、度々上聞に達せし成へし、その故ハ昔は人の家居おろそかにしてこゝかしこに候ひしほとに、雷おつれとも、しる人まれなるへきもの也、次第に繁昌にしたかひて、今程は御城下二三里四方、家々軒をならへたれは、雷のおつることに家やふれ人損せすといふことなく、ことく〳〵しく聞へわたり、かつはかたはし聞伝たるものとも、尾羽をつけて語り伝へ申すなるへし」〔改訂史籍集覧〕と答えたとある。家光はご満悦であったという。これはおべっかであったが、江戸の都市人口増加にともなって雷の被害が増えたというのは説得力がある。[38]

都会人にとって雷は恐怖の対象だったようである。たとえば江戸町奉行根岸鎮衛の『耳嚢』（天明二〜文化十一頃〈一七八二〜一八一四〉）にもいくつかの雷話しがあるが、「雷を嫌ふ事あるまじき事」（巻之一）は、異常に雷を恐れる長崎代官の祖父の話である。「穴室を拵へ、なを横穴を掘、石槨を拵へ置」〔日本庶民生活史料集成〕という徹底ぶりで、ひどい雷の時にはここで難を凌いだというが、本人の留守中に落雷して石槨が微塵に砕けたのを境に雷を怖れなくなった、とある。徒に恐れても、震死は運だというのであろう。「雷嫌ひを諫て止めし事」（巻之五）には至極雷を恐れる人がいて、「武家に生れかゝる事何とも残念」としてその療治法を尋ねると、好きな酒を次の雷鳴の時まで我慢し、雷の時に飲め、と友が言うのでその通りにするとかえって「雷好き」になったとある。これも笑話である。『喜美談語』（烏亭焉馬編／寛政八〈一七九六〉刊）には千林亭万善の「雷ぎらひ」という小咄がある。雷嫌いの亭主が「戸棚へはいり、戸を引きたて、いきをころして、こゝろのうちで、くわんおんをねんじている」〔噺本大系〕というのは、『冥応集』の医師永菴の友になったという館の亭主に状況が似ている。女房や子供は平気で、雷がおさまって亭主が戸棚から這い出たところを子供が「コレかゝさん。とつさんハの、かみなり様ッにもアノ借があるか」と言った、というオチがついている。滑稽談になるほどの雷嫌いがありふれていたということだろう。とはいえ、ほぼ同時代の大阪の町人学者山片蟠桃は『夢の代』（享和二〈一八〇二〉自序・文政三〈一八二〇〉跋）において、それまでに伝わる非科学的な迷信を否定し、雷を怖れる者の根元は臆病のせいで、「蜘・芋虫ヲ怖ル、ソノ外ミナ同ジルイ也（天文第一第廿二）」〔日本思想大系〕と言っている。この辺りは蓮体の思想に通じるものがある。ただ、雷はどこで誰に落ちるか予測不能であって、「雷ニ善悪ノ差別ナシ」と言っているのは仏教とは対照的な当時の儒教的思想に基づいている。次の第廿二にはすでに「尼通（ニウトン）」の文字も見えていて、十九世紀は科学的見地からの分析が始まっていた時代でもあったようであるが、いまだ一般的ではなかったであろう。これはひとつ雷のことだけにとどまらない問題であった。

おわりに

さて、以上のようなことから、蓮体の生きた十八世紀前後の、特に都市における時代的状況をおおよそ推しはかることができるだろう。それは、農業関係者における雷神信仰とも、古代の雷除の論理ともまた違った、都会的「雷除文化」と言えるのかもしれない。とすれば、各地の観音寺院はその都会人の恐怖を掬い取っていたのである。その中にあって蓮体はあくまで同じ仏教者の立場から、観音の功徳を信ずべきことを徹底して説いていた。しかしそのためにはやはり、世間的な関心の在処を的確に捉えることを忘れてはいない。講経の聴講層のことも考えなくてはならないが、いずれにせよ雷難・雷除の話題は蓮体にとっても最大限に利用できる時事ネタの一つだったのであろう。そこには「一度拝する輩ハ」ということからもう一歩踏み込み、妄説を脱し観音への信心を強固にすることを勧めた説教僧蓮体の姿勢が見えている。その入り口として、まずは大衆の興味をひきつける必要があったのであろう。

今回は「雷除」の思想に的をしぼって主に近世の時代状況を解釈したが、総合的な把握にはその他の分野からの説明もまた必要であろう。それについてはここでは割愛した。

〈注〉

（1）蓮体の行状については上田進城氏「蓮体和尚」上・下（『密宗学報』一四三・一四五／大正十四年六・八月）、『蓮体和尚行状記』（上田覚城氏編『遍照和尚全集』第六輯／昭和七）などに詳しい。『観音冥応集』を含めた先行研究は山崎淳氏「『観音冥応集』出典考―巻第三8話を例として―」（「詞林」第四一号／平成十九年四月）の末尾に網羅されている。

（2）前集巻一～三、後集巻四～六。以下本文引用は神戸説話研究会編『宝永版本観音冥応集―本文と説話目録―』（平成十八／和泉書院）による。

（3）山崎淳氏「地蔵寺蔵『観音新験録』―翻刻と解題―」（「上方文芸研究」第六号／平成二一年六月）および新間水緒氏「『観音新験録』について―大谷大学図書館蔵本の紹介をかねて―」（「文藝論叢」第七二号／平成二一年三月）。地蔵寺本（蓮体所持本）は元禄九年版で、元禄十二年以降の版本には本編三十八話に加えて九話分の附属説話がある。『冥応集』にはその附属説話九話以外ほとんどの説話が援引される。

（4）同型の話は東北地方の民話にもいくつか報告されている（今井彰氏『蝶の民俗学』「蝶の民話・伝説」〈昭和五三／築地書館〉151頁）。

（5）暉峻康隆氏『落語の年輪』（昭和五三／講談社）第一章「近世前期の咄」（25頁）参照。この話は『五雑組』（謝肇淛〈一五六七～一六二四〉）巻十六事部四の「窮書生」の話が原拠である。

（6）この時の講経の覚書は山崎淳氏「地蔵寺蔵「蓮体経典講義覚書」について」（「説話文学研究」第四四号／平成二一年七月）に翻刻がある。

（7）山崎淳氏「地蔵寺所蔵文献における蓮体自筆書き入れについて―『観世音持験記』を中心に―」（日本大学生物資源科学部「人間科学研究」第七号／平成二二）

（8）蓮体所持本『持験記』下巻には第一、十、十六話にも「大悲呪（利）益」の書入れがあるが、これら三話はすでに直前の十八日～二十日の講経で利用されているためおそらく除外されるであろう。

（9）山崎淳氏「蓮体経典講義断章―そこで何が語られたのか―」（「語文」第一三九輯／平成二三年三月）によれば講経に使われた説話の並びは「かなり練り上げられていたものと考えられる」という。

（10）田中久夫氏『年中行事と民間信仰』第一章第四節「雷を捉える話」（昭和六十／弘文堂）

（11）原田行造氏『日本霊異記の新研究』第二篇「『霊異記』説話の原態とその形成過程―道場法師系説話群をめぐる諸問題―」（昭和五九／桜楓社）227頁

（12）寺川真知夫氏「「捉雷縁」の仏教的意味―固有神の衰微を説く話―」（『島田勇雄先生退官記念ことばの論文集』／昭和五十年三月／前田書店出版部）

（13）同（11）「『日本霊異記』所収雷神説話と飛鳥元興寺―小子部栖軽と道場法師との関係を中心として―」196頁

（14）村山修一『天神御霊信仰』三章「天神御霊の発生と天神社の成立」（平成八／塙書房）104頁

（15）同（14）131頁

（16）道真を「文道の祖」「詩文の聖人」とする信仰は慶滋保胤や大江匡房など十世紀十一世紀の有識者の間ですでに見え、それは道真の本地を十一面観音とする信仰に根差すものであったという（同（14）四章「北野社の発展と平安後期の信仰潮流」160頁）。

（17）河音能平氏『天神信仰と中世初期の文化・思想』第五章「王土思想と神仏習合」（『河音能平著作集』第二巻／平成二二／文理閣・初出『岩波講座日本歴史』第四巻／昭和五一年八月）。河音氏によれば「御霊信仰は律令政治支配に対する民衆の反感・抗議の屈折した宗教的表現形態」（98頁）であり、志多良神神幸は古代律令制支配から解放された一〇・一一世紀摂関時代の農村の一般農民が、時の政府が発した延喜荘園整理令に反発したものであると指摘がある。

（18）同（17）によれば、この歌謡の内容は『本朝世紀』八月三日条に記録があり、院政期には全国各地の中世庄園村落の鎮守における春正月の田遊びの詞章の一部に編成され、その痕跡は九州・東海地方において現在まで伝承されているという（104頁）。

（19）ただし、同（14）村山氏によれば、志多良神信仰流行の背景には北野信仰とは異なる真言密教僧の活動が考えられるのであって、それはこの時代「すでに民衆の存在を誇示する文化的勢力としての意味を帯びるに至った」御霊会のエネルギーを仏教教団が利用したものに他ならないという指摘もある（同書150頁）。神幸の問題についてはこれ以上触れない。またこれ以降の天神信仰そのものの多様化についても割愛する。

（20）中山太郎氏「雷神研究」（『日本民俗学』神事篇／昭和五～六／大岡山書店）に「都会生活は、赤い風に吹かれると、一夜乞食の憂目を見ると云ふが、農業生活は、雨師風伯の怒りを買ふと、忽ち飢餓に追ひ付かれるのである。我等の祖先が、雷神を天候予告者となし、以て一年の豊凶を卜したのも、偶然では無い」（44頁）とある。

（21）青柳智之氏『雷の民俗』（平成十九／大河書房）第二章「避雷の祈り・豊作の願い」108頁
（22）同（21）115頁
（23）ちなみに、各地農村だけでなく北野社内の火之御子社でも毎年六月一日に雷除祭が行われ、雷除神礼には雷除と五穀豊穣の利益があるという。この祭の起源は元慶年中（八七七～八四）藤原基経が作物豊饒を雷公に祈願したところ感応があったことに始まる朝廷の恒例儀式で、北野は道真以前から雷公祭を営む聖地であった（同（14）117頁）が、これなどは為政者による雷神統御の例であろう。
（24）西田耕三氏「雷撃震死の説話」（熊本大学「文学部論叢」文学篇第六三号／平成十一年三月）
（25）現在三重県常楽寺には天平宝字二年（七五八）沙弥道行の勧進で浄写されたという大般若経が所蔵されている。これは鎌倉時代頃まで坂本郷桑原村仏性寺（西福寺の前身か）に安置されていたものだが、何らかの経緯で常楽寺に渡ったものである。奥跋には経典浄写の誓いで道行が雷難を避けたという由来が記され（『和泉市史』第一巻133頁／600頁）、当桑原の地に古来「雷除」の霊験にまつわる信仰があったことを示唆するが、この大般若経の由来と西福寺の縁起との関わりは不明である。
（26）桑と雷という関係性については、養蚕とともに発達した桑樹神聖観に由来し、その淵源は養蚕絹織の起源地中国にあるという指摘が石田英一郎氏「桑原考」（「民俗学研究」第十二巻一号／昭和二二年七月）にあるのは言うまでもない。
（27）この手の伝承は民話として全国的に広がっている。たとえば「雷石」「雷松」（日本伝説名彙）、「八幡宮の井戸」（日本伝説集）、「雷封じ」（日本伝説大系）の話型がこれで、兵庫県三田市桑原には「ここは桑原欣勝寺！」と唱えると落雷がないという地名伝承もある。ただし青柳氏（同（21）第一章「雷の両義性」33頁）によればこの型の伝承は「雷誓約譚」の「井戸封鎖型」であり、井戸水というのは雷雨の代替で、「雷が籠もることにより、井戸水に雷の恵みの力を類感させ、一層、豊富な水を与えてくれる井戸になることを人々は願ったはず」だという。その意味では雷は恵みをもたらす存在であり、忌避の対象ではなかったことになるが、いずれにせよ雷は「封鎖」される立場に違いない。
（28）姫路文学館（金井寅之助文庫）所蔵本より引用。

(29)『新修大津市史』第四巻第四節「生活と芸能」（359頁）によれば、岩間寺では元文三年（一七三八）二月二日に麓の国分村において本尊の出開帳が行われている（膳所領郡方日記）。このことは先の寺伝が世に広まり、人々の興味をひいたことと何らかの関わりがあるだろうか。

(30)『略縁起集成』第四巻（中野猛氏編／平成十／勉誠社）より引用。年紀不明。ただし『大田区史』（資料編寺社一）にはこれとほぼ同文の安政六年（一八五九）再刻版が活字化されており、そこに「自兹星霜五百有余年」とある部分が『集成』版で「四百五十有余年」となっていることから、『集成』版は一八〇九年頃のものと推測される。以下光明寺関係の資料は『大田区史』資料編（寺社一／地誌類抄録）より引用した。

(31)国文学研究資料館マイクロ資料（30—1264—11／刈谷市中央図書館所蔵　村上文庫）。以下引用文は適宜句読点を施した。

(32)画図や符が雷除になる例は、古くは『冥応集』当該話にも引用された『最勝王経』第七「如意宝珠品」に、四電王の名を家の四方に記せば一切怖畏の事を遠離するとある。江戸中期には垂加神道家の間でも取沙汰され、玉木正英著『玉籤集』巻八（享保十～十二〈一七二五～二七〉頃）には「雷除守之傳」として、神代紀に伊奘諾尊が桃樹の実を擲げ「八色の雷公」を退けた伝説に基づく雷除符の作法を記している。また江戸初期に発生した郷土土産の大津絵が十九世紀半には衰頽し、その題材の一つ「雷と太鼓」などが「雷除けのまじない」になったという指摘（旭正秀『大津絵』〈昭和三一／美術出版社〉44頁）もあるが、むしろ時代性を反映している。また『奇談雑史』巻六（宮負定雄／安政三〈一八五六〉頃）に江戸初期頃のこととして、尾州大道寺玄蕃頭（直重）の下僕が死後誓い通りに雷神になったため、以後大道寺の屋敷に雷震がなかった。ゆえに雷を恐れる者は「大道寺玄蕃頭」と書いた符を家に貼る、などの俗説を載せている。

(33)山本節氏「雷と臍」（愛知教育大学「国語国文学報」第三十集／昭和五一年十一月）

(34)同時代の『類聚名物考』（山岡浚明〈一七二六～八〇〉編）には、『北山医話』（北山芳恂／正徳三〈一七一三〉）の説として、雷を恐れる人は賢愚勇怯虚実によらず天資によるもので、心気怯弱ゆえ雷の気に堪えないのであろうとして、明代の医学者徐春甫の『古今医統』（一五五六年成立）を引用し、人参・当帰・麦冬に五味を少々入れて煎ったものを服せばよいなどと記す。

(35) 同(20)中山太郎氏(65頁)によれば古来武家の屋形には「焚火の間」があってこれらの香を焚き、雷火の災を免れんとしたとある(雷鳴論〈大道寺友山/享保十四奥書〉・家屋雑考〈沢田名垂/天保十三序〉)。

(36) 瀧川政次郎『日本社会史』(昭和四/刀江書院)第四編第四章「町人階級」317頁

(37) 同(36)第三章「農民階級」(303頁〜)「幕府及び諸藩は、百姓を出来るだけ町人より隔離して町人の風に染まざらしめ、又天保水越の改革の時には、江戸に於ける人口減少の一方面も考へられて、所謂人返しの法なるものが行はれた。即ち天保十四年二月の令は、自今以後、在方の者の江戸に移住することを禁じ、その既に居住せるものと雖も、永年営業をなし、又は妻子眷属を有するものの外は悉く帰郷すべきことを命じてゐる」

(38) 『日本の気象史料』第二巻(中央気象台・海洋気象台編/昭和十四初刊)「現象別史料集計」による全国の「雷」発生件数は、一五〇〇年代の22件に対して一六〇〇年代は89件に増え、一七〇〇年代は170件、一八〇〇年代(一八八七まで)は142件とある。あくまで同書に収録された史料の統計ではあるが参考にはなるであろう。

あとがき

神戸説話研究会は、神戸で始まった小さな輪読会に端を発している。〈前身〉とも言うべきこの輪読会の期間も加算するなら、既に四十年近く継続している。この間、それぞれの事情による期間の長短はあれ、相当数の参加者を得た。説話に関心を持ち、これを学ぼうと思うものたちにとって、研究会は純粋に前向きに修練することのできる、貴重な場であった。研究対象は中世の作品から近世の作品にも拡がったが、輪読という方法で、説話や作品に即し丁寧に読み理解する、という姿勢は変わらない。現在も、新しい参加を得つつ、ほぼ月に一回約二時間、参加の誰もが専門としない作品を対象に選ぶという当初の原則などもそのままに、前進を続けている。

これまでの輪読成果は、『続古事談注解』（一九九四年六月）、『春日権現験記絵注解』（二〇〇五年二月）、『宝永版本 観音冥応集 本文と説話目録』（二〇〇六年十一月）として世に問うことができた。これら学問的蓄積を背景に、本研究会で説話研究を共有したものたちが、各々説話に関わる研究成果を持ち寄り、報告する場として企画したものが本論集である。各執筆者が採り上げた作品は多岐に亙るが、すべての論考が、その根のどこかで同じ鉱床にふれた経験を持つ点で一脈を通じている。

長く研究会を牽引くださる池上洵一先生は、本年喜寿をお迎えになった。参加者一同は、先生のますますの御健筆と御健康を祈りつつ、更に研鑽に努めたいと思う。

末筆ながら、今回を含め、出版をお引き受けくださった和泉書院廣橋研三社長、及び編集・刊行に御尽力くださったみなさまに深甚の御礼を申し上げる。

二〇一四年七月二十日

編集実務担当者（田中宗博・小林直樹・内田澪子）

◆執筆者紹介（50音順）

池上　洵一　いけがみ　じゅんいち
1937年　岡山県生／東京大学大学院／
神戸大学名誉教授

内田　澪子　うちだ　みおこ
1964年　兵庫県生／神戸大学大学院／
お茶の水女子大学みがかずば研究員

大坪　亮介　おおつぼ　りょうすけ
1981年　大阪府生／大阪市立大学大学院／
大阪市立大学都市文化研究センター研究員

加美　甲多　かみ　こうた
1978年　兵庫県生／同志社大学大学院／
同志社国際中学校・高等学校嘱託講師

木下　資一　きのした　もといち
1950年　長野県生／東京大学大学院／
神戸大学国際文化学研究科教授

小林　直樹　こばやし　なおき
1961年　静岡県生／京都大学大学院／
大阪市立大学文学研究科教授

柴田　芳成　しばた　よしなり
1970年　大阪府生／京都大学大学院／
大阪大学日本語日本文化教育センター准教授

田中　宗博　たなか　むねひろ
1956年　京都府生／神戸大学大学院／
大阪府立大学人間社会学部教授

近本　謙介　ちかもと　けんすけ
1964年　福岡県生／大阪大学大学院／
筑波大学人文社会系准教授

中川　真弓　なかがわ　まゆみ
1975年　奈良県生／大阪大学大学院／
日本学術振興会特別研究員

中原　香苗　なかはら　かなえ
1966年　大阪府生／大阪大学大学院／
神戸学院大学経営学部准教授

生井　真理子　なまい　まりこ
1951年　北海道生／同志社大学大学院／
同志社大学等非常勤講師

橋本　正俊　はしもと　まさとし
1974年　大阪府生／京都大学大学院／
摂南大学外国語学部准教授

原田　寛子　はらだ　ひろこ
1978年　鳥取県生／神戸大学大学院

福島　尚　ふくしま　ひさし
1961年　徳島県生／京都大学大学院／
高知大学人文社会科学部門教授

松本　昭彦　まつもと　あきひこ
1963年　静岡県生／京都大学大学院／
三重大学教育学部教授

本井　牧子　もとい　まきこ
1971年　新潟県生／京都大学大学院／
筑波大学人文社会系准教授

森田　貴之　もりた　たかゆき
1979年　京都府生／京都大学大学院／
南山大学人文学部准教授

山崎　淳　やまざき　じゅん
1968年　奈良県生／大阪大学大学院／
日本大学生物資源科学部准教授

横田　隆志　よこた　たかし
1970年　岡山県生／神戸大学大学院／
大阪大谷大学文学部准教授

研究叢書449

論集　中世・近世説話と説話集

二〇一四年九月一五日初版第一刷発行
（検印省略）

編　者　神戸説話研究会
発行者　廣　橋　研　三
印刷所　亜細亜印刷
製本所　渋谷文泉閣
発行所　有限会社　和　泉　書　院

大阪市天王寺区上之宮町七－六
〒五四三－〇〇三七
電話　〇六－六七七一－一四六七
振替　〇〇九七〇－八－一五〇四三

ISBN978-4-7576-0718-7　C3395